小五义

下

经典书香

中国古典侠义小说丛书

（清）石玉昆 著

团结出版社

图书在版编目(CIP)数据

小五义:全2册/(清)石玉昆著.—北京:团结出版社,2016.9

ISBN 978-7-5126-4406-9

Ⅰ.①小… Ⅱ.①石… Ⅲ.①侠义小说-中国-清代 Ⅳ.①I242.4

中国版本图书馆CIP数据核字(2016)第199060号

出　　版:团结出版社
（北京市东城区东皇城根南街84号　邮编:100006）
电　　话:(010)65228880　65244790(传真)
网　　址:www.tjpress.com
E-mail:zb65244790@vip.163.com
经　　销:全国新华书店
印　　刷:三河市元兴印务有限公司
开　　本:150mm*217mm　1/16
印　　张:43.5
字　　数:506千字
版　　次:2017年1月第1版
印　　次:2019年5月第2次印刷
书　　号:ISBN 978-7-5126-4406-9
定　　价:119.00元

第六十七回

结金兰五人同心合意　在破庙艾虎搭救宾朋

诗曰：

英雄结拜聚黄花，话尽生平日已斜。
五义小名垂宇宙，三纲大礼贯云霞。
凭歌不属荆卿子，谈吐何须剧孟家。
自此匡王扶社稷，宋皇依归整中华。

且说张英在旁边，又是气，又是恨。瞧他们大家见礼，方知道这才是真正的艾虎哪。直等到白芸生见礼已毕，回到他那边换衣服去了。原来芸生大爷来的时节，就听见人说他二叔在襄阳地面故去了，故此就打家中把素服带来。如今这可知道叔叔已然故去，家人把包袱解将下来，到全珍馆把包袱解开，拿出一顶青布武生巾，迎面嵌白骨。摘了那顶头巾，戴上这顶；脱了白缎子箭袖，换上青布箭袖，套上灰布衬衫，紧了紧青线带，换了青布靴子。那口刀是绿鲨鱼皮鞘，孝家不应例带，有个青布套儿把它套上。复返过来，与大众说话。再看芸生公子，更觉着好看了。

那边芸生换衣服，这边是张英告诉艾虎，就把绮春园分手到家，坏种讹房子，坐死坏种，马大哥和我哥哥收监，众绅士使用钱买他二人不死，赃官有意点头，太太的口紧，马大哥叫我找你上武昌府，一五一十细说了一遍。艾虎一听，肺都气炸，把脚一跺，咬着牙说，“好赃官，我不杀你，誓不为人！”胡小记、乔宾也觉挂心，过来打听说：“这就是三兄弟的胞弟吗？”张英说：

"不是，张豹是我叔伯哥哥。"艾虎带着张英与大众见了见。艾虎说："我可不能陪着上武昌府了，我先救我两个哥哥要紧。"大官人说："不可，艾虎去不得！现在监牢狱收着，你怎么去救？"艾虎说："全凭我这一身能耐，进了监中，开了狱门，有一得一。是凡打官司的全放将出来，给他个净牢大赦。然后我奔知府衙，把赃官满门家眷，杀他个干干净净，方消我心头之恨！"徐良说："算了，兄弟，你别往下说了！那不是反了吗？"大官人说："事缓而别图，你这孩子老是一冲的性儿。我给你出个主意，准保万全。咱们大家去罢，见了大人苦苦央求。就说这岳州府的知府，是怎么样宠信官亲，苦害黎民，你两个盟兄怎么样的不白之冤。若是论私，大人去封书，或是来二指宽的帖，管保无事。论官，行套文书，连知府都坏。"徐良在旁说："兄弟，大叔这个主意很是。再说监牢也不易进去。古人云：事要三思，免了后悔。一冲的性儿，到了那里救不出来，岂不是徒劳往返！"卢珍在旁称善说："贤弟，这是个好主意。你就依计而行吧。"艾虎心中虽不愿意，有大官人的话，也是敢怒而不敢言，自可委屈着答应，自己内里单有打算，就是张英心中不愿意。卢珍旁边说："哥哥，你自管放心吃你的东西，这就不用着急了。监中二位哥哥，准保无事。"张英也就无可奈何，只得勉强坐下。

卢珍叫过卖把后边那一桌搬在前面，换了一个圆桌面，大家团团围住，添换了许多酒菜。就是芸生闷闷不乐，他们那桌酒席，那些从人吃用。从人也都换了缟素衣服。这边大官人打听襄阳的事情，又问了丢大人的情节。他对胡小记、乔宾说："你们也不必回湘阴县了，咱们一同见大人去。再说破铜网阵也得用人。今天暂且住此处，明日起身。芸生不能一路走，他们有马。徐良单走，他们有小车走得慢。叫张英回去先送信，好叫监中人放心。”

安排妥当。芸生叫从人出去，在黄花镇打店。丁大爷一瞧他们这小弟兄们：芸生、天锦、徐良、卢珍、艾虎虽则是高矮不等，都是将门之后，俱各虎视昂昂。丁大爷说：“我的主意，你们五个人正当结义为友。上辈是陷空岛的五义，你们若拜了盟兄弟，可称为是小五义。”这几个人无不乐从。

大家饱餐一顿，就有芸生大爷的从人前来回话说：“店已打妥，由此往西路北，字号是悦来。”随即把这里残席撤去。四张归一，连外头推小车的饭钱也算在一处。给了饭钱、酒钱，大家出来，一直扑奔悦来店。马匹拉在马棚，小车推在上房的门口。众人进了上房，伙计打脸水，烹茶。复又告诉伙计，预备香案。

张英告辞，先辞别了大官人，复又辞别众人。众人要往外相送，都被艾虎拦住，一人送出。张英出了店外，就在店门东墙垛子旁讲话。张英叫道：“艾虎哥哥，你可务必要催着他们点才好哪！倘若大人文书去晚，我们那里臬文一到，两个哥哥性命休矣！”艾虎说：“二哥你好糊涂！他们事不关心，谁能等得去见大人？再说大人还不知下落哪！你在前边等我，咱们定一个地方相见。可不准什么时候，等他们睡熟，瞒了大众，我追赶于你。你说明在哪里等我?”张英一听，欢喜非常，说：“出此东镇口一箭地，正北有个双阳岔路，可走西北的那条路，别奔东北。过一个村，又是正南正北的大路。路东有个破庙，庙墙全都坍塌。此庙好认，对着庙门有一棵大杨树。我在那破庙中等你。”说毕分手，张英欢欢喜喜去了。

艾虎回店。香案已经摆齐。大家一序年庚：芸生大爷，霹雳鬼二爷，徐良三爷，卢珍行四，艾虎是大老兄弟。大爷头一个烧香，香点着插于香斗之内，跪倒身躯，磕头已毕，说：“过往神祇在上，弟子白芸生、与韩天锦、徐良、卢珍、艾虎结义为友，愿为生死之交。倘有三心二意，天厌之，天厌之！”二爷韩天锦也是照样将香点着，插在香斗之内，跪下磕了几个响头，说：“过往神佛记着：我叫霹雳鬼。”大官人说：“没有那么说的，说你的名字。”韩天锦又说：“不算，这说的不算。过往神佛记着：我叫韩天锦，小名儿叫猛儿，外号人称霹雳鬼。如今与他、他、他、他，”随说着，拿手指着大爷、三爷、四爷、五爷说：“我们拜把子，我要有狼心狗肺，我是狗养的！”大官人在旁说：“这都是什么话！他可真是个浑人。”三爷、四爷、五爷三个人论次序烧香磕头，说的言语，都与大爷一样。论排行又磕了一回头。众人给道喜，是大是小又行了礼。重新打店中要了酒饭，大家畅饮了一番。

吃到二鼓，艾虎头一个告辞。大官人一想这孩子是个酒头鬼，怎么他会告了辞了呢？哪里知道他有他的心事。大家饮毕，撤下残席。内中也有过了量的，也有不饮的，艾虎早就躺在东房内装醉。山西雁把艾虎拉起来往外就走。艾虎说：“三哥，你撒手，今天这酒已过量，你着我躺一会就好了。”徐良仍是拉着就走。至院落之中，找了个僻静所在，徐良说：“五弟，你有什么心事？对我说来。”艾虎说：“我没有什么心事。”徐良说：“老兄弟，咱们如今可就比不得先前了。咱们一个头磕在地下了，有官同做，祸福共之。你有什么心事，不对我说明，就亏负了方才一拜之情。不是你看着那位张二哥一走，你心中不快？”艾虎说：“不是。”徐良说：“别的人不告诉还可以，你可得告诉三哥，我好助你一臂之力。”艾虎终是怕他把话套出去告诉大官人，故此咬定牙关不说。徐良说：“我问到是理，你不说我可就没法了。”随即来到屋中，当着众人，徐良也不提这事情，张罗大家安歇睡觉。

艾虎仍然还是醒着，听大家的动作。耗到天有四鼓，看看大家都已睡熟，假装着出去走动，下地先把灯烛吹灭。少刻，自己拿了自己的兵刃、包袱，系在腰间，把刀别上。出得外面一看，四下无人，蹿上墙头，飘身下来，这可就出来店外了。他一直地扑奔正东，出了黄花镇的东镇口，施展夜行术的功夫，鹿伏鹤行，一直地扑奔正东大路。走来走去，果然有个双阳岔路，一条是奔东北，一条是奔西北。直奔西北而来，前面有个村子，不肯进村，恐惊村中犬吠。绕村而走，仍然又归了正北的大路。走不上一里路，就见大道，远远见了这棵大杨树。临近之时，在大道的东边有一破庙，周围的墙都塌陷了，山门没有了，发出的旋门瓮洞儿仍然还在。自己打算从这个瓮洞而入，又想打墙上进去。心中一犹豫，又听里边有人说话，一伏身躯，见两个贼人拿着张英的包裹、利刃。艾虎一见，气得肺炸，亮刀向前。

要问张英的死活，且听下回分解。

第六十八回

三贼丧命恶贯满　二人连夜奔家乡

诗曰：

为人百艺好随身，赌博场内莫去亲。
能使英雄为下贱，敢教富贵作贱贫。
衣衫褴褛宾朋笑，田地消磨骨肉分，
不信且看乡党内，眼前败过几多人！

且说艾虎到了破庙，打算会同张英连夜赶往岳州府救人。不料走在此处，见两个小贼由庙中出来。这两个人一调坎儿，艾虎懂得。听他们说："咱们越吊码，头一天到瓢把子这来。"说的就是他们两个人，头一天到他们贼头家混事。"遇孤雁儿脱条。"说的就是遇见一个人，在庙里睡觉。"揪了他的青字福字。"说的就是得了他的刀和包袱。"留了他的张年儿，不知道瓢把子攒儿里如何，总是听瓢把子一刚再赞不迟。"说的就是留了他的性命没伤，等见他们这贼头儿，听他们贼头儿一句话，再杀不晚。

两个人说着，扑奔正西。艾虎晓得，知道张英没死。进里头看看去，又怕这两个小贼去远。谅这两个小贼生不出多大事来？他们必有贼头。二哥现在此处。一旦之间不能就死，跟下两个小贼，找他们"瓢把子"，在后边蹑足潜踪。两个小贼连一点形色不知。

你道张英因为何故几乎没叫他们杀了？他与艾虎定妥破庙相见。他先来到破庙，看了看神像不整。供桌上只有一个泥香炉，往里一推，自己蹿上供桌，把包袱、刀摘下来，枕在头颅之下。看看上边的神像暗暗地赞叹：人也有不在时运中的，神佛也有不在时运中的。看此神像不整，心内惨凄，自己叹息着，就渺渺茫茫沉沉睡去。猛然间一睁眼，看见已经被人拿住二臂，拴牢。苦苦央求那两个人，执意不听，就把他的衣襟水裙撕去，扯了两半塞在口中，把佛柜撬起一头儿，将他压在底下，两个人商量着才走，被艾虎听着。

原来这西边个耿家屯，村口外头住着一个坐地分赃的小贼头儿。此人姓马，叫马二混，外号叫草地蛇，可巧打头天来了两个小贼投奔在这里，给他做买卖，也就是打杠子、套白狼这等事，高来高去，一概不会。他们一个姓曹，叫曹五；一个姓姚，叫姚智。两个人头天到这，天到二鼓才出去做买卖。可巧绕了个够，走了五六里地全没遇见一个孤行客。这才寻到二郎庙内，遇见张英。这叫打睡虎子。也皆因张英困得实系难受了，叫人捆上还没睁眼睛哪。然后口中塞物，压在佛柜底下，叫人拿着包袱和刀走了。

两个小贼直奔耿家屯的村口儿，路北黑油漆门上去叫门。里头有人答应，出来开门。把门开开，二人一同进后又关闭。艾虎在于后边，容他们进去。他才蹿上墙头，见他们一直上里头院去了，才飘身下来，直奔二门。见他们一去已进上房屋中去了。自己站在窗帘之前，用唾津蘸在指尖之上，戳了个月牙孔，张一目眇一目往里窥探。见他们这个贼头儿长得也不威风，不到四十岁，黄脸面，细条身子，小名叫该死的，又叫倒运。二人把包袱打开，刀献上去。问了来历。姚智说："我们今天刚到，也不知道你这里什么规矩，人可拿住了，没有结果性命，听你个吩咐。"马二混说："我这里向例要死的，不留活口。既是在破庙里，好极了！东南上有一个大土井，极深，上面有个石板盖儿，是三瓣儿拼成。把他杀了，揭开一块儿，扔在里头，极严密的个地方，天气尚早，你们哥们再辛苦一趟，结果了他的性命。也许再有买卖，今天这就是很吉祥的事情。”说毕，两个人又走。

艾虎早就蹿出墙外，暗地里等着。曹五拿着张英的刀，同着姚智出去。两个人以为是一趟美差，低头悄语，说着笑着，直奔破庙。刚进庙门，就觉着脚底一绊，哎哟扑通当啷，一个是叫髁膝盖点住他的后腰；一个是腿肚子叫艾虎打了一刀背。先把这个搭胳膊拧腿四马倒攒蹄捆起，口中一个劲求饶。艾虎哪里肯听，撕他的衣襟把他的口塞住。那一个哎哟哎哟地满地乱滚，就是站不起来。艾虎也把他捆上，撕衣襟口中塞住。把两个人提在南边塌了的墙根底下。两个人俱都头冲着北，胸膛贴地，口中塞物，言语不出，艾爷拿着张英的刀，进庙里头，去把张英在佛柜底下拉出来，口中塞物拉出，解了绳子。张英作呕了半天，细一看是艾虎，双膝点地说：“艾虎哥哥救命之恩，我是两世为人了，只顾等你。”艾虎说：“你不用说了，我尽已知晓。捆你的那两人，我业已将他们捆上，你要出出气，拿刀把他剁了。”张英说：“在哪里？”艾虎说：“在台阶底下南边塌墙那里。”张英提一口刀出去：“哎哟，艾虎哥哥，你冤苦了我了！你杀完了，你又叫我杀！”艾虎说：“我没杀，我把他们捆上，放在那里了。”张英说：“你来瞧来！。”艾虎出去一看，一怔说：“这是什么人杀的？”又一看说：“他们的脑袋哪里去了？”张英说：“你怎么倒来问我呢？”

艾虎瞧见东南有个黑影儿一晃，说：“不好，有人，随我追来！”张英跟着艾虎，直奔东南追。那条黑影好快，从后面又绕到前面。整整追了两个弯儿，始终未追上。艾虎心中纳闷，这是个人，怎么会追不上呢？再看那两个尸首，踪迹不见。艾虎吓了一跳，拉着便走出了庙外，奔了大道，直奔马二混家中来了。艾虎总思想着这个事，实是古怪，来到了贼头的门首。艾虎蹿上墙去，飘身下来，开了街门，让张英进来，在二门那里等候，艾虎直奔里头院，仍然到窗棂之外戳小孔往里观看。也不知那贼头往哪里去了，屋内连一个人影儿皆无，就见包仍然在那里放着。艾虎进来，把包袱拿上，转头出来，将到屋门，就见打房上吊下一宗物件，把艾虎吓了一跳！艾虎细一瞧，原来是那个贼头儿。艾虎一拧身蹿在院落之中，先往房上一看，再一低头细看马二混，周身并无别伤，惟有脖颈之下津津地冒血。艾虎说："奇怪！"走到二门把包袱交给张英说："急速快走吧！此处有高人。"随即出了街门，二人奔正北。

张英问："院子里面方才扑通一声响，是什么缘故？"艾虎说："此处必有高明人，你是不懂。方才庙里这个事就奇怪得很！我们上贼头的家里去，那个死贼打房上吊下来，又不知是怎么个缘故？绝不是鬼！必有高明人粘咱们，咱们没有看见人家。我是没有工夫，我要有工夫，必在此处访访这个人。可惜有一点不到，这个死尸扔在院子里，本地面官担架得住吗？"张英说："依你怎么样？"艾虎说："依我，离村口又远，又是孤零零的一处房子，放把火给他一烧就算没事了。"张英说："你说的后头了，你看那火起来了。"艾虎回头一看，果然烈焰腾空，火光大作。艾虎说："这更是行家了！"随说随走。

到了第二天，用了早饭、晚饭，直到二鼓，才到张家庄，直奔张豹的家中。张英叫门，里面有人出来，见了艾虎，俱都欢喜，随往里走着。艾虎打听张、马的官司，家人告诉全好。这里有众绅士、财主、铺户攒凑的银钱甚多，就是不能买二位活命。"

艾虎说："我来就得了！"家人给预备酒饭。家人也知道艾虎的脾气，就是好饮。有张英陪着，整整饮了多半夜。

次日吃了早饭，艾虎只身一人，叫本家给借来一套买卖人的衣服穿戴起来，辞了张英，有家人告诉明白道路。艾小爷离了张家庄的门首，进了城门，打听着监牢的地方，就知道在知府衙门的西边。看见缧绁①的所在，直到监门，见横挂着一条铁链，那门儿是半掩半开。艾虎直到门前，把着门往里一看，不料被人一把抓住。

小爷一惊，不知怎样，且听下回分解。

① 缧绁（léi xiè）——古时捆绑犯人的绳索，借指牢狱。

第六十九回

因朋友舍命盗朋友　为金兰奋勇救金兰

且说来到监牢狱的门首，往里一看，被人揪住，说："什么人？找谁？"艾虎本穿着一身买卖人的衣服，就装出那害怕的样子来，说："我在这找人。"那个说："这个所在，也是找人的地方？"艾虎说："有个姓马，有个姓张的打死人了，我在姓马的铺子里头做过买卖，打算来瞧看瞧看，但我又不敢进去。"那人一听说："原来是瞧马龙、张豹的，早点言语。"艾虎说："可以见得着见不着？"那人说："你要瞧别人可不行！你要瞧他们二位，现成有我们这块的绅缙富户，见好了我们头儿了，凭哪位来瞧，不认得，我们还管带着见，完了出来，还不用你花什么。"艾虎知会，就此一躬到地说："奉恳你老人家吧！"那人一回头，叫过一个小伙计来，说："带他瞧瞧张马二位去。"小伙计说："随我来！"艾虎跟着一躬腰，开了锁链往里一走，奔正西有个虎头门，上头画着虎头，底下是栅子门，正字叫做貔犴门。虽画着个虎头，乃是龙种，是一龙生九种之内的一种。其性好守，吞尽乾坤恶人。要能悔悟的，或者是吞屈了仍然吐出来。不然怎么在监牢狱中，不是打官司进了貔犴门，尽都问成死罪！或有悔悟的，或有情屈的，仍然无事，可就应在貔犴这个性情上。靠着外边大门的旁边，一边五间东房；在貔犴门北边，有个狱神庙，约有半间屋子大小。那位伙计叫开了貔犴门的栅子，进了貔犴门。门边，一边有三间东房，里面有人当差。再听里面铁链声响，悲哀惨切，直是鬼哭神号，声音惨不忍闻。顺着北边，有个夹道，直奔正西，走到西头，并无别者的房屋，净是一溜西房，一间一个栅子门，没有窗户。那官人指告："尽北头那间是姓马的；尽南头那间是姓张的。你自己去看吧！我在外边等。"

你道什么缘故？别人瞧人，他必随随步步跟他，怕是串供。到了这案，他怕不能得的进来一位高明人，串供救了这两位的活命。大家全都愿意，故此叫艾虎一个人自己过去。

把着栅子门往里一瞅，就觉一阵心酸，只见马龙他蓬头垢面，脖颈之上一根铁链，当地有根柱子，穿在柱子上。柱子靠着一个小窄炕儿，这根铁链由炕沿上拉过来，锁在炕沿之上，靠着那边堆着上下手的刑具，每要过堂之时，就把上下手的刑具套上。每遇收监的时节，把上下手卸下来往那里一堆，又把他这一根脖链套住锁上。这是有钱有情见了头儿说好了。若不然，把他锁在炕沿上，站也站不起来，蹲也蹲不下，为是好挤钱，不花不行。这个不用十分刑具挤对，众人攒钱早已经打点妥了。然而马龙心中总是不乐。要找着艾虎还好，找不着艾虎也是一死。自己坐在炕上正想此事呢。忽听有人低声叫他说："哥哥，小弟来也！"马爷抬头一瞅，是艾虎，说："哎哟，原来是我的艾虎！"字未曾说出，艾虎一摆手低声说："悄言！"马爷说："你从何而至？可见着张英了？"艾虎低声说："一言难尽！你今天晚间等着三鼓时分，我来救你。有话出去再说。"马龙点头说："你可要看事做事，要不行，就把你连上了。"艾虎说："你多点耐烦，等着吧。"说毕，艾虎出来了。奔了南边，一听，那屋铁链声响，把着栅子门一瞅，原是张豹一个人抖着铁链子玩耍呢，竟没把这件事放在心上。小爷暗想："这才是无心无肺哪！"低声叫道："二哥，千万别嚷！小弟艾虎来了。"张豹低声说："我算计你该来了！”艾虎说：“你倒是好算计！”张豹说：“可想主意救我出去？”艾虎说：“白昼如何行得了！今日夜静三更，我来救你，不可高声。”张豹说：“那些个难友听见也不要紧，我一骂他们全不敢言语了。”又嘱咐：“你可早些来。”艾虎点头，撤身下来，又叫那人带将出来，一路把各处地方全都看明，晚间打哪里来，打哪里走。又与那人说：“朋友，我送你一杯茶资吧！”那人说：“咱们后会有期，你给我万两黄金我也不敢收。”艾虎深深地作了一个揖，扬长而去。

艾虎一直奔城门往张家庄来了。未到门前，早有家下人迎接，进了大门，入了庭房，从人献茶，更换了衣服。张英吩咐叫摆酒，正对了艾虎的意了。饮着酒，这才说怎么见了两位哥哥，说明此事今晚夜至三更搭救他们二位，张英问：“今夜晚间可用什么东西？哥哥早早的吩咐下来。”艾虎说：“别物件一概不用，只用两床被窝，可要里外粗布的。你们是怎么个打算？”张英说：“我这不怕，他绝不能把我拿去。”艾虎说：“也不行，他们在狱中无妨，差使要一丢，狗官必要寻找你们当族来了。倘若被他拿去，打了收监，那还了得？通知你们大族个信息，都要躲避躲避才好哪！再说，连你们这些个家下人都得躲避，不然，也许把你们拿了去。”家下人大家点头。又说：“所有的这些个东西，粗重的物件，就一概都不要了，你们大家分散吧。等看我们来的时节，见见你们大爷、二爷，你们大家就走吧！”众人说事不宜迟，收拾东西要紧。张英听了他的这套言语，就给同族送信去了。

交到二鼓之半，艾虎的酒已过量。张英说：“艾虎哥哥，回头再饮吧。”艾虎就把自己包袱拿将出来，把白昼衣服脱下来，换了夜行衣靠，头上软包巾，绢帕拧头，搓打拱手，三叉通口夜行衣，寸排骨头钮，青绉绢钞包，青绉绢裤裤，青缎袜子，青缎鱼鳞靸，青绷腿，青护膝，把刀亮将出来，插入牛皮软鞘，鞘上自来裹着罗汉股装丝绦，把刀背于背后，胸腔双系蝴蝶扣，脊背后走穗飘垂，伸手拉过来掖于肋下，为的是蹿房越脊利落。一抬胳膊，钞包抱腰，虽系了个顶紧，一点皱扭地方也没有。一回手，就把被窝两床，一卷卷了个小席卷相似，要了一根小细长绳儿，在被窝上一捆，馀者的绳儿往上绕，往肩上一扛，说："我告诉你们那事，可要记着，我要走了。"张英又给跪下，艾虎说："二哥，你这是何苦！"随即出去。出了庭房，有机灵的从人往外就跑，艾虎说："你这是干什么？"从人说："给你老人家开门。"艾虎说："我向来不走门。"嗖一声，踪迹不见。蹿房越脊出了张家的院落，直奔城门而来。

天已三鼓了。过了吊桥，已经路静人稀，直奔城墙而来。他找了个城墙的拐弯，把被窝放下，把绳子放长，系在腰间。由这拐弯登着城墙上去，爬着上头的垛，使了个鹞子①翻身上去，从里面下去。把被窝扛起来，看了看四下无人，直奔监牢狱而来。到了狱门之外，静悄悄，空落落，比不得白昼了，两扇黑门一关，瞅着就有些个发忐忑。自己把被窝绳子一解，一床被窝折成四褶，把两床垛在一处，对着上头的棘针，往后退了数十步，使了个旱地拔葱，往上一蹿，把被窝搭在棘针之上，就便把身子往上一扑，把那一床接将下去，脚沾实地，扛着那个被窝搭在二道墙上。就见那门旁的一溜房子，靠着北边的并无灯火；靠着南边五间屋子有人说话。自己奔到房子那里，把窗棂纸戳了个窟窿，一看，里面是四个人说话哪。有个年老的说："咱们吃的是阳间饭，当的是阴间的差使。"那人说："此话怎么讲？"老者说："白

---

① 鹞子——雀鹰的通称。

日里无事，到了晚晌上夜，没事便罢，要有事就是性命之忧。再说他们外头打更的，算什么差使？单会欺负咱们！总嗔着咱们接锣晚了，必要摆出个凶脸。我但有一线路，再不干这个！”正说着，四更锣到。艾虎上了房看着，暗说：“我来得甚巧，还有接锣之说哪！我要不知道这件事，就误了差使了，他们外头一嚷，我怎么救人？少时，总得把这几个人俱都捆上。再有锣到，我还得替他们接锣。”果然外面的锣到，当当的打了四更，里面由屋中出来打了四下。二人将要回屋，早被艾虎踢倒捆上，口中塞物。又进屋中把那两个照样捆好。出来奔二道墙，眼前一道黑影。

不知是谁，且听下回分解。

第七十回

艾虎求狱神实有灵应　徐良显手段弄假成真

诗曰：

莫逞凶顽胆气豪，身拘缧绁岂能逃。
棘针排列千层密，墙壁周围数仞高。
房设囹圄为禁狱，门涂貔犴作囚牢。
请看枷锁收监者，囚犯王家律一条。

且说艾虎把四个人捆好，口中塞物，把锣立在门旁，将外面的两个人提到屋中，放在炕上。四个彼此瞧看，就是话不能说。艾虎出来，就见眼前一阵黑风相似。自己爬伏地上再瞧，踪迹不见，心中好生纳闷。只好奔貔犴门而来，由北屋那里蹿将上去，飘身下来，也是六间屋子。那三间有人，那三间没人，有人的是两个人。艾虎进去，也把他们俱都捆上，口中塞物。复又出来，由北边夹道直奔正西。听见各处铁链声响，并有哭泣之声，凄惨之极。艾虎救哥哥的心盛，直奔死囚牢而来。到了马龙这里，听见咳声叹气。小爷说："哥哥，不要忧心，小弟到了。"马龙低声叫道："贤弟纵然到了，我怎么能够出去？"艾虎说："这有何难！"话言未了，抬头一看，呀！怔了半天，话都说不出来了。什么缘故？看见那个栅子门上的锁头又大又沉重，自己又没带着投簧匙。这便如何是好？夜行人百宝囊中，应有投簧匙。前套智化盗冠，全仗着投簧匙。无论大小铜铁洋广的锁头都行。艾虎的夜行衣靠，是卢珍给做的。上辈的老人，本不叫他们小哥们偷盗，故此百宝囊中没有投簧匙。一着急，搬拧了半天，又拉刀来撬了半天，一点动静也没有。又拍得那锁哗啷啷乱响，隔壁的难友听见问道："哎哟，你们那边什么事呀？怎么外头有人晃锁，必有缘故哟？难友儿有救星，想着我们哪！"马龙说："贤弟，不行了，你也就算尽到心了。"艾虎说："不能救得出哥哥去，我绝不出这个监牢狱！"艾虎暗自着急，越想越不好，临来的时候，三哥再三地问我，我执意地不说。这如今要有他来，他的那口刀断这锁头不费吹灰之力。再说自己来这里踩道，竟自没看明这把锁头，莫非两个哥哥不应例有救？我救不了两个哥哥有什么脸面出这个地方！自可以刀横颈上！正在为难之时，忽然想起一件事来。每遇打官司的说："狱神庙最灵。"自己也在开封府打过官司，应坐四十日监。监牢中一日也没待过，净在校尉所内。监起解发配大名之时，在狱神庙磕过一回头。如今何不哀告哀告狱神爷去？倘若狱神爷有灵有圣，也许有之。自己主意拿定，告诉马大哥："小弟去去就来。"自己仍然扑奔正东，到了貔犴门的北边，找着搭被窝的地方，纵身蹿将上去，飘身下来，到了狱神庙，双膝点地说："狱神爷在上，弟子艾虎在下，如今我有两个哥哥，一个叫马龙，一个叫张豹，两个因给本地除害，结果了恶霸的性命，问成死罪。弟子前来要把他们救将出去。不想栅栏门甚紧，不能搭救两个人出监。弟子叩求狱神爷有灵有圣，暗助弟子一臂之力，将他们救将出去。重修狱神庙，另塑金身。"祷告完了，又磕了一路头。他又冲空中过往的神灵，正要往下许愿，只听见当当的锣声响亮，正是四更二点，自己赶紧奔到门那里，把锣拿起来，等着外边更夫冲着门缝打了四下，艾虎也当当打了四下。外头人说："这还不差什么！你们醒着点，别等着我们到了这打完了，你们现爬起来。"艾虎也不言语，恐怕人家听出语声来。听着他们打更的去远，自己把锣仍然放下，复又到狱神庙，又祝告祝告："若无灵应，就是一死。"自己仍打墙上蹿将进去，直奔死囚牢。没有到马爷那里，就见马龙在院子里站着哪，艾虎赶奔前来，问道："哥哥，是怎么件事情？"马龙低声说："兄弟我这里找你啊，你往哪里去了？"艾虎说："我给你许愿去了，你是怎样出来的？"马龙说："听见外头锁子哗啦的一响，栅子门就开了，进来三尺多高的一个黑影儿，我叫了一声贤弟，眼前打了一道白闪相似，听哗啦一响，我一展眼，你来看我项上这个锁链子就断去了一半。我料着是贤弟你。再找，踪迹不见。又想，你必是往张贤弟那里去了。我上那边看了看，也是静悄悄的一点声音皆无。故此我在这纳闷。你是怎样除去外头的锁头？"艾虎说："我怎么配哪！我是给你们二位大大地许了个愿心。你们出去以后，得便之时，重修狱神庙，另塑金身，这是狱神爷显圣。"马龙连连点头："使得使得，这个使得。"艾虎说："你在此少等，我看看二哥怎么样。"

去了一时回来说："狱神爷没听明白，绝不能净管你不管他。咱们哥两个暂且出去，再在狱神爷跟前把话说明，自然二哥也就出来了。"说毕，两个人扑奔正东，来到墙下，将飞抓百练索掏出，把马爷便拴上，马爷仍然还带着脖圈上有三尺多长铁链，暂且无法，只可先叫他那么带着，等出去再说，艾虎先蹿上墙头，往上一导绒绳。导来导去，就把马爷提在墙头之上。由外墙皮翻将下来，艾虎也就蹿下墙头。马爷将腰中绳子解开，艾虎绕好收在囊中。待到狱神庙前，教马爷磕头。艾虎复以祝告狱神爷，又把张二哥的事情述说了一遍。仍是重修庙宇，另塑金身，复又望空祝告了祝告。然后，站起带着马爷到了那五间无人的屋子，把风门拉开，带着马爷到了里面。艾虎自己取出千里火来一晃，照见那边有一大炕，教马爷自己在炕上等着。艾虎说："我把二哥救出，咱们一同出外头监墙。你可在这里等着，千万别溜离开此处。"马爷连连点头说："你只管放心，我绝不能离此处。"艾虎随即出来，到了狱神庙，又磕了路子头，祝告了祝告。复又蹿进墙来，还没有到死囚牢哪，就听见二哥在那里嚷道："你们谁要再嚷，我要把你们的脑袋拧下来了！"艾虎一见，欢喜非常。立刻来到身旁，低声说道："二哥千万不可高声。"张二爷一见艾虎，问道："你把我救出来，你到哪里去了？"艾虎说："你往这里来，我告诉你。"把他拉到东墙下，离那些难友们甚远。艾虎问："二哥，你是怎样出来？"张豹说："你倒来问我？你这不是明知故问？"艾虎说："你告诉我吧，我还有话说。"张豹说："听外面的锁头一响，栅子门一开，进来了三尺多高的一个黑影儿，我一问是谁，嗖的一声就在眼前打了一道立闪。一展眼的工夫，我这条脖链子就断了半截。你来看，这不是我这个脖圈还有三尺多长的铁链。我就出来找你。我一叫，那些打官司的人听见了，他们一嚷不要紧，要叫看差的听见，就不好办了。"艾虎听罢一笑："哥哥不是我救你的。连大哥带你都是狱神爷显圣。我给你们两个人许了一个愿心，重修狱神庙，另塑金身。出去之后，务必想着还愿。错过狱神爷显圣，那么大的锁头，这么粗的铁链，焉能断得了？"张豹说："真灵，我明儿务必重修狱神庙，另塑金身。"又问："大哥在哪里？"艾虎说："现在这墙的外头，在五间屋子内等着你我呢！"张豹说："我可不会上墙，这怎么出去？"艾虎就把绒绳掏出，张豹紧上腰，艾虎上墙，把张豹提到外头。张豹把绒绳解开，交与艾虎。狱神庙磕了一路头。到屋子里头找马龙，却踪迹不见。

若问马龙去处，且听下回分解。

第七十一回

丢马龙艾虎寻踪迹　失张豹义士又为难

诗曰：

无论龙韬与豹韬，徐良真不愧英豪。
众声况是称多臂，百战何曾损一毛！
斩铁岂须三尺剑，削金直借大环刀。
若非暗地来相助，怎得同盟脱虎牢？

且说艾虎带着张豹，到了屋中，寻找马龙不见，急得艾虎跺脚，暗暗地叫苦。张豹问道："大哥倒是上哪里去了？"艾虎想："大哥不是粗鲁人，我紧嘱千万可别离开此处。到底还是出去了，岂不叫小弟着急！"张豹说："你瞧我是个浑人，我都行不出那个事来，不怕拉屎撒尿也不离这个地方。"艾虎说："我去找他去，找了他你可别走了哇！"张豹说："我死都不出这个屋子！"

艾虎出去，一直往南，过了那五间东房，知道那里头捆着五个人，马大哥说不能上那屋里。又顺着南夹道一直地往西，到了西面，又是死囚牢的后身，盖着五间木板房儿。靠里屋内有灯火半明不暗。艾虎把窗棂纸戳了一个窟窿，往里一瞧，见了一宗差事。就见四个人在炕上四马倒攒蹄捆着，嘴里鼓鼓囊囊，必然是塞着口哪，都翻着眼睛彼此看着，就是说不出话来。艾虎纳闷，这是谁干的事情？莫不成是马大哥看见这有人，他怕嚷嚷？

艾虎看毕，自个又奔了北边夹道，重新再奔貔犴门，绕了一个四方的弯儿。马龙的一点影色皆无。自个到屋中来告诉张豹，焉知晓张豹也不知去向了。艾虎一着急，叫道：“二哥哪里去了?”一晃千里火筒，屋中何尝有人！无奈收了火筒，转身出来，心中想着，到那屋中问问，那人是什么人捆的，便知分晓。刚到西头死囚牢的后头，将要进屋子去，就听外面已交五鼓。打更的到来，自己想着回来接锣。刚走在半路，就听见里面锣当当响了五声，艾虎吃了一大惊，这是什么人打锣哪？恨不得一时到了跟前看看才好，来到面前，远远地看见了当啷把锣一扔，一个黑影一晃，艾虎就跟下来了。真快，艾虎追着追着，就不知追在哪里去了？自己站在那里发怔：两个哥哥好容易救将出来，俱都丢了。一想天已不早了，自己怎么办法？也就是一死，决不能自己一人出去！就哼了一声，忽听身后哈了一声，艾虎回头一看，身后立定一人。艾虎将要拉刀，那人噗嗤一笑，原来是三哥到了。艾虎羞得面红过耳，赶紧过去叩头说：“你可吓着我了。不用说，种种事都是三哥办的。”徐良说：“我在店中同你说什么来着？你执意不肯告诉我实话。我劝你未思进，先思退，你偏是一冲的性儿。我打算你有多大本事，原来就是求狱神爷的能耐。你们在店外说话，我就全都听明白了。你前脚出来，我后脚就跟出来了。你走的东边，我走的西边，还是我先到破庙。你打头进贼家里去，我在后窗户那里瞧着你到庙里头捆人。我在墙外头等着，你救张二哥去，我这里杀的人。我特意一晃悠，你追了我两个弯。我把两个死尸扔在土井，我就到了贼的家里，站在他们房上一笑。贼人出来，他往房上一瞅，在关节眼里我给了他一袖箭，拿绒绳拴上，把他系上房去。你打屋中出来，我把他扔下房去，教你纳闷。你们走在哪里，我跟在哪里。可惜你还踢了一回道，扮作个买卖样儿，你连锁头都没瞧见。要不是我跟来，老兄弟，你这条命还在不在？你这一走，人所共知，都知道你救他们来了。

你要救不出去，头一件你先对不住我。我再三要跟你来，你偏不肯告诉我。要没有我这口刀，也是不行，我要不来，两个哥哥也救不出去，你也死了。从此往后行事，总要思寻思寻，胆要大，心要小；行要方，智要圆。”数说得艾虎脸似大红布一般，言道：“哥哥，小弟比你太差，天渊相隔，不必说了。那贼头家里火也是你放的，这后头四个人也是你捆的。”徐良点头说：“贼家里放火，省得叫地面官存案。后头四个人，不但是我捆的，我还帮着外面接锣哪！”艾虎说：“哥哥你真乃奇人也！”徐良说：“算了吧，我是白菜畦的畦！”艾虎说：“你把两个哥哥藏在哪里去了？”徐良说：“那个我可不知道！”艾虎说：“你别叫我着急，够我受的了！”徐良说：“随我来吧！”带着艾虎直奔东门的南边那五间房来了。

徐良在外边一叫，双刀将同着勇金刚在里出来。艾虎一看，两个脖子上的铁链俱都不在了，就知道是徐三哥用刀砍断。艾虎一问：“我的哥哥，你们真把我急着了！”张、马二位异口同音说：“这位徐三哥说，是你们两个一块来的。他在外头巡风，你在里救我们。我说有查监的头儿过来了，暗查不点灯的屋子，必是看差偷闲多懒，吹灯睡了觉了。他要进来翻着，这还了得？他带着我们找了个有灯的屋子。外头若有查监的问，叫我们只管答应，说我们这四个人全醒着哪！他倒不进来。”张豹说：“见了我也是这个话。我说我怕兄弟着急，他说他给老兄弟送信去。把我们两个人项上铁链都挑去了。”艾虎复又给他们引见一番，徐良说：“天气不早了，咱们早些出去吧。”

到了外头，找着被窝地方，艾虎把飞抓百练索解开，徐良蹿上墙去，拿着绒绳，这边把马爷的腰拴好。徐良往外一看，并无行走之人。骑马式蹲在墙头，往上导绒绳；艾爷在底下一托，便上墙头，由外边系将下来，马爷解开绳子，徐爷又扔在里边，把张爷拴上，系上去，也是打外面系下来。张豹也把绒绳解开。徐良说：“老兄弟，你不用绒绳可上得来?”艾虎说：“别取笑了。”徐良说：“我把被窝带着走了。”艾虎说：“三哥，不可！那我怎么上去?”徐良先下去，艾虎随后上去，就着蹿下去，脚沾实地，接过绒绳来，四个人鱼贯而行，直奔城墙的马道。

来到马道，是个栅栏门，用锁锁住。徐良把大环刀拉出来，把锁头砍落，开了栅栏门，大家上去，奔了外皮的城墙，艾虎又把飞抓百练索扣在城墙砖缝之内，拿手按结实了，先教徐良下去，揪着绒绳打了个千斤坠，慢慢地松绒绳，松来松去，脚沾实地，马龙、张豹连艾虎一个跟着一个下去。艾虎把绒绳一绷，绷足了往上一抖，自来的抓头儿就离了砖缝，拉将下来，裹好收在囊中。

徐良说：“我去取衣服去了，咱们家中相见。原来是他白昼的衣服在树林里树牙杈上夹着哪。艾虎同马、张飞步走到了张家庄。张家的家人远远地望着哪！见了主人，都过来道惊。艾虎说：“有话家里说去吧！”连张英也迎接出来，给艾虎道劳。艾虎问：“给我预备的怎么样了?”家人把酒菜端上来，艾虎已把衣服换好。马龙、张豹也就更换衣巾，落座吃酒。

艾虎问：“你们往哪里投奔?”张豹说：“上古城我们姑姑那里去。”叫家下人把东西分散，粗笨物件都不要。把家中细软金珠，包了几个包袱。所有文契账目，都交与张英。马爷告诉张英说：“你明早告诉管事的，好好照应买卖地亩，我不定几年回来。”原来马龙家中无人，并且孤门独户，无所挂碍。少刻，就见徐良打房上蹿下来，进得屋中，说：“老兄弟，你还饮哪！你看天到什么时候了？天光一亮，官人一来，谁也不用走了！”张英、张豹、马龙全过来给徐良道劳。徐良把他们搀将起来，说："你们还不快拾掇！"张豹答言："我们细软东西已经包好，其余叫家人分散，文书交与我兄弟收讫。我同着我马大哥，上古城县找我姑母去躲避，我们当族人等，明天俱都躲避躲避。"徐良说："好！马大哥的家务哪？"回答："俱已料理妥当。"艾虎说："咱们大众起身，放火烧房。"徐爷方说："且慢，这是谁的主意？"艾虎说："我的主意。咱们走，房子不是还便宜他们么？偏不能落在他们手里头！"家人跑进来说："官人来了！"

大家一惊，不知如何，且听下回分解。

第七十二回

大家分手官兵到　弟兄走路遇凶僧

诗曰：

古城迢递费追寻，颠沛流离苦不禁。
亲属此时相别面，故人何日再谈心。
皆因逃狱辞同里，急觅安巢隐密林。
待到南霄鸿脱网，依然云路寄回音。

且说艾虎要烧房，徐爷拦住说：“这官司不一定，别说不回来了。见着大人，人情托好，叫知府官一坏，你们哥们仍是回家。这时烧了，那时再想置可就费了事了。不如此时暂且将门锁上，将来回家，总是咱们自己的房子。”马爷点头说：“此计甚善。”

正说着，家人跑进来说：“远远有马步队灯笼火把奔了这里来了。”徐良说：“快锁门！”一抬腿，哗啦！艾虎那张桌子就翻了个了。艾虎说：“这是怎么了?”徐良说：“官兵都到了，你还慢慢地喝酒哪！官人到来，你我不怕呀，别人怎么走呢?”

这就各自背上包袱，出了屋中，把门锁上。大家出去，艾虎将大门锁上，自己跳墙出去，就看见西北灯笼火把，马上步下的，扑奔前来。大家撒脚就跑，各奔东西。临分手各各嘱咐都要小心了。惟有徐良跟得甚快。仗着有一样好，连官带兵一到，先围大门，他们这些人就有了跑的工夫了。张豹、马龙奔古城。暂且不表。

单提艾虎与徐良奔武昌府的大路，又是白昼不走路，找店住下，晚间起身。走了两天，仍然是白昼走路。

这天正走到了未刻光景，远远看见一道红墙，听见里面有喊喝的声音说："好秃头！反了，反了！"艾虎说："三哥，你听里面有人动手哪！"徐良也就止住步了，果然又听见喊喝说："好僧人！"徐良说："不错，是动手那！"艾虎说："我听出来了，是熟人。"两个人纵上墙去一看，原来是江樊。

因何江樊到了此处？有个缘故。前时二义韩彰收得义子螟蛉，名叫邓九如，救过包三公子。石羊镇会贤楼遇见包兴，将他带到开封府，念及他救过三侄男，他母亲又是为三公子废命，请先生连三公子带邓九如在一处读书。戊辰科得中，早晚净叫他在堂口听着问案。为是升出来的时节，堂口必然清楚。日限也多了。总央求着包公要在外头作作有司。包公知道他年幼，怕他不行。又苦苦地哀求包公保举他石门县知县。为是靠着颜按院甚近，先给按院去了一封信，究竟不放心，总要派个人保护他才好。开封府此时无人，就派了江樊保护他上任。包公深知江樊口巧舌能，临机作变最快，又有点武技学本事，他本是韩彰的徒弟，私下管着江樊叫江大哥，同桌而食。升了堂站堂听差，可算快壮班的总头儿。

领凭上任之时，包公嘱咐邓九如："文的不好办，到大人那里请公孙先生；武的不好办，大人那里有校护卫，可以往那里借去。有疑难案件，打发江樊与我前来送信。你到任的名气好歹贤愚，我必然知晓。倘若不行，我急急把你撤回。"嘱咐已毕，邓九如辞行起身，领凭上任。所在一路上应用的，俱是包公预备。

一路无话。到任交接印信，查点仓廒①府库，行香拜庙，点

① 仓廒（áo）——贮藏粮食的仓库。

名放告，要学开封府势派。别处有司衙门鸣冤鼓都在大堂，怕有人挝[①]鼓，还把鼓面扣上个簸箩盖子。他这不是。他把鸣冤鼓搭出来，放在影壁头里，鼓槌挂在鼓上，每日派两个值班的看鼓。若有人挝鼓，一概不许拦阻。再者，永远升大堂办事，无论举监生员，做买做卖，贫富不等，准共瞧看。这一到任，那日升堂，就把所有的陈案尽都发放清楚。打的打了，罚的罚了，该定罪名的定了，当堂立听传人，该责放的放，整办了一天，这才办完。要按说才十九岁的人，有偌大的才干？究竟是鸟随鸾凤飞腾远，人伴贤良品格高。共总一个月的光景，奇巧古怪的案件，断了不少。巧断过乌鸡案，审过黄狗替主鸣冤，就把这一个清廉的名儿传扬出去了。地方上给县太爷起了个外号，叫做玉面小包公。

这天正是出差迎官接诏，带着江樊众人役等把公事办完，自己换了一身便服，叫江樊扮作个壮士的模样，叫别者的人回衙听差，叫江樊带上散碎的银两，留下两匹马。江樊拦阻了太爷几句，说是太爷升堂理事，见过的甚多，倘若被人识破，大大的不便。邓九如不听，江樊也就不敢往下讲了。看看天气不好，就游玩了两三个村子。到处人家都夸奖这位太爷实在是一位清官。

江樊催着回衙门，太爷趁着天气不好，要在外头住下。果然见前边树木丛杂，到近处一瞧，原来是个镇店。进了镇店，是东西大街，是个南北的铺户，很丰富的所在。就是一件，是铺户字号匾上，四个角上四个小字是朱家老铺，十家倒有八家皆是如此。走到东头路北，有个朱家老店，叫江樊前去打店。江樊下马，不多时回来说："客房全都有人住了，只有尽后面有一连八间正房，有两个两间，四个一间，没人住下。"九如说："倒也可

---

① 挝（zhuā）——敲或打。

以。”下了马，把马上包袱拿下去，交给店内伙计遛马。伙计带着，直到后边，就住那两间屋，打洗脸水，烹茶，俱都净了面，江樊给斟出茶来，传酒要菜，喝的是女贞陈绍，饭还未曾吃完，就把灯烛点上，嗣后来，要的馒头就汤，饱餐一顿，将残席撤去，连店钱、饭钱俱都算清。格外赏的酒钱，伙计当面谢过，又烹来了茶。

外面有人说话。到底是那屋内伙计出去，说：“就是你们二位么?”回答：“不错，就是我们两个。”伙计说：“住一间，住两间?”那人说：“住两间。”伙计说：“就在这隔壁，这是两间。”随即把门推开，点上灯烛，二位进去，放下褥套行李，打脸水、烹茶。这两个人刚一进屋子，就打了个冷战。原来这两个人是亲弟兄，姓杨，一个叫杨得福，一个叫杨得禄。两个是乡下人，在京都做买卖。这是回家，住在这里。前头先说有房子，后又说没房子。这才把他们支在后边来了。伙计过来，问要什么酒饭。那两个人随便要了点菜。要的是村薄酒，要了三斤饼，两碟馒头，乡下人能吃，饱餐一顿，撤将下去，开发了店钱饭钱。

天到二鼓时分，嚷起来了，说：“你们这是贼店，我们要搬家了，还给我们店钱吧!”店里伙计过来说：“客官别嚷!”住店的说：“你们这个贼店!”伙计说：“你怎么看着是个贼店？要是叫官人听见，我们这买卖就不用做了!”那人说：“你就是给我房钱吧，我们不住了。”连邓九如带江樊都听见此事，也就出了屋子。伙计说：“要我给你们钱不难，你得说说是怎么件事情?”那人说：“你们这贼店如今闹鬼哪！必是你们害的人太多了。”伙计说：“你这更是胡说了！你只管打听打听，我们这个店里不死人。每遇有病的，病体已沉，必叫人或推着，或搭着，道路甚远的，也必推着搭着送回家去。或左右邻近的亲戚朋友，必派人给他亲朋送信。我们这店内总没搭过棺材去。”那人说：“你说不闹鬼，你去屋里瞧瞧去！”伙计说：“这时还闹哪?”那人说：“不信？你进瞧去，我们刚吃完了饭，一歪身就见这蜡苗忽然烘烘的有一尺多高，并且蜡苗全是蓝的；不多时，蜡苗越缩越小，缩到枣核相似，我们可就歪不住了。我一瞧，也是害怕；我兄弟一瞅，也是害怕。忽然，又打八仙桌底下出来一个黑忽忽的物件，高够三尺，脑袋有车轮子大小，也看不见胳膊，也看不见腿，出来冲着我们一扑，我们就跑出来了。亏了我们跑得快，要是跑得慢就完了。”伙计说：“这都是没有的事！”那个说：“你不信，你进去把我们的东西拿出来。你一进去，那个鬼就在那里对着。”伙计又胆小，起先就毛骨悚然，又听这一说，如何还敢进去？邓九如说：“伙计不要为难，叫那二位搬到我们屋里去，我们搬在那屋里去。”

至于换房审鬼，俱在下回分解。

第七十三回

朱仙镇邓九如审鬼　在公堂二秃子受刑

诗曰：

正直廉明又且聪，无惭玉面小包公。
秉心不作贪污吏，举首常怀建百功。
断案能教禽兽服，伸冤常与鬼神通。
虚堂何幸悬金鉴，老幼腾欢万户同。

且说邓九如听了姓杨的那两个人的话，必然不虚，既是有鬼，准有屈情之事。所以出来私访。为的是要见着点什么事情才好。故此告诉他们，两下里换房。连伙计带那两个人全都愿意，惟有江樊不乐。若真要有鬼，惊吓着太爷，那还了得！过去谏劝，他也不听。叫江樊拿了自己的东西，搬到西屋里去。

邓九如在前，先进了那两间屋中，看见两间屋子当中，有个隔断，外间有张桌子，两张柳木椅子，里间屋挂着个单布帘子，里屋顺前檐的炕上有个饭桌，对面一张八仙桌，两张椅子，并没有什么差异的事情。连伙计带江樊俱都进来，伙计把他们东西扛出去，说："相公爷，你看哪里有鬼？"九如说："有我也不怕！"伙计出去说："你们二位看看，人家怎么没看见什么？你们必是眼离了。"那二人说："别忙，少刻再听。"太爷又叫伙计烹茶，找一本书来看看。伙计说："并没有什么闲书。"拿了一本《论语》来。

伙计出去，见江樊就靠着里间屋子门站着，不住地瞧着八仙桌底下。九如说："江大哥坐下。这出外来，这么立规矩还不行！不然，你就在那边椅子上坐下。"江樊说："唔哟，我可不敢。我净瞧着这桌子底下，觉得总有点不对，我更不敢了，还敢在那椅子上坐着？"邓大爷一笑说："江大哥，你好胆小哇！心中无鬼，自然无鬼。既然不愿在那边，你在我这对面来坐。"江樊就答应了一声，过来给邓太爷斟上了一碗茶。

九如就把那书翻开一看。正翻在"务民之义"，"敬鬼神而远之"这一节上，忽听外面咯吱咯吱地直响。江樊说："不好，来了！"往外一迎，说："什么东西？"就听到哎哟、扑通一声，有一个人打外间屋里摔到屋里来了。江樊吓得往邓九如这里一蹿，把刀就亮将出来要砍。细瞧，原来就是那个姓杨的。邓九如拦住问："你上我们屋里做什么来了？"杨得禄说："吓着了我了！"爬起来战战兢兢地道："我同我哥哥眼睁睁看着闹鬼。似你这个人造化真不小！这么大个岁数，总是你的福田大，就连一点动静没有。我过来，一者要和你说说话，二者我倒要看看这鬼透着有点欺负人。我在外头瞧着，这蜡也不变颜色，也不闹故事，我将往里一走，叫他老这么一嚷，就吓了我一个跟头。可真把我吓着了！"邓九如说："不用分争，你先坐下。你看见就是这个八仙桌底下出来的么？"那人说："可不是么!，来了，来了！你看，这就来了！"就见他用手一指这个灯，大呼小叫说："你看……，看、看、看这个灯！"连江樊带邓太爷一瞅，这蜡苗烘烘烘地高起，足有一尺开外，慢慢往回缩小，小来小去，真仿佛个枣核一般，蓝瓦瓦的颜色，这屋中就越发暗了。江樊目不转睛地瞅着桌子底下。忽然间，就听见桌子咔嚓一声响亮，如同是桌底下倒墙似的出来黑忽忽的一宗物件。江樊一瞅，哎哟扑通摔倒在地。那个姓杨的，也是照样哎哟扑通摔倒在地。邓九如虽然不怕，也是瞅着有些诧异。见灯光一起，忽然一暗，打八仙桌底下滴溜溜地起了一个旋风，就把两个人吓倒。那旋风往姓杨的身上一扑。邓九如就下去把两个人搀架起来。就见那个姓杨的慢慢地苏醒，一歪身，就跪在了平地上，说道："太爷在上，屈死冤魂与太爷叩头。"

邓九如一怔，怎么转眼之间，他就说是屈死的冤魂哪？这必有情由！随即问道："有什么冤屈之事，只管说来。"那人跪在那里哭哭啼啼地说："冤魂姓朱，我叫朱起龙，死得不明净，等太爷到此，我好伸冤告状。"邓九如问："你是哪里人氏，死得怎么不明？只管说来，全有太爷与你作主。"回答道："我是这小朱仙镇的人，此店就是我的。死后我的阴灵儿无处投奔，也没人替我鸣冤。今恰巧逢太爷的贵驾光临，到了冤魂出头之日了。"说毕，又哭哭啼啼。邓九如又问："难道你就没亲族人等么？"冤魂说："回禀太爷得知，我有个兄弟叫朱起凤，不提他还罢了，提起他来令人可恨，本待细说，天已不早，我有几句话太爷牢牢紧记：自是兄弟，然非同气，害人谋妻，死无居地，只求太爷与死去的冤魂作主就是了。"说毕，往前一趴，又是纹丝儿不动。

邓九如自己想了半天，不甚明白，就见江樊慢慢地起来，翻眼一瞅桌子底下，什么也看不见了，再看太爷端然正坐。问了问邓九如，可曾见鬼？邓太爷说："鬼，我倒不曾见。"就把姓杨的说的什么言语，连诗句告诉了他一番。江樊当时也解释不开。就见那个姓杨的复又起来，口音也就改变了，说："相公你横竖看见咧？"问他方才事，他一概不知，抹头他就跑了。

邓九如与江樊商量了个主意，明日问他们伙计，他们必知晓。就和衣而卧。

到了次日，店中的伙计过来打了脸水，烹了茶。江樊说：

“我们在这打早。”伙计答应，少时过来，问要什么酒饭？知县说：“天气还早些，你要没有事，咱们谈谈。”回答：“早起我们倒没有事。”又问：“你贵姓？”回答：“姓李行三。”又问：“你们掌柜的姓朱，尊字怎么称呼？”回答：“叫朱起凤。”又问：“朱起龙是谁？”回答：“是我们大掌柜的，死了。”又问：“得何病症而死？”回答：“是急心疼。”又问：“可曾请医调治？”回答：“头天晚好好的人，半夜里就病，大夫刚到，人就死了。”又问：“可曾有妻、有子？”答道：“没儿子，净有我们内掌柜的。”太爷问：“妻室多大岁数了？”伙计说：“你这个人怎么问得这么细致？直是审事哪！”九如说：“咱们是闲谈。”伙计说：“二十二岁。”又问：“必是继娶罢？”答道：“我们大掌柜的五十六没成过家，初婚。”

九如又问：“死鬼尸身埋在什么地方？”伙计说：“亏了你是问我，别者之人也不知道这细致。我们这有这么个规矩：每遇人死在五、六月内，总说这人生前没干好事，死后尸骸一臭，众人抱怨，故此火化其尸，把骨殖装在口袋里，办事不至有气味。我们掌柜就是这么办的，就埋在村后。”又问：“你们二掌柜的多大岁数？”回说：“今年三十岁。”又问：“与你们大掌柜的不是亲的吧？”回说：“你这个人问事，实在了不得，是一父两母。”又问：“他也在店中？”回答：“我索性告诉你细细致致吧！你多一半许没安着好心眼。我们二掌柜的，在隔壁开着一个楠木作，做着那边的买卖。我们大掌柜的一死，他得照料这边的事情，这边又有我们内掌柜的，他们虽是叔嫂，究属俱都年轻，不怕五更天，算完了账，他也是过那边睡觉。他是个外面的人，总怕外头有人谈论我们内掌柜的，就住在这后头。这里头隔上了一段墙，后头开了一个门出入，不许打前边走。还想着不好，我们内掌柜的又不往前走，我们二掌柜的给了她一千两银子，叫她跟娘家守节去了。这也都说完了，你也没有什么可问的了吧？”

伙计把话说完，邓太爷已明白了八九，又问：“你们二掌柜的楠木作，我家里有些个楠木家伙，俱都损坏了，叫他亲自去看看怎么拾掇。”伙计答应说：“很好，很好！我这就给你找。”随即就要饭，将把饭吃完，朱二秃子就来了。伙计带着见了见说：“这是我们二掌柜的。就是这位相公爷叫瞧活。”九如一见秃子，脸生横肉，就知道不是良善之辈。秃子与太爷行了礼，问：“相公贵姓？”回答：“姓邓。”又问：“在哪里瞧活？”回说：“在县衙旁。”秃子说：“你们二位有马，我有匹驴，已经备好。听你们信，哪时起身？”邓大爷说：“这就走。”遂给了店饭钱，备上马，一齐起身，离了朱仙镇，直奔县衙门下马。叫朱起凤在外稍等，江樊使了个眼色，太爷入内换衣服。

欲知审秃子情况，且听下回分解。

第七十四回

白昼用刑拷打朱二　夜晚升堂闯入飞贼

诗曰：

犹是前宵旅邸身，一朝冠带焕然新。
升堂忽作威严像，判案还同正直神。
任使奸谋能自诈，讵①愁冤屈不能伸。
清廉顷刻传宣遍，百姓欢虞颂祷频。

且说到县衙门口三人下马、下驴，太爷说掌柜在此等等，我里头瞧个朋友，少刻就来。秃子说："去吧，我这也有个朋友，在班房里当差使，正要排班伺候太爷。"大家退去，有几个头儿都让朱起凤说："二掌柜的，屋里坐，饮茶。"朱起凤说："众位哥们辛苦了。"自己到了那班房，叫小伙计接过驴来，自己去里边用茶。问："二掌柜，什么事往这里来？"起凤说："来这瞧点活。"又问："在哪里瞧活？"回答："跟着那位相公瞧点活。"又问："就是方才进去的那位相公？"回答："正是。"头儿说："这倒不错，等着出来听话吧。"

少刻，里边梆点齐发，太爷升堂。朱二秃子忽听里面说："带秃子！"就有一个头儿过来说："太爷升堂了，带你进去！"就把铁链搭于脖颈之上。二秃子一怔，问道："这是什么缘故？"头儿说："我们不知，你到了堂上，就知道了。"接着，往上就带。

① 讵（jù）——岂，表反向。

喊喝的声音不绝。将秃子带到堂口，往上磕头。邓九如叫："抬起头来！你可认识本县？"朱起凤吓了个胆裂魂飞。原来叫瞧活的相公，是本县知县！自己心中有亏心的事情，自来的胆怯，又对着太爷，又问到病上。只听说："朱起凤，你把哥哥怎么害死，谋了你嫂嫂，从实招来，免得三推六问！"叫官人挑去铁链。秃子复又往上磕头，说："太爷在上，小的哥哥死了二年光景，至今我这眼泪珠儿还不断呢！再说我们一奶同胞，我怎么敢做那逆理的事？就求太爷口下留德，一辈为官，辈辈为官！这话要传扬出去，小的难以在外头交友。"邓九如将惊堂木一拍，说："哇！好生大胆！我且问你，你哥哥得何病症而死？"秃子说："乃是急心疼的病症，人要得急心疼必死。我哥哥得病不到半个时辰，大夫来到门前，我哥哥已经气绝，就打发医生回去了。"又问："你是怎样谋你嫂嫂，从实招来！"秃子说："太爷这句话，更是要小的命了！我嫂嫂立志守节，在店中我就怕有人谈论，故此给了她一千两白银，回到娘家。欲守欲嫁，听其自便，永不许她在店中找我。大爷如或不信，问我们近邻便知分晓。"太爷又问："你嫂嫂她娘家姓什么？"答道："姓吴。"又问："她哪里人氏？"回答："是吴桥镇的人。"又问："给了你嫂嫂一千两银子，叫她回娘家，是什么人送去的？"这一句话把个朱二秃子问得张口结舌。旁边作威皂班，在旁边吆喝着，叫说："快说！"朱二秃子说："小的送去的。"太爷立刻出签票，吩咐拿吴氏。朱二秃子一拦说："听人说她已改嫁别处去了，若要派人去，岂不是白跑一趟。"邓九如说："你好生大胆！难道说她就没亲族人等么？"秃子说："她们家都死绝了。"太爷叫道："朱起凤，实对你说，昨日晚间住在你们店中，有你哥哥的鬼魂告在本县的面前，故此深知此事。你若不招出清供，岂能容你在此鬼混！不打你也不肯招认，拉下去，重打四十大板!”早有官人按例揪翻，把他中衣褪去，重打了四十大板，复又问道：“朱起凤，快些招将上来!”秃子仍然不招。知县又吩咐打了四十大板，复又问道：“快把害你哥哥谋你嫂嫂的实情招将上来!”秃子仍然不招。太爷吩咐一声，将夹棍抬上来，当啷一声，放在堂口，秃子一见夹棍，就吓了个真魂出窍。这夹棍，乃是五刑之祖，若要用十分刑，骨断筋折。它却是三根无情木，一长两短，上有两根皮绳。当时二秃子不招，就把两腿套在当中，有一人按住当中那根长的，两个官人背着那两根皮绳往左右一分。上面叫招，秃子情知招出来就剐，回道：“无招!”就听见噶扎扎一响，好厉害！怎见得，有赞为证：

邓九如，要清供，打完了板，又动刑。夹夹棍，拢皮绳，两边当下不留情，真是官差不由己，一个背来一个拢。萧何法，共五宗，刑之首，威风耸。壮堂威，差人勇，为的是分明邪正真口供。噶吱吱响三木攒，一处共。穿皮肤，实在痛，筋也疼，骨也痛，血攻心，浑身冷，麻酥酥的一阵眼前冒了金星。铜金刚，也磨明；铁罗汉，也闭睛。人心似铁，官法无情。好一个朱二秃子咬定牙关总是不招承。太爷叫招，他怎肯应？又言又敲，浑身大痛。太阳要破，脑髓欲崩。哎哟一声昏过去，秃子当时走了魂灵。

把夹棍套在腿上仍是不招，吩咐一声，受用了五分刑。用了七分，用了八分，仍是不招，吩咐叫滑杠，就滑三下。朱二秃子心中一阵迷迷离离，眼前一黑就昏过去了。这道是，这夹棍若要用刑之时，先看老爷的眼色行事，吩咐动刑，老爷必在暗会儿。瞧老爷伸几个指头，那就用几分刑。十分刑到头，这一滑杠，可就了不得了。用一三五六的杠子在夹板棱儿上，通上到下一滑，哗喇喇喇，就这么三下，无论那受刑的人有多么健壮，也得昏将过去。朱二秃子一昏，差人回话说：“气绝了。”吩咐说：“凉水喷！”过来官人，拿着一碗凉水，含在口中，冲着朱二秃子噗的一声喷，朱二秃子就悠悠气转。上头问：“叫他招！”差人说：“他不招。”上头说：“再滑杠！”江樊说：“且慢。老爷暂息雷霆，朱二秃子身带重伤了，不堪再用刑具拷问。倘若刑下毙命，老爷的前程要紧。”上头问：“依你之见？”江樊说：“依我之见，把他先钉镣收监，明日提出再问。打了夹，夹了打，必有清供，今日不招有明日，明日不招有后日，想开封府相爷作定远县，审乌盆，刑下毙命，就是这么要的职。老爷的天才……”邓九如点头道：“说得是。”吩咐松刑，当堂钉镣，就标了收监牌，收在监牢，吩咐掩门退堂。

归书斋，太爷把江樊叫过去议论：“昨日说的话，‘自是兄弟，然非同气。’他们是兄弟，又不是亲的，这话对了。‘害人谋妻，死无居地。’把他尸骨化灰，即是死无居地，这个害人谋妻，不是明显着是朱起凤谋了嫂嫂，害了哥哥的性命，怎么他一定挺刑不招？莫非这里头还有什么情节，据我想，着夹打他不屈，江大哥替我想想。”江樊说：“鬼所说的那四句话，据我想看，与老爷参悟的不差，不然，明日将他那个伙计传来，再把那伙计拷问拷问，说出清供，也许有之。再不然，有三两日的工夫，每日带朱二秃子上堂夹打，一个受刑不过，说出清供也许有之。”邓九如点头。

用了晚饭，邓太爷在书房中坐卧不宁，想起朱二秃子顶刑不招，不由得无名火往上一冲，吩咐一声，坐夜堂审问。顷刻传出话出，叫外头三班六房衙役人等，在二堂伺候升堂。立刻外面将灯火、公案预备齐备，老爷整上官服，带着江樊，升了座位，拿提监牌标了名字，官人把朱二秃子提到堂口，跪于公案之前，太爷复又问道："朱起凤，快些招来！不然还要动刑，夹打于你。那怕你铜打铁炼，也定要你的那清供！"朱二哼咳不止，说："太爷，小的冤枉！"旁边衙役作威叫说。忽然由房上蹿下一人，一身夜行衣靠。手中拿着一宗物件，刷刷一抖，堂外人俱倒于地，进屋中一抖，众人迷失二目，睁眼看时，人犯已丢。

若问夜行人来历，且听下回分解。

第七十五回

丢人犯太爷心急躁　比衙役解开就里情

诗曰：

身居县令非等闲，即是民间父母官。
一点忠心扶社稷，全凭烈胆报君前。
污吏闻名心惊怕，恶霸听说胆战寒。
如今断明奇巧案，留下芳名万古传。

且说太爷升夜堂审问，指望要他的清供。谁知晓打房上蹿下一个贼来，手中拿定一宗物件，使一个细长冷布①的口袋，把白灰泼成矿子灰细面，用细罗过成极细的灰面子，装在冷布口袋里，用时一抖，专能迷失人的二目。江樊瞧着他进来，就要拉刀，被他一抖口袋，二目难睁，还要护庇老爷，只得先把自己双眼一按，净等着眼泪把矿子灰冲出，这才能够睁开眼睛。再瞅连老爷也是双袖遮着脸面，不能睁眼。也是眼泪冲出矿子灰，这才把袖子撤下。大家睁眼一看，当堂的人犯大概是被贼人抢去了。江樊暗暗地叫苦。太爷吩咐，叫掌灯火拿贼。大众点了灯笼火把，江樊拉出利刀，一同的捉贼，叫人保护着太爷入书斋去。江樊带领大众，前前后后寻找一遍，并无踪迹。

复又至书斋面见老爷。邓九如把大众叫将进去，问众人可曾看见贼的模样？大家异口同声说："小的们被他的白灰迷失了二

---

① 冷布——极稀疏的纱布。夏天用以糊窗，取其通风透明并防蚊蝇。

目，俱都未能看见。”内有一个眼尖的说：“小的可不敢妄说，微微看出一点情形来。”江樊说：“你既然看出一点情形来，只管说来，大家参悟。”那人说：“这个贼不是秃子，定是个和尚。”太爷问：“怎么见得?”那人说：“小的在二堂的外头，贼一下房，我往后一闪，他先把那些人的眼睛一迷，我正待要跑，他又一抖手，小的眼就迷了，看见他戴着轻包巾，鬓间不见头发，想来不是秃子就是和尚。别人鬓边必要看出头发来，此人没有，小的就疑惑他不是个秃子就是个和尚。”江樊说：“不错，你这句话把我也提醒了，我看着也有那么一点意思。”

知县就赏了一天的限期，叫他们拿贼，拿秃子和尚。到第二天出去，连秃子带和尚，把那素常不法的就拿了不少。升堂审讯，俱都不是。把那些个人俱都放了。又赏了一天的限，叫他们拿贼，仍然是无影无形。整整的就是数十天的光景，一点影色皆无。那些差人实系也是太苦，索性不出去访拿去了，每天上堂一比。这天，打完了那个班头，将往堂下，一走一蹶一颠的还没下堂哪，就有他们一个伙计说：“老爷一点宽恩的地方没有，明天仍然还是得照样。”那个受比的班头就说：“九天庙的和尚——那是自然。”邓太爷又把他叫回去，问他：“你方才走到堂口说什么来着?”就把那个班头吓了胆裂魂飞，战战兢兢说：“小的没敢说些什么。”太爷说：“我不是责备于你，你把方才的话照样学说出来。”那名班头说：“乃是外面的一句匪言，不敢在老爷跟前回禀。”太爷说：“我叫你说的，与你无关。”班头复又说：“这是外面一句歇后语。说了前头的一句，后半句就知道了，故此谓之歇后语。小的说的是‘九天庙的和尚’，他们就知道是‘自然’。缘故是离咱们这石门县西门十里路，有个庙叫九天庙，里头的和尚叫自然和尚，很阔，在外面结交官府，认得许多绅衿富户；穷苦艰难的，他也是一体相待，有求必应。故此高矮不等的人，皆都认识于他。就是前任的太爷，与他还有来往哪。”邓太爷听了这句话，沉吟半晌，叫他下去，从此也不往下比较班头了。吩咐掩门，一抖袍袖退堂。归后书斋内，小厮献上茶来。江樊总不离邓太爷的左右。邓九如又把江大哥叫来，说：“那个鬼所说的那四句，明显着情理，暗中还有点事情，我方才明白了。横着一念哪，就是‘自然害死’。方才那个班头说，九天庙和尚叫自然，此事难辨真假，咱换上便服，去到九天庙，见了和尚，察言观色，就可以看出他的虚实。”江樊说：“老爷，使不得！老爷万金之躯，倘若被他人看出破绽，那还了得？不然，我一人前去察看察看他的虚实，回来再作道理。”邓九如不听，一定要去。两个人前往，江樊也不敢往下拦阻，自可就换了便服。太爷扮作文生秀士的样子，随即叫人开了后门，二人行路出了城门，扑奔正西，逢人打听九天庙的道路。

原来是必由之路，直到九天庙前。只见当中大红庙门，两边两个角门，尽都关闭。叫江樊到两边角门叩打，少刻，有两个小和尚开了角门，往外一看，问道：“你们二位有什么事情，叩打庙门？”邓九如说：“我们是还愿来了。”小和尚说：“什么愿？”邓九如说：“我奉母命前来还愿烧香。”那个小和尚对这个小和尚说：“哎哟，是了，老太太许的是吃雷斋，这方才上雷神庙还愿。”说毕，两个小和尚哈哈一笑，邓九如也觉着脸上发赤。本来这是九天应元普化天尊雷神庙，那有母亲许这个愿心的！也就憨着脸往里就走，叫和尚带路，佛殿烧香。见那个小和尚一壁里关门，一壁里往后就跑。太爷带着江樊到佛殿，小和尚开了隔扇，把香划开，江樊给点着。太爷烧香，小和尚打磬。太爷跪倒身躯，暗暗祝告神佛，暗助一膀之力，辨明此案，每逢朔望日，庙中拈香。

烧香已毕，在殿中看了看佛像。出了佛殿，直奔客堂。正走着，就听见西北上有妇女猜拳行令，猜三叫五的声音，邓九如瞅了江樊一眼，江樊就暗暗会意。来到了客堂，小和尚献茶。江樊出去，意欲要奔正北。由北边来了一个小和尚，慌慌张张把江爷拦住说："你别往后去，我们这里比不得别的庙，有许多官府中的官太太、小姐，倘若走错了院子，一时撞上人家，我们师父也不答应我们，人家也不答应你。"江樊说："走，我管什么官府太太不官府太太呢！她若怕见人，上她们家里充官太太去。庙宇是爷们游玩的所在，不应例妇女们在庙中。"一定要往后去。那个小和尚那肯叫他往后去，两个正在口角，互相分争之间，有一个胖大的和尚，有三十多岁，问道："什么事情？"那个小和尚就把江樊要往后去的话说了一遍。那个僧人就说：'你怎么发横！别是有点势力吧，你姓什么？"江樊说："你管我姓什么！"那个僧人说："拿着你这个堂堂的汉子，连名姓都不敢说出？那个和尚说你，就是不说，光景我也看出个八九。你必是在县衙里当差的江樊。"一听就知道事体不好，无奈就先忍了这口气。此时要叫他们识破机关，老爷有险，那还了得！于是说："似乎你这出家人说话可也就太强暴了，谁与你一般见识。我就是不往后去也不大要紧，我还要看看，我们朋友大概也要走啦。"那个和尚一笑："走，大概够走的了吧！"江樊一听，更觉得不得劲了。急忙转回来，奔了客堂，与邓九如使了一个眼色，邓九如就明白八九的光景。正要打算起身，就听外边如巨雷一般，念了一声阿弥陀佛。忽然间从外边进来了一个和尚，身量威武，高大魁伟，面如噀血，合掌当胸说："阿弥陀佛！原来县太爷到此，小僧未能远迎，望乞恕罪。"邓九如说："师傅是认错人了，哪里来的太爷？"和尚微微地一笑说："实不相瞒，那日晚间，抢出我那个朋友来，就是小僧。我就知道太爷早晚必要前来寻找小僧。小僧久候多时了。"太爷将要折辩，僧人一阵狂笑，又说："我不去找你，你自来找我。分明是'天堂有路你不去，地府无门闯进来'。"吩咐一声左右："绑了，打!"外面来了许多小和尚，围裹上来，不容分说，过来就揪太爷。江樊一瞅地方窄狭，先就蹿在院内，把刀亮将出来。早有人给和尚拿了一条齐眉棍，就与江樊动起手来。

要问胜负输赢，且听下回分解。

第七十六回

知县临险地遇救　江樊到绝处逢生

诗曰：

世上诸般皆好，惟有赌博不该。
掷骰①押宝斗纸牌，最易将人闹坏。
大小生意买卖，何事不可发财。
败家皆由赌钱来，奉劝回头宜快。

我为何道这首西江月呢？只因那年在王府说小五义，见有一人愁眉不展，长吁短叹，问其缘故，他说，从前因赌钱将家产全输了，落得身贫如洗，来到京中，才找碗饭吃。今又犯了旧病，将衣服铺盖全都卖了。主人也不要我了，焉得不愁呢？"我便说道："老兄若肯回头，从今不赌，自然就好了。我还记得赌戒十二则，请老兄一听，便知分晓。"

破家之道不一，而赌居最。每见富厚之子，一入赌场，家资旋即荡散，甚至酿为盗贼，流为乞丐，卖妻鬻②子，败祖宗成业，辱父母家声，诚可痛恨。彼昏然无知之徒，不思赌之为害，败家甚速，反曰：手谈消遣，夫世间何事不可以消遣，而必欲为此乞丐之事，甘心落魄哉！在赌者意欲有钱，殊不知赌无常胜之理。即使胜多负少，而一出一入，钱归窝家，是输者固输，赢者亦终

① 骰（tóu）——色（shǎi）子。
② 鬻（yù）——卖。

是输。况赌博之人，心最刻薄。有钱则甜言密语，茶酒奉承，万般款洽，惟恐其不来，迨至囊空，不独茶酒俱无，甚且恶言詈①辱，并不容其近前。似此同一人也，始令人敬，终令人贱，能无悔乎？吾以为与其悔之于后，毋宁戒之于先。

戒赌十二则：

一坏国法。朝廷禁民于赌博尤严，地方文武官长，不行查拿，均干议处；父母姑息，邻甲蒙隐，俱有责惩。君子怀刑，虽安居无事，尚恐有无妄之灾，时时省惕。彼赌博场中，有何趣味？而陷身于国法宪网，以身试法，纵死谁怜？

二坏家教。父母爱子成立，叮咛告诫，志何苦也！为人子者，不能承命养志，而且假捏事端，眠宿赌钱，作此下贱之事，不知省悟，良可痛悼！故为子之道，凡事要视于无形，听于无声，若乃于父母教诲谆谆，全不悛改，背亲之训，不孝之罪，又孰甚焉！

三坏人品。人一赌博，便忘却祖宗门第，父兄指望，随处懒散，坐不择器，睡不择方，交不择人，衣冠不整，言语支离，视其神情，魂迷魄落，露尾藏头，绝类驿中乞丐，牢内囚徒。

四坏行业。士农工商，各有专业，赌则抛弃，惟以此事为性命，每见父母临危，呼之不肯稍释者，何况其他！迨至资本亏折，借贷无门，流为乞丐，悔之晚矣！夫乞丐人犹怜而舍之，赌至乞丐，谁复见怜，则是赌博，视乞丐又下一层矣！

五坏心术。大凡赌钱者，必求手快眼快，赢则恐出注之小，输则窃筹偷码。至于开场诱赌，如蛛结网，或药骰密施坐六箝红之计，或纸牌巧作连环。心照之奸，天地莫容，安有上进之

---

① 詈（lì）——骂。

日哉？

六坏行止。赌场银钱，赢者耗散一空，全无实惠；输家毫厘不让，逼勒清还。输极心忙，妻女衣饰，转眼即去；亲朋财物，入手成灰；多方拐骗，渐成窃盗，从来有赌博盗贼之称，良非虚语。

七坏身命。赌博场中，大半系凶顽狠恶之辈，盗贼剪拐之流，输则己不悦，赢则他不服，势必争斗打骂，损衣伤体，若与盗贼为伙，或被当场同获，或遭他日指扳。囚杆夹拶，身命难保。即或衣冠士类，不至若此，而究年累月，暗耗精神，受冻忍饥，积伤肌髓，轻则致疾，重则丧身。揆①厥由来，皆由自取。

八坏信义。好赌之人，机变百出，不论事之大小缓急，随口支吾，全无实意，以虚假为饮食，以哄脱作生涯，一切言行，虽妻子亦不相信。夫人至妻子不相信，是枉着人皮，尚可谓之人乎？他日虽有真正要紧之事，呕肝沥血之言，谁复信之！

九坏伦谊。亲戚邻友，见此赌徒，惟恐绝之不远，而彼且自谓输赢由我，与他何涉。正言谠②论，反遭仇恨。以赌伴为骨肉，以窝家为祖居，三党尽恶，五伦全无，与禽兽何异？

十坏家声。开场之辈，均属下流；嗜赌之子，无非污贱。旁人见之必暗指曰：此某子也，某孙也。门楣败坏至此，毕竟祖父有何隐恶以致孽报？是生既招众人鄙贱，死后何颜见祖宗于泉下？

十一坏闺门。窝赌之家，哪论乞丐、盗贼，有钱便是养身父母，甚至妻妾献媚，子女趋承，与淫院何异？好赌则不顾家室，

① 揆（kuí）——推测揣度。
② 谠（dǎng）——正直的。

日夜在外，平日必引一班匪棍往来，以成心腹。往来既熟，渐入闺阃①，两无忌惮。所以好赌之人妻，不免于外议者，本自招之也。况彼既不顾其家室，青年水性，兼又有饮食财物诱之者，日夜不离其室，能免失身之患乎？

十二坏子弟。大凡开赌好赌之家，子弟习以为常。此中流弊无所不有，虽欲禁之，不可得也。故开赌好赌之子弟，未有不赌博者，平日之习使然也。夫既习以赌博，又焉望子弟之向上乎？且好赌之人，未有不贪酒肉而怠行业，故即其居室之中，尘埃堆积，椅桌倾斜，毫不整顿。抽头赢钱，尽数吃喝，吃之既惯，日后输去，难熬清淡，便不顾其廉耻，不恤其礼义，邪说污行，无所不为，男为盗，女为娼，不能免矣，戒之！戒之！戒赌十二则说完，奉劝诸公谨记。仍是书归正传。

诗曰：

特来暗访效包拯，清正廉明得未曾。
消息谁知今已漏，机谋在此是多能。
况无众役为心腹，空有一人作股肱②
不遇徐良兼艾虎，几遭毒手与凶僧。

且说和尚出来，认得邓九如，倒是怎么个缘故？情而必真，朱起龙死得是屈，因为五十多岁娶了一房妻子，他这妻子娘家姓吴，名叫吴月娘，过门之后，两口就有些个不对劲。何故，是老夫少妻。吴家贪着朱家有钱，才肯做的此事。夫妻最不对劲，她倒看着小叔子有些喜欢，又搭着秃子能说会道，不到三十的年纪，叔嫂说笑有个小离戏，久而久之，可就不好了，做出不贞不

---

① 闺阃（kǔn）——指妇女居住的内室。
② 股肱（gōng）——左右辅助得力的人。

洁的事情来了。两个议论，到六月间，二人想出狠毒之意。那晚间就把朱起龙害死，连秃子帮着，用了半口袋糠，朱起龙仰面睡熟，把糠口袋往脸上一压，两个人往两边一坐，按住了四肢。工夫不大，朱起龙一命呜呼！把口袋撤下，此人的口中微然有点血沫子浸出，吴月娘儿拿水给他洗了脸。一壁里就装点起来；一壁里叫童子去请大夫。大夫将至门首，妇女就哭起来了。随即就将大夫打发回去。朱家一姓当族的人甚多，人家到了的时节，恶妇早把衾单盖在死人的脸上，议论天气炎热，用火焚化。情真他们那里倒是有这个规矩。有人问起，就说是急心疼病症死的。这个又比不得死后搁几天才发殡，怕有什么妨碍，犯火忌日，与什么重丧回煞等项，总得请阴阳择选日子。这个不用，只要一家当族长辈晚辈商量明白就得。就是本家人将死尸抬出去，抬到村后，有那么一个所在，架上劈柴一烧，等三天把骨灰装在口袋之内，亲人抱将回来，复反开吊办事。诸事已完，葬埋了骨灰，他们想着大事全完了。

吴月娘穿重孝守节，二秃子接了店中的买卖，绝不在店中睡觉，不怕天交五鼓，总要回到他铺中安歇。岂不想他的铺子与店一墙之隔，柜房与店的尽后头相连。吴月娘安歇的屋子也只隔着一段短墙，只管打前头过来，又可由后头过去。天交五鼓，仍然复又过去，朝朝如此，外面连店铺中并无一人知晓。以后还嫌不妥，叫人在店后垒起一段长墙，后面开了一个小门，为的是月娘儿买个针线等类方便。外人无不夸奖秃子的正派，岂知坏了事了。

这日，正对着月娘儿买绒线，遇着九天庙的和尚打后门一过，可巧被月娘看了他一眼。列公，这个和尚非系吃斋念佛跪捧皇经的僧人，他本是高来高去的飞贼，还是久讲究采花的花和尚，白昼之期，大街小巷各处游玩，哪里有少妇长女被他一眼看中，夜晚换了夜行衣靠，插单刀前来采花。他也看那个妇女的情形，若是正派人，他也看不中意，也不白费那个徒劳，就让来了，人家也是求死。别的是休想。那日看见月娘瞟了他一眼，早就透出几分的妖气。又对着月娘本生的貌美，穿着一身缟素。恶僧人看在眼内，到晚间换了衣服，背着刀，拨门撬户进来，正对着秃子也在这里，可倒好，并未费事，三人倒商量了同心合意，自此常来。白昼秃子也往庙里头去，两个人交得很密。后来和尚出了个主意，终久没有不透风的墙，倘若机关一泄，祸患不小；不如把月娘送在庙中，就说把她送往娘家去了，给了她一千两白银作为店价，遮盖外面的眼目，其实送在庙中，那秃子喜欢来就来，和尚绝不嗔怪。

这日，正是和尚进城，走在县衙门口，就见朱二秃子的大葱白驴在县衙门口拴着。和尚一瞧就认得，心中有些疑惑。它是秃子常骑着上庙，故此和尚认得。正对着太爷升堂，又是坐大堂，并且不拦阻闲人瞧看，和尚也就跟着在堂下看了个明白。见秃子受刑，和尚心中实在不忍，赶紧撤身出来，找了个酒铺，自己喝了会子酒。自己想着，回庙见着吴月娘儿，可是提起此事好哇，还是不提此事好哪？再者这个知县比不得前任知县，两个人相好，自己就可以见县太爷，给托咐托咐。这个知县，一者脸酸，二来毫丝不得过门，徜若秃子一个受刑不过。连我都是性命之忧，自己踌躕①了半天，无计可施。自可会了酒钱，出了酒铺，直奔城外。比及②来到庙中，到了里面，他这庙中妇女，不是吴

① 踌躕（chóu chú）——犹豫。

② 比及——等到。

月娘一个人，也有粉头妓者，也有用银钱买来的，也有夜晚之间扛来的，也有私奔找了他来的，等等不一，约有二十余人，俱在庙内。这日，他回来奔西跨院，众妇女迎接。他单把吴月娘儿叫到了一个僻静所在，就把朱二秃子已往从前之事，一五一十细说了一遍。月娘儿一听，不觉得就哭起来。复又与和尚跪下说，秃子待她是怎么样好法，苦苦的哀求僧人救秃子的性命。又说："怕秃子一个顶不住刑，我倒不要紧，还怕要连累了师父，只要师父施恩救了他的性命，他若出来，我准保他这一辈子忘不了你的好处。"说毕，复又大哭。和尚一来心软，二来也怕连累自己，正在犹豫，徒弟报道师爷爷到了。僧人迎出，原来是他的师叔。这个和尚是南阳府的人，外号人称粉面儒僧法都，前来瞧看师侄。叔侄见面，行礼已毕，让至禅堂，献上茶来。他问了师叔买卖如何？（列公：怎么出家人问买卖？本来全是绿林的飞贼，岂不是问买卖！其实，净卖不买。偷了来就卖，几时又买过哪？）回答："南边买卖不好，我们师兄弟四人俱都各奔他方，早晚你师父还要上你这里来哪。"自然和尚他叫悟明，他有师弟叫悟真，他师父叫赤面达摩法玉。还有两个师叔：一个铁拐罗汉法室，一个叫花面胜佛法净。这些人们都在《续套小五义》上再表。悟明见师叔来了，他就把朱二秃子这些事情对着他师叔面前述了一遍。晚间用完了晚饭，就约了他师叔与他巡风。法都也就点头。不想到三更时分，进了城，到了狱门，当差的人甚多，都在那里讲说这位太爷性烈，夜晚间还坐堂审秃子哪。悟明听了，轻轻的回来告诉粉面儒僧。两个人就进了衙门，施展飞檐走壁之能，到了二堂，自然和尚下来抖口袋迷众人的眼睛，就把秃子背出去了。法都帮着出城，拿飞抓百练索绒绳拴上秃子，系上系下，到了城外找了个僻静的所在，砸了手铐脚镣，连项索尽都砸坏，换替背到庙中，秃子也不能与二人磕头道劳，法都拿出药来敷上，慢慢将养。月娘儿替秃子与二僧道劳。从此吩咐小和尚小心衙门的公堂，留神县官前来私访，说了知县的相貌，不然，怎么邓九如一来，他们就知是知县？那个关门的小和尚，就给悟明他们送信去了。少刻出来，后面即给他预备兵器哪。见面先说好话，后来叫小和尚拿人。江樊把刀与自然和尚交手，他如何是凶僧的对手？他虽是二义韩彰徒弟，没学什么能耐，三五个弯就封不住和尚那条棍了，急得乱嚷乱骂说："好凶僧啊，反了！"并有些个小和尚也往上一围，江樊情知是死。忽然间，打墙上蹿下两个人来。

艾虎、徐良如何捉拿和尚，且听下回分解。

第七十七回

粉面儒僧逃命　自然和尚被捉

诗曰：

不信豪雄抱不平，请看暗里助刀兵。
只因县令灾星退，也是凶僧恶贯盈。
贪乐焉能归极乐，悟明还算欠分明。
到头有报非虚语，莫向空门负此生。

且说庙中僧人，正在得意之间。江樊看看不行，自己就知道敌不住僧人准死。自己若死，如蒿草一般，保不住老爷，辜负包丞相之重托。到底是好心人逢凶化吉，可巧来了个小义士和多臂熊。二人听出庙里声音，艾虎认得江樊，随即两个人蹿下墙来。艾虎道："江大哥放心吧！小弟还同了一个朋友来哪。"江樊一看是艾虎到了，还同着一个紫黑的脸、两道白眉毛、手中一口刀、刀后头有个环子的汉子跳下墙来。那汉子跳下来就骂："好秃驴！王八养的！"是山西的口音，艾虎见对面凶僧青缎小袄，青绉绢钞包，酱紫的中衣，高腰袜子，开口的僧鞋，花绑腿，面如喷血，粗眉大眼，脸生横肉，凶恶之极。恶僧人一看艾虎、徐良，倒提劈山棍对着艾虎往下就打。艾虎一闪，拿刀往外一磕。僧人往下一蹲，就是扫堂棍。艾虎往上一蹿。凶僧撒左手反右臂，其名叫反臂刀劈丝。艾虎缩颈藏头大哈腰，方才躲过。徐良看看暗笑，老兄弟就是这个本事，自己蹿将上去，说："老兄弟，这个秃驴交给老西了。"和尚一看此人古怪，举棍就打。山西雁用力一迎，呛的一声，当啷，那半截棍就坠落于地。把和尚吓了个真魂出壳，掉头就跑。早被徐良飞起来一脚，正踢在和尚肋下，哎哟一声，和尚栽倒在地。艾虎过来，磕膝盖点住后腰，搭胳膊拧腿就把凶僧捆上。凶僧大喊，叫人救他。徐良一回手，在他脊梁上叭的一声，打了他一刀背，小和尚风卷残云一般，俱都逃命。依着艾虎要追，徐良把他拦住说："他们都是出家人，便宜他们吧!"

再见小和尚复又反转回来，围着一个胖大和尚，就是粉面儒僧法都。皆因他在西跨院同着那些妇女正自欢乐，见悟明出去不回来。有小和尚慌慌张张跑将进来，说："师爷，大事不好了!我们师傅拿了知县，他还有一个跟人与我们师傅那里交手，打外头又蹿进来两个，全是他们一伙的。我师傅叫他们拿住了，你快去吧!"凶僧脱了长大衣服，提了一口刀直奔艾虎他们来了。小和尚本是跑了，见法都来，复又跟着法都，又要围裹上来。徐良一瞧，这个和尚虽然胖大，倒是粉白的脸面，往前扑奔。徐良说："好师傅，你是出家人，不应动气。本当除去贪嗔、痴爱，万虑皆空，没有酒色财气，这才是和尚的规矩，又何必拿着刀来和我们拼命？我们如何是你对手？你要不出气，我给你磕个头。"和尚将要说，磕头也不行！他焉知是计？岂不想老西这个头可不好受。就见他两肩头一耸，一低脑袋，哧的一声，和尚哎哟，还仗他眼快瞧见一点动静，由徐良脑后出来一闪身。虽然躲过颈嗓咽喉，噗哧一声，正中肩头之上，掉头就跑。这些小和尚就跟着跑下去了。粉面儒僧蹿上墙头，徐良并不追赶，掉头寻找艾虎来了。满地上小和尚横躺竖卧。也有的死了，也有带着重伤的。两个人会同寻找江樊，不知去向。

原来江樊瞧见艾虎、徐良进来，把那无能的小和尚砍倒几个，自己跑出来了。明知道有艾虎一人足能将那和尚杀败，自己出来寻找老爷要紧。找来找去，并没见着。遇见一个小和尚，过去飞起一脚，就踢了个跟头，摆刀要砍，说道：“你说出那位老爷现在哪里，就饶你不死。”和尚说：“我告诉你，饶了我呀!”江樊说：“我岂肯失信于你，你说出来我就饶了你，你快些说来!”答道：“在西跨院庭柱上捆着哪。”江樊果然没有结果他的性命，一直奔西跨院。一看，老爷果然在柱子那里捆着，三四个小和尚那里看守。看见江樊进来，恶狠狠地拿着刀扑向他们来，小和尚撒腿就跑。江樊也并不追赶，救老爷要紧。江樊过去解开了绳子，跪倒尘埃，给老爷道惊。邓九如用手搀起说：“这是我的主意，纵死不恨，与你何干！我还怕连累了你的性命。你是怎么上这里来了？那和尚怎么样了?”江樊说：“有小义士艾爷，还同着他一个朋友前来解围。要不是他们两个人，我就早死多时了。”邓九如说：“莫不是开封府告状的那个艾虎?”江樊说：“正是。”邓九如说：“我们两个人还怪好的哪！他坐监，我打书房出来散逛散逛正遇见他。在校尉所我义父那里，我们两个人一同吃的饭。他不认得字，还要跟着学一学，怎么把眼前的字认得几个才好，很诚实的一个人。他是北侠的门徒。智化的干儿子。”江樊说：“不是，老爷记错了，他是智化的徒弟，北侠的义子，老爷看，来了!”

艾虎与徐良也是问了小和尚，找到西跨院。江樊要跪下给艾虎道劳，早叫艾虎一把拉住，对施了一礼，又与徐良见了江大哥。艾虎说：“这是我徐三叔跟前的三哥，名叫徐良。”与江樊彼此见了礼。江樊又要与徐良道劳，也叫徐良搀住。邓九如过来说：“若非是二位到来搭救，我们两个早死多时。活命之恩，应当请上受我一拜。”艾虎一怔，搀住说：“你不是我韩二叔的义子吗？姓什么来着？”邓九如一笑说：“艾大哥，你是贵人多忘事，我叫邓九如。”艾虎说：“是了，你们二位怎么游玩到这里来了？”江樊就把他们怎么上任，怎么私访、审鬼、坐堂、丢人犯、解开歇后语、到庙中来遇见凶僧的事，细述了一遍。艾虎听了说：“三哥，你看还是文的好，你我别说做不了官，即使做了官也算不了什么。看人家这个，出任就是知县！”江樊说：“少叙那个，和尚怎么样了？”艾虎说：“拿住捆好了。”徐良说：“我把他扛过来，看看是那个自然和尚不是？”

邓九如问艾虎从何处来？艾虎也就把自己的事说了一遍。邓九如说：“还有件怪事，方才他们大家把我捆上，推到这里来拴在庭柱上。这屋里头有许多的妇女，陪着那个白脸的和尚饮酒，还猜拳行令哪。就皆因那个和尚出去动手去了，这屋中许多妇女没见出门，他们全往什么地方去了？”艾虎说：“何不到屋里找找他们去！”同着江樊带老爷一齐到屋中，也没有后门，眼睁睁那酒席还在那里摆着，就是不见一个人影儿，连老爷也纳闷。江樊那样的机灵，也看不出破绽来。还是艾虎看见那边有一张床，那个床帏子乱动。艾虎用刀把床帏子往上一挑，见里面有两个人，将要把他们提将出来，一看是两个妇人，他就不肯去拉了。叫：“江大哥，你把这两个提出来。”江樊就将他们随即捆上，带过来说：“这就是太爷，跪下磕头。”邓九如一看两个人俱在二十多岁，三十以内。太爷问：“你们都是干什么的？说了实话便罢，如若不然，即将你们定成死罪。”两个妇女往上磕头说：“我们都是好人家的子女，半夜间凶僧去了，把我们扛到庙内。本欲不从，怎奈他的人多，落了秃贼的圈套。”太爷说：“你们即是好人，本县放你们归家。可有一件，有个朱二秃子，他在庙中没有？”两个人连答应说：“有，不但有朱二秃子，连吴月娘儿俱在此处哪。”太爷问：“现在哪里?”妇人说：“你看那边有一张条扇，是个富贵图，那却是一个小门。开开那个小门，里头是个夹壁墙儿。他们听见事头不好，俱都钻在里头去了。我们也要钻到那里头去，他们说没有地方了，故此我们才藏在床下里头。男女混好些个人哪。”老爷听了，随即叫江樊过去瞧。那一张画是一张牡丹，花旁边有个环子，虽是个门，可开不开。正要问那个妇人，就见徐良扛着和尚进来，把他地上一摔，扑通的一声，徐良随即说：“我全问明白了。他们这里头有个夹壁墙，连朱二秃子他们那一案都在这里哪。”忽然外面一阵大乱，进来许多人，各持兵刃。

若问来者何人，且听下回分解。

第七十八回

小爷思念杯中物　老者指告卖酒人

诗曰：

悟明做事太冬烘，淫妇收藏夹壁中。
自谓是空原是色，岂知即色即成空。
谋命图奸太不明，最阴究属妇人情。
奇冤自此从头洗，败坏闺中一世名。

且说徐良在外边问自然和尚，不说；拿刀威吓带伤的小和尚，倒是有一得一，将实话全都说出来了，故此徐良连那个假门他都知道。扛了自然和尚进来，正要献功，人家这里也都知道了。将要进去，外头却一阵大乱，进来了无数的人，各持单刀、铁尺，大众以为是僧人的余党。原来不是，是由衙门中来了一伙子马快班头。有老爷的内厮，一瞧天气不早，老爷无信归回。主管着急，暗暗地就把马步班的头目叫将进来，就把老爷上九天庙的话细说了一遍。叫他们带着伙计去迎接老爷要紧。头目一听，也怕老爷有舛错，赶着带了伙计们急速出城，俱带着单刀铁尺。

到了九天庙，老远地就望见打里间跑出许多和尚来，焉敢怠慢？就叫伙计们向众人往前一闯。一看，有许多的僧人们，也有死于非命的，也有带着重伤的。问那个带伤的人："县太爷现在哪里，你们可知晓？"那人回答道："现在西跨院。"大众就奔西跨院而来。江樊、艾虎、徐良，大家往外一迎，见是马快班头，江樊这才放心。大众都过来见了太爷，给太爷道惊，给他们请罪。太爷说："于你们无干，这是我的主意。"复又过去，在那张画轴那里，把那个铜环子拧了半天。果然一转，那个门儿一开，这才看见夹壁墙。江樊使了一个诈语说："里面众妇女们听真，今日本处的太爷到此，就为的是朱二秃子、吴月娘一案，就将你们放去。倘若不献，拿到衙门里是一例同罪。"这句话不大要紧，就听见里面妇女们乱嚷。不多一时，连伺候她们的婆子，出来了二十多人。内中揪着一个妇人，就是吴月娘。大家一齐说："这就是吴月娘。那个秃子可得你们爷们进去，我们拉不动他。"艾虎进了夹壁墙，不多时，就见他拉着秃子一条腿，提拉出来了。班头过来，将秃子锁上，把吴月娘锁上，又把两个人的二臂倒绑，待等回衙再问。同时，将那些妇女尽行释放，准她们把和尚那些东西，量自己的力气，能拿多少拿多少，不许再拿二趟。大家磕头，分散物件出门去了。

少刻，地方进来叩见太爷。江樊叫道："地方出去，或马或车，找来给太爷骑坐。"地方出去，太爷叫听其那些带伤和尚自己逃命。受重伤不能动转的，少刻回衙打发人来给他调治。死了的，就在庙后埋葬。只罪归一人。跑了的和尚法都，案后访拿。太爷叫官人把悟明带回衙署审问。地方将车辆套来，请艾虎、徐良到衙中待酒。徐良说："老兄弟，索性咱们做事做个全始全终，一半押解人犯，一半保着老爷，咱们要是一走，路上倘有舛错，岂不是前功尽弃了么?"艾虎点头道："所有庙中东西，叫地方看守；倘若短少，拿地方是问。"押解着秃子、吴月娘、悟明和尚起身，出了庙门，直奔县衙。太爷叫艾虎、徐良一并上车，二人不肯。连江樊俱都地下走。一路之上，瞧看热闹之人不在少处。

到了衙署，老爷下车。三班六房伺候进了衙署。连艾虎、徐良让到书斋待茶。太爷立刻升堂，用刑拷问。三个人一字不招，只好夹打了一回，把他们钉镣收监。太爷一抖袍袖退堂，掩门归书斋，陪着徐良、艾虎谈话，然后摆酒吃饭。用完了饭，直谈论了一夜，无非讲论些个襄阳故事，怎么丢大人，至今尚无音信的说了一番。直等第二天早晨，二人告辞，他们还是上武昌的心盛。邓九如送了盘费银两，二人执意不要，让之再四，也就无法。邓九如、江樊送出作别。二人不上黄花镇去了，顺着大路直奔武昌。逢人打听路途，晓行夜住，渴饮饥餐，无话不讲。

这天，正往前走着路，一瞧前边是个山口，原来是穿山而过。进了山口，越走道路越窄，忽然抬头一看，正是桃花开放，满山遍野，香气扑鼻。艾虎说："三哥，你看这个地方多么可观，可惜不会作诗，要是会作诗更有了趣味了。"徐良说："那个诗也是那么容易作的，哪里能文武兼全？要闹个艺多不精，还不如不会哪。"随说着，越走越往上去。到了上边极平坦的一个地方，往四面无一处看不到。放眼往四面一看，粉融融俱是桃花，真似桃花山一般，把山都遮盖了。两人上山走得有些发躁，找了一块卧牛青石，暂且先歇息歇息。徐良说："老弟，咱们歇着这个地方可不好。"艾虎说："怎么不好？"徐良说："四面全是沟，惟有这个地方孤孤零零的一个山头，专藏歹人的所在。我师傅对我说过，老兄弟不至于不知道吧！"艾虎哈哈一阵狂笑道："三哥说什么歹人，要无歹人便罢，若有歹人，小弟正在闷倦，拿着歹人开开心才好哪！"徐良听了，把舌头一伸，说："兄弟好大话呀，咱们歇歇走吧，我是怕事的。"

正说话之间，听见有人说："哈，这个地方才好看哪！胜似西湖景。"艾虎说："我二哥来了。"徐良说："可不是么，他打哪里来？"艾虎答言："此处不是西湖，哪里来的西湖景？"原来是胡小记、乔宾。黄花镇第二天丢了徐良、艾虎，大官人就知道他们两个人的事情，对大众一说，也就不便等着了，告诉推小车的，你们只管推着奔武昌路上，倘若要有人劫夺丢失了，找地面官告去，要不然，上武昌告诉大人去。芸生骑马单走，胡小记、乔宾不放心，告诉大官人，竟奔岳州府找来了。二人到岳州，大街小巷，一上去就听到丢人犯的事吵嚷遍了。二人不敢停留，又不敢走华容县，绕着石门县，奔武昌走。在这里正好遇见大众，彼此见礼，各人对问说自己的心事，不可重叙。

忽然由西边上来了一位老者，赶着小驴，还是个叫驴①。老头年到六旬，穿着土绢大氅，回头把草纶巾摘下来当做扇子。那驴乱叫，老头说："这种东西也是怪，每逢走在这里，你也歇歇来，我就叫你歇歇，要不，你心里也是不愿意。"他把驴身上的口袋抽下来，那驴又是乱叫。艾虎说："众位哥哥看看好不好？"胡小记说："真好。"艾虎说："有点缺典。"胡小记说："缺什么典？"艾虎说："我常听我五叔爱说这句'有花无酒少精神，有酒无花俗了人。'可惜咱们这里有花无酒。这个地方，要有个酒摊可就对了事了。"乔爷说："对，可就是短那么一个。"徐良说："你是过于爱饮酒了。这个地方，你瞧瞧要有酒摊喝得么？"艾虎说："只要有酒摊，也不管他喝得喝不得，我就要喝。要都像你，那就不用走路了。我还是过去打听打听。"徐良说："你打听我也不叫你喝，你怎么这样不知道进退！"艾虎真就过来与那位老者打听说："你这个老人家，咱们这里哪有酒铺？"老头说："你要喝酒么？"艾虎说："正是。"那老头说："哎呀！那可远了，离此约有四里多地，来回八九里地哪！我们这有个卖酒的，串着乡村卖，挑着个高挑子，上头也有酒，也有烧饼、麻花。"正说话间，西边一阵乱嚷。

不知是什么缘故，且听下回分解。

---

① 叫驴——公驴。

第七十九回

为饮酒众人受害　论宝刀毛二被杀

诗曰：

对酒观花总一般，赏花饮酒尽开颜。
不知误食盘中菜，犹当寻常作等闲。
客路前途望转赊，缘何乐酒又贪花。
个中幸有山西雁，假作迷离入贼家。

且说艾虎正与那个老者打听卖酒的，忽然西边一阵乱嚷，上来了许多人。山西雁一怔，原来是些个行路的，有七八个人。也有卖带子的，也有赶集的，也有扛着铺盖卷儿回家的。大家一齐说，好热天气，说道："咱们歇息歇息。"对着艾虎他们那边的那块石头就坐下了。把东西放在石块之上。也有本地人，也有山西人，也有乡下人，等等不一。就听那个山西人说："怎么这个地方这么些个桃花？"就有本地人说："没往这边来过吧？此处叫做桃花沟，故此这里的桃花甚多。"那人说："怎么这里也没有个卖酒的哪？"本地人说："有卖酒的，此时可不知道他过去了没有哪！我给打听打听。"那人说："敢情好。"就问那个老头儿说："咱们这里那个仁义子王三过去了没有？"老头说："没有过去哪。"那人说："给你打听了，还没过去哪。横竖不差什么，也就快来了。"那人说："怎么叫个仁义子王三哪？"那人答道："皆因是这个人做买卖公道。故此人叫他仁义子王三。卖酒，也有烧饼、馃子，还是货郎儿。少刻就过来，你再稍等等吧。"

正说之间，就听见有摇鼓声音。老头说："得了，来了，那不是他摇鼓呢！"果然听见摇鼓的声音。徐良早把艾虎叫将过来，不叫艾虎打听卖酒的。此处的酒，是万万喝不得的。小爷虽然不愿意，也无可如何，净瞅着人家打听。自己想着卖酒的来了，看他们喝不喝；他们要喝了没事，自己喝了也就没事。那时再问三哥不迟。不多一时，就见山坡底下来了一个高挑卖酒的。老头说："这就是卖酒的王三来了，王三掌柜的，今天来得晚了。搁在这里卖吧，好些个人等着酒喝呢！"瞧这人卖酒的，三十多岁，蓝布裤褂，白袜，青鞋，花裤腿，高绾发纂，腰中蓝搭包，黄白脸面，粗眉大眼。他挑着一副圆笼，两边共是六层，扁担头有个钉儿。上来时节，把个长把鼓就挂在那钉儿上。老头告诉，他把圆笼放下，那边的人也就都过去了，争着说："喝酒！"这个说，给我打二两，那个说，给我打三两，也有问酒价的。王三说："别忙，别忙！等我打开圆笼，酒是五个钱二两，烧饼、馃子是五个钱两个。趸①来的卖三个钱一个，你们这些人，我可记不清楚谁吃多少喝多少。可是自己记着，你们也不能吃三个说两个。全是靠天吃饭的人。谁也不能瞒心昧己，你们可是自己记。"那个本地人说："错不了，我们都打集上来，全是买卖地儿。"这个说，我打四两；那个说，我打六两。王三说："不行，没有那么大家伙。二两的壶，一两的碗，喝了再打。"大家乱抢一回。有拿烧饼的，也有拿馃子的；也有在这喝的，也有在石头上喝的；有喝完了又来打的。

艾虎馋得直流涎沫，说："三哥，你瞧见了没有？"徐良说："少时到店内，有多少喝不了！何必单在这里喝呢？"艾虎说：

---

① 趸（dǔn）——整批买进（准备出售）。

“哥哥，我可不是不听你的话，这个景况难过！”徐良说：“我劝的你，爱听不听？”艾虎说：“死了我都愿意！你们还有不怕死的没有？”乔宾说：“我不怕死，来，看咱们哥两个喝去！”胡小记说：“我也不怕死。三哥怎样？”艾虎说：“不用问，他是向例不喝酒的。”艾虎过去说：“掌柜的，给我们打一斤。”王三说：“谁喝酒哇？你喝酒不卖。”艾虎说：“怎么，我不给你钱么？”王三说：“你凭什么不给我钱？”艾虎说：“我既给你钱，为什么不卖给我？”王三说：“我这个买卖，屈心不卖，屈心不卖。”艾虎说：“怎么说起哪？”王三说：“你们那个伙计刚才说，我听见了，说我这酒里头有东西，故此我就不卖给你。你们喝了这酒，万一要死了呢，我再跟着你们打人命官司去？”艾虎说：“谁说的？”王三说：“你们那个伙计。”艾虎说：“酒是我喝，他又不喝酒，我死而无怨。”王三说：“你可准不怕死，打多少？”艾虎说：“打一斤。”王三答道：“没有那么大家伙。”艾虎说：“有多大家伙？”王三说：“一两的碗，二两的壶，还是全叫人家占了，等着他们喝完了再说。”艾虎说：“那我可等不得。”王三说：“你等不得可没法。——有了，我这有个搁酒漏子的坛，你拿那个打吧。也装得下一斤酒，拿过去拿两个小碗匀兑着喝去。”艾虎说：“很好。”王三就把那个漏子拿起来，用屜子打酒，整打了十六屜。

徐良在旁说：“老兄弟，你可要小心！别人不拿这个坛子打酒，独你拿这个坛子打酒，预先把药下在坛子里，喝下去就悔之晚矣！”艾虎一听，想，这个情理不差，瞪了卖酒的一眼说：“哈哈！好，这酒我不要了。”卖酒的说：“不要不行。卖定了你了！”艾虎说：“你还要讲强梁吗？”卖酒的说：“我们小本经营，焉敢强梁！横竖你总得要！”艾虎说：“我偏不要，你便当怎样？”卖酒的说：“我自己主意叫你要。”说罢，他把酒屜子倒过去，拿那头竹把，下在坛子里，呼喽呼喽地搅和了半天，那酒是乱转，复倒过来，打在碗里一屉，他自己喝了；又打一屉，又喝了，说道："你看看我这酒里有什么没有？要有什么，难道说我喝了还不死么！我这个人一生不做亏心事，你要屈我的心，不行，非把他洗明白了不可！酒里间要有毒药，说话这半天也就发作了！"艾虎一见，连连地告错说："是我错了。是我们这个朋友说的，我心里也乱猜起来了。是了，我少时多给你几个钱吧！"王三说："你多给我一文钱，直顶到万两，我都不要！"随说着，又添了两屉酒。艾虎暗暗佩服这个人。就见有人过来说："你不是有菜么？卖给我们点菜吃。"王三说："菜可有，先不能卖呢，你看看这个乱！"那人说："我们自己拿去。"王三说："又不是成件的东西。"艾虎这里随即拿了些烧饼、馃子，说道："你看看，我拿了几个？"王三说："你这个人，白给你一百个你都不吃！"就见把后头的圆笼揭开，给那个拨菜。艾虎也就瞧了瞧，原来是一盘子炒咸食，一盘子青黄豆，招了点红萝卜丁儿，勾了点团粉，就叫豆儿酱。若论寻常，白给艾虎都不吃。如今见着这个山景儿，有了酒，对着这个菜，倒是个野趣，问道："这个菜你卖几百钱一碟？"王三一笑说："三个钱、两个钱、一文钱的全卖。"艾虎就拨了两碟，有乔宾帮着拿过去。再瞧那边人，他也买菜，你也买菜，也有打酒的。艾虎问："三哥喝不喝？"徐良回答："不喝。"艾爷说："吃烧饼不吃呢？烧饼、馃子、菜这横竖是可以。"徐良说："这还可以，我吃点。"把烧饼掰开，把豆儿酱、咸食夹的里头。拿着烧饼，转着身面向北观花，说道："你们饮酒赏花，老西吃烧饼赏花。我总看着这花是瞧一会少一会。"艾虎说：你又不喝酒，你疑什么心？"徐良说："你别理我，你只当我这时闹汗呢。"艾虎说："三位哥哥，我怎直晕哪！"胡爷说："别是真不好吧?”乔爷嚷:“哎哟!”扑通摔倒在地。艾虎也就身立不住了。胡爷他一个三哥没叫出来，也就躺倒在地。徐良说:“我又没喝酒，这是怎么了?”也趴在地下。

老头一笑说:“老三念西真仓啊！大家拾掇。”王三收家伙，老头把口袋搭在驴上，把三位的包袱系上，也就搭在驴上。把四位的刀，他都摘下去。单把徐良的那口利刀拉出来，看了一看，复又插入鞘中。笑嘻嘻说:“好买卖！这号买卖做着了。”大众说:“怎见得?”老头说:“少时你们就知道了。两个人搭一个，搭到家里去。”老头先下了西山坡，拉着驴出了西沟口，往南，他们起的名叫桃花村，进了篱笆门，将驴拴在桃树上。说:“有请瓢把子。”少时，寨主出来，叫病判官周瑞。出来问道:“毛二哥做了好买卖吗？有点油水吗?”毛二说:“你看看这个青子吧!”周瑞把大环刀拉出来一看，寒光灼灼，冷气侵人。毛二问:“此刀何名?”回答说:“不知。”毛二一论这口刀，就是杀身之祸。

欲知后来怎样，且听下回分解。

第八十回
杀故友良心丧尽　遇英雄吓落真魂

诗曰：

尤物招灾自古来，愚人迷色又贪财。

谁知丑妇闺中宝，更是齐王治国才。

这四句诗因何说起？皆因古往今来，佳人艳色，不是使人争夺，就是使人劫掠，看起来不如丑陋的好了。有句常言说的好："丑陋夫人闺中宝，美貌佳人惹祸端。"曾记得战国时，齐无盐还有一段故事。请列公细听，在下述说一遍。

钟离春者，齐无盐邑之女，齐宣王之正后也。生得白头深目，长肚大节，印鼻结喉，肥项少发，折腰出胸，皮肤若漆。无盐一邑，莫不知有丑女之名。欲嫁于人，而媒妁恐人嗔责，不敢通言。偶有见者，皆远远避去，人相传说，莫不以为笑谈。年至四十，尚未适人。有人戏之道："姑何不嫁耶！岂有待于富贵者耶？"钟离春道："不嫁则已，嫁则非大富贵不可也！"其人哂其妄言，复戏之道："大富贵人诚欲娶姑，但恐无媒耳。"钟离春道："自为媒未为不可也。"其人又戏之道："自为媒不几越礼乎？"钟离春道："礼不过为众人而设，岂能拘贤者耶？"遂将自穿的短褐脱下来抖一抖，去了灰尘，重新穿在身上；又用溪水，将黑铁般的一个面孔洗得干干净净；又将几根稀稀的黄发挽着盘龙髻，竟轻折着数围宽的柳树之腰，摇摇摆摆走到齐宣王宫之前，竟要入去。守宫的谒者看见，着实惊慌，忙拦住道："汝是何人？竟敢乱闯宫门!”钟离春因说道：“妾乃齐国四十嫁不出去之女也。”谒者因戏问道：“汝年四十嫁不去，皆因汝之容貌太美也。吾闻女子迟归终吉，汝宜家去，静坐以待之。到此何为?”钟离春道：“妾闻君王之圣德，如日当空，无物不照，何独遗妾?故愿自献于王，欲以备后宫除扫。乞大夫为妾进传一声。”谒者听了，不觉大笑道：“岂王之后宫，独少汝一美人耶？吾不敢传。”钟离春道：“王叫你在此传命，妾欲见王而子不传，是子之罪也。传而王见与不见，则是王与妾之事也。子若必不传，妾则谨身顿首，伏于司马门外以待命。倘有他人见而报知于王，则子罪恐不辞。”谒者听说，不得已因报知宣王道：“宫门外有一奇丑女子，自言愿献于王，以备后宫之选。臣再三斥之不肯去，故敢上闻。”此时宣王正置酒于渐台之上，左右侍者甚众，听见谒者报之言，皆知是无盐丑女，莫不掩口而大笑道：“此女胡强颜至此!”惟宣王听了，转沉吟，暗想道：“此女闾阎①市井中也没人娶她，敢来自献于寡人，必有奇异之处。”因叫人召她入去。因问之道：“寡人已蒙先王娶立妃配，备于位者不少矣，何敢复误天下之贤淑！汝女子乃欲自献于寡人。且闻女子久矣！不嫁于乡里之布衣，忽欲于万乘之主，必有奇能也，幸以告我。”钟离春道：“妾无能，但窃慕大王之高义耳。大王妃匹虽多，皆备色以事大王，未闻备义以事大王。故妾愿入后宫，以备大王义之所不足。”宣王道：“备义固寡人之所深愿，但善补之，不知汝有何善?”钟离春道：“妾善隐。”宣王道：“隐尤寡人之所喜，试即一行之。”钟离春因起立殿下，扬目露齿而上视，复举手附膝道：“殆哉，殆哉!”如是者四遍。宣王看了不解其意，因问道：“隐

① 闾阎——古代贫民居住的地方。

固妙矣！寡人愚昧不能深测，还乞明教。”钟离春乃对道：“所谓隐者，不敢明言也。大王既欲明言。妾何敢于隐。所谓四殆者，盖谓君王之国，有此四殆也。君王之国，西有强秦之患，南有荆楚之仇，大廷无一贤人，而所聚者皆奸臣，王独立于上，而众人不附，且春秋已四十，而壮男不立，又不务众子，而务众妇，所尊者皆所好之人，所忽者皆所恃之人。今君王幸无恙耳，设一旦山陵崩弛，社稷不可知也。此非一殆耶？渐台五重，所聚者黄金也，白玉也；所设者琅玕①也，笼疏也；所积者翡翠也，珠玑也，而不知万民已罢极矣！此非二殆耶？国所倚者，贤良也；而贤良匿于山陵。国所憎者，谄谀②也；而谄谀满于左右；虽有谏者，而为邪伪所阻，此非三殆耶？饮酒聊以乐性情耳，乃沉酒于中，以夜继日，致使女乐俳优纵横大笑。外不能修诸侯之礼，内不能秉国家之治，此非四殆耶！故妾隐指四殆者，此也。”宣王听了，不觉骇然，警惕惊悟，乃喟然长叹道：“寡人奈何一迷至此哉！非无盐君之言，不几丧国乎？”因急命拆渐台，罢女乐，退谄谀，去雕琢；选兵马，实府库；四辟公门，招进直言，延及侧陋；卜择吉日，立太子，进慈母，拜无盐君为后。而齐国大治，皆丑女之力也。君子谓钟离春正而有辞。闲言少叙，书归正传。

诗曰：

自古英雄爱宝刀，削金切玉逞情豪。
流星闪闪光侵目，秋水泠泠冷挂腰。
壮士得来真可喜，奸徒遇此岂能逃。
物原有主何须强，显得奇人手段高。

---

① 琅玕（láng gān）——像珠子的美石。

② 谄谀（chǎn yú）——为了讨好别人，卑贱地奉承人。

且说桃花沟的寨主，就是五判官之中病判官周瑞，在此处坐地分赃。这个桃花沟地势太背，晚晌没人敢走，冬天连白昼人都少；官人往这里查得又紧，买卖又萧条，可巧毛顺由飞毛腿高解那里崩出来，到了桃花沟，见了周瑞诉说："给高解出了个主意，他们掰了个智，把我崩出来，我不犯赖衣求食，才投在你这里来了。多蒙寨主宽宏大量，不嫌我老而无用，收留于我。若非寨主待我这番好处，我也不能把我掏心窝的主意施展出来。"原来这个主意是他出的。

这王三不叫仁义子王三，他叫机灵鬼王三。余者的小贼，扮着走道的，王三酒里头没有蒙汗药，却是菜里头有两大盘子膨膨满满的，一边有蒙汗药；一边没有蒙汗药。他们吃的菜没有蒙汗药，外人要吃，把盘子一转，使人也难以猜透，不但他们这几位小爷上当，受害的人多了。寻常撒出小贼，四个沟口看着，只要有人来就给他们送信。毛二拉驴，王三挑酒，众小贼妆扮行路赶集，作小买卖的。不全净是沟内，在左近的地方也敢办这个勾当。不怕你不喝酒，老头子就问他了："你走过这里没有？"别人说："没走过这里。"他就说："这里有宗土产，叫桃花酒。若走桃花沟，必得尝尝桃花酒。桃花沟不喝桃花酒，枉在桃花沟中走一走。"使人就要尝一尝桃花酒是什么滋味。只要一饮，就上了当了。上当的人，不计其数。故此今天也是他们的恶贯满盈，遇见他们几位，艾虎又是个爱喝的。毛二预先倒不以为然是好买卖，嗣后见了这口刀，他知道是价值连城的东西，要在周瑞的面前卖弄卖弄，故此才问道："寨主爷可认识这口刀吗？"周瑞本人不认得，叫他益发笑说："寨主，这口利刀价值连城，世间罕有。若非寨主的德厚，万万不能遇见此物。"周瑞说："这么一口刀，怎么叫二哥夸的这么好呢？"毛二说："把你那口刀拉出来比一比。”周瑞就将自己的刀亮出来，毛二说：“你再剁一剁试试。”周瑞就着大环刀将自己的刀背一剁，呛啷一声，当啷啷，自己的刀头落地，倒把周瑞吓了一跳，然后哈哈一笑，夸道：“好刀哇，好刀！”毛二说：“不知道出处吧？”周瑞说：“不知。二哥知道，我领教领教。”毛二说：“出于大晋赫连播老丞相所作三口刀：一口大环，一口龙壳，一口龙鳞。全能切金断玉。实对你说，我就为这口刀弃了乌龙岗寨主，难道说高寨主立宝刀会，你不知道吗？”周瑞说：“那我怎能不知！”又问道：“你去了没有？”周瑞说：“我正病来着，我还真急呢！一者是连盟，二者我要开开眼。结果未能去赶宝刀会。就是这口物件吗？”毛二说：“正是此物。”周瑞说：“咱们可要立宝刀会了。”毛二说：“怎么落在这老西手里了？莫不是高寨主有祸，怎么也没见踩盘子的伙计报信哪？”

正讲论此事，大家回来，把四位小爷全扔在篱笆墙那里。王三把酒挑放下，也过来瞧刀。大家无不夸奖。寨主说：“今天这个买卖，不拘有多少东西，我都不要了。你们大家分散，我就要这口刀就得了。”毛二就有些个不愿意，说道：“怎么样寨主就要这口刀？”周瑞说：“正是我就要这口刀。”毛二说：“设若是你见着这口刀，你肯花多少银钱买？”周瑞说：“我要见着这口刀哇，花二千两银子我都是情甘愿意的。”毛二说：“既然那样，就算你二千银子，把那些东西照着寻常算计明白，该当合算银价值多少，照样分派你的成账。这口刀，就算你二千两银子。”周瑞说：“那是何必呢？我不要你们的就是了。”毛二说：“不行！常言说的好，不能正己，焉能化人。你看着这口刀好，你就留下。设若是伙计们以后出去作买卖，看着好的东西不往回拿，就坏了你的事情了。我这个说话永远不为我自己，以公为公。设若你要不愿意，我拿出去就可以给你卖二千两银子，出去就能把它卖了。”

这句话一说，就把病判官说了个红头涨脸，周瑞说：“二哥，你可太认真了。”毛二说：“我办事认真，可全不为己事。我也明知我这一生得罪人的地方，全在这个认真的上头。”周瑞说：“你看是谁?”毛二说：“我要看是谁，自己有分寸，那就不算认真了。”周瑞说：“今天我偏要和二哥讨这个脸。”毛二说：“不行！或是折价，或者我去卖刀。”周瑞说：“也不用折价，也不用卖去，只当是你的，我要和二哥讨这口刀。”毛二说：“不行，皆因众伙计有份的。要是我的，我可就送与寨主了。”周瑞说：“二哥真罢了！小弟说了半天，你也叫我落不下台来。”毛二说：“那个我可不管。你是或要或不要，速速说明，也搭着旁人没有解劝。”毛二素日间就不得人，也对着周瑞往日就强梁，周瑞又搭着也是气恼之间，有句俗言：“一个不摘鞍，一个不下马。”周瑞倚仗着得了一口宝刀，又想着这个劫夺人的主意，毛二已经给他出好了，一不作，二不休，除去了这个后患吧。毛二扭着个脸，也是气的浑身乱抖，就被周瑞磕嚓一刀，结果了毛二的性命。

当时间众人一乱。周瑞借着这个因由说：“这可是他找死！休来怨我。我与众位讨这口刀，众位想一想怎样?”大家说：“这是小事一件，寨主何必这般的动怒呢?”周瑞说：“哪一位不愿意，咱们就较量较量!”说话中间，把刀一扬，就听见噗哧，手背上中了一暗器；当啷啷舒手扔刀，吧嚓一声，面门上中了一块石头子儿，又听说：“好乌八儿的!”是山西口音骂人。众人一乱，徐良就蹿过来了。

你道徐良为何可醒的这么快当？原来起先就没受着蒙汗药。他心神念全在那个卖酒的身上，一点破绽也没看出来，嗣后瞧他们一拨菜，可就明白了，那时就要动手拿他们。又想，凭着这几个小贼，作不出这样的事来，必有为首的高明人。似乎这个主意，是人人得受。这个道儿不定害死过多少人了。满让我把这几个拿住，为首的跑了，以后仍然是患，不如我也装着受了蒙汗药的一般，他们为首的必然出来。那时再拿，未为不可。明知道菜里有药，特意说夹上烧饼，故意脸冲着外吃，若要面冲里，怕他们看出来是没吃。只是一件，瞧见艾虎他们躺下，都是漾白沫，自己要躺下嘴里没有沫子，又怕叫他们瞧出破绽，这也不管什么脏净，将自己口中涎沫咕哝咕哝了半天，也就是一嘴的白沫子，连喷带吐，往那里一爬，眯缝着眼睛瞧着，就是他们过来摘刀，自己犹豫了犹豫，刀要叫人摘了去，那可不是耍的。总而言之，艺高人胆大，直不把这几个小贼瞧在眼内，且又上着紧臂低头花装弩哪，又搭着那几个小贼知道受了蒙汗药了，谁还把他搁在心上？两个人抬着他就到了桃花村。可巧把他扔在紧靠着东边篱笆墙。他们都去看刀去了。索性就把眼睛睁开瞧着他们。自打得了刀，今天这才知道刀的出处，暗暗的欢喜。他早看出来周瑞要杀毛二，心里说："这个老头子要死，也没那么大工夫救他。等他死了，我给他报仇。"果然杀了毛二。自己一低头，弩箭正打周瑞，过去捡刀拿贼。

不知后来如何，且听下回分解。

第八十一回

徐良用暗器惊走群寇　寨主受重伤不肯回头

诗曰：

未剿丑类恨如何，且住贼窝作睡窝。
旧系花装经再整，新硎利刃看初磨。
支更正可巡长夜，待旦还须枕短戈。
谁似徐良筹妙策，独操胜算益多多。

且说徐良对准了他的手背，一低头，弩箭出去，正中手背上。用了个鲤鱼打挺，往起一蹿，可巧手按着一块石头子儿。徐良一骂，周瑞一瞧，他叭的一声，正中周瑞面门之上。说时迟，那时快，徐良早就纵过去了，把刀就踹住了。周瑞把手甩着就跑了。有一个手快的贪便宜，他打算要捡刀去，早被徐良砰的一声，一脚踢出多远去了。这个人爬走来就跑。徐良说："追！"腾、腾、腾、腾，一步也没追，净是干跺脚。怎么个缘故呢？他怕要追他们，这三个人就叫人家杀了，永不作那宗悬虚之事，自己想主意怎么救那三个人。忽然又打后边跑过几个人来，周瑞拿着一双锏，什么缘故？他岂肯就白白的丢了他这个窝巢？周瑞把手背上的弩箭拔出来，把英雄衣上的水裙绸子撕了一条子，裹上手背，拿了一双锏，复又过来拼命，说："好！山西人，我与你势不两立！"徐良一笑说："很好，老西在此等候过来，咱们两个闹着玩。"就把周瑞肺都气炸，说："你这厮是哪里来的？"徐良说："老西还要问问你姓什么？叫什么哪？"回答："你寨主爷姓周，叫周瑞，人称为病判官。”徐良一笑说：“你就是那病判官？”周瑞说：“然也！”徐良说：“你没有打听打听，老西我叫阎王爷！”周瑞说：“你怎么叫阎王哪？”徐良说：“我专揍的是判官！”周瑞气往上一攻，抡锏就打。徐良将大环刀往上一迎，只听呛当啷，把锏削为两段。周瑞掉头就跑，徐良说：“追！”腾、腾的乱响，仍是不追。连那些小贼全都跑了。容他们去远，徐良把胡小记夹起来，往北就走，走不远放下。又夹乔宾，又夹艾虎，就这么一步一步倒来倒去，把他们倒在后头院里去了。一看后头院里，五间上房，三间东房，三间西房。三间西房是兵器房，三间东房是厨房。徐良进去看了看，挂着整片子的牛肉，堆着整口袋的米面，一大坛子酒，还有许多干鲜水菜、作料等等，无一不全。徐良打水缸里取了一瓢凉水，拿了一根筷子，用筷子把三个人牙关撬开，凉水灌下去。少刻苏醒过来，人人睁眼，个个抬头，齐说道：“好酒呀，好酒！”老西说：“几希乎没废了命，还好酒哪！”艾虎问：“这是什么所在？”徐良就把以往以前的事，细说了一遍。艾虎说：“三哥也没将他拿住吗？”徐良说：“他逃跑了。”艾虎说：“这个东西！怎么不把他追上呢？”徐良说：“我要追他，你们三个谁管？倘若进来一个人，你们就废了命了。”胡小记说：“咱们这些人都不及三哥的算计。”艾虎说：“咱们趁早打算起身吧！”徐良问：“上哪去？”艾虎说：“起身，咱们得找镇店去，住店去。”徐良说：“天已将晚，道路又不熟，谁知哪里有镇店？离此多远路程？此处就是顶好的一个店房。也有米面，也有肉、干鲜水菜全有。”艾虎说：“当怕的你又不怕了！这是贼的窝巢，倘若他们夜间来了，睡觉如小死，岂不遭他们的毒手。”徐良说：“叫我吓破了胆子了，他们还敢来？只管放心，敞着门，他们也不敢来！”连胡小记想着都有些不放心，又不敢多言。徐良说："把外头的包袱拿进来。"乔宾出去，把驴上包袱拿下来，搬在上房屋里。徐良说："咱们大家做饭。"

大家抱柴的抱柴，烧火的烧火。乔宾说："我抱柴到后头院里，一个大柴垛夹了四捆秫秸①。"胡小记找着菜，就把牛肉割了一大块去切。徐良找了缸盆，倒上了有五六斤白面。艾虎就把大瓢哗啦啦地倒了六七瓢水，还要倒哪。徐良说："这是要吃什么？"艾虎说："我知道要吃什么呀？"徐良说："不拘吃什么，你倒那么些个水！"艾虎说："哟！稀了！"徐良说："你等着吃吧，瞧我的！你说是吃什么吧。切条、擀条、拉条、揪疙瘩、削疙瘩、把拉疙瘩；把鱼子，溜鱼子，贴把谷溜溜、饯鱼儿钻沙。你们说什么，老西全会作。"大众全笑了。艾虎说："这些个样儿，我们全没吃过。"胡小记说："你爱作什么就作什么吧。"乔宾说："你倒别瞧我这个样儿，我倒会。"艾虎说："你会作什么？"回答："会吃！"大家又笑，真是徐良作饭。艾虎看见一大坛子酒，说："这可是有福不在忙，我可该饮点了。"这就找碗要饮，徐良气往上一壮，把酒坛子抱起来往下一摔，叭嚓一声，摔了个粉碎。艾虎把嘴一撅，呼哧呼哧地生气。徐良说："方才为饮酒，差一点没死了。瞧见酒又想要饮，总不怕死，实在馋的慌，爬到地下去饮！"艾虎瞅了他一眼，敢怒而不敢言。胡爷催着吃饭。大家饱餐了一顿，俱归上房屋中去了，把灯烛掌上。

艾虎说："我是吃饱了就困，我要先歇着了。"徐良说："睡觉，这个地方如何睡得？睡着了，就是个热决。"艾虎说："全依着你老人家说。我说住不得，你说住得了。我说睡觉，你又说睡着了是个热决，到底是怎么办才好哪？"徐良说："我说在这住

---

① 秫秸——高粱秆。

着，叫舍身诓骗，他们晚晌必来。咱们少刻四个人睡觉，东南西北占住四面。一个头朝北，一个头冲东，枕着头朝北的脚；一个头冲南，脑袋枕着头朝东的脚；一个头朝西，枕着冲南的脚；头朝北的，又枕着头冲西的脚，这叫罗圈睡。自己都别着刀，咱们的包袱搁在当中间，全别睡觉，装着打呼，往这么招贼，不怕。要是有睡着了的，把脚往上一抬，那个人也就醒了。贼要来了，慢慢的起去，下去就可以把贼捉住了。你瞧这个主意好不好?”胡小记说：“此计甚妙！”艾虎说：“三哥，你怎么想这个招儿来！就依着你这个主意。”果然就把门一关，把插管拉上。先前艾虎是净笑，嗣后，四个人装着一打呼，声音还真是不小，呼噜呼噜的。艾虎说：“这贼要是三更天来了还好，要是一个不来，把咱们这鼻孔都要抽干了。”大家笑成一阵，徐良说：“要是这么笑，可就把贼笑跑了。”艾虎说：“还是一个打了，一个打吧，不然，是准干。”真是一对一声，接连着打了。

始终不出徐良之所料。周瑞一跑，二次把锏削折，逃窜性命到桃花沟西沟口，躲在山洞里头，一捏嘴乱打呼哨。呼哨本是贼的暗令，慢慢地又聚在一处。王三也来了，说：“寨主，刀也不要了吧！”周瑞苦苦地告错说：“众位兄弟，还得帮助我一膀之力。”王三说：“谁还敢助你一膀之力，毛二哥就是我们的前车之鉴！谁还能辅佐于你！”周瑞说：“从此往后，不分什么寨主，什么叫伙计。作了买卖，平分秋色。”这才把大众说的心软。

周瑞回家探了一探，正瞧着徐良在厨房那里说：“那贼叫他吓破了胆子了，敞着门睡觉都不怕！”周瑞回去，把这个话对王三学了一遍，还求王三给出个主意。王三说：“量小非君子，无毒不丈夫。夜到三鼓，大众凑齐，咱们大家前去。讲武不是他们的对手，咱们把后院柴薪搬过去，堵门烧，烧他们个焦头烂面之鬼，风火中的亡魂。”大家说：“还是王三这个主意甚妙！这个桃花沟离镇店甚远，要找住户人家讨顿饭吃，没人肯给。只可是把他们烧死，得回桃花村，再打主意吃饭。”可怜他们要放火，连石钢火种都没有。现找左近的住户人家借来的石钢火。在山弯后等到三鼓，好去放火，将到二鼓之半，奔了桃花村来，由后篱笆墙蹿入。大众搬柴运草，未能放火。

欲知拿病判官周瑞这段这节目，且听下回分解。

第八十二回

追周瑞苇塘用计　杀小寇放火烧房

且说周瑞等不死心，二次前来放火烧房。大众蹿进篱笆墙来，搬柴运草。周瑞堵着门口，把秫秸垛到四尺多高。焉知人家大众里头就防备着。究属柴薪，一搬挪总有响动。几位小爷在里头本是装打呼，听见外头一响，就吓了一跳，彼此把脚乱抬。徐良先就蹿下炕去，直奔屋门口。插管一拉，开门一看，秫秸码了四尺多高。被徐良一脚踢散，拉刀蹿将出去。周瑞哪里敢交手，掉头就跑，直蹿出后篱笆墙去。徐良咬牙切齿，想着把他拿住，才解心头之恨，后面紧紧追赶。暂且不提。

且说艾虎、胡小记、乔宾三个人，把窗户一踩，蹿将出来，拉刀就剁。这些小贼，谁敢与他们爷们动手，再说人无头不行，鸟无翅不腾，没有周瑞，谁肯那么舍命！故此净想着是要跑。哪里跑得开？这几位如同削瓜切菜一般，霎时间杀得干干净净。原来遭劫的难躲，在数的难逃。别瞧杀的干净，还有漏网之人。艾虎等大家一看，没有人了，回到屋中等着三哥。暂且不提。

单说徐良追下周瑞，紧赶紧追，始终不舍，恨不得一时把他追上，结果性命，以与一方除害。焉知周瑞进西沟口，顺着边山直出北沟口。你道徐良为什么追不上他？皆因是周瑞道路熟，跑的固然是快，徐良道路又生，疑心又大，恐怕的是山贼把他带到埋伏里去。留神找着周瑞的脚踪迹，固然显慢，未能将他追上。出了北沟口，徐良着急，要是有了村庄，他扎将进去，这就不好找了。倒没有进村庄。前头黑忽忽的一片苇塘，眼瞅着病判官扎苇塘。徐良骂道："好忘八养的！进苇塘你打算老西就看不见你了！你往西北去了。"周瑞纳闷：这么高的苇子，我又蹲着身走，又是黑夜之间，他怎么瞧得见我哪？徐良又嚷："你往西北去，咱们两个在西北见！判官，你真是浑蛋！你不论东南西北，我都看得见你。走在哪里，上头那苇叶就动在哪里，咱们两个人西北见面！"周瑞就听见腾、腾、腾的脚步的声音，绕着苇塘，直奔西北去了。周瑞暗笑："你说我是浑蛋，你比我更是浑蛋！我本来没留神上头的苇叶子，你虽看见也不该说出来。你说出来，就是把我提醒。你在西北等我。可我就不往西北去了。总是我命不当绝，他若看出来，一语不发，在西北一等，我若出去，准死无疑。"自己一转身，用脚尖找着地，慢慢地分着苇子，一步一步提着气，慢慢扑奔东南。

列公就有说的，桃花开的时节，哪有这么高的苇塘？此处不是南边的地方，桃花开放，那苇子就够一丈多高，若要是水苇还高哪。闲言少叙。

病判官出了东南，他本惊弓之鸟，出苇塘眼似鸾铃一样，就见前边黑忽忽似乎蹲着一个人相仿。周瑞又不敢前去。他本看不很真，心想，必是自己眼花，等了半天，并无动静。别是个土堆儿吧？仗着胆子往前就走，看看临近，忽然站起来一蹿，说："判官，你才来呀！老西久候多时了。咱们是死约会，不见不散。过来闹着玩吧！"这一下可把周瑞的真魂吓掉，这才知道是上了当了。

徐良那个聪明无比，遇事一见而明。他如可真往西北追他，岂肯说将出来？他特意地说往西北去，咱们往西北见吧！他明知道说出在西北见，周瑞绝不肯往西北去。他往西北跑，故意的跺脚；往东南来，一点声音皆无。往这里一蹲，尽等着周瑞，果然不出他的所料。见着周瑞他还不肯起去，尽容他往前来，蹿起来抡刀就剁。周瑞焉敢还手，掉头就跑，复又扎入苇塘去了。徐良说："追！"眼瞅着苇梢乱动，徐良虽然跺脚，并不进去。因何缘故？他在暗处，自己在明处，进去总怕吃亏，又怕里头有水。徐良就是不会水，目不转睛，倒底瞧着那苇叶往哪里晃悠。看了半天，那苇叶一丝也不动。自己心中纳闷，一翻眼明白了。必然是周瑞藏在苇塘里面，不敢奔东南西北，怕的是苇叶一动，外边瞧见。徐良说："周瑞里边等着，我在外边看着。咱们两个，看谁耗的过谁？"周瑞果然是进在里边不敢走啦，就蹲在里面，自己心中纳闷说："怎么他那样好眼睛？我在里头蹲着，他会看见？且和他耗一会再说。那人诡计多端，别听他这一套言语。"忽然就听见外边说："净这么耗着无意思。"揭石头子儿啦叭嚓叭嚓打进苇塘，冲着周瑞来了。周瑞一低脑袋，躲过去。复又瞧见一块一块直往里打。原来是徐良不准知道他在哪里蹲着，打了半天，也不知道是打中了没有打中？谁有些个心肠在此耍他，我还是找众兄弟去要紧，临走还说了一句话："我净和你耗着就完了！"

其实自己轻轻地就走了，按旧路而回。就见前边有一个人影儿乱晃。徐良微微一停步，前边那里叫："徐三哥！"山西雁方知道是艾虎，回答："老兄弟，有什么事？"艾虎说："呵，三哥你上哪里去了？我们等急了你了！那几个贼，我们全打发他上他姥姥家去了。你这一个可拿住了没有？"徐良就把追周瑞进苇塘，往西北追，在东南等，使了什么诈语，拿石头子儿投，一五一十说了一遍。艾虎说："可惜要有我，就追进去了。"二人回到篱笆墙里头，会定胡小记、乔宾，把那些个死尸连毛二都把他堆进屋内，把自己的包袱俱都拿上。依着乔宾说，把那个驴拉上，叫它驮着行李。徐良不叫，说："你知道他那驴是哪里抢来的？有本驴主瞧见，那还了得？咱们把它解开，叫它逃命去吧！"就用那小贼搬来的柴火，用火点着。小贼打算烧人家，没有烧成；人家倒把自己死后尸首烧了，也是他们恶贯满盈，顷刻间烈焰飞腾，火光大作。几位一看，天色微明，正好走路，也就不穿着桃花沟走了，未免也就绕了点道路，整走了一天，打尖用饭，就也不细说了。

到了晚间，走到一个镇店住店。稍微透早，艾虎奔武昌府的心盛，恨不得要连夜下去才好。依着徐良，就要在这个镇店住下才好。艾虎净说："天早，再走几里。"也没打听打听哪里有店，公然就一直地往正南走下来了。走到天已昏黑，又无月色，几位觉得腹中饥饿。乔宾就说："都是老兄弟你的主意，方才要住了店好不好！你看这赶不上镇店，昏黑夜晚，怎么个走法？"艾虎说："你别抱怨我呀！我还想酒饮哪！"好容易这才遇见了一个人，跟人家打听打听哪里有店。那人说："离此不远，有一个小山坡，上头孤零零有棵大梓树，参天拔地，过去有一个小镇店，就叫孤树店。东西大街尽东头有一个大小店，穷富都可住。阔人单有房屋，穷人做小买卖、推车、挑担在外头。对着厨房，有一溜南房。大炕上住人，就是起火小店。"几位打听明白，直奔孤树店而来。到了那个小山坡，果然看见那棵大树。过了山坡，穿那个孤树店，到了东头路北，有一个大店，字号是兴隆老店。门口两条板凳，店中客人大概也都睡了的了。店伙计问："几位投宿吗？"徐良回答："正是，可有上房？"伙计说："没有上房了，有三间东房。"徐良说："可以。"伙计带路，拐过影壁，伙计说："掌柜的是山西吧，贵姓？"徐良说："老西姓徐。"说到此处，就见上房的帘子一启，有个人往外一探头，把眼往外一瞅，复又扭身回去。几位也没很留神，这就奔了东房去了。进了屋子，点灯，烹菜，打洗脸水。徐良看了看这个屋子，就有些诧异。就与艾虎、胡小记、乔宾说："这屋子可透着有点奇怪！别是贼店吧？"艾虎说："叫三哥一说，全成了贼了。"徐良说："咱们方才进来，上房有一个往外一瞅，看着可有些个奇怪。我自顾与伙计说话，没瞧见什么模样。这个地方，可空落，留些神才好！"忽然一瞅，有一宗诧事。

要知什么缘故，且听下回分解。

第八十三回

二强寇定计伤好汉　四豪杰设法战群贼

诗曰：

明明在上，顾畏民岩。

民之父母，民具尔瞻。

知县官职虽不大，却为民之上司，若要作威，不能爱民如子，一方皆受其苦。所以圣帝明王，于此独加小心。曾记唐史有段故事，听我慢慢讲来。

唐玄宗时，以县令系亲民之官，县令不好，则一方之人，皆受其害，故常加意此官。是时，有吏部新选的县令二百余人，玄宗都召至殿前，亲自出题考试，问他以治民之策。那县令所对的策，惟有经济词理都好，取居第一，拔为京畿①醴泉县令。其余二百人，文不中策，考居中等，姑令赴任，以观其政绩何如。又四十五人考居下等，放回原籍，以其不堪作令，恐为民害也。还敕令在京五品以上的官及外面的刺史，各举所知的好县令一人，奏闻于上。既用之后，遂考察那县令的贤否，以为举主的赏罚。所举的贤，与之同赏；所举的不肖，与之同罚。所以，那时县令，多是称职，而百姓皆受其惠，以成开元之治。今之知县，即是古之县令。欲天下治安，不可不慎重此官也。闲言少叙，书归正传。

---

① 京畿（jī）——国都及其附近的地方。

诗曰：

世事人情太不平，绿林豪客各知名。

何须定要倾人命，暗里谋人天眼明。

且说徐良到了屋中，各处细瞧，但见西屋里有张八仙桌子，桌子底下扣着一口铁锅，两边有两张椅子。徐良叫大家瞧，说：“你们看，这有些奇怪。”三位过来一瞅，艾虎说：“人家无用的破锅，你也起疑心。”徐良说：“你看看这是新锅。”艾虎说：“新买来的，要换旧锅，还没换哪，也不足为虑。”徐良说：“老兄弟，搬开瞧瞧。”艾虎过去一搬，用平生之力，一丝也不动。艾虎复又将刀拉出来，欲要将刀插在锅沿底下，往起一撬，便知分晓。徐三爷不叫，说道：“使不得！我用大环刀一剁，岂不省事！”艾虎说：“哥哥的主意怎样？”徐良说：“谁也不准知是贼店，无非看着这事情诧异。就是少时要来吃食，别吃菜，净吃他的馒头。那发面物件，绝没有什么毒药与蒙汗药。”胡小记说：“既然不吃，就告诉咱们大家吃素，不要酒菜了。”徐良说：“吃素。”他催着要素菜，公然就说大家全吃白斋。众人议论了会子。伙计进来，问几位爷要什么酒饭？徐良说：“我们要多着的哪！你再给烹一壶茶来。”伙计去烹茶。徐良说：“咱们要不用他的酒菜，再烹茶，也许给使上蒙汗药。”大家说：“有理。”少刻，把茶烹了来，问道：“几位爷们要什么酒饭，快吩咐，天不早了，”徐良说：“你们这有馒头？”回答说：“有。”徐良说：“先端上五六斤来，我们先瞧瞧面好哇不好？面要不好，我们吃饼。”伙计说：“咱们这里是玉面馒头。”胡爷说：“你取去我们瞧瞧。”不多时，伙计端了一提篮馒头，热气腾腾，就放在当中，叫他留下。伙计又问：“要什么菜？”徐良说：“我们什么也不要了。”伙计说：“怎么不要菜呢？”徐良说：“你看不出我们来，我们都是吃斋。”伙计说：“吃斋，咱们也有素菜，这里素菜还更好哪。”徐良说：“是吃白斋。”伙计说：“吃白斋连咸菜都不要，我给做点汤来。”徐良说：“汤也不要。”伙计说：“吃白斋的也有，怎么可巧四位全吃白斋？”徐良说：“我们因得痨病，许的吃白斋，吃百日就好了。”伙计说：“你们几位这个身子骨还是痨病哪？”徐爷说：“你可别瞧这个样儿！这都是吃白斋吃好了。前一个月，连道都走不上来。”伙计说：“即然这样，什么都不要。少刻烹茶时候言语。”徐良说：“你张罗别的屋内买卖去吧！”大家吃完，有的是这壶茶，喝了，把门一关，大家就在炕上安歇，也不脱衣裳。就有睡着了的，也有醒着的，也有盘着膝而坐，闭目合睛养精神的。伙计净过来问烹茶，就有五六趟。后来索性把灯烛吹灭，再来就说睡了觉啦。

天交二鼓，店中也就没有什么动静了。直到三鼓时候，徐良就把艾虎、胡小记叫醒。胡小记并未睡着，艾虎将即沉昏。徐良低声说：“有了人了！”胡小记说：“我也听见了。”艾虎说：“现在哪里？”徐良说：“锅响哪。”三个慢腾腾地下来，直奔西屋内，八仙桌底下，就听见那个铁锅哗啦啦地一响，三位爷就把八仙桌挪开，椅子也就搬开，慢慢地往那里一蹲。你道为什么不叫醒乔宾？皆因他粗鲁，说话嗓音又大，故叫他睡去倒好。待了半天，就见那锅呼的往上一起。徐良听见说过，艾虎是守着绿林的人，懂的。胡小记几时见过个事情，就吓了一跳，几乎没有坐下。三个人暗笑。就见那锅左一起，右一起，起了好几次，嗣后，索性起来就不落下去了。打里头出来一个脑袋，黑乎乎的。胡小记过去就要抓，被艾虎拦住。出来进去好几次，后来有一个真人打里头钻出来，早被山西雁一把揪住。借刀使力往一上揪，刀到处，人头已落。把尸往旁边一丢。底下那个问：“哥哥上去了？”上面三位爷不敢答言，怕他听出语音来。又低声问：“哥哥上去了？看你这人，这么问你，连言语也不言语！”又一打哧问：“哧，他们睡了没有？”自己一赌气儿上来，被艾虎抓住往上一揪，一刀杀死。第三个上来，徐良一揪，没揪住，就听见里头咕噜咕噜地滚下去了。徐良说：“不行了，开门吧！叫乔二哥。”

你道这个贼店是什么人开的？这个人姓崔，外号人称叫显道神。他这个黑店与别人不同，不是进来就死，看人行事。不怕住满店的客人，他总看着哪个有钱，得值当的，用蒙汗药把他蒙得过去。杀了。第二天，众客人都走了，然后就在后院掩埋。已经有几载的工夫，一点的风声没有，极其严密。可巧有绮春园的镔铁塔崔龙到来，皆因绮春园事败，六条人命，十几个带重伤的，叫艾虎追跑；又与赵盛、薛昆、孙青、李霸俱都失散，未能见面。自己舍了绮春园，又不敢回家，怕的是凶手跑了，他得打官司。故此连着夜走。也是白日住店，找了他兄弟崔豹来说了自己的事情。崔豹不叫他出门，就叫他在店后，一半张罗着店中的买卖。可巧这天，他正在上房屋中与他兄弟说话，听见伙计说：“你是山西人？”他可就看见徐良。徐良他虽不认得，他可认得艾虎、胡小记、乔宾。赶着把身子抽将回去，就与他兄弟把此事说明：“这是鬼使神差，该当我报仇，也是他们自投罗网。”苦苦央求他兄弟。崔豹说：“你我乃是同胞的兄弟，你仇人即是我的仇人。到了咱们的店中，他们就是笼中之鸟，釜①内之鱼。就让他们肋生双翅，也不用打算逃脱罗网。”吩咐把尤三叫来。

不多时，尤三来到面前，见二位掌柜的。每遇店中要是杀人，用蒙汗药，由地道进房子，全是此人，他是管黑买卖的头

① 釜（fǔ）——古代炊具，相当于现在的锅。

儿，姓尤，叫尤福，行三，外号叫小耗子。崔豹把小耗子叫过来，告诉明白了大掌柜的事情。叫他嘱咐伙计用蒙汗药，晚晌要他们四个人的脑袋。尤三连连点头说：“这个事情交给我了。”转头就走。天到初鼓，复又回来说：“掌柜的，这四个人可不好办哪！”崔龙问：“怎么？”尤三就把他们先要两壶茶，又叫端馒头瞧瞧，不要菜蔬，吃白斋，竟把馒头留下，连咸菜全不要，后来再想给他烹点茶，都不要了，这个光景怕有点扎手哇！”崔龙说：“他总得睡觉。等他睡熟之时，由地道进去，无非是多加点小心，不怕不行。打令子全有我们呢！”尤三领了话出去，带了三个伙计，后院单有两间平台，打着灯笼，每人拿着一把刀。尤三拿着一个纸壳子做的脑袋，上头戴着一顶蓝毡帽，一根棍子上一个青包袱，插上这个脑袋，进了平台，打开地板，倒下台阶，走地沟。原来是个总地道，要往哪屋里去，就往哪里去。可是各屋里头全有一口铁锅。铁锅底上钉着一个铁环，一根铁链上面有一个铁钩，勾住铁环，底下有橛子钉在地下，打外面万不能将锅揭开。不怕要是有人问下来，就说新买的铁锅。他们走在东屋那个铁锅的所在，叫他们拿着替身上去。摘了铁钩，把锅掀了几掀。支住锅，晃替身，一点动静没有，后来，人才上去。上去一个杀一个，第三个心里头有点害怕，将一露头，徐爷一揪没揪住，他拼着命往下一仰，打上头滚下来了。尤三也不问什么缘故，掉头就跑，直奔平台上来，奔柜房找掌柜的说：“掌柜的，不好了！我们伙计连死了两个，人家有防备。”崔龙、崔豹两个人正在那里吃茶哪，一闻此言，甩去长大衣服，壁上摘刀，叫尤三齐人，操家伙往前院去。预备灯笼火把，操长短的家伙，大伙嚷喝着拿人，崔龙将到前院，就见徐良他们大众出来了四个人，连乔宾也就拿着利刀在那里骂哪：“好，你们是贼店哪！快出来受死吧！”

刚一见面，胡小记、艾虎、乔宾就都认识崔龙，可不认得崔豹。见崔豹头上绾发纂，蓝绉绢小袄，蓝绉绢裩裤，青绉绢钞包薄底靴，面似纸灰，立眉小三角眼，尖鼻子，薄嘴唇，细长身子，手中拿着一口刀，撞将上来。

欲知大家动手拿贼的节目，且听下回分解。

第八十四回

崔龙崔豹双双逃命　义兄义弟个个施威

诗曰：

可恨崔龙崔豹，终日设谋害人。
投宿入店命难存，多少银钱劫尽。
也是活该倒运，来了弟兄四人。
看破机关怒生心，欲把贼人杀尽。

且说徐良、艾虎、胡小记叫醒了乔宾，吊衣襟挽袖裤，刀鞘全别在带子里，把刀亮出来。他们开门蹿在院内，喊喝声音："原来这里是个贼店，贼人快些出来受死！住店的大家听真，他们是个贼店。"店中大乱，仗着这天住店的不大很多，前头起火小店的人倒不少。前头小店里住的俱是些个穷人，更乱了。山东、山西、本地的人全有，俱是做小买卖的人。这个说："我丢了东西了，是个贼店。"那个说："不错，是贼店，我把裤子没了。"这个说："我裤子丢了，得赔我裤，你们去找，我出去找地保去，就是赔我裤子。"旁边那个人说："你赤着身怎么出去找地保去？"这个人复又一笑说："不用找了，我穿着哪！"这就有开店门的，还有乘乱拿着人家东西跑了的。

店中人顾不得这些事情，都帮掌柜的动手来了。众伙计也有四五十人。也有拿兵器的，也有拿叉耙、扫帚、大铁锨、棍子、杠子、切菜刀的。众人一围裹四位小英雄。艾虎抵住崔龙，胡小记抵住崔豹，乔宾打围，徐良打围。就听一阵吔嚓磕嚓，就把店中伙计的兵器削为两段，丁丁当当，那半截折兵器坠落于地。大众嚷："厉害呀，厉害！"就顾不得动手了，都打算逃窜性命。算好，连一个也没死。再少刻间，那些伙计就连踪迹也不见了。就剩下了六个人交手。内中单有个小耗子儿在暗地里，此时正对着明亮亮的月色，他在那黑影儿里藏着，捡了一块砖头，对准了徐良叭嚓就是一砖。只听见噗哧一声响，红光崩现，死尸腔栽倒。

列公听明白了，可不是徐良躺下了，而是尤三躺倒死了。山西雁瞧着周围那些人全逃跑了，就剩下崔龙、崔豹，自己掏出一只镖来，要打崔龙。一眼看见尤三，在暗处躬着腰，蹲着捡砖头要打。徐良暗说："这只镖照顾了你！"容他砖头掷来，自己一闪，一反手噗哧正中咽喉，扑通躺倒在地。崔龙、崔豹一惊，看见尤三一死，手下人俱跑了，就知今天事败。两人抵住两人，已不能取胜，何况他们四个人一齐而上！又不肯败阵。若要一败，这店就得算人家的了。徐良嚷道："你们两个人还不过来受死！"崔龙拔刀就剁。徐良用刀往上一迎，呛啷一声，削为两段，仍是当啷啷刀头坠地。崔龙吓了个胆裂魂惊，早被艾虎一刀剁将下来。崔龙缩颈藏头，大哈腰躲过了脖颈，躲不过头巾，只听见砰的一声，把头巾砍去了一半。此时也顾不得兄弟了，掉头就跑。崔豹一人慌成一处，哪有心肠还与大众动手？虚砍一刀，也掉头就跑，将一转脸，叭的一声，面门上中了飞蝗石子，哎哟一声，疼痛难忍。噗哧，肩头上又中了一枝袖箭，恨不能肋生双翅逃出店外，只得蹿在房上越脊而走。徐良、艾虎也是由房上紧紧追赶。胡小记、乔宾由门内追出，紧跑紧追。贼头向东南逃跑，论脚底下两个还是真真的不慢，徐良、艾虎竟追他不上。前边黑乎乎的一片树林，两个直奔树林而跑。按着规矩说，逢林而入，遇灯而吹，这是夜行人的规矩。若是行家追人，你只要进了树林，他就不追赶了。这叫穷敌莫追。这两个人就这么点想头，要按规矩，他们就活了；不按规矩，他们就死了。将才窜进树林后边，四个陆续着就到了。老西说："人家进了黑乎乎的树林，按说这就不应例追赶了，这叫穷敌莫追。无奈一件，这时我要想杀人了，我就不按情理不情理了。"嗖地往上一蹿。崔龙、崔豹听见说他不追了，稍微地放了点心。刚一缓气，就见他嗖的一声蹿进来了，把两个人吓得又跑。就听见崔豹说："咱们扯花神凑子儿吧！"徐良不懂，穿树林紧追赶。远远看见一段红墙，檐前铁马阵阵，频摇惊鹊铃，这知道是个庙宇，追到庙前，踪迹不见。徐良伏身趴在地下，周围细看。艾虎赶到说："三哥做什么哪？"徐良说："我把贼追丢了！"艾虎说："我知道地方。"徐良说："你怎么知道地方"" 艾虎说："三哥，你可缺典，他们调坎儿你不懂的。他说扯花，就是走奔；神凑子，是庙。他们奔入庙去了。"徐良说："我怎么没瞧明白？咱们等等胡大哥。他既然上庙内，庙里就有他们同伙的贼。等胡大哥他们来了时节，咱们进庙里去看看。"

不多一时，乔宾、胡小记赶到。两个人跑得喘息不止。他们本来不会夜行术的功夫，跑了这么远，怎么会不喘？艾虎就把怎么调坎儿，三哥追到此处怎么不见的话，说了一遍。胡小记问："老兄弟，你打算怎么样？"艾虎说："我同三哥进去瞧瞧。庙中要有同类之人，我们一并拿获。你们二人不能蹿房越脊，先在外边等候。我们打里头追出来，你们在外头截杀。"徐良说："奔在里头去，就是等候，也在庙里头等候，咱们也看看是什么庙。"

四个绕在前边一看，朱红的大门，密摆金钉。石头上镌着字，是蓝底金字：“敕建古迹云霞观。”两边有两个角门，俱都关闭。胡小记问徐良说：“不然，叫开他的庙门，我们也就进去帮着你们一同搜寻去。”徐良说：“不好，深更半夜，又得惊动人开门。若要庙中有他们同类的人，一开门有声音，岂不惊动跑了呢！”庙前有两棵大树，大树旁有两块石头，就叫胡小记、乔宾在石头上等候。徐良与艾虎蹿上墙来。一看，好大个庙宇。头里有三条神路，内有三座石桥。有些个松柏树林，钟鼓二楼就是二道山门，两个人奔了二道山门，蹿上卡子墙去。往里一看，三四层佛殿，尽都是黑洞洞，惟独看着西北有灯光闪亮。艾虎就同山西雁两个人一前一后，就奔向灯光来了。看看临进，徐良低语与艾虎说：“这个庙这样的宽大，地面宽阔，房屋甚多，大略这两个贼不容易找了。”艾虎说：“咱们奔那个灯亮。那刚才你不是念的什么观吗，必是老道他们。要是和老道同类，必在老道那里躲避。如今和尚老道不法的甚多。”徐良说：“老兄弟，你别说，我师傅可就是老道。”说毕，两个人一笑，直奔西北。

到来原是个跨院，三间西房。两个人就由南边那个墙头蹿上房去，奔前坡把身子一伏，趴在房上，手扒瓦口，双足踹住阴阳瓦，伏身子往下一探看。里面灯光闪烁，并无一点声音。忽然见帘子一启，出来了一个小道童儿，头上戴着道冠，蓝布袍，白袜青鞋，面白如玉，五官清秀，见他说：“我们祖师爷打发我出来问你们，是哪里来的？下来吧。”当时就把艾虎、徐良吓了一跳，自己觉着脚底下轻巧，又并无踹破瓦，他怎么会听出来了？两个人暂且先不言语。小童儿又说：“你们到底是打哪里来的？祖师爷算出来了，知道你们来。下来吧！也不害你们。”徐良这才答言说："下去就下去吧！老兄弟，咱们就下去见祖师爷去。"这两个人飘身下来。小童说："就是你们二位吧？"徐良说："不错，就是我们两个人。"问："祖师爷现在哪里？"小童指告说："就在这鹤轩里边。"就叫童儿头前引路。可见得真是艺高人胆大。

启帘而入，到了里边，迎面有张八仙桌子，上头有个四方乌木盘子，里头摆着个金钱卦盒，有一个十二元辰的盘子，有几个木头棋子儿，上头刻着字："父母兄弟子孙官鬼妻财"这些个字样。还有几个长条木头上，画着单折交重。再见屋中摆列着许多经卷。由里间屋中出来一个老道，鹅黄的道冠，横别着金簪，穿一件豆青色的道服。斜领阔袖，通身到下，绣的是三蓝色的百蝠百蝶，周身镶宽片锦边，白袜青鞋，上背着一口宝剑，豆青挽手，绒绳飘摆，鹅黄丝绦拴住了剑匣，背于背后，胸前十字绊系蝴蝶扣，走穗飘垂。他生就一张冬瓜脸，两道宝剑眉，一对大三角眼，蒜头鼻子，四字口，一部花白胡须，大耳垂轮，身高八尺，脸生横肉，不像道家仙风的形色。见了艾虎、徐良，单手打稽首，念声无量佛说："原来是二位施主。"徐良、艾虎也就一躬到地说："原来是道长仙翁，弟子二人有礼。"老道说："二位贵客请坐，小老道献茶。"就见他过去把金钱盒一摇，哼了一声说："二位施主贵姓？"徐良说："弟子姓徐。"艾虎说："弟子姓艾。未曾领教道长仙爷的贵姓？"老道说："贫道姓梁，叫梁道兴，匪号人称先知子。"徐良说："原来是位高人。"老道说："贫道何敢称高人！方才略占一数，你们不是四位吗？怎么来了两位呢？"艾虎看着徐良只是发怔，暗说："遇见神仙了。"直是不住地瞅着徐良。徐良答道："不错，我们正是四个人。庙外坐着两个人呢。"老道吩咐一声，叫小童把庙外二位请进来。不多时，就把二位请进来了。老道单手打稽首，口念无量佛：“未领教二位贵姓?”二人回答：“弟子姓胡，弟子姓乔。”徐良说：“仙爷既是先见之明，我们也不必隐瞒。是我们住在店中，那是个贼店。如今我们追下贼人来了。见他进到庙中，我们这才赶到庙内。被道爷算出。索性恳求道爷，占算占算，指引着我们将他拿住，与一方除害，岂不是妙哪!”老道说：“不难。”就把金钱卦一摇。

毕竟不知怎样指引，且听下回分解。

第八十五回

贪功入庙身遭险　巧言难哄有心人

诗曰：

乘车策马比如何，御者洋洋得意过。

不是其妻深激发，焉知羞耻自今多。

什么缘故？圣贤云：羞恶之心，义之端也，人皆有之。人有一时自昏，偶然昧却羞恶之良。或因人激发愧悔，自修做出义来的，这套书虽是小说，可是以忠烈侠义为主，所以将今比古。往往隔几回，搜讨故典，作为榜样。此段又引出一个赶车的来。

春秋时，齐国晏婴为相。有一赶车的，不知其姓名，其妻号为命妇。一日，给晏子赶车入朝，适到自己门前。其妻从门隙窥之，见其夫为晏子赶车，拥盖策马，意气洋洋，甚自得也。到晚，即速而归。其妻求去。

赶车的惊而问之道："吾与汝夫妇相安久矣！何忽求去？"其妻回答："始妾以子今暂为卑贱，异日或贵显，故安之久。今见子之卑贱之日，倒自足自满，得意洋洋也。似此则卑贱终身，贵显无期，故我欲求去。"赶车的道："何以知之？"其妻道："妾观晏子身长不满三尺，若论其身为齐相，名显诸侯，不知当何如骄傲！何如满盈！乃妾观之志气恂恂①自下，若不知有富贵者，则其意念深矣！若子身长八尺，伟然一男子，乃为仆御。若汝有大

① 恂（xún）——诚实恭敬的样子。

志，不知何如愧悔！何如悲思！乃妾观子之志气，则洋洋自足。洋洋自足，是以卑贱自安也。他何复望？是以求去。”御者听了，不觉羞惭满面，深深谢过道：“请从此改悔，何如?”其妻道：“晏子之过于人，亦此改悔谦冲之智耳。子信能改悔，则是能怀晏子之志，而又加以八尺之长，若再躬行仁义，出事明主，其名必扬矣!”御者甚喜，致谢其妻道：“蒙贤妻教戒，始知进修有路。”其妻道：“妾又闻，贱虽不可居，若背于义，则又宁居之。贵虽可为，若虚骄而贵，则又不可也。”御者感谢。自此之后，遂自改悔学道，谦逊常若不足。虽仍出为晏子赶车，而气象从容，大非昔比。晏子见之，甚是惊异，因诘问道：“汝昔赳赳是一匹夫，今忽雍和近于贤者，斯必有故?”御者不能隐，遂以其妻之言实对。晏子听了，大加叹赏道：“汝妻能匡夫以道，固为贤妇。汝一改悔，便能力行，亦非常人。”因见景公荐以为大夫，显其妻以为命妇。君子谓命妇不独匡夫，自成者，远矣！闲言不叙，书归正传。

诗曰：

道士须知结善缘，害人害己理由天。

佛门反作贼徒穴，口说慈悲是枉然。

且说胡小记、乔宾进来，俱都问了姓氏。彼此落座。复献上茶来。徐良索性就把这个说了，求老道给占算占算贼的下落。老道满口应承，并不推辞，就把金钱卦盒一摇，说：“还有一件，几位施主，我要把他们占将出来，保你们一去就能拿住。可有一件事，我出家人慈悲为本，善念为缘。你们要拿住他之时，必须要劝他改邪归正，千万不可杀害他们的性命。你们要结果他的性命，岂不是贫道损了德了吗?”徐良说：“既是有道爷这么说着，我们绝不杀害他的性命。要是劝解他不听，我们也把他放了，也不结果他们的性命。”老道说：“你们要是得着他们，也是在庙内。”徐三爷说：“你得指告在哪地方？哪个庙内？”老道说：“我这句话说出来，我就不妥。”徐良说：“你只管说吧。你要怕我们把他杀了哇，我们起个誓。”这句话未曾说完，就见艾虎哎哟一声，扑通栽倒在地。徐良就知道是中了计了，徐良说：“老兄弟，这是怎么了？”再看胡小记、乔宾过去一搀，焉知晓借着搀艾虎的光景，也就眼前一发黑，觉着腿一软，扑通，也栽倒在地。徐良急回手拉刀、掏镖。梁道兴手中的卦盒冲着徐良面门打来，徐良一闪，回手就是一镖，也没打着老道。老道蹿出屋门之外喊叫：“二位贤侄快来！”徐良并不追赶他，净看着这几个人。

你道这个是什么缘故？这个老道，本是与崔龙、崔豹叔侄相称。他外号人称妙手真人，绿林的大手，与吴道成、肖道志、黄道安皆是师兄弟。他有两个徒弟，一个叫风流羽士张鼎巨，一个叫莲花仙子纪小全。崔龙、崔豹与张鼎巨换帖，没事也常往庙中来。这个老道虽是绿林，如今不出去偷盗窃取，就在庙中一半算卦、相面、画符、镇宅，若有在庙中投宿的官府客人，仍是结果他们的性命。尽其所有做了一号买卖。一年之中，也不定做着这么三号两号的，做不着也不定。

可巧这日晚间，崔家兄弟前来，见了老道，就把自己的事情述说了一遍，老道就叫他们往北边屋里去。不可声张。那些人要是追将出来，他自有道理，他们出去，就听见房瓦微然一响，暗把小童教好，叫他如此如此的说法。徐、艾二人进来，假说卦爻，说算出来是四个人。其实是崔龙说的。见了他们，净是一派的好话。其实茶中早下上蒙汗药了。追了半天贼，哪一个不渴？就是徐良单单的没饮。怎么个缘故？他一见这个老道脸生横肉，说话声音宏亮。虽然上了点年岁，究竟不像良善之辈。徐良总疑着那个贼在庙中哪，可又不能指实。瞧艾虎他们饮茶，就怕他们要上当。到如今一看，还是不出他的所料。

见艾虎一倒，他就亮刀，就掏镖，如何能打着他！一回手，“腾”一声正打在隔扇之上。老道出去叫人，崔龙、崔豹两个人过来。徐良不敢出来，怕艾虎他们三个有伤性命。倒把他大环刀插入鞘中，把紧臂低头花装弩拾掇好了，预备了飞蝗石子、镖囊袖箭。三个人叫他出去。老道也脱了身上长大的衣，利落紧衬，手中提了一口宝剑。外边就骂：“山西人快些出来受死！”徐良说：“得了，道爷，你饶了我吧！出家人慈悲为本，善念为缘，是你说的不是？你慈悲我吧！不然，我给你磕个头。”梁道兴焉知是计，说：“我本要饶恕于你，我两个把侄的机关已漏，也是活该你们的天数已到，休要怨我。出来受死吧！”将说到死字，这个“吧”字还没说出来，见徐良一矬身像是要磕头的样子，一低脑袋，噗哧的一声，正中在妙手真人的颈嗓咽喉，也是因为他受这一个头，把这一条性命就断送了，扑通、死尸腔栽倒在地。徐良又与崔龙、崔豹说：“还有你们二位，我也给你们二位磕头吧！”这两个人眼瞅着一个头磕死了一个，如何还敢受他的那个头？也不敢与他交手，明知他那口刀的利害，撒腿扑奔正南就跑。徐良也不肯轻饶这两个人，二指尖一点，左手一指，右手一指，两枝袖箭，噗哧噗哧尽都钉在崔龙、崔豹身上。仗着一样好，打的不是致命的地方，两个连蹿带蹦，逃窜了性命。徐良说：“便宜你这个王八养的！”

徐良总是为难，不敢离开这个所在。明知有凉水，就能把三个人救活。又不敢离开此处，过来一个人就把三个人性命结果。左思右想，一点办法也没有。忽然间看见对面黑乎乎有宗物件。对着天井的西院看看，天色快亮。出去一瞅，欢喜非常，原来是有一个养鱼的鱼缸。进来取了茶碗，拿老道的衣服擦了个干干净净的。出来往鱼缸里打了一碗凉水，也顾不得脏净，回到屋中，见木盘子里现有竹签子，拿了一根，先把艾虎牙关撬开，将水灌下去，复又打了一碗，灌了胡小记，又灌了乔宾。不多一时，三个人腹中咕咕噜噜一阵乱响，俱都爬将起来，呕吐了半天，转眼一瞅，齐说是："怪道哇，怪道！"徐良说："你们都起来吧，不怪！"艾虎说："这个牛鼻子哪里去了？"徐良说："不用说了，咱们是上了老道的当了。你就是别骂老道。"胡小记说："咱们也真不害羞，累次三番上当，要不亏三哥，早死多时了！"艾虎说："到底是怎么件事情？"徐良说："茶里有东西，我是一点没饮。我看着那个老道脸生横肉，不像良善之辈，故此我没饮茶。"艾虎问："他们哪里去了？"徐良说："我把老道打发回去，崔龙、崔豹给了他们两枝袖箭。"如此这般说了一遍。

艾虎说："我们已经醒过来，咱们庙中各处搜寻搜寻，还有别人没有？"乔宾同三位英雄出去，各处寻找了一番，对艾虎说道："厨房之内有两个人在那里睡觉，俱都叫我捆上了。"艾虎一看，说："这两个人俱有六十多岁了，看着也是老而无用之人。"徐良说："那必是两个香火居士。若要是和尚庙中，与和尚使唤的就叫老道；要是老道庙中，与老道使唤的就叫香火居士，那必是与他们使唤着的人。把他两个提溜过来。"艾虎答应一声，出去不多时，就把两个老头提溜过来，扔于地上。徐良一问，这两个也不敢隐瞒，就把他们胡作非为，每遇到庙中投宿的，结果人家的性命，尸首埋在后院，以及老道还有两个徒弟，没在庙中这些个事细说了一遍。徐良说："少刻把地方找来，你就将这个言语只管对你们太爷说明，准保没有你们的事情。不要害怕，我们是按院大人那里办差的。"两个人情甘意愿。

天光大亮，徐良就叫胡小记出去把本地地方找来。不多时，将地方找来，见了徐良、艾虎等，俱都行礼。少刻，就将跟随大人办差，怎么知晓这里有贼情，奉命办差的话说了一遍。地方一听，吓得胆裂魂飞，就知道自己这个祸患不小。徐良说："我们也没工夫，还得办事去呢。就把此事交与你们本地面官就是了。这里还有在案脱逃的。若问赃证，就问这两个香火居士，他们俱都知晓。"地方官俱都听明白。徐良又说："还有崔豹、崔龙的兴隆店，叫你们本地面官抄店拿贼。"说毕，他们大家起身。后来地方审案办差，就不细表了。

徐良与艾虎等大家起身，直奔武昌府的大路。走了几日，归了大道。晓行夜宿，饥食渴饮，亦不多表。

这日正走，打听说归了武昌府的管辖地面。打完了早栈，将出饭店，有人在艾虎背后叫道："艾五爷上哪去？遇见你老人家这可就好了！"艾虎一瞅，不认识。此人二十多岁的年纪，大叶披巾，翠蓝箭袖，丝鸾带，薄底靴子，干伴的模样。艾虎说："你是谁？我不认识你。"那人跪下磕头道："五爷连小的都不认得了？我叫白福。"说着话，眼泪直往下落："我家相公爷是你老人家的大盟兄。"艾虎说："哎哟，是了！你快快起来！"白福起来，又与徐良、胡小记、乔宾磕头。徐良问道："你们骑着马，怎么今日才走到这里？"从人说："你们几位爷们别走了，到店里我有要紧话告诉你们。"爷们几位跟着白福到了店中，奔到五间上房。许多从人迎出来说："你们爷们到了，可就好了。"挨着次序磕头。徐良叫他们起来，大家进屋中坐下，立刻叫店中烹茶。徐良这才打听说："有什么话说，你家主人哪里去了？"白福说："我家主人丢了好几天了，无影无形，不知去向。你们众位爷们看看奇怪不奇怪？"徐良问："倒是怎么丢的？"那从人说："这个话也就长了。头一天住在这个顺兴店，这个镇叫鱼鳞镇。第二天早晨起来，要起身，天气不好，蒙蒙的小雨，打了坐地尖自然就落程了。我家相公究属心中烦琐，吃完了饭睡了一觉。自己睡醒，就觉得身上倦懒。我们劝着他老人家散逛散逛。他自己出去的时候，连我们谁也没带。每遇出去，没有不带从人的时候，单单这天就是自己一人出去的。再说腰间带着一二两银子，一二百钱，就打那天出去，至今未回。我们大家出去四下打听，一点影色皆无。”徐良说：“你家主人有什么外务没有?”回答：“一点外务没有。在家中不是习文，就是习武。永不只身一人出门。”艾虎说：“既是这样，咱们大家出去找找。谁要听见什么信息，俱在店中会齐时说。”胡小记点头。大家吃了茶，复又出来。单提艾虎，他是爱饮，找了个小酒铺，进去要酒。忽然进来一个醉鬼，把白大爷的事说出。

若问缘由，且听下回分解。

第八十六回

鱼鳞镇家人说凶信　三义居醉鬼报佳音

诗曰：

美酒从来不可贪，醉中偏爱吐真言。

无心说与有心听，话里妙寓巧机关。

且说艾虎到了小酒铺，他也不认得字，书中交代，三义居是个酒铺，不卖菜。艾虎随便坐下，要了两壶酒，酒菜就是腌豆儿、豆腐干。酒座不多，就有七八个人。艾虎为的是打听事情，坐在茶馆酒肆中，暗暗听他们说些什么言语。也有说庄稼的，也有说买卖的。

忽然打外头进来一个醉鬼，身上的衣服褴褛，高绾着发纂，没戴头巾，穿着一件大氅，白袜青鞋，酒糟脸，斗鸡眉，小眼睛，断山根翻鼻孔，小耳朵，耗子嘴，两腮无肉，细脖项。躬躬肩，鸡胸脯，圆脊梁盖，红滑子脚，面赛姜黄，黄中透紫，借着酒的那个颜色，更紫得难看，进门来身躯乱晃，舌头是短的，说："哥们都有了酒了，这边再喝吧。过卖，闹两壶。"。过卖说："大爷，你可别恼，柜上有话，你还不明白吗？上回就告诉你了，不赊。你说你有钱，喝完了没钱，我拿出钱来给你垫上。一共才几十个钱，可算不了什么。你说第二天给我，至今天一个多月了，又来喝酒，是有钱是没钱，我可没钱垫了，别叫我跟着受热！"醉鬼说："今天不但有钱，到晚半天还有银子呢！你先给我记一记，晚晌连柜上的前账都清了。"过卖说："那可不行！你上柜上说去，我担不住。”醉鬼说：“二哥，庙里那个事我是准知道的，我下了好几天工夫啦！我全知底，不但那个事情，他们还圈着一个人呢！晚上我去了，不给我银子，我和他们弄场官司。别看他们有银钱有势力，我有条命。”过卖说：“你说下天文表来也不行。”艾虎听了，想道：圈着一个人，内有中因，不如我请这个人喝两壶酒，问他一问，倘若有了哥哥的下落，可也难定。遂说道：“那个朋友，你喝酒，咱们哥俩一同喝。来，我请你喝两壶。”那人听了，笑嘻嘻地说：“哥哥，咱们素不相识，我又不能作个东道，如何讨扰！”过卖说：“你不用拘着。”那人随即过来，就给艾虎作了一个揖，坐在对面，艾虎又叫拿两壶酒来，便问：“这位大哥贵姓?”回答：“姓刘，我叫刘光华，有个外号，叫做酒坛子。不瞒大哥说，我就是好喝两盅。”拿过酒来，他要给艾虎斟。艾爷不叫，这才自己斟上，喝了几盅。艾虎叫刘大哥，那人说：“不敢，你是大哥，你老的贵姓?”艾爷说：“姓艾。我方才听见你说，晚上就有了银子了。叫他记记，他们都不记。他们可真来的死相。”刘光华说：“我可真是该他们的。”艾虎说：“你晚上怎么就会有了银子了?”回答说：“艾大哥，你不知道此话，说出来可有些个犯禁。在咱们这西边，有个庙，叫云翠庵，是个尼姑庙。里头有个居姑，叫妙修，妙师父。老尼姑死了，剩下这个小尼姑掌管云翠庵。她还收了两个小徒弟，叫什么我可记不清楚了。就不用问，她们那个长相，长得有多么好啦！净交我们这里绅衿富户大财主的少爷。庙也大，也乱腾得厉害。每天晚上，总有好些个人住在庙内各处。各处的地方也大，房子也多。她带她徒弟应酬这些人，连这里官府还有去的哪。不但这个呀，那个尼僧还有本事呢，高来高去，走房如踏平地一般。按说，这话可说不得呀！她是个女贼，大案贼还常住在庙内哪！”艾虎说：“你怎么知道呢?"刘光华说:"我有个堂叔伯姥姥在庙内佣工，庙里头每天得点子吃的。就给我们家里拿点去。到我们家说住了话，就懒怠走啦，也是不愿意在庙里，怕早晚遭了官司，受连累;可挣的钱多，又舍不得。"艾虎道:"你方才说圈住人，是什么事?"刘光华说:"那更说不得!"连连摆手摇头。

艾虎又要了几壶酒。明知道他不肯说，多要几壶酒，灌醉了他，他就必然说出来了。左一杯，右一盏，苦苦地相让。刘光华本来就在别处已经喝够了几成了，这里又叫艾虎苦苦一灌，舌头更短啦，两个眼睛发直，心里总想着过意不去，怎么答报答报艾爷才好。艾虎看出这个光景来了，复又问道:"庙里头圈人到底是男是女?"醉鬼说:"女人也有，男人也有。女人可说不得，是我们本地有名人焉。这里头还有人命哪!男人也不知是哪来的，咱们疑惑着是上那找便宜去了，原来不是，是管闲事去啦，给便宜不要。那个尼姑情愿将他留在庙中，他偏不肯，如今幽囚起来了。也有他的吃喝，就是出不来，非从了妙修不行。这个人长得本来也好看，大姑娘都没他长得好看。"艾虎想着，必是大爷。又问道:"刘大哥是亲眼得见的?"回答:"不是，我姥姥说的。"又问:"是个文人，是个武人?"回答:"是个武的，能耐大着哪!"艾虎一想，更是大爷了。

正问话间，忽然见外边有许多人哗哗笑，有宗奇事。只见一个人，身躯不到五尺，极瘦弱，青布四方巾，迎面嵌白骨，飘带剩了根半青绸子，袍儿上面着些个补丁，黄、蓝、绿什么颜色都有，一根旧丝绦看不出什么颜色来了，穗子全秃了，还接着好几节。青绸子中衣也是破烂，高腰袜子，袜腰秃噜到核桃骨儿上，一双大红厚底云履鞋。看脸膛如重枣一般，一双短眉，一对圆眼，黄眼珠自来的放光，准头小，嘴唇薄，两腮无肉，大颧骨，尖头顶，元宝耳朵。手拿着苍蝇拴，倒骑着一匹黑驴。大家瞧看，以为稀罕之事，故此大家笑他。到了酒铺，往里瞧了一眼，大家伙都瞧他，这才看出来都有了胡须了。他这胡子和他脸一个颜色，红不红黄不黄的。瞧他这个下驴真特别，倒骑着，一扶驴，嗖的一声就下来了。艾虎那么快的眼睛，直没瞧见他怎么下的驴。可也不拴着驴。说话是南方的口音，说："唔呀，站住！"驴就四足牢扎。他就进了屋子喝酒，叫过卖要酒。过卖说："要多少？"回答："两壶。"过卖先给他摆上咸菜碟，复又拿过两壶酒来，问道："这驴不拴上点，要跑了呢？"回答："唔呀，除非你安着心偷。"过卖说："我告诉你是好话，这街上乱。"那人说："我这就喝完。"见他把酒拿起，他一口就是一壶。艾虎瞧着这个人特别，再瞧同他喝酒的那醉鬼趴着桌子就睡觉了，自己就知道这个骑驴的多半准是个贼。艾虎先把过卖叫来，会了酒钞，也不叫那个醉鬼。他净等着这个骑驴的出去，好跟将出去，看他奔什么所在。果然见这个骑驴的喝了两壶，又要了两壶，叫了一块豆腐干。叫过卖算账。过卖要算，他又拦住说："我算出来了，四四一十六搭两个钱，一共十八个钱，明天带来吧。"过卖说："今天怎么都是这个事呢？全是一个老钱没有就敢喝酒。那个刘光华倒是认得，这个人却不知底细，又不知他家乡住处。"这个骑驴的恼啦，说："太不认街坊了！叫你记上你不记上。我驴丢了，赔我驴吧！"过卖说："你的驴丢了，怎么叫我赔驴呢？"骑驴的说："在你这里喝酒，万两黄金，你都该给照应着。"过卖说："我明白你这意思了，我们这酒钱不要了，管保你也不要驴了吧？"那人说："敢情那么好，要不咱们两便了吧。"艾虎过来说："你们两个人不用争斗了，这个酒钱我付了吧。"过卖说："得了，以后人家不敢在我们这喝酒来了。一个是请喝的，一个是抄酒账。”那个人说：“你不用放闲话。”艾虎说：“酒钱我付了，这个驴怎么找呢？”那人说：“我这个驴不怕的，丢不了，我是出来骗点酒喝。那驴到人家有牲口的地方，槽头上骗点草吃就得了。”只见他一捏嘴，一声呼哨，艾虎知道他九成是贼了。

不多一时，就见他那驴连蹿带跑回来了。过卖说：“难为你，怎么排练来着！”就见他一抱拳，也并不道谢，也并不问名姓，说了声再见。艾虎也要一抱拳，一瞧那个人已经上驴去了，在驴上骑着呢。艾虎到了外头，过卖也到了外头。过卖成心戏耍他：“这回这个驴呀，你骑倒了！”那人道：“皆因我多贪了两壶酒，我醉了，我就是好喝一盅。我在家里喝醉的时候，倒骑了驴，是我儿了告诉我的。”过卖道：“好说呀，孙子。对了，原是这么骑着的是。”艾虎见他买了过卖一个便宜，他又把双腿往上一起，在半悬空中打了一个旋风，仿佛是摔那个一字连环岔的相似，好身法，好快就把身子转过来了，仍是倒骑着驴。

那驴也真快。艾虎追下去了，出了鱼鳞镇西口路北，有座庙，见那个骑驴的下了驴，在门口那里自言自语地瞅着山门上头，说：“这就是云翠庵。”艾虎心中一动，原来云翠庵就在这里。见那人拉着驴往庙后去了。艾虎遂即瞧了瞧庙门，也就跟到后边来了。到了庙后，见有一片小树林，过这 个小树林，正是一个大苇塘。找那个人，可就踪迹不见了。艾虎一阵发怔，纳闷，又没有别的道路，他往哪里去了？直到苇子塘边上，看见那小驴蹄儿的印了。看着奔了苇子那里去了。离着苇子越近，地势越陷，驴蹄子印儿越看得真。顺着驴蹄子印，倒要找找他奔什么地方去了。一件怪事，这个驴蹄子印，就到这苇塘边上，再往里找，一个印也没有了，往回去的印也没有，往别处的印也没有。艾虎纳了半天的闷，说：“这个人实在的怪道。”找了半天，也就无法了。按旧路而回，重新又到庙这里踩踩道，俱都看明，转头回店。

回到顺兴店中，徐良已经回来，皱眉皱眼在那里生气。艾虎进去，说："三哥早回来了吗?"答道："回来了半天了。"艾虎说："三哥出去听着什么信息没有?"答道："什么也没有打听出来。老兄弟，你听着什么信息?"艾虎还未回言，胡小记打外边进来。艾虎说："又来了一个。"进门就问："大哥，打听着什么信息没有?"胡小记说："出去了半天，什么事我也没打听出来。"徐良说："必然是老兄弟打听着了。面上有喜色，必是打听着了!"艾虎把方才在酒铺遇见醉鬼泄机，看见骑驴的诧异的话，说了一遍。徐良欢喜，议论大家晚晌上云翠庵找芸生去。

欲知芸生怎样，且听下回分解。

第八十七回

白公子酒楼逢难女　小尼僧庙外会英才

诗曰：

英雄仗义更疏财，不是英雄作不来。

一生惯打不平事，救难扶危逞壮怀。

且说艾虎说了醉鬼泄机言语，又提起了骑驴的那般怪异，那身功夫，那驴怎么听话，怎么到了苇塘不见驴蹄子印，又说："三哥，你是个聪明人，你想想这是何许人物？据我看着，他不像个贼。"徐良说："不是个贼！万一是个贼呢？可惜我没遇见，老兄弟，你既给他会了酒账，怎么不问问他的姓名呢？"艾虎说："也得容工夫问哪！会了酒钱，他连个谢字也没道，就上了驴，闹了个故事，就走了。我跟到庙前，他那里念了声云翠庵。我到庙后就找不着了。"随说话之间，预备晚饭。乔爷也打外边进来。大众又问了问乔爷。乔爷说："什么也没打听着，就看见了个倒骑驴的。"艾虎说："可听见说了些什么言语？"回答道："众人都说他是个疯子，并没听他说话。"徐良说："咱们大家吃饭吧，指望着乔二哥打听事，那不是白说。"大家饱食了一顿，候到初鼓之后，乔宾、胡小记看家；徐良、艾虎预备了兵刃，换了夜行衣靠，蹿房越脊出去。直奔云翠庵而来。

一路无话。到了云翠庵，一位看了地势，随即蹿将进去。一看，里头地面宽阔，也不准知道是在哪里。过了二层殿，见正北上灯光闪烁，西北上也有灯亮。两个人施展夜行术，奔了西北，却是一个花园。进了月亮门，见有两个小尼，一个打着灯笼，一个托着盘子，就听她们两个人低声说话。二位好汉暗暗地随在了背后，只听她们说："咱们师父太死心眼了，人家执意不允，偏要叫人家依她，就在今天了，似乎这样男子也少，今天再不点头，就要废他的性命了。"前边一个太湖山石堆起来的山洞，穿那个山洞而过，到了一所房屋。外边看着灯火闪烁，人影摇摇，小尼启帘进去。二位好汉用指甲戳破窗棂纸，往里窥探明白，原来见芸生大爷倒扭着二臂在灯光之下，闲目合睛，低着脑袋，在那里发烦。旁边坐着一个尼姑，约在二十多的光景，身上的衣服华丽，百种的风流透着一派妖淫的气象。桌案上摆列些个酒菜，那个意思要劝大爷吃酒。大爷是一语不发。外边二位看这般光景，心中好凄惨。依着艾虎就要进去。徐爷拉住，不叫他行事莽撞。

列公，你道这芸生大爷何故到此？皆因那日未带从人，出了店门，自己游玩了半天。就在鱼鳞镇西口内路南找了一座酒楼，靠着北边楼上落座吃酒。要了些酒菜。把北边的楼窗开开，正看街上的来往行人，见有个二人小轿，后面跟着一个小尼姑儿。当时有些个人们瞧看，七言八语地说话。楼上可也就讲究起来了，过卖拦住说："众位爷们喝酒，可别谈论这些事情。"众人被过卖一拦，虽不高声谈论，也是低声悄语地讲究。可巧芸生同桌一个人也是在那里吃酒，连连地叹息。芸生借此为由，就打听了打听，那人先叹了一口气说："世间不平的事甚多了。"大爷就问："怎么不平的事？"那人说："方才那个轿子里头是位姑娘，姓焦，名玉姐。人家识文断字，是我们这的教官跟前的姑娘。教官死啦，剩下他们哥两个，一个老姑娘。这两个哥哥，一个叫焦文丑，一个叫焦文俊。焦文丑进学之后，家中寒苦，顾不得用功念书了，就教书度日，文法又好，学生又多，把个人累死了。剩了焦文俊，从小的时节就有心胸。他说他哥哥一死，不能养活老娘和妹子，出去非得发了财才回来呢。打十五岁出去，今年整五年未归。他们这有前任的守备，姓高。他有个儿子叫做高保，外号人称叫地土蛇，倚势凌人，家内又有银钱。有那位焦教官的时节，高守备亲自到他家求婚。焦教官知道他儿子不能成器，故而亲事未许。到后来焦教官一死，焦文丑又一死，焦文俊又走了，知道她母女无钱，给她送了些个银钱去，作为是通家之好。怕她母女度日艰难，又送些个资斧。久而后可以再去说亲，就不能不给了。如若不给，就得还钱。明知她母女使着容易还着难，这亲事不能不作了。焉知晓她母女更有主意，所有送去的银钱俱都璧回，执意地不受。又去提亲，仍是不给。可巧高守备死去了，过了百日的孝服，听说他们要抢人家这个姑娘，又怕不行。如今这个高保私通了云翠庵尼姑，他们定下的主意，要诓这个姑娘上庙，尼姑设计，叫高保强污染人家姑娘。此话可是个传言不实，方才你可曾见那轿子，里头就是姑娘。到了庙内，准坠落他们的圈套。”芸生大爷不听则可，一听无名火按纳不住，天然生就的侠肝义胆最见不得人有含冤被屈之事，复又打听这个庙现在哪里。那人说：“就离西镇口不大甚远，坐北向南。”芸生又说：“这要真污染了人家姑娘，难道就不会去告状去？”那人说：“要是真要如此，也短不了词讼。再说人家教官，还有好些个门生哪。你看来了，这就是那个地土蛇。”见在数十匹马，犹如众星捧月一般，都是从人的。当中有一位相公，戴一顶墨绿绣花文生公子巾，迎面嵌美玉，双垂青缎飘带；穿一件大红百花袍，斜领阔袖，虚拢着一根丝绦；白袜朱履，手中拿定打马丝鞭。黄白脸面，两道半截眉，一双猪眼，尖鼻子，吹火口，耳小无轮，印堂发暗，直奔正西去了。大家又是一阵乱嚷乱说，众人说：“去了，去了。此时没多事的人。若有多事的人，这小子吃不了兜着走。”芸生大爷立时把过卖叫将过来，会了酒账，又要会同桌那人的账，那人再三不肯。总共吃了几百钱，给了一两银子。过卖谢了芸生大爷。大爷复又与同桌那人说：“尊兄，咱们再见了。”自己下楼去了。

出离了酒楼，一直地奔正西。走到庙前。抬头一看，朱红的庙门，密排金钉。两边两个角门，俱都关闭，看正当中门上头，石块上刻着阴文的字，是“古迹云翠庵”。忽然见东边角门一开，出来了许多人和马匹，原来就是高相公手下从人，他们大众回家，就见有两个小尼姑送出说：“明天也不用很早来接。”大家笑嘻嘻地乘跨坐骑走了。

小尼姑一眼看见白芸生，芸生大爷也瞅看小尼姑子。见她说：“众位，你们勒勒马吧，师父出来了，有话和你们说哪。”那几个人，也没有一人听见，竟自扬长去了。那个小尼姑一回头说：“师父，你瞧这个人。”见里面又一个把着门框，往外一探头，二目发直，看那个神思，就像真魂离了壳的一般，目不转睛，净瞅着芸生。大爷本来好看，一身青衣，青布武生巾嵌白骨，青布箭袖袍，灰衬衫，青棉线带子，青布官靴；面似美玉，细眉长目，皂白分明；垂准头，唇似涂朱，牙排碎玉，大耳垂轮，十七八岁。好似未出闺阁的幼女都没他长得体面、俊秀、清雅。那妙修本是个淫尼，几时见着过芸生这号男子！看了半天，早就神驰意荡。

芸生可也看见淫尼咧。见这么一瞧，芸生也有些个害羞意思，掉头要走。尼姑不肯叫他就走，说道：“阿弥陀佛！这位施主相公别走，请到庙中坐坐，小僧有件事情奉恳。”芸生的心内打算回到店中，夜晚再来，为的是那位姑娘，怕遭他们的毒手。倒是要解救女子，她反让我到她庙中，何不趁此机会去到庙中走走。于是答道："不知道师父有什么事情，快些说来。"尼姑说："你先请到庙中。"芸生说："倒是什么事情，先要说明，然后进去。"尼姑说："尊公可认识字么?"芸生说："我略知一二。"尼姑说："我扶了一个乩语，请相公爷给批一批。"芸生说："我不会乩语。"尼姑说："念念就得了。"芸生说："那还可以。"

芸生随着尼姑进了云翠庵，一直往后，直到西跨院，单一所房屋，启帘进去，到里面献茶。见那屋中糊裱干净，摆列些古董玩器，幽雅沉静。芸生说："把乩语拿上来我瞧。"尼姑说："我现在请乩。"叫小尼姑预备晚饭，果然晚间预备的丰盛席面，不必细表。

大爷饱食了一顿，预备好杀尼姑，直等到二鼓，并没见一人进来。芸生一看，原来是跨院门已经锁上了。四下一看，忽见墙头上刷的一声，一个人影，不知何故?

若问是谁？且听下回分解。

第八十八回

芸生为救人受困　高保定奸计捐生

诗曰：

自古尼僧不可交，淫盗之媒理久昭。

诡托扶乩①诓幼女，谁知偏遇小英豪。

且说芸生自打吃完了饭，烹过茶来，点上灯，就不见有人进来。天有二鼓，自己出去一看，原来西跨院门已经用锁锁了。芸生暗道："这淫尼把我锁在这里，必没安着好意。就是这样的墙壁，如何挡得住你公子爷?"将要纵身蹿出墙去，忽见墙头刷一个黑影，随即蹿上墙头，再找踪迹不见。

你道那尼姑非是出去扶乩，她本与高保商量下的主意，是要与焦家的姑娘成亲。皆因玉姐儿是个孝女，老娘染病，遇在机会上，将她诓在庙中，强逼成了亲，焦家也就不能不给了。可巧这天，宁氏老太太染病，尼姑得信，立时亲身到了焦家。假说给老太太看病，说了些厉害语言，非得扶乩求药才行。可惜少大爷没有回家，在家才行呢。旁边焦小姐问道："怎么得他在家里才行?"尼姑说："总得交正子时，在净室之中烧上香，设上坛，把神请下来，将药方开好，方许点灯。这求方的人，得在那里跪着。"玉姐说："就这个事，怎么单得我哥哥在家呢?"尼姑说："自然，要是小姐去也可，我怕你胆小害怕。"玉姐说："只要求

① 扶乩（jī）——一种迷信活动。

着我老娘病好了，就是赴死去，也不怕。恳求老师爷慈悲，咱们是几时扶乩求药?”尼姑说：“姑娘果有这样的胆量，那可就在今朝。”玉姐连连点头。尼姑也没在焦家吃饭，定下在庙内等她，就起身去了。

回到庙中，与高家送信。少时姑娘到，她把姑娘安置在东院，陪着说了会子话，叫小尼姑预备晚饭。少时，高相公到，她把高相公安置在北院。高相公家人走，她追出来，是叫从人往这里带银子，没赶上。可巧她遇见芸生大爷了。她把芸生大爷安置在西北跨院。先嘱咐好了，预备完了晚饭，她算着：先把高保安置楼上，再把小姐带上楼去，她的大事已完。再找芸生大爷来。

其实后院还有她两个相好的呢！皆是绿林的好汉。一个叫做碧目神鹰施守志。一个叫铁头狸子苗锡麟，又是久已相好，也在她这里住着。今日一见芸生，论品貌固然比他们强到万分。她打算白大爷是寻花问柳之人哪。

闲言少叙。到了天交二鼓，尼姑先见了高保，就问道：“你吃过饭了?”高保说：“吃过多时了。”又说：“这件事可是我的中人哪！没有我，可不行吧！事毕之时，你怎样谢赏于我?”高保道：“我给你修庙。”尼姑说：“不行。”高保说：“给你白银三千两。”尼姑说：“银子倒是小事，还可往我屋中走走，大概没有得陇望蜀之心了吧?”高保说：“妙师父，我要忘了你，必不得善终！”尼姑一笑：“一句戏言，何故你起这么重的誓！”回说道：“我不是丧良心，又把良心丧的人。”妙修说：“天已不早，我把你先送上楼去，可是不点灯。我冤那姑娘就说是请神，必要神仙走了，方许点灯。你就算是神仙，可不定是什么神仙！我把你带上楼去，趁着黑暗，我一躲避，你将她揪住，我就不管了。你可要紧记这个言语，事不宜迟，我同你前往。”二人说着，出了房门，打着灯笼直奔西院。到了西花园，走入西楼，上了楼梯，将高保安放在楼的后炕上。尼姑告诉他，你可别动。自己提灯下楼，又到东院。见了小姐问道："可吃过饭了？"小姐回答："吃过了。"尼僧说："天已不早，你我去吧。"姑娘点头，暗暗祝告神祇，但愿母亲病体痊愈，再来庙中还愿。跟着到了西院，直奔楼来。离楼不远，妙修说："到楼上可就得将灯吹灭，上边把坛俱都设好。"小姐答应。

将到楼下，忽听上面哎哟一声，像是有杀人的声音，妙修说："什么！"姑娘吓得金莲倒退，颤兢兢地问道："上面什么声音？"尼姑说："别慌！你先在此等等，我去先看看去，多一半是神仙先到了吧。"小姐无法，只好点头。

尼姑入内由护梯上楼。剩了五六层儿，不提防一宗物件冲着自己打来，意欲躲闪，焉得能够？砰扑咚，正撞在自己身上。扑咚是摔倒，咕噜咕噜滚下楼来了，连灯笼顿灭。尼姑是一身的功夫，若非是冷不防，断不至于滚下楼来。她自己一挺身，蹿将起来，也就不敢上楼了，那个灭灯笼也不要了。跑出楼来，哪知道一找姑娘，也是踪迹不见。心中纳闷，这是怎么个缘故？将一发怔，耳后生风，嗖就是一刀。尼姑总是大行家，听得金刃劈风的声音来，她一闪身闪过，掉头就跑，大声喊叫说："后头人快来吧！有了仇家了！"芸生哪里肯放。尼姑一想，自己主意错了。本来是喜爱芸生的相貌，谁知是引狼入室。随跑随喊，不多一时，从后面来了两个贼：一个碧目神鹰施守志，一个叫铁头狸子苗锡麟。两个人提着两口利刀，蹿将上来，让过尼姑，就把芸生挡住。大爷一看这两个人，一个穿黑皂褂，一个紫缎衣巾，俱都是细条身材；一个是面如刃铁黑中蓝，一个是灰色脸膛；一个是粗眉大眼，一个是一双眼睛绿盈盈的颜色，故此人称叫做碧目神鹰。

前文表过，二人俱与尼姑通好，就在这里住着。正打算上陕西朝天岭，他们与金弓小二郎王欣玉是盟兄弟。忽听前边一阵乱嚷，两个人亮刀出来，截住芸生大爷动手。三个人两口利刃交手二十多回合，不分胜负。这两个贼焉能是芸生大爷的对手。大爷往下一个败式，一回手，叭！就是一飞蝗石，正中苗锡麟的面门，他掉头就跑。净剩一个人更不行了，大爷虚砍一刀，蹿出圈外，施守志不知是计，抱刀就扎，白大爷一反手，叭！一块飞蝗石正中额角，鲜血直流，掉头就跑。大爷后边就追。

正要赶上，摆刀要剁。就听见嗖的一声，大爷见一点寒星，直奔面门，往旁一闪，当啷一声，那只金镖落地。原来是尼姑赶奔前来交手。未到跟前，遇施守志、苗锡麟脸上带伤，将他们让将过去。回手掏出一只亮银镖来，对着白芸生就是一下。白芸生正要追赶二人，嗖，眼前来了暗器，往旁边一闪身，那只银镖当啷啷落地。尼姑说："哎哟，好负义郎！咱们两个人素不相识，把你让将进来，待你酒饭，却是一番的美意，谁叫你管我庙中的闲事！靠着你有多大本事，来来来，咱们二人较量。胜得了我手中这个兵器，不枉你也张罗会子，算得个英雄。"说罢往上一蹿，摆刀就剁。芸生往旁边一躲，拿自己刀往上一托，一敛腕。尼姑把刀往怀里一抽，芸生使了个劈山式，一刀剁去。尼姑左手还有件兵器，其名叫轮，是个扁钢圈子，里外有刃。在圈子里头手拿之处，又有一个小月牙护手。芸生刀到，尼姑用单轮要锁芸生这口刀。芸生哪里肯叫她锁住。芸生受过明人的指教，乃是白五爷亲手所教，倾囊尽赠，家里又是富家，习文的时节书籍甚多，习武的时节兵器甚多。除了大十八般兵刃之外，还有些个意外的兵刃。有宗日月凤凰轮，可是双的。今天一见尼姑使的是一柄右手的刀，左手的轮。人家兵刃一到，她先用左手的轮，或是往外一磕，或是把人家兵刃套上。要是大枪、梅花枪等套上了枪杆，顺着枪杆往上一滑，她这个轮是里外锋芒的刃子，往上一滑，人家就得撒手扔枪，她的右手刀就跟上去了。若要把单刀套住，要想拿刀剁她的手，她这轮内有个小铁月牙的护手，就有这个护手挡住，也是剁不着手。故此宗兵刃极其得力。可巧遇见芸生，知道这兵刃招数。有句俗言：单刀见轮莫要扎。

大爷与尼姑交手，总没叫她得刀。开打十几个回合，她就不是白相公的对手了，尼姑终是个女流，到底力软。顿时间，鼻洼鬓角热汗直流，就知道难以取胜，意欲要走。复见芸生剁了一刀，抱头就走。尼姑方才要追，芸生一反手，叭！就是一飞蝗石。尼姑会打暗器，也会躲暗器，微一缩头，石子蹭着头皮过去，尼姑就跑。芸生就追。尼姑越过房去，芸生也追上房。到了后坡，见她在院中站着，说："这条命不要了！"芸生下房，扑咚坠落坑中。

若要知生死如何，且听下回分解。

第八十九回

文俊归家救胞妹　徐艾庵内见盟兄

光绪四年二月间，正在王府说《小五义》，有人专要听听孝顺歌，余下只可信口开河，自纂一段，添在《小五义》内。另起口调，将柳真人所传之敬孝，焚香说起，曰：

众人们，焚起香，侧耳静听。柳真人，有些话，吩咐你们。谈甚今，论甚古，都是无益。有件事，最要紧，你们奉行。各自想，你身子，来从何处？哪一个，不是你，爹娘所生？你的身，爹娘身，原是一块。一团肉，一口气，一点血精。分下来，与了你，成个身子。你如何，两样看，隔了一层。

且说那，爹和娘，如何养你？十个月，怀着胎，吊胆提心。在腹时，担荷着，千斤万两。临盆时，受尽了，万苦千辛。生下来，母亲命，一生九死。三年中，怀抱你，样样辛勤。冷和暖，饱和饥，不敢失错。有点病，自埋怨，未曾小心。恨不得，将身子，替你灾痛，哪一刻，敢松手，稍放宽心？顾儿食，顾儿衣，自受冻饿。盼得长，请先生，教读文书。到成人，请媒妁，定亲婚娶。指望你，兴家业，光耀门庭。有几分，像个人，欢天喜地。不长进，自羞愧，暗地泪零，就到死，眼不闭，挂念儿子。这就是，爹和娘，待你心情。

看起来，你的身，爹娘枝叶。爹和娘，那身子，是你本根。有性命，有福气，爹娘培植；有聪明，有能干，爹娘教成。哪一点，哪一件，爹娘不管。为什么，把爹娘，看做别人？你细算，你身子，长了一日。你爹娘，那身体，老了一成。若不是，急急的，趁早孝养，那时节，爹娘死，追悔不能。可叹的，世上人，全不省悟。只缘他，婚配他，恰似当行。却不想，乌鸦反哺，羔羊跪乳，你是人，倒不及，走兽飞禽。不孝处，也尽多，我难细述。且把那，眼前的，指与你听。

你爹娘，要东西，什么要紧？偏吝惜，不肯送，财重亲轻。你爹娘，要办事，什么难做？偏推诿，不肯去，只说不能。你见了，富贵人，百般承奉。就骂你，就打你，也像甘心！你爹娘，骂一句，斗口回舌。你爹娘，打一下，怒眼瞪睛。只爱你，妻与妾，如花似玉。只爱你，儿和女，似宝如珍。妻妾亡，儿女死，肝肠哭断。爹娘死，没眼泪，哭也不真。这样人，何不把，儿女妻妾、并富贵与爹娘。比较一论。天不容，地不载，生遭刑祸，到死时，坐地狱，受尽极刑。锯来解，火来烧，磨研碓捣，罚变禽，罚变兽，难转人身。我劝你，快快孝，许多好处。生也好，死也好，鬼敬神钦。在生时，人称赞，官来旌奖。发大财，享大寿，又有儿孙。到死时，童男女，持幡拥盖。接你去，阎罗王，也要出迎。功行大，便可得，成仙成佛。功行小，再转世，禄位高升。

劝你们，孝爹娘，只有两件。这两件，也不是，难做难行。第一件，要安你，爹娘心意。第二件，要养你，爹娘老身。做好人，行好事，休要惹祸。教妻妾，教儿子，家道兴隆。上面的，祖父母，一般孝养。下边的，小弟妹，好生看成。你爹娘，在一日，宽怀一日。吃口水，吃口饭，也是欢心。尽力量，尽家私，不使冻饿。扶出入，扶坐立，莫使孤伶。有呼唤，一听得，连忙答应。有吩咐，话一完，即便起身。倘爹娘，有不是，婉转细说。莫粗言，莫盛气，激恼双亲。好亲戚，好朋友，请来劝解。你爹娘，自悔悟，转意回心。到不幸，爹娘老，百年归世。好棺木，好衣被，坚固坟茔。尽心力，图永久，不必好看。只哀痛，这一生，何处追寻？遇时节，遇亡辰，以礼祭奠。痛爹娘，永去了，不见回程。这都是，为人子，孝顺的事。切莫把，我的话，漠不关心。

叹世人，不孝的，有个通病。说爹娘，不爱我，孝也无情。这句话，便差了，解说不去。你如何，与爹娘，较论输赢。譬如那，天生的，一茎茅草，春雨润，秋霜打，谁敢怨嗔？爹娘养，就要杀，也该顺受。天下无，不是的，父亲母亲。人愚蠢，也知道，敬神敬佛。那晓得，你爹娘，就是尊神。敬得他，仙佛们，方才欢喜。虚空中，保佑你，福禄加增。你有儿，要他孝，须做榜样，孝报孝，逆报逆，点滴归根。

训女孝歌：

宏教真君曰：妇女们，最爱听，谈今论古。又有的，最爱听，说鬼道神。我今日，有一段，极大故事。细讲来，与你们，各各听闻。我本是，一棵树，长条细叶。是当初，天和地，精气生成。这地下，植立起，一棵柳树。那天上，高悬着，一个柳星。过了个，几万年，凝神聚气。到唐朝，得遇见，孚佑帝君。我帝君，怜念我，诚心学道。就把我，度脱去，做个仙人。一棵树，如何有，这样造化？只缘我，心性灵，不昧本根。我无父，又无母，将谁孝养？早朝天，晚拜地，报答深恩。心思专，志向定，奉持原本。全凭我，一点诚，动了圣神。有师傅，就当我。严父慈母。几千年，力孝敬，无点懈心。成仙后，师傅教，多积功果。只要你，劝世人，孝奉双亲。有一人，能尽孝，将他度脱，不论男，不论女，许做仙真。我劝了，男和女，几千百个。都现在，蓬莱里，快乐长春。读书人，也有的，高官显职。女人们，都做了，一品夫人。我做下，劝孝的，这些功果，所以得，受封个，宏教真君。到而今，奉帝敕，宣扬大化。降鸾笔，演订就，一部孝经。读书人，明白的，讲求奥旨，俗人们，也有歌，唱与他听。只有你，妇女们，未曾专训。

说起来，你们想，最好伤情。你虽然，是一个，女人身子。

你爹娘，养育你，一样苦辛。怀着胎，在腹中，谁辨男女。临盆时，一般样，受痛挨疼。怀抱你，何曾说，女不要紧。乳哺你。何曾的，减却一分。莫说你，女人家，无力孝养。你爹娘，待女儿，更费苦心。替梳头，替缠脚，不辞琐碎。教茶饭，教针凿，多少殷勤。严肃些，又念你，不久是客。娇养些，又怕你，嫁后受嗔。离一刻，恐怕你，闺房失事。缺一件，恐怕你，暗地多心。选高郎，要才貌，与你匹配。选门户，看家资，恐你受贫。聘定过，便思量，如何陪嫁。到婚期，尽力量，总不嫌心。舍不得，留不住，好生难过。割肝肠，含眼泪，送你出门，到人家，夫妇和，公婆欢喜。你爹娘，脸面上，许多光荣。有些错，一听见，自生烦恼。又增添，一世的，不了忧心。你生来，嫁谁家，都是定数。你如何，不遂意，便怨双亲。好过日，便说是，你的命好。难度日，骂爹娘，瞎了眼睛。待公婆，说他是，别人父母。待爹娘，又说我，已嫁出门。倒是你，女人家，两不着地，把孝字，推干净，全不粘心。哪晓得，女人家，两层父母。都要你，尽孝顺，至敬至诚。

你身子，前半世，爹娘养育。后半世，靠丈夫，过活终身。你公婆，养丈夫，就如养你。天排定，夫与妻，只算一人。你原是，公婆的，儿子媳妇，却将你，寄娘家，生长成人。嫁过来，方才是，人归本宅。这公婆，正是你，养命双亲。既行茶，交过礼，多少费用。请媒约，待宾客，几番辛勤，爱儿子，爱媳妇，无分轻重。原望你，夫和妇，供养老身。为甚的，好儿郎，本是孝敬；娶了你，把爹娘，疏了一层？纵不是，你言语，离他骨肉；也缘他，钟爱你，志气昏沉。你就该，向丈夫，将言细说。公与婆，娶我来，辅相夫君。第一件，为的是，帮你奉养，你如何，反因我，缺了孝心。这才是，妇人们，当说的话。这才是，爱丈夫，相助为人，为什么，乘着势，大家怠玩。渐渐的，把公婆，不放在心。他儿子，挣得钱，你偏藏起。私自穿，私自吃，不令知闻，怕公婆，得些去，与了姑子。怕公婆，得些去，伯叔平分。只说你，肯把家，为向男子，哪知道，你便是，起祸妖精。薄待了，公与婆，一丝半粒，你夫妇，现成福，减了几程。受穷苦，受病痛，由你唆出。犯王法，绝子嗣，是你撮成。你看那，庙中的，拔舌地狱，多半是，妇女们，受这苦刑。更有的，放泼赖，胁制男子，使公婆，每日里，不得安停。公婆骂，才一句，就还十句。打一下，你便要，溺水悬绳，这样人，自尽了，阴司受罪，就不死，也必定，命丧雷霆。

我劝你，闺妇们，听从父母，说一件，依一件，莫逞性情。起要早，睡要晚，伺候父母。奉茶水，听使唤，时时尽心，在家中，无多日，还不爱敬。到那时，嫁出去，追悔不能，我劝你，媳妇们，认清题目。方才说，你原是，公婆家人。你丈夫，常有外，做他生理。公婆老，要望你，替他奉承。老年人，饭不多，菜要可口。旧衣服，勤浆洗，补缀停匀。莫听信，俗人说，不见公面。为儿媳，当他女，不比别人，不时的，茶和汤，亲手奉上。难走动，又可妨，扶起行行。有东西，买进来，思量养老。向公婆，送过去，不得稍停。只要你，公与婆，心中欢喜。哪管他，接过去，送与何人。敬伯叔，爱姑娘，和睦妯娌。公婆喜，这媳妇，光我门庭。孝公婆，你爹娘，也是欢喜。这便是，嫁出来，还孝生身。况且你，替丈夫，孝顺父母。你丈夫，也敬奉，丈母丈人。况且你，尽了孝，作下榜样。你儿媳，也学着，孝顺你们。说不尽，妇女们，孝顺的事。望你们，照这样，体贴奉行。

昨日里，《女孝经》，才演一半，那喜气，就传到，南海观音。宣我去，奖赏了，加个佛号。又教把，菩萨事，劝化你们。我菩萨，原做过，妙庄王女。生下来，便晓得，立意修行。菩萨父，见女儿，一心好道，百般的，教导她，要做俗人。谁知道，我菩萨，心坚似铁。只思想，一得道，度脱双亲。到后来，父王病，十分沉重。我菩萨，日共夜，备极辛勤。叩天地，祷神明，不惜身体。因此上，感动了，玉帝天尊。霎时间，坐莲台，金光照耀。居普陀，施法力，亿万化身。千只眼，广照着，十方三界①，千只手，掌握着，日月星辰。佛门中，这菩萨，神通广大。历万古，发慈悲，救度世人。有妇女，能行孝，不消礼忏。到老去，便许她，进得佛门。岂不是，极简便，一桩好事。劝你们，莫错过，这样良因。

诗曰：

孝义由来世所钦，同心兄妹善承亲。
山穷水尽疑无路，柳暗花明又一村。

且说尼姑明知不是芸生的对手，除非智取不行。在她的西北房后，有一个陷坑。坑的上面，暗有她的记认。芸生可哪里知道，自可就飘身下房。正坠落坑中。大行家要是从高处往低处一摔，会找那个落劲，不能摔个头破血出。慢慢往起再爬，爬起往上再蹿，那就费了事了。这一摔下去，一挺身，一跺脚，自己就可以蹿得上来。芸生捡刀，往上一跃，脚沾坑沿，早教碧目神鹰一把揪住，底下一腿。大爷蹿上来，脚尚且未稳，教人揪住一腿，焉有不倒之理？铁头狸子过来摆刀就剁。芸生明知是死，把双睛一闭。等了半天没事，睁睛一看，原来是被尼姑拦住，妙修说："别杀他！我还有话问他呢。"瞅着芸生道："你这个东西，敢情这么扎手哪！咱们这个事情，多一半是闹个阴错阳差，那个

① 十方三界——佛教称东、西、南、北、东南、西南、东北、西北、上、下为十方。三界是佛教名词。将众生所住的世界分为三个层次，即欲界、色界、无色界，合称三界。

高相公多一半是教你给结果了吧?”随说着话，碧目神鹰就把芸生倒扭了二臂。芸生说：“我并不知什么高相公不高相公，一概不知!”铁头狸子问尼姑：“到是怎么件事情?”尼姑就把焦小姐与高相公始末原由的事，说了一遍。施守志说：“既然这样，咱们就一同去瞧瞧去。”尼姑吩咐，把陷坑盖好，将芸生四马倒攒蹄捆上。扛将起来，直奔西院。

尼姑叫人掌起灯火来。一找那个姑娘，不知去向。前前后后各处搜寻，并没影相。复又进楼。拿着灯笼奔到护梯。见高相公被杀死，尸腔横躺在护梯之上，淫尼又觉着心疼，又觉着害怕。怕的是人命关天，又得惊官动府。再说他的从人明明把他送在庙中，明天早晨还要来接人。有了！我先把人埋在后院，明早从人来接时节，我就说他早晨已经出去了。这焦玉姐的事不好办，人家明知上庙求乩。人家要问我何言答对？人家是女流，又不能说她自己走了。有了！我问问这个相公：“可是相公你贵姓?”芸生说：“我既然被捉，速求一死。何必多言。”尼姑说：“难道说，你不敢说你的名姓！你那心眼儿放宽着点，且不杀你。那到底姓什么？我也好称呼你呢。”芸生说：“某家姓白。”尼姑说：“白相公，你到底是怎么件事？这个高相公是你杀的不是？焦小姐你知道下落不知？你只管说出，我绝不杀害于你!”芸生说：“你既然这样，我实对你说，我在酒楼吃酒，旁边有人告诉我，焦家姑娘，高家的相公，被你这尼姑用计，要污染人家的姑娘。我实实不平，要救这个姑娘。正要庙前观看地势，晚间再来，不料被你将我诓进庙来。假说瞧乩，将我锁在西院之内。晚间我正要蹿墙出来，有一个人影儿一晃，我就跟将下去。你们在屋中说话，连那个人带我，俱都听得明白。你送那个姓高的上楼，他随后就跟进去了，我在外边看着。你带着那姑娘眼看的临近。他就把姓高的杀了。你上楼的时节，他可就蹿下楼来了。他过去就背那个姑娘，我以为他也不是好人，原来他是姑娘的哥哥叫焦文俊。他把他妹子背着回家去了。”尼姑一听，怔了半天。焦文俊这孩子，怎么练会了这一身的本事，这可也就奇怪了！

原来这个焦文俊，自十五岁离家出去，又没带钱，遇见南方三老的一个小师弟。这三老，一位是古希左耳，一位是仓九公，一位是苗九锡。这是南方三老。仓九公有个徒弟，外号人称神行无影，叫谷云飞。他见着焦文俊，就收文俊作了个徒弟。五年的工夫，练了一身出色的本事。寻常在他师傅跟前说他是怎么样的孝心，不在家中，怎么不能尽孝，时时刻刻怎样惦念老娘。他师傅才打发他回来。给了他二百两银子，叫他到家看看，仍然还叫他回去，功夫还未成。可巧这日到家，正遇见他的老娘染病，见妹子又没在，家里母子见面大哭。问他妹子的缘由。老娘就把扶乩的事情说了一遍。他有些个不信，就换了衣裳，晚间直奔尼姑庙来了。到了庙中，就遇见这个事情。他起先以为芸生不是好人，嗣后来方知芸生是好人，并未答话，就把他妹子救回去了。

单提的是庙中之事，芸生说出这段事情，尼姑倒觉着害怕。就叫两个贼人，帮着她把高相公的尸首埋在后院。到了次日，再议论怎么个办法。她单把芸生幽囚在西院，是死也不放芸生。吃喝等项，是一概不短，全是她给预备。芸生那是什么样的英雄，一味净是求死。

光阴荏苒，一晃就是好几天的工夫。芸生实在无奈，求生不能，求死不得。这日晚间，又预备晚饭，尼姑也在那里，随即说：“就在今日晚间，你要再不从，就说不得了，可就要结果了你的性命。”芸生仍是低着头，一语不发。又叫小尼姑重新添换菜，要与白大爷同桌而喝。白大爷哪肯与她同饮。小尼姑端来的各样菜蔬，复又摆好。尼姑把酒斟上，说道：“白相公，你这个人怎么这样痴迷，不省悟，我为你，把高相公的性命断送了，我都没有工夫与他报仇去。他家下人来找了几次，我就推诿说不知道他哪里去了。人家焦家姑娘叫人救回去，人家吃了这么一个亏，就算不肯声张，早晚必是有祸。你我咱们两个人是前世宿缘，我这样央求于你，你就连一点恻隐之心都没有？可见你这个人，心比铁还坚。世间可也真少有。”芸生说：“胡言乱语，休在你公子爷跟前絮絮叨叨。公子岂肯与你这淫尼做这苟且之事！”尼姑一听，气往上一冲说：“你这厮好不达时务！”将要往前凑，就听外边说：“好淫尼，还不出来受死，等到何时！”尼姑一听，就知道事情不好。又不准知道外头有多少人。一着急，把后边窗户一踹，就逃窜去了。

山西雁徐良和着小义士艾虎来了半天的工夫，净听着芸生大爷到底怎样，听了半天，真是一点劣迹也没有！外边二个暗暗夸奖，也不枉这一拜之情。

这一叫早把小尼姑吓得钻入床底下去了。徐良、艾虎蹿入屋中，先过来与大爷解了绑，搀起芸生，溜了一溜，自己觉着脸上有些个发烧。艾虎他们也顾不得行礼，先拿这个淫尼要紧。芸生也跟着蹿将出来，当时没有兵器，可巧旁边立着一个顶门的杠子，芸生抄将起来，一直扑后边。就见尼姑换短衣襟，同着两个贼人，各持利刃扑奔前来。当时大家就撞成一处。徐良说：“这个尼姑，交给老兄弟了。这几个交给我了。”艾虎点头，闯将上去。艾虎暗道：“三哥真机灵！他不愿和尼姑交手，叫我和尼姑交手。我尽管应着，我可不和尼姑交手。”随答应着他，可就奔了碧目神鹰来了，白芸生手中拿了顶门杠，就奔了铁头狸子苗锡麟。苗锡麟摆手中刀就往下剁。芸生这根顶门杠，本来是沉，用平生的气力往上一迎，只听见当啷一声，把刀磕飞。往下一拍。叭嚓一声，就结果了苗锡麟的性命。尼姑一急，冲着山西雁就是一镖。徐良说：“哎哟，了不得了！”没打着，又说：“老西不白受出家人的东西，来而不往非为礼也！”嗖的一声，将她那只镖，照样打回。把尼姑吓了个胆裂魂飞，仗着躲闪得快当，若不然，也就叫自己的原镖，结果了自己的性命。原来是尼姑打徐良，叫徐良接住，复又打将回来。尼姑就没有心肠动手了，举刀就剁，两个人绕了两三个弯，不提防教徐良的刀剁在她的刀下。呛啷一声，削为两段，刀头坠地，尼姑转身就跑。徐良就追。越过房去，徐良跟着到后坡，往下一蹿，坠落坑中。尼姑搬大石头就砸，叭嚓一声，砸了个脑浆迸裂。

要知端底，且听下回分解。

第 九 十 回

三侠客同走劝架　二亲家相打成词

诗曰：

侠骨生成甚可夸，同心仗义走天涯。

救人自遇人来救，暗里循环理不差。

且说艾虎正与施守志交手，两口利刃上下翻飞，未分胜负。白芸生捡了铁头狸子那口刀，也就蹿将上来。两个人并力与施守志较量。论碧目神鹰，艾虎一人他就抵敌不过，何况又上了一个，他焉能行得了？自己就要打算逃窜保命，奈因一宗，二个人围住他，蹿不出圈去，闹了个脚忙手乱。当时刀法也就乱了，好容易这才虚砍了一刀，撒腿就跑，一直扑奔正西。过了一段界墙，前边两堆太湖山石，眼瞅着他就在太湖山石当中蹿将过来。艾虎在前，芸生在后，自然也得在太湖山石当中过去。艾虎刚往西蹿，只听东北有人嚷道："别追！有埋伏。"这句话未曾说完，艾虎已经掉下去了。芸生几乎也就掉将下去。回头一看，原来是个陷坑。艾虎坠落坑中，站走身来，往上一瞅。芸生上面答言："难道老兄弟上不来吗？"艾虎说："行了。"自己往上一蹿，脚登坑沿上。问："大哥，那贼何方去了？"回答："早已跑远了。"艾爷大怒："便宜这厮！咱们去找三哥去。"

复又回来，遍找不见。徐良忽然由墙上下来说："你们二位可好，我两世为人了。"艾虎、芸生问："什么缘故？"回答："我自顾追尼姑，一时慌张，没看明白坠落坑中。那尼姑真狠，举起一块大石头要砸我，坑沿上有一个人，也不知是谁，由尼姑身后将尼姑踢倒，自来那石头正砸在尼姑的脑袋上，头颅粉碎。我上来时节，那人不见了。我也没看见人家，也没与人家道道劳，就奔这里来了。你们将那两个贼都杀了没有?”二个人道：“我们打死了一个，追跑了一个。”又将艾虎如何坠在坑中的话，说了一遍。列位就有说的，原来徐良没死。他若死了，如何还算“小五义”?

现说尼姑到底是谁人将她要命?可就是艾虎看见倒骑驴的那个人。他又是谁人哪?就是前文表过的神行无影谷云飞。因他徒弟回家，自己暗地跟下来了，看他到家，是真孝顺假孝顺。暗地一瞧，是真孝顺，又有救他妹子这一节。自己并没见他徒弟之面。去到庙中，要把尼姑杀了。白昼见着街上酒铺中有个醉鬼，先在那边，就没赊出账来，他就把尼姑庵中的事听了一遍。又到这边酒铺中来，自己见着艾虎，一瞅就奇怪，故意又喝两壶酒。细看艾爷的情性，方知不是贼。会了酒钱并不道谢，晚间到庙中，净在一旁，看着他们动手。徐良掉下坑去，自己过去，用闭血法把尼姑一点。淫尼一倒，石头砸在自己脑袋上，脑髓迸流。自己仍然又奔前院，见艾虎他们追下贼去。自己也远远的跟着。见贼过太湖山石，拿胳膊一跨太湖石，往南一飘，身蹿在正西等着艾虎，他就看出破绽来了。自己想着提拔艾虎，报答他这两壶酒钱，嚷道：“前头有埋伏，别过去!”说迟了一些。谷云飞见尼姑一死，自己就算没有事了，由此起身。下套《小五义》上，金鳞桥辨明奇巧案，救白芸生、范仲淹，误打朝天岭的内应，巧得貘①皮铠，皆是后话，暂且不表。

---

① 貘（mò）——哺乳动物，皮厚毛少，产于热带地区。

　　且说的是徐良、艾虎、白芸生他们弟兄三位，不知施守志的去向，就把庙中的婆子、小尼姑找在一处，告诉她们一套言语。小尼姑连婆子等，都跪在地下救饶她们的性命。芸生说：“我教给你们一套言语，就不杀害尔等。”大家异口同音，都嚷愿意。芸生说：“明日你们报到当官，就提你们这里的庙主，结交贼匪，暗地害死高保。苗锡麟与尼姑通奸，施守志因嫉奸砸死尼姑，杀死苗锡麟，此贼弃凶逃走。当官不信，你们就把埋葬高保的地方，指告诉明白。按着这套言语，回禀当官，自然就保住了你们的残生。如若不依着我们的言语，明晚我们大众前来，结果你们的性命。”大家点头，情甘意愿。芸生又说：“所有尼姑的东西，你们大家分散。当官要是问着，你们就说俱被施守志盗去。”大家千恩万谢。都感几位爷的好处。

　　白芸生、徐良、艾虎三个人，一看天气不早，就此起身，回到店中，仍是蹿房跃墙下来。手下的从人俱都在店中等候。来到屋中，大家见礼、道惊、打听。芸生把自己的事情俱都说出。连胡、乔二位都赞叹说：“公子都受了这样苦处！”徐良说：“明天五更就起身，不管他们此处的事情了。”书不可重叙。到了次日，给了店饭钱，有骑马的，有步行的，直奔武昌府而来。众人奔武昌，暂且不表。

　　说书的一张嘴，难说两家的话。这一丢大人，蒋平、智化解开了沈中元的贯顶诗，各路分散着寻找大人。先说可就是艾虎的事情，这才引出小五义结拜、盗狱等项，也不在少处。找大人有走夹峰前山的，有走夹峰后山的，有上娃娃谷的，在路上俱各有事，可是说完了一段，再表一段。这个日限相隔不了多远。

　　先提北侠、南侠、双侠，离了晨起望，晓行夜宿，饥餐渴饮，无话不说。这日，正往前走着。前边黑乎乎一片树林，树乃庄之威，庄乃树之胆，倒是很好的个村庄。三位爷就穿村而过，是东西的街道。他们由西向东，正遇在东村口，围绕着许多人。虽然三位寻找大人的心盛，究属是天然生就侠客的肝胆，遇事就要瞧看瞧看。分众人进去，原来是两位老者，揪扭着相打。二位老者，俱过六旬开外，并且全是头破血出。还有几个年轻的，俱都掠胳膊、挽袖子在旁边，气哼哼的，欲要打吧，又不敢。旁边有几位老者说："你们亲家两个，还有什么不好说的事情！打会子也当不了办事。"口里说着，却不过去拉。

丁二爷平生最是好事，说："欧阳哥哥，咱们去劝吧。"北侠说："二弟知道是什么事情，咱们过去劝劝去?"丁二爷说："我过去问问去。"北侠一揪没揪住。二爷就过去，在两个老头当中，伸单胳膊一擦；又把这只手打底下伸进去，往上一起，就见两个老头自然撒开了两只手。二爷又揪住两个老头儿的腕子，往两下里一撑，老头儿一丝儿也不能动转了。两个老头，直是气得浑身里乱抖。那个老头说："尊公，你是干什么的?"二爷说："我们是走路的。"老头说："你是走路的，走你的路！你揪着我们为什么事情?"二爷说："我平生好管闲事，我问问你们，因为何故?我给你们分析分析。"老头说："我们这个事情不好分析。非得见当官去不成！"二爷说："我非要领教领教不可。"那个老头说："你撒开我，慢慢告诉你。"南侠、北侠也就过来说："二弟，你撒开人家，有什么话再说。"二爷这才撒开。

大众一瞧，这三位爷这个样儿：一个像判官，一位傲骨英风，一位少女一般。旁边人们说："得了，你们亲家两个告诉人家吧。"二爷说："贵姓?"那位老头说："我姓杨，叫大成。我有个儿子叫杨秀。这个是我们的亲家，他姓王，叫王太。他有个女儿给了我的儿子，我们作了亲家。前番他接女儿住娘家去，我就不教他接。众位，你们听听，咱们俱都是养儿女的人，还有姑娘出阁，不许往娘家来往的道理吗？可有一个情理，我们这个儿妇，她的母亲死了，我们亲家翁净剩了光棍子一个人。我说他想他女儿，教他上我这瞧瞧来。他一定要接回家去，又便当怎么样呢？他要接定了，不接不行，我也不能深拦，就让他接回去了。可也不知道，他又将他女儿给了人家了或是他又卖了，他反而找到我家来，不答应我。”北侠一听，就知道不好，要是不伸手，可也就过去了；要一伸手，得给人家办出个样子来。那个姓王的说：“这位爷台贵姓？”二爷说：“我姓丁，排行在二。”老头说：“丁二相公爷，你想我待女儿，我焉能行出那样事来。我接，他就不愿意。我接到家里住了十二天，就把她送回来了。我这几日事忙，总未能来。今天我有工夫，我来瞧看瞧看我这女儿。不想到此，他胡赖。是他把我女儿卖了，倒是有之。不然，就是给要了命了，还是尸骨无存。我活这么大岁数，这条老命不要了，与他拼了吧。”丁二爷此时就没有主意了。净瞧着北侠。

欧阳爷暗笑，你既然要管，又没有能耐了。北侠上前说：“王老者，你们两亲家，我可谁也不认识。我可是一块石头往平处放。你说你送你女儿，可是送到你们亲家家里来了吗？”杨大成说：“没有，没有！”王太说：“我这女儿不是我送来的。是我女儿的表兄，姓姚，叫姚三虎，素常赶脚为生，他有个驴，我女儿骑着她表兄这个驴来的。”北侠说：“那就好办了，找她这个表兄就得了。”王太道：“不瞒你们几位说，我女儿这个表兄就是一身一口，跟着我过。自打送他表妹，直到如今没回家。”北侠问他：“他把他表妹送去没送去，你知道不知道？”王太说：“焉有不送去之理。”北侠说：“那就不对了。你总是得见着她这表兄才行呢。倘若他们半路有什么缘故，那可也难定。”一句话，就把王太问住。杨大成说："是他们爷们商量妥当，半路途中把我们儿妇给卖了。"说毕，二位又要揪扭。北侠拦住说："我有个主意，你们这叫什么村?"杨大成说："我们这叫杨家店。"又问姓王的："你们那里叫什么村?"王太说："我们那村叫王家陀。"北侠说："隔多远路?"王太说："八里地。"北侠说："隔着几个村庄?"王太说："一股直路，并没村庄。半路只有一个庙。"北侠说："你们二位不用打架，两下撒下人去遍找。十天限期为度，找不着，我们在武昌府等你们，上颜按院那里递呈子去，上我们大人那里告去。我们就是随大人当差的，到那里准能与你们断明。"两家也就依了这个主意。三位便走。连本村人都给三位道劳。三人离了杨家店，一直走了三里多路。天上一块乌云遮住碧空，要下雨。紧走几步，路北有座大庙，前去投宿蔽雨。这一进庙。要闹个地覆天翻。

欲知后事如何，且听下回分解。

第九十一回

在庙中初会凶和尚　清净林巧遇恶姚三

诗曰：

义婢从来绝世无，葵枝竟自与人殊。

全忠全烈全名节，真是闺中女丈夫。

或有人问余曰："此书前套，号《忠烈侠义传》，皆是生就的侠肝义胆。天地英灵，何其独钟斯人？"余曰："忠义之事，不但男子独有，即名门闺秀，亦不乏其人。又不但名门闺秀有之，就是下而求之奴婢，亦间或有之。"昔周有天下时，卫国义婢葵枝有段传序，因采入《小五义》中。

卫国有一官人叫做主父，聚妻巫氏，夫妻原也相好。只因主父是周朝的大夫，要到周朝去做官，故别了巫氏一去三载，王事羁身，不得还家。

巫氏独处闺中，殊觉寂寞，遂与邻家子相通，暗暗往来。忽一日，有信报主父已给假还家，只在旬日便到。巫氏与邻家子，正在私欢之际，闻知此信十分惊慌。邻家子忧道："吾与汝往来甚密，多有知者。倘主父归而访知消息，则祸非小。如何解救？"巫氏道："子不须忧，妾已算有一计在此。妾夫爱饮，可得毒药制酒一尊，等他到家，取出与他迎风，他自欢饮，饮而身毙，便可遮瞒。"邻家子喜，因买毒药付与巫氏。

巫氏因命一个从嫁来的心腹侍妾，名唤葵枝，叫她将毒药浸酒一壶藏下。又悄悄吩咐她，等主人到时，我叫你取酒与他迎风，你可好好取出斟了奉他，倘能事成，我自另眼看待。葵枝口虽答应，心下却暗暗吃惊道：“这事怎了？此事关两人性命。我若好好取出药酒，从了主母之意，劝主人吃了药酒，岂不害了主人之命？我若悄悄说破，救了主人之命，事体败露，岂不害了主母之命？细细想来，主人养我一场，用药害他，不可谓义；主母托我一番，说破害她，不可谓忠。怎生区处?”忽然想出一计，道：“莫若拼着自身受些苦处，既可救主人之命，又不致害主母之命。”算计定了。

过不数日，主父果然回到家中。巫氏欢欢喜喜，接入内室，略问问朝中的正事，就说：“夫君一路风霜，妾闻知归信，就酿下一尊美酒在此，与君拂尘。”主父是个好饮之人，听见说有美酒，欣然道：“贤妻有美酒，可快取来。”巫氏忙摆出几品佳肴，因叫葵枝吩咐道：“可将前日藏下的那壶好酒烫来，与相公接风。葵枝领命而去。去不多时，果然双手捧了一把酒壶，远远而来。主父看见，早已流涎欲饮。不期葵枝刚走到屋门首，哎呀的一声，忽然跌倒，将酒泼了一地，连酒壶都跌扁了。葵枝跌在地下，只是叫苦。主父听见巫氏说，特为他酿下的美酒。不知是怎生馨香甘美，思量要吃，忽被葵枝跌倒泼了。满心大怒，先踢了两脚，又取出荆条来，将葵枝揿倒，打了二十，犹气个不了。巫氏心中虽深恨，此时又怕打急了，说将出来，转忍耐住了，又取别酒奉劝主父，方才瞒过。

过了些时，因不得与邻家子畅意，追恨葵枝误事，往往寻些事故打她。这葵枝甘心忍受，绝不多言。偶一日，主父问葵枝闲话。巫氏看见。怕葵枝走消息，因撺掇主父道：“这奴才甚是不良，前日因你打她几下，她便背后咒你，又屡屡窃我妆奁[1]之物。”主父听说，愈加大怒道：“这样奴才，还留她作甚！”因唤出葵枝，尽力毒打，只打得皮开肉绽，痛苦不胜。葵枝只是哭泣哀求，绝不说出一字。

不料主父一个小兄弟，尽知其事。本意不欲说破，因见葵枝打得无故，负屈有冤，不敢明诉，愤愤不服。只得将巫氏之私，一一与主父说了。主父方大惊道：“原来如此！”再细细访问，得其真确。又惭又恨，不便明言，竟暗暗将巫氏处死。再叫葵枝道：“你又不痴，我那等责打你，你为何一字也不提？倘若被我打死，岂不屈死了你。”葵枝道：“非婢不言。婢若言之，则杀主母矣！以求自免，则与从主母之命而杀主人何异！何况既杀主母，又要加主人以污辱之名，岂为婢义所敢出？故宁甘一死，不敢说明。”主人听了，大加感叹敬重道：“汝非婢也，竟是古今之义侠女子也！淫妇既已处死，吾当立汝为妻，一以报汝之德，一以成汝之名。”就叫人扶她去妆饰。葵枝拜伏于地，苦辞道：“婢子，主之媵妾也。主母辱死，婢子当从死。今不从死而偷生，已为非礼。又欲因主母之死，竟进而代处主母之位，则其逆礼又为何如？非礼逆礼之人，实无颜生于世上。”因欲自杀。主父叹息道：“汝能重义若此，吾岂强汝。但没个再辱以婢妾之理。”因遣媒议嫁之，不惜厚妆。诗书之家，闻葵枝义侠，皆羡慕之，而争来娶去以为正室。

由此观之，女子为贞为淫，岂在贵贱，要在自立名节耳。闲言少叙，书归正传。

诗曰：

---

① 妆奁（lián）——古代妇女梳妆用的镜匣。

佛门清净理当然，念念慈悲结善缘。

不守禅规寻苦恼，焉能得道上西天。

且说三侠离了村口，走了三里多路，天气不好，恰巧路北有个庙宇，行至山门前去叩打。不多一时，里面有人把插管一拉，门分左右，出来了两个和尚。和尚打稽首道："阿弥陀佛！施主有什么事情？"北侠说："天气不好，我们今天在庙中借宿一夜，明天早走。多备香灯祝敬。"那和尚道："请进。"把山门关上，同着三位进来，一直地奔至客堂屋中，落座，献茶。又来了一个和尚，咳嗽了一声，念道："阿弥陀佛！"启帘进来，三位站起身来一看，这个和尚说道："原来是三位施主，小僧未曾远迎，望乞恕罪。阿弥陀佛！"北侠说："天气不好，欲在宝刹借宿一夜，明日早走。多备香灯祝敬。"大和尚说："哪里话来！庙里工程，十方来，十方去，十方工程十方施。这全都是施主们舍的。"北侠一看这个和尚，就有点诧异，看看他不是个良善之辈。晃晃荡荡，身高八尺有余。香色僧袍，青缎大领，白袜青鞋。可不是个落发的和尚，满头发髻，掰开日月金箍，箍住了乱发，原来是个头陀①和尚。面赛油粉，印堂发赤。两道扫帚眉，一双阔目。狮子鼻翻卷，火盆口，大耳垂轮。胸膛厚，臂膀宽。腹大腰憨。有了胡须了。可是一寸多长，连鬓落腮，大胡子圈后，人给他起名儿叫罗汉髯。哪位罗汉长的这样的胡子来！闲言少叙。

单说和尚问道："三位施主贵姓？"三位回答了姓氏。惟独展南侠这里说："吾常州府武进县玉杰村人氏，姓展名昭，字熊飞。"和尚上下紧瞅了展南侠几眼，然后问道："原来是展护卫老爷！"熊飞说："岂敢，微末的前程！"和尚说："小僧打听一位施

---

① 头陀——指行脚乞食的和尚。

主，你们三位必然知晓。姓蒋，蒋护卫。”展南侠说：“不错，那是我们四哥。”北侠说：“那是我们盟弟。”丁二爷说：“我们全都是玉契相交。”和尚说：“但不知这位施主，如今现在哪里?”北侠一翻眼皮说道：“此人大概早晚还要到这里来呢!”和尚哈哈哈一笑说：“早上这里来，可是小僧的万幸!”北侠说：“怎么认识蒋四哥?”和尚说：“听别人所言。此公是文武全才，足智多谋之人。若要小僧会面之时，亦可领教领教。”北侠说：“原来如此。”问道：“未曾领教师父高名。”和尚说：“小僧名法印。”大家一齐说：“原来是法师父，失敬了。皆因天气不好，进来得慌张，未曾看见是什么庙。”和尚答道：“敝刹是清净禅林，但不知三位施主用荤还是吃素?”北侠一听，就知道这个庙宇势力不小，说：“师父这里，要是不吃酒，不茹荤，我们也不敢错乱佛门的规矩。要是有荤的，我们就吃荤的。”和尚说：“既是这样。我即吩咐徒弟告诉荤厨，预备上等的一桌酒席。”和尚又道：“我这东院里还有几位施主，我过去照应照应，少刻过来奉陪。”大家异口同声说：“请便。”和尚出去，直奔东院去了。

少刻，小和尚端过菜来。七手八脚，乱成一处，摆列妥当。小和尚说：“若要添换酒菜，施主只管言语。”随即把酒斟上。这时天气也晚了，即刻把灯掌上，他们就出去了。北侠看见那个小和尚出去，复又往回里一转身，看了他们一眼，透着有些神色不正，见他们毛毛腾腾。北侠看着，有点诧异。又见杯中酒发浑，说：“二位贤弟慢饮。你们看看这酒，怎么这样发浑?”二爷说：“多一半这是酒底子了。”北侠说：“千万可别喝。我到外头去看看。头一件事，我见这个和尚长得凶恶，怕是心中不正；二则小和尚出去，又回头一看，透着诡异；三则酒色发浑，其中必有缘故。”丁二爷还有些个不服，到底是北侠久经大敌，见事则明。

展爷说："你出去看看，我们这等着你回来，一同的吃酒。"

北侠出去。这客堂是个西院，由此往北，有一个小夹道。小夹道往西，单有一个院子，三间南房。从一个大后窗户，见里头灯光闪烁，有和尚影儿来回地乱晃。北侠也不以为意。忽听见前边屋内帘板一响，有一个醉醺醺的人说话，舌头都短了，说："众位师兄们，我学着念阿弥陀佛！"众小和尚说："快快，走出去！你腥气烘烘的，别管着我们叫师兄。"那人说："我腥烘烘的，难道说比不过你们这一群葫芦头么！"小和尚说："我们是生葫芦头！你再瞧瞧，你不是葫芦头，你干什么还去干什么去吧！你还是去赶脚去！"北侠听到此处一怔，想起杨家店子来了，两亲家打架，说那王太的女儿是她表兄送往婆家去了，至今音信皆无，她表兄可就是个赶脚的。这些和尚说他是赶脚的，别是那个姚三虎吧？北侠就把窗户纸戳了个窟窿，往里一看。见这个人有三十多岁，穿着一件旧布僧袍，将搭过膝盖，精短白袜青鞋，黄中透青的脸膛，斗鸡眉，小眼睛，薄片嘴，锤子把耳朵，其貌甚是不堪，剃得光光溜溜的头，喝得醉醺醺的，脸都喝紫了。只听他和那小和尚们玩笑说："我是新来的人，摸不着你们的门。"小和尚说："那是摸不着你的门。"醉汉说："我要拉屎，哪里有茅房？"小和尚说："你别骂了，快走吧！就在这后头，往西南有两间空房，后身就是茅厕。"那人说："我方才听见说，有开封府的，宰了没宰呢？"小和尚说："快滚吧！你不想想这是什么话？满嘴里喷屁！"连推带搡①，那个人一溜歪邪，真就扑奔了后院。

北侠暗道："这个和尚，准是没安着好意了。我先把这个拿住，然后再去办那个和尚。"先前奔庙的工夫，阴云密布，此时

---

① 搡（sǎng）——猛推。

倒是天气大开。北侠先奔了西南，果然有两间空房关闭着双门。北侠用宝刀先把锁头砍落，推开门往里一看，屋中堆着些个桌椅凳。北侠撤身出来，见那人看看临近。北侠过去，把他脖子一掐，往起一提溜，脚一离地，手足乱蹬乱踹。北侠就把他夹在空房里头，慢慢又将他放下。解他的腰带，四马倒攒蹄，把他寒鸭浮水式捆上。北侠拉刀出来在他脑门子上蹭、蹭、蹭，就这么蹭了他三下。那小子可倒好，不用找茅房就出了恭了。北侠说："你要是高声喊叫，立时要了你的性命！我且问你，你可是姚三虎吗？"那人说："我正是姚三虎。你老人家既认识我，就饶了我吧！"北侠说："你既是姚三虎，这个事情可就好办了。我此时也没有工夫问你。"随即撕他的僧袍，把他的嘴堵上。北侠出来，把屋门倒带。复返回来，直扑客堂。

来到之时，启帘进去一看，展爷正在那里为难。丁二爷躺倒在地，受了蒙汗药酒。北侠一怔，问道："展大弟呀！二弟，这是怎么了？"展爷说："自从兄长去后，我劝他不用喝。他说他腹中饥饿，要先喝盅。头一盅喝下去没事，又连喝了两盅，他就昏倒在地，人事不省。我也不敢离开此处。哥哥怎么去了这么半天？"北侠就把遇见姚三虎的话，说了一遍。展爷一听说："这可真是想不到。可不知道这个姑娘怎么样，在哪呢？"北侠说："我没工夫问他。恐怕你们等急了！咱们先办和尚的事情。"展爷说："有凉水才好把丁二爷灌活了。"北侠说："这不是一碗凉茶！把这个凉茶灌下去可就行了。"展爷用筷子把丁二爷牙关撬开，将冷水灌下去。顷刻之间，腹内一阵作响，就坐起来了，呕吐了半天，站起身来问："大哥，二哥，是怎么个事？"南侠就把他受蒙汗药的话说了一遍，北侠也把遇见姚三虎的事说了一番。依二爷的主意，立刻就要找和尚去。北侠把他拦住说："他既用蒙汗药，少刻必来杀咱们。来的时节，再把他拿住细问情由。大概他是各处有案，不定害死过多少人了！先拿住和尚，去了一方之害。然后再办王太女儿之事。”展南侠点头说，此计甚妙。就把灯烛吹灭了，等着和尚。不多一时，就听外边有脚步的声音。北侠把两扇隔扇一关。两个小和尚进门，跌倒被捉。

不知小和尚说出些什么言语，且听下回分解。

第九十二回

丁二爷独受蒙汗药　邓飞熊逃命奔他方

诗曰：

酒中下药害群豪，欲报前仇在此遭。

谁知机关先看破，凶僧又向远处逃。

且说这个和尚在庙中，不一定是见人来就结果了性命，皆因他听见是展南侠，才起了杀人的念头。什么缘故呢？此僧姓邓，叫邓飞熊，外号人称金箍头陀。他师傅叫铁扇仙吴道成，与梁道兴等是师兄弟。在前套上拿花蝴蝶的时节，被蒋四爷一刺扎死在铁仙观的，就是邓飞熊的师父。他本找的是蒋平，与他师傅报仇。如今见不着蒋平，知道这是蒋平的至友盟兄，杀了他们，也算给师傅报仇。故此，教小和尚备酒之时，就下了蒙汗药。把三位蒙将过去，他好下手。工夫不大他就派了两个小和尚，拿着刀来结果这三位的性命。

不料就是一人误受蒙汗药，还灌醒过来了。两个小和尚一到，启帘见两扇隔扇关闭，用力一推。北侠一闪，整个的二个人趴倒在地。北侠过去，同双侠把他们捆将起来。用刀一蹭脑门子，这两个小和尚要嚷。北侠说："要嚷！立刻就结果你们！二人要说出实话来，就饶你们不死。"两个小和尚说："若要饶了我们二人的性命，问什么就说什么。"北侠说："你们那个大和尚害死过多少人？"小和尚说："没害过多少人。用不着我们师傅害人，庙周围香火地甚多，足够用度。你们与我师傅有仇。"北侠说："素不相识，怎么来的仇?"小和尚说："我们师爷爷死在那位蒋四爷之手。"北侠问："你们师爷是哪个?"小和尚说："就是铁仙观的铁扇仙吴道成。"北侠说："是了。我再问你，那个姚三虎是怎么件事情?"小和尚说："他是个赶脚的。我们师傅嘱咐过他，若有少妇长女长得体面的，教他驮到庙里来。他总也没有给驮来过。那日驮着一个少妇，教我们师傅在庙外看见了，把他叫住，说是他的表妹。我们师傅把他诓进庙来。不想那个少妇自己一着急，一头碰死在佛殿的台阶上了。他也出不去了。把那个驴子——我们师傅的主意，也剓①着吃了。他也不敢出庙，我们师傅给他落了发，他也算当了一个和尚。"北侠一听，暗暗欢喜，随即撕他衣襟，将他口塞上了，说道："我也不杀害于你，待等事毕之时，留你们当官对词。"就把两个人提起来，放在里间屋中床下。

二爷说："咱们找和尚去。"北侠说："依我等着他来。"二爷说："那可等到几时!"展南侠也愿意找去。北侠只得同着两个人，出了客堂。只见东院内灯火齐明，一听有妇女的声音。到了东院，南北下有一段长墙，靠着南边有一个小门。三位爷蹿上墙头，就见院内五间上房，窗棂纸上看得明白，有许多妇女，俱都在里边划拳行令，猜五叫六的。二爷受了蒙汗药，这肚子气无处消散去，见了这般光景，气往上一冲，飘身下去，大骂："奸贼和尚，还不早些出来，等到何时?"金箍头陀邓飞熊听见，就是一怔，立刻甩了长大衣襟，里头利落紧衬，把他那对开口僧鞋登了一登，墙壁上摘下护手钩来，大喊了一声说："你们在外边等等!"靠着西边墙上挂着一个大木鱼，上边挂着个木鱼槌。就将

① 剓（tāng）——宰杀。

那个木鱼梆梆梆地敲了一阵，他才蹿将出来。北侠南侠双侠已经下了墙头，在院中等候。先听屋内梆声乱响，然后将帘子一启。这就是贼人胆虚，他怕人在门两旁等着他。他若一启帘子就出来，岂不怕受人家的暗算了。故此先扔出一个小桌子来，听听人在哪里，他方敢出来。等他蹿在院中，他焉知道这几位全是正大光明、光天化日的英雄，岂能暗算于他。他到院中，看见三位，正东、正西、正南，明晃晃两口宝剑、一口刀都亮将出来，在那里等着交手呢！

金箍头陀一个箭步，先奔二爷那里去了。他以为他手中这对护手钩无敌，又情实他的本领也好，并且这个双钩，是军刃里头最厉害的兵器。不管你是什么样长短家伙，讲的是勾、挂、劈、砸、扎、缩、斜、拿八个字。护手钩所惧者，双单梢子虎尾，三节棍，九节鞭，十三节鞭。除此之外的兵器，见钩就得八分输。可惜如今遇见这三位宝刀宝剑，也是活该。他奔了丁二爷了。二爷本就是一腔的怒气，还没地方消散去呢，破口骂道：“好凶僧，往哪走！”和尚用单钩往上一迎。二爷把宝剑往上一扬，只听见呛啷一声，把邓飞熊真魂都吓走了。亏得好是他先递的钩。他要容二爷把宝刀先剁下来，他必拿钩一锁，连人都劈为两半。这柄钩不像样儿了，直是峨眉枝子上带着口小宝剑。丁二爷用了一个白蛇吐信，凶僧不敢拿他的钩勾了。他又往展爷那里一蹿，闪开了，这才躲过这一宝剑。他想拿着半截钩一晃展爷，然后再拿那柄好钩往上一递。焉知晓展南侠用巨阙剑往上一迎，呛的一声，把这半截钩又削去一段，就势一坐腕子，奔了他的脖颈。邓飞熊哪里敢还招呢！大闪腰，一低头，躲过脖颈，未曾躲过金箍，呛的一声，连日月金箍带这些发髻都给砍了下来了。又把凶僧唬得魂不附体，暗暗想道：“他们都是哪里找来的这些兵器？”

外边一阵大乱，原来是庙中的小和尚听见木鱼一响。这是他们清净禅林里头的暗号，十方大院里头若有事才砸这个木鱼呢。木鱼一响，就拿着兵刃，预备打架动手，一齐而上。这才大家陆续前来，直奔着东院紧走，方到小门这里，只听众和尚一嚷说："拿、拿、拿、拿呀！拿呀！"往前一闯，就把大众围上。邓飞熊净想着要跑，他弃了南侠、就奔北侠。又大杀了一阵，想道：北侠使的是口刀，这口刀不至像宝剑那样利害，打算要从北侠这里逃窜。北侠使了个野战八方藏刀式，恶僧剩了一柄钩，撞着北侠，往上一递。北侠使了一个托鸡式，往上一迎，就听见呛的一声，把钩连峨眉枝子削去了半截。邓飞熊暗道："他们哪里找来的这些兵器？"急中生巧，说声招家伙。北侠以为是暗器，原来是他把半截峨眉枝子扔将过来。北侠微微一闪身，他就从北侠旁边窜过去了。

北侠是心慈之人，他不忍杀害小和尚，他打算日后也出家当和尚。微一耽误工夫，邓飞熊业已跑远。北侠说："闪路！"只听磕嚓磕嚓一阵乱削，随就追下凶僧来了。直奔后边，见凶僧奔后院，有五间上房，五层高台阶，蹿入屋中去了。北侠不肯往屋里追，怕有埋伏。自己蹿上房去，到了后坡。原来那凶僧屋中有后门，由后门出去，直奔后墙，有堆乱草蓬蒿，他由乱草蓬蒿那里蹿上后墙。北侠并不追赶，教他去吧。也是活该他的命不当绝。此人应当在后套《小五义》中，丧在徐良的手内。

北侠回来，见展南侠已经开发了这些小和尚。皆因北侠去后，展爷说："你们这些个好不达时务！还不把兵器快些扔了！仍然不扔军刃，你们一个也不用打算逃生！"小和尚听见此话，一个个全将兵器扔下，一齐跪倒求饶。展爷说："我恕了你们罪名，可不许逃窜，就在此处等候。"众小和尚应允，一声情甘意愿。就有那机灵的，暗暗逃走；有那些痴愚的，仍然在此处等候，一步儿也不敢挪。大概逃走的极多，待北侠回来，已然开发了这些小和尚。小和尚他们大伙又给北侠磕了一阵子头。北侠问小和尚："你们可知道，姚三虎驮来的少妇碰死台阶石上，尸骸现埋在哪里？"内中有一个人说："埋在后头院大楸树底下。"北侠说："你们出去找地方去。"又叫三人把姚三虎搭过来。可巧一个小和尚没死，就有几个带伤的，只当姚三虎死了呢！又叫人去客堂里边，把床底下两个小和尚搭来。北侠教把两个小和尚口中塞的物件拉出来，绑他们的带子解开。说："你们也不必害怕，也不用跑。无非另请住持，你们仍然在庙内。"众小和尚无不欢喜。又把屋中那些妇女尽都放了。北侠说："俱是良家的妇女，无非被和尚抢来。你们大家，有亲戚的投亲，有故的奔故。你们自己的东西，仍然还是自己拿着。"这一句话呀，积了大德了。这些妇女们磕了一路头，打点她们的行囊包裹，大家拾掇利落，就此起身。

不多一时，地方进来。他也俱都不认识。有人给他引见了，说："这是颜按院那里展护卫大人，奉大人谕出差。"就把庙中已往从前之事，细说了一遍。又说："你派你们伙计，一边上杨家店子，一边上王家陀，把杨大成、王太找来。"又把姚三虎的事情说了一遍，地方一瞅认得，说："姚三，你做的好事！"展爷问地方："你叫什么？"回答道："小的叫王福儿。"立刻大众到了楸树底下，看了又看，果有个埋人的土印。复又回来。地方找伙计给王、杨两家送信，那天的晚饭，就是小和尚给预备的。天交二鼓，王、杨两家全到。路上早已把这个事听明白了。进门来，先给北侠等磕了一路头。北侠带着他们到后边，看了看埋人的所在。两家恸哭了一场。

书不可重叙。到了次日，展南侠说："为人为到底，我同着他们上衙门走一趟。”北侠说：“展大弟，只是你多辛苦了。”展爷说：“这有何妨！”押解着姚三虎，带着几个年老的和尚，整去了两天，展爷才回来。北侠问道：“怎么样了?”展爷说：“见了县台，说明此事。县台另派住持僧人，将姚三虎定了绞监候的罪名。庙中小和尚仍然不动，不追前罪。庙中香火地二十顷变卖，立节烈坊，埋葬杨王氏。准其杨家再娶，杨、王两家不许断亲。无论什么人家女儿，过门后认为义女。当堂批断金箍头陀邓飞熊，案后访拿。”北侠听了大乐。少刻，本县的县太爷派四衙前来，奉县太爷谕，带着本庙的方丈，查看庙中有多少物件，多少香火地的文书。查看明白，见县太爷回说。三位爷见他们一来，告辞起身。大家送出庙来。又走了一天，猛然间尘沙荡漾，土雨翻飞。又是一宗诧异之事。

若问什么缘故，且听下回分解。

第九十三回

夹峰山施俊被掠　小酒馆锦笺求情

诗曰：

到处为人抱不平，方知三侠是英雄。

数杯薄酒堪消渴，山望夹峰足暂停。

且说众位离了清净禅林，晓行夜住。那日正走之间，见前面黑巍巍、高耸耸、密森森、叠翠翠一带高山阻路。北侠问道："二位贤弟，这不知是什么山？"丁二爷说："别是夹峰山吧？"北侠说："能这么快就到了夹峰山？他们说到夹峰山，就离武昌府不远了。"忽然打那边树林中出来了一位樵夫。挑了一担柴薪。他头戴草纶巾，高绾发髻，穿蓝布裤褂，白袜靸鞋，花绑腿，黑黄脸面，粗眉大眼，年过三旬，展爷过去，抱拳说："这位樵哥请了。"那人把柴担放下。说："请了。"展爷说："借问一声，这山叫什么山？"樵夫说："这叫夹峰山。"展爷说："这可是奔武昌府的大路？"樵夫说："正是。"展爷说："借光了。"樵夫担起柴担，扬长而去。

他们三位看见前面有一伙驮轿车辆。驮子马匹走得尘土高飞。绕山而行，又走了不远。丁二爷看见道北里一个小酒馆。说："二位想喝酒不想？要想酒喝，咱们在此处吃些酒再走。"北侠百依百随，展爷也愿意歇息歇息。北侠说："很好，咱们吃杯酒再走。"就奔酒铺而来。到了铺中，原来是个一条龙的酒铺。直奔到里，靠着尽北头一张桌子三条板凳，三人坐了。伙计过来说："你们三位吗？"丁二爷说："不错，我们三个人。"伙计说："我们这可是村薄酒。"二爷说："村薄酒就村薄酒，可是论壶？"伙计说："不错，论壶。"丁二爷说："先要三壶。"伙计答应，拿过四碟菜来：一碟卤豆儿，一碟豆腐干，一碟麻花，一碟白煮鸡子儿，外带盐花儿。二爷说："就是这个菜数？伙计说："就是这个菜数。"二爷说："没有别的菜数？"伙计说："没有别的菜数。本是乡下的酒馆，就是这个菜数。"北侠说："就吃这个吧！要吃荤的，上店内吃去。"二爷说："就是吧。"少刻，把酒烫来，每人一连喝了三壶，终是没有什么菜数，商量着也就不喝了。打算会了酒钞，就要起身。忽然慌慌张张打外头跑进一个人来。三位一看，那个人手拿着头巾，岁数不大。二十上下的光景。面有惊慌之色。身穿蓝袍，白袜青鞋，面如白玉，五官清秀，眼含痛泪。进了酒铺，二目如铃，口说道："我渴了，哪里有凉水？我喝点。快着！快着！"过卖说："在家伙隔子后头，有大白口缸，缸内有一个瓢子，拿瓢子舀了水自己喝去。"说毕，用手一指。那个直奔缸去。将要舀水。北侠见他神色忙迫，必然是远路跑来，倘若跑得心血上攻，肺是要炸的；若要喝下冷水去，炸了肺，这一辈子就是废人了。北侠用手揪住说："你别喝冷水，我们这里有茶。"那人说："不行，热茶喝不下去。我渴得难受。我喝完水还得报官去哪！我相公爷，连少奶奶，带姨奶奶和婆子、丫环，驮子马匹，金银财宝，全教他们给抢了去了！"北侠问："什么人抢去？"回答说："是山贼。"又问："山贼在哪里？"回答："就是这个夹峰山，有山大王，连喽兵，把我家少主人掠去。"北侠又问："你上哪里去？"回答："我去告状。"北侠说："你上哪里告去？"又回答："我打听属哪里管，我找他们这里州县官去。他得好好地与我拿贼。不然，他这官不用打算着做了。"

北侠笑说："你们有多大势力，本地州县官给你们家做哪！"那人说："我可不是说句大话，襄阳太守是我们少爷的岳爷；长沙太守，是我们少爷二叔爷。"北侠说："你家相公是施俊，施相公么?"那人瞅着北侠道："不错，我少主人是施俊，施相公。你怎么认得?"北侠一惊说："有个艾虎，你听见说过没有?"那人说："那是我们艾二相公爷。此时要有他老人家可就好了！你老人家知道他在哪里不?"北侠说："你放心，有我哪！艾虎是我的义子，我听他说过，与你家少主人结拜。你叫什么书童儿?"书童说："我也听见我们施相公说过，艾二相公爷的义父是北侠爷爷。"

原来书童就是锦笺。因在长沙遇难，有知府办明无头案。假金小姐丫环，邵二老爷的主意，就与公子成亲。后来才与金大人那里去信。正是父女、母子在黑狼山下相认。以后到任，王夫人带着金牡丹与老爷说明，要上长沙见见那金小姐是谁，金知府也就点了头。叫她母女带了婆子、丫环等到长沙，佳蕙就上了吊了。多亏锦笺报与相公爷知道，方才解将下来。也对着金小姐宽宏大量。倒是苦苦地解劝。又是邵二老爷的主意，真的也在此处完婚。有百日的光景，施大老爷来信，病体沉重，急急地回家，若要来晚，人老爷命就不保。故此施俊、金小姐金牡丹、佳蕙一同起身，好在小姐与佳蕙不分大小；佳蕙也好，不忘小姐待她这个好处。三个人十分和美。驮子上有许多的黄白之物。这个驮轿坐的是金牡丹。那个驮轿是佳蕙，马上是施俊。引马是书童儿锦笺。将到山口，有锣声响。不多一时，寨主喽兵全出来了。寨主大醉，三四十喽兵出山口，就把书童吓得坠马，装死不动。见喽兵赶驮上山，连相公俱都被捉。锦笺就跑，跑不甚远，口干舌燥，奔了酒铺求口水喝，被北侠揪住一问方知。书童儿也知道北侠，急忙跪下与欧阳爷叩头。又问：“那二位是谁呀，爷爷?”北侠笑道：“这孩子真聪明！也罢，与你见见。这是茉花村的丁二爷，这是常州府展护卫老爷。”锦笺与二位叩头说：“三位爷爷，求你们三位搭救我主人，不知行与不行?你们三位若肯看着我们艾相公爷，能格外恩施，要全将我们相公、少奶奶救出来。不但我，就是我们家的老爷，一辈子也忘不了几位爷爷的好处。”丁二爷先说：“你也不用去报官。我也不是说句大话，勿论那山贼寇，顶生三头，肩生六臂，有姓丁的一到，准能把他那山寨碎为齑粉!”立刻就把过卖叫来算账，急给了酒钱就催着南侠、北侠起身。欧阳爷拦住说：“不可。”随叫过卖问道：“伙计，我问你这座山可是夹峰山不是?”过卖说：“是夹峰山。”北侠问：“此山有多少山贼?”伙计说：“这座山先前一个山贼也没有。如今日子不多，有了山寇。听人说，有三个山王寨主，喽兵有四五十人。可也不伤害过往的行人，也不抢男掠女，也不放火杀人，也不下山借粮。山上可是有贼，这一方没报过案。”丁二爷说：“你们别是一手儿事吧?”这里现有他家的相公、少奶奶连婆子丫环一半都抢上山去了。你还说不劫夺人!”过卖说：“爷台你真会说，我们这小铺多了没有，正开了三四十年，与山贼同类，早就教官人办了，能到如今?”北侠说：“你不用听我们二爷的。我问你，这山上寨主姓什么，你知道不知道?”过卖说：“我们要说出来，更是一手儿事了。”北侠说：“你不必多心，我向你打听打听。”伙计说：“我们这里是个酒铺，在此喝酒的，常提他们。听人家说，大寨主叫玉面猫展熊飞。”这三人听了大笑，问道：“怎么是玉面猫展熊飞，这二寨主哪?”回答说：“叫彻地鼠韩彰。”三人听说叫彻地鼠韩彰，问：“三寨主哪?”回答道：“三寨主不大记得了。”丁二爷说：“这可不能不管这个事了。”展爷说：“你们不管，我也得要管。不然，这事到了京都，我应该奏参。”给完了酒钱，多给了些伙计的零钱。三位出来，带着锦笺。书童暗喜，想着相公有了救星了。水也没喝，也不渴了。跟着就走。拐了两山弯，北侠叫他带路找山口。书童答应。正走之间，见太阳西垂，东边一片松柏树，对着日色将落的时候，照定松树，碧英英的好看。耳边忽然有人念声无量佛：“原来是三位施主，贫道稽首。”三人闻声四顾。见一段红墙，有个朱红的庙门。高台阶上站定一位老道，看着有些奇怪：穿一件银灰色的道服，银灰色的丝绦，银灰色的九梁纯阳巾。迎面嵌白玉，双垂银灰色飘带。蹬一对双脸银灰道鞋，白布袜子，手拿拂尘，面如美玉。两道细眉，一双长目，皂白分明，五形端正，唇似涂朱，牙排碎玉，大耳垂轮，三绺短髯，细腰阔背，精神足满，透出了一派的仙风道骨。他念了声无量佛。北侠一见，暗暗地就有几分喜爱。见他念了一声佛，说：“三位侠义施主，焉有过门不入之理。请在小观吃杯茶。”北侠听那人称三位侠义，只当认得丁展二位。丁展二位以为老道认得北侠哪。三人对猜，故此全是异口同声说：“道爷请了。”老道再三苦让，三位也就点头进了庙门。

直奔鹤轩，连锦笺也进了屋子，三间西房，迎门一张佛桌，悬着一轴纸像，是一位纯阳老祖。桌上有五供，铜香炉内有白檀。三位落座。道爷在对面相陪，言道：“未能领教三位施主贵姓高名，仙乡何处？”欧阳爷自思：“原来老道全不认得，假充熟识。”北侠说：“道长爷，若问弟子，我乃辽东人氏，复姓欧阳，单名一个春字，人称北侠，号为紫髯伯。”道爷一听，又念声无量佛：“原来是欧阳施主，小道人久闻大名，如雷贯耳，皓月当空，自恨无福相见。今日得会尊容，实是小道的万幸！无量佛！这位哪？”展爷说：“小可常州府武进县玉杰村人氏，姓展名昭，字是熊飞。”老道大笑说：“原来是展护卫老爷，可称得起朝野皆知，远近皆闻，名昭宇宙，贯满乾坤。今日光临小观，蓬荜生辉。无量佛！这位呢?”丁二爷说：“我乃松江府华亭县茉花村的人氏，姓丁，双名兆蕙。”道爷说：“原来是双侠！贵昆仲之大名，谁人不知，哪人不晓。名传天下，四海皆闻。今日三位大驾光临，真是小道之万幸！无量佛!”唤小道献茶。北侠问道：“弟子未能领教道长仙爷的贵姓?”老道说：“小道姓魏，单名一个真字。”北侠说：“莫不是人称云中鹤魏道爷就是尊驾?”老道回答说：“正是小道的匪号。”北侠说：“原来是魏道爷。弟子也是久闻大名，只恨无福相会，今日在观相逢，是我等不幸中之大幸矣!”说毕大笑，暗看展丁二爷。一眼就知道沈中元与他是师兄弟。他在此处，不必说沈中元定在他的庙内，掩藏着大人的下落。

到底真相如何？且听下回分解。

第九十四回

夹峰山锦笺求侠客　三清观魏真恼山王

诗曰：

双侠性情太傲，南北二侠相交。
扶危救困不辞劳，全仗夜行术妙。
今日偏逢老道，亦是当世英豪。
夜行术比众人高，鹤在云中甚肖。

且说北侠听了是云中鹤，不觉暗暗欢喜。知道沈中元与他是师兄弟，他寄居在此庙，沈中元必在庙中。纵然他不在此处，老道必知他师弟的下落，可就好找了。暗与二位弄了一个眼色、丁、展二爷也想，在这里了。

北侠又问道爷说："我久闻你们贵师兄弟是三位哪。"老道叹了一声说："施主何以知之？"北侠说："你们三师弟，与我们弟兄们都有交情。与我们蒋四弟、白五弟偏厚，故此久闻大名。方才说过，今日见着道爷是我们的万幸！我等正有一件大事为难哪！见着道爷，可就好办了。"云中鹤说："我可先拦欧阳施主的清谈。就为我们这两个师弟，我才云游往山西去了一次。整整地住了十几年的工夫，交了个徒弟，并且不是外人。"北侠问："什么人？"回答："就是陷空岛穿山鼠徐三老爷的公子。我见着他在铁铺门外。此人生得古怪，黑紫脸膛，两道白眉毛，连名字都是贫道与他起的，叫徐良，字是世长。我想当初马氏五常，白眉的最良，故此与他起的名字。如今武艺不敢说行了，十八般兵刃与高来高去，夜行术的功夫与暗器，又对着他天然生就的伶俐，现今在山西地面很有些个名声，人送了一个外号，叫山西雁，又叫多臂熊。自己生来挥金似土。仗义疏财，倒有些侠义肝胆。”北侠等三位听了大喜，说：“徐三爷一生天真烂漫，血心热胆，忠厚了一辈子，积了这么一个精明强干的后人。”

南侠问：“道爷由山西几时到此？”道爷说：“到此三清观①半载的光景。住在这座小观，我是总不出门，方才心中一动，得到庙外，正遇三位，实是有缘。”丁二爷问道：“你虽不出门，你必知晓师弟在于何处？要在你的庙中，都不是外人，自说出也无妨碍。”魏道爷说：“我方才说过，是为我两个师弟走的。如今可不是我推干净，自打我到庙中，并没见着我的师弟。慢说在庙中，就是连面也没见。若有半字诓言，必遭五雷之下。”北侠急忙拦住说：“道爷不可往下再讲了。”魏真说：“我倒要与众位打听打听，我们那下流的师弟，做的是什么事情？”北侠说：“看你这个人，不是不诚实的人，又与我们徐三弟是亲家，若非如此，可是不能告诉与你。”魏真说：“我师弟若要做出大不仁的事来，我必要当着众位之面，将他处治，诸位可就知晓我这个人性如何。”说毕，北侠就将沈中元之事，一五一十地细述了一遍。云中鹤一听，愣了半天，说他罪犯天庭，早晚将他拿住，准是剐罪。又问说：“我们三师弟近来如何？”北侠说：“他倒好了。”一提如今改邪归正的事情，魏老道点头说：“这还算知时务的哪。”

北侠又说：“别者不提。魏道爷你在此庙，不是也有一半月了？”回答：“半载有余。”欧阳说：“常言一句说得好，大丈夫床下，焉许小人酣呼！”魏真说：“欧阳施主，何出此言？”北侠说：“你在庙中闭门不出，你也不曾听见有人说你这个对面山上的贼

---

① 三清观——道观的名称。三清亦王清、上清、太清。又有“一气化三清”之说。谓三清都是元始天尊的化身。

人吗?”云中鹤道：“施主此话差矣！对面山上，虽然有贼，并不杀人放火，不下山借粮，不劫夺人。”北侠听了大笑说：“好个不劫夺人！大约着是没钱的不劫！”魏真说：“贫道敢画押，他们要敢劫人，我愿输三位一个东道。”北侠说：“好。”就把锦笺叫过来说：“道爷问他。”魏真便问书童。书童就把以往从前细说了一遍。魏老道觉面上发赤。三位侠客净笑。道爷说：“三位不必笑。贫道言语不实，少刻我到山上看看。如有此事，若不杀了这三人，贫道誓不为人！”北侠说：“他们是个山寇，道爷你如何管得了哪！不劫人，山中吃喝什么?”老道说：“你们三位不知，那个大寨主，是我的拜弟。我教他们占在山上，等着遇机会之时，入营中吃粮当差，也是好的。将相本无种，男儿当自强。”北侠问：“大寨主与你是拜兄弟?”老道回答：“正是。二三寨主不是一拜，他们三人一拜。”北侠问：“道爷你与玉猫展熊飞是一盟?”魏真说：“欧阳施主何出此言?”北侠说：“大寨主不是展熊飞吗?”老道说：“这是什么人说的?”北侠说：“我们听着酒铺中的传言。”老道说：“这就是了。”丁二爷问：“他倒是姓什么?”回答：“姓熊，叫熊威，外号人称玉面猫。”丁二爷说：“玉面猫熊威，玉猫展熊飞，这个声音不差什么。必是外头人以讹传讹。”南侠说：“那个彻地鼠，大概也不是韩彰了。”回答：“不是。叫赛地鼠韩良。”北侠说：“这也是以讹传讹，彻地鼠韩彰，赛地鼠韩良，音声不差什么，故此传讹。”又问：“那三寨主叫什么?”道爷说：“叫过云雕朋玉。他们大爷，我们一拜。因何缘故?山中先有一个贼头，有三十多人，劫他们三个人来着，教熊威杀了贼头。那些个小贼跪着求三位为寨主。熊威不肯，朋玉愿意，三人就为了寨主。我那日知道，要将他们哄开此处，不想见面，他们苦苦地在我跟前央求。我看着此人倒是一派的正气，应了我几件事情：不借粮，不劫人等。可是我管他们山中的用度，故不敢违我的言语。我许下他们三个，倘若有机会，教他们与国家出力。”北侠说：“如今劫人必有情由。”老道说：“今日必要看看此事，要真，必杀了三个小辈。”

北侠暗想：“老道自己去，上山没人见着，知道他们背地里说些什么？要去，自己同着他去方妥。”想毕，说：“道爷要上山，我与道爷一路前往，如何？”老道听了说：“甚好。贫道与欧阳施主一同的上山。”锦笺在旁说：“三位爷爷，天已不早了，工夫一大，可怕寨主把我家的相公杀了。纵然就是到了山上，人死不能复生，岂不悔之晚矣！”老道说：“童儿放心。他们要敢杀了你家相公，我杀他们三个人与你家相公偿命，绝不能在你跟前失言。”锦笺也不敢往下再说。

道爷备晚饭给大家吃了。吃毕之时，点上了灯火。童儿又说：“天不早了。”丁二爷说：“欧阳兄同着道爷去。”北侠点头。丁二爷说：“既是兄长同着道爷去，我们哥两个在庙中等候，也没什么意思，不如一同前往。”北侠就有些不愿意。怕的是与老道初逢乍见，闻名这个云中鹤，夜行术功夫很好。倘若要走上路，老道兴许较量脚底下的功夫如何。倘若赢了他便罢，要是输给他，一世英名，付与流水。所以踌躇的就是这个，不愿意教丁二爷一同前去，说道：“二弟与展大弟，你们二位就不必去了。”展爷本就不愿意去，听着北侠一拦，正合本意。丁二爷不答应，一定要走。他倒非是要去。他惦记着与老道比试比试脚底下夜行术的功夫如何。北侠也就不能深拦了，对着老道在一旁说：“有他们二位一同前往，岂不更妙。”老道的意见，也是愿意与他们三位比试比试夜行术的功夫。故此紧催趱[①]着他们二位一同前往。说毕，大家拾掇。

---

① 趱（zǎn）——赶。

老道回到里间屋中，更换衣巾。少刻出来，北侠一看，暗暗吃惊。什么缘故？是老道换了一身夜行衣靠，这身夜行衣靠与众不同。别人夜行衣靠皆是黑的，惟独魏真这身夜行衣靠是银灰的颜色，身背宝剑。怎么老道是银灰的衣靠？就是他这个云中鹤的意思。在他这衣服袖子底下，有两幅儿银灰的绸子。不用的时节，将它叠起来，用寸排骨头纽将它扣住。若用之时，将两幅绸子打开，用手将绸子揪住，从山上往下一蹿，借绸子兜风之力，也摔不着，也系不着。要有一万丈高可不行，无非是人蹿不下来的，他就可以蹿得下来。说他这双手一抖，两片绸子一扇，与两个翅膀儿相仿，对着他银灰的颜色，类若一只仙鹤，因此就送了他这么一个外号。北侠见人家是夜行衣靠，自己是箭袖袍、薄底靴子，论利落输给人家了。

二爷一瞅，老道也背着宝剑，他就有些个不愿意。他也并不知老道那是一口什么宝剑，他也不知道天外有天，人外有人。自己就知道自己神传的那口宝剑，横竖天下少有。就把自己的那口宝剑，拉将出来，说："道爷，你也是使剑，我也是使剑，你看看我这口剑，比你那剑如何？"说毕，就将自己那口剑递将过去，教老道一看。北侠就瞪了二爷一眼，南侠也觉着心中不愿意。人家一个出家人，这何苦，考较人家做什么？云中鹤更觉得不悦了，心中暗道："你我彼此初逢乍见，我哪点待你们也不错，为什么拿宝剑考较我，什么缘故？"微微地冷笑，用手接过来一看，冷森森的寒光，灼灼夺人的眼目。并不用问，老道就说出来了，说："此剑出在战国时节，有个欧冶子所铸。大形三，小形二，五口剑。此乃是头一口，其名湛卢，切金断玉，好剑哪，好剑！"二爷说："魏道爷可以。"魏真说："不定是与不是？"似乎一口剑没盘住人家，就不必往下再问了。二爷接过自己的剑来，又把南侠的拉将出来，递与老道去看。道爷接剑一笑说："怪不得二位成名，这两口宝剑，世间罕见，称得起是无价之宝。此剑与方才阁下的那口剑，是一人所造。这是小形二第二口，其名巨阙，也是善能断玉切金。”二爷见人家说出剑的来历，叫出名色，觉得脸上发赤，把宝剑接来，交与了展爷。二爷暗想：“这个老道善能识剑，我把欧阳哥哥的拿来，大概就把他考问住了。”随即就将北侠的亮将出来，交与老道。北侠大大不乐。二爷又说：“道爷，你看看这把刀怎么样？”魏真说：“此刀出在后汉，魏文帝曹丕所造，共是三口。这口刀纹似灵龟，其名就叫灵宝。还有一口刃似冰霜，其名叫素质。还有一口彩似丹霞，其名叫含章。这三口刀，俗呼又叫七宝。小道无知乱谈，不知是与不是？”北侠连连点头说：“道爷真乃广览多读，博学切记，名不虚传。”老道微微一笑，就把自己的那一口剑从背后拉将出来。这一亮剑不大要紧，就把下回书白菊花故事引出来了。

要问老道宝剑如何，且听下回分解。

第九十五回

山庙外四人平试艺　到山上北侠显奇才

诗曰：

自古能人不少，个个皆要虚心。
能人背后有能人，到处自当谨慎。
谈剑几乎被困，夜行又不如人。
幸有北侠技艺深，才使老道相信。

且说老道把自己宝剑拉将出来，说道："无量佛！丁施主请看，小道这里有口宝剑。"丁二爷一瞅，老道的这口宝剑也是光华夺目，冷气侵人，寒光灼灼。二爷吃惊不小，知道老道这口宝剑，也是无价之宝。自己连刀带剑考问了人家半天，老道一一应答如流，说的是一丝儿也不差。老道又有这么一口宝剑，若要接将过来，说不出剑名，岂不被他人耻笑！暗暗的一急，就鼻尖鬓角见汗。无奈，只可叫道："欧阳哥哥，你看这口宝剑如何？"

北侠心中暗道："这都是你招出人家来了。你若不考问人家，人家必不考问于你。这就叫打人一拳，防人一脚。此时若有智贤弟在此，无论什么刀剑，他俱都认识。如今你把老道招将出来。我可实实不知。"丁二爷一瞧北侠摇头，即知道不好。又向展爷说："你看此口剑如何？"展爷并不用手接过去，只是微微地冷笑说："好剑哪，好剑哪，好剑！此可真是宝物。"老道说："请问此剑，虽微末之物，可有个名色没有？小道在施主跟前领教。"丁二爷此时急得站立不住，张口结舌，这时候恨不得有一个地缝儿都钻了。展爷看他这般光景，心中不忍，连忙说：“道爷，此剑在道爷手中，是一口哇，是两口？”老道一听，就知是大行家。老道说：“就在小道手中一口。”展爷说：“此剑乃雌雄二剑。此是一口雄剑。其名皤[①]虹。还有一口雌剑，其名叫紫电。既不在道爷手，可曾见过没有？”老道说：“虽然不在小道手，见可是见过，提起来话长。当初那时节，相爷上陈州放粮的时候，在陈州看过一次。这天白昼之时，铡了安乐侯庞昱，到了夜晚三更十分，我亲身去到公馆，到底要看看这位阴阳学士是怎么样的忠臣。将一到里面，看见东房上一个人，上房上一个人，包公在屋中端然正坐。另一番的气象。就听上房上的那个人说：“好清官！”转头就走。我随后就追。追来追去，追至一个树林，他蹿将进去。我在后面跟随进去。原来是一个坟地。那人扭转身躯，问道：“什么缘故追赶于我？”后来我们两个谈论起来，他可是个绿林。这人极其好，姓燕，叫燕子托，就是陈州人。他有口紫电剑。”展爷说：“这么些个年的事情，想不到说到一家来了。那日晚晌，东房上趴着的就是我。我在暗地里保护着包大人。就听见正房上头说道：“好清官！”西房一人追赶下去，不知是谁。直到如今还纳闷呢！但不知这个燕子托，此人还有没有？”云中鹤说：“此人早就故去了。”展爷问：“他的后人如何？”老道说：“他的后人，大大的不肖。此人叫燕飞，有个外号，人称叫烛影儿，又叫白菊花，一身的好功夫，双手会打镖，会水。在绿林之中任意纵横，到处采花。不拘哪里采花作案，必要留下他这个白菊花的记认。”展爷听毕，说：“道爷，这剑早晚必要归你的手中。这乃是宝物，总得有德者居之，德浮者失之。似燕飞这样不肖之子，

---

① 皤（pó）。

如何在他手中长久的了。”老道一听，说：“贫道也不能有那样的福分。”列公，这一段论剑的节目，一则为显出云中鹤之能，二则为引出白菊花，为下文的伏笔，还是闲言少叙。

丁二爷此时也觉着心中好过了。他想着我们三个人，横竖没有被你考问住。他倒把老道恨上了，说：“天气不早了。”傕趱着起身。老道把宝剑收入匣内。锦笺给大家磕头，教众位搭救他家主人。老道教小老道看家。并不用开山门，几位都是越墙而出。到了外边，看见山了，可是望山跑死马。走了不多的一时，丁二爷就急了，上前道：“咱们这么走，得几时到了山？不如咱们平平地画上一个道，谁也不许过去，全是施展夜行术。”

于是拉齐了，“吧”的一跺脚，一齐按力走。不上二里，已经就把丁二爷、展南侠丢在后头，北侠就觉得脸上发烧，暗暗说道：“不教你们两个人来，一定要来，输给人家老道了。”尽管北侠心中难受，脚底下仍然是不让。可又不把老道丢多远，总赢着了他一步，也不多也不少。老道想着，依然赢着那两个，就算赢着北侠了。他们净仗着狐假虎威，以多为胜。一看一步，一按劲就过去了。无奈一件，可就是过不去。他见北侠一慢，这里气往下一砸，脚底下一按劲，心想着就要过了北侠。焉知道北侠是久经大敌之人，已经三个输了人家两个。自己怎么也是不肯教他越过去。这一气跑了有四里地。再回头瞧看展南侠，看不真切了。北侠假装着歇歇带喘说：“道爷，我可不行了。我这肉大身沉，论跑实在不是你们的对手。输了，输了。实在不行了。”云中鹤说：“欧阳施主，算了吧，还是我输了。”道爷见他嘴中嚷输，脚底下不止，仍然是跑。老道也跑得吁吁带喘，这才把步止住说：“欧阳施主，我不行了。”北侠见他收住步了，自己这才收住步说：“不行了，可把我累坏了。道爷，咱们在这里歇息歇息。”

云中鹤揩了揩脸上汗，缓了半天，这才缓过这口气来，暗暗地佩服北侠。待等丁二爷、展南侠到，展爷说："道爷好精功夫，我弟兄二人实在惭愧惭愧。"老道说："哪里话来！要论功夫，还是欧阳施主。"北侠说："道爷不要过奖了。"老道说："这是夹峰后山。若要走头里，奔寨栅栏门甚远。若要由此处登山而上，极其省路。可不知欧阳施主，你走山路如何？"北侠说："我就是怕山。"说得个云中鹤欢喜非常。暗道："平坦之地，虽然输给北侠，设若山路赢将回来，也转转面目。"北侠一看，说："没有道路，如何上得去？"云中鹤说："无妨，我在前边带路。"北侠只好点头说："道爷，你可慢慢地走。"老道指了南侠他们的道路，顺着边山扑奔寨栅栏门。暂且不表。

单说北侠、云中鹤。老道在前，北侠在后。见云中鹤嗖的一下，蹿上约有八尺多高。回头叫着欧阳施主，北侠慢慢地一步一步往上爬。说："这还了得！又没个道路，没有安脚的地方，如何上得去？"云中鹤一听，更觉得喜悦了。随走随叫，后来直听不见声音了。云中鹤知道已将北侠离远，自己蹭蹭地直往上爬。十程爬了约有七程了，他料着北侠爬了连二程没有，又大声叫道："欧阳施主！"忽然听他脑门子上头有人答话说："魏道爷，我在这呢！你怎么倒在底下。我反倒走到你头里了呢！"云中鹤翻眼往上一瞅，就见北侠离着他总有十丈开外，暗暗忖着："他怎么上去的呢？哎呀，我上了他的当了！别人说过他是两只夜眼，他如果生就两只夜眼，我如何是他的对手！"北侠那里说："都是魏道爷你出这个主意，咱们走山走得我口干舌燥。这个酸枣树上有干酸枣儿。我在这里吃哪，甚是解渴。道爷你上这里来吃点儿，解解渴。"云中鹤说："我不行。"

论走山，云中鹤没有个敌手。可巧遇见北侠了，北侠这爬山本领是在辽东地面练的。那里的贼聚众就抢，一遇官人就跑，往大山大岭上跑。一过山岭，就是好人。北侠做守备的时候，衙门后头有座大山。见天早晚净练跑山。练得跑山如踏平地一般。官也不做了。如今魏真拿跑山赢北侠，如何行得了。再说北侠是三宝护身：一世童男，宝刀，夜眼。云中鹤是二宝护身：一世童男，一口皤虹剑，不是夜眼。

两个人到了一处，一同再往上走。北侠又告诉道爷："叫着我点儿。"魏真不信了，到了山顶，北侠特意叫魏真瞧瞧他这个眼力如何，手搭凉棚，往对面一看说："那边黄琉璃瓦，是什么所在？"老道说："你把黄琉璃瓦都看见了，真是夜眼。那个就是玉面猫熊威的后寨，是他妻子住的所在。"北侠一听，一皱眉说："既是玉皇阁，怎么又说是他妻子住的所在？"魏道爷说："这件事情，那个兄弟实在的办错了。皆因熊贤弟上庙中去，一日没回山。赛地鼠韩良他想着，有喽兵，又有他嫂嫂在前寨，男女混杂，实在不便。他就将玉皇阁的神像派人搬出去。扔在山涧。把玉皇阁拾掇了一个后寨，教他嫂嫂在那里居住。待我送我盟弟回山，他已经把那事都办妥当了。待我看见之时，我说：'你这是一个大错处。'我劝我盟弟，断不可教我弟妇居住。据我看着，他们日后要遭横报。"北侠说："这个人也就太浑了！"不然，怎么后文书二盗鱼肠剑时候，在团城子里头，先死了个玉面猫熊威，又死了个赛地鼠韩良。此是后话，暂且不表。

说的是二位随说随走，过了一道小山梁，就到了后寨。云中鹤说："咱们不可打此处进去。因何缘故？这里有弟妹居住。"北侠说："你在前边引路，你说从何处走，我就跟着你何处走。"两个人贴着西边的长墙，一直朝正南走了半天。云中鹤说："由此处进去。"两个人蹿上墙头，往里一看，并无行走之人。飘身下来。云中鹤在前，北侠在后，直到了聚议分赃庭的后身。云中鹤用手一指，低声说："到了，就是此处。"两个人蹿上房去，一越脊，蹿在前坡。二位爬伏在房上伸手把住了瓦口檐头，双足一踹，两脚找着了阴阳瓦垄。往下探身一看，天气已热，正看见屋内三家寨主：居中的是玉面猫熊威，七尺身躯，一身素缎衣襟，面若银盆，细眉长目，鼻直口阔，正居中落座，到有一团的威风；上垂手一人，青缎衣襟，身躯六尺。面赛姜黄，立眉圆眼，上形小，菱角嘴，已经酒到十分，就是赛地鼠；再瞧过云雕朋玉，身矮小，可是横宽，一身墨灰的衣裳，面似新瓦，粗眉大眼，狮子鼻，火盆口。他那里嚷说："二哥，你做的都是什么事情？要教老道知道，咱们全都得死！再说，这里头有妇女，咱们哥们也不要这个名器！"赛地鼠说："又没难为妇女，交给嫂嫂了。要爱她们，就留下使唤。要不爱她们，就将她们放下山去。"正说间，由后边跑过两个人来嚷说："寨主爷，可别杀那个相公，是咱们的恩人。"

若问是什么恩人，且听下回分解。

第九十六回

熊威受恩不忘旧　施俊绝处又逢生

诗曰：

曾见当年鲁母师，能无失信与诸姬。

拘拘小节成名节，免得终身大德亏。

凡人立节立义，全在起初。些须一点正念，紧紧牢守，从此一念之微，然后做出大节大义来，使人钦敬佩服，皆有所矜①式，不信，引出一位母师来，列位请听。

母师者，鲁九子之寡母也。腊日岁祀礼毕，欲归私家，看看父母，因与九子说知。九子俱顿首从母之命。母师又叫诸姬，嘱之道："谨守房户，吾夕即返。"诸妇受命。又叫幼子，相伴而归，既归，阅视私家事毕。不期这日天色阴晦，还家早了。走至闾门之外，便止不行。直等到天色傍晚，方才归家。不期有一鲁国大夫在对门台上看见，大以为奇。因叫母师问道："汝既已还家，即当入室。为何直挨至傍晚，方才归家？此中必有缘故。"母师答道："妾不幸夫君早卒，独与九子寡居。今腊日礼毕事闲，因往私家一视。临行曾与诸妇有约，至夕而返。今不意归早。因思醉饱娱乐，人之常情。诸子诸妇在家，恐亦未能免此。妾若突然入室，使她们迎侍不及，坐失礼仪，虽是她罪，然思致罪之由，则是妾误之也。故止于闾外，待夕而入。妾既全信，诸妇又

① 矜（jīn）式——敬重和取法。

不致失礼。不亦美乎？”鲁大夫听了，大加叹赏。因言鲁穆公，赐母尊号曰：“母师。”使国中夫人诸姬皆师之。君子谓母师能以身教。闲言少叙，书归正传。

诗曰：

熊威不枉负英雄，遇得恩情尚报情。
纵作山王为叛逆，亦知德怨要分明。
大仁大义说施昌，贿买亡徒不死亡。
始识救人人救我，好心肠换好心肠。

且说劫夺了施俊的驮轿车辆等，不是熊威与朋玉的主意，都是韩良一人的主意。皆因酒吃得过量，无事之时，常有喽兵蛊惑：为山王寨主，应当论秤的分金，论斗的分银，寨主讲究吃人心麻辣汤。韩良就记在心里了。

他们三位得了山寨之时，山中原有些财帛。熊威的主意，大家都分散了。又遇着老道，不教他们下山借粮。两气夹攻，山中就苦了。老道往山上供日用，也是三四十人吃饭，固然很丰富，纵有些个银钱，慢慢的也就垫干了。这日韩良大醉，就把施俊劫上山来。可有一样好处，不许喽兵污辱人家的妇女。就把女眷交与后寨服侍夫人，由她们大家作一个使唤人，听后寨使唤。所有男子，都捆将起来，等着挖心吃麻辣汤。

皆因后寨夫人吴氏，见着金氏娘子品貌端庄，是一团的正气。问明了家乡姓氏籍贯，赶着就把金氏娘子搀于上座，自己倒身下拜。把金氏娘子吓了一跳，又细问她的情由。

原来玉面猫熊威他先前做的是镖行买卖，皆因是与本行人闹了口气，立志永不吃镖行。后来自己落魄，病在店中，衣不遮体，食不充饥。店中伙计与他出了个主意，在武昌府卖艺。每天总剩十几串钱，就在三四天的工夫，也换上衣服了，也存下了钱了。那日又出去卖艺。本处的地方与他要钱，他给二成账，地方不答应，要平分一半；还不是净分当日的，并且要平分那前几天的钱。彼此口角分争，三拳两脚把地方的那条小命送归西天去了。这一结果了地方的性命，如何是好？又走不了。可巧遇见兰陵府的知府，施昌施大老爷卸任坐轿走过那里，看见熊威的体态，问了从人，当时没教他们交县。晚间教老家人重贿了狱卒，打点了上下手，让熊威自己越狱出来。临行老家人还赠了他十两银。他又问了老家人的名姓，问了老爷的原籍，并且问老爷跟前几位公子，都叫什么名字，日后好报答活命之恩。自己冲着老爷那里磕头谢了恩，又给老家人磕了头，方逃命去了。到后来居住此山，他的家小焉能不知。

可巧这日问起金氏来，金氏看着这个压寨夫人也是一团的正气。金氏就将自己婆家、娘家姓氏籍贯，说将出来。吴氏一听，方知是恩人到了，自己参拜了一回，复又打发婆子急与寨主爷送信。婆子急忙出来，找着喽兵告诉明白。喽兵飞雁相似的往头里跑，喊道："寨主爷，别杀那位公子！那是恩人。"

总论万般皆由命，半点不由人。其实论施俊被捉，直到天有二鼓，有多少都死了。皆因韩良要杀，朋玉劝了一回，熊威又劝了一回。打算着等二寨主醉躺下了，大寨主与三寨主要把那些人俱都放下山去。不想喽兵报道："是恩公。"当时熊威也不知道是什么恩公，把喽兵叫到跟前细问。喽兵就将后寨夫人的话，学说了一遍。熊威一听，哎哟一声，把手一摆，喽兵退出。自己站起身来。出了聚义分赃庭，奔到捆人的那里，喝叫喽兵把从人解开，自己与施公子亲解其缚，请入庭中，让于上座。倒把施公子吓了一愣，不知什么缘故，说道："我本该死的人，为何寨主优待？"熊威说："我惊吓着恩公，我就该万死。"施俊终是不明白，倒要细问。熊威就将在兰陵府受了施老爷的活命之恩，诉说了一遍。施俊这才明白。可见是，但得一步地，何须不为人。施俊又问自己的妻子现在何处？熊威说："现在后寨。"赛地鼠韩良、过云雕朋玉，也就过来见礼。韩良又与施公子赔礼，身躯晃晃悠悠地叩头说："要早知道是恩公，天胆也不敢。求恩公格外施恩恕罪。"施俊赶紧用手搀将起来，说："哪里话来，若非是尊公，咱们大家还不能见面呢！"寨主又叫人重新另整杯盘。

房上的二人俱都听得明白，撤身下来找了个僻静的所在。云中鹤说道："欧阳施主，你可曾听见了？"北侠说："我俱都听见。"老道说："咱们这就不必打房上下去了。"北侠说："怎么着？"老道说："咱们也打前头寨栅门过去。"云中鹤带路，二人直奔寨栅门而来。暂且不表。

单说的是庭中大家饮酒，张罗施公子和从人的酒饭。赛地鼠韩良喝的是沉醉。此时正是天色微明，忽然进来一个喽兵说报，山下来了一伙人，破口大骂，伤了我们三个伙计，特来报知寨主。赛地鼠韩良说："待我出去看看，这是哪里人，好生大胆！"熊威说："不行，贤弟你酒已过量了。"过云雕朋玉要出去。熊威说："贤弟，千万小心着。"朋玉说："不劳大哥嘱咐。"随即壁上摘了一口刀，带了十几名喽兵，出了寨栅门。呛啷啷的一阵锣响，到了山口平坦之地。一瞧，前边果然有许多人，破口大骂。朋玉将到，那人掉头就跑，细听全是山西人的口音。朋玉纳闷，哪里来的这些骂人的。

忽然显出有本领的来了。头一个紫缎六瓣壮帽，紫缎箭袖袍，薄底靴子，面如紫玉，箭眉长目，三绺长髯，提着一口刀，扑奔前来，身背后又闪出一人，青缎箭袖袍，青扎巾，薄底靴子，黑挖挖的脸面，半部胡须，手中提着一口刀。还有一个白方面，一部短黑髯，粗眉大眼，也有一口利刃。还有一人，未长髭须，三十多岁，带着一口刀，可没亮将出来。也是一身青缎衣巾，黄白脸面，两道细眉，一双长目，垂准头，薄嘴唇，细腰窄臂，双肩抱拢，一团足壮。还有一个大身量的，九尺开外，腰圆背厚，肚大胸宽，青缎六瓣壮帽，青箭袖袍，皮挺带并铁搭钩，三环套月，系着一个大皮囊，里面明显着十几只铁錾，别①着一个亚圆长把大铁锤，面赛乌金纸，黑中透亮，粗眉大眼，半部刚髯。还有一个大黄胖儿，也提着一口刀，还有一个人面赛淡金，一身墨绿的衣巾，也拿着一口利刃。原来是钻天鼠卢方，穿山鼠徐庆，黑妖狐智化，大汉龙滔，铁锤将姚猛，愣大汉史云、胡烈，大众前来。

若问众位怎么个来历，且听下回分解。

---

① 别（pī）——推。

第九十七回

钻天鼠恰逢开山豹　黑妖狐巧遇花面狼

词曰：

凡事不可大意，饮酒更要留心。

低声下气假殷勤，一片虚情难认！

粗人不知是假，智者亦信为真。

一朝中计毒更深，何不早为思忖！

且说卢方、徐庆、智化等，这日由晨起望，与北侠等分手，一路之上，寻找大人，到武昌府会齐。前文说过，说书的一张嘴，难说两家话，何况好几路事。再说各路找大人的这些人，路上俱都有事。

单说他们走夹峰前山的卢方、徐庆、黑妖狐智化、龙滔、姚猛、史云共六个人，离了晨起望，扑奔夹峰前山。走了两日。这日正往前走，忽见前面一个山嘴子，传来锣声一响，呛啷啷啷。大众等立住身躯观看，山寇约有四五十号喽兵。青布短衣，襟腰系钞包，青布裤子。有靸鞋，有薄底靴子的，高矮胖瘦不等。当中有两杆皂色的纛旗，上有白字，用白绸子挖出字绷在旗子之上，如同书写的一般。一个是开山大王，一个是立山大王，两杆旗下，闪出两匹马来。

瞧这两家大王，好看：青铜盔，青铜甲。绿罗袍，丝鸾带。青铜搭钩，三环套月。胁佩纯钢，两扇绿缎征裙，五彩花战靴牢扎。青铜镫鱼踏尾，三折吊挂，前后护心镜。鞶①甲绦九股攒成。

① 鞶（pán）。

背后护旗，双插雉鸡翎，胸前搭用一对狐裘。面如生蟹盖，红双眉，金眼，翻鼻孔，火盆口，胡须不大甚长，如同赤线相仿。提一口佝偻古月象鼻刀，跨下一匹艾叶青骢兽，鞍韂鲜明，披挂威武，铃鬃尾乱摆，蹄跳咆哮，尾巴倒撤，嘶溜溜的吼叫。再看这个，镔铁盔，镔铁甲，皂罗袍，丝鸾带。跨下一匹黑马，手擎三股托天叉。往脸上一看，面赛烟熏，长了一脸的白癣。骑一匹坐骑，闯将上来，说："此山是我开，此树是我栽，要打山前过，留下买路财。"

智爷接过来说："管保是牙崩半个说不字，一刀一个土中埋。我告诉你，咱们都是线上的合字儿。"徐庆大吼一声，说："没有那么大工夫，与这小子说这些闲话!"蹿将上去，就要动手。两个贼，一个横刀，一个托叉，大吼一声说："黑汉，少往前进!通上名来，好在寨主爷的刀下殒命!"徐庆说："小寇听真，你老爷山西祁县人氏，铁岭卫带刀六品校尉之职，穿山鼠徐三老爷就是我老人家。莫不成你们两个鼠辈，也有个名姓吗!"两个山贼一听，说："原来你就是穿山鼠徐庆!"徐三老爷说："然也!"贼又说："你们这里可有钻天鼠姓卢的?"卢爷闻听，一个箭步蹿将上来，说："某家就是姓卢。两个鼠寇可认得你卢大老爷!"两个贼人又问："你们这里可有翻江鼠姓蒋的?"徐庆说："你四老爷未来，上别处去了。"贼人又问："可有彻地鼠姓韩的?"徐庆说："你不用絮絮叨叨，过来受死吧!"贼人说："徐三老爷，不必如此!我们问明白言语，还有好心献上。"依着徐庆要动手，智爷把他拦住说："三哥不必如此。问问他们还有什么好心献上。"随即说："二位寨主，你们还有什么好心献上，快快说来。"山贼问："尊公贵姓?"智爷说："也不用絮絮叨叨，我都告诉你们。那个黑脸的人，称铁锤将飞錾大将军，他叫姚猛。那个白方面短黑髯的，他叫大汉龙滔。那个黄脸的叫愣大汉史云。我姓智，单名一个化字，匪号人称黑妖狐。”就见两个山贼彼此一瞧。这个说，我的哥哥；那个说，我的兄弟。你我可等着了。见两个人镗啷啷，扔刀的扔刀，扔叉的扔叉，全都是滚鞍下马，一撩开甲，双膝点地，冲着六位磕头说：“小寇二人，在山中等候众位老爷们的大驾。”

智爷一瞧，就是一怔，事情来得古怪。徐庆哪管青红皂白，说：“起来吧！两个小子，你不劫夺我们了哇，我们也不杀你。”智爷说：“等等，三哥有话问他们。”三爷说：“对，你问问这两个小子吧。”智爷问：“二位寨主贵姓高名?”一个说：“小寇姓冯，叫冯天相，匪号人称开山豹。这是拜弟，他姓侯，叫俊杰，他有外号叫花面狼。”智爷说：“你们有什么好心献上?”那贼说：“你们几位不是寻找大人？我们连大人带沈中元的下落俱都知晓。说将出来，求几位老爷做个引线之人，我们情愿弃了高山，归降大宋。就是与众位老爷们牵马随镫，也是情甘意愿。”智爷说：“你既知晓我们的来历，我们也不必隐瞒于你。正是各处找寻大人。你说出大人的下落，要弃暗投明，我们焉有不做引线之人的道理？你们就说，眼下沈中元现在哪里?”两人异口同音说道：“此处不是讲话之处，请众位老爷们到山上，我们备一杯薄酒，慢慢再讲。”徐庆说：“好啊！咱们到山上喝他们个酒儿，这有了大人的下落，咱们也就不忙了。”智爷说：“且慢。人心隔肚皮，就凭这么一句话，咱们就上山去？咱们地理不熟，倘若中了他们的诡计，那还了得!”徐庆说：“凭这两个小子，他们敢吗！等我问问。”随叫道：“冯寨主，这座山叫什么山?”冯天相说：“叫豹花岭。”智爷说：“我且问你们二位，丢大人你们怎么会知道？这里头必有情节。”冯天相、侯俊杰一同说道：“有情节。没有情节，我们焉能知晓！实不瞒众位，我们先前就在王府，皆因王爷宠幸着镇八方王官雷英，别人是谁他也没看到眼内。他净瞧上镇八方雷英了，可就待别人有限。我们弟兄二人，这个性情如烈火一般，自己就暗暗地不辞而别，离了王府，到了这个豹花岭。我们也是怕遇见大宋的官人。我们要是不住此山，遇王府人也是祸，遇大宋人也是祸，无奈之何，暂居豹花岭。忽然这日，沈中元到。是我们旧日的朋友，焉有不让上山来的道理。我们以为他还在王府呢，原来他也不在王府了。他提怎么害了邓车，弃暗投明没投上。这么一口气，他把大人盗将出来，显显他的手段。他把地方安置妥当，连大人带他姑母，然后用车一并接来。先前一听，我们是浑人，怕是有祸。说我们这山狭小，教他上夹峰山去。后来一想，不如就此机会，拿了沈中元，救了大人。我们岂不是有进献之功呢！后来就告诉他，只管把你姑母大人接在此处。有你这足智多谋的人，料亦无妨。他也就点了头了。如今他去接大人与他姑母去了。我们正要往官府去送信，怕赶不及。可巧你们众位老爷到了，这是活该。大人的福分不小。这是已往从前的事，我们不敢隐瞒众位爷们。"

徐庆说："智贤弟，你看这里头还有什么假潮吗？"智爷说："据我看来，不妥。"冯天相说："你们几位不必疑心。本来素不相识，你们老爷这一想：人心隔肚皮。你们几位要不愿上山，我们也不深让。你们就在这临近地方，找一店住下。他几时把大人接到，我们就把他捆上，连大人一并送去。可就显出我们的真心来了。可别离此太远。我们请着大人，押了沈中元。倘若教官人遇见，就把我们办了。我们吃罪不起。"徐庆说："智贤弟，也不必多疑了。你要不去，我就去了。有不怕死的随我来，一同上山。"智爷说："谁也不怕死，没有怕死的人。咱们就一同上山。"

徐庆说："我看他们也没什么诡计。纵让他们有什么诡计，谅也无妨。要在山上，我叫穿山鼠，也没他们什么大便宜。"智爷说："既是三哥这么说，咱们就上山。"开山豹、花面狼两个人一齐说："众位老爷们要犯疑猜，可就不必上山了。"徐庆说："我们没有疑猜之处。你们就前边带路吧。"

两个山贼把马交与喽兵，捡了兵刃，前边带路。进了寨栅栏门，直奔分赃庭。到了里面，大家落座。两个寨主一旁侍立。智爷说："你们还不卸甲胄吗？"两个答应一声，出去卸甲胄，换了一身便服，复又前来侍候。

喽兵献上茶来。智爷让他们坐下，两个谦让了半天，方才落座。徐三爷不管三七二十一，拿上茶来就饮。龙滔、姚猛、史云也就端起了茶盏。智爷冲着徐庆使了个眼色，徐三爷他哪里懂得！智爷不好当面明拦，又怕错疑了人家寨主，岂不叫人家耻笑吗？又一想，他们几个人，不怕教山贼蒙将过去。有自己同卢大哥，足是他们两个山贼的对手。想毕，也就不拦他们了。

看他们喝了，又要。一点奇异的地方没有。卢爷也就喝了一碗。徐庆说："你们有酒没有？"山王说："酒倒是现成，我们不敢预备。"徐庆说："有菜呀？"侯俊杰说："菜也有，恐怕众位老爷们疑心，不敢预备。"徐庆说："我不怕。我看得出人来，你们两个行不出那个狗娘养的事来。谁不怕死，谁跟着我喝酒；谁疑心，教谁饿着。"冯天相说："徐三老爷，真称得起是侠义肝胆，格外的慷慨。"随即叫喽兵摆酒。不费吹灰之力，顷刻间罗列杯盘。徐庆就问："谁喝，谁不喝？大哥喝不喝？"卢大爷心中也是有些犯疑，说道："三弟既然要喝，咱们就喝。"卢爷知道智贤弟足智多谋，回头问了问："智贤弟，你喝不喝？"智爷说："既然是三哥说喝，咱们就大家喝。"龙滔、姚猛也说："喝！"徐庆总还算粗中有细，说：“两个寨主，你们喝不喝?”两个人说：“喝，我们焉有不喝之理。”徐庆一想，他们喝，就更不怕了。

冯天相、侯俊杰两人，执壶把盏，先给卢大爷把酒斟好，然后慢慢地都把酒斟起。两个山贼侧坐旁陪，端起酒杯一让道：“两个人可是斗胆说，众位还是有些疑心。”徐庆见他们面面相觑，不端酒杯，连自己也不敢喝了。两个山寇一笑说：“世间可没有这个情理，哪有我们先喝的道理。我们要是不喝，众位终是疑猜。”徐庆说：“对了。你们要是一派好意，酒里间没有什么缘故，你们就先喝。”瞧这两个人一喝，大家俱都欢喜，全都把酒端将起来。智化总是不喝，瞧着菜蔬。两个山寇复又把各样的菜蔬，俱都尝了一尝，大家更觉放心。复遇上来的酒菜，必是山寇先吃。二人大乐说：“你我这可算脚踏了实地了。”两个先醉，别个人也就没有疑心了。连智爷也搭讪着喝起来了。独他喝不到四五杯酒，六位英雄一齐翻身栽倒。

若问什么缘故，且听下回分解。

第九十八回

二贼见面嘴甜心苦　大家受骗信假为真

诗曰：

淑女何妨赘宿瘤，采桑不自妄贪求。

闵王特遣人迎聘，致使齐宫粉黛羞。

人负天地之气以生，妍媸各异，万有不齐。无论男女，不可以貌取人，总以忠孝节义为是。闺阁之中，具忠孝节义者，有一采桑之宿瘤女，因并列之。

且说齐国有一宿瘤女者，齐东郭采桑之女，闵王之后也。生来项有一大瘤，故人皆叫作她宿瘤。这宿瘤为女子时，父母叫她去采桑，忽遇齐闵王出游于东郭，车马甚盛。百姓皆拥于道旁观看。独宿瘤女采桑如故，头也不抬，眼也不看一看。闵王在车上看见，甚以为怪。因使人将宿瘤女叫到车前，问道："寡人今日出游，侍从仪仗缤纷于路，百姓无少无长，皆停弃了所做之事，拥挤于道旁观看。汝这女子，难道没有眼睛，怎么只是采桑，略不回头一看，此何意也？"宿瘤女答道："妾无它意。但妾此来，是受父母之命，叫妾采桑；未尝受父母之命，叫妾观看大王也。"闵王道："虽受父母之命采桑，但汝一个贫家女子，见寡人车骑这样盛美，独不动心而私偷一视乎？"宿瘤女道："妾虽贫，妾心安之久矣。大王虽贵，千乘万骑，于妾何加？而敢以私视动其心乎！"闵王听了，大喜道："此奇女也。"又熟视其瘤而曰："惜哉！"宿瘤女道："大王叹息，不过憎妾之瘤也！妾闻婢妾之职，在于中心，属之不二，予之不忘。大王亦念妾中心之谓何？虽宿瘤何伤乎！”王听了一发大喜道：“为贤女也！不可失也！”遂欲后车载之。宿瘤女因辞道：“大王不遗葑菲，固是盛心，但父母在内，使妾不受父母之教而竟随大王以去，则是奔女也。大王宫中，粉白黛绿者何限，又安用此奔女为哉！”闵王大惭道：“是寡人之失也。”因遣归。复使使持金百镒，往家聘迎之。父母惊慌一团，就要瘤女洗沐而加衣饰。瘤女道：“已如此见王矣，再要变容更服，王不识也。请仍如此以往。”竟随使者登车而去。

闵王既归，先夸于诸夫人道：“寡人今日出游，得一圣女，已遣使往迎，顷刻即至矣。一至，即尽斥汝等矣。”诸夫人听了皆惊怪，以为这个女子美丽异常。众皆盛饰，惶惶等候，及使者迎至，则一敝衣垢面之宿瘤女子也。诸夫人不禁掩口而笑，左右绝倒，失貌不能自止。闵王亦觉不堪。因回护道：“汝辈无笑。此特不曾加饰。夫饰与不饰，相去固十百也。”宿瘤女因乘机说：“大王何轻言饰也。夫饰与不饰，国之兴亡皆系焉。相去千万，犹不足言。何止十百耶？”闵王笑道：“恐亦不至此。汝可试言之？”宿瘤女道：“大王岂不闻性相近、习相远乎？昔者尧舜与桀纣，皆天子也。能饰以仁义，虽为天子，却安于节俭，茅茨不剪，采椽不斫①，后宫妃妾，衣不重采，食不重味，至今数千岁，天下归善焉。桀纣不能饰以仁义，习于骄奢，造高台深池，后宫妃妾，蹈绮縠，弄珠玉，意犹不足，身死国亡，为天下笑。至今千余岁，天下归恶焉。由此观之，饰与不饰，关乎兴亡，相去千万，尚不足言，何独十百。王何轻言饰也！”

诸夫人听了，皆大惭愧。闵王因而感悟，立瘤女以为后。令

① 斫（zhuó）——砍、削。

卑宫室，填池泽，损膳减乐，命后宫不得重采。不期月之间，化行邻国，诸侯来朝。宿瘤女有力焉。及女死之。后燕遂屠齐，闵王逃亡而被弑死于外。君子谓宿瘤女通而有礼。闲言少叙，书归正传。

词曰：

愚人最易诓骗，英雄偶尔糊涂。
三杯两盏入迷途，最怕嘴甜心苦。
幸有人来解救，不至废命呜呼！
诸公且莫恨贼徒，总是一时粗鲁。

且说两个山贼一派的假意，哄信了大众。惟有智化精明强干，诸事留神。明知山贼降意不实，仍是坠落他们圈套之中。若论两个山寇相貌，生得是外拙而内秀。到底是怎么个缘故呢？这两个人情实与小诸葛相好。再说自打丢去大人，直到如今，也没说明沈中元是怎样盗去。

列公，有句常言是，坐稳了听书，别看什么节目。说了一个头绪，就不提了。相隔个三日五日，十天八天，再要提起之时，必要清清楚楚分解得明白。事情虽然是假，理却不虚。沈中元就为的是同神手大圣邓车行刺泄机，徐庆、韩彰不能作引见之人，自此一阵狂笑说："咱们后会有期。"一跺脚，扬长而去。

此事怀恨在心，自己就上了信阳州。他有个盟兄姓刘，叫刘声奇，是信阳州的押司先生。他们两人一拜，与他盟兄讨一个迷魂药饼儿。这位先生的迷魂药饼从何而得也？是韩彰救巧姐，拿卖穿珠花的婆子，当官搜出七个迷魂药饼，被刘押司做了三个假的，和着四个真的，当着官府一齐入的库。沈中元知晓此事，与他盟兄借了一个迷魂药饼，还应许着还他。自己又到了姑母那里，与他姑母借了一个熏香盒子，自己就奔了襄阳。

那天晚间，换了夜行衣靠，奔到上院衙，捆了大人跟班的，问大人的下落。这可就是展南侠他们盗彭启那日晚晌，跟班的教贼捆上。展爷没追上的就是他。其实早已问明，知道大人在武昌府哪。次日就打襄阳奔了武昌府。到了公馆去了两次，没能下去。那日公孙先生看着大人，可出了规矩了。天有五更，他把大人盗得出去。用了迷魂药饼，按住大人的顶心。迷迷糊糊盗将出去，就奔了娃娃谷，到他姑母那里。连他姑母一齐的起身，把大人用车辆装上，按住迷魂药饼，大人人事不省。早晚给点米汤灌得下去，度过了三关，不至于死。甘妈妈不答应，教他把大人送回去。他说，明了他的冤屈，就送回去，到了豹花岭，遇见两家山寇，本要上山。甘妈妈不教。皆因是有甘兰娘儿，已经许配人家了，乃是有夫之妇，若要教人家知道，人家不要了。故此没上山。侯俊杰他们可知道沈中元盗大人一切事情。可也是沈中元说的，说不住此处，上长沙府朱家庄，还到夹峰山瞧看玉面猫熊威。这两个山贼就应下沈中元了："他们五鼠、五义，必要找大人，若从此经过，我们必把他们拿住，与你报仇。"

这么说下走的。可巧冯天相听喽兵一报，就疑惑是找大人的人。下山一见，果然不差。他们早把计策定好了，拿他们假话诓他的实话，就约上山来。先前喝酒的时节，酒菜之中，并没有蒙汗药。原定的计策，等着第二顿酒肉才下蒙汗药哪。后来一看，连机灵人都不疑心了，不如早早地把他们制服了就行。两家寨主一装醉，再上来的酒就有蒙汗药了。智爷也是终日打雁教雁啄了眼睛。这叫：智者千虑，必有一失；愚者千虑，必有一得。

冯天相说："这六个人一齐全躺下了。咱们是把他们结果了好哇，还是与沈大哥送个信，教他自己报仇好哪？"侯俊杰说："咱们山中有的是地方，把他们几个捆起来。派人赶紧追沈大哥去。他要走得慢，还许在夹峰山呢；他要走得快，到了朱家庄。咱们这里奔长沙也不甚远。此时若把六个人一杀，日后见了他，说是给他报了仇了，哪是凭据？你告诉他说，六个人怎么扎手，怕他不能深信。依我说，总是与他送信的为是。”大寨主点头说：“贤弟言之有理。”

立刻叫人把六位二臂牢拴，押在后面。后面有五间西房，放在屋中。侯俊杰说：“净捆二臂不行。这点药力一散，他们对𠠇了绳子，岂不都跑了吗？”大寨主说：“对，还是你想得周到。”随即派人，就把六位都是四马倒攒蹄、寒鸭浮水式捆将起来，搭在后面，放在五间西厢房内，把房门倒带。到了前边，见二位寨主回话。打外进来了一个喽兵的头目，说：“二位寨主爷在上，小的可是多言。就是他们四马倒攒蹄那么捆着，也许𠠇断了绳子。咱们这里有的是人，何不派两个人把守他们，岂不更妙。”寨主一听，也倒有理，有的是人，说：“就命你再带上一个人，你们两个人看守。难道说还不行吗？”喽兵点头。这人出去，自己挑人去看守着六位。暂且不表。

单说聚义分赃庭，重新另整杯盘，两个人畅饮，越想越是得意。直吃到天交二鼓，二人酒已过量，越想这个主意越高兴。焉知晓乐极生悲，忽听外面大吼一声，骂着：“山贼，人面兽心！”侯俊杰、冯天相两个人一听，吓了个胆裂魂飞。回手壁上抓刀。好一个愣徐庆蹿将过来，摆刀就剁。你道这徐庆因为什么事出来？

六位本是人事不省，忽然一睁眼睛，全都是四马倒攒蹄捆着。前边有一个人给道惊说：“大老爷，三老爷请放宽心。小的在此。”徐庆说：“你是谁？怎么我听不出来。”那人说：“我是胡烈。”卢爷说：“哎哟，你是胡烈。在此做甚？”那人说：“小的实出无奈，在此当了一名喽兵的头儿。”

这个人可就是在前套《三侠五义》上，白玉堂盗三宝，回陷空岛，展爷上卢家庄拿他去，展爷吊在陷险窟，又打陷险窟把展爷扔在通天窟，改名叫闭死猫，在通天窟里头，见着郭彰，郭彰说他的女儿教白五员外抢来了，到次日展爷见白玉堂，想着辱骂他一顿，白五爷不知道抢姑娘之事，一追问，是胡烈、胡奇为的。五爷把胡奇叫进去杀了，放了郭曾姣（郭彰之女），胡烈赶下去了，又被茉花村的人把他拿住，大官人押解着他交于五员外，五员外拿自己的名帖，把他交松江府边远充军。他自己逃回，不敢归陷空岛，就在此处当了一名喽兵，如今熬上一个头儿。可巧今天见着他家大老爷、三老爷教人诓上山来，自己又不能泄机。可巧把他们六位幽囚起来，自己得了手了。上去一回话，明向着寨主，暗里要搭救六位。

寨主给他派了一个伙计，他先把伙计杀了。然后把六位的兵器暗暗地偷出去。仗着山贼喝得大醉，也就不管他拿什么东西。他想着，都是自己人，还怕什么。胡烈暗暗提了一壶凉水，拿了一根筷子，撬开了牙关，俱都把凉水灌将下去。不多一时，俱都还醒过来。徐三爷一问，胡烈说了自己的事情。卢爷很嗔怪他在此当了喽兵。智爷在旁劝解说：“不是当了喽兵，咱们几个焉有命在！”随即把绳尽都解开，一个个俱都站起身来。胡烈说：“我也都不认得众位。”智爷说：“也不用见了，这时也没有那工夫。你给我们找点家伙来！”胡烈说：“全都在这里呢！”

大家把兵器拿了起来。智爷本打算大家商议商议。三爷那个脾气如何等得。撒脚往前就跑。来到聚义分赃庭，大吼了一声就骂，蹿进庭去，摆刀就剁。冯天相一抬腿，把那桌酒席冲着徐三爷一踢。只听见哗喇喇的一声，全翻于地上，碗盏家伙全摔了个粉碎。徐三爷一刀剁在桌子上，溅了一身油汤酒菜。也搭着自己使的力猛，刀教桌子夹住，一时抽不出来。眼看着侯俊杰把刀摘下，奔了过来。徐三爷一急，急中生巧，一抬腿，一踢桌子，这才把刀抽出来。眼睁睁侯俊杰的刀到了，徐爷将要躲闪，就听见叭嚓一声，打外边进来了一只飞錾。原来是飞錾大将军随后赶到，给了一飞錾。侯俊杰躲过了颈嗓咽喉，没躲过肩头，只听见砰的一声，正中侯俊杰肩头。哎哟一声，转头就跑。冯天相摘下刀来。往外一闯，早被三爷拦住。当时黑妖狐智化、卢大爷等，俱堵住门了，不用打算出去。

若问二贼的生死如何，且听下回分解。

第九十九回

豹花岭胡烈救主　分赃厅二寇被擒

诗曰：

乳母不忘旧主人，携持公子窃逃身。

堂堂大节昭千古，愧煞当年魏国臣。

魏乳母一妇人竟知大义，不至见利忘恩，以魏之故臣较之，乳母胜强万万，不啻①有天渊之隔。皆因天性使然，非强制而能。势利之徒一见，应当羞死。真妇人中之义士也。余广为搜罗，因并录之。

魏爷乳母者，魏公子之乳母也。秦破魏，杀魏主，恐存魏子孙以为后患。因使人尽求而杀之，欲以绝其根。已杀尽矣，止有一公子遍求不得。因下令于魏国道："有能得魏公子，赐金千镒。若藏匿者，罪灭其族。"不期这个公子，乃乳母抱之而逃。已逃出宫而藏匿矣。

忽一日，遇见一个魏之故臣，认得乳母。因呼之道："汝乳母也，诸公子俱已尽杀，汝尚无恙乎?"乳母道："妾虽无恙，但受命乳养公子，而公子不能无恙，为之奈何?"故臣道："吾闻秦王有令，得公子者赐千金；匿之者罪灭族。今公子安在？乳母倘要知道，献之可得千金。若知而不言，恐身家不能保也。"乳母

---

① 啻（chì）——只、仅。

道："吾逃免一身足矣，焉知公子之处。"故臣道："我听得人皆传说，此公子旧日，实系乳母保养，今日又实系乳母窃逃。乳母安得辞为不知?"乳母听了，不禁唏嘘泣下道："妾既受养，无论妾实不知，妾虽知亦终不敢言也。"故臣道："凡为此者皆有可图也。使魏尚有可图。秘而不言可也，今魏国已破亡矣，族已灭矣，公子已尽诛矣！母匿之尚为谁乎！况且失大利而蒙大害，何其愚也?"乳母听了，唏嘘泣下，因哽咽而说道："夫为人在世，见利而反上者，逆也；畏死而弃义者，乱也。持逆乱以求利，岂有人心者之所忍为？且受人之子而养之者，求生之也，非求救之也。岂可贪其赏、畏其诛，遂废正义，而行逆节哉！妾日夜忧心者，惟恐不能生公子，岂至今日乃贪利而令公子死也！大夫魏臣也，胡为而出此言?"遂舍之而去。因念城市不能隐，遂抱公子逃于深泽。

故臣使人尾之，因以告秦军。秦军追及，争而射之，乳母以身蔽公子，身着数十矢，遂与公子俱死，报知秦王，秦王嘉其守志死义，乃以卿礼葬之，祠以太牢。宠其兄为五大夫，赐金百镒。君子谓乳母慈惠有节，因称之曰节乳母。闲言少叙，书归正传。

词曰：

才把贼人杀却，行行又入贼窝。
绿林豪客何太多！偏是今时甚夥。
也有生来贼命，也有图的吃喝。
也有事出无奈何，到底不如不做。

且说二贼，一个是带伤，一个是出不去，在屋中乱转。屋内又有愣史、徐庆，嘴里是骂骂咧咧的，手中这口刀是神出鬼入。别看人浑，蹿进跳跃，身体灵便。这两个山贼如何行得了。他们两个是占山为王的。要讲动手跨上马，掌中长兵器，那可行了。若论蹿房越脊，一概不会。侯俊杰一着急，上椅子一脚，哗喇一声，把后窗户踹了。就打里头往外一蹿，扑通一声，就摔倒在地。

什么缘故？是在后窗台上，有两个人在那里等着呢。一个是胡烈。一个是愣史。胡烈准知道他们这山贼有多大能耐，料着他抵敌不住，必打后窗户逃跑。他就拉着史云往后一拐，问道："大哥你贵姓？"史云说："我姓史，叫愣史。"胡烈也瞧着他没有什么多大本事，身量可不小，说："咱们哥两个在这等他。他一看不能打前门出去，必打这走。"史云拉出刀来，在窗台这一蹲。胡烈抓了两把土，也在窗台蹲下。果然侯俊杰磕嚓把窗户一踹，往外一蹿。胡烈刷喇就是一把土，侯俊杰把眼睛一眯，整个的摔倒在地。史云过来，扑的一声，打了他一刀背。贼人哎哟一声，搭胳膊拧腿就把他四马攒蹄捆上。又在这一等，再等第二个贼人出来。

冯天相也打算要打后窗户出来。听见外头哎哟一声扑通，他就料着后边必是有人，他就不敢打后窗户出来。要打前门走，又走不了。自顾两下，一犹豫，步法就错了。早被穿山鼠徐三老爷一腿。踢了个跟头，扑通一声，摔倒在地，镗啷啷舒手扔刀。智爷说："留活的。"徐三爷过去，髁膝盖点住后腰，放下自己的刀，搭胳膊拧腿，四马倒攒蹄捆将起来。徐三爷说："捆上了，你们大家进来吧。"众人这才进来。

外边胡烈说："我们这还拿了一个哪！"智爷叫提溜进来。史云就打踢碎的窗户那里，将他提溜进来。一撒手扑通一声，往里一摔。他也由窗户那里进来，胡烈也由那里进来。

智爷叫道："胡庄客，他们这山中那些喽兵，各安汛地。"虽与二家寨主动手，两个寨主未能出屋子，也未能传令，故此喽兵也未能前来帮着他们动手。此时与胡烈一说："这些喽兵便当怎样？"胡烈说："我们大老爷、三爷肯施恩不肯？"卢爷说："施恩怎么样？"胡烈说："大老爷饶了他们大家的性命，就是施恩。若要不施恩，我把他们聚在一处，结果他们大家性命。"卢爷还未答言，智爷就接过来说："胡庄客，你还不知道你们大老爷那个性情吗？挥金似土，仗义疏财，最是宽宏大量，不忍杀人。你就出去把他们找来吧，我有话说。"胡烈说："出去要找他们就费了事了。"随即拿了一面铜锣，呛啷呛啷呛啷啷地打了三遍。就听一阵乱嚷："大庭的号令！"不多一时，喽兵俱已到齐。胡烈说："咱们这里寨主，已经被我们开封府的众护卫老爷们拿住了。"众喽兵一听，一个个面面相觑。智爷过来说："你们众喽兵大家听真，我们都奉开封府的特旨，抄拿山贼，拿住了你们头目。打算着要开活你们大众。要是不服的，找死的，你们只管抄家伙，咱们较量较量。"喽兵一听，这才扑通通全跪下，异口同音求饶。智爷说："你们可不许撒谎。我说出几件事情来，任凭你们大众来挑。你们是愿意回家务农，是愿意在山当喽兵，是愿意投营当差？回家务农，我指引你们回家务农的道路。在山当喽兵，我指引你们在山当喽兵的道路。投营当差，我指引你们投营当差的道路。"大家异口同音说："愿意当差。我们梦稳神安，比喽兵胜强百倍，祖坟不至于给刨了。”

卢爷问：“智贤弟把他们打发到哪里去?”智爷说：“我先把他们打发到君山去。”随即叫着喽兵说：“我写一封书信，把你们荐在君山，教飞叉太保钟寨主收留下你们。”众喽兵说：“我们不愿当喽兵了，情愿入营吃粮当差。”智爷说：“你们焉知这里的事。君山已经降了大宋，但等襄阳大事办毕，可着君山寨主皆是做官，君山喽兵是吃粮当差。”大家喽兵一听，各个欢喜，就在山中居住。喽兵预备饭食。

那两个山贼，到次日也不结果他们的性命，也不把他们交在当官。就把他们在豹花岭的后头，有个极深的山涧，搭在那里，咕噜噜扔将下去，那是准死无活，然后回来叫胡烈拿了文房四宝，取八行书连皮子，浓墨填笔，一挥而就，写毕封固停妥。皮面上又写了钟寨主亲拆。然后交给喽兵一个头儿。所有豹花岭里面的东西物件，金银财宝，给喽兵大家分散。又算整整地拾掇了一天，只等第二日起程。

到了次日，也有找来小车子的，也有找来扁担的，也有背上包裹的。顷刻间，大家告辞起身。推车、挑担、肩打、背负，离了豹花岭，履履行行，直奔君山去了。暂且不表。

且说卢爷大众。智爷道：“这个所在，直不给后来的贼人留着这个窠窠。此处离着住户人家甚远，大哥依小弟主意，放把火给他烧了吧。”卢爷说：“贤弟言之甚善。”将才出唇，大汉龙滔、姚猛、愣史、胡烈这几个，就忙成一处，抱了柴薪，点着了前前后后一烧。穿山鼠徐三爷可换了山贼的一套衣服。因为什么独他换了山贼一套衣服呢？皆因是他那身衣服，教山贼一踢桌子，撒了一身油菜的汤。故此他才换了山贼一套衣服。闲言不必多叙，自己拿了自己本人的物件，大众出了寨栅门，前后的火就勾上了。可巧来了一阵大风，这火越发大了。火借风力，风助火威。霎时间，磕嚓嚓砖飞瓦碎，咯嘣嘣柱断梁折。好厉害！万道金蛇乱窜，火光大作。常言说得好，水火无情，一丝儿不差。几位爷就不管山中的火堂了，直奔武昌府的道路。晓行夜住。

那日天气已晚，看见黑巍巍、高耸耸，山连山、山套山，不知套出有多远。前边有个小小的镇店。进了西镇店口，见人一打听，原来这就是夹峰山。找店住下，用了晚饭。头天就打发了店钱饭钱，第二天为的起来就走。将到四更多天，徐三爷就睡不着了。他要是睡不着，谁也不用打算睡。他一醒就嚷嚷，叫人说："起来，起来，天不早了。该走了！"谁要同他住店，他仿佛是个王爷，说走就走，说住就住，说吃什么就吃什么。

这天四更多天起来，大家拾掇起身。店钱头天已然开发清楚，叫开店门，伙计不开。问："怎么不开？"回答："太爷有谕，不教开。"徐三爷说："告诉你们太爷，说祖宗到了，一定要开。"伙计说道："因为时候太早，怕爷们路上遇贼。"徐三爷说："放你娘的屁！如若再不开，把你脑袋拧下来。"伙计想："这个事不好惹，给他开开吧。"徐三爷这才欢喜。大家出来，一直扑奔武昌府的大路。可是得绕着夹峰山前山道路走。细一听更鼓的声音，起早了。同着智爷说："智贤弟，你看店里这个小子不开门，他说有贼。咱们要是遇见贼，不是贼倒运吗？"走在边山，三爷有点自负。智爷说："三哥，别把话说满了。老虎还有打盹时候呢！设若咱们走在树林，有个闷棍手抽后就是一棍，你敢准说躲闪得开吗?”徐三爷说：“也不敢说躲闪得开，横竖他打着有点费事。”智爷说：“走吧，别忙同三哥说话。实在难说。人家常言说得好，明枪容易躲，暗箭最难防。”这一个“防”字没说出来，被徐三爷一把揪住，低声说：“有贼！你可念道出来了。”智爷一瞧树林之中，黑乎乎一片。智爷一分派，教鱼贯而行，大家小心。徐庆高兴，，他要走在前头。卢爷等一个跟着一个。看看临近，徐爷这才看得明白。总是夜行人眼光足，看着他们在树林内，一个个探头缩脑，呼啦往外一闯。徐三爷一看是件诧异事，实在奇怪。

若要问有什么奇异之事，且听下回分解。

第一〇〇回

智化放火烧大寨　喽兵得命上君山

词曰：

常言道得甚好，穷寇不可深追。
追来追去惹是非，落得一时后悔。
明枪尚能躲闪，暗箭容易吃亏。
慢凭技艺逞雄威，前路埋伏可畏。

且说智爷与徐三爷，正谈论着起早了，怕遇见贼。正说之间，竟遇见了。徐庆说："我在前头，我打发他们。"看看临近，见他们呼啦打树林蹿将出来。徐三爷把刀一拉，那伙人撒腿就跑，异口同音嚷道："好山贼，意狠心毒，稳住了我们，又来杀我们来了。"徐庆一听山西的口音，徐庆有个偏心眼，遇见山西人有难，他念同乡的分上，就要解救，故此往前一跑，大吼了一声说："你们是干什么的？怎么说我们是山寇！我们可不是山寇。你们到底是什么人？"那伙人说："我们可也不是山寇。我们是被山寇害的。"徐庆说："你们是怎么被山寇害的？咱们是同乡，我救你们。我叫徐庆，铁岭卫带刀六品校尉徐三爷就是我。"那伙人说："我们打长沙府驮来的少公子，教山贼劫上山去了。我们和他要我们那头活车辆驮子，说：'你们劫人，我不恼。横竖是把我们的牲口给我们啊！'他们赶着牲口上山口，还要杀我们。同他们说好话，央求他们还不行呢！"徐庆说："呔！咱们山西人不央求人！央求人家挫了三老爷的锐气。"驮夫说："后来我们就骂上了。"徐庆说："对了。"驮夫又说："我们一骂，他们拿刀就追。"徐庆说："你们呢?"驮夫说："我们就跑。"徐庆说："跑什么?"驮夫说："不跑不是热决了吗!"大众一看徐三爷话出来得厉害，又闻名，全都跪下求徐三爷救命，给他们向贼要回牲口驮子车辆。智爷过来一问说："方才你们说那个少公子是谁?"驮夫提起始末根由：人教贼劫上山去。他们不给车辆，驮夫想寻当官去告，走在此处，天晚不敢前进，又怕遇见歹人，在这树林中待一夜，天亮再走，不料遇见众位爷，爷们救命吧。

智爷一听说："三哥、大哥，劫的这不是外人哪，这是咱们艾虎的把兄弟。一则冲着艾虎，得救他；二则，我想此处离武昌不远，沈中元许在山上。"卢爷说："有理。"智爷又冲着驮夫说："你们大众不用净磕头。你们前头带路，把我们带到山口。你们堵着山口乱骂。"驮夫说："不行。我们堵着山口一骂，他们会下来杀我们了。"智爷说："不碍。有我们呢!"驮夫说："有你们可就没有我们了。"徐庆说："你们只管这么办吧。你们去诱阵，我们杀贼。"驮夫说："我们把他骂出来，你们可出去呀！要不出去，就把老西害苦了。"徐庆说："我们不能行出那样事来。走吧!"一个个往山口乱跑。

不多一时，到了山口。大家都会在一处。教驮大骂。驮夫跳着脚大骂。驮夫一骂，喽兵就听见，说："还是昨日那一伙驮夫。"下来了十几个喽兵，举着刀一威吓，驮夫转身就跑，说："可了不得，又来了！我的太爷。"往两边里一分。徐庆就蹿上去了。直是闹着玩一样，喀嚓磕嚓，仿佛削瓜切菜一般，杀了几个。另外几个回头就跑。徐三爷就追，说："鼠寇毛贼，慢走！你徐三爷今天务必把山寨击成齑粉。"智爷嚷："别追了，别追了！徐三爷回来。"仍是教驮夫乱骂："好王八儿的，该死的山贼！好好的把车辆牲口送下来，不然，老爷杀上山去，杀你们个鸡犬不留。你们就打算着会欺负老西，以为老西无能为，老西有能为！”

正骂之间，忽听山上呛啷啷一阵锣响，没等山贼喽兵下来，老西就跑起来了。看看临近，来了一家寨主，带着数十名喽兵。喽兵一字排开，每人拿着兵器，有双刀的，有单刀的。看这家寨主，身量不甚高，横宽，丝鸾带，薄底靴，提着一口刀。他身临切近，大吼了一声：“你们是哪里来的？这些小辈，前来受死！”徐三爷未能上去。早教龙滔蹿将上去，刷的一声就是一刀。山贼躲过。紧跟着又是两刀，又是一脚。从此往后，他把老招儿又施展出来了：三刀夹一腿，三刀一左腿，三刀一右腿，老是三刀一腿，不换样式。慢说是个山贼，就是前套说书上花蝴蝶，叫他砍得也是手忙脚乱。两个人没分胜败。

姚猛在旁瞧着说：“拿这小子不用两个人。你退下来，交给我。”龙滔往下一退，姚猛往上一蹿，亚圆大铁锤双手一举，骑马式一蹲，在那边一等，纹丝不动。过云雕也不敢过去，不认得他这个招儿。按说锤打悠式，他这不是，他这是两手举着锤把，那边一等。朋玉想着教他过来先动手。按着武技学说，见招使招，见式使式，他不认得人家这个招数，他就不敢先动手。这个使锤的永远不会先动手。两个人对耗着。耗急了姚猛，说：“你过来吧，我永远不会先过去。”朋玉一看，他就是个笨架子，也许什么不会，自已先给他一下试试，把刀一剁，瞧着不好，往回再抽，变换招数。焉知道刀离顶门不远。竟自不躲，自来一坐腕子，用平生之力，要把姚猛劈个两半。焉知姚猛胆子有天来大，小眼光也真足，刀离着顶门有一寸多远，双手把锤往上一撩。就听见当啷，那口刀嘤的一声，就腾空而起，待半天的工夫，才坠落下来。震得朋玉单臂疼痛，撒腿就跑，连姚猛带龙滔追赶下去。智爷叫：“别追!”这两个人哪里肯听，苦苦地追赶，总打算着把他拿将回来。

姚猛在前，龙滔在后，朋玉不敢往山上跑。他要往山上跑，怕的是把两个人带上山去，只可顺着边山扑奔正北去了。真如同惊弓之鸟一般，带了箭的獐鹿相似，恨不得胁生双翅。紧跑紧追，朋玉会夜行术的功夫，这两大个，身量高、腿长、过步大，可也追不上。可也离得不大甚远。究属这两大个气量真足，跑上连喘都不喘。朋玉知道不好，想了想，量小非君子，无毒不丈夫。姚猛就瞧着他往前跑得好好的，往前一栽。

姚猛往前一蹿，抡锤就砸。哪知道他一弯腰说：“看宝贝。”就见黑乎乎一宗物件奔了面门，意欲躲闪，焉能那么快。只听见嘣嚓一声，正中面门。把姚猛吓了一跳。也不知是什么物件，打在脸上又不甚疼。后头的龙滔收不住脚了，前头的姚猛手捂着脸一蹲。龙滔正打身上栽过去了。朋玉是什么法定？是脱下一只靴子来扔出来了，正中姚猛的面门，不然，怎么瞧着黑乎乎的一块打得不疼。可把姚猛吓了一跳，又对着龙滔打他身上栽了一猫儿跟头。朋玉回身瞧见龙滔躺下，又没有刀，不能剁他，只可掉头还是跑。

姚猛说：“你索性把那只靴子祭出来吧!”站起来就追。龙滔也就随后赶下来了。又瞧着朋玉往前一栽。这回姚猛也就透着大意了。见他一回手，嗖一件暗器打将出来。仗着姚猛身足眼快，一歪身，原来是只镖。姚猛虽然躲过，嘣的一声，正中龙滔肩头。仗着一宗好，冲着姚猛打的；姚猛身躯比龙滔高一尺，冲着姚猛脖颈打去，姚爷一闪，龙滔在后又离着远些，镖也没有那么大力气了，虽中在肩头，也不甚要紧。遂将镖抛弃于地，按了按伤处说："哥哥在前，我在后，你瞧得见，我瞧不见，你躲得开，我躲不开。咱们两个并肩追赶吧！别这么一前一后了。"

二人复又追赶。原来是个浑人，他竟会打暗器。他这暗器是自己出的主意，先扔靴子，使人无疑。后打镖，十中八九。想不到靴子打着姚猛，镖倒没打着。想着要再往外发暗器，又怕劳而无功。焉知晓他这一镖惹出祸来了。姚猛骂道："山贼，狗娘养的！打算着就是你会暗器。你瞧瞧二太爷的这个錾子！"说毕，冲着朋玉镗啷啷打将出来。没打着，打着就不是这个声音。这镗啷啷，是在山石上头出来的声音。

再说暗器是打暗中来，他这是直嚷，我这里有铁錾子。再者前番说过，他的錾子有准头，如今连打五六錾也没打着朋玉。此时是动手，寻常是打着玩儿。那个坦然不动心，这个越慌越打不着人，故此白打了几只。二人追贼，一拐山弯，扑通一声，两个人一齐坠落下去。

二人掉在坑中，不知生死。且听下回分解。

第一〇一回

龙姚追朋玉贪功受险　智化遇魏真奋勇伤刀

诗曰：

豪情一见便开怀，谈吐生风实壮哉。
滚滚词源如倒峡，须知老道是雄才。
初逢乍会即相亲，旷世豪情属魏真。
论剑论刀河倒泻，更知道学有原因。

且说龙滔、姚猛两个，本是浑人，对着山贼也不明白。前头已经说过，是贼都有他得力的地方，怕是遇见扎手的，或是官人，或是达官，或是真有能耐的人，他们抵敌不过，就把人带到有埋伏地方去了。埋伏之地，总在树林深处。预备犁刀、窝刀、绊腿、扫堂棍、梅花坑、战壕等。自要刨得深，上头搭上蒲席，盖上黄土，留下记认。不留下记认，带路的就掉下去了，过云雕朋玉为什么没上山，顺着边山而跑呢？就是为把他带到埋伏里头去。镖虽打出去了，打得人也不重，自己几乎中了人家的錾①子。因此，咬牙切齿，愤恨之极，把他们带入埋伏里头来了。

两个人自顾贪功心盛，一拐山弯，足下一软，扑通通就坠落下去了。两个人生就的皮粗肉厚，骨壮筋足，虽摔了一下，不大要紧。爬起来，拿刀的拿刀，拿锤的拿锤，就往上蹦。至大蹦了

---

① 錾（zàn）——凿石头或金属用的凿。

三尺多高，照样脚踏实地。他们在底下乱骂，上头过云雕也是乱骂，说："你们两个人上来!"姚猛说："你下来!"朋玉是没有兵器。忽然想了个主意，拿石头往下砸。这两个人就要吃苦。

还是这句话，说书的一张嘴，难说两家话。自从朋玉那兵器一飞，喽兵早就飞也相似报到上边分赃庭去。正是赛地鼠韩良，在桌子上睡觉；玉面猫熊威陪着恩公说话。忽然打外边进来一个喽兵说："启禀大寨主得知，大势不好了！山下原来是那些驮夫，勾来了许多人，实在扎手。头一个与我家三寨主，未分胜负；又过来一个使锤的，与我家三寨主刚一交手，就把三寨主刀磕飞，特来报知!"大寨主一摆手，喽兵未即退出。急又进来一个喽兵说："报三寨主败阵。"熊威又一摆手，说："恩公在此替我看守山寨，待小第出去看看是什么人。"早把施俊吓得浑身乱战，他本是官宦公子出身，几时又给贼看过大寨！又怕有官人进来，把他拿去，浑身是口，难以分辩，玉石皆焚。

单说玉面猫熊威，掖衣襟，挽袖袂，拉出一口刀来。大寨主下山，又透着比三寨主有点威风了。锣声阵阵，出了寨栅门。到了平坦之地，正听着"王八儿的！王八儿的!"老西们在那里大骂呢。驮夫见喽兵一露面，往两边一分就跑下去了。头一个就是卢爷，撞将上来，先把自己的胡须挽起来，抖擞老精神，摆刀就剁。智爷在旁边暗暗地夸奖。这家寨主，与展南侠的品貌相似。再瞧这路刀上下翻飞，本来卢爷的刀法就好，两下并未答话，就战在一处。

穿山鼠徐三爷怕大哥上点年岁，战不过这家寨主。和山贼交手，也不论什么情理二字。按说可没有两个打一个的，这是拿贼，哪里还论那些个。徐庆上去，熊威也不惧。这口刀腾避、躲闪得快，便往上就递刀，还是紧手招儿。卢、徐要是含糊一点，也就输给他了。智爷是真爱熊威，自己又想着正是用人之际，不如将他拿住，劝解他归降，岂不又多添一个人。想毕，也就蹿上去了，将刀一亮，说："山贼休走!"

忽然打半山腰中飞下一个人来。智爷以为就是他们的伙计，也就不奔熊威去了。他也并没有看明白是什么人。他就瞧着穿一身白亮亮的短衣襟，又是空着手儿，刚一脚踏实地。智爷随用个劈山式，这刀就砍下去了。见那人往旁边一闪，回手就把二刃双锋宝剑亮将出来，盖着智爷的刀。只听得呛啷一声，就把智爷的刀削为两段，把智爷吓得是胆裂魂飞。紧跟着用了个白蛇吐信，直奔智爷的脖颈而来。智爷焉能躲闪，就把双眼一闭等死。忽听半空中传来人声："魏道爷，使不得！是自家，是自家!"说得迟，那时可快呀！魏道爷把宝剑一抬，智爷就得了活命。

原来云中鹤、北侠绕边山扑奔寨栅门而来。他们离寨栅门不远，听锣声阵阵，望见是玉面猫熊威出来。下面有山西人叫骂。云中鹤同着北侠，就不奔寨栅门了，找着山边的道路要下去。未能到下面，就看着他们交手。先一人，后两人，又上来了一个，共是三个人与一个人交手，难以为情。云中鹤急了，也并没有和北侠商量，自己就蹿将下来，削了智爷的刀。把宝剑跟将进去要杀。听北侠言，道爷把剑往回一抽，念了声"无量佛。"

北侠也就蹿将下来。那边的玉面猫教徐三爷踢了个跟头，也教北侠拦住说："自家人，休得如此!"卢爷阻住徐庆，不教杀他。彼此凑在一处，惟独智爷扔了自己的刀把，他上下打量了打量魏真，听他念了声无量佛。见他是个老道，自己暗暗一忖度，别是云中鹤吧？要是他，我这个跟头可不小！

北侠叫道："大家见见。"与魏真见过面。卢大爷又说："徐三爷，你们二位不认得吗？"徐三爷说："没见过。这位道爷是谁？"北侠笑道："三弟，你们要不认得，可就叫人耻笑了。这就是徐贤侄的师傅。三弟，你还没见过面哪。"徐三爷一听，说："原来你就是魏道爷呀！我可疏忽了。见过家信，我也知道小子与道爷学本领。听说小子与你一样，一点儿也不差。你也一点儿没藏私。好小子，真有你的！难得你们都一个样。"北侠说："三弟，你说的是什么话呀！全连了宗了。"魏道爷一听，说："真不错，我们都成了你的儿子了。"智爷说："道爷，你别听他的。我三哥梦着什么说什么。"徐三爷与老道行了一个礼说："亲家你别怪我，我说话一点准头没有。我是个浑人。"魏道爷又是气又是笑，怪不得他们家里说过，三爷是个浑人。又有大家在旁说了徐三爷一顿。三爷就此与魏道爷玩笑。

魏道爷、北侠与智爷、卢爷、史云等众人见了一番礼。卢爷又把胡烈叫来，给大众行礼。道爷又与熊威和北侠、智爷等大家见了见礼。熊威问："道兄长，怎么认得列位？"道爷回答："也是路遇，提起来才知不是外人。"熊爷说："既不是外人，请到山门，什么话慢慢地细讲。"智爷说："这也都不是外人，我们那里两个人，追下你们一个人去了。你们派一个人，我这派一个人，好与他们送一信。"熊威点头，叫来了一个喽兵头目。卢爷也把胡烈叫来，说道："你二人快去迎接追下去的二人，叫他们千万不可动手，都是自家人。"两个人答应而去。

众人上山，看了看已到寨栅门，就遇见南侠、双侠二人。云中鹤与玉面猫熊威与他们三位见过了礼。对叙了些言语，不必细表。

丁二爷说："这个后山敢情是不近哪。"一找徐庆，不知去向。原来是叫那些驮夫把他截住了，说道："三老爷，你给我们要车辆怎么样？"三爷说："跟着我上山，去跟他们要去。"驮夫说："我们不敢上山。"徐庆说："有我呢。"驮夫不敢来。三爷又把熊威叫住："你做件好事吧，把他们这驮子车辆给他们吧！"熊威说："那个驮子车辆我不能不给他们。再说，那是我的恩人的东西，焉有不给之理。"徐庆说："你们还怕什么！"驮夫方敢上来，还是半信半疑。仗着胆子上来，到了上边，熊爷吩咐喽兵待承驮夫酒饭。驮夫这才将心放下来了，信以为实，准知道并没害他们的意了。

少刻间，进了分赃庭。施俊正在那里害怕呢，一见他们回来，这才放心。又见进来许多的人。智爷先过来见施俊，先把自己的事情说明。施俊赶着行了礼，说："是智叔叔么？"智爷与北侠等都见过了礼。这才彼此大家谦让座位。施爷再也不肯坐上座。却是何故？只因都是盟弟的叔叔、伯父，他如何敢坐上座。让了半天，大家按次序而坐。残席撤去，重新另换了一桌。大家彼此正要用酒，忽然间，大汉龙滔、姚猛、过云雕朋玉，连胡烈一同进来了。喽兵归防地去了。

原来龙滔、姚猛正在坑中，朋玉拿石头乱砸倒不要紧，他们可以在里头躲闪。好在姚猛皮糙肉厚的地方，打上几下也不要紧。朋玉在外头打不死这两个人，干着急，一点法子没有。忽然急中生巧，想起一个主意来。浑人原来也有个浑法。自己到了南边。挑了一块石头，约有三四百斤重，用尽平生之力，把这块石头运过来了。运到坑沿，答讪着说话，想把他们二个人诓到坑沿边来，纵然砸不死两个，也砸死一个，那可就好办了。他把石头放下，奔到坑沿答讪着与他二人说话。叫道："两个小子，我劝你们一件事情，你们愿意不愿意?"龙滔说："好矬小子，你劝我们什么事?"朋玉说："你过来，我告诉你。"龙滔说："你把我诓过去，要拿石头打我们。"朋玉一拍巴掌说："你看我有石头没有？我劝你们归了我们夹峰山吧。我是喜欢你们两个。如不然，山上喽兵一到，就要了你们两个的命了。"龙滔听出便宜来，说："你教我们降你，得把我们拉上去。"朋玉说："你二人准降，我就把你们拉上来。"龙滔说："我们准降。拉上我们去吧！"朋玉说："等着我解带子。"朋玉一转脸，将石头搬起来，照他们二人头顶正要打下。

也是活该龙滔、姚猛两个人命不该绝，五行有救。要是胡烈与喽兵晚来一步，纵然不死，也得砸个骨断筋折。忽听背后喊声震耳，朋玉回头一看，只见胡烈与喽兵急急跑到，口内叫说："寨主爷，休伤他二人的性命！是一家之人。大寨主有令，不教动手。"到了跟前，胡烈与朋玉见了，对着学说他们大寨主的事情，胡烈也对着坑内学说了一遍。然后胡烈将带子解下，先把龙滔救上来。又扔下带子去，龙滔与胡烈两个人把姚猛提将上来。胡烈叫龙滔、姚猛与朋玉见了礼以后，三人说道："不打不相交。"这三个人真相亲近。不必细表。

一路上，捡刀拾枪，依旧路而回。来至寨门，进了寨栅门，到了分赃庭。熊威与众位见过，彼此对施一礼，也就落座。智爷叫龙滔、姚猛与魏真见礼，又与大寨主见了一见。见毕，云中鹤说："你们几位在此更好，贫道有件事情奉恳众位。"智爷说："有话请讲。"魏真说："我这三个盟弟，情愿弃暗投明，改邪归正，求你们几位做个引见之人。"大家连连点头说："使得，使得。"智爷说："我们大众与白五爷报仇，打算请道爷出去一力相助，不知道爷肯从不肯？"魏真道："无量佛！"徐庆说："不用念佛了！亲家，你总得出去，没有你不行。"忽听打外面蹿进一人，扑扑摔倒在地。众人一看，好不诧异。

若问来者是何人，且听下回分解。

第一〇二回

北侠请老道破网　韩良泄大人机关

词曰：

最喜快人快语，说话全无隐藏。
待人一片热心肠，不会当面撒谎。
三国桓侯第一，梁山李逵最强。
夹峰山上遇韩良，真是直截了当。

且说大家正在各说其事，北侠和智爷他们分别讲了路上看见的事情，又问施俊的来历根由。施俊就把他家里天伦染病，携眷归固始县的话，说了一遍。施俊又打听了一下艾虎的消息。

正说话之间，忽然打外边进来一人，扑通趴倒在地。众人一瞧，一怔。南侠、智爷等皆不认得。喽兵过去，赶紧将此人扶将起来，掸了掸身上的尘垢，他就在这边坐了。再瞧玉面猫熊威、过云雕朋玉，羞得面红过耳。就见他说："哥哥新来了这些人，也不给我见一见，都是谁呀？"后来玉面猫说："贤弟，你今天多贪了几杯。明天早起再见吧，你仍然在外面歇息去吧。"赛地鼠韩良哪里肯听。虽然他坐在那里，还是身躯乱晃，他总说他没醉。一回头瞧，挨着他就是龙滔、姚猛、史云，随即问："你们几位大哥是打哪里来上哪里去呀？"这浑人不管那些个，有什么说什么。龙滔等说："打襄阳上武昌。"赛地鼠韩良哈哈一笑说："你们上武昌干什么？"回答说："我们上大人那里去，给大人请安去。"醉鬼一笑，说："你们说别的还可以，要说给大人请安去，这话我不信。大人准……”说到这准字，往下没说出来，就教熊威接过去了，说：“你糊糊涂涂的还不外头睡觉去，还要说些什么！”过云雕朋玉说：“你睡觉去吧，二哥，别胡啧了！”智爷早已听出十有八九，内中有事，说：“寨主们不必拦他，我们倒对脾气。我要同着这位哥哥谈谈。”一回头叫龙滔：“这边坐着。”他倒奔了那里去了。玉面猫熊威说：“千万可别听他的话，他是个疯子。不用听他的。”智爷说：“不用管我们的闲事。”冲着韩良又说：“兄弟，你没有我岁数大。”韩良说：“差多着的呢，你是哥哥。”智爷说：“这咱们就在一块做官了。”韩良说：“什么？”智爷说：“已说明白了，你们弃暗投明，改邪归正，有开封府的护卫老爷们保举你们做官。”韩良说：“教什么人去提说。”智爷说：“见大人。”韩良说：“大人在哪里？”智爷说：“在武昌府。”韩良说：“武昌府有大人吗？”就见玉面猫颜色都变了，说：“可别听他的。他喝得大醉，又是个疯子。”又说：“二爷还要说些什么？”智爷说：“我已经说过，你不用管呢。任凭他说出什么话来，与他无干。方才这位贤弟说的话中有因。我索性说说，我们把大人丢了，正在各处寻找大人呢。既是这位贤弟他知道的确，只管说出来。知情举者，可免一身无祸。你只管说吧。”云中鹤在旁说：“这个事怎么连我都不知呢？”北侠暗想：“黑狐狸精，真有道儿。”大家催着说。

赛地鼠韩良可就说：“你们丢了大人，知道什么人盗去不知？”智爷说：“我们知道是沈中元。”韩良说：“对了。”智爷说：“我们可不知他把大人盗在什么地方去了。”韩良说：“在我们这住了一夜。他姑母，他表妹都在后头跟我嫂嫂住着。车上拉着大人。他们如今上长沙府朱家庄。那里有兄弟二人，一个叫朱文，一个叫朱德。方才你们说见大人，哪有大人呢？”

玉面猫说："好，你知道得真不错。众位老爷们，我们都该着什么罪过吧！与盗大人的结交来往。"智爷说："大宋的规矩：家无全犯，儿做的儿当，爷做的爷当。除非你们帮着动手，那就没得说了。现今既然有了下落，咱们谁去迎请大人？"北侠说："我去。"南侠说："我也还去。"双侠、智爷全去。过云雕朋玉说："你们认得吗？"智爷说："我们到那里现打听吧。"过云雕朋玉说："我跟你们去，我带路。"卢爷说："我也还要去呢。"智爷说："你们不用去。去这些人干什么？"卢爷说："我们在武昌府等。"智爷说："对了。你们在武昌府候等。"

智爷又冲着寨主说："这些个喽兵，熊爷问问他们怎么样？"随即叫道，问明众人，异口同音说："全都愿意弃了高山，跟随大人当差，恳求老爷们指一条明路。"智爷告诉熊威说："君山如今受了招安，把喽兵打发那里去。等着万岁爷有旨的时节，俱是吃粮当差。"熊威大喜。智爷叫拿文房四宝，写了书信，交与熊威说："你们二位拿着书信，携着宝眷，扑奔君山。君山后面也有女眷，叫钟大哥把你宝眷安置妥当。你们就在那里听我们的信息。我们到了襄阳，定必要去请你们去。魏道爷的事，咱们是一言为定了。"道爷说："白日之时，穿着这一身衣服也实在是难，你们打发个人去庙内，把我道袍取来。"熊威打发喽兵到云清观去取道袍，随即把锦笺带来。等取道袍穿上，就不细表了。

施公子也等第二天，还是教驮夫拾掇车辆、驮子起身。金氏辞别了后寨的夫人，送了许多的东西物件，赏了后寨婆子丫环。后寨夫人亦送了金氏些个物件，也赏了金氏的婆子丫环银两。二人拜为干姊妹，从此洒泪而别。到外边，上了驮轿车辆。施俊在前边辞别大众，熊威瞅着施俊走，总有些个放心不下。对大众说："我恩公这一走，前面还有几座山，如今都有许多强人，万一有失，如何是好？”智爷说：“不然，熊贤弟你就送他去，教韩贤弟他们同喽兵保着嫂嫂亦未为不可。”熊威说：“我二弟糊涂，倘若到了君山，说得不明，又怕教钟寨主挑眼。”赛地鼠韩良说：“不然，我保着恩公去。你嫌我说不明白。”云中鹤说：“这倒使得。”智爷也说使得。韩良自己拿了刀，拿了银两，辞别大众，保着施公子，一同起身。云中鹤说：“咱们到武昌府再会，我要先走了。”钻天鼠卢方，穿山鼠徐庆，大汉龙滔、姚猛、史云、胡烈一同起身，辞别大众说：“到武昌府见。”众人并不往外相送。

喽兵头目，大家拾掇包裹等等，用骡马驴牛驮着。也是雇来的驮轿，教夫人坐上，先打发喽兵头目，陆陆续续下山去了。粗糙东西，一概不要。大家一议论，放火烧山。顷刻间烈焰飞腾。北侠、南侠、双侠、过云雕朋玉，扑奔长沙府。熊爷保护着家眷上君山。

再说赛地鼠韩良，保护着施俊上固始县。走不甚远，就到前面一带树林，穿林而过，有几人打树林出来，还是书童眼快，说：“相公爷，那不是艾二相公吗？”施俊一瞧，何尝不是。头一个就是艾虎。还有徐良、胡小记、乔宾，他们办完了尼姑庵的事情，晓行夜住，正走在此处。忽见前面来了些个驮了、驮轿、马匹，见马上的相公下了坐骑，艾虎一瞧，是施大哥。告诉徐良、胡小记、乔宾说：“是我盟兄。”过来与施俊磕头问好。遂说：“我有几个朋友，来给见一见。这是陷空岛我徐三叔跟前的，也是行三，叫徐良，外号人称山西雁，是我们盟兄。这是施公子，叫施俊，也是我盟兄。你们二位见见。”彼此对说了些谦虚的话。艾虎又让盟兄胡小记、乔宾和公子相见。施公子又把韩良叫过来，与艾虎等四人也见了一见。艾爷又过去打驮轿上见了嫂嫂。

前边有个镇店，彼此俱在此处住下。到店中，住了五间上房，五间南房。五间上房住了金氏丫环等，五间南房施公子与小爷居住，配房从人居住，驮夫等俱在外边。在店中洗脸，烹茶，用晚饭。艾虎问施俊："从何而至?"施俊就把家中天伦染病，打长沙府回家，路过夹峰山被掠，又遇见大众等人，说了一遍。

徐良一听，原来自己师傅在云清观，离此不远，要往云清观见他师傅去，施俊说："也起身上武昌府去了。"徐良说："大人有了下落，也就好办了。大概我师傅也是找大人去。"施俊说："说来也是。"徐良说："咱们大家也上武昌府吧。"施俊冲着艾虎说："艾贤弟，有件事我打算奉恳。"艾虎说："咱们哥两个，怎么说出奉恳二字来了。什么事？哥哥说说。"施俊说："韩兄他们大众本是奔君山，又怕我道路上有失。贤弟若要无事，你同着我们走上一趟，如何?"艾虎连连点头："使得，使得。"一夜晚景不提。次日给了店钱、饭钱。徐良、胡爷、乔爷奔武昌。韩良追熊威奔君山。艾虎保着施俊，路过卧牛山。

一段热闹节目，且听下回分解。

第一〇三回

力举双兽世间少有　为抢一驴遭打人多

词曰：

为人居在乡里，第一和睦为先。
谦恭下气好周旋，何至落人恨怨。
才与东邻争气，又同西舍挥拳。
强梁霸道恶冲天，到底必遭灾难。

且说艾虎保着施俊，扑奔固始县。暂且不表。

单说蒋四爷同着柳青扑奔娃娃谷，一则找大人，二来找他师娘，离了晨起望，直奔娃娃谷。离晨起望不远，还是君山的边山呢，就见山坡上有一个小孩子，长的古怪，身不满五尺，一脑袋的黄头发。身上穿着蓝布袄，蓝布裤子，赤着双足，穿着两只蓝靸鞋，生的面黄饥瘦。两道立眉，一双圆目，两颧高，双腮窝。鹰鼻尖嘴，梳着双抓髻，腰中别着个打牛的皮鞭子。山坡上约有数十只牛，黑白黄颜色不等，也有花的。只见这两头牛闷的一声，往一处一撞。原来是二牛相争，头碰头嘣嘣地乱响；角搅角，也是嘎愣愣乱响。蒋爷说："老柳，不好啦！那个病孩子要死。"柳青一看，这个小孩子过去，往两个牛当中一插手，揪着两个牛角，说"算了吧，两小厮瞧我吧！"蒋爷看着这孩子瘦小、枯干、体弱，那莽牛有多大力？常说牛大的力量。别说这个孩子，就是自己夹在当中，也不是耍的。好奇怪，这孩子揪住了牛角，那牛眼睛瞪圆，闷闷的乱叫，干用力，撞不到一处。这孩子就说：“你们要不听话，我要打你们了。”蒋爷说：“这个孩子的膂力，可实无考较了。老柳哇，你看这两个牛你能支持的住么?”柳青说：“不行，我可没有那么大的膂力。这孩子真怪，怎么这么大膂力呢?”蒋爷说：“可不知他是什么人家的。此子日后必然不凡，如果真要是像韩天锦那个样子，也不足为奇。可这是真瘦真有力气，不愧是神力。要有工夫，我真想问问这孩子在哪里居住，叫何名姓。”柳爷说：“谁管那些事情，走咱们的吧。”蒋爷点头。两个人也就走了。

走不甚远，穿了一个镇店。过去此地方，却是南北的大街，东西的铺户。正走在北头，见一个骑着马，有十八九岁，歪戴着翠蓝武生巾，闪披着翠蓝英雄氅，薄底快靴，手中拿定打马藤鞭，面赛窗户纸，青中套白，白中套青，五官略透着清秀。后头有几个从人，都是歪戴着箍巾，闪披着衣裳，俱在二十来岁。跟着马乱跑，迎面吆喝：“走路之人，别撞着我们，少爷来了，都闪一闪。”

可巧由小巷口出来了一个小孩子，拉着一匹大黑驴，粉嘴粉眼，四个银蹄子。一眼就被这个武生相公看见了，回过头来叫了一声：“孩子们，好一个驴呀！给大爷抢过来!”从人答应一声，就过去拦住路口，说：“小子，站住！把这驴还我们吧。”那个孩子说：“凭什么给你们?”这许多的恶奴过去，不容分说，伸手就将驴拉过来了。那个小孩子说：“抢我呀!”豪奴说：“我们的驴，丢了一个多月了。你还敢拉出来。我们大爷积德。不然，就拿你送到官府内，当贼治你了。”那个孩子哪能肯给。架不住这边人多，上去就是一个嘴巴。又过来几个恶奴，就有拉腿的，就有拧胳膊的，七手八脚，打了一顿。这孩子是直哭直嚷说："众位行路的，救人哪!"蒋爷将要过去。再说蒋爷行侠仗义的，天然生就侠肝义胆，如何见得这个光景!

忽见由南往北来了数十头牛，牛上骑着三个小孩子，内中就有那个瘦孩子，大大咧咧地赶着牛。这个拉驴的小孩子一眼看见了，说："大少爷，有人抢咱们的驴哪!"那个孩子跳下牛背来说话，还是个大舌头，说："谁敢抢咱们的驴！他可不要脑袋了?"那孩子说："你快来吧，他们要抢着跑了!"蒋爷就知道，夺驴的这个苦吃上了就不小哇！他回头告诉那人。那个赶着牛走过去了，一把拉住。就听见扑通扑通的躺下了好几个。他叫着那个拉驴的孩子说："你拉着回家，不要告诉爹爹。"那几个躺下的爬起来，就告诉那个骑马的去了。说："大爷，看见了没有！那愣小子来了，敢是他们家的驴?"马上那个人说："他们的驴，教他们家拉去了吧。这可不好意思要了。上辈都有交情，怎么好意思为一个毛驴变脸，走吧，走吧!"为是当着瞧热闹的，弄个智儿好走。焉知晓那个瘦孩子不答应，过来把马一横，说："小子，你为什么讹我们的驴?"马上的人说："兄弟，"底下的话还没出口，瘦孩子说："谁是你兄弟？我是你爷爷!"那人说："别玩笑，咱们上辈真有交情。"瘦孩子说："今天你不叫我爷爷，不教你过去!"马上的那人真急了，一横心想着："要了他的命吧!"用力一抽马，那马往前一窜，就冲着这个瘦孩子去了。蒋爷一瞅，知道他躲闪不开，就听叭的一声，蒋爷倒乐了。原来马冲着过去，他用左手向着马的眼睛一触，马往外一拨头，他又右手冲着马脖子叭的一声，那马嘶溜溜叫唤起来，一看，马脖子教他打歪了。他冲着马的膝寸子，横着踹了它一脚，马扑通栽倒，就把那人的腿压住了。这个过去一抓，蒋爷知道那个小孩子的力量不小，过去准会打死他。怎奈这马上摔下来的那个人，倒不生气儿，反苦苦哀告，一味的求饶，兄弟长，兄弟短，说了无数的好话。那个孩子说："非得叫我爷爷，我方饶恕与你！"这个也好，就叫了他两声"爷爷！"才撒开手说："便宜你，以后别讹爷爷的驴了。"

从人过来，揪着马的脖鬃，才把那人的腿抽出来。他一瘸一颠，走到铺子门首，找了个坐物坐下，只在那里生气。那个马，也是不能走啦。又见瞧热闹的围着，纷纷议论。柳爷说："咱们是走，还是住在这里？"蒋爷说："我要住在这里，管这个闲事。依我料，此事绝不能善罢干休，必有后患。咱们又没有工夫。"柳爷说："咱们走吧，天气可不好哇！大雨来了。"果然二人行不到二里之遥，天就阴云密布。蒋爷说："快走吧。"天不好，又走了不远，点点滴滴雨就下来了。只见道北有一座广梁大门，暂避一避，打算着要不住雨时节，就在这家借宿一宵。

正在此处盘算，猛见打里头出来一位老者，年纪六旬开外，头戴杏黄员外方巾，身穿土绢大氅，面如紫玉，花白胡须。后面跟着两个从人。却说蒋爷性情到处是和气的，问道："老员外爷，在家里哪。我们是走路，天气不好，暂且在此避一避。"员外一笑说："这算什么要紧的事呢？里边有的是房屋，请二位到里边避一避吧。"蒋爷说："我们不敢打搅员外。"员外一定望里让，蒋爷和柳青就搭讪着谢了一谢，随着员外进来了。

一拐四扇屏风，一溜南房。启帘来到屋中，员外叫人献上茶来。蒋爷心内暗道："别看人家可是乡村居住，很有点样式。"又见有个外书房，屋里头幽雅沉静，架儿上经、史、子、集。彼此分宾主落座。员外问："二位贵姓高名，尊乡何处?"柳爷说："在下凤阴府五柳沟人氏，姓柳，单名一个青字。"蒋爷说："小可姓蒋，名平，字是泽长。"那位员外一听，慌忙站起身来说："原来是贵客临门，失敬失敬。此处不是讲话之所，请二位到里边坐。"又重新谦恭一会，随着又到了里边庭房。叫从人献茶。蒋爷就问："员外贵姓?"员外说："小可姓鲁，单名一个递字。"蒋爷说："怎么认识小可?"员外说："久仰大名，只恨无缘相会。我提个朋友，二位俱都认识。"蒋平说："哪一位?"鲁员外说："此人在辽东作过一任副总镇，均州卧虎沟的人氏，人称铁臂熊。"蒋爷说："那是我沙大哥。我们认识。"员外说："我们一同辞的官。"蒋爷说："我再提两位，大概你也认识。"鲁员外说："是谁呢?"蒋爷说："石万魁、尚均义。"鲁员外说："那是我两个盟兄，俱已辞官了。到如今真不知道他们飘流在何处?"吩咐一声，摆酒。蒋爷说："来此不当讨扰。"员外说："酒饭俱已现成，这有何妨？还有大事相求呢!"真是个便家，不多一会，摆列杯盘。不必细表。

酒过三巡，慢慢谈话。蒋爷说："方才大哥说有用小弟的所在，不知是何事相派?"鲁员外说："四老爷有几位门人?"蒋爷说："一位没有。"鲁员外说："我有个小儿，实在愚昧不堪，恳求四老爷教导于他。"四爷说："那有何难，只是一件，我的本领不佳。"员外说："你不必太谦了。"蒋爷说："何不请来一见。"员外吩咐从人说："把公子叫来。"

从人答应一声，不多一时，从外边走进一人。蒋爷一瞅，就是一怔。却是何故？这就是方才力分双牛的那个小孩子。员外叫过来说："给你蒋四叔行礼。"见他作了一个揖。员外大怒说："你连磕头都不会了！"这才复又跪下磕头。蒋爷用手一搀说："贤侄请起。"鲁员外又教他与柳爷行礼，说："是你柳叔父。"柳爷用手扶起。蒋爷说："贤侄叫什么名字？"就见他特特了半天，也没有说清楚了。蒋爷暗笑："我要收这么一个徒弟，可教人说我把机灵占绝了。"员外在旁见他说话结巴，只气的要打他。蒋爷把他拦住。还是员外说："他叫鲁士杰。"到后套《小五义》上，小四杰出世，四个人各有所长的本事，下文再表。

单言蒋爷见他站在一旁，却又把衣服更换了，不像那放牛的打扮了。蒋爷说："方才我这个贤侄在外头闯了个祸，大哥可知么？"这一句话不大要紧，鲁士杰一旁听见，颜色改变，吓的浑身乱抖。员外问："士杰，你外边闯下什么祸了？"士杰哪里肯说。蒋爷一想，很觉着后悔。说："大哥别责备他，一责备他，小弟脸上不好看了。"员外说："到底是什么事，要教他说明，我绝不责备他。"蒋爷说："可不怨他的过错，待我替他说明吧。"士杰说："四叔叔，你不用说，说了，我就要挨打。"蒋爷说："我给你说，焉能教你挨打。"

蒋爷就把夺驴之事，对着鲁员外细说了一遍。员外一怔，说："可不好，这个人家可不是好惹的。既然惹着他们的少爷，大概不能善罢干休！"蒋爷说："他们是何许人物？"员外说："大概是个贼。"蒋爷说："那还怕他倚官倚私？倚官，我是皇家御前水旱带刀四品护卫之职，这是倚官办。或倚私办，别看我没有文书，护卫之职应当捕拿盗贼。这个人姓什么，叫什么？他是怎么回事？哥哥你说吧。”

员外说：“此人就住在我家东边。我们这村子就叫鲁家村，我们姓鲁的甚多。他们住东鲁家村，我们住的叫西鲁家村。”蒋爷说：“他们也姓鲁？”鲁爷说：“不姓鲁。他们姓范，叫范天保，外号人称闪电手。”蒋爷说：“他这外号就是贼。难道他还敢任意胡为不成？”员外说：“他倒不任意胡为。只他的两个妻子可恶！”蒋爷问：“他这两个妻子也有本事？别是女贼吧？”员外说：“是两个跑马解的大姑娘。先娶的叫喜鸾，人家本不卖，指着她挣钱。皆因范天保有钱，他给人家金银财宝，应着明媒正娶，这才娶过来了。过门之后，就养了一个儿子叫范荣华，小名叫大狼儿。又十数年，跑马卖艺的又教了一个女儿，他又看上了这个。就是二房，这个叫喜凤。花费多少银子、金子，应着老头老婆养老送终。也在他们家里住着，也出去卖艺。大狼儿到了十六七岁，因戏弄邻家的妇女，给人苦打了一顿。当日晚间，那家被杀一二个人。左近的地方，无头的案不少哪。官人在他门口栽赃，总没破过案。对着他父亲，衙门里头又熟。今日咱们家的孩子，打了他家的孩子，他岂肯善罢干休。今晚间必来。”一回首，叫着士杰说：“我年过六旬，就是你一个，你倘若被他们暗算了，你叫为父是怎样过法？”士杰说：“特、特、爹哇，他们要来，我拧、拧、拧他们的脑、脑、脑袋。”蒋爷说：“他们今夜晚要是不来，是他们的造化。他们要是今夜晚来的时节，有我同柳贤弟，将他拿住，或是结果他的性命，以去后患，也给此一方除害。”柳爷答言说：“连我都听着不服。真要有此事，咱们还不如找他家里去呢!”蒋爷说:“那事也不妥。他不找咱们来便罢;他若是找了咱们,那可就说不得了,结果了他的性命。”

鲁员外又问:“这个徒弟你要不要哇?”蒋爷说:“怎么不要呢?好意思不要哇!”员外叫士杰:“还不过去磕头!”士杰真就立刻爬在地下,咕咚咕咚磕了一路头,也不知道磕了多少个,员外说:“四弟,这可是你的徒弟了。”蒋爷说:“我这个徒弟,你要打算着教的他像我这么机灵不成啊。”员外说:“还用像你,只要你教他稍微明白点就得了。”

说话之间,天已不早,就在庭房内安歇。员外要陪着二位,也在庭房内作伴。蒋爷不让,说:“你今天先在后面吧。万一后面有点动静呢,也好给我二人送一个信。”鲁员外也就点头,到后边去了。嘱咐了女眷们把门户关闭严紧。若有什么动静,急速喊叫,不可错误。天交三鼓,外边一响,蒋柳二位出来拿贼。

要知怎样拿法,且听下回分解。

第一〇四回

翻江鼠奋勇拿喜鸾　白面判努力追喜凤

词曰：

自来治家有道，不可纵子为凶。

妇人之言不可听，劝着吃亏为正。

日日为非做歹，朝朝任意欺凌，

不思天理学公平，难保一家性命。

且说鲁员外归后安歇，保护着他的家眷。那屋里要有什么动静，就叫他们嚷嚷，不可出来，把家人也都嘱咐好了，都预备下灯火兵器。

蒋爷打洪泽湖丢了分水峨眉刺，永不带兵器。无论哪里用着时候，现借十八般兵刃，哪样都行。今夜晚间与员外借了一口刀，一问士杰，什么也不会，问他："难道说没有跟着家里学过吗?"他说："学过了五天，挨了十一顿打，就不教了。"因何缘故？是头天学了二天忘，白日学的晚晌忘。一忘就打，末天晚晌挨了两顿打。员外一赌气，不教了。下文书蒋爷教了他八手锤，外号叫赛玄霸，成了一辈子名。这是后话，暂且不表。晚间嘱咐明白，别管有什么事，不许他出去。也是浑孩子，初鼓后躺下睡了。

天交二鼓，蒋爷与柳青拾掇利落，别上刀，吹灭灯烛闭上门，盘膝而坐。闭目合睛，吸气静养，等着捉贼。

天到三鼓，忽听院落之中哐啷一响，就知道是问路石的声音。两个人戳窗棂小月牙孔往外一瞅，由东边卡子墙，唰！下来了一条黑影。

蒋爷拿胳膊一拐，柳爷悄悄地把门一开，把刀亮将出来。看准了是那女贼。蒋爷在柳爷耳边告诉他一套言语。柳爷点头，正对着女贼要奔窗户这里窥探，迎面蹿将上来，就是一刀。那女贼真利便，好快，直是折了个反跟头相似，就到当院之中了。虽是晚晌，柳爷眼光儿也是看的顶明白。

那女贼一块青绢帕把发髻扎了个挺紧，穿着一件绑身的青小袄，青汗巾子煞腰，青中衣，窄窄的金莲，蹬着软底的弓鞋，并没戴着钗环，粉白的脸面，必是蛾眉杏眼，背后勒刀，腰间鼓鼓囊囊有个囊，可又不是镖囊。一个反跟头蹿在当院，柳爷一个箭步跟上，又是一刀。女贼也把刀拉将出来，由此交手。此时天已不下雨了，满天星斗。柳爷暗暗夸奖女贼。三寸金莲，蹿进的真快，刀刀近手，神出鬼人。柳爷本领也不弱，女贼终是胆怯，怕柳爷叫人。人要一多，她走着就费事了。虚砍一刀，往下就败，直奔东墙而来。柳爷一追，女贼一回手，叭一流星锤。柳爷看见是暗器，一闪身，没躲开，嘣一声，正中肩头。柳爷哎哟把身子往下一蹲，女贼把流星往回一收，用手抓住，蹿上墙头，往下一飘身子。朴就是一刀，女贼哎哟一声，由墙上摔将下来。

原来是蒋四爷与柳爷耳边说了几句话，就是这个言语。不然，怎么柳爷动手，蒋四爷不见呢？蒋爷预先蹿出墙外，在那里蹲着，等着她必由之路。而且知道打哪里进去，必是打哪里出来，预先就在那女贼进去的地方一等，等她往墙头一蹿，蒋爷就看见了，她往下一飘身，蒋爷往上一起，一反手，叭就是一刀背。刀背正打在迎面骨上，漫说是个女贼，就是男贼也禁受不住。这还是蒋爷有恩典，拿刀背打的，要是拿刀刃一砍，双腿皆折。把她打下墙来，蒋爷嚷："拿住了！"柳爷也蹿出来了，虽然肩头上受了她一流星锤，打的不重，又是左肩头。柳青飘身下墙，问："四哥怎么还不捆？"

蒋爷是行侠义的，最不爱捆妇女。再说，要是四马攒蹄，总得抬胳膊拧腿。四爷只是把她打下墙来，用脚将她刀踢飞，在旁边蹲着看着。一者女贼没刀，就不要紧了；二来腿带重伤，一站起来，又扑通一躺。不多时柳爷就出来了。蒋爷叫他捆人。柳爷把她恨入切骨，抬胳膊拧腿就把她捆将起来，提溜着由垂花门而入。

那日晚间，蒋爷的主意，不叫关垂花门。柳爷是把女贼提溜到上房屋中。她是苦苦求饶。柳爷索性撕衣襟，将她口中塞物，仍然把门对上。柳青说："四哥，我还受了她的伤了哪。"蒋爷说："你受了什么伤了？"柳爷说："她一败，我一追，受了她一流星。"蒋爷说："在什么地方？"柳爷说："在左肩头上。"

正说话间，听着院里咳嗽一声，原来是鲁员外。交三鼓之后，哪里睡得着？自己拾掇利落衣襟，预备下刀索，没什么动静，自己出来。走到院中咳嗽了一声，试试蒋爷睡了没有。一咳嗽，里头一答言，把员外让将进去，把千里火一晃，叫员外看看这个女贼。低声就把如此如彼的话说了一遍。蒋爷说："你不是说他们家里，连男女都是贼吗？少刻还有来的。你先在后边等着。要是来一个，拿一个；来一对，拿一双。"员外点头，归后。他们仍把门关上，只是虚掩。

两人复又坐下，静听外边。天交五鼓，听问路石吧哒一响。蒋爷拿胳膊一拐，柳爷忽听后夹道蹬、蹬、蹬有脚步的声音。蒋、柳二人开门出去。原来是前头跑着个女贼，后头追的是鲁员外。

你道这两个女贼，可是鲁员外说的不是？正是，分毫不差。皆因闪电手范天保作了些好买卖挣了家，成了业。但可也没弃了绿林，就在此处居住。果然是先娶的喜鸾，又买的喜凤。喜鸾给他生了一个儿子，爱如掌上明珠一般，娇生惯养。这溜街坊邻舍，从小儿小孩们，谁要打了范大狼，范天保倒不出去。不是他娘出去，就是他妈出去——他管着喜凤叫妈，与邻居吵闹，就是男子，也打不过天保这两个女人。男子常有带伤的，打遍了街巷，谁也不敢惹。大狼越大，越不好了。街坊有少妇长女的，直不叫他进门。也有闹出事来，与他告诉的。晚晌家中就是无头案，也有告状的，可是永远没破过案。

这天可巧大狼为抢驴，被鲁士杰将家人也打了，马也打坏了，算央求着他没挨着打。回到家中，与他娘妈一哭，饭也不吃了，叫给他报仇。不然，他活不了啦。他娘说："教你练，你老不练。你若要练会了本事，如何当面吃苦。"大狼给他娘妈磕了一路头，求他娘、妈断送士杰的性命。喜鸾、喜凤俱都应承了，哄着叫他吃饭。养儿不可溺疼，这就是溺疼之过。也是他们恶贯满盈。大狼他娘妈把此话告诉了范天保。天保犹豫，说："鲁家可不是好惹的呀！再说咱们与鲁家，素常怪好的。他们那是傻小子，必是咱们这个招了人家了。不然，我去见见众贤去，叫他责备责备他那儿子，何苦动这么大参差。"原来鲁递号叫众贤。喜鸾把脸一沉说："我的儿子，不能出去叫人家欺负去！为死为活，都是为的我那儿子，命不要了都使得，也不能叫我那儿子出去栽跟头！现在咱们的马，叫他们打坏了；现在咱们家人带伤，倒给他赔不是去！你怕他呀！我今天晚晌去，我要不把他这个孩子剁成肉酱，誓不为人！"说毕，气的浑身乱抖。不然，怎么说家有贤妻，男儿不作横事。范天保又是惧内，可巧喜凤在旁说："这事不用你管，有我们姐两个，绝给你惹不出祸来。”又是激发的言语。究属总是善有善报，恶有恶报。鲁家要没有蒋平、柳青在那里，鲁家满门有性命之忧。

天交二鼓之半，先是喜鸾去的。天保与喜凤饮着酒等着。左等不来，右等也不来。天交五鼓，喜凤放心不下，说道：“大爷，我去看看我姐姐去吧。天气太晚，鲁老头子也会点本事，别是与我姐姐交了手了吧。”天保说：“不然，我去。”喜凤说：“不用。还是妾身前往。”说毕，脱去长大衣服，摘了簪环首饰，绢帕蒙头，汗巾煞腰，换了弓鞋，背后勒刀，跨上流星囊，蹿房越脊出去，直奔鲁家而来。蹿上了东墙，吧哒问路石往下一扔，一无人声，二无犬吠，飘身下来。不先奔房屋，先找她姐姐。顺着东墙根，施展夜行术往前，早见打腰房之中，蹿出一个人来。提着一口刀，扑奔喜凤。就是鲁员外。那鲁员外回到他的屋中，那里能睡？不时把着窗户往外瞧。看见贴着东墙一条黑影，提刀追去。喜凤转头就走，老头子追了一个首尾相连。喜凤一扭身，撒手流星，叭叉一声，鲁递栽倒在地。喜凤回身抽刀就剁。

若问鲁员外生死，且听下回分解。

第一〇五回

鲁员外被伤呕血　范天保弃家逃生

词曰：

放目苍崖万丈，拂头红树千枝。
云深猛虎出无时，也避人间弓矢。
建业城啼夜鬼，维扬井贮秋尸。
樵夫剩得命如丝，满肚南唐野史。

且说喜凤本是卖艺出身，专会打流星，百发百中，一根绒绳上头拴着个铁甜瓜头儿，打将出去，往回里一拉，又接在手中，百发百中。

论本领鲁员外本会的是在马上使长家伙，冲锋打仗，对垒厮杀。要论平地高来高去的能耐，本不甚佳。再说又是夜晚之间，眼光不大很足，对着喜凤一跑，他打算是喜凤不敢和他交手了。追到前院将要叫蒋爷帮着拿贼，只见喜凤一扭身，他本是弓着腰追，亏他把身子往上一挺，不然流星正中面门。他胸膛之上中了流星，哎哟一声，撒手扔刀，扑咚躺在地下。喜凤抽刀，将要杀下，就听见她身背后嗖的一声，一阵冷风相似。别瞧喜凤是个女流之辈，功夫也算到家。没有回头，就看见了，往前一弯腰，闪开了蒋爷的这一刀，然后两个人交手。此时柳爷也蹿上来了，两个人围住了喜凤。

真难为她，一口刀遮前挡后，究属不是柳爷、蒋爷的对手。看看天色微明，喜凤一想，天已将亮，难以逃走。又想姐姐大概凶多吉少，不料鲁家竟有防范，这个人是谁呢？卖了个破绽，蹿出圈外，直奔垂花门跑。蒋爷就追。女贼蹿出门外，蒋爷到门内，叭一跺脚，打算追将过去。喜凤嗖就是一流星。可巧遇见机灵鬼了，蒋爷早就知道她要发暗器，将身往门旁一躲，流星打出，蒋爷用刀一绕，往怀中一带，咔嘣一声，把绒绳拉折。喜凤吓了个胆裂魂飞，撒腿就跑。柳青往下就追。

蒋爷返身回来，先看了看鲁员外，来到跟前一瞧，见他闭目合睛，哼哼不止。蒋爷把他搀起来了。鲁员外负着痛，眼前一阵发黑，又觉口中发甜，“哇”，就是一口鲜血吐将出来。蒋爷喊叫他们的家人：“快来人呀！”这才有人出来，众人一路乱喊叫拿贼。蒋爷说：“你们不用嚷，有人拿贼。把你们老爷搀在屋中，我去给你们拿贼。”

蒋爷可就去追柳青了。工夫虽然不算大，竟不知他们往哪方去了？忽然听见东边有犬吠的声音，就往正东追赶。追来追去，瞧见前边有点影色。尽力一追，就追在一处了。喜凤实无法了，往家中就跑。由西边墙儿进去，柳爷跟将进去。蒋爷说：“小心点！”柳爷见蒋爷一来，胆子更壮起来了。女贼进了自家院子，把嘴一捏，一声呼哨，嚷道：“风紧。”忽然间打上房屋中出来一人，手提着一口刀，迎将上来，挡住柳青。蒋爷也就上来，男女四人交手。闪电手说：“好生大胆，黉夜入宅，是合字么？”蒋爷说：“鹰爪。”范天保就知道大事不好了。自己问了一声合字，问的是贼不是？蒋爷说鹰爪，是办案的官人。每是贼遇官人，自来就惧怕三分。范天保要准知道蒋爷和柳青两个人，还不至于十分地害怕。料着要是官人，绝不能就是两个，必有他们伙计。一来天色已然大亮，想走恐怕有点费事。自己一想，三十六招，走为上策。告诉他妻子说：“扯滑！”喜凤也说：“扯滑。”蒋爷追喜凤，柳爷追范天保。

出了他们的院子，不敢由平地跑，遇有住户人家的地方，蹿着房，越着墙，打算要逃窜保命。自己跑着，回头一看，柳爷是紧紧地追赶，死也不放。看看红日东升，见前边白茫茫一带是水。柳爷一看，蒋四爷不在，暗暗地着急。自己一想又不会水，他必然奔水去。这一奔水，白白将他放走，岂不可惜！追着就有些泄了劲了，可又不能不追。追到河边，见范天保也是顺着河沿直跑。心中暗一忖度，莫不成他也不会水？也许有之的，要是他不会水，那可是活该了。自己一高兴，把足下平生之力施展出来，紧紧一跟着，死也不放。果然他不奔着水走。柳爷就得了主意了。

忽然打芦苇当中出来一只小船。他高声嚷道："那只小船，快把我渡过去吧！后边有人追我哪。快快，把我渡过去！"柳青嚷叫："叫渡他！千万可别渡！他是个贼，我们这里正拿他呢！"范天保说："我是个好人，他是个歹人；他抢了我的东西去，他还要结果我的性命！"船家也并不理论，冲着前来，离码头不远，范天保蹭一个箭步，就蹿上船去。柳爷干着急，又嚷说："船家可千万别渡他！要渡他，连你都是一例同罪。"船家说："我们为的是钱，不管什么贼不贼的。只要有钱给，我们就渡他。"柳爷也就没了主意了，站在岸上发怔。

见那只船到河心，不走了。船家说："有句俗言，你可知道，船家不打过河钱，拿船钱来。"范天保说："船钱是有，到那边还能短得下你的？你只管把我渡过去，短不下你的船钱。"船家说："你不给钱，我把你渡回去。"范天保说："可别渡我回去。到了那边，我要没有钱，把我这衣服都给你，难道还不值吗？"船户说："你这等等。"放下竹篙进了船舱。少刻出来说："怪不得岸上有人说你是贼呢！过河你都不给钱。到了那边，你准把我们杀了，你自己一跑。活该，这可是到了你的地方了。大概你久已有案，你不定害过多少人呢！我打发了你吧。”见船家一抬腿，一兜范天保的腿，扑通一声，范天保就躺在船上。船家并没费事，打腰间取出一根绳子来。原来进船舱就是取绳子去子。这范天保也不急忙地起来与船家交手。船家不慌不忙，把他捆了个四马倒攒蹄，拿起他的刀来要杀。天保苦苦地央求。柳爷看了个挺真，高声嚷道：“船家你别杀他，把他给我吧！我把他交在当官，也省得你杀他，也给本地圆案。”船家说：“我不管那些事，你若是要他，你替他给我船钱。”柳青说：“你太小气了。我不但给你钱，还要给你银子呢!”船家往回就撑船，柳爷在码头等着。船临切近，柳爷上船，见船家拿竹篙一点，嗤的一声，这就出去了多远。柳爷说：“你往哪里去?”船户并不答言，将船直往西撑。柳爷说：“你是要怎么着哇?”只跟船家说话，范天保把柳爷连节骨揪住，往怀里一带。柳爷不提防，扑通一声，摔倒在船头。就用那根绳子把柳爷四马倒攒捆上。柳爷方知中他们计了。

原来这个船家，是范天保的族弟，叫范天佑。皆因他生了一脑袋的黄头发，本是个水贼，也不是海岛中的江洋大盗。冲着他这个头发，外号人称他金毛海犬。就在这里安着个摆渡，遇着有倒运的，或早或晚，也做些零星散碎的买卖。不能糊口，又好吃喝嫖赌，无所不为，常常净找范天保去。范天保来的财也不正，倒是常周济他兄弟。今日自己一想无处可跑，就直奔这道河来了。看看快到芦苇之处，范天佑早就看见。这做贼的两只眼睛鸾铃相仿，早已瞧见范天保叫人追赶。故此把船撑出来了，把他哥哥接上船来。虽然高声地说话，却低声地调坎儿。这个叫做舍身诓骗。不然，怎么说拿绳子捆，并没费事；他也没起来与船家较量，就老老实实地叫捆上了。其实他趴在船头，把手脚凑在一处，拿手举着绳头，并没系扣，净等着把柳爷诓下来好拿他。果然真把柳爷诓上去了。船家直撑船，柳爷和船家说话。就是那根绳子预备捆柳青的，把柳爷拉倒，范天保把柳爷四马倒攒蹄捆上。

范天佑这才问范天保，是怎么个情由，叫他追得这般光景。范天保就将大狼儿叫鲁士杰打了，喜鸾怎么去的，喜凤怎么找的，鲁家有防备，叫人追下来，从头至尾，把话学说了一遍。

范天佑不听则可，一听气往上一壮，说："我大嫂嫂准叫他们祸害了。先拿他给我大嫂嫂抵偿！"说毕，就将柳爷的刀拿起来要杀。范天保说："兄弟，略等片刻。问问他你嫂嫂的下落再杀。我问你是何人？"柳爷说："我也不必隐瞒。我姓柳名青，人称白面判官，你妻子如今被捉，现在鲁家。你要肯放了我，我去为你妻子讲情，两罢干戈。你若不肯，就速求一死。"天佑说："谁听你这一套。"摆刀就杀，嘣的一声，红光崩现。

若问柳爷生死如何，且听下回分解。

第一〇六回

娃娃谷柳青寻师母　婆婆店蒋平遇胡七

诗曰：

年年垂钓鬓如银，爱此江山胜富春。

歌舞丛中征战里，渔翁都是过来人。

且说柳爷还想着说出喜鸾的事情来，打算人家把他放了。哪知道天佑非杀了他不可。刚一举刀，谁知有人在天佑的腿上嘣的就是一刀，哎哟一声，扑通掉在水中去了。呼隆的一声，蒋爷一扶船板，就着往上一跃身躯，冲着天保嗖的一声，刀就砍下来了，范天保瞅着打水中蹿上一个人来，对着天佑砍去，天佑掉下水去。再看蒋爷已蹿上了船，迎面用刀砍来，天保一歪身，也就沉落水中去了。

蒋爷这才过来，把刀放下，给柳青解了绳子，说："柳贤弟受惊，你怎么到船上了？"柳爷把他自己事说了一番，就问："四哥，你从何处而来？你要不来，我命休矣！"蒋爷说："我追那个妇人来着。我看着你们往这里来了，走到此处，却瞧不见你们。我也顾不得追那个女的了。后来我看见你在船上，叫人家把你捆上。我有心下水，又怕叫他们瞧见，我打那边蹿下水去，慢慢到了这，我贴着船帮上来，给了那厮一刀。便宜那两个东西吧。我有心要追他们去，你在船上，比不得旱地，怕你吃了他们苦子。"

柳爷说："别追他们，这三面朝水，一面朝天的地方，我可是真怕。"说毕，蒋爷撑船，仍然又回码头。下了船，蒋爷把身上的水拧了一拧，也就不管那只船飘在何处，听他自去吧。两个人回奔鲁家，看看的临近，有鲁府上家人远远地招呼说："我们在这里寻找你老人家哪。你老人家怎么落了这么一身水？"蒋爷把自己的事，细说了一遍。到了鲁员外家中，来至庭房。鲁爷先拿出衣服来叫蒋爷换上，不合身躯，衣服太长，先将就而已。打脸水献茶，吩咐摆酒。

酒过三巡，鲁员外与蒋爷讲论这个女贼怎么个办法。蒋爷教了鲁爷一套主意，先摆布她。把地方找来，叫他们把女贼押解送到当官，然后自己亲身到衙署，把她告将下来，必要拿人，索性到她家中，先把她儿子连家人一并拿住，以为见证。左近地面既有无头案，这赃证必在他的家中。只要找着一个人头，这算行了。你要不行，我替你去办。鲁员外说："四弟稍在我这里住三五日。我要办不了的时节，四弟还得帮着处理。"蒋爷点头。比及找了地方的伙计，约了乡长，找了里长，派人去拿了大狼儿，拿了几个家人送到当官。

县官升堂审讯，派人下来抄家。后院搜出六个人头。家宅作为抄产，抄出来的物件入库。六个人头传报苦主前来识认。重刑拷问喜鸾。重责大狼儿八十板，一夹棍全招了。质对①她母亲。喜鸾无法，全推在闪电手范天保、喜凤身上。叫他们画供，大狼儿、喜鸾暂为待质，出签票赏限期捉拿范天保、喜凤，连拿范天

① 质对——对证，对质。

佑，待等拿获之时，一并按例治罪。家人雇工人氏，当堂责罚。鲁员外拿女寇有功，暂且回家。后来本县县太爷赏赐鲁家一块匾额，上题“急公好义”四个字。本县留鲁员外住了一宿，次日回家。

鲁员外见蒋爷一一告明此事。蒋爷说：“还有要事，意欲告辞，我又放心不下。”鲁员外说：“所为何事放心不下？”蒋爷说：“我们走后，怕范天保去而复转。”鲁员外说：“四弟公事在身，我这里自有主意。多派家下人晚间打更，晚间叫你侄子跟着我那里睡觉。若有动静。我把他叫将起来。”蒋爷说：“等着我们襄阳之事办完，我再把我这个徒弟带去。”员外说：“我是难为四弟一件事，这孩子可是不好教哇!”蒋爷说：“我能教，交给我吧，你别管。”用完早饭，告辞起身。鲁员外送路仪，蒋爷再三不受。连徒弟都送将出来，就此作别。蒋爷向鲁员外打听，哪里是奔武昌府的道路，哪里是奔娃娃谷的道路，鲁员外一一指告明白。傻小子与蒋、柳二位又磕了一路头，这才分手。

蒋、柳二位，直奔娃娃谷来了。路上无话。至娃娃谷，直到甘婆店。柳爷一瞅，果然墙上写着甘婆店三个字。蒋爷说：“走哇。”柳爷说：“不可，你先把我师母找出来，我才进去呢。”蒋爷说：“老柳，你这个人性实在少有。你师母开的店，你还拘泥不进去。瞧我叫她——亲家呀，小亲家子!”随说随往里走，随叫小亲家子。柳青瞧了个挺真，打旁边来了个人，拿着长把条帚在那里扫地。听着蒋爷叫小亲家子，未免得无明火起。把条帚冲上，拿着那个帚把，望着蒋爷后脊背就是一条帚把。亏了蒋爷是个大行家，听见后脊背叭一声，往旁边一闪身，一低头，嗖嗖的就是几条帚把儿，蒋爷左右闪躲。柳爷说："该！幸亏我没进去。"蒋爷连连地说："等等打，我有话说。"看那人的样儿，青衣小帽，四十多岁，是个买卖人的打扮，气得脸面焦黄，仍是追着蒋爷打。他一下也没打着。蒋爷这里紧说："别打了。"那人终是有气。蒋爷蹿出院子来了，问道："因为何故打我？"那人说："你反来问我！你是野人哪！"蒋爷说："你才是野人呢！"那人说："你不是野人，为什么跑到我们院子里撒野来！"蒋爷说："怎么上你们院内撒野？"那人说："你认得我们是谁？跑到我们院子里叫小亲家子！"蒋爷说："谁的院子？你再说。"那人说："我们的院子，这算你们的院子？"蒋爷说："谁的院子，你们的院子？凭什么是你们的院子？"那人说："你们亲家姓什么？"蒋爷说："我们亲家姓甘。"那人说："姓甘，姓甘的是你们亲家？姓甘的早不在这住了。我们住着就是我们的地方。你不是上我们这撒野吗？"蒋爷说："你说的可倒有理！无奈可有一件，你们要搬将过来，为什么不贴房帖？再说，你是个爷们，为什么还写甘婆店！"那人说："我们刚过来拾掇房子哪，还没有用灰将它抹上呢。"蒋爷说："也有你们这一说。就不会先拿点青灰把它涂抹了吗？倒是嘴强争一半，没有理倒有了理了。"那人气得只是乱颤。

柳爷实瞧不过眼了，过来一劝说："这位尊兄不用理他，他是个疯子。"连连给那人作揖。那人终是气得乱颤，说："他又不是孩子，过于狡诈。"柳爷说："瞧我吧。我还有件事跟你打听打听。到底这个姓甘的，是搬家了？"那人说："实是搬了家了。"

柳青说："请问你老人家，他们搬在什么所在？"那人说："那我可是不知。"柳爷复返又给他行礼，深深一躬到地说："和你老人家讨教、讨教，实不相瞒，那是我的师母。我找了几年的工夫，也没找着。你老人家要知道，行一个方便。"那人说："我要是知晓，我绝不能不告诉你。我是实系不知。"柳青听说不知，那可也就无法了，又问了问："她们因为何故搬家，尊公可知？"那人说："那我倒知晓。因为她们在这住着闹鬼。本来就是母女二人，胆子小，也是有的。"柳爷暗道："她们娘两个胆小，没有胆大之人了！"柳爷说："尊公贵姓？"那人说："我姓胡，行七。"那人也并没有问柳爷的姓氏。柳爷与他拱了拱手，同蒋四爷起身。胡七瞅着蒋四爷，终是愤愤不乐，也就进门去了。

柳爷见不着师母，心中也是难过。蒋爷见不着甘妈妈，心中也是不乐，又闹了一肚子气。正走之间，遇见一位老者，蒋爷过去一躬到地说："请问你老人家，上武昌府走哪股道路？"那人说："两股路，别走正东，走正南的道路。看到水面，一水之隔，就是武昌府。"蒋爷抱拳给人家道劳。那人扬长而去。

柳青接着也告辞。蒋爷说："你往哪里去？"柳爷说："彭启拿到了，送到君山定了，就单等与五爷报仇了。"蒋爷揪着，死也不放说："那可不行，你一个人情索性作到底。等到把大人找着，给五弟报完仇，我绝不拦你。"柳爷说："我暂且回去。大人有了下落，我再来。只要去信，我就来。"蒋爷说："那可不行。"揪住柳爷死也不放。柳爷无法，随到了水面。一看人烟甚稠，船只不少。蒋爷说："哪只船是上武昌府的？"立刻就有人答言。有个老者在那船上说："我们就是武昌府的船，是搭船哪，是单雇?"蒋爷说："我们单雇，上去就走。"那人向后舱叫了一声："小子出来。"忽听后面大吼一声，出来一看看，此人凶恶之极。上船到黑水湖，就是杀身之祸。

要知端的，且听下回分解。

第一〇七回

蒋泽长误入黑水湖　白面判被捉蟠蛇岭

词曰：

凡事当仔细，不可过于粗心。

眉来眼去要留神，主意还须拿稳。

莫看甜言蜜语，大半皆是哄人。

入人圈套被人擒，休把机关错认。

且说蒋爷雇船是行家，一问上武昌府的船，自然有顺便的就答言了。船上这位老者出来可和善，这位年轻的可是凶恶，说："二位上武昌府，请上来瞧船。"蒋爷说："我们瞧船干什么？"那人说："船与船不同。这不是那破烂船只，上船就担心。"蒋爷说："到武昌府多少钱吧？"那人说："管饭不管菜，二位，五两银子。"蒋爷说："不多，不多。你们要遇见顶头风，可就贴了；遇见顺风，还剩几个钱。"老者说："原来你是个行家，请上船吧。"柳爷瞅着这个船家发怔，暗暗与蒋爷说："这个船家可不好哇！"蒋爷嗤的一笑说："老柳，你这是多此一举，黑船不敢与他们这船贴帮。你且记：雇船，离码头或上或下，有一两只，此是黑船，万不可雇也。"

二位搭跳板上船，老者问："二位贵姓？"蒋爷说："我姓蒋，这是盟弟，姓柳。船老板贵姓？"老者说："姓李，我叫李洪。"蒋爷说："那个伙计呀，是什么人？"管船的说："那是我侄子，他叫李有能。”遂说道：“二位客官，方才已经言明，我们管饭不管菜。趁着此处是个码头，或买肉买酒，快去买。少刻要开船了。”蒋爷说：“你们给我们买去。”老者说：“咱们这有人。”柳爷把包袱打开，内中有一个银幅子。打开银幅子，哗啷一声，露出许多银子来，也有整的，也有碎的。蒋爷瞪了他一眼，拿了点碎的，叫有能去买。李洪拾掇船上船篷桅绳索。不多一时，有能买了回来。蒋爷说：“剩下的钱文，也不用交给我们了。少刻间，把锚索提将上来，撤了跳板，用篙一点，船往后一倒，顺于水面。这且不提。

单言蒋爷与柳青在舱中说：“柳贤弟，你是个精明强干的人，怎么这么点事情你会不懂的。”柳青说：“什么事？”蒋爷说：“水旱路一样，你把银子一露，这就算露了白了。穷人他有个见财起意，今天晚晌睡觉，就得加份小心。”柳爷说：“咱们给他那银子不要了，咱们下船吧。”蒋爷说：“我是多虑呀！”柳爷说：“你是多虑，我是害怕三面朝水，一面朝天。你敢情不怕？咱们下船吧。”蒋爷说：“无妨，有我哪。”柳爷说：“没事便罢，有事就是我吃苦。”焉知晓他这一回，苦更吃大了。柳爷说：“你瞧，他们这是干什么呢？”连蒋爷一瞅，也是一怔。是何缘故呢？他们两个水手，在那里嘀嘀咕咕的，两个人交头接耳，不知议论什么事情。柳青说：“咱们这还不下船？”蒋爷说：“下船干什么？这两个小厮真个要起不良之意，就是活该他们恶贯满盈了。可怨不上咱们。”柳青说：“你看他们，又嘀咕什么呢？”蒋爷一看，果然又在嘀嘀咕咕的。那个年幼的皱眉皱眼，咬牙切齿，意思是一定要这么办。那个老头儿摇头摆手，那意思是不叫他办。蒋爷说：

“柳贤弟，不怕。有我哪！他们不生别念便罢，他们要生别念头，就有前案，结果他的性命也不算委屈他们。晚晌睡觉，多留点神。”柳青终是不愿意，也是无法。

正走之间，忽然见前面水中生出两座大山，当中类若一个山口相似。再看，好诧异。见那水立时改变了颜色，类若墨汤儿一般。蒋爷一瞅，一怔。叫道：“船家，这到了什么所在了。”船家说：“这是黑水湖。”蒋爷说：“把船靠岸吧。”船家说：“什么缘故？”蒋爷说：“我们不走黑水湖。”船家说：“因为什么不走黑水湖？”蒋爷说：“你不用问我们，我们不走黑水湖。黑水湖惯出强人。”船家说：“若要是道路不安靖，我们也不敢走。只管放心吧，不像前几年了。”蒋爷说：“不管像不像，我们不走。”船家说：“已经到了这了，不走不行了。”蒋爷说：“你绕远都使得，多走了一天半天的不要紧。”说话之间，已到了黑水湖口了。船家说：“二位客官只管放心吧，这就进湖口了。”蒋爷也就不拿这事搁在心上，总是艺高人胆大。柳青也就无法子了。

若论使船，上水橹，下水舵。至黑水湖，抢上水才能进得了湖口。抢上水是最难橹的，总得有力气。水都归在湖口，往外一流，水力甚猛。摇橹的得一口气摇进去才行。如若在半路力气不加，船就顺下流，又出了湖。所以，抢上水最难。若有能行的，正在二十五六岁的光景，哗哗哗的，尽力抢着上水，往湖口里一摇。

这只小船将进了湖口，就听见东山头呛啷一阵锣响，打上头叭哒叭哒扔下许多软硬拘钩来，搭住了船头。众喽兵一叫号儿，往里就带。蒋柳二位看了个挺真。见这些喽兵，一个个蓬头垢面，衣不遮身，满脸的污泥，慢说靴子，连利落的鞋袜都没有。直是一群乞丐花子，三分像人，七分像鬼。

何为叫软硬的拘钩？就是铁拘钩。可是五个，上头挂六尺长的铁链，铁链那边是极长的绒绳，好打山上往下扔。若要瞧见船只进了湖口，他们就用软硬拘钩往下一扔，拘钩尖扎住船板，众喽兵一叫号儿，往近一拉，拉着一跑，直奔东山边去。

蒋爷看着这个景况，早就蹿出舱来。蒋爷懂得这个事情，一出世十四岁，净守着水贼，水面的事情无一不晓，无一不知。他们这船家叫送礼，和贼勾串，每遇载上有钱财的客人，必得要送到他们这里来，水贼做了买卖还分给他们成账。船家又不担不是。蒋爷一生恨透了这些人了。蒋爷往外一蹿，就奔有能去了。有能吓得也不敢摇橹了，被蒋四爷拦腰一抱说："我恨透了你们这种东西了。咱们水里说去吧。"只听扑通一声，两个人俱都坠落水中去了。把后头那扳舵的，吓得是：身不摇自颤，体不热汗流。蒋爷说他们送礼，说屈了他们了，他们也不是贼船。皆因李有能所为的此事，想省二百多里的路程。依着李有能主意，要抢湖穿湖面过。李洪不叫，李洪说："近来湖中走不得，我听见人说，连客人带船带船家都走不了。"李有能说："不怕，到底近二三百里地呢。设若抢过湖口去，岂不省些路程；就是抢不过去，船只也不碍。近来抢湖口的甚多，都没有遇见什么事情。"那老者起初就执意的不叫穿湖，后来才依他说的。他们嘀嘀咕咕的就是为这件事情。进得湖口，搭住船只，李洪焉有不害怕的。柳青一见这个景况，也是害怕。要是在旱路，也就不要紧了。柳爷一瞧，把个使船的抱入湖中去了。自已把衣裳一掖，袖子一挽，亮出刀来。蹿出船舱，刀杀铁链呱啦啦的声音，一丝也砍不动，又够不着绒绳。不然，怎么说是软硬拘钩呢？硬拘钩净是铁链，多少丈长未免分量太重。要是软拘钩，净是绒绳，遇刀就断。故此用的是软硬拘钩。刀剁铁链剁不动，剁绒绳胳膊够不着。急得柳爷在船上跺脚，骂道："病夫哇，病夫！你可害苦了我了。"见喽兵往东山边上拉着一跑。哗啷一声，那船一歪，在水中一半，在山坡上一半，把柳爷几希乎没摔下水去。

柳爷借力使刀就着往岸上一蹿，这可得了手了。喽兵本来就有几天连饭都没吃，又没有兵器，岂不是甘受其苦。挨着就死，碰着就亡。扔下拘钩，南北乱窜。柳爷追上，就要了他的性命。不多时，打山上跑下一个人来，身高六尺，头绾发髻，没有头巾。身穿破袄破裤，直看不出什么颜色来。足下的靴子绑着布烂的像钱串，面赛地皮。拿着一口刀，饿得连说话的力气都没有了。柳青看见他，肺都气炸了，骂道："山贼，过来受死！"那山寇摆刀就剁。觉着眼前一黑，往前一栽，柳爷倒省力就结果了他的性命。

你道这山中为什么这么穷呢？有个缘故。常说一将无谋，累死千军；一帅无谋，挫丧万师。山中大寨主是个浑人，众人跟着他受累。若论此人，身高丈一，臂力过人，使一双三棱青铜节肘刺，天真烂漫，人事不通，名叫吴源，外号人称闹湖蛟。他不晓得绿林的规矩，把船家伤了。

论说水贼不伤船家，旱贼不伤驮夫，这才是规矩。他一伤船家，船家要一通信，他就没有买卖了。饿了几天，连寨主皆是一体。好容易报有船到。喽兵下去，又报扎手。叫四寨主聂凯出去，又报聂凯被杀。吴源亲身出来到湖。此湖叫黑水湖，岭叫蟠蛇岭。吴源下了蟠蛇岭。柳青一见山贼来得凶恶，摆刀迎头一剁。吴源看见，一闪身，一脚就把柳青踢倒。吩咐喽兵连船家一并绑上，将他们煮了，大家饱食一顿。

若问柳青生死如何，且听下回分解。

第一〇八回

蟠蛇岭要煮柳员外　柴货厂捉拿李有能

词曰：

自古英雄受困，后来自有救星。
人到难处想宾朋，方信交友有用。
当时救人性命，一世难忘恩情。
衔环结草志偏诚，也是前生造定。

且说柳爷活该，运气有限，遇到黑水湖现在这种饿贼，半合未走，叫人踢了个跟头，叫喽兵连船家一并捆上，要大煮活人。柳爷暗暗地净恨蒋平，要不是病夫，怎么也到不了这里。人活百岁终须死，大丈夫生而何叹，死而何惧？真个要叫人煮死，做了什么无法的事了？自己出世的时节，在绿林日子不久，也没做过伤天理的事。至刻下，到了冬令，舍棉袄，舍粥饭。再说修桥、铺路、建塔、盖庙宇，绝不吝啬银钱。为的是以赎前愆①，怎么落了这么一个结果？山贼叫人将柳爷搭上山去，抱柴烧火煮他，还有的说："把他的衣裳脱下来，给大寨主穿。"此刻也不知道蒋四爷哪里去了？

焉知蒋四爷把水手抱下水去，一翻一滚地出了黑水湖口。蒋爷一撒手，那水手打算要往起里一翻，哪知道在水里头更不是蒋

① 前愆（qiān）——以前的过失。

爷的对手。蒋爷顺着后脊背往上一伸手，把他脖子一捏，要把他浸在水底。右手闭住了自己的面门，怕水手一回手把他抓住。那水手头颅朝下闭着嘴，死也不肯张口。一张嘴，那水就灌到肚子里来了，非淹死不可。蒋爷真有招儿，左手捏住了脖子，右手用力一勾水手的肋条，水手一难受，一张口，水就灌进去了。这一下就把他灌了八成死，才把他提溜上来。解他的带子，把他四马倒攒蹄捆上。将他放在阻坡的地方，脑袋冲下，自来他哇哇地往外吐水。蒋爷就知道他死不了啦。遂喊叫地方，就听见那里远远地有人答言说："来了，来了。"看看临近，蒋爷一看此人身量不高，四旬开外，说："你就是此处地方？"回答："正是。"蒋爷说："你们这里什么地名？"回答说："叫柴货厂。"蒋爷说："你叫什么名字？"地方说："我叫李二愣。"蒋爷说："我们雇船上武昌府，船家与贼人勾串，把我们送进黑水湖来。还有个朋友此时尚不知道生死呢！我把这个船家在水中拿住，大概久已有案。你把他先送到当官。"地方说："你在哪里将他拿住的？"蒋爷说："在水中拿住的。"地方说："在水中拿住的我管不着。"蒋爷说："你管不着连你一同送下来。"地方一听，吓了一跳，就知道蒋四爷口气不小，必有点势力。回道："你老人家先别动气，我们这是差使。水有水地方，旱有旱地方。各有专责，谁不错当谁的差使。"蒋爷说："我偏叫你送。"地方说："你老贵姓？"蒋爷说："姓蒋，名平，字泽长，外号人称翻江鼠，御前带刀水旱四品护卫。"地方趴下就磕头说："原来是蒋四大人，你拿过花蝴蝶。"蒋爷说："你怎么知道？"地方又说："还有北侠，二义士爷，龙滔，夜行子冯七。"蒋爷说："你怎么知道？"地方说："那我可全知道。”蒋爷说：“你怎么知道的?”地方又说：“实不相瞒，我实实告诉你老说吧。”

“四老爷！我们这里到了夏天，搬出张桌子来，在柳阴之下，说这个拿花蝴蝶：你老怎么相面，怎么叫他们识破了机关，怎么你老挨打，北侠同二义士爷来，大众群贼怎么甘拜下风，你老在水内怎么拿的花蝴蝶，说得热闹着哪。”蒋爷问：“谁说的?”地方说：“是你的一个朋友。”蒋爷问：“我哪个朋友?”地方说：“庄致和。”蒋爷说：“庄先生他这时在哪呢?”地方说：“就在这北边胡家店。”蒋爷说：“伙计，你把庄先生找着，你说我在这呢!”地方说：“西边就是我的屋子，四爷到我家去吧。”地方就要扛着水手，蒋爷说：“我扛着他吧。”遂扛将起来，地方头前引路。到了他那房前，也没院墙，共是两间。开钩搭启帘进去，蒋爷把水手往地下一摔，扑通摔在地下。正在黄昏之时，地方点上灯。蒋爷说：“你找去吧，可叫庄先生给我带衣服来。”

地方去不多时，就听外边咳嗽一声，说：“原来是蒋四老爷贵驾光临。”启帘进来，就要行大礼。蒋爷把他搀住说：“庄先生不可。”庄致和问：“四老爷一向差使可好?”蒋爷说：“托福，托福。”庄致和说：“恩公先换上衣服，有什么话然后再说。”蒋爷脱湿的换干的。这个庄致和，可就是《三侠五义》上，二义士大夫皆与他会酒钞的那个庄致和。白日会的酒钞，晚间救的他外甥女。不然，怎么见蒋爷以恩公呼之。湿衣服地方应着给烘干。庄致和说：“此处不是讲话之所，咱们上店里去说话。”蒋爷点头。把地方叫过来，蒋爷在他耳边，如此恁般、恁般如此说了一遍。地方连连点头。庄致和说：“走哇，咱们上店里去。”蒋爷一同起身，出了屋子，直奔胡家店。

走着路，庄致和说："四老爷到这有什么事？"蒋爷就把以往从前，说了一遍。庄致和说："这位姓柳的，在黑水湖哪？"蒋爷说："这个时候不出来，还怕他凶多吉少哪。"庄致和说："不怕，你这个朋友活着更好。要是死了，报仇准行。"蒋爷说："哟，这个仇怎么个报法呀？"庄致和说："我们亲家是十八庄村连庄会的会头。"蒋爷说："你们什么亲家？"庄致和说："我这话提起来长。我姐姐死了，我姐夫也死了，我那个外甥女韩二，恩公救的那个，也出了阁了。给的就是这个开店的胡从善之子，名叫胡成。如今跟前都有一个小女儿了。"蒋爷听着，赞叹说："真是光阴荏苒。"庄致和说："我再告诉恩公说吧，我们这个胡亲家，店中没人写账，把我找来与他写账。他的地亩甚多，我帮着他照料照料地亩。后来商量着，我们亲家给我说了一门家眷，我也不想着回原籍做买卖了。我如今跟前有了个小女儿，整整的两生日，三岁了。"蒋爷一听，连连点头说："人有什么意思，长江后浪催前浪，一辈新人赶旧人。"随说着就到了胡家店门首了。

早有胡掌柜的出来迎接。旁边点着灯火，见面之时，有庄致和给两下一见。胡掌柜要行大礼。蒋爷赶紧把他拦住，携手揽腕往里一让，来在柜房落座，献茶。蒋爷打听了打听买卖发财，掌柜的说："岂敢。"胡掌柜问了蒋爷的差使，吩咐摆酒。蒋爷说："来此就要讨扰。"蒋四爷上坐，庄先生相陪，胡掌柜的坐在主位。酒过三巡，然后谈话。胡掌柜问："听说四老爷的朋友怎么还在黑水湖中哪？"蒋爷就把上武昌的话，船家怎么送礼，细说了一遍。

掌柜的说：“我们这叫柴货厂，共有十八个村子，地方极其宽大。买卖住户甚多，烧锅、当铺、估衣[1]店都有，黑水湖中的贼，先前常出来借粮。我们外头被害不少。后来我们十八个村子，立了个连庄大会。按着地亩往外拿钱，制买刀枪器械。他们出来，就和他们拼命。”蒋爷问：“他们出来没有？”回答：“出来过。连和他们打了三仗，把他们杀败了三回。再也不敢出来了。”蒋爷说：“他们怎么那么穷？”店东说：“他们把船主伤透了，是船家都不敢走黑水湖。二者他们不敢出黑水湖，一出来我们这里就打他们。单行人出来，不打。净有上咱们这买东西的，两下里公公平平的，咱们也不欺负他们。他们也不敢发横，故此他们山中，连衣食都没有了。我到庙上撞起钟来，约十八庄的会头，有你老人家挑哨，咱们大家进去要你老这个朋友。给了便罢，要是不给，就和他讲武见，直把他平了。”蒋爷说：“不可，不可。掌柜的有这番美意，足感盛情。只是一件，倘若交手，刀枪上无眼，伤损一条性命。我担架不住。”胡从善说：“无妨，我们这里立下了规矩。与贼交手，要是废了命，看家里有多少口人，或有儿或无儿，有兄弟没兄弟，父母在不在，按条例给抚养，死多少人也不怕。”蒋爷说：“不行，你们是本村，我是外人。论私，伤一条命，我担架不起；论官，更不应例了。有一件事，求求掌柜的就得了。”胡从善问：“什么事？”蒋爷说：“你给预备一匹好马，找个年轻力壮二十多岁的人，我写封信，叫他连夜奔武昌府，能人全在武昌府呢。”胡从善说：“在武昌哪个地方？”蒋爷

---

① 估衣——出售的旧衣服。

说："在颜按院那里呢。"胡从善说："颜按院，在哪里？"蒋爷说："在武昌府。"胡从善哈哈大笑说："好一个在武昌府，随蒋四老爷吩咐吧。在武昌府更好。"

蒋爷说："等等，这里头有事，我听出来了。怎么个情由，你告诉我吧。"胡从善说："四老爷不告诉我实话，我们就告诉四老爷实话？"蒋爷说："大人丢了，你必知道下落。"胡从善说："这就是了。叫什么人盗去知不知道？"蒋四爷说："知道，叫沈中元盗去。"胡从善说："知道他盗去哪？"蒋爷说："可不知道盗到哪去，你必知道情由。"胡从善说："沈中元有姑母在娃娃谷开甘婆店，母女娘儿两个，忽然间店中闹鬼，急卖房子。我兄弟胡从喜贪便宜，要买她这房子。自己银子不够，叫我给他添几十两银子。我不叫他买。咱们不与妇女办事。若是她有男子出来写字才办呢。后来她说有男子，有她娘家的内侄，姓沈，叫沈中元。他出来写的字，我们才把这事办了。我兄弟把这房子买过去。"蒋爷心中说："他也不必言语了。"

蒋爷随问："后来怎么样呢？"胡掌柜的说："原只写字的这么一面之交。前日晚间，有三更多天了，忽然外面有人叫门住店。咱们这里说，没有房屋，全住满了。那人说，与掌柜的相好。问他姓甚名谁，回答叫沈中元。你们把门开开吧，实没地方，我们在院子里头待一夜都行了。我们车上有女眷，夜深不好往前走了。谁叫掌柜的有交情呢。伙计可就和我商量，本没交情，若要见面，店钱不好要了。我没见他，就叫他住了西跨院三间西房，不但店钱饭钱给了，还给了许多的酒钱。这都不要紧，我晚晌取夜壶去，可把我吓糊涂了。正是姑母娘两个口角分争呢。他就说起来了，车上拉着大人，他要住在豹花岭。他姑母不叫，说他表妹给了人家了，人家知道，就不要了。始终还是在夹峰山住了一夜。如今上长沙府朱家庄朱文、朱德那里去了。我过去一摸大人，正在车上躺着哪。夜壶没顾得拿。官人要在我店内把他拿住，我也就剐了。好容易盼到五更天，他才起了身，我方放心。”蒋爷一听大人有了下落，欢喜非常，忽然想起一条妙计。

不知什么主意，且听下回分解。

第一〇九回

地方寻找庄致和　店中初会胡从善

诗曰：

人生如梦春复秋，半是欢娱半是愁。

入画云烟空着相，穿梭日月快如流。

才看少妇夸红粉，又见儿童叹白头。

惟有及时行善好，莫教作恶枉遗羞。

且说蒋四爷听了胡掌柜的一套言语，不意之中，得着大人的下落。老柳虽然生死未定，大人要紧。仍然还与店中掌柜的借笔砚写书信，求胡掌柜的找一匹马，找一个年轻之人，上武昌府送信。

这时已经天亮，撤去残席。打上脸水，烹上茶来。忽听外头一阵大乱。外头伙计赶紧往里头跑，说："掌柜的，大事不好了！有人扰闹咱们的饭铺。他们几个人进门要吃东西，咱们将挑出幌子去，他们就要菜蔬。回答没得哪。他们说先要酒饮，刚把酒给他们端上去，又要咸菜。也不坐下，走动着饮。左要右要，一连要了五六遍了。他们也有醉了的，他把伙计抓住说，还没有饮呢，怎么就打这个马虎眼哪！"掌柜的一听，气得肺都炸了，说："我出去。"蒋爷一拦："不可。人非圣贤，谁能无过。也许你们错了，也许他们错了。"伙计说："我们不能错，这是早晨头一次卖酒，哪能伙计们错了呢？每天晚晌，酒壶上架子，酒壶底朝上，壶嘴朝下，里头一点酒也没有。打架子上拿下壶来，头一次打酒。他说是个空壶。”蒋爷说：“这个不用打架，问短了，比打短了强。”伙计说：“怎么问呢?”蒋爷说：“我教你们个法子：拿一根筷子，撕一块纸，沾在筷子头上，往酒壶底上一戳。纸要湿了，就是他们错记；要不湿，就是拿的空壶，是你们的差错。知错认错，是好朋友。”伙计一听说：“这个是好主意。”往外就跑。

待了半天的工夫，伙计带着满脸血痕进来了。蒋爷说：“你这是怎么了?”那人说：“这伙人不说理。”蒋爷说：“我那个主意没使吗?”伙计说：“使了，不但是纸湿了，壶里还可倒出酒来。那人便恼羞成怒，给了我个嘴巴，这血，是我在墙上撞破的。前头可不好，大伙要拆这铺子哪，还算有一个上年岁的好，在那里劝解呢。”蒋爷说：“待我出去看看，什么人欺负到咱们这里了?”掌柜的说：“我去，咱们一同前往。”店中还有好些个伙计，都搓胳膊挽袖子。

原来他们店外头有个饭铺，前头有门面，里头卖饭座，这半边通着店里。叫伙计带着路，伙计高兴，暗暗欢喜，净掌柜的还是不行，有翻江鼠蒋四老爷在这里，这可不怕他们了。大家跟随出来，单有一个带路的说：“往这门来。”蒋爷还未到门口，就听见骂骂咧咧。伙计有好事爱打架的，紧紧跟着蒋四爷，想着见面就是打。赶他见着，也真作脸，瞧见人家，就给人家跪下了。伙计们也泄了劲了。闹了半天，原来不是别人，是钻天鼠大义士卢大爷，穿山鼠徐庆，大汉龙滔、姚猛、史云、胡烈。这几个人由夹峰山起身，走柴货厂。也打算着穿湖而过。打半夜里听着徐庆的主意，就起了身了。走在此处，又饥又渴，要吃的又没有。这几个人，除了卢爷那一个人，都不说理。到了这饮酒，他们记错了，拿了人家个错，硬说人家拿上来的是空壶。对着伙计，又拿着筷子往壶里一蘸①。纸条全湿，更恼羞成怒了，伸手就打，把伙计头也撞破了，桌子也翻过了。史云抱着柱子要拔，把椅子也摔碎了，过去要拆人家铺子。那个要拉家伙，才被卢爷拦住。蒋爷一瞧是他们，说："自家，自家，别动手！"蒋爷给卢爷行礼，又给三爷行礼。然后他们过来，给蒋爷行礼。史云过来，给四爷磕头。

蒋爷一瞧，胡烈也在其内。蒋爷说："你是个充军人，你怎么也来了？"胡烈与蒋爷磕头，把自己的事说了一遍。蒋爷一翻眼睛，想了一想，此人有这番好处，正在用人之际，只好留下他。回头就引胡掌柜、庄致和，与他们大家全见了一见。掌柜的说："此处不是讲话之所，先到柜房说话。"伙计们带伤的，算甘受其苦了。

大众来到柜房落座，献茶。蒋爷说："你们几位来得凑巧。"就把自己的事情，说了一番；又把黑水湖柳爷的事，提了一提；还说有件喜事。卢爷问："什么喜事？"蒋爷说："大人有了下落了。"徐庆说："早知道了。你还知道得晚了呢！"蒋爷说："三哥你们怎么知道？"卢爷就把他们一路上夹峰山的各种事情，细说了一遍。蒋爷这才知道：北侠、智化等迎请大人去了；在豹花岭

---

① 蘸（zhàn）。

亏了胡烈救了他们性命；把云中鹤也请出来。蒋爷说："这下可好了。有人请大人去了，咱们大家去救老柳去。"卢爷说："那是总得去的。老柳是咱们请出来的，设若有性命之忧，对不起侄男弟妇。"胡掌柜说："你们几位吩咐吧，要有用着我的地方，兵刃器械这里都有。"蒋爷说："非兄台还不行哪！"

正说之间，忽然打外面绑进两个人来。地方那里吩咐，叫给四大人跪下。蒋爷一瞧，原来是那船家：一个李洪，一个李有能。他们见了蒋四老爷，苦苦求饶说："我们有眼如蒙，实不知道是大人。我们身该万死。"蒋爷说："可恨你们与山贼勾串，不知害过有多少人！从实说来，饶恕于你。"李洪说："回禀大人，我们要是与山贼勾串，为什么山贼要把我们煮了？"蒋爷说："你们在船上嘀咕的是什么？"李洪说："这不是我侄在这？所怨的是他，贪图着少走路程，一定要走黑水湖。我再三拦他，他不听。我这条性命，几乎没丧在他手内。"蒋爷翻眼想了想，这个情理一点不错，随说："我们那个朋友呢，生死怎样？"李洪说："如今做了大王了，若不是他老人家，我还不能得逃活命。这可是他叫我出来揽买卖进黑水湖。不但不伤我们的人口船只，要抢了坐船的客人，还分给我们二成账。焉知道我刚一出黑水湖，假要雇船的人就将我诓下来，问明白了我们姓名，把我绑起来。"原来蒋四爷同着庄致和往这里来的时节，与地方说了几句话，就是这个言语。叫地方找伙计在水面那里看着，如要打黑水湖里面出来的船只，问明白了，只要是李洪就绑了他，故此才将他拿到。

蒋爷说："这也是柳贤弟的主意，他必然知道我在外头，咱们就给他个计上加计。”庄致和说：“何为叫计上加计？”

蒋爷说：“胡掌柜的，你给我们找两只船来。我们这有一只，一共三只船。你叫你们十八村连庄会聚点子人来，叫他们在外头嚷，助我们一臂之力。给我借口刀来，给我预备十几条口袋，里头装上虚拢物件放在船头，作为是米面。他们山上没吃的，见了米面，必来劫夺。再叫李洪说载进米面客来了。他必信以为真，那就好办了。”李洪点头。胡掌柜的说：“我这就去约会人，拿刀，预备口袋去。”蒋爷说：“就手给借几身买卖人的衣服来。”胡从善说：“有的是衣服。我一齐办去。”徐庆说：“这么点事，还用费那么大事。咱们大家上山还不行！”蒋爷说：“三哥，你就别管了。”胡从善去不多时，就把衣服取来，船只也到，人也约会了，刀也拿来，口袋也装在船上。把那些买卖人的衣服披在身上，把李洪、李有能解开放了，叫他们拾掇船只去。李有能的衣服，一日一夜，自己也就干了。蒋爷衣服也干了，换上自己衣服，大家出来上船。有许多人，胡掌柜的都给见了。这就是十八庄的会头。见黑水湖外，压山探海一片，俱是十八庄的人在那里嚷哪。大家上了船只，直奔黑水湖。

本离黑水湖不远，紧摇橹。头一只船将进黑水湖口，李洪嚷：“山上大王听真，现今有米面客人进了黑水湖口了。”东山头立即一阵锣鸣，把软硬拘钩扔将下来，搭住船只，往里就拉。那两只船，也不用拘钩搭，自己就进来了，直奔东山坡。头一只船一到，二只三只一齐全到。船上人把衣服一甩，全都拉刀，扑通扑通跳下船来。喀嚓磕嚓乱砍喽兵。喽兵东西乱窜，早就报上山去。依着徐庆，要往山上追，蒋爷把他拦住。

不多一时，就听见蟠蛇岭上，如同半空中打了个霹雳相似。山王大众，三分像人，七分像鬼。卢爷头一个蹿上去，摆刀就砍。吴源用双刺往外一崩，当啷一声，震得卢爷单臂疼痛，手心发烫，撒手扔刀。吴源单刺一跟，只听见嘣的一声，鲜血直蹿。

若问卢爷生死，且听下回分解。

第一一〇回

定计装扮米面客　故意假作大山王

词曰：

几见花开花谢，频惊云去云来。

误人最是酒色财，气更将人弄坏。

看破红尘世界，快快回转头来。

一心积善却非呆，乐得心无挂碍。

且说柳爷怎么会做了大寨主？总论命不当绝。寨主本已将他连船家捆好，搭在分赃庭里头，叫喽兵坐锅，就要煮了。寨主说："你我三四天的工夫，什么也没吃。今天连喽兵，大家虽不能饱餐一顿，也到底吃点东西。"喽兵大家欢喜，抱柴烧火。柳爷倒不恨寨主，恨的是蒋平。大声嚷骂："病夫泽长，我就是把你告到阎王殿前，我这条命断送在你手里了！"喽兵过来，将要动手。听屋中有家寨主说道："且慢动手，我听着像是熟人的声音。"那人蹿将出来，柳爷一看，就知道死不了啦。

此人是谁呢？原来是邓彪，外号人称分水兽。就是前套《三侠五义》里劫江夺鱼的那个人。展南侠比剑、联姻之后，他把茉花村的鱼夺了；大官人来与他辩理，他给大官人一叉。丁二爷在后头把他拿住了，交给卢员外；卢爷拿自己的名片子，交松江府把他充了军了。他去不到半年，逃跑回家，走到凤阳府，病在招商店中，看看待死，银钱衣服一概尽行没有了，人家店中问他有个亲人没有？要是离此不远，店中给送信，倒是有人瞧看瞧看。

邓彪说："我这里倒有个人，不定他照应我不照应我？"店中问："姓什么吧？我们听听。"邓彪说："五柳沟姓柳，柴行的经纪头。"店中说："你认得柳员外？"邓彪说："我不认得就说了吗？"店中说："你只要见面，认得他就行。那个人挥金似土，仗义疏财。"店中送信，柳员外亲身来到，请大夫，还店账，雇人服侍他的病。直等到病好，还给了几十两银子的路费。他受了柳员外的活命之恩。嗣后到了黑水湖，遇见闹湖蛟吴源，混水泥鳅聂宽，浪里虾聂凯，他们就凑在一处了。吴源大寨主，他二寨主，聂宽三寨主，聂凯四寨主。如今听见是柳员外的声音，他这个活命之恩怎能不报？邓彪过来亲解其缚，搀起来，纳头便拜。柳爷把他搀住，说："因为何故，在此山中？"邓彪就把已往从前之事，细述了一遍。

邓彪把大家请到聚义分赃庭，与吴源一见。又与聂宽见。聂宽过来，给柳爷磕头。柳爷赶紧扶住。吴源一问邓彪与柳爷什么交情？邓彪就将前者怎么救我活命之恩，说了一遍。又提柳爷也是绿林的人，夸奖柳爷什么本领。与吴源一商量，就请柳爷为大寨主。柳爷不肯，邓彪说："柳员外不用推脱了，你救这些个生灵吧。"柳爷说："此话从何说起？"邓彪说："我们这一山的俱是浑人，连一个认识字的都没有。你老人家是足智多谋，只要调动着这山上有吃的有穿的，岂不是救了这一山的性命。"吴源揪着柳爷按于上位说："柳大哥大寨主，我们大家参拜你。"柳爷说："要叫我为大寨主不难，可着山上喽兵，连众寨主都得听号令。如要违者，立斩。我要为了大寨主，总得叫这山上丰衣足食，论称分金，论斗分银，也不枉做了这场寨主。"吴源问道："我们俱是个浑人，我先打听打听怎么叫这山上丰衣足食？"柳青说："妙法多极了。像你们这是给山王现眼呢。"吴源一笑说："来，把船家杀了，请新寨主。”柳青说：“使不得，就这一件事，你们就错大发了。水路上做买卖，万不可伤船家。伤了船家，使船的与使船的俱都通气，大家一传言，就全不敢走这了。一不走这，就断绝了买卖了。一断绝买卖，大家岂不就苦了吗？”吴源说：“怎样办法？”柳青说：“解开船家，带上来。”船家上来跪下，柳青说：“你别害怕，明天放你下山。只管去揽买卖，揽进买卖来分给你们二成账。”船家千恩万谢，天光一亮，就下山去了。柳爷明知蒋四爷在外头那里，释放船家，分明是叫他与蒋四爷送信。

忽然第二天，喽兵进来报道：“启禀众位寨主得知，前边来了三只大船。船上头放着许多口袋，大概是米面。”吴源说：“这是新寨主的造化。”柳爷说：“出去细细查看，快些回报。”又进来一名喽兵报说：“前者放的船家，渡进来了米面客人。”分水兽邓彪说：“这是新寨主哇，饭进来了。”

柳爷一摆手，那个还未能出去，又进来一个报说：“启禀众位得知，那些个米面客人是假扮的。客人甩了他们那衣服，杀了我们伙计好几个人。要杀上山来哪！寨主早做准备才好。”柳爷说：“吴贤弟，把那些人俱都给我拿上山来。”吴源答应得令，就摘他这一对青铜刺，喽兵早已退出，吴源也就随后绕蟠蛇岭而下。见大众高矮不等，头一个就是钻天鼠卢方，他紫面长髯，摆刀就砍。怎么卢爷先过来呢？皆因卢爷见山贼过于凶猛，一丈一二的身躯，赤着背，穿着破裤子，赤着足，形如鬼怪一般。卢爷的刀一到，就叫青铜刺往外一磕，刀就拿不住了，当啷一声，刀被磕飞。青铜刺往上一跟，卢爷就闭了眼啦，知道躲闪不开。噗哧一声，红光崩现。吴源大吼了一声，如巨雷一般。那位说了，多一半是卢方死了。卢方要是一死，《续小五义》里渔樵猎三枪一刀破铜网，是什么人去？

那么噗哧一声，红光崩现，是谁呢？是吴源受了伤啦！皆因是卢爷刀一飞，大伙一怔。倒是浑人手快，飞錾大将军一飞錾，正中吴源右肩头之上。吴源也真皮糙肉厚，大吼了一声，将左手那柄青铜刺往右肋下一夹，伸手把右肩头那錾子拔将出来，抛弃于地，用手按了一按，那血也就不流了。吴源重新又把那柄青铜刺一提。徐庆蹿将过来，劈山式刀往下就杀。吴源用双刺搭十字架，往上一接刀，当啷一声，用双刺的钩儿一咬。徐三爷的刀背，用力往下一压，刀被人家锁住了。他往回里一抽，力气不敌吴源，拉不回来，就知道不好。吴源用力往上一崩，徐三爷也就撒了手了，一个箭步蹿开。吴源不追，怕的是又受飞錾。

龙滔过去，三刀夹一腿，倒把吴源的气壮上来了，手忙脚乱。三刀一腿，吴源直没见过这招儿，一赌气，双刺一挂，当啷，龙滔舒手扔刀，转头就跑。

姚猛过去，仍是不先动手打人，双手举着长把铁锤，净等人家兵器到他才还手。吴源瞅见姚猛，就像半截黑塔相仿。瞧着他又不上来动手，在那里等着，是什么缘故？等了会子，姚猛急了，说："大小子，还不过来受死！"吴源只得过来，用双刺往上一点，是个虚招儿。姚猛哪里懂得，用锤往外一磕。人家把双刺往回里一抽，复又一扎。蒋爷在旁边瞅着，一闭眼，就知道姚猛没有命了。焉知道姚猛造化不小。锤虽则一空，总是他胆大眼快，见吴源刺又到，一着急，急中生巧，使了个来回，往前一抢，可就抢到刺上了。当啷一声，吴源就觉出锤沉力猛来了。吴源说："黑大汉，我真爱惜你，不忍断送你这条性命。依我相劝，你降了寨主吧，不然就悔之晚矣了。"姚猛说："放你娘的屁！"又一交手，吴源使了个丹凤朝阳架式，把那柄刺搁在姚猛的脖子上，可把大众真吓着了，把姚猛也吓着了。吴源说："饶你不死，降不降？”姚猛一哈腰，蹿开说：“再来，小子！”吴源说：“你这厮太不识时务！寨主爷饶了你，你知道不知道？”说毕，往上要蹿。胡烈、史云直不敢上去。

蒋爷蹭一个箭步，蹿将上去。本是借的一口刀，分量尺寸全不合适。他叫姚猛下去，用手中刀一指吴源说：“山寇，我看你堂堂一表人才，为什么做山寇？你若弃暗投明，我保你上大宋为官，岂不光前裕后，显亲扬名！”山贼一哈腰，这才瞧见了蒋平。一瞅，哈哈地大笑说：“你也出朗朗狂言！你是什么人，通上名来，我先听听。”蒋爷说：“姓蒋名平，字泽长，小小外号是翻江鼠。”山寇一听，说：“哎呀，你就是翻江鼠蒋平吗？”蒋爷说：“不错，大丈夫行不更名，坐不改姓。”山寇说：“好，蒋平，正是寻找你，这些日子怎么也没找着。今日你可想走不能了！父兄之仇，不共戴天。”蒋爷说：“你先等等动手。你姓甚名谁？咱们两个人素不相识，怎么会有父兄之仇？”回答道：“我姓吴，我叫吴源，外号人称闹湖蛟。我哥哥坐镇洪泽湖，人称镇湖蛟吴泽。辖管天下水中的绿林，叫你结果了性命。各处寻你，今天才相逢，可是冤家路窄，非生食了你的心肝，绝不独生于世。”语言未了，一个箭步，蹿将过来，使了个孤雁出群的架式。蒋爷明知与他走个三合两合的，绝不是他的对手。不如与他水中较量。

蒋爷见吴源一蹿过来，自己抽身就跑，说道：“贼人，要讲较量，咱们是水中较量。我看看你水中的本领如何？”吴源说：“你是翻江鼠，我正要会会你水中的本领如何？”蒋爷一听，就有点暗暗吃惊。他要和他哥哥本领一样，我就非死不可。是什么缘故？原来在洪泽湖遇吴泽的时节，蒋爷不是他的对手，多亏苗九锡父子助力。苗九锡之子名叫苗正旺，外号人称玉面小龙神。到下套《小五义》五打朝天岭的时节，非此人不行。这是后话。暂且不提。

且说蒋四爷到了水面，哧的一声扎入水中去了。呼隆往上一翻。再瞧吴源也就到了湖边，往下一纵，呼隆往上一翻，踹水法露出上身，双手一顺三棱刺，一踹水，哧的一声，就奔了蒋四爷来了。蒋爷一个坐水法，往水底下一沉，睁开二目，看着吴源。心中暗道："看他能睁眼睛不能？他要在水中能睁眼视物，我占八成得死。他在水中不能睁眼视物，我就可以结果他的性命。"蒋爷把一双小眼圆睁，瞅着山贼。就见他也使一个坐水法，往下一沉，双手一捧青铜刺，把一双怪眼一翻，在水中找蒋四爷。蒋爷瞅得见他，他原来一翻眼也瞅得见。蒋四爷见他一踹水，直扑奔过来了。蒋四爷不敢与他交手，深知道他那个臂力过猛。只得在水中分水，东冲西撞，一味净是逃命的架式。吴源哪里肯放！蒋爷走在哪里，他追在哪里。蒋爷一想，不敢和他交手，净跑也是无益于事。常言一句说的好：逢强智取，遇弱活擒。忽然想起一个主意来了。

要问是什么主意，且听下回分解。

第一一一回

柳青倒取蟠蛇岭　蒋平大战黑水湖

词曰：

世上般般皆盗，何必独怪绿林？

盗名盗节盗金银，心比大盗更狠！

为子偏思盗父，为臣偏要盗君。

人前一派假斯文，不及绿林身份。

且说蒋四爷与吴源水中交战，岸上的胡烈、愣史他们追杀喽兵，把那些饿喽兵追得东西乱窜。大汉龙滔、卢爷、徐三爷捡刀。

败残的喽兵跑上山去，报与众位得知："我家大寨主与那些人交手，把他们兵器俱都磕飞。"柳爷说："聂贤弟下山，把这些人给我拿上山来！"聂宽不敢答言。分水兽邓彪说道："大寨主不知聂贤弟旱路的本领有限，若要捉拿这些人，我愿前往。"柳爷把眉一皱说："靠着米面客人有多大本领！再说吴弟也都把他们的兵器磕飞了，如赤手空拳一样，聂弟还拿不了来？我不愿为寨主，就为这个。难道说我还不如你们的韬略？还是你当大寨主吧，我不管这山上的事了！"说得分水兽邓彪羞的面红过耳，赶紧一躬到地说："从此再也不敢了。"混水泥鳅说："寨主不必动气，待我出去。"随即提了一口刀出去。不然，这个节目怎么叫倒取蟠蛇岭？是柳爷在那里头以为内应。他们在外往里杀，柳爷在里头使招儿，这就为倒取。明知这米面客人是蒋爷，不知道那些人是从何处搬来助拳的？怎么搬来得这么快呢？

混水泥鳅出去得越忙，越死得快当。有一喽兵进来报：“聂寨主被他们杀死。”邓彪说：“如何？他是陆地本领差，待小弟去与他报仇。”柳青说：“不想我一句话，要了聂贤弟的性命。还是我与他报仇。邓彪也就不敢往下再说了。柳青他那口刀，已然是有人给他搬进来了，如今还是拿着他自己的兵器。邓彪也拿着自己兵器。柳爷问：“干什么拿兵器？”邓彪说：“跟着寨主爷去。”柳爷说：“贤弟，是你与他报仇，还是我与他报仇呢？”邓彪说：“还是寨主与他报仇。兵器我不得不拿。”柳爷说：“这么几个米面客人还值得两个人出去？我也不是说大话，今天索性叫你瞧瞧我这本领。你不用拿刀。”邓彪暗想：“近来寨主怎么这么大脾气呢？”却也无法，受过他活命之恩。只可就不拿兵器。

柳青吩咐一声，齐队下山。那队哪能齐呢？只可绕着蟠蛇岭往下一走。到了平川地，就看见众位。分水兽邓彪想不到有陷空岛人，一瞅，类若是胡烈。胡烈叫道：“那不是邓大哥吗？”这句话未曾说完，扑通一声，分水兽就躺在地下了。原来是柳青在前，邓彪在后，走着走着，柳青一回手，就在邓彪的前胸上，使了一个靠山。只听扑通一声，分水兽邓彪就躺在尘埃。柳爷搭胳膊拧腿先把他捆上，纹丝不能动。然后拿刀威吓众喽兵：“来来来，哪个不服，咱们就较量较量！”话言未了，那些喽兵跪倒蟠蛇岭下，苦苦地求饶。柳爷随即开发说：“那边是开封府的老爷们，过去就饶恕你们。”众喽兵过去跪倒尘埃，往上磕头，一齐说：“我们都是安善的良民被他们裹来，不随就杀，贪图性命，不得不从。见众位老爷求施恩就是了。我们都不是当喽兵的。”说毕，大家磕头，直是一群乞丐花子。卢爷瞧着也不忍，说：“便宜尔等，饶恕你们性命。仍是各归防地去吧。少刻，拿着闹湖蛟在分赃庭相见。”

卢爷一瞅，有一个人在旁边跪着。一瞧是胡烈。卢爷明明知道他是给分水兽邓彪讲情，竟不理论于他。过去与柳爷说：“贤弟受惊了。”柳爷过去行礼说：“众位解救我活命之恩，……”徐庆说：“自己哥们，哪说得着！”柳爷问：“我们山中那大个呢?”卢爷说：“在湖中与老四交手呢。”又问：“后出来那小的呢?”徐庆说：“叫我宰了。”说的可就是混水泥鳅聂宽。不然，怎么说出去得忙，倒死得快，一见面，就叫徐三爷结果了他的性命。此就不细表，一句话说过去。有话即长，无话则短。

再说柳爷问卢爷：“怎么来得这么巧?”卢爷把自己的事，将长将短，对着柳爷说了一遍。又说：“柳爷在山中怎么得脱的活命?”柳爷这才一回手指着分水兽邓彪说：“大爷难道不认得他吗?”卢爷一看说：“好，他也做了山贼了。今天非要他的性命不可!”柳爷说：“大哥，别要他的性命。要非此人，我焉有命在!你要了他的性命，我不算是负义之人吗?”分水兽说：“大老爷、三老爷，我实出于无奈，才在山上。柳员外知道我的事情，我不敢回家，怕叫老爷们生气。我走在黑水湖，叫他们截上山来。吴源爱惜我，要与我结义为友。明知不是伴，无奈且相随。占住此山，得便之时再想个脱身之计。不料山中清苦，连饭都没有。我劝他早晚之间散伙。可巧柳爷来到。就求大老爷、三老爷格外施恩，饶恕于我。”卢爷旁边还跪一个人呢，可就是胡烈，早在旁边跪着呢。说道：“大老爷、三老爷也知晓，我们两个人是盟兄弟，我二人皆是一招之错。二位老爷既肯恩施格外，饶恕于我。还求二位老爷开天地之恩，饶恕我盟兄。”又有柳爷在旁边苦苦解劝，卢爷这才点头，连徐三爷也说：“饶了他们吧。”柳爷叫胡烈去把邓彪解开，过来与卢爷、徐三爷磕头。徐三爷给邓彪与大众见了见。邓彪又过来给柳爷道劳，又奔到卢爷跟前说："我家四老爷与贼交手吗?"卢爷说："正是在水中交手呢。"分水兽说："我四老爷力气敌不住那个人的臂力。此处现有我与胡烈，何不下水中去帮着四爷。不然，悔之晚矣了。"卢爷说："不用。你还不知道你四老爷那个水性，还用你们帮着！就在此处瞭望吧。"邓彪一听，诺诺而退，静看着水面。

吴源往上一翻，哇呀呀地吼叫。忽又往水中一沉。再看他往水中一扎，哗的一声，那水就是一片血水相似。只见吴源在水中扎下去了。卢爷以为是蒋四爷在水中没命了。就见吴源再往下一扎，又往上一翻，嘴里头骂骂咧咧，东瞅西看，找不着蒋四爷。复又扎在水内。卢爷也瞧不见蒋四爷上来，以为必是死在水里头了。再见吴源复又上来，吼叫的声音各别。卢爷见他上来，整整的三次。蒋四爷一面未露。再瞧黑水湖如红水一般。你道是什么缘故?

皆因蒋爷在水中一瞧，贼人的水性甚好，又能在水中睁眼。蒋爷直不敢和他交手。若是叫他拿青铜刺挂住自己，就得撒手。要是再抛了兵器，更不是他的对手了。忽然想起个主意来，就是这么一招儿，行就行咧，不行就完啦。净瞧他这眼力要比自己看得远，就输给他了。要比自己看的近，就赢他了。怎么就会试出他的眼睛远近？蒋爷和他绕弯，围着他绕圆圈，越绕越大。先离七八尺。吴源抱着青铜刺，瞪着两只眼睛看他。他绕在哪里，拿眼光跟在哪里。蒋爷一踹水，哧的一声出去了两丈开外。吴源还瞅着他。蒋爷暗暗地心里着急。若要三大丈开外，自己就瞧不见。焉知晓只在两丈四五，吴源就不行了。蒋爷就知道自己能赢了他了。吴源还心中纳闷哪，暗暗道：你和我绕弯，难道说你还跑得了！你跑到哪里，我老瞧着你往哪里去。他可忘了：远啦，瞧不见了。他见蒋爷一踹水往南去了，他瞧不见对手。他也踹水往南。蒋爷望着西北去了三丈，往上一翻，他以为蒋爷必是翻上去了。趁着他往上翻的时节，蒋爷一踹水扑奔前去，就打他脚底下往上一钻，抱着刀往上一扎。扎在哪里？噗哧一声，正扎在脚心上。对着山贼往下一蹬水，蒋爷往上又一扎，两下里一凑，蒋爷往回里一抽刀，又一踹水，哧的一声，就是三丈的光景。吴源露出上身，怎么会不嚷呢？又往水中一扎，水面上就是一道子红。吴源到水中仍是不见人。再往上一翻，整整的三次，吴源虽勇，也是禁受不住。复又上来，将把身子露出水面。蒋爷的刀冲着肚脐之上，噗哧一声，扎将进去。

要问吴源的生死如何，且听下回分解。

第一一二回
闹湖蛟报兄仇废命　小诸葛为己事伸冤

诗曰：

枫叶萧萧芦荻村，绿林豪客夜知闻。

相逢何必相回避，世上如今半是君。

且说蒋四爷屡次扎了吴源几刀，贼人本是一勇之夫，扎了几刀，也就没有多大力气了。蒋爷瞧着赢了，容他上来，自己一踹水，也就上来。刀由吴源肚腹之中扎将进去，噗哧一声，大开膛；哗喇一声，肠肚尽都出来。自己口中含住了刀背，腾出两只手来，夺过吴源手中那一对青铜刺。可叹吴源顺水漂流下来。蒋爷一见吴源就爱上了，可不是爱上他这个人，是爱上他这一对青铜刺，如今得将过来，心满意足。为是好应他这节目：洪泽湖丢刺，黑水湖得刺。岸上众人瞧见，这才放心。

蒋爷到岸，给柳爷道惊。柳爷抱怨了他几句说：“我这条命，又几乎没丧在你手里。”

蒋爷直给柳爷赔礼。邓彪过来，与蒋爷磕头。邓彪又把他的事情，述说了一回。蒋爷也不深分里责他。一听黑水湖外，嘈嚷的声音甚众。

原来黑水湖外大家助阵，一片嘈嚷的声音，听不甚真切。蒋爷立刻叫三只船出黑水湖，将十八庄会头，连庄致和俱请将进来。蒋爷把自己身上衣服拧了一拧说：“此处不是讲话的所在，咱们上山去。”众人点头。

大家一齐上蟠蛇岭。所在喽兵俱都跪在一处，接候众人。蒋爷说：“你们大家俱都不愿当喽兵？”喽兵异口同音说：“全不愿意了。”蒋爷说：“你们暂且先在此处，事毕，都安置你们一个去处。”喽兵一齐磕头。蒋爷直奔分赃庭，进了屋中一看，一无所有，穷苦之极。蒋爷冲着邓彪说：“你们这个寨主，倒做了个丰衣足食。”邓彪说：“四老爷别骂人了。”不多一时，喽兵进来报道：“现有柴货厂众位会头老爷们到。”蒋爷说：“请！”不多一时进来。尽是些绅衿富户，买卖读书之人。大家相见，都与蒋四爷道劳。彼此落座。

惟有胡从善、庄致和见蒋四爷身上衣服水淋淋的，心中不忍，叫人取衣服与蒋四爷换上。蒋四爷说：“等等，净我这一身衣服可不行。我要与你们化个缘。从此山贼一没，你们十八庄连庄会一散，历年中打地亩里少抛费多少银钱！我这一次化你们几个钱也不要紧。”大家异口同意说：“行得了。你是做什么用？”蒋四爷说：“你们出去，可着这里的喽兵，多少人，预备多少套衣服、头巾、鞋袜、中衣，免得这一群花子的形象。再说米面、肉腥、菜蔬，够我们吃两天的就得。再给喽兵预备点路费，够他们上岳州的盘缠就得。”众人连连点头，这就去办理。

蒋爷择定了五六人查点喽兵数目，起身出去。蒋爷借的那口刀也叫他们带去。众人出去，仗着此处有的是估衣铺、当铺——前文表过，大家凑兑头巾、衣裳、鞋袜。用船载了米、面、酒、吃食等项。又用船只载了银钱，直进黑水湖。喽兵看见，无不欢喜。大家搬运下去，衣服等项，俱都堆在分赃庭前。先给蒋爷换上，次与邓彪换上，然后大家穿戴起来。也是机灵的先抢新鲜好点的穿上。些微痴傻的，也就落后。落后也是知足的，到底是有衣服穿有饭吃。分完，就抱柴烧火，连会头带蒋爷等，俱在分赃庭吃酒，过了整整一天的光景。

次日，可就商量着起身了。

忽然喽兵进来回报："我们有三个远探伙计如今回来了，老爷们赏给他们衣服不赏？"蒋爷问："他们也愿意不当喽兵？"喽兵回话："他们都愿意改邪归正，就求老爷们一并施恩吧。"蒋爷说："把他们叫进来。"那三个人进来，在当中往上一跪。蒋爷说："你们是远探的喽兵么？"回答："正是。"蒋爷说："探得什么事情？"回答："没探出别的事情来。就知道大人回武昌府，穿湖而过。"蒋爷说："哪个大人？"回答是"颜按院大人。"众人一怔。卢爷问："老四，这是怎么回事？"蒋爷说："没有旁的事，必是欧阳哥哥把大人请回来了。"卢爷说："要是大人在此处经过，可就省了事了。咱们就着见见大人。"蒋爷又问喽兵："你们打听得准吗？"喽兵说："准也不大很准，横竖大人回武昌，准是大人吧。"蒋爷说："你们吃了饭，换上衣裳，带着盘费，倒是打听大人带着什么人，从何而至？为什么缘故？打听明白，再来回话。"喽兵说："是。"随即出去，换上衣裳，吃了饭，拿上盘费，再去打听。

不多一时，就回来了。又进来报道："我们打听明白来了。是大人带着公孙先生上武昌府私访，如今归回。有武昌府的知府护送，离黑水湖不远了。看看就要进黑水湖口。"蒋爷说："还有什么人？"喽兵说："并无别人。"

卢爷说："这又奇怪了？"蒋爷一翻眼说："啊，是了。我明白了。"卢爷说："你明白了什么？"蒋爷说："这个不是公孙先生。”卢爷说：“不是公孙先生是谁呢?”蒋爷说：“这个是沈中元。”卢爷说：“怎么见得是沈中元呢?”蒋爷说：“准是沈中元。这是他和大人说明白了，大人饶了他了。他以为是没了事了。大人饶了他，咱们不饶他，以为硬人情托好了。”卢爷说：“你打算怎么样?”蒋爷说：“少时来了的时节，我先把他扔到水里，涮他一涮。”卢爷说：“小心大人见罪呀!”蒋爷说：“什么罪呀？此时正在用人之际，咱们把他杀了，大人绝不能把咱们杀了。我也不怕他师弟听着恼。他太不是了！枉叫小诸葛了。”柳青说：“你把他杀了，也不与我相干。病夫，你不用混拉扯人。”

蒋爷将分水兽邓彪、胡烈叫来，就把自得来的铜刺每人一柄，附耳低言如此这般，叫他们出去办事。后又把远探喽兵叫过来说：“你们在黑水湖看着，大人一到，疾速报与我知。”复又把那些喽兵的头目叫过来说：“你们查点查点，那软硬拘钩还够数目不够数目?”喽兵说：“回禀四老爷得知，自有富余的。我们伙计不够数目了。”蒋爷说：“怎么不够数目?”回答：“叫老爷们杀了几个，又饿了几天，刚一吃饭，撑坏了几个。”蒋爷说：“他们死去，那尸身怎么样了?”回答：“俱已把他们掩埋在蟠蛇岭下。”蒋爷说：“好。”

胡从善、庄致和说：“大人看看将到，我们怎么样?”蒋爷说：“你们瞧个热闹。有我哥哥他们几位迎接大人，你们瞧瞧涮人的。你们瞧见过涮人的没有？没有瞧见过，这回叫你们瞧瞧吧。”卢爷说：“老四，你可慎重着点。”蒋爷说：“无妨，大哥你瞧热闹吧。”喽兵进来报道：“大人船已到黑水湖口。”蒋爷说：“大家出去迎接大人。”

蒋爷这一料，料得实在是不差。沈中元打从把大人盗将出去，全仗着刘志奇的迷魂药饼儿迷住大人，又卖了娃娃谷的房子，乘三辆车奔长沙府。一辆车是大人，一辆是他表妹，一辆车是沈中元与他姑母。路过豹花岭，甘妈妈不叫住山贼那里。来到夹峰山，一者玉面猫是师侄，又有家眷，这才在那里住了一晚晌。次日起身，过胡家店还可以，倒是个店口哇。奔长沙府到了朱文、朱德家里，可巧哥两个都没在家。仗着是真有交情，就在朱家住下。甘妈妈说："再要不把大人唤醒过来，我就要出首了。把你送将下来。"沈中元应着，晚间就把大人还醒过来了。甘妈妈这才点头。

到了次日，吃完早饭，在书房里给大人起了迷魂药饼儿，后脊背拍了三巴掌，迎面吹了一口冷气，大人还醒过来了。一看是个书房景象，旁边跪着一人。大人一瞅，一怔。见他翠蓝头巾，蓝袍，丝鸾带，薄底靴子，没有佩着刀，白面无须，五官清秀。大人问："这位壮士是谁？请起来，有话慢慢讲来。"沈中元跪而不起，说："罪民身该万死，万死犹轻。有天大的冤屈，无处伸诉，夜晚间施展匪计，将大人盗在此处。为鸣罪民不白之冤。见大人天颜，如拨云见日。说明罪民之冤屈，虽死也瞑目。"大人说："无论你有什么罪名，我一概赦免，有话起来说。"沈中元磕了头起来，旁边一站。

大人叫他坐下，再三不肯。大人问他的姓氏，为什么屈情，慢慢说来。沈中元说："罪民姓沈，叫沈中元，匪号人称小诸葛。先在王爷府，非是跟着王爷叛反。罪民料着大宋必然派人捉拿王驾千岁。罪民在府中好得他的消息。大人特旨出京，不想白五老爷这么年轻，一时荒疏竟误中他们的诡计，为国捐躯，丧于铜网。罪民只恨无有帮手，那时节，但有一个心腹之人，也就刺杀了王爷，与五老爷报了仇。可巧王爷派邓车行刺，罪民明与他巡风，暗地保护着大人，一则拿住刺客，以作进身之计。不料大人那里，徐、韩二位老爷，把他追将出来，追来追去，不知他的去向了。那时罪民暗地跟随，在旁边嚷道：‘邓大哥，桥底下可藏不住你！’竟有如此者，好几次。罪民明是向着邓车，暗是向着徐、韩二位老爷，又说：‘邓大哥，小心人家拿暗器打你。’这才把韩二老爷提醒，用袖箭将他打倒，将他拿住。罪民料着，必要问问罪民泄机的缘故。不想他怕罪民投在大人跟前，说出拿邓车的来历，岂不露出二位老爷无能了吗？罪民实非为功劳，只要与五老爷报了仇，免了罪民与叛逆同党之名，好保住合家，免遭灭门之祸，此就是罪民平生的志愿。不想二位老爷忌妒，不肯引进罪民，得见大人之面。这一来不要紧，耽误了与五老爷报仇之事，可全在徐、韩二位老爷身上。实系无法，不能得见大人天颜，这才夜晚间施展小计，将大人驾请到长沙府。这就是已往从前之事。”

他怎么叫小诸葛呢？直冲着大人心眼。谁要说五老爷这个年岁死得可怜，无非一时的荒疏，坠在铜网之内，大人就把谁喜欢透了；谁要说五老爷情性总是眼空四海，目中无人，他去是自找的，他就把谁恨透了。小诸葛知道大人的心思，所以大人恕了他的罪名，叫他扮公孙先生，知会了长沙府，作为大人巧扮私行，访查恶霸来了。邵邦杰闻知大人现在此处，会同总镇大人，合城文武官员，预备轿马，见大人投递手本，送大人回武昌府。到水路换船，进了黑水湖。喽兵拿拘钩搭船，沈中元出舱。蒋爷把沈中元抱下水去。

若问沈中元生死如何，且听下回分解。

第一一三回

众喽兵拨云见日　分水兽弃暗投明

诗曰：

规谏从来属魏徵，太宗何竟望昭陵。
自此台观全拆毁，感念高皇不复登。

或有问于余曰：《小五义》一书，纯讲忠孝节义，以忠冠首，大概直言敢谏谓之忠，委曲从事则不谓之忠。余曰：不然。直谏固谓之忠；或有事不便直谏明言，必委曲以寓规谏，终使君心悔悟，顿改前非，此不谏之谏，更有胜于直谏者，不忠直焉能做出此事来。唐时有一魏徵，可为证据。

唐太宗贞观十年，皇后长孙氏崩，谥①为文德皇后，葬于昭陵。太宗因后有贤德，思念不已。乃于禁苑②中起一极高的台观，时常登之，以望昭陵，用释其思念之意。一日，引宰相魏徵同登这层观，使他观看昭陵。魏徵思太宗此举欠当。他的父皇高祖，葬于献陵，未闻哀慕。今乃思念不已，至于作台观以望之，是厚于后而薄于父也。欲进规谏，不就明言。先故意仔细观看。良久，对曰："臣年老眼目昏花，看不能见。"太宗因指所在，叫魏徵看。魏徵乃对曰："臣只道陛下思慕太上皇，故作此观，以望

---

① 谥（shì）——君主时代帝王、大臣等死后所给予的称号。

② 禁苑——帝王的园林。

献陵。若是皇后的昭陵，早已看见了。”太宗一闻魏徵说起父皇，心里感动，不觉泣下。自知举动差错，遂命拆毁此观，不复登焉。

太宗本是英君，事高祖素尽孝道。偶有此一失，赖有直臣魏徵婉曲以进善言。太宗即时感悟，改过不吝，真盛德事也。

又唐史上，记太宗时的大臣，只有个魏徵能尽忠直谏。太宗也极敬重他。一日，闻魏徵所住私宅，只有旁室，没有厅堂。那时正要盖一所小殿，材料已具，遂命撤去，与魏徵起盖厅堂。只五日就完成了。又以徵性好俭朴，复赐以素屏、褥杖几等物，以遂所好尚。徵上表称谢。太宗手诏答曰：“朕待卿至此，盖为社稷与百姓计，何过谢焉。”

夫以君之于臣，有能听其言行其道，而不能致敬尽礼者，则失之薄；亦有待之厚，礼之隆，而不能谏行言听者，则失之虚；又有赏赐及于匪人，而无益于黎元国家者，则失之滥，而人不以为重矣。今观太宗之所以待魏徵者，可谓情与文之兼至，固宜徵之尽忠图报，而史书之以为美谈也。

词曰：

五义皆为好汉，蒋平真是能员。
水里制伏沈中元，莫把病夫错看。
任尔诸葛能算，猛然擒你下船。
腹内满饮山下泉，才显翻江手段。

且说大人到了弃岸登船的时节，坐了三号太平船。知府总镇在第二只船上，文武小官在第三只船上，护送大人的兵丁们，就在旱岸上行走。进黑水湖，谁也想不到贼人有这么大胆子，敢劫夺钦差大人。刚进湖口，就听见呛啷啷一边锣鸣，叭哒哒就把软硬拘钩搭住船只，往近里拉。

小诸葛一着急，打官舱里蹿将出来，喝道："好山贼，现有钦差大人在此!"回手就要拉刀，一瞧错了，自己扮的文人模样，哪里来的刀呢？正一着急，见打船旁呼隆一声，有人由水中蹿出来，如水獭相似把住船沿，把沈中元拦腰一抱，说："咱们两个人，水里说去吧。"大人看了个逼真，是蒋护卫。大人高声嚷道："护卫千万不可与沈壮士无礼!"话言未了，早听见扑通一声，打水漂相似。

原来，蒋爷把人都安置好了。他自己却换了短衣襟，也没拿刀，就到了蟠蛇岭下，看见大人那只三号太平船进了黑水湖口，桅杆上有一面大黄旗子，被风飘摆，行舒行卷。上面是朱书的"钦命"两个字，墨书的"代天巡狩按院大人颜。"蒋爷一吩咐喽兵，他就蹿下水去，容他们拘钩搭住就走。蒋爷蹿上船头，拦腰一抱，就蹿下水去。到了水中，蒋爷把手一撒，沈中元就如坛子灌水，满了为止。净剩下饮水的功夫了。蒋爷把他往肋下一夹，拢住了他的手，踹着水绕过了一个山湾。蒋爷知道把他灌满了，提溜上来。大人也看不见了，有什么话慢慢再和他说。

沈中元水饮得有八成光景，眼前发黑，心似油烹，耳内如同打阵雷的一般。蒋爷解他的丝绦，把他捆上。蒋爷骑马式将他骑上，伸双手打他两肋下往上一拥，哇哇地往外一吐，吐得干干净净。

蒋爷一撒手，把自己身上的水拧了一拧，对着沈中元一蹲，叫道："武侯诸葛亮卧龙先生！可惜了你这个外号，你怎么配呢！

你冤苦了人家卧龙先生了。你怎么配!”沈中元说：“我本不配，是大家抬爱。我早就说过不配。”蒋爷说：“你为我二哥、三哥有一点不到之处，得罪于你，就怀恨在心，你就行了这么一个法子，五条性命几希乎没有断在你手中。一计害三贤就够受的了。你这叫一计害五贤；武昌府的知府池天禄，在他地面上丢个大人，他得死；我二哥，保大人是他的专责，得死；玉墨丢了老爷，得死；两位先生得死。这是立刻得死的，余者沾衔的还不定死多少呢！你挑礼你得挑明白了，那才是英雄呢！再说，我听见我哥哥说你道了姓名，我赶着就上树林找你，沈壮士长，沈壮士短。可也不知你听见哪，也不知你是去远咧，可也不知是成心不理我。你不想想，你把大人盗走了，显显你的能耐，不想我们担得住担不住！你就是把大人说合了，央求得大人点了头。你必是能说呀！你又是王府的人，你必是说能破铜网，能拿王爷。再说我们老五死得怎么苦，你怎么给他报仇。捡着我们大人爱听的说一说，这个就把你赦了。你哪知道大人赦了，蒋四老爷不赦，趁着在这大人瞅不见，我先把你宰了给我二哥报仇。我宰了你，我们大人绝不能把我宰了。”

小诸葛一听，心中说：“我早就算计下这个病鬼不好惹。如今遇上他了，这也无法。”想到此间，双眼一闭，一语不发，就是等死。

正说之间，听见噔噔噔地跑过两个人来，是卢方、徐庆。徐三爷嚷道：“大人有话，老四可千万别杀他。”蒋爷说：“谁说的?”三爷说：“大人。”蒋爷说：“你才实心眼哪，这会大人瞅着吗？他害咱们二哥几希乎没死！他央求大人，大人饶了他。咱们不能饶他！咱们先把他杀了。我去见大人去，就说你们送信来时，我已经把他杀了。我去上大人那里请罪去！三哥你带着刀呢，是你杀呀，是我杀？”徐三爷说：“我杀。”徐庆他本是个浑人，蒋四爷说什么，他就听什么，摆刀就剁。蒋爷可又把他拦住说：“咱们要杀他，也叫他死个心服口服，别叫他死得不服。姓沈的，生死路两条：你是要死，你是要活？”沈中元说：“大丈夫生而何叹，死而何惧？”蒋爷说：“你到底是愿意死愿意活？我有意救你。”沈中元说：“我愿意死我还不弃暗投明呢。”蒋爷说：“你要是愿意活，依我个主意，你就活了。”沈中元问：“什么主意？”

蒋爷说：“你见了我二哥，我给你说情，也不枉你弃暗投明。也别管真假，你总是给我们老五报仇，也不辜负你这点好意。就是有一样，知错认错是好朋友。你见了二哥，给我二哥磕个头，一天云雾全散。打这起谁也别计较谁。我二哥这个脾气，非叫他顺过这口气去。凭爷是谁，说也不行。有这一个头，怎么好，怎么好，你赶常了，你就知道了。”沈中元说：“你快些住口！若要给别人磕头还倒罢了。要是给你们五鼠五义磕头，这是我一辈子短处。二义韩彰，他还不到了有人的去处，讦①调于我。再说，我无论做了是什么样的官职，也洗不下这个羞惭去了。”四爷说：“什么羞惭！你这个头贵重，我这个头贱。我给你磕一百，你给我二哥磕一个。一百折一个，还不行吗？我可是为息事罢词。打这就给你磕头了！”说毕，蒋爷也真拉得下脸来，就双膝点地。

① 讦（jié）——攻击别人的短处或揭发别人的阴私。

沈中元说："等着等着，这么磕了，可不算。"蒋爷也就站将起来了。沈中元说："你还捆着我。再说，你这给我磕头，谁瞅见？我给他磕的时节，是众目之下。怪不得人说你足智多谋，这又是你的主意！"蒋爷噗哧一笑说："你疑心过大。咱们这么办，等你给我二哥磕的时候，我再给你磕头，你看着，管保行了吧！"沈中元说："肯那么着吗？"蒋爷说："来，我先给你解开。君子一言既出，驷马难追。这话以后绝不提了。"

随即给他解开绳子，彼此把身上水拧了拧。蒋爷说："过来，给你们见过。这是我大哥。这是我们三哥，你是认识的。"徐庆说："老四，他不给我磕头？"蒋爷说："凭什么给你磕头？你还应当给人家磕头呢！"徐庆说："哎哟，我还应当给他磕头！我们两个人折了吧。"又见打那边来了人了，一拐山环就到了。这个人说："千万可别杀沈壮士！叫我送信来了。"

原来是大人船进黑水湖，看见是蒋四爷把沈中元提溜下去了。大人叫蒋护卫，没有拦住，早就下去了。少刻，后头文武官员的船只俱到。船上水手忙成一处，大伙找家伙保护大人要紧。此时由东岸上也有船只到了。大家都上官船找大人的主管回话。大人亲身把守官舱。卢爷大众过去请罪。大人说："于你们何罪之有？这沈壮士已然赦过他了。卢校尉，徐校尉，千万告诉蒋护卫，可别杀沈壮士。"得大人谕下，船直奔东南去了。

文武官员上船，给大人道惊。大人说："何惊之有？"复又派人前去，叫本地面武职官追赶上去，千万别杀沈壮士，大人已经赦过了。那人去不多时，同着蒋四爷回来。等那人到时，蒋爷已经把话说好了。蒋爷也应着当众给沈中元磕头。沈中元也应着当众给韩爷磕头。蒋爷给他解了绑缚，跟这里来的时节，那人也就到了。一提大人说不叫杀沈壮士，蒋爷说：“没有杀。既然有大人谕，我们焉敢杀他。大人谕要下来晚一点，可就不好了。”沈中元心里说：“我就知道他们这五鼠五义里头，这个瘦鬼不好弄。这才叫雨后送伞。”

蒋爷说：“这位老爷贵姓？什么前程?”那人说：“我是守备，姓王，叫殿魁。”蒋爷说：“王老爷。”那人说：“老爷贵姓?”蒋爷说：“姓蒋，名平，字是泽长，排行居四。”那人说：“原来是蒋四老爷。失敬，失敬!”蒋爷说：“岂敢，岂敢!”随说着随走，将一拐这个山环，就看见大人的船只了。那些个喽兵正打船上摘软硬拘钩呢。蒋爷说：“不好！有了刺客了。”忽见打西山头上，嗖的一声，蹿下一个人来，回手拉兵器，准是要行刺。

要问来者何人，且听下回分解。

第一一四回

蒋泽长水灌沈中元　众乡绅奉请颜按院

词曰：

矫若云中白鹤，羡他绝妙飞行。
忽然落下半虚空，能不令人发怔。
宝剑肩头带定，人前念佛一声。
热肠侠骨是英雄，到处人皆钦敬。

且说蒋爷同着那人刚一拐山环，就瞅见半山腰内一个人蹿将下来，蹿在大人船上。蒋爷一嚷刺客，卢爷撒腿往前就跑，徐三爷眼快，说："站住吧，大哥，不是外人。"卢爷也就噗哧一笑："可吓着了我了。"敢情是他把大人也吓着了。你瞧，无缘无故，打半悬空中飞下一人来，银灰九梁巾，道袍、丝绦、鞋，皆是银灰颜色，除了袜子是白的；背背二刃双锋宝剑面如满月相似，五官清秀，三绺短髯。他回手拉宝剑，念声"无量佛"。大人也不知道老道从何而至，一瞧那意思，不是个行刺的。见他一回手就要拉双锋宝剑，喝说："尔等们这些喽兵，好生大胆!"将摆剑要剁。船舱之中说："道师兄，你且慢，大人现在此处，你要做什么?"赶着出来，双膝点地，给云中鹤道爷磕头。

你道云中鹤从何而至？自打夹峰山说明了帮着大众破铜网，定襄阳。回到庙中，把自己应用物件全都带好，将庙中事安置妥当，离了三清观，直奔武昌府。正走到柴货厂，看见湖口里面浩荡荡的大黄旗子飘摆。上字着“钦命”、“代天巡狩按院……”，山头遮挡，往下就看不见了。自己心中一忖度，必是颜按院大人吧。忽听里面呛啷一阵锣响，意欲奔黑水湖，没有船只又进不去；上黑水湖西边那座山看看，又没有山道。仗着老道常走山路，山头却又不高，把衣裳一掖，袖子一挽，竟自走到上面去了。往下一看，正是喽兵在那里导绒绳哪。东岸上站着好些个人。看又不像山贼的样儿。看那旗子，可不是颜按院大人吗！自己一着急，飞身蹿将下去，念了一声“佛”，拉定剑要断软硬拘钩。

此时白面判官柳员外打里边出来，说：“给师兄叩头。”魏道爷一问：“师弟因为何到此?”弟兄约有十七八年没有见面，见面觉着有些凄惨。柳青说明了自己的来历。魏道爷点头。正说话之间，就听见岸上有人叫亲家，原来是穿山鼠徐三爷到。魏道爷一瞧沈中元，水鸡儿一般。还有一个也是水淋淋的衣服，可就是蒋四爷。

大家上船，云中鹤俱一一的单手打稽首，念声无量佛。徐庆同他见蒋四爷。见礼已毕。蒋爷复又给魏道爷行了一个礼说：“我听三哥说，请出魏道爷来，帮着我们大众与我五弟报仇。慢说我们感念道爷的这一番好处，就是死去的我的五弟，在阴曹地府也感念道爷的功德。”徐三爷在旁说：“你瞧你这絮絮叨叨的，也不知是做什么！自己哥们，哪用那些个话说。”云中鹤念声无量佛说：“贫道既然点头，敢不尽心竭力。”

沈中元在旁双膝跪倒说：“师兄，你老人家一向可好？小弟沈中元与兄长叩头。”云中鹤念声无量佛，说：“你今年岁数也不小了，比不得二十上下的年纪了，也应当奔奔正途才是。你想想你所为的都是什么事情？我为你们两师弟，远走他方，云游天下，皆因有这个师兄弟的情分。一人增光，大家长脸；一人惭愧，大家惭愧。按说弟兄们廿载光景，未能相逢。弟兄们见面，怎么我就数说你一顿？皆因你做事不周，连劣兄脸上也是无光。”沈中元说：“小弟早有弃暗投明之习，不得其门而入。事到如今，改邪归正，不必兄长惦念了。”

正在他们说话之间，里边传出话来说：“大人有请蒋护卫。”卢爷叫蒋爷换上衣服，蒋爷就进去面见大人。给大人行礼，给大人道惊，在大人跟前请罪。大人又把沈中元的缘由，说了一遍。大人深知蒋爷是伶牙俐齿，派蒋爷与沈中元、韩彰两家解和。蒋爷点头，大人然后又问：“打半山腰中飞下来的那个老道是谁?”徐三爷回话，如何回得明白，向来又不懂得说官话，一张口就不成文：“回禀大人得知，他是我小子，是我儿子的师傅，我们是亲家。”大人瞪了他一眼，话就更说不上来了，又说：“我回话大人听不明白，问我哥哥吧。”他也想着说得不是滋味了，推在卢爷身上。卢爷接过来，这才把始末缘由说了一遍。大人方才听明白。原来老道是沈中元、柳青的师兄。被众人请出来帮着定襄阳，破铜网，与五弟报仇。大人方才看见老道有些道骨仙风的气象，自己一忖度，此人是请出来的，不可慢待。况又是徐校尉的亲家，便立刻吩咐有请魏道爷。魏真进了船舱，与大人行礼。大人赶紧站起身形，抱拳带笑说：“魏道爷请坐。”上下一打量，魏真好一番的气象，怎见得，有赞为证：

颜大人，用目瞧，见此人，好相貌。入玄门，当老道。看身材，七尺高。九梁巾，把头皮罩。素带儿，脑后飘。迎面上，有一块无瑕美玉，吐放光毫。穿一件，灰布的袍；系一根，细丝缘，在腰间，来回绕。蝴蝶扣，系得牢；相衬着，灯笼穗儿，被风摆摇。白布袜，腰儿高。银灰的鞋，底儿薄。行不偏，走正道。背后背，无价宝，二刃双锋，是一口利刃吹毛。看先天，根基妙。看后天，栽培得好。地格圆，天庭饱。二眉长，入鬓角。看双睛，神光好。土形正，双腮傲。耳轮厚，福不小。唇似涂朱，还有三绺胡须相配着。这老道，真奇妙。不修仙，不了道，不爱钱，不贪钞。暗隐着威，面带着笑，喜管不平事，专杀土棍豪。每遇那，污吏赃官、奸夫淫妇不肯饶。

大人看毕，暗暗夸奖，叫人与道爷预备一个座位。魏道爷哪里肯坐，让至再四，方才落座。与众位打了个稽首，念了声无量佛。大人说："本院久闻魏道爷之名，方才又听卢校尉等所说，魏道爷肯出来拔刀相助。待等事毕之时，本院奏闻万岁，必然要声明魏道爷之功。"云中鹤说："小道无能，无非听着言讲五老爷死在铜网，被奸王所害，实在凄惨。小道也是一腔不平之气，焉敢称为拔刀相助。众位老爷们前去破铜网，小道有何德何能，不过巡风而已。"大人说："魏道爷不必太谦了。"

正说话间，就见一宗诧事，那船忽悠忽悠直奔东山边而来，把大众吓了一跳。

怎么这船自己走起来了呢？大人问："什么缘故？"蒋爷知道底下有人，转身蹿入水中，才把胡烈、邓彪叫将出来。原来是蒋爷预先叫他们两个，拿着青铜刺，容拘钩搭住船只往里拉的时节，叫他们用刺钩挂住船底，往里就带。两个人扎在水中，用刺挂船，嗣后，怎么也挂不动了。缘故是拘钩不拉了，两个人如何挂得动？这才用平生之力，慢慢忽悠忽悠的也就奔了东山边了。蒋爷下去，把他们拉上来。到了上面，才能告诉，不可能在水里头说话。蒋爷就把水灌沈中元，大人到了的话，说了一遍。随后带着两个人到了船上，放下青铜刺，与大人叩头。说明了他们的来历，大人收留下来，叫他们跟着当差。

大人又问："你们大众如何到的此处？"蒋爷就把寻找大人，误入黑水湖，杀了山寇，饶恕了喽兵的话，说了一遍。又说，岸上那些人，都是十八庄的会首。大人说："既然他们献了些衣服，又预备了吃食，也俱是为国有益的好百姓，应当请来一见。"蒋爷这才下去把那些乡绅们请将上来，俱与大人叩头。大人倒说了些谦虚的言语。那些人请大人上柴货厂暂且歇马，明日起身。大人不肯，众人跪着不起来。大人出了个主意，就在山中聚义庭中住一夜，明日再走。大众只可点头。就此请大人下船，上聚义庭。

众乡绅派人出去治办上等的海味官席几桌。也皆因柴货厂地势宽阔、繁华，要是背乡，也不能这么便当。

蒋爷、沈中元、邓彪、胡烈俱都换上衣服。众喽兵跪接大人。众人到了聚义分赃庭中，晚间由外边厢酒席备到，连知府带总镇大人，文武大小官，以至外边兵丁等，还有蒋四爷等，连众会头带喽兵，大家饱餐一顿。席间，把君山归降大宋回禀了大人一遍。又把盗彭启假扮阴曹画阵图，回了大人一遍。大人问："画阵图有些个日子，大概也画齐备了吧？"蒋爷说："这日限也不少了，大约也画齐备了。"就此回明大人，把喽兵也打发上君山去，待等襄阳用人之际，再调他们上襄阳。大人也就依着蒋爷的主意。蒋爷叫分水兽邓彪取纸笔墨砚去。分水兽说："四老爷怎么又来取笑我们，这哪有纸笔墨砚呢？"这才用知府带来的文案，叫他们预备着。蒋爷亲笔写了书信，封固停妥。一夜晚景不提。

次日清晨，大人打发文武官员，俱都免送，回衙理事。大家一定要送，说至再四，这才不送了。连兵丁们俱都叫他们回去。早饭又是十八庄会头预备。早饭用毕，山中也没有什么物件，喽兵也不用分散。蒋爷仍穿上自己的衣服，带上一对青铜刺，请大人下山。余者众人保护，放火烧山，为的是贼要再来了，没有住处，自然也就存留不住了。顷刻间烈焰飞腾，万道金蛇乱窜。喽兵带着书信、盘费银两，直奔君山，暂且不表。十八庄会头要送大人一程，大人拦住。大人谢了他们。后来大人上京交旨，奏闻万岁。天子一喜，还赐了一块匾额。赞美他们村庄的义气。大家上船，大人在官舱中见火光大作，点头叹息：烧毁房屋，伤害有多少生灵！蒋爷早派听差的前去给武昌府送信。

内中单有柳青，要见他师母去。蒋爷不愿意，说："待等破完了铜网，索性你把这一个整人情你完了，再见不迟。"柳爷说："趁着此处离长沙府不远，我去见见。我实在是想我师母。你只管放心，我绝不能半途而废，我不是那样人物。你们先走，随后我奔襄阳，绝不能误事。"这一说，云中鹤也要去，由沈中元带路。蒋爷一想不得，他们师兄弟凑在一处，睡多了梦长。万一不奔襄阳，便把他们怎么样呢？有了，我同着他们一处去就无妨了。就此回明白大人，四位一同起身，奔长沙府。

这一到长沙府，火焚郭家营。且听下回分解。

第一一五回

双锤将欺压良善　温员外惧怕凶徒

词曰：

世上豪杰不少，巾帼亦有须眉。
救人急难扶人危，竟出闺阁之内。
不是姻缘匹配，强求必定吃亏。
要擒恶霸将双锤，女中英雄可畏。

且说大人回武昌不表。蒋爷上长沙也不提。

单说的是南侠、北侠、双侠、智化、过云雕朋玉直奔长沙府。到了郭家营，过云雕朋玉认得。总是不巧不成书。自从小诸葛沈中元他们走后，本家有事，前文已经表过。王官雷英上长沙府郭家营，聘请双锤将郭宗德。这双锤将可就在长沙府。皆因此人臂力过人，受了襄阳王的聘请了。这人生就的臂力真大，虽不能说有万夫不当之勇，要论这一对双锤，实在是力猛锤沉。可惜他这样的本领，只是一件，叫他妻子误了一世的英名。

这就是那句话，大丈夫难免妻奸子不孝。他娶妻花氏，实在的不是个东西。郭宗德家中一贫如洗，他是个武夫，饭量最大。他交了一朋友，叫崔德成。这个崔德成家大业大，就是孤身一人，尚未婚娶。皆因花氏不是个东西，那崔德成又有银钱，妇人嫌这宗德又穷，贪图了人家银钱，就把丑事做出来了。崔德成拿着银钱，叫郭宗德做买卖。这个买卖一多了，郭宗德也就做不过来了。又找了领东的开发许多铺户，又拾掇了自己的房舍。前后东西共是四个大院子。后院拾掇的花园子里，盖了一座大楼。花氏起的名字，叫合欢楼。后花园中有些个奇花异草，太湖山石，竹塘等项。家业一大，双锤将的名气也传扬出去了。

双锤将不叫双锤将了，改送了他一个外号，叫了个赖头龟。大人还不好意思叫他，小孩子可不管那个。他在前边走着，小孩子就在后边叫："咳咳咳，赖头龟哪，上哪去呀，吃了饭了没有？"他瞧了那孩子一眼，也无非地干鼓肚子生气。那孩子更讨人嫌，又说："赖头龟，你发了财了，你不是上我们家里讨饼子吃的时候了。"这个人一想，再要是孩子凑多了，更不好办了。真是！那些孩子聚在一处，唱起来了："赖头龟，赖头鼋①，丢了人，有了钱。"他要追赶着打他们。他们就跑了。自己一想不是事，不久要跟着王爷打军需去了，又不能携眷；要把家眷搬到襄阳去，又舍不得这片事业。再说崔德成公然就在他们家里住着，也不回崔家庄了。总得想一个法子，怎么把他推出去才好呢。

这天忽然生出一个主意来，把崔德成请到书房内，两个人喝着茶闲谈。赖头龟说："兄弟，你这不是事。凭你这个家当，这样的事业，打这么一辈子光棍，算怎么事情？圣贤说过：不孝有三，无后为大。非得说一个不行，早晚我给你为媒说一个。"崔德成说："不要。别辜负了哥哥的心。"郭宗德说："你为什么不要？"崔德成说："媒人叫我赶出去的许多。因何缘故？再醮的，不要；非品貌好了，不要，我总不相信媒人的话。"郭宗德说："难道说这一方就没一个品貌好的么？你要什么样的？"崔德成说："非得像我嫂嫂那品貌才行。还有一个，不行了。"郭宗德问："是谁，怎么不行了？只要你看得中意，我就能给你去说。"

---

① 鼋（yuán）——鳖。

崔德成说："那日清明上坟插柳的时节，看见温家庄温员外家有个女儿，温暖玉，称得起才貌双全。我见她一面，神魂恍惚，直到如今，我总有些个思念。可惜人家是有夫之妇了。"双锤将说："只要你看着如意，有夫之妇，她也得给咱们。"崔德成说："她要是给的无能之辈，还有你这一说。他给的是朱家庄朱德家，那如何行得了？"双锤将说："你只管放心吧。后天咱们就办事，要是不给咱们，还会抢哪。若办妥了，兄弟你在哪办？"崔德成说："要是妥了，我就在这办。"

赖头龟听了，虽不愿意，也是无法。有句俗言：宁借停丧，不借人成双。无奈可有一件，吃了人家的口软，使了人家的手软。自盖房屋，不敢说不行。崔德成虽说此话，也没有搁在心上。仍然告辞，上合欢楼去了。

双锤将把家人叫将过来，吩咐备办了八盘子花红彩礼，叫人备上马匹，自己换了新衣服佩上，出了房门，乘跨坐骑，带上从人，直奔温家庄。到了温员外门首，双锤将撇镫离鞍下了坐骑。从人前去叫门。里边有人答言："什么人叫门？"从人说："开开吧，我们大爷来了。"正是温员外出来开门，一看就是一怔。他知道双锤将是一恶霸，素无来往，到门必没有好事。

温员外只好满脸赔笑，一躬到地。双锤将要行大礼，说："老伯在上，侄男有礼。"温员外说："岂敢，好兄弟，请到寒舍待茶。"说毕，往里一让，厅房落座。温员外问道："驾临寒舍，有甚贵干？"双锤将说："侄男闻听老伯有一千金令爱，我有个盟弟，此人大大有名，提起来大约老伯也知道，就是崔家庄崔德成。侄男做冰人①，可称得起是门当户对。"温员外连连摆手说：

---

① 冰人——旧时称媒人。

“辜负贤弟一番美意，我的小女已然许配人家了。”双锤将说：“老儿，你太不知进退！好意前来说亲，你竟自拿这般言语推托于我。后天前来迎娶。孩子们，把定礼放下。”温员外把双锤将一拦：“且慢，我的女儿许配朱家庄朱德为妻。倘若不实，小老儿情愿认罚。”双锤将手一抖，温员外扑通摔倒在地。他竟自扬长而去。

温员外放声大哭，皆因是安人已经故去了，就是自己带着女儿度日。女儿已经给了朱德，郭宗德硬下花红彩礼，不从吧，人家势力真大；从了吧，也得朱家答应。

乡村有点事情，街坊邻舍尽都知道。早有邻居过来探问。温员外就把始末根由，对着大众说了一遍。众人七言八语，有说打官司的；有说找人打架，打完了和他打官司的。

温员外就依了这个主意。邻居散去，温员外到了后面，把此事对着女儿述说一遍。姑娘是个孝女，跟随天伦，温习儒业，熟读《列女传》，广览圣贤文。口尊天伦：“女儿累及你老人家了。他明天一来，女儿我就速求一死。”温员外说：“女儿先别行拙志，为父去到朱家送信。要是死，也是破着我这一条老命，先与他们拼了。我儿可千万别行拙志。”暖玉说：“孩儿死也不这么死，我还有个主意。”说毕，姑娘痛哭。员外劝解了一番，出来找了邻家二位老太太伴着姑娘，怕小姐行了拙志。

员外复又出来，离了自己门首，直奔朱家庄而来。到了朱家庄上，直奔朱德家中。

家下人等见了老员外来，说：“老员外爷两眼发直，莫非有什么事情哪?”温员外说：“祸从天降，请你们大爷来了。”说着话，往里就走。从人说：“我们大爷没在家。”员外也并没听见，直到厅房落座。温员外说：“请你们大爷。”从人说：“方才禀过员外爷，我们大爷没在家。”员外说：“请你们二爷。”从人说：“我们二爷也没在家。”那边从人也说：“我们大爷、二爷都没有在家。”两边从人异口同音说没有在家。温员外放声大哭，说道：“苍天哪！苍天哪！”从人问道：“老员外何故这么恨天怨地？”老员外说：“咳，我们闭门家中坐，祸从天上来！”那从人一个个瞅着，纳闷说：“老员外到底是什么事情呢？”温员外对着朱家从人，一五一十细说了一遍。

从人说：“员外爷来得不巧，前三两天还行呢！有我们大爷、二爷、把兄弟沈大爷在这里的时候，这样的恶霸有一千也拾掇了。”老员外说：“怎么这么不巧，你们大爷、二爷到底上哪去了？”从人说：“上南乡取租子去了。”老员外说：“要给送信，明天晚上回得来回不来？”从人说：“回不来。要是连夜赶骑着快马可行咧！”温员外说：“烦劳你们哪位辛苦一趟，总是大爷来才好哪！我们姑老爷尚未过门，说话有点不便。”

正说话之间，见老太太从外边进来。甘妈妈一生是个直率的脾气。皆因朱文、朱德没在家，沈中元保着大人走了，娘两个还在这里住着，静听沈中元的信息，搬在哪里，好奔哪里，忽然听见前边哭哭啼啼。甘妈妈在后窗户那里听着，有听见的，有听不见的。就听见说：“硬下花红彩礼，无论怎么样，后天抬人。”听见这两句话，她亲身过来了。进了厅房，从人说：“这就是我们这里住的甘老太太到了。”员外问：“哪位甘老太太？”从人说：“这是我们大爷、二爷、沈大爷的姑母，眼下在我们这住着呢。要不怎么说前几天来好呢。沈大爷是有本事的，要论势力人情，我们这里有按院大人，可惜如今都走了。此时就是给我们大爷送信，也是无益。”温员外也是无法。

此刻，甘妈妈进来，员外与甘妈妈行了个礼。甘妈妈与员外道了个万福，让温员外坐下。甘妈妈也就落座，问：“老员外，到底有什么事情？咱们大家议论议论。谁叫我在我们老贤侄这住着呢！”温员外又把自己的事说了一遍。甘妈妈咳了一声说：“这个事，要是我们侄儿在这就好办了。等等，我给你算计算计。是找我们侄子容易呀，是找本家大爷、二爷容易？我们侄子是上武昌府，本家大爷、二爷是上南乡。”

正说话之间，忽听外面有人声。甘妈妈一回头，听见后窗户那里有人叫说：“妈呀妈，你老人家这里来。”甘妈妈说：“老员外，暂且请坐，我女儿叫我哪。”说毕，转头出来。

温员外仍与从人讲话，说：“你们家大爷、二爷上南乡去，离这有多远哪？”从人说：“远倒不远，一百多里地。大概也就这一半日回来。凑巧今天兴许回来。”温员外那个意见，就打算给大爷、二爷送信为是。

正说话间，甘妈妈从后面过来，也是皱眉皱眉，甘妈妈也添了烦了。员外说：“甘妈妈请坐。”甘妈妈说：“员外请坐。”从人问：“妈妈到后面做什么去来？”甘妈妈咳了一声说：“员外，方才是我女儿将我叫到后面去了。我女儿一生好管不平之事。她要见着不平事，就要伸手去管。老员外这件事情，她要替你们出气。”员外说：“姑娘小姐，怎么能够替我们出气？”甘妈妈说：“实不相瞒，我养活的娇儿，练了一身本事。明天叫你的女儿躲避躲避，她去替当新人，待下轿之时，亮出刀来，杀他们个干干净净。”员外说：“那可使不得！”话言未了，忽见朱文打外边跑将进来。

此人一来，不知端的如何？且听下回分解。

第一一六回

朱文朱德逢恶霸　有侠有义救姑娘

且说姑娘叫过甘妈妈去，同她娘一说，她要替人家暖玉小姐去，暗带短刀一把，下轿之时，杀个干干净净的。妈妈一拦她，不叫她去，她就要行拙志。妈妈也是无法，故此到前面与温员外说这套言语来了。温员外也是为难。甘妈妈也是着急。温员外说："那如何使得！"

忽然朱文慌慌张张，手中拿定打马藤鞭，从外边跑将进来，温员外从人赶着给大爷跪下磕头，说："大爷从哪来？"大爷也不理论那些从人，过来先给温员外行了个礼。从人冲着甘妈妈说："这就是我们家大爷。大爷，这就是沈大爷的姑母。"朱文过来，与甘妈妈行礼说："姑母，你老人家到得孩儿家中，可巧我们哥儿两个没在家，慢待你老人家。"甘妈妈说："哟，我们在这打扰你们。"

朱文心中有事，不能净自陪着甘妈妈。一回头奔了温员外来。温员外伸手一拉朱文手，放声大哭说："贤戚，我们祸……"，那个祸字底下的言语尚未说出，朱文接过来说："你老人家不用说了。侄男从你老人家那里来，听见赶集的说，我赶紧到了你老人家家里。听见隔房两位老太太说："你老人家上我们这里来了。"温员外说："好恶霸，欺我太甚了！"朱文说："老伯自管放心，我这就写呈子，长沙县还不行，我知道长沙县与赖头龟换帖，告他往返徒劳，非长沙府不行。你老人家不必忧心。我们两家较量较量。搬不倒郭宗德，我誓不为人。”甘妈妈说：“哟，贤侄且慢。刚才我女儿听见此事，她一定要替她温大姐姐坐这一次轿子，暗藏短刀一把，待等下轿之时，杀他们个干干净净。”朱文连连摆手说：“姑母，这件事万万使不得。我这个表妹可许配人家没有？”甘妈妈说：“早已许配人家了，还是侠义的门徒。”朱文说：“倘若要叫人家那头知晓，姑娘可就担了不是了。再说，为我们家的事情，我天胆也不敢，实系担架不住。”甘妈妈也就没法了。

朱文立刻写呈子，说：“老伯暂且在我家听听，我前去递呈子、听信息。”员外点头。朱文本是文秀才，朱德是武秀才。写呈子朱文不费吹灰之力。外头备了两匹马，带着一名从人，直奔长沙府。事逢凑巧。长沙府知府没在衙署，送按院大人去了。一打听，回来的日限不准。这个事又等不得。后天就要抢人，如何等得了。只可转头回来，再作主意。他这无名火是霸道火性，往上一冲，举家性命都顾不得了。

朱文离了长沙府，正走长沙县，到了长沙县衙署的门首。心中一动，想着自己这个事是理直气壮，他们虽然是把兄弟，难道说他们就把这门亲事断与赖头龟不成。再说，我先在他这里递了呈子，他与我办不好此事，我再去府衙门告，也不算是越诉。想毕，就下了坐骑。从人说：“大爷，到这里告他可不好哇！难道说你老人家不知道他们是把兄弟吗？”朱文说：“你知道什么！少说话。”从人也不敢多言了。所带的呈子，是到知府那里递的呈词，到县衙也就用不着了。

朱文一直扑奔大堂，正对着这位太爷升二堂理事呢。朱文打算要挝鼓，忽见打里边出来两个青衣，刚一见朱文，笑嘻嘻赶奔前来说：“这不是朱相公吗？”朱文点头说：“不错。”青衣说：

“很好，倒省了我们的事了。”朱文问：“什么事？”青衣说：“我们太爷派我们去请你老人家去。”朱文说：“好，我正要见见你们老太爷呢。你就给我回禀一声。”当即同着青衣进去。

知县姓吴，名字叫天良。原来双锤将的片子早就到了，随着五百银子，托付吴天良买一个贼，攀告朱文、朱德是窝主。吴天良暗地里叫官人通知犯罪的贼人，一口将朱文、朱德攀将出来，说他们是窝主，给贼人销赃。暗地办好，知县升二堂，带贼上来审讯。贼人就把朱文、朱德招将出来。叫他画了供。出签票拿朱文、朱德。

官人领签票刚出去，正遇上了朱文。故此就把他带将进来，面见知县。朱文身施一礼说：“学生朱文，与父母太爷行礼。”知县把公案一拍说：“好个大胆朱文，枉是圣人的门徒，聚贼窝赃。现有人将你供招出来。”当即会同教官，革去了他的秀才，暂将他钉肘收监。朱文在堂口百般叫骂，狗官长，狗官短。知县把耳朵一捂，退堂归后去了。把天良一灭，就得了纹银五百两。这可真是无天良了！外边的从人一瞅主人钉肘收监，自己把马拉过来，骑着一匹，拉着一匹回朱家庄去了。一路无话。到了自己的门前下马，进了院子，往里就走。一直扑奔厅房，正对着温员外在那里等信呢。甘妈妈先瞧见，这从人就把已往从前的事情，对着甘妈妈述说了一遍。温员外一见，还是不行，倒把朱文饶上了。忽然又从外边跑进一个人来说：“大爷在家里没有？”从人说：“怎么件事？”那人说：“可不好了，咱们二爷叫郭宗德诓到他们家里去，收在空房里头了。”众人一听，又是一阵发怔。

原来赖头龟抢人这个事传扬遍了。这朱德刚打南乡回来，也是带着一名从人。他是武夫，好走路。正遇见有人讲论，可巧叫他遇上了。过去一打听，人家说明天瞧抢人的，就叫朱德听见了，又过去细细的一打听，可巧人家不认得朱德，一五一十就把这个事告诉他了。

朱德立刻带着从人，奔郭家营。不用说见了郭宗德便破口大骂：“好赖头龟！你敢抢二爷没过门的妻子？”刚见着他的从人就气冲冲地说：“你快把赖头龟叫出来！”从人哪里敢怠慢，立刻传话。不多一时，赖头龟出来，满脸赔笑说：“原来是朱贤弟。”朱德大骂说：“你什么东西！你和我呼兄唤弟。”郭宗德说：“兄弟，你今天是带了酒了。不然，我一还言伤了咱们的好交情了。”朱德说：“赖头龟，你要再说和我有交情，我要胡骂了！”赖头龟说：“我就问你一句话，你是怎么了？”朱德说：“你反来问我是怎么了？凭什么在温家庄硬下花红彩礼！”赖头龟说：“你听谁说我在温家庄硬下花红彩礼？”朱德说：“这是人所共知。”赖头龟说：“咱们可千万别受了人家的煽惑呀！你是听谁说的，你把这人拉来咱们对对。不然，咱们一同到温家庄问问此事。再说，温家庄住户人家甚多，把花红彩礼下在什么人家了？”朱德说：“就是温宏，温员外他们家里。”赖头龟说：“这就更好了。你先把气消消，我换上衣服，咱们一同去问问。如果有此事，你要怎么罚我，就怎么罚我。再说温员外家姑娘给了兄弟你，我也知道。放定①的时节，我还去道喜去哪。怎么我能行得出那样事来！再说，我也有家小，我还能再娶一个不成。”

朱德被他这一套话说的，自己倒觉着有些个舛错，必是自己没把事情听明白，大略着他也不敢。双锤将说：“你先到这家里饮碗茶，把气消一消，咱们访听访听，这个话是谁说的，你要饶了这个人，我也是不饶！”往里一让，朱德说：“这倒是我莽撞

① 放定——旧时订婚时男方给女方送订婚礼物。

了！亏了是你宽宏量大。不然，咱们得出人命。”郭宗德说：“我要与你一般见识，我对得起大哥吗！”

二人往里一走，进了广梁大门。往西一拐，四扇屏风。刚一进去，两边有人蹲着，扯着绳子往起里一站，绊住了朱德的脚面。朱德往起一蹿，跌得更重。从人过来，将他五花大绑。朱德破口大骂说：“好小子，暗使阴谋，不敢和你二太爷一刀一枪地较量较量。”双锤将说：“朱德，今天把你拿住，为的是叫你瞧着明天，把你这个妻子给我把弟娶来。都叫你瞧着，拜天地，入洞房，合卺①交杯。到次日生米做成熟饭，也不要你的性命，把你一放。你们哥们有法尽管使去，或讲文，或讲武，随你们的便。”朱德大骂。赖头龟说：“把他嘴塞上。”朱德一急，一抬腿，叭的一声，就把家人踹出多远去，哎哟扑通，趴伏在地，还醒了半天，才缓过这一口气来，几希乎没有死了。郭宗德说：“这不得，把他四马攒蹄捆上。”众人把他按倒。口中塞好了物，叫人把他搭在后边，扔在空房子里头。也不用看着，把门锁了。双锤将这里搭棚办事。衙门里信也到了，把朱文收了监了。暂且不表。

单说跟朱德的这个从人，飞也似的往家跑。到了家中，见甘妈妈连温员外带伙伴们，就把二爷的事，对他们述说了一遍。众人目瞪口呆，一点方法无有。温员外净哭。甘妈妈劝解也是无法。只好就按姑娘那个法子去做。除了那个法子，别无主意。

正在束手无策之间，忽然从外边蹭蹭蹭蹿进几个人来。头一个青缎衣巾，黄白脸，细条身材。第二个碧目虬髯，紫衣巾。又两个宝蓝色的衣服，还有个身矬矮小的。五个人倒有四个拉兵器的，往厅房里头就跑。温员外以为是双锤将他们人到了，吓得整

① 合卺（jǐn）——成婚。

个儿掉下椅子来，爬起往桌子底下就钻。倒是甘妈妈别瞧是个女流之辈，毕竟开黑店，胆量不小，说：“你们这是哪里来的一伙人那，清平世界，朗朗乾坤，白昼入人家的宅舍，难道说反了不成！”原来是南侠、北侠、双侠、智化、过云雕朋玉大众前来。

什么事情往里跑？有个缘故。皆因是众人走着，遇见天气不好，耽误了三两日的光景。看看快到朱家庄，智爷就问明了朋玉，朱文、朱德他们家在进庄第几个门。朋玉告诉明白。到了门首，智爷一扭嘴，使了个眼色，连朋玉也不知是怎么个意见。大家拉兵器，乱往里蹿。原来是智爷怕沈中元得信跑了，故此进来极速。连朋玉也就跟将进来，直进厅房，并没一点影色。对着甘妈妈一问，朋玉说：“这就是那位甘妈妈。”智爷把刀插入鞘中说：“亲家，我且问你，你内侄哪里去了？快些说将出来，好保你们母女没事。如其不然，连你都大大的不便。”甘妈妈说：“你是什么人，管我叫亲家？”智爷说：“我不说，大约你也不知。我姓智，单名一个化字。匪号人称黑妖狐。这是你们干亲家。这就是北侠。”甘妈妈说：“可了不得了，原来是二位亲家到了！二位亲家恕我未能远迎，望乞恕罪。”北侠说：“岂敢。”朋玉过来与甘妈妈磕头。因何缘故？他与沈中元是联盟把兄弟。不能不过来磕头。甘妈妈说：“你们来得凑巧，我正有点为难事。”智爷说：“别的话等等再说。我们是请大人来了。你先说你内侄在哪呢？”甘妈妈说：“你们请大人来晚了。大人，我内侄早送回去了。”智爷说：“这不是当耍的呀！”甘妈妈说：“这焉能撒谎。要撒谎，我婆子也担当不住。”智爷细细地一问，她就把大人怎么吩咐文武官员，怎么护送的事细述了一遍。

北侠还有些不相信。智爷听着，里边没有什么假潮。甘妈妈又问说：“蒋四老爷没来？”智爷说：“没来。”甘妈妈说：“病鬼可把我冤苦了。今天你们二位亲家，咱们可是初会。一见就不像病鬼他那个诙诙谐谐的。”智爷说：“怎么?”甘妈妈说：“我倒是和你们打听打听，我们这位姑老爷到底哪个是真正的艾虎？我把自己的女儿给了人，到底不准知哪个是真正姑老爷!”智爷说：“你先见的那不是，后见那个才对呢！你先见的那个是个大姑娘，女扮男装，卧虎沟沙大哥的女儿。”甘妈妈说：“等着见了病鬼再说。”智爷说：“你没瞧明白你女儿，还是个二房。”甘妈妈说：“那可不行。”智爷说：“这是人间的大事，有个日期管着，先定的就是头一个。后定的就是二房。先定的就是假艾虎，那是我欧阳哥哥下的定礼。他又拿着那块玉珮，定了你的女儿。你算算谁先谁后。”甘妈妈把脸一沉，一语不发。智爷说：“给你见见，这是展护卫老爷，这是丁二爷。”甘妈妈道了个万福。甘妈妈回头把温员外打桌子底叫了出来，与大家见了礼。甘妈妈把温员外的事也对大众说了一遍。忽见打外头闯进一伙人来，众人一怔。

要问来者是何人，且听下回分解。

第一一七回

甘兰娘改扮温小姐　众英雄假作送亲人

词曰：

世事无非是假，谁知弄假成真。
本是沙家女钗裙，巧把兰娘眼混。
自从结为秦晋，无暇着意追寻。
今朝才遇做媒人，能不一一访问。

且说甘妈妈对着南侠、北侠、双侠、智化、过云雕朋玉，一提郭家营的这个恶霸双锤将郭宗德，先前怎么穷，后来大阔，全是崔德成的银钱，怎么硬下花红彩礼，要抢温员外家女儿，这是本家朱文、朱德弟兄两个，一个是收了监，一个是在郭家营的空房子里头幽囚起来了。

大众一听，头一个就是丁二爷好事，说："这不是要反吗？你告诉我他的门户，我去找他去！"北侠说："你先坐坐，等着我们亲家说完了，咱们大家议论个主意，还能不去吗！"丁二爷这才落座。甘妈妈说："不然，我怎么说你们几位来得真巧呢！"北侠说："智贤弟，你出主意吧。"智化还没有说主意呢，温宏冲着大众双膝点地，说："众位老爷们大驾光临，实在是我小老儿的万幸。"智爷说："老翁你先请起，有话咱们大家计议。"

老头将要起来，忽然闯进几个人来。智爷一拍巴掌说："咳，我的臂膀来了。"又把温员外吓了一跳，原来是云中鹤魏真，小诸葛沈中元，白面判官柳青三个人过来。与甘妈妈磕头说："师母，你老人家一向可好？想死孩儿们了！”甘妈妈见三个人给她磕头，魏真、柳青两人问好。甘妈妈说：“你们起去。”就觉着心中一惨，不禁凄然泪下。她想起自己没儿，还有这么两个徒弟，一个内侄。回思旧景，又想起九头狮子甘茂，那样健壮的身体，倒故去了，更觉着心中凄惨。魏真与柳青看着师母有廿载的光景不见，如今相貌透着老了，也觉着凄惨。按说见面，当是一喜，此时倒是悲喜交加。甘妈妈问两个孩儿：“你们在外这几年可好？”两个人异口同音说：“托师母之福，倒也平平。”

蒋四爷单单过来说：“小亲家子，这一向可好？”甘妈妈说：“瘦鬼别挨骂了。”云中鹤着着实实地瞪了他一眼。甘妈妈说：“今天人们都在此处，咱们三头对案地说一说。病鬼你冤苦了我了。”蒋爷说：“你先等等，我见完礼，有话咱们再说。”蒋爷与大众见礼。先见北侠，然后智爷与他行礼，过云雕朋玉不认识，南侠、北侠给指引，连温员外都见了一见。北侠问蒋四爷见大人的事，蒋四爷就把黑水湖的事，述说了一遍。北侠他们这才放心。

智爷把温家庄的事，如此如此告诉了蒋爷一遍。蒋爷说：“怎么办呢？”甘妈妈说：“病鬼说完了话了没有？”蒋爷说：“完了。”甘妈妈说：“你给说的媒，这是怎么件事？倒是哪个是真的，哪个是假的？”蒋爷说：“当着你徒弟在这，我要冤你，对不起你徒弟。”甘妈妈说：“你还不冤我哪，拿大姑娘愣算爷们！”蒋爷说：“是你自己瞧的呀！是我一定叫你给的？你叫我做个媒人，保人。我那时说过，做媒不做保。准有一个艾虎，那就不算冤你。头一件我对得起柳贤弟，对不起人的事我不做。这准对得起你们娘们，怎么如今你倒和我找起后账来了？”北侠说：“你们就不必分争了，大概这也是夙世的姻缘，月下老人配就的，非人力所为。”甘妈妈说：“算了吧，你长肉去吧！咱们管管人家朱家横事，行了吧?”将爷说：“那焉有不行之理！智贤弟，你打算怎么办?”甘妈妈说：“还有件事哪，我这个女儿她还要去哪！”就把兰娘儿的话学说一番。

蒋爷说：“不用姑娘去了，比不得先前没人。这已经有了人了，还叫姑娘出头露面的干什么！”只听见后窗户那边叫：“妈呀妈。”甘妈妈出去不多时，回来说：“方才我女儿把我叫出去，她还是愿意替人家姑娘去这一趟。不叫她去，她就行拙志。不瞒众位老爷们说，我那女儿，养得太娇，这可是怎么好？我和二位亲家商议商议，这事情是怎么办法？我那姑娘太傻，若要是不傻，叫她去她都不去。谁家有姑娘替人家当新人去！她可不是傻是什么！”智爷说：“欧阳哥哥说句话吧。这以后过了门，两口子性情可不差什么。”北侠说：“智贤弟，你出个主意吧。我是艾虎的义父，我不敢出主意，久后一日艾虎不答应，我担不住。”智爷说：“欧阳哥哥，你可会推干净。”北侠说：“不是推干净，我这义父不敌你这师傅。”蒋爷说：“智贤弟，你为难欧阳哥哥干什么！依我说，你们哥两个，无论谁出主意，艾虎也不能不答应。这是一。二则若姑娘不会本事，性情还骄傲呢；况说会点本事，脾气更骄傲咧。她有这一身的功夫，大家再保护着，大约也没有什么舛错。不如叫她去就得了。我这可是多说。”智爷说：“去就去吧。”大家点头。甘妈妈也乐了。

蒋爷说：“咱们就把这主意商量停当。温员外先把他的女儿藏起来。咱们可各有个专责：欧阳哥哥去救人；展大弟等事完上县衙里去要人；魏道爷、柳贤弟你们哥俩前后巡风，沈贤弟，你表妹你姑母千斤重架全交给你一个人，瞧着那时事要不顺，就亮刀杀人。咱们有个暗令，击掌为号。亲家你可看着姑娘，别叫她拜天地。作为姑娘的奶母，随随步口，别离开姑娘。再说上轿之时，不叫点灯火，说叫人家瞧了，今天干不好。余者的人，作为送亲的。”蒋爷这么一分派，就把这一件大事派妥当了。温员外先给大众行了一路礼，待等事毕之时，一齐给大众道劳。蒋爷先叫温员外回家，好让姑娘放心。也好叫姑娘拾掇拾掇，明天上亲戚家躲避着去。

头天不提。到次日，北侠、南侠单走，柳青单走。问明白了郭家营的道路，前去上郭宗德家门口踩道。

甘妈妈与兰娘，早有蒋爷分派着，叫朱家的家人雇了二人小轿两乘，送往温家庄。到温家庄停轿，去扶手下轿。温员外迎接出来，一躬到地，往里一让。轿钱外边已经开发了。将到里面，暖玉迎接出来，要行大礼磕头。甘妈妈拦住说：“哎哟，我的干女儿。”从此，温暖玉认甘妈妈为干娘，与兰娘儿为干姊妹。让到温小姐的香闺绣户，重新与甘妈妈、兰娘儿行礼。兰娘儿搀住说：“你净磕头也是无益于事。”温员外进来说：“外边轿子到了。”温小姐与甘妈妈、兰娘儿洒泪分别。

小姐去后，外边有人进来说：“沈爷大众到。”甘妈妈出去迎接，让到前厅落座。先献茶，后摆酒。都是甘妈妈张罗。蒋爷说：“亲家，你怎么张罗我们哪，咱们都是帮忙。”甘妈妈随道：“如今本家姑娘我认为干女儿了。”蒋爷说：“应当道个喜儿才是。”不多一时，温员外进来张罗大家酒饭。蒋爷问：“把姑娘送下了？”员外说：“正是。”后面与甘妈妈、兰娘儿预备酒饭。用毕之时，蒋爷叫给找衣服，或买卖人的，或长工的，预备好了，静等第二天晚间使用。暂且不表。

且说的是朱家庄北侠等，分头踩道，到了双锤将家门首。好恶霸，悬灯结彩，听里面刀勺乱响。瞧看明白，几位使了个眼色，归奔朱家庄来。到朱家门口，进了朱家厅房，重新落座。大家议论怎么个办法。云中鹤说：“他这有的是从人，叫从人暗里探望。再说，郭家营离这里不远，打听着哪时有信发轿，咱们大家再去不迟。”果然派从人探望。天到初鼓，从人回来，大家起身，一直扑奔郭家营。到了郭宗德门首北头东墙脚，蹿将进去。北侠、南侠、双侠一直扑奔正西。云中鹤、白面判官扑奔西北。

单提北侠前去救人。也不知朱德现在什么所在，仗着自己是两只夜眼，走到太湖山石，四下观瞧。忽见那边破房子里，有一个灯笼儿一晃，两个人打着灯笼往前去。嘴里头抱抱怨怨地说：“拿住他杀了就得了，何用又给他吃的？再说，明日事完，他出去一准是有事。”那个说：“你知道什么！这叫成心羞辱他。少时拜堂的时节，还提溜出来，叫他瞧着哪。明日赶事毕，把他一放。这人要出去，不能像咱们，出去了苟延岁月还活着。这个人火性是大的，出去就得死。不然，咱们给他什么，为什么连吃都不吃。”随说着，扑奔正南去了。

北侠以为必是在这个屋中。遂击掌。南侠、双侠也到。南侠回手拉七宝刀。把锁头一点，哗啷一声，锁头脱落。把门一开，内中果有一个人在那里，四马倒攒蹄捆着。北侠一看，就知道是朱德。过去解了绳子，把口中塞物拉出来。见朱德爬在地上，一丝儿也不动，丁二爷问：“怎么了？必是受了伤了吧！交手来没交手哇？”朱德摇头。北侠说：“二哥，他这是捆了两天，捆得浑身麻木，搀起来走走就好了。一点别的伤症也没有。”丁二爷说：“我搀起来遛遛他。”北侠说：“没有那个工夫，你背他走吧。”展爷听了这句话，一伸手，把朱德背将起来。拿钞包兜住他的下身，展爷在自己胸前系一个麻花扣儿。哪怕就是撒手，他也掉不下去。朱德双手又拢住展爷的肩头说：“众位恩公！我也都不知道是谁?”展爷说:“全上你家去再说吧,此处没有讲话的工夫。”北侠说:“二弟走哇。”丁二爷说:“我不去了,我在这里瞧热闹哪。”北侠嘱咐:“二弟小心着。”竟自出东墙去了,一直奔朱家庄。暂且不表。

单说云中鹤、柳青奔在后面,瞧见有一座高楼,里面灯光闪烁。他们用飞抓百链索搭住了上面,二人导绒绳而上。到了上面,起下了飞抓百链索,直奔西边房屋,到了窗前,用舌尖吐津,把窗棂纸戳了个小孔,往里一看,是一男一女。书中暗交代,男的就是崔德成,女的就是郭宗德之妻。摆着一桌酒席,两个人对面吃酒。男的是文生公子的打扮,女的是妖淫气象。郭宗德之妻说话,惨悲悲的声音说:“兄弟,这就好了,今夜洞房花烛,燕尔新婚,这就得了。今晚这酒,是离别酒。从此个月期程,一年半载,还能到为嫂这里来一次不能?”崔德成说:“嫂嫂只管放心。要忘了嫂嫂,必遭横报。”妇人说:“你们这男子说话,专能够随机应变,说的时节,实在好听。转过面去,就是两样的心肠。”崔德成说:“嫂嫂待我这一番的好处,铭刻肺腑,永不敢忘。别看这时,这是我哥哥苦苦相逼,叫我成家办事。挤对得实在无法了,我这才指出温家的姑娘来了。我本是推托的言语,不想他竟做出这么一件事来。”妇人说:“轿子是走啦,少时就抬到。既不愿意,早些说明才是。这明明是你在我跟前撒谎。”崔德成说:“嫂子,叫你看着,抬到了我也不下去拜堂。”妇人说:“你准口能应心吗?”崔德成说:“我要是有半句虚言,叫天打雷劈,五雷轰顶。”妇人说:“你就是不下去拜堂也不行,人已然是搭在家来了。你早有这个心思,对我说明,我也就把肺腑话说出,咱们两个就做个长久的夫妻了。你又不肯说出来,我也就不肯说出来。”崔德成说:“咱们这个长久的夫妻,你不用打算,就是朝朝暮暮地在这个楼上，我都放心不下。”花氏说：“你这叫多此一举。”崔德成说：“多此一举好吧。一下要叫他撞上，那可不是当耍的呀！”花氏说：“我告诉你说吧，我要没有那个拿手哇，那个乌龟王八小子早就找上咱们门来了。若非有了拿手，他就能这样不闻不问的吗！”崔德成说：“什么拿手哇？拿手，什么拿手也不行！”花氏说：“这个意思，你是怕他？”崔德成说：“我怕他。你先把这个拿手告诉我，我就不怕他了。”花氏说：“我有意要告诉你，怕的是咱们不能长久，这是何苦哪！”崔德成说：“好嫂子，你告诉我，我听听，你要不放心，我对天盟誓！”花氏说：“我要说出这个话来，可有干系呀！他那条命在我手心里捏着哪，我要叫他活，他就活；我要叫他死，他就得死。”崔德成说：“你说说，是什么拿手！”妇人说：“你真要瞧，给你看看。”就见打箱子里头拿出一件东西来，交与了崔德成。那厮拿过来一看，说：“可惜，可惜！我要早知道有这物件哪，咱们两个人长久夫妻就准了。”

魏道爷与柳爷听外边一阵大乱，大吹大擂，鼓乐喧天，声若鼎沸。

欲知如何大闹郭家营，且听下回分解。

第一一八回

合欢楼叔嫂被杀　郭家营宗德废命

诗曰：

可笑奸淫太不羞，时时同伴合欢楼。
风流哪晓成冤债，花貌空言赋好逑；
梦入巫山终是幻，魂销春色合添愁。
任他百媚千娇态，露水夫妻岂到头！

词曰：

害人即是害己，不外天理人情。
众侠一听气不平，要了恶霸性命。
大家计议已定，分头各自潜行。
一时火起满堂红，烧个干干净净。

且说云中鹤魏真，同着柳爷在楼上，听见奸夫淫妇所说的这套言语，又见有一宗物件就能要他的性命。什么东西这么要紧？也要看看虚实，就见打箱子里头拿出来，是极微小的东西。见崔德成接过去，在灯光之下一瞅，如同珍宝一般。魏真、柳爷俱没有看明白是什么东西，再说，它又是藏着。妇人净乐。此时可就听见外头大吹大擂，必是他们到了。

云中鹤一指，柳爷就把熏香盒掏出来，把堵鼻子的布卷给了云中鹤。两个自己堵上了。两个拿千里火，点着熏香，把铜仙鹤脖拉开，将熏香放在仙鹤的肚内。等到香烟浓了再把仙鹤嘴对准了窗棂纸的窟窿，手把仙鹤的尾巴来回一拉，那烟一条线相仿，直奔了花氏。花氏忽然闻见一股异味清香，就往鼻孔里头一吸。不吸还要躺下哪，何况往里头一吸？说："兄弟，你闻闻这是什么气味?"崔德成也就一体地闻见，也纳闷说："这是什么气味?"言还未毕，两个人一齐扑通摔倒在楼上。两个人一倒，柳爷收了熏香盒子，把窗棂推开，进来先拿崔德成看的那东西是什么。魏道爷拿起来一看，说："无量佛!"柳爷说："师兄，那是什么物件?"魏真说："这可是活该。今日咱们这里，无论杀多少人，是白杀。连地面官都不担疑忌。"

你道这是什么物件？原来就是襄阳王府打发雷英送来的那封信，约他作反。花氏得着这封书信，如同珍宝一般，收藏起来。她与崔德成两个暗地之事，她也知道不定哪时要教郭宗德撞上，就是杀身之祸。并且郭宗德常拿言语点缀花氏，花氏预先就有些个害怕。嗣后由于得了这封书信，花氏常拿言语点缀双锤将，说："无瑕者可以治人。"郭宗德屡次和她讨这个书信，她不给，故此双锤将也就不敢深分地与他们较量这个事了。如今这书信老道得着了，今天郭家营无论杀多少人，那被杀的就全算是王爷的一党了。

忽听外边杀声阵阵，就知方才有大吹大擂的声音，必然是花轿到了。这时也就该动手了。云中鹤将书信带好说："师弟杀那个，我杀这个。"果然咔嚓的一声，就把淫妇的性命结果。老道也杀了崔德成。猛一抬头，见窗棂纸照得大亮。知道前边火起了。他们这里也拿灯，把可以引火的地方点着。两个人蹿出了楼窗之外。合欢楼一着，楼下的丫环、婆子就慌成一处了。

再说前头，娶亲应是新郎官自己亲身迎娶。惟独这个娶亲的事情，各处各乡俗，一处一个规矩。到了他们那里，新郎官迎接新人。双锤将打发人，连他自己也请崔德成数十余趟，竟不下楼，说他有点身子不爽，只好由郭宗德替他迎娶。既不是本人，也不能十字披红、双插金花，马上挂了他两柄锤，带了三四十打手，远远瞧着，以防不测。要是没动静，就不叫他们露面。带四个婆子，跟着轿子到了温家庄。温员外出来迎接。郭宗德下马，与温员外行礼道喜。众亲友彼此的行礼道喜，往里一让。让进厅房落座。温员外故意把事再问："到底是什么人要娶我的女儿？"双锤将说："是我的把弟崔德成。"员外说："今天他不来，是什么缘故？"双锤将说："皆因今天早晨起来，身体不爽，不能前来迎娶。本当改期，又怕误了今天这个好日子。故此侄男替他迎娶，待等回门之日，再与老伯叩头。"温员外也就点头说："还有一件事情，今天这个日子，我也瞧了。好可是好，就是不宜掌灯火，少刻上轿之时，我屋里不掌灯火。到了你们那里，洞房里还能不点灯火吗？就是那一盏长命灯。灯火千万不要多，多了于他们无益。"双锤将哪里把这些个事放在心上，也猜疑不到有别的事情。他还说哪，多承老伯的指教。吩咐一声，把轿子抬进来，放后面，请新人上轿。

不多时，婆子慌慌张张跑出来了，说："大爷，他们这新人上轿的屋里，连个火亮也没有。别是不得吧？"双锤将说："什么不得呀？"婆子说："不是个瞎子，就是秃子，不是驼背，定是个瘸子，准是个残废人吧。不然，不能不点灯。"双锤将说："你们知道什么！少说话，预备去吧。"婆子答应，诺诺而退。不多时，轿子抬出。双锤将告辞，大吹大擂，轿子直奔郭家营。送亲的陆陆续续，大吹大擂，也就跟下来了，其实都是暗藏兵器。来到自己的门首，双锤将下马进了院中，轿子抬将进来，请崔德成拜堂。有从人说："二爷不拜堂，吩咐新人先入喜房。"蒋爷一听，这下可对了劲了。有用功夫的时候了，更好了。甘妈妈把轿帘打开，仗着盖着盖头，穿着大红的衣服，甘妈妈搀着她，为的是挡着她那个刀，怕人家瞧见。她们直奔喜房。送亲的皆在棚里落座，摆上酒席，大吃大喝。酒过三巡，就划拳行令，都是智爷、蒋爷的主意。智爷装的乡下人，仍像前套书上盗冠的时节，学了一口的河间府话，划拳净叫满堂红。有陪座的客问他："怎么净叫满堂红？"回答："你老连满堂红都不知道吗？少刻间，拿着个烛，往席棚上一触，火一起来，就是满堂红。"那人说："别说这个丧气话。"智爷说："可有个瞧头。"那人说："可别教本家听见哪。"智爷说："听见怕什么！我这就点了。"他冲着喜房一喊："怎么还不点哪！我这就点哪！"行情的亲友以为他醉了，也不理他。那边蒋爷嚷上了，说："点哪，是时候了！点吧！"

喜房里头，打姑娘进了屋子后，甘妈妈就把里间屋帘一放，拉了条板凳迎着门一坐，凭爷是谁也不准进去。姑娘自己把盖头揭了，拉出刀来，绑了绑莲足，蹬了蹬弓鞋，自己拧绢帕把乌云拢住，耳环子摘将下来，刀也往旁一放。只听得婆子和甘妈妈分争说："我奉我们大爷的命，叫我们伺候新人。你这么横拦着不叫我们见，是怎么件事？"甘妈妈说："我们姑娘怕生人，让她定定神，然后再见也不晚。你们还能见不着？"婆子说："我先进去张罗张罗茶水去。"甘妈妈说："要你进去，你一个人进去。换替着进去倒可。"婆子说："我给姑娘张罗茶去。"甘妈妈就把板凳一撤，帘子一启，那人进去嚷道："哎哟了！"这个"了"字未说完，就听见噗哧，又跟着扑通一声。甘妈妈知道结果了一个性命。外头的婆子也有听着诧异的，也要进去瞧去。甘妈妈问："姑娘得了没有？"兰娘儿说："得了。"这个婆子将要进喜房，甘妈妈一抬脚，踹了婆子一脚，婆子就整个的趴在喜房里头去了。兰娘儿手中刀往下一落，又死了一个。本家婆子的伙伴就急了，说："这位老太太，你是怎么了？怎么把我们的伙伴踢一个大跟头?"甘妈妈说："我告诉你，这还是好的哪。"婆子说："不好便当怎么样?"甘妈妈抄起板凳来，冲着那个婆子叭就是一板凳。哎哟扑通，摔倒在地，纹丝不动。新人蹿将出来，手拿着一把刀，把门口一堵，谁也不用打算出去。甘妈妈脱了长大衣服，原来来的时候，腰内就别上了两把棒槌。本来她什么本事也不会。兰娘儿这本事都是甘茂教的。甘妈妈虽上了年纪，却仗着有笨力气，拿棒槌冲着婆子，叭一下，脑浆迸裂。对着里外一乱。这么一嚷，屋中的顷刻间尽都杀死了。

外边人一乱，送亲的甩了长大衣服，拉兵刃把桌子一翻，哗啦哗啦，碗盏家伙摔成粉碎。拿起灯来，往席棚上一触。蒋爷就嚷："姑娘快出来，别叫火截在里头。"那些个陪客也有死了的，也有趴下的。厨役端着一盘子菜，冲着他们头儿的脑袋就倒了去了。烫得头儿直嚷嚷说："叫你去救火，你怎么跟我脑袋上倒呢!"还是头儿明白，端起一盆子油往火上就浇，轰的一声，厨师傅全都是焦头烂面。姑娘出喜房，东西两个院子，都嚷成了一处。

这西院里是厨房、喜房、席棚，可巧双锤将在东院里，听见西院里乱嚷，出来一看，烈焰飞腾，听见人说："连新人带送亲的都在乱杀人哪。郭宗德才知道中了他们计了。赶着拿锤往西院就跑。没有到西院，就撞上了。撞上就交手。头一个过云雕朋玉，刀往下一剁，单锤往上一迎，就听见当啷的一声，就把那口刀磕飞。跟着那柄锤就下来了。朋玉仗着手快，早预备下了，叭就是一镖，双锤将拿那柄锤往下一压，当啷一响，那只镖撞落在地。朋玉腾出工夫来，也就躲开了。紧跟着就是兰娘到。甘妈妈在后头，沈中元紧跟着甘妈妈。双锤将大吼了一声："好丫头!

你们定的好诡计！别走，今天务必要你的性命。”沈中元知道兰娘儿不是他的对手。沈中元蹿过去，就是一刀。双锤将一挂。沈中元如何吃那个苦子，始终没有叫他把刀震飞了。转了五六个弯，火就大了。沈中元无心动手，甘妈妈、兰娘儿已经出去了。这边是智爷蹿上来一刀。蒋爷也蹿上来了。火是直扑。行情的这些人死了无数，又没有兵器，又是害怕，就有迷昏了的，扎到火堂里去的，也有出去找不着门又回来的。总而言之，遭劫好躲，在数的难逃。蒋爷说：“老沈，出拨扯活火，都看看快烤得慌了。火太大，我们走吧！”郭宗德正要拦住。

忽见迎面上来一人。双锤将上下一打量：三十来岁，一身的缟素，面如白玉，五官清秀，手中两刃双锋宝剑。郭宗德用锤一指说：“好小子，你们都是哪里来的这些强人！”丁二爷哈哈一笑：“我们倒是强人！你清平世界抢人家的姑娘。别走，受我一剑！”双锤将哪里瞧得起丁二爷，身量又不高，长相又不恶，兵器又不沉，只一口菲薄的剑。丁二爷并没告诉他名姓，就往前一蹿。双锤将单锤已然举起来了，对着丁二爷顶门，往下就砸。丁二爷往旁边一闪身，用剑一试他的锤把，只听见呛咚呛一声，早把锤柄削折；咚一声，锤头落地。双锤将成了单锤将了。吓得他掉头就跑，不敢往西，有火。又见东院火也起来。只得　直扑奔正北。迎面上忽然听见说：“无量佛！”

这一遇见老道，生死如何，且听下回分解。

第一一九回

卧牛山小豪杰聚会　上院衙沙员外献图

词曰：

侠义勤劳恐后，武夫踊跃争先。

画成卦相几何天，特把阵图来献。

勉励同心合意，商量执锐披坚。

大家聚会院衙前，演出英雄列传。

且说双锤将郭宗德出世以来，没有见过这个样的宝物。那么粗的锤把，呛啷一声，锤头落地，吓得不敢往西，直奔正北。一看正北，合欢楼烈焰飞腾，火光大作。他一瞧大楼一烧，这可真动了心了。本是一个穷汉出身，全仗着他女人挣了个家产业，就连铺子带买卖，这一下子全完了，怎么会不疼!?

可巧迎面之上，站着一个白人。细瞧是个老道，念声“无量佛”，拿着一口二刃双锋宝剑，也是耀眼争光，夺人眼目。他心中暗忖道：“刚才遇见那么一口宝剑，难道这口和他那个一样?不能吧?”自己使了个单凤朝阳的架式，锤打悠式往下一拍，老道往旁边一闪身子，宝剑往上托，就听见呛咚，和前番一个样，呛！削折了锤柄，咚！是锤头落地。丁二爷到脑后摘巾，嗖就是一宝剑。双锤将大哈腰，真是鼻子看着沾地，这才躲过去了。

刚往上一起，叭！腮额骨上钉了一镖。过云雕两镖未能结果他的性命，赖头龟仗着皮糙肉厚。锤脑袋是没有了，净剩下两根铁擀面杖了，舍不得扔它，把两锤柄并在一只手中，一只手往外拔镖。往南一跑，不行。有丁二爷等堵着哪。往北跑，又有云中鹤、柳爷堵着哪。东西两边是墙，他又不会高来高去，这才叫身逢了绝地。并且还有过云雕朋玉，也不管打得着打不着，他还得留神暗器。地方又窄狭，一着急，拿着手中的铁把，打将出去。蒋四爷说：“好人，撒手锏扔出来了。”如何打得着！魏道爷往旁边一跃身躯，几希乎没有打着柳爷。柳爷也往旁边一闪，可就闪出道路来了。赖头龟从这个空儿里蹿出去了。蒋爷说：“要跑！”魏真说：“跑不了！还是拿镖镖他。”过云雕朋玉真就拿镖打他。自然是郭宗德听见说暗器二字，总得留神。他净留神过云雕朋玉的暗器，没想到云中鹤一回头，早就把镖打手中一托，等着赖头龟一回头，噗哧一声，正中颈嗓咽喉。扑通，死尸腔栽倒在地，众人一喜。

蒋爷说“咱们也快走哇！不然，前后火勾在一处，咱们也跑不出去，也就成了焦头烂面之鬼，烽火中的亡魂。”众人说：“有理。就此快走吧！”一个个扑奔正东。到了正东，一个个越墙出去。眼瞅着是火光大作。

智爷说：“今天晚间，这个人命不少哇。”柳青说：“智爷这么有能耐，今夜死了这些人，能叫地面官不背案？”智化说：“我可没那个能耐。你有那个能耐吗？”柳青说：“我就能够，再多些也无妨。”智爷说：“我领教领教。”柳青说：“我们这得了点东西，也是活该！”就把得了这封书信的言语，述了一遍。智爷说：“这可是活该！书信现在哪？”云中鹤说：“现在我这里。”智爷说：“那就得了。”云中鹤说：“你瞧不瞧？”智爷说：“回头有多少瞧不了！何必这时候瞧，去吧！”随说随走。就听后面乱嚷；又是起的火，又是救火的人。救火的人抬着救火的物，敲着锣到这一瞅，说：“是他们家还用咱们救火？赖头龟行阵雨就得了。”大家一半取着笑，一半各自归家去了。

云中鹤魏真、白面判官柳青、黑妖狐智化、蒋四爷、丁二爷、过云雕朋玉等，大家归奔朱家庄。看看来至门首，早有许多人在门前张望，连温员外俱到门首。朱德叫南侠、北侠背将回来，到了家中庭房之内，展爷解开了搭包，朱德细问名姓，展爷把已往从前细述一遍。朱德跪倒磕头道劳。

少刻，甘妈妈亦到了，两乘轿子由沈中元保护回到朱家庄。朱德跪下，与母女两个磕头道劳。兰娘道个万福，将要说话，甘妈妈说：“有话里头说去。”又与沈爷道劳。沈中元说：“自家哥们，如何提着道劳呢！”往里一走，温员外倒要给甘妈妈、兰娘儿磕头。甘妈妈说：“你有女儿是我的干女儿；我的女儿也是你的干女儿，她如何担架得住呢！”算施了个常礼。又与沈中元道劳。到了里边，见南侠、北侠行礼。就有一件，兰娘儿回来，就得归后面去，可不能见北侠。都有甘妈妈与北侠说明白了，等着过门以后再见。此话暂且不表。

家下人进来报道：“众位老爷到了。”连温员外俱迎接出去。看见由西边奔出门首来，有家下人指引着朱德，冲着大众一跪，温员外也就在一旁跪下。内中有蒋四爷说：“此处不是讲话之所。”智爷道：“里边去吧，有什么话里边大家再议。”进来更换衣巾。朱德、温员外挨着次序道劳。一会吩咐摆酒，大众落座。朱德、温员外每人敬三杯酒，然后叙话。

云中鹤就把书信拿出来，叫大伙瞧看一回。内有智爷、蒋四爷给展爷出了个主意，也不用上县衙那里去，公然就上知府衙去。展爷说："知府送大人尚未回来，此刻不在衙中，去也是往返徒劳。"蒋爷说："我叫你去，你只管去。我们和知府大人一同分的手。大人吩咐文武官员回衙，不必护送。我们到了此处，难说他还到不了衙署！"智爷说："行了，明天早起，就是这么办。"天气不早，残席撤去。

甘妈妈归后安歇。温员外也在此处，大家盹睡。天交大亮，大家净面吃茶。展爷拿了书信，带本家一名从人，也没有马匹，辞别了大众，直奔知府衙门。书到此处，就不细表。看看快到铜网阵的节目，焉有工夫净叙这个闲言。

到知府衙门，见知府说明来历。随即将王爷书信交与知府。知府立刻行文调朱文一案，带信去叫知县听参。随即将朱文带回知府衙门见知府，展爷当面谢过知府。知府命展爷将朱文带回朱家庄，见大众，给大众磕头道劳。

智爷叫甘妈妈上襄阳，到金知府衙门，找沙凤仙、秋葵一同回卧虎沟。甘妈妈点头，大众起身，让朱文、朱德一同前往。蒋爷说："大人正在用人之际，岂不是后来出头之日！"朱文、朱德自愧无能，执意不去。兄弟二人给众位拿出许多银两，以作路费。大众再三地不受。大众一走，然后甘妈妈、兰娘儿一同上襄阳，温员外回家，也把女儿接将回来。知县被参，另换新知县。郭家营郭宗德家房屋地亩，以作抄产。所有的死尸掩埋。崔德成家内无人，并无哭主。诸事已毕。

单提大人有众多人保护，上了太平船。大人摆手，叫文武官员个个回衙署，护送兵丁一概不用。就是大众保护大人到武昌府。北侠、南侠俱都赶上大人的船只。上船见大人请罪。早有人与池天禄送信。武昌府知府池天禄闻报，会同着二义韩彰、公孙先生、魏昌、卢大爷、徐庆、龙滔、姚猛、史云、徐良、韩天锦、白芸生、卢珍、丁大爷、胡小记、乔宾等，准备迎接。原来他们这些人，是芸生先到的。骑着马，马快，先到了武昌府见二义韩彰。后来的是丁大爷、韩天锦。卢珍带着一车子铁器。二义韩彰把铁器暂且入库。随后又到徐良、胡小记、乔宾，见二义韩彰，各说来历。就不细表了。

这日远探来报，大人归武昌。一个个整官服迎接大人，知府带领同城文武官员，出了武昌府城门外，一同来到水面，迎接大人，请大人下船，二义韩彰、公孙先生、赛管辂魏昌、池天禄、玉墨见大人道惊请罪。大人就把沈中元的事，说了一遍。众位何罪之有？然后大官人带着白芸生、韩天锦、卢珍、徐良、闹海云龙胡小记、乔宾见大人。大人连丁大爷都不认得。有二义韩彰，挨着次序一一地把他们出身之事，说了一遍。大人见这些人高高矮矮，相貌不同，也有白面书生，也有丑陋的豪杰，见他们虎视昂昂，搓拳摩掌，各各全有不平之气，恨不得此时与襄阳王打仗才好。大人见这番光景，不由得欢喜赞叹。与老五报仇，正在用人之际。岸上预备着骑马，大人弃舟登岸。后面这人是拥拥塞塞，直奔上院衙门。大人轿子后走，玉墨的引马在前。后边就打起来了。

什么缘故？认得的都见礼，不认得的，或韩彰或智爷或蒋爷给见见，单单的有韩彰与徐良见他父亲，令人看着难过。未见之先，徐良就紧打量他天伦。自己听着娘亲说过，是怎么个样式，并且早托咐下韩二伯父了。天伦要是来了，叫他给见见。韩二爷说："三弟，给你们爷两个见见。这是你儿子，你不认得?"徐三爷一听，一怔。徐良过去说："天伦在上，不孝的孩儿与你老人家磕头。"徐庆说："起来吧，小子。"用手一拉，徐良上下紧这么一瞅。卢爷说："三爷，好造化。"徐庆说："小子，给你与众位见见。这是你大大爷。"徐良过去说："伯父在上，侄男有礼。"卢爷用手一搀："贤侄请起。"徐庆说："给你二大爷见过了?"徐良说："见过了。"徐庆说："这是你蒋四叔。"蒋爷说："你们哥几个，瞧瞧三哥，憨傻了一辈子，积下了这么一个好儿子，真不愧是将门之后。"徐庆说："叫你哥们耻笑我。"蒋爷说："怎么?"徐庆说："人家的孩子，都水葱儿似的。瞧我们这娃子这个相貌，看他这个样子，就没造化。"蒋爷道："据我看着，更有造化。"徐三爷说："你们哥们瞧着这孩子，像我的儿子不像?可是我打家里出来的时候，他娘身怀有孕。今年算起来，整是二十余年，正应这孩子的岁数。我瞧他这个相貌，可不像我的长相。这么两道不得人心的眉毛，有点不像；可就是这嘴像我的四字口。"将爷说："三哥，你还要说什么，胡说八道!"卢爷说："你再胡说，我就给你嘴巴了。"语言未了，就听那边嚷起来了。

二义韩彰一脚将小诸葛沈中元踢倒，上前去用手一揪胸膛，回手就要拉刀。云中鹤扭项一看，念了声无量佛，说："这是怎么样了?"蒋爷看见，叫大爷、三爷把二爷拉开。蒋爷亲身过去劝沈中元。小诸葛沈中元微微地冷笑说："你就是这个能耐，姓沈的不惧。"韩二义说："你把大人盗去，要我们大家的性命。你如今还敢把大人送回来！韩某与你誓不两立。”说毕，也是哼哼地冷笑。蒋爷劝沈中元说：“沈贤弟，咱们可是君子一言既出，如白染皂。先前咱们是怎么说的，今日可到了。刚才只顾见我们徐侄男，还没有容我说话哪，你们就闹起来了。还是看我。”徐良也不知是什么事，先给师傅磕头，给师叔磕头。蒋爷一套话，安置住了小诸葛。

再劝二义韩彰说：“二哥，你不是了。沈爷把大人盗走，可是他的不是。你和三哥，你们不是在先，他的错处在后。我这个人，一块石头往平处里端，没亲没厚。拿邓车准是你们哥两个拿的吗？人家弃暗投明，说出来王府人特来泄机。你们不理人家，故此他才一跺脚走的。他才把大人盗将出去，诉他不白之冤。这可是他的错处。他把大人盗出去，诉明了他的冤。他可不管咱们担架得住担架不住。再说起来，他弃暗投明，口口声声说的是与咱们老五报仇，冲着这一手，也不该和人家相打。再说起来了，问短了比打短了强。”韩彰说：“我不能像你那两片嘴，翻来覆去。我们两个人誓不两立，有他没我。”蒋爷说：“二哥你可想，人家师兄弟都是请出来的，给咱们老五爷报仇。得罪了一个，那个也就不管了。二哥，杀人不过头点地，我横竖叫你过得去就完了。”韩二义说：“怎么叫过得去？你说我听听。”蒋爷说：“我把他带过来，给你磕个头，这就是杀人不过头点地。他磕头也是头颅点地，把脑袋砍下来也是头颅点地。”韩彰说：“他肯磕吗？”蒋爷说：“人家哪肯磕！我央求人家去吧。”韩二义说：“只要他磕，我就点头。”

蒋爷复又转身与沈中元说：“刚才我二哥得罪你，就是我得罪你。咱们在黑水湖说的言语，到如今还算不算？”沈中元说：“你算，我就算。”蒋爷说：“我没有什么不算的。磕头哇，我先给你磕一百，换你一个。我先说给你磕头，是在山环呢。你不愿意，你要在众目之下，这可是众目所观。”沈中元说：“你真给我磕吗？”蒋爷说：“要是说了不算，除非是脸搽红粉。我这个人，是个实心的人。人家说什么，我也当永远不假。”随说着，他就屈膝跪倒，嘴里仍然还说着：“我这个人是个实心眼，磕一百，你们可计数。”刚要一磕，小诸葛想着他不能给磕，哪知道真磕。沈爷也是一半过意不去，就说了一句谦虚话，说：算了吧，不用磕了。”蒋爷就站起身来说：“这可是你说的。我这个人是实心认事，说的哪就应的哪。人家和我说，我也信以为实。说了不算，就是个妇人。你可是不叫我磕。该你给我二哥磕了。”沈爷心里说：“这个病鬼，真坏透了。我说了句谦虚的话，他就不磕了。”问蒋爷说：“你这算完了？”蒋爷说：“不是你不叫我磕了吗！我这个人实心认事，说了不算，脸上就搽红粉。”沈中元说：“你真厉害透了。我索性给你二哥磕吧。”

蒋爷带着过来说：“二哥，可别的话没有，我把沈爷带来给你赔个不是，错可是你在先哪。人家可不是怕咱们哥们，人家是念着死鬼老五。为的是给老五报仇。”沈中元一屈膝说：“别怪乎小可了，前番盗大人是我的不是。”说毕，将要磕头。蒋爷在旁说：“就这么受人家的头，咱们还怎么称得起是侠义？”韩二义也觉着不对，又有蒋爷在旁一说，也就一屈膝说：“事从两来，莫怪一人。先前是韩某的不是。”蒋爷说：“从此谁也不许计较谁，一天云雾全散。”众人俱是哈哈一笑。

此时对面慌张张跑来一人，说：“众位老爷们，大人有请。”众人这才回奔公馆。到了公馆，见大人，把君山的花名呈上去，叫大人阅看。大人看毕，择日上襄阳。池天禄又把武昌的公事回了一回。

书不可净自重叙。到了第三日，预备轿马起身。文武官员护送。到了弃岸登舟的时节，叫他们文武官员回衙理事。众文武官员辞别了大人。大人的船只奔襄阳。路上无话。直到襄阳，弃舟登岸。早有预备的轿马，是金知府预备的。文武官员俱各免见，上院衙投递手本。大人独见金知府，问了问襄阳王的动静如何。金知府说：“这几日王府倒消停，不见什么动静。”问毕，知府退下。暂且不表。

单说大人到上院衙下轿入内，主管二爷迎接大人。将到屋中更换衣巾。忽然有众侠义围绕着一人，原来是铁臂熊沙老员外，背着一宗物件，有人带着见大人行礼。回明大人，阵图画得清楚，请大人过目观看。

欲知破铜网阵详情，且听下回分解。

第一二〇回

看图样群雄明地势　晓机关众位抖威风

诗曰：

看明图样问如何，陡觉威风比昔多。

况有君山来助阵，管教叛逆倒干戈。

且说大人回衙，众英雄保护。忽然沙老员外背图而入，大众见沙大哥见礼，解下包袱来。回禀了大人。带着沙员外要见大人。孟凯、焦赤也进来了。皆因三位由晨起望起身，乘跨坐骑而来。焦、孟二人在外边拴马，马已拴好，随着进来，与大众见礼。也带着一同见大人。来到屋中，沙、焦、孟一同向大人叩头。大人问说："阵图怎样？"回答："阵图画齐，请大人过目。"

沙、焦、孟站起身来，出里间屋子，来到中庭，把包袱打开。一看阵图，见是一张大纸。所画的阵图连形象俱写的是蝇头小楷。按着是木板连环八卦，连环堡。按八面八方，八八六十四卦，三百八十四爻。每面一个大门，内里套着七个小门。靠北有一个楼，叫冲霄楼，三层儿，按三才，底下有五行栏杆，外有八卦连环堡。各门俱有小字写着是什么卦，什么卦，吉卦、凶卦俱写得明白。冲霄楼前有两个阵眼，一个纸象，一个纸吼。一个天宫网，一个地宫网。冲霄楼下面盆底坑，盆底坑上面十八把大辘轳，挂住了十八扇铜网。按东南西北，有四个更道，地沟内有一百弓弩手，俱用毒弩。十八扇网，单有十八根小弦，有一根总弦，两根副弦，直通到木板连环之外。正南是一火德星君殿。在火德星君殿的拜垫底下，就是总弦的所在。乍看谁也看不明白。大人看了半天，也看不明白。大人说："众位都与我五弟报仇。本院实在看不明白。你们众位请看吧。定到那时要破铜网，备一桌酒席，本院论次序每位奉敬三杯。"大人说毕，退下。大人归大人屋子。

大家都要争着看阵图。蒋爷说："咱们认得字往前，不认得字的往后。"公孙先生说："我可不行。我虽认得字。不懂铜网之事。你们请看。"赛管辂也要退下。蒋爷说："你别走。你是王府的人，你帮着我们参悟参悟。"魏昌这就不能走了；智爷是进去过的，小诸葛是进去过的，直参悟了一天，这才明白了。看毕，对成卷起来，用晚饭。这才细问沙老员外："彭启怎么样了？"沙爷说："仍把迷魂药饼儿给他按上，路、鲁二位看着他。早晚还是给他米汤饮。"智爷说："很好，千万留他这个活口。"当日晚景不提。

到了次日，将要拿阵图瞧看，忽有官人进来说："回禀众位老爷们得知，外面现在君山飞叉太保钟雄求见。"大众往外迎接。到了门外，一见飞叉太保，大家见礼。还有亚都鬼闻华、神刀手黄受、金铛无敌大将军于赊、金枪将于义、玉面猫熊威、赛地鼠韩良，大家又见了礼。有认得的，有不认得的。不认得的，有智爷给挨着次序一见。问大人的事，智爷就把大人的事如此恁般地说了一遍。又问钟雄："你们这是由君山来吗？"钟雄说："正是。有黑水湖的喽兵，夹峰山的寨主，到我那里。我一算这个日限，大人必到襄阳。近来家人谢宽，训练了二百名喽兵。我把他们俱都带来。带来四家贤弟，连熊贤弟他们二位。我嫌几百人进襄阳城，怕的是招摇。有谢宽带领着他们扎了个小行营，在小孤山的山内候信。要用他们的时节，去信就来。"蒋爷带着他们先见见大人。带着进去见大人，回明大人，下了个请字。把钟雄带将进来。钟雄见大人双膝点地，大人欠身吩咐："搀住。"可见得是念书的尊贵。再者，他是一个山王寨主，又知道他文中过进士，故此赏了他个脸面。大人以为钟雄乃管理水旱二十四寨的大寨主，必是五官凶恶，谁知晓他竟是个文人的打扮，青四棱巾，迎面嵌白骨。皆因是身无寸职，例不应冠嵌白玉，故钉了一块白骨。双垂青缎带飘于脊背之后，翠蓝袍，斜领阔袖，白袜朱履。面如白玉，五官清秀，三绺短髯。大人一瞅，暗道："说他文中过进士倒像，说他武中过探花不像。"慢腾腾地起来，大人赏了他个座位。再说神刀手黄受、金枪手于义、亚都鬼闻华、金铛无敌大将军于赊，大人一见，眼泪几乎没落将下来。因何缘故呢？是金枪将于义与白玉堂相貌不差，大人回思旧景，想起五弟来。玉面猫熊威、赛地鼠韩良刚要磕头，大人一摆手，蒋爷就把他们带出来。

钟雄问："什么缘故？"蒋爷就把于义相貌和五爷一样，大人瞧见于义，就想起白五弟来了的话，说了一遍。钟太保说："这就是了。"然后献上茶来。

大家仍然还是看阵图。蒋爷说："咱们大家打算着几时破网？"智爷说："方才我看了看日历，明日就好。趁看艾虎没来。艾虎要来了，那孩子脾气不好，一准要去。要不叫他去，不是偷跑，就是行拙志。我的徒弟，我还不知道。"蒋爷说："要是那样，咱们可就早破铜网。他来了赶不上，他可也没法了。"正说话间，忽听见哈哈一笑说："一步来迟，就赶不上了。我五叔疼了会子我，我杀王府一个贼，就是给我五叔报了仇了。"大伙一瞧，是艾虎进来。这一进门，艾虎这头真是磕头虫儿一样，给大伙这么一磕。回头一看，全在这里呢，就是短他了。磕完了，有不认得的，给他们见了一见，对施礼完毕。也有人给他磕头的，就是大汉史云，行完礼，艾虎就奔了阵图去了。也不顾说话，也不问人家。人家要问他，瞧他两眼发直，也不敢问。智爷说："你这孩子又不认得字，怎么净往前凑呢？你认得字吗？"艾虎说："我不认得字，我瞧一瞧图样，明天好去。"蒋爷问他："外头站的两个人是谁？是跟你一块来的不是？"艾虎说："我忘了。哥哥进来见见，不是外人。"

这两个，一个是勇金刚张豹，一个是双刀将马龙。皆因艾虎保着施俊路过卧牛山，艾虎些微落点后，施俊叫山寇拿上山去了。艾虎一追，驮子拐山口，听不见驮子那个钟儿响了。刚到山口，又有喽兵下来了，要劫艾虎。叫艾虎一怒，倒追了他们一个跑。正追之间，寨主上来，艾虎一瞧，是熟人。

若问是谁，且听下回分解。

第一二一回

卧牛山下巧逢故友　药王庙前忽遇狂徒

诗曰：

卧牛山下罢干戈，一路凭他保护多。

更遇东方凶太岁，英雄到处有风波。

且说艾虎一看山王，认得是熟人，不由得就有了气了。冲着山王说："二哥，你怎么干这个呢？"勇金刚张豹一瞧是老兄弟艾虎，过去行礼。行礼已毕，跟着上山。到了分赃庭，见双刀将马爷。艾虎过去行礼，马爷把他搀住，说："想不到老兄弟你来，你怎么走到这呢？我们正要找你去呢！"艾虎说："这话说起来长了。你先把施大哥放了。"回答："哪个施大哥？"艾虎说："就是固始县的施大哥，是我盟兄，联盟的把兄弟。"马爷说："兄弟，我不叫劫，你一定要劫，你瞧瞧，劫出祸来了没有？解开去！"赶紧就把施俊解开。艾虎过去给哥哥道惊。施俊又受一大险。进分赃庭，人家一见，双刀将说："后边现有闲房，叫嫂嫂就在后边闲房住吧。公子就在前面。"张爷请罪，把施俊让在上首正中落座，叫摆酒。后门这里，叫喽兵扎住。凭爷是谁，不准往后去。施俊就在前面，与大众各自讲述各自之事。

艾虎把自己的事，述说了一遍。艾虎问："张爷、马爷，你们想起什么来了，占山为王？"马爷说："你们一走，我们的事发作了，几乎没有叫官人拿了去。还亏得是些个喽兵，把我们救下了。没有这些喽兵，此时我们大概也就完了。占在栖身之所，等着找你。”艾虎说：“找我怎么样呢？”马爷说：“找你见大人，给求一求。”艾虎说：“得了，咱们一同前往。大哥弃了山寨吧。”大家整饮了一夜，方才席散。第二早晨，叫喽兵收拾，装驮子下山。马爷写了一封书信，叫喽兵奔君山。所有的东西大家一分。

金氏上了驮轿，小义士马龙、张豹护送施俊上固始县。这一路上，并没有什么舛错。到了固始县，回汝宁村。到家中，金氏下驮轿车辆，仆从丫环搀架，先见公爹。施俊也进来见天伦。本来施大人病体沉重，已经卧床不起，忽然一报少爷、少奶奶到了。施大人一高兴，叫家人搀将起来。见施俊带着金氏、佳蕙，三个人给老爷嗑头。老爷一喜欢，病若好了一半。

其实通俗说叫抖机灵，正字叫回光返照。什么都有个回光返照。人要是病得卧床不起，忽然爬起来了，要点水饮，或是要点吃的。眼睛也睁开了，舌头说话也利落了，留神吧，那可就快了。还有一宗，比方家内点的油灯，看看要灭，屋里也发了暗了，灯苗也小了，必然就叫快添油。说快着点吧，没有油啦。拿油的还没到哪，必是紧催。灯忽一亮，拿油的说那里头还有油呢，瞧这不是顶亮吗？话犹未了，灭了，这也叫回光返照。太阳落的时节，已经落将下去，东边反倒一亮，这也叫回光返照。闲言少叙。再说施俊在天伦跟前，所有自己的事情，回禀了一番。遇凶险的事情一概没提。后来把艾虎带将进去。给见了一见。

到了次日，金氏向家中婆子们打听说，左近的地方太岁坊，紧对着就是小药王庙，甚灵。她就想去与公爹讨一灵签，全凭着自己的虔心，使公爹病体痊愈，也是有之。她对施俊一说，施俊不叫去。究竟是大人家的气象，不叫妇女们上庙烧香还愿。这是一件最无益之事。金氏苦苦地说，施俊又想着他妻子是一点的诚心，又怕烧香惹出祸来，就与艾虎、张豹、马龙一说此事。艾虎说："哥哥，我可是多言。这是我嫂嫂的一片孝心，要能感动神佛也是有的。我听见说，开封府包相爷的夫人，为太后老佛爷三乞天露。把香案设上，自己一想不行了，已经露结为霜了。李氏夫人立志，求不下天露来，就死在香案之前。后来果然这一点诚心，惊动天地，古今盆中，竟把露水求下来，后来凤目重明。那时可也是一点诚心。这番要感动神灵，也是有之。要是怕我嫂子遇见匪人，现有我弟兄三人跟随，还怕他何来！"艾虎这一套言语，说得施俊心中愿意。张豹说："要有人瞧我嫂嫂一眼，我把他脑袋拧下来。"施俊说："既然这样，用完早饭之后，三位就辛苦一趟。"

果然用完早饭，里头传出信来。三位爷预备跟随轿子。金氏换了一身布衣荆钗上轿。明知后面有三位爷跟着。到小药王庙月台之前下轿，艾虎等就在角门那边一站。果然西边有一溜西房。廊子底下有张八仙桌，坐着一个恶霸。跟着也有二十多个打手。看那个恶霸，戴一顶红青缎子员外巾，大红袍，上下三蓝色的牡丹花，看不见靴子，有桌帷遮着；面如油粉，浓眉怪眼，暴长胡须，不大甚长，在那里坐定。他一见金氏下轿，一眼就瞧见了。告诉他手下的从人说："过去抢她！"有个从人叫王虎儿，内外的都管，说："使不得！二太爷，这个人要是一动，可就是马蜂窝。"你道这个人是谁？这就是太岁坊伏地太岁东方明。仗着他手下人多，各处里传言说："小药王庙甚灵。"故此这方就传开了这个灵了。其实他净要看烧香还愿的少妇长女。只要有几分姿色，被他看上，他就要抢。可巧今天他瞧上金氏了，也打算要抢。早被王虎儿拦住了，说："二太爷，抢不得！这是金徽金知府的女儿，邵邦杰邵知府的媒人，施昌施大老爷的儿妇，你想想抢得吗？这还是一件小事。你看那角门边站着那三个老虎似的哪，都是跟来的。跟着的那三个就是不好惹的。”伏地太岁翻眼一瞧，就吓了一跳。并且张豹那里还直骂说：“再要近瞧。二太爷过去，可就要把你两眼睛挖出来了！”东方明一扭头说：“孩子们，我这两天耳朵有点上火，什么都听不见。”众人说：“好哇，上点火，少闹点闲气。”马龙也是直拦张豹，不叫他惹事。等着金氏求完了签，拿了签帖，给了香钱，赏了缘簿。婆子搀着上轿，放轿帘抬起来就走。张豹大嚷：“便宜这小子。”这才走了。

艾虎上襄阳的心急，恨不得立时就走了才好。到家中见施俊，第二天告辞。施俊不叫走，叫多住几日。艾虎不肯，一定要走。施俊拿出二百银子的路费来，艾虎不肯受。说：“我们这盘费甚多，要没有，还不拿哥哥的吗？”就此告辞起身，直奔襄阳，赶着去破铜网阵。

不知到襄阳怎样，且听下回分解。

第一二二回

小义士起身离固始　旧宾朋聚首上襄阳

诗曰：

匆匆别去为谁忙？顷刻天涯各一方。

不是英雄留不住，心中惟计上襄阳。

且说艾虎同着马龙、张豹，把施俊护送到家，住了两日，艾虎一定要起身告辞，施俊也并不远送。几位爷起身，路上也就无话了。

晓行夜住，饥餐渴饮。到了襄阳，至上院衙。艾虎叫他们进去，他们不肯。艾虎一定要叫他们进去，在大庭之外等着。哪知道艾虎进去不出来了，一问外边两个人是谁？艾虎这才叫他们进去。到了里边，给大众一见，说明了来历。艾虎说："几时去破铜网？"智爷说："几时你也别打听，不许你去。"艾虎说："师傅，我五叔疼了我会子。好师傅，你叫我去吧。"蒋爷说："明天再说吧，不用忙。"仍然又把阵图参悟了半天。

到了次日早晨，大人亲身给预备着酒饭。所有破铜网阵的人，无论大小老少，每人面前三杯酒，都是大人亲身给斟。大众说："吾等何德何能，敢劳大人给斟酒？"大人说："不必太谦了。"又预备一桌酒席，把白五老爷古瓷坛请出来，供了一桌酒席，烧钱化纸，奠茶奠酒，暗暗地祝告："但愿吾弟阴灵有感，早助大众成功。”众人也过来磕了一路头，俱都是暗暗落泪。然后大家落座吃酒。大人说：“你们众位吃酒，本院不久陪了。”大人归到里间屋内去了。

大家饮酒议论。蒋四爷说：“咱们商量，今天晚晌都是谁去？”这句话未曾说完，就听见我去，我去，我去，我去。除智爷没说要去，剩下的全都要去。蒋爷嗤的一笑说：“这些个人全去，上院衙净剩下大人一个人。咱们去破铜网，王府里倘若差一个人来，不利于大人。咱们纵然把铜网破了，大人也没有了，谁担架得住！总得留看家的要紧。按武侯兵书说，未思进，先思退。重新再商量吧，谁去，谁不去？”飞叉太保说：“吾等由君山到此，也不敢造次讨差，不敢说办起大事。些须小事，我等万死不辞。若要用兵，我们由君山带了二百名喽兵，现在小孤山扎定。要用他们时节，大人早吩咐，好把他们调来助阵。”蒋爷一听道：“钟兄，我们这里破铜网之人，绰绰有余。只怕晚间一动手，杀得王府人东西乱窜，怕他们逃出城外。烦劳寨主哥哥带着二百名喽兵，过了海河吊桥，把襄阳城四面围住。就是西面要紧，倘若有越城而过者，务必要将他们拿获。”飞叉太保一听，微微地一笑说：“四大人，刚才吩咐我们在城外头等贼，小可钟雄带领喽兵在城外等候拿人。城内若有用人之处，还有我四个兄弟。城内若没有什么事情，我们就一并出城去了。”蒋爷说：“寨主哥哥可不必多心，城里城外皆是一样。”钟雄说：“既然这样，我们就出城去了。”跟着又笑嘻嘻地说：“我们这就要告辞了。”蒋爷吩咐，叫拿上盘缠，欢欢喜喜而走。大家送将出去，由此抱拳作别。他们离了上院衙，直奔小孤山走。在路上，于义、闻华、黄受皆不愿意，说："寨主哥哥，你可全明这个道理?"跟着又说："什么道理?"回答："这分明是怕咱们降意不实。咱们何苦在他们这里赖衣求食？还是回咱们山中，作咱们的大王去吧。"钟雄把脸一沉说："五弟，你还要说些什么？要在山寨上，当着喽兵说出此话，就叫惑乱军心。"于义也就诺诺而退，不敢多言。他们奔小孤山，暂且不表。

单说上院衙钟雄走后，北侠责备蒋爷行的不是。蒋爷说："那人宽宏大量，绝不能挑眼。"接着说："谁去，谁不去，早些商量明白。"云中鹤念声无量佛说："小道不但是去，还要在四老爷跟前讨点差使。"蒋四爷道："你说吧。"魏道爷云中鹤说："我情愿去至王府，到火德星君殿破总弦，不知行不行?"蒋爷说："破总弦还非你不行哪！得了，破总弦是魏道爷的事。"卢爷说："我可去。"韩彰说："我可去。"徐庆说："我去。"南侠、北侠、双侠、沙老员外、孟凯、焦赤、白芸生、卢珍、徐良、韩天锦都说："也去。"艾虎说："我也去。"蒋爷说："不行。徐良有他父亲关心，得去。卢珍为他天伦上几岁年纪，白贤侄与他叔爷报仇，也正应当去。韩天锦也不用，头件不会高来高去，不该去。再说艾虎，你师傅，你义父，你还有什么不放心的地方；讲武艺，讲韬略，还用你挂心！就是徐良，卢珍、芸生他们虽去，也不叫他们身临大敌。也就是在木板环之外，各把占一个方位。若有王府之贼打哪方逃窜，就把那方把守之人按例治罪。"智爷说："连我还不去哪，看家要紧。"蒋爷说："对了，连我还不去哪。"

北侠又说："艾虎小小的孩子，此处有你多少叔伯父，你单单的往前抢，你准有什么能耐?"艾虎敢怒而不敢言，诺诺而退。只因一说艾虎，大家也不敢往前抢了。白面判官柳爷说："我下句没说出来。"叫蒋爷用胳膊一拐，他也不敢往下说了，说："我也看家。"小诸葛沈中元说："我下句也没说出来。"叫智爷也是拿胳膊一拐，不敢往下说了。余者的众人，更不敢往下说了。蒋爷、智爷说："我们看家，看家要紧。"艾虎心内难受，酒也懒怠喝了，觉得一阵肚腹疼，自己出去走动去。

到了西房，有人月亮门，北边一片乱草蓬蒿。走动了半天，将要出乱草蓬蒿，忽见打外头蹿进一个人来。艾虎一瞧，是师傅。进了西院，东瞧西看，也不知道是看什么。瞧了半天，忽然对着外头一击掌，打外头进来一个人，一瞧不是别人，是沈中元。自己心中一动，他们什么事情？艾虎就在乱草蓬蒿里一蹲，倒要听听他们说些什么。沈中元问："什么事情？把我搭出。"智爷说："论有交情，就是咱们两个厚。我听见说，你要和他们一同破铜网，我故此拉了你一下。我问你，有宝刀没有?"沈中元说："我没有宝刀。"智爷又说："有宝剑没有?"沈中元说："更没有了。"智爷说："咱们哥两个对劲。一个增光，大家长脸；一个惭愧，大家惭愧。不立功便罢，立就是立惊天动地的功。"沈爷说："什么惊天动地之功?"智爷说："我问问你，王府的道路熟哇不熟?"沈中元说道："那是熟。"智爷说："咱们进王府去，奔冲霄楼三层上，把盟单盗下来。可是你给我巡风，盗可是盗，我可不要功劳，见大人时候，就说是你盗的。我要要一点功劳，叫我死无葬身之地。”沈爷说：“怎么你起誓来咧?”智爷说：“我把话说明，咱们彼此都好办。我是早已和你师兄说明白了，拜他为师哥。我是出家当老道。咱们把盟单盗回去，一睡觉，等着明天他们把铜网破了，王爷拿了。问他们，王爷作反有什么凭据?到时，咱们把盟单往上一献，岂不是压倒群芳，出乎其类，拔乎其萃！这比跟着他们破铜网不强吗？要奏事，总得把咱们这个奏在头里呢！可千万法不传六耳①。”焉知道已传了六耳了。说毕，两个人就走。

艾虎在那里净生气，心里说：“好师傅！有好事约人家，自己又不要功劳。净知道说我。你们盗盟单，瞧我的吧，不容你们去，我先去。”

将要分乱草蓬蒿出来，又打外头蹭蹿进来一个人，艾虎赶着又把身子一蹲。见是蒋四爷，往里张望了半天。一回头，又进来一个，是白面判官柳青。艾虎心里说：“都是这么约会。”柳青问：“蒋四爷，我说要跟着破铜网，怎么你不叫去，是什么缘故?”蒋爷说：“你是我请出来的，我要不叫你立点惊天动地的功劳，我对不起你。”柳青说：“我又不愿作官，我要什么功劳?”蒋爷说：“你不要利，难道说你还不要名！你跟着破铜网，不过随众而已。奏事的时候，必是宝刀、宝剑破铜网，不能单把你的名字列上。我拉扯你立一件大功。”柳青说：“我要同你一处走，又该我吃苦了。”蒋爷说：“这可不能咧。他们破他们的铜网，咱们去咱们的。我知道王爷睡觉的地方，叫卧龙居室。咱们去到卧

① 法不传六耳——不告诉第三个人。

龙居室，仗着你的熏香，咱们把王爷盗出来。你瞧瞧是奇功一件不是？可千万法不传六耳。”柳青很是愿意。两个人定妥了主意，才走开。艾虎越想越有气。他们净会说我，有好事全不找我。我自有主意。

不知什么主意，且听下回分解。

第一二三回

小义士偷听破铜网　黑妖狐暗算盗盟单

词曰：

背后窃听实话，心中才释疑团。
多谋纵有计千端，难免门徒偷瞰。
计议私探消息，商量独盗盟单。
立功何事把人瞒，竟自楼头受难。

且说艾虎在蓬蒿乱草之间，听见他们说偷破铜网阵之事，心中暗想："师傅是与沈中元盗盟单，四叔是约柳青盗王爷。这两件事我一个人全办了。我办完了，回上院衙睡觉。等着明天早起，我问问他们这盗盟单，盗王爷的事怎么着，法不传六耳，先叫我听见。看你们有什么脸面！"自己主意已定，又等了半天，这可没有人了，自己出来，到了前庭。

刚一到前庭，智爷一怔说："艾虎上哪去来呀?? 艾虎说："我走动去来。"智爷一翻眼说："啊，你走动。你上西院去走动去来?"艾虎说："我没上西院。"智爷说："你不能没上西院，你必是上西院去来。"艾虎说："我是去拉屎，没上西院。一定说我上西院，你要不信，你跟着去瞧瞧去。"蒋爷说："我是上西院里拉屎去来?"艾虎说："这个拉屎怎么也犯起私来了?"因何缘故?人怕有亏心的事情。智爷、蒋爷见艾虎先前是皱眉皱眼，这趟进来是喜笑颜开，二人就猜着八九的光景。

等着吃毕了晚饭，二鼓之半，大众换衣裳。有夜行衣的，全换夜行衣靠。没有夜行衣的，全是随便衣服。这一套书，北侠换过两回夜行衣靠。头一次是拿花蝴蝶，这一次是破铜网。智爷告诉沙老员外连焦、孟二位，把住王府门口。白芸生、卢珍在王府的东墙儿，墙里墙外一个。一见王府之人，或拿或杀，不许私离岗位。徐良在王府的正北的北墙外头。北侠、南侠、双侠、卢方、韩彰、徐庆、云中鹤魏真等，智爷都在耳边告诉了几句言语，大众依计而行。大人亲身出来，给破网的人一躬到地。所有不走的人倒多。智化、蒋爷、柳青、沈中元、丁大爷、艾虎、大汉龙滔、姚猛、史云，分水兽邓彪，胡烈、韩天锦、马龙、张豹、胡小记、乔宾，过云雕朋玉，熊威、韩良这都是不走的人。

单提北侠等，未至王府后身，一个个蹿上墙头，飘身下去，直走木板连环。到木板连环外头，云中鹤说："我可要往南去了。你们可别忙着进去，不是别的，我那里总弦断不了，你们要进去，岂不涉险？离此处有半里地远哪，千万可别忙！"北侠说："是了，道爷你多辛苦吧。"道爷点头，一直扑奔正南。

走了真有半里之遥，才到火德星君殿东边。五间东房，并无灯火。西面五间西房，灯光闪耀。戳窗棂纸往里窥探，两个王官，十名兵在此上夜。魏真撤身下来，直奔佛殿。到了佛殿，宝剑亮将出来，一点锁头，微然有点声音，把锁斩落，推隔扇进去。佛龛里边，神像看不真切。有前头的黄云缎幔帐，正当中有一个海灯，照彻的大亮。佛柜上古铜五供。佛柜前有一个四方的拜垫，拿黄云缎包着。魏真将隔扇闭好，把拜垫搬开。下面有四块大板。把四块大板搬开，放在四面。怕他们有人进来，把板盖上，故此放于四面。

云中鹤拿自来火筒一照，类若井桶子一般，又是一级一级的台阶。云中鹤拿剑点一点，迈一步；点一点，迈一步。走来走去，直到平地。一晃千里火，地面宽阔。南到北足够五丈，东至西足够五丈。正当中一根铁柱，两旁两根副柱。共有三个大轮子，俱比车轮还大。每个轮子有两个拨轮，一个管轮。两边有个大皮条。东边有九个小轮子，西边有九个小轮子，就是挂十八扇铜网的小弦。总柱上有一个铁拨拢子，上头四个铁滑子，有一个钢搭钩。这根总弦，就在铁滑子铁拨拢子上绕着。这一根弦绕回去，类若两根弦一般。还有两根副弦，在半腰中挂定。单有柱子、轮子、滑子挂定。还有一个法条相似的在正当中有个塔子上绕着。魏道爷拿着双锋宝剑，对着那总弦一剁，呛啷一声，呱哒呱哒哒，那根总弦断下去了。

还要断那副弦，就听上面口把井桶子围满。众人异口同音说："拿！"魏道爷顾不得了，回身上去。

上面的人全是长枪。把枪尖扎将下来，嚷："拿人！"魏道爷不慌不忙，上台阶用宝剑一转，枪尖全折。自己往上一蹿，那些个兵丁挨着就死，撞着就亡，连两个王官都未能逃命。先结果了神偷皇甫轩，后结果了神火将军韩奇。魏道爷一想，总弦一断，就不必再下去了。再把上头的海灯用宝剑挑碎。仗着这二十二人俱死在火德星君殿内，自己出殿，仍把隔扇关闭，直奔木板连环而来。

道爷走的是正南离为火，把两扇大门用剑点开，里头套着七个小门；火山旅、火风鼎、水火未济，山水蒙、风水涣、天水讼、天火同人。蹭一个箭步，就窜进天火同人一个门去了。两边地板一起，上来两个人，一个叫出洞虎王彦贵，一个叫小魔王郭进，与老道动手。老道先杀了一个，后杀了一个。老道蹿卍字势当中，念了声无量佛，说："原来是王府作反的人，就是这样本领。"脚踏卍字势，一直扑奔正北，直奔冲霄楼。

北侠、卢爷早到了。这六个人分开，一个宝刀后头带一个人，一口宝剑后头带一个人。北侠与卢方，由正西兑为泽进来的。卢爷知道老五误入的是雷泽归妹。卢爷也是打雷泽归妹走。大门一开，看的是泽水困、泽地萃、泽山咸、水山蹇、地山谦、雷山小过、雷泽归妹，进七个门。北侠先蹿将进去，随后卢爷举着把刀也就进来。

刚一进小门，就见两地板一起，蹭蹭蹿出两个人来，口中嚷道："什么人？敢前来探阵！"原来这两个，一个是一枝花苗天禄，一个是柳叶杨春。苗天禄拿刀，北侠往上一迎。杨春乘虚而入，就是一刀。北侠闪躲不开了，飞起来一腿，正中杨春肋上，扑通躺在卢爷面前。卢爷摆刀就剁，只听磕嚓一声，劈为两段。又听噗哧，也把苗天禄扎死。

北侠说："大哥走吧。"卢爷这才走。一直扑奔正北。奔了两个圆亭，一个叫日升，一个叫月恒。远远的就看见一个石象，一个石吼。将要扑奔正北，正南离为火，老道闯将进来，会在一处。就听正东方骂骂咧咧，是徐三爷同定展南侠。展爷是一语不发，净听着徐三爷他一个人在不住口的骂。正北上，丁二爷、韩二义由坎为水进来，走水火既济卦。展南侠进的是震为雷，走的雷风恒。大众会在一处。

原来看阵的就是四个人，被卢爷、北侠、云中鹤所杀。大众直奔冲霄楼，脚踏卍字势当中，跳着黄瓜架样式走。一看两边石象、石犼，当中两根铁链搭在冲霄楼上。卢爷用手一指那个石犼说："我五弟就从此处吊将下去，我也由此处下去。"北侠说："那倒可以。可别打一处下去，两处里分着。"徐庆说："我也打那边下去。"展爷说："我也打那边下去。"这边是云中鹤、北侠二个人，两下里彼此全把兵器扎上，击掌为号。叭一拍巴掌，蹭蹭蹭大众往上一蹿。两边的石象、石犼，呱啦啦上头的铁链往下一落，翻板自来往下一翻，大众急拿脚一找网，一反网往下一翻，众位仍然是半悬空中，翻身脚找盆底坑儿。七位全有智爷教明白的：抱刀往下，脸朝外。三鼠在使宝刀宝剑的身后，也是面向着外，手中都拿着兵刃。净瞧更道地沟里头，往外出人。

天宫网、地宫网一起类若钟表开闸的声音，哗啦啦啦十八扇铜网，按说一齐都起来。这把总弦一破，可就不行了，起落的不齐了，可也有的起来的；可也就有不起来的；可也有起来，叭哒往后一仰，又躺下了的。皆因是断总弦，没断十八根小弦、两根副弦。若要一齐全断，十八扇网连一扇网都不能起来。这虽起来，就不能齐了。下面的金钟一响，声音也是不齐。前时咚咚直响三阵，此时又打三下，又打两下。再不然，等半天他又响一阵，参差不齐。

铜网的样式，前文说过，二指宽铜扁条上，有胡椒眼儿窟窿，全有倒取钩，上尖下方的式样，底下的横铁条上，挂石轮子两个，由盆底坑上往下一滚石轮，极其快速。如今所有滚下来的网，咔嚓磕嚓遇宝刀、宝剑削成好几段，是下来的全碎了。不动的网，他们也就不管了。北侠说："大伙蹿上盆底坑儿，把住更道地沟。"东西北俱是两个人把守地沟门，惟独正南北侠一人把守。

忽然出了一宗诧事，要问什么缘故，且听下回分解。

第一二四回

众豪杰坠落铜网阵　黑妖狐涉险冲霄楼

词曰：

弹指几朝几代，到头谁弱谁强？
人间战斗迭兴亡，直似弈棋模样。
说甚英雄豪杰，谈何节烈纲常。
天生侠义热心肠，尽入襄阳铜网。

且说北侠听金钟一响，是一百弓弩手。有一个头儿，是圣手秀士冯渊，拿着梆子，提着一条长枪，听见金钟一响，就由更道地沟上边下去。大众听梆子的号令，刚出正南，上更道地沟门，正遇着北侠，拔刀就剁。冯渊听见刀声，往前一蹿，扭头一瞅，是北侠，他是认得的。立刻双膝点地，苦苦求饶，什么大爷，什么爷爷、大爷、祖宗、师傅、大叔、二大爷，义父、爸爸，全叫到了。北侠空有刀剁不下去。冯渊又叫："你老人家肯饶了我。我就算计着你们老爷们该来了，小子在这正等着呢，别看你们老爷们尽管把铜网削碎，你们也不知道王爷在什么地方？盟单在什么所在？我愿作向导。你愿收我个徒弟，就是徒弟；愿收我个干儿子，就是干儿子；愿收我个孙子，就是孙子。"北侠一想也是，正短这么一个向导，说："起来，我饶恕于你。"冯渊说："你老倒是认我个徒弟，是儿子，是孙子？我好称呼你老人家。"北侠说："你可是真心吗？"冯渊就跪在那里起誓说："过往神祇在上，我要有虚情假意，叫我死无葬身之地。"北侠说："起去吧。"冯渊说："我倒是称呼什么?"北侠说："我已经有了义子，收你为徒弟。"冯渊复又就地给北侠拜了四拜，叫了两声师傅。北侠答应，叫冯渊起去。冯渊答应，乐的是手舞足蹈，说："师傅，我先献点功劳。我一打梆子，弓弩手全出来，你可就杀人。可别叫箭钉在身上，钉在身上就死。"

他在这里梆梆梆一打，一百弓弩手听见梆子一阵乱响，大家出来，这个更道地沟最窄，并肩站不下两个人，只可一个跟着一个走。门儿又矮，出来一个，再出来一个。出来一个杀一个，出来两个宰一双。第三的被杀，第四、第五的回去，不敢出来了。东西北共杀了九个。南面的听见冯渊投了降，连一个也没出来。谁要把着一瞅，弩箭就射。

上头一阵大乱。是王官雷英，金鞭将盛子川，二手将曹德玉，赛玄坛崔平，小灵官周通、张保、李虎、夏侯雄带了些王府的兵丁，辞别了王爷，到此瞧看。进了木板连环，奔冲霄楼末层，进了五行的栏杆，到冲霄楼里头，脚蹬着大铁篦子往下瞧看。雷英一瞅铜网，尽都损坏。跺足捶胸，暗暗的叫苦。

按说在冲霄楼铁篦子上头，往底下瞅，瞧不见底下的事情，在前文可就表过。再者，铁篦子上四个犄角，单有四个大灯，昼夜不熄，故此看得明白。雷英看见冯渊投降。雷英咬牙切齿大骂。底下冯渊听见，也是破口的大骂。他本是个南边人，未说话先叫唔呀唔呀的，骂道："唔呀，混帐王八羔子，吾跟着我师傅拿你们这些叛逆之贼来了，还不快些下来受缚。"金鞭将等大家问雷英主意怎么办。雷英说："略展小计，管叫他死无葬身之地。"吩咐兵丁，先把一百弓弩手撤回。后搬柴运草，拿火把他们烧死。破着这座冲霄楼不要了。王府柴草甚多，顷刻间，全把柴草运将进来。把软柴薪在灯上点着，顺铁篦子窟窿往下一扔。

这一下可了不得了，下面人全吃了苦子。这火全冲着头颅就下来了，个个用手中的刀扒拉，连躲闪带用脚扒拉，工夫甚大。足下的软底靴鞋全要烧着。大众乱嚷。

冯渊偷着往地沟里一看，说："这可好了，他们走了。咱们出地沟吧。"叫冯渊带路。冯渊在前，一个个都跟随着奔南边这个地沟。走到南头一看，不好了，把大板子盖上了，这还不算，上头压上石头，弓弩手在上头坐着。赶着出来，又奔正东，也是不行。照样四面全绕到了，全是不行。这火就更大了。徐庆嚷道："死鬼活着的时候机灵，我们都为你前来报仇，你下阵雨也好哇！"冯渊说："下阵雨也流不到这里来。"丁二爷说："这可好了，他们不往下扔火了。这还有点恩典，他们往下扔生柴薪呢。"老道说："更不好了，底下这都是火，扔下来的是生柴薪，全勾在一处。一阵风一鼓，大众全都是焦头烂面之鬼。这眼睛全睁不开，尽是黑烟。"大众在此受困，暂且不表。

单说蒋爷，容他们破网的人走后。拉了柳青一把，两个人出上院衙，奔王府后身。正遇徐良，蒋爷就说："怕里头人少，我们看一看动作。"徐良也不能管。二人直奔王府后墙，蹿将下去，绕木板连环，直奔西南。柳爷问蒋爷："你们怎么知道王爷住处？"蒋爷说："我是听见魏昌说。"有个月亮门，进月亮门内，有北房。屋中有灯火，赶奔前来，戳窗棂纸，见王爷在后虎座里半躺半坐。手中托着一本书，当住面门，就见露着花白的胡须。两个王官面向里，靠着落地罩花牙子站着。叫柳青使熏香，拿了堵鼻子的布卷把鼻子堵上。把熏香掏出来，香点着，将仙鹤嘴戳在窗户窟窿里头，一拉仙鹤尾，屋中香烟就满了。蒋爷说："你因为什么还不收起来？"柳爷说："没熏过去呢！"蒋爷说："那么些烟，还熏不过去！难道咱们外边说话他听不见？"柳爷说："怎么不躺下呢？”蒋爷说：“两个王官靠住阁子了。”柳爷说：“王爷怎么不扔书？”蒋爷说：“你不用疑心，跟我进去吧。”蒋爷掀帘栊就往里走。柳爷将熏香盒子收了，在后跟着。蒋爷进去往前一扑抓王爷，把王爷的胡须抓掉了。这才瞧见王爷是假的傀儡头，衣帽靴子都是真的。再回头一看，两个王官也如此。

原来是雷英的用意。自打长沙府回来，他父亲提了蒋爷的事情，不叫他保王爷了。从此与他父亲反脸，愤愤而出，保定了王爷了。有消息地方加上消息，没有消息地方安上消息，故此蒋爷上当。脚底下呼啦啦一响，赶着撤身回来，早就登到翻板上了。扑通扑通，两个人坠落下去。原来底下有四个王官，把他们四马攒蹄捆上。柳青怨恨蒋平，闭目合睛等死，王官拉刀要杀。暂且不表。

且说智爷拉小诸葛出上院衙，直奔王府后身。看看临近，由树林蹿出一人来，原来是山西雁，说：“智叔父、师叔，你们也是打接应去吧？”智爷说：“你怎么知道？”回答：“我蒋四叔刚过去。”智爷说：“同着柳爷吧？”回答：“正是。”智爷说：“咱们准是要走到一处。”沈爷说：“不行，他们去也是白去，上不去楼。”徐良要跟着进来，智爷把他拦住。二人奔将进去，直奔木板连环。走坎为水，进的水火既济，脚踏卍字式，直奔冲霄楼，进五行栏杆，都是沈中元带路。智爷要掏飞抓百链索，沈爷把他拦住。沈爷奔到柱子后头，把一尺二寸长的一个大铁篦子一搬，自然打上头呱啦啦放下一个软梯来。二人这才上去。到了上面，又把软梯卷上去。又上三层，也是照样。往正南上一看，王爷兵丁如蚂蚁盘窝一般。智爷说：“咱们不管他们的闲事。”直奔隔扇，连锁头都没有锁，一推就开。晃千里火一照，上面有个悬龛，下面一个佛柜。晃着火看着柜上，有古铜五供，柜面子上有一大道横缝。智爷问沈爷："这里怎么有个缝子?"沈爷说："那是干裂。"智爷说："油漆的东西，哪有干裂，别有消息罢?"沈爷说："没有。"智爷叫沈爷巡风，自己蹿将上去。将要直奔悬龛的底梁，就从那缝子出来了两个扁枪头子，噗哧一声，智爷一抚肚子，咕咕摔在楼板乱滚，说："我的肠子叫他们扎出来了，在外搭拉着呢!"沈爷一急，进来一看，原来里头有两个上夜的。一个金枪将王善，一人银枪将王保，开佛柜后门蹿出来。王善叫兄弟杀那个。沈爷一急，与王善交手。听那边磕嚓一声，沈爷就知道智爷被杀了。王善一喜说："兄弟得了吧。"智爷答言说："得了。就剩了你啦。我学那古人盘肠大战。"王善没躲闪开，早被智爷一刀杀死。沈爷问智爷："怎么样?"智爷说："没有扎着我，把我百宝皮囊扎了两个窟窿。"沈爷说："吓着我了。"智爷把百宝皮囊解下来，问沈爷："还有消息没有?"沈爷说："你不必问我，我直不敢说了。要怕有埋伏，我上去吧。"智爷说："还是我上去吧。你给我巡风。"叫沈中元在外边巡风，仍是智爷上去。细拿千里火一照，蹿上佛柜，拿刀紧贴楼板，把上头的黄云缎佛帐用刀削将下来，就看见了盟单匣子。回手把刀插入鞘中，把千里火放在旁边，伸手一够盟单，够不着。自可就爬在悬龛的底板上，伸双手把那个盟单匣子两边的两个铜环用手一揪，哧的一声，从上面吊下一把月牙的铲刀来，中在智爷的腰上，当的一声，智爷把双睛一闭……

若问智爷生死和破铜网阵的节目，仍有一百余回，随后刊续套出版。

此处先将大节目暂为开载于后：众英雄脱难；襄阳王逃跑宁夏国；智化盗盟单，因为让功，暗走黑妖狐；专折本入都，颜大人特旨进京陛见；山西雁追贼；开封府双行刺；大闹天齐庙；九尾仙狐路素真出世；小五义朝天见主，见驾封官；北侠特旨出家，大相国寺教刀训子；庆历爷丢冠袍带履；潞安山琵琶峪拿白菊花、拿火判官；周龙棍打太岁坊；神鬼闹家宅；南阳头盗鱼肠剑，二盗鱼肠剑；三盗鱼肠剑；白沙滩打擂拿伏地君王；东方亮劫囚车闹法场；开封府丢相印；北侠归三教寺，收徒弟，救难妇；白菊花行刺；北侠兵破姚家寨；群贼夺陷空岛，累死卢方、哭死徐庆；复夺陷空岛；五打朝天岭；三抢天峰山；失潼关；钟雄挂帅，打宁夏国，拿获襄阳王。俱在续套《小五义》上分解。

小五义

上

典香经书

中国古典侠义小说丛书

（清）石玉昆著

团结出版社

图书在版编目(CIP)数据

小五义:全2册/(清)石玉昆著.—北京:团结出版社,2016.9

ISBN 978-7-5126-4406-9

Ⅰ.①小… Ⅱ.①石… Ⅲ.①侠义小说-中国-清代 Ⅳ.①I242.4

中国版本图书馆CIP数据核字(2016)第199060号

出　　版:团结出版社

(北京市东城区东皇城根南街84号　邮编:100006)

电　　话:(010)65228880　65244790(传真)

网　　址:www.tjpress.com

E-mail:zb65244790@vip.163.com

经　　销:全国新华书店

印　　刷:三河市元兴印务有限公司

开　　本:150mm*217mm　1/16

印　　张:43.5

字　　数:506千字

版　　次:2017年1月第1版

印　　次:2019年5月第2次印刷

书　　号:ISBN 978-7-5126-4406-9

定　　价:119.00元

前　言

北宋年间，襄阳王赵珏图谋叛乱，包拯门生颜查散奉旨巡按襄阳，大印被盗；白玉堂坠铜网而死；蒋平找回大印；智化用计，里应外合，收降襄阳王党羽钟雄；破铜网时，沈中元劫持颜查散；众侠义云集襄阳，“小五义”不期而遇，结拜为兄弟。众义士一起协助颜查散，分工破阵、却不幸误落铜网……

《小五义》是清朝光绪年间口耳相传的评书，是《三侠五义》的续作，全书主题环绕在群侠的“忠”、“义”两大方面，歌颂了行侠仗义的伟大精神。其中心人物已由《三侠五义》中的包拯转为其门生颜查散。重要的侠义人物，除了前辈“七侠五义”之外，增加了晚辈义士即钻天鼠卢方之子粉面子都卢珍、彻地鼠韩彰义子霹雳鬼韩天锦、穿山鼠徐庆之子山西雁徐良、锦毛鼠白玉堂之侄玉面专诸白芸生，这四个小义士加上《三侠五义》中原有的人物小义士艾虎，便是“小五义”。

本次出版，对原书中一些错漏、笔误和疑难之处，分别做了校勘、修正和注释，以便于读者阅读。由于时间仓促，水平有限，其中难免疏漏之处，望专家、读者予以指正。

编　者

2016 年 5 月

目　　录

第　一　回

颜按院奉旨上任　襄阳王兴心害人

诗曰：

清晨早起一炉香，谢天谢地谢三光①。

国有贤臣扶社稷，家无逆子恼爷娘。

惟求处处田禾熟，但愿人人寿命长。

八方宁静干戈息，我遇贫时亦无妨。

话说襄阳王赵珏——赵千岁，乃天子之皇叔。因何谋反？皆因上辈有不白之冤由。

宋太祖乾德皇帝，乃兄弟三人：赵匡胤、赵光义、赵光美。惟宋室乃弟受兄业，烛影摇红，太宗即位。久后，光美应即太宗之位。不想宁夏国作乱，光美奉旨前去征伐，得胜回朝。太宗与群臣曰："朕三弟日后即位，比孤强盛百倍，可称马上皇帝。"内有老臣赵普谏奏："自夏传子，家天下，子袭父业，焉有弟受兄业之理？一误不可再误。"人人皆有私心，愿得传于子，不愿传于弟。得胜之人，并不犒赏，加级进禄。光美见驾，请旨犒赏。天子震怒："待等尔登基后，由尔传旨。今且得由朕。"光美含羞回府，悬梁自尽。

赵珏乃光美之子，抱恨前仇，在京招军买马。有九卿共议，

① 三光——指日、月、星。

王苞老大人奏闻万岁降旨，将赵珏封为外藩[1]，留守襄阳坐镇，以免反意。不想更得其手，招聚四方勇士，宠幸镇八方王官雷英，设摆铜网阵，招聚山林盗寇，海岛水贼。暗约君山飞叉太保钟雄，挡住洞庭湖水路八百里。黑狼山金面神栾肖，黑煞帅葛明，花面太岁葛亮等，挡住旱路。水路有洪泽湖高家堰，镇湖蛟吴泽。水旱路塞断太宗的气脉，南北不能通商，东西不能畅行。并有王府招来群寇：金鞭将盛子川，三手将曹得玉，赛玄坛崔平，小灵官张保、李虎、夏侯雄，金枪将王善，银枪将王保。并有邓家堡群寇：青脸虎李集，双枪将祖茂，铜背猿猴姚锁，赛白猿杜亮，飞天夜叉柴温，插翅彪王录，一枝花苗天禄，柳叶杨春，神火将军韩奇，神偷皇甫轩，出洞虎王晏桂，小魔王郭进，钻云燕申虎，过度流星灵光，小瘟蝗徐畅，赛方朔方雕，圣手秀士冯渊，小诸葛沈中元，神手大圣邓车，辅佐王爷，共成大事。

焉能知晓，京都拿来金面神栾肖，破了黑狼山；灭了高家堰，拿来吴泽，解往京都，供招王爷谋反之事。天子诏九卿共议，开封府府尹龙图阁大学士包公，跪奏彻水拿鱼之法，天子旨准，派来代天巡狩天使钦差颜按院大人，察办荆襄九郡。在金殿讨下开封府一文一武：文臣主簿先生公孙策，武将御前带刀四品右护卫锦毛鼠白玉堂，赐尚方宝剑，先斩后奏，路上代理民词。是日请训出都，浩浩荡荡，扑奔襄阳而来。一路无话。

至襄阳，文武官员俱各免见。上院衙投递手本，单叫襄阳太守轿前回话。大人见金辉，单问襄阳王之事，金太守一一回明，方才告辞。当颜巡按入城之时，襄阳城军民人等纷纷瞧看。不料，黑妖狐带领小义士艾虎，也在人丛之内偷瞧，智化因在暗地

① 外藩——有封地的诸侯王。

保护金大人上任，巧遇小义士艾虎活瓦盗刀，追杀赛方朔方雕，病太岁张华泄机，智爷探知襄阳王府内铜网阵之虚实，放走病太岁。师徒会在一处，正问艾虎君州的来历，听店中人员言道："按院大人到省。"师徒在人丛中，矮身而瞧。但见开道锣鸣，龙旗牌棍，金锁提炉，彩亭内供奉万岁圣旨，尚方宝剑，如君亲临。金牌后边厢，大人的大轿，轿前的引马，乃系御前四品带刀右护卫。看他戴一顶粉绫包六瓣壮帽，上绣三色串枝莲，花朵烂漫，银抹额二龙斗宝，两朵素绒桃，顶门上秃秃地乱颤。穿一件粉绫色箭袖袍，周身宽片锦边，五彩丝鸾带束腰，套玉环佩。内衬葱心绿夹衬袄。青缎压云根薄底鹰脑窄腰快靴。天青色的跨马服，锦簇花团。肋下佩带一口轧把峭尖雁翎势钢刀，绿沙鱼皮鞘。金什件，金吞口，兰挽手绒绳飘摆，悬于左肋。看品貌，真是面如美玉，白中透亮，亮中透紫，紫中透光，光中透润，润中单透出一种粉爱爱的颜色，如同是出水的桃花，吹弹得破。黑真真两道眉，斜入天仓；二眸子皂白分明，黑若点漆，白如粉淀，神情足满。鼻如玉柱，口赛涂朱，牙排碎玉，大耳垂轮，细腰窄臂，双肩抱拢，庄严气概，有若天神。跨下一匹白马，鞍鞯①鲜明，项带双踢胸，乃大人的官座（五爷与大人是生死弟兄，故此要这个威严）。他右手拿定打马藤鞭，进襄阳城旁若无人，哼哼地冷笑，把襄阳看作弹丸之地。智爷与艾虎言道："看你五叔多大威严，今非昔比，福随貌转。"艾虎道："师傅你教我的，不是常说'将相本无种，男儿当自强'么？"智爷暗喜："此子日后必成大器。"观看轿马车辆等，俱都入上院衙。顷刻间，文武官员拥拥塞塞入上院投递手本。

---

① 鞍鞯（jiān）——马鞍子和垫在马鞍子下面的东西。

智爷与艾虎回店用晚饭。智爷只身奔上院衙与五弟送信，言讲襄阳王府铜网阵之事。不想至上院衙，轿马围门不能往里带信。自思无非听张华所言，倘若不实，岂不是妄说，不如自己今夜晚亲身至王府探探虚实，明日再来送信。想罢，自己转身回店，晚间派艾虎至金知府署内，保护金大人，不时防备刺客。艾虎去后，自己等二鼓之半，将灯移在前窗台，换夜行衣靠时，怕外边人看见，故将灯移在窗台上，脱去长大衣襟，头上戴软包巾，绢帕拧头斜拉，茨菇叶三叉通口。夜行衣靠寸排骨头纽，周身纽盘纽扣，俱已扣齐。青缎裤，青缎袜，大叶搬尖头鱼鳞鞔，倒纳千层底。青绑腿青护膝，青绉绢束腰，勒系百宝囊内装应用的物件，钢铁家伙，千里火筒，飞抓百练索。将刀由沙鱼皮鞘内抽出，插入牛皮软鞘之中。皮鞘上有罗汉股装丝条，胸前双系蝴蝶扣，脊背后走穗飘垂，伸手掖于肋下，为的是蹿房越脊利落。拾掇妥帖，将灯吹灭，移于案上。起单窗观看外面无人，将双门倒带，由窗棂纸伸手将插关儿拉上（怕有店中人前来看破，故此将门倒带不露痕迹），越身出店墙之外，直奔王府，探看铜网的虚实。

若问铜网如何摆法，且听下回分解。

第　二　回

智化夜探铜网阵　玉堂涉险盗盟单

且说智化行至王府后身，将百宝囊中飞抓百练索取出，如意钩搭住墙头，揪绳而上。至墙头，起飞抓，绕绒绳，收入囊内，取问路石打于地上，一无人声，二无犬吠。飘身脚站实地看了看，黑夜之间，星斗之下，空落落杳无人声。垫双人字步，弓磕膝盖，鹿伏鹤行，瞻前顾后，瞧左看右，不住频频回头。忽然间，抬头一看，黑威威，高耸耸，木板连环八卦连环堡。智爷一瞧，西北方向木板墙，极其高大。听张华所言，上有冲天弩，不能依墙头而入，若依墙头而入，被毒弩射着溃烂身死。下有大门两扇，按八方立八门。八大门内，各套七个小门，按的是八八六十四卦，三百八十四爻。内分凶卦、吉卦；六合、六冲；归魂、游魂。走吉卦则吉，无阻无碍；走凶卦，内有翻板，自家人从地道中出入，使进阵人首尾不能相顾，足下斜卍字势，总要踏在当中。如若一歪，登在滚板之上，坠落下去，坑内有犁刀窝刀，毒弩药箭立刻倾生，故此智爷到木板连环八卦连环堡外，瞧了又瞧，看了又看。心中转侧，回手拉刀，点于大门之上，里面并无横闩立锁，一点即开。果然内有连环，七个小门斜棱掉角。自己寻思，大门乃乾为天，小门是天风垢、天山遁、天地否、风地观、山地剥、火地晋、火天大有。智爷看得明白，未敢进去。扑奔正北，也是两扇大门。用刀点开，也是小门。智爷一瞧，大门乃是北方坎为水。七个小门是水泽节、水雷屯、水火既济、泽火革、雷火丰、地火明夷、地水师。智爷乃是精细之人，仍然扑奔东北。刀点双门，乃艮为山；小门：山火贲、山天大畜、山泽损、火泽睽、天泽履、风泽中孚、风山渐。智爷仍不肯进去，行至正东。刀点双门，大门乃震为雷；小门：雷在豫、雷水解、雷风恒、地风升、水风井、泽风大过、泽雷随。智爷行至东南，不用开门，知是巽为风，风天小畜、风火家人、风雷益、天雷无妄、火雷噬嗑、山雷颐、山风蛊。正南离为火，火山旅、火风鼎、火水未济、山水蒙、风水涣、天水讼、天火同人。西南坤为地，地雷复、地泽临、地天泰、雷天大壮、泽天夬、水天需、水地比。智爷行至正西，刀点双门，用意细看，乃兑为泽，泽水困、泽地萃、泽山咸、水山蹇、地山谦、雷山小过、雷泽归妹。心中忖度：由地山谦而入，按卦爻说，“逢谦而吉，遇泰而昌”。入地山谦数了又数，算了又算。可见智爷是胆愈大而心愈小，智愈圆而行愈方。

智爷来到此地，皆是生发着自己。由西方而入。西方庚辛金，金能生水。智爷穿一身夜行衣靠，尽是黑色，属水。北方壬癸水，金能生水，生发着自己。又入的是地山谦吉卦，又是生发着自己，故此吉祥。脚着卍字势当中，心神念着定不偏也不歪。行至当中，见正北高耸耸，冲霄楼三层，有五行栏杆，左有石象，上驮宝瓶；右有石吼，上驮聚宝盆。宝瓶、聚宝盆两物当中，有两条毛连铁链，当中交搭十字架，两边挂于三层瓦楼檐之上。此楼三层按三方，下面栏杆按五行，外有八卦连环堡：位列上中下，才分天地人，五行生父子，八卦定君臣。前有两个圆亭，左为日升，右为月恒。铜网阵在于楼下。

智爷看明，意欲扑奔楼去，他想三层的上面，现有王爷大众的盟单，吾今既然到此，何不将盟单盗将下来，明日见了五弟之时，说王府的利害，他倘若不信，现有盟单为证。智爷意欲向前，忽然听东南嗖的一声，由风火家人进来一条黑影，智爷吃惊，伏身细看，原来是一人，也奔中央而来。一身夜行衣靠，白脸面，背插单刀，行似猿猴，脚着卍字势当中，轻而且快，疑是五弟到了。智爷收刀，击掌两下，对面言，“二哥因何到此?”智爷方知，果是白五弟。（智爷知晓陷空岛弟兄五人的暗令，每遇黑夜见面，大爷击一下，二爷击二下，按次序击掌，故此假充二义士韩彰。）

且说白玉堂因何到此？只因五爷跟随大人入上院衙，大人升堂，五爷与公孙先生站班，所有襄阳的文武鱼贯而入。细细盘察为官的来历，再问襄阳王的好歹，若有王爷的保举，不是削去前程，就是明升暗降。故此耽延时刻，夤夜①方散。五爷抽身告便，换便服出上院衙，至王府前后踩道，以备晚间至王府窥探虚实。回至上院衙，与大人同桌而食。颜大人再三嘱咐，不许只身夜晚入襄阳王府。五爷遂满口应承，心中早有准备。劝大人安歇后，自己换好夜行衣靠，嘱咐手下人张祥儿，大人若问，不许说出。自己施展夜行术，出上院衙，至王府。飞抓百练索搭墙，掏问路石问路，并无人声犬吠。下墙至木板连环八卦进连环堡，一看乾、坎、艮、震四大门皆开，各套七个小门。自己早已明白，就知道乾为天，天风垢、天山遁、天地否、风地观、山地剥、火地晋、火天大有。坎为水，水泽节、水雷屯、水火既济、泽火革、雷火丰、地火明夷、地水师。艮为山，山火贲、山天大畜、山泽损、火泽睽、天泽履、风泽中孚、风山渐。震为雷，雷地豫、雷水解、雷风恒、地风升、水风井、泽风大过、泽雷随。行至东南，巽为风。五爷一笑，刀点双

---

① 夤（yín）夜——深夜。

门，心中忖度：可惜襄阳王不知道听了什么人的蛊惑，作此无用之物，难道说还是个阵势不成么？据我一看，除非是三岁的顽童不晓，但要稍知生克治化之理，如踏平地一般。此乃巽为风，吉卦走风火家人，脚踏卍字势当中。

忽然听前边击掌两下，知是二哥在此，倒觉吃惊：二哥不懂消息的。身临切近，原是智兄在此，急忙施礼。智爷搀住言道："你好大胆量。"五爷勃然大怒："智兄怎么说小弟好大胆量，你莫非比小弟胆量还大不成？"智爷深知五爷的性情：好高骛远，妄自尊大；只知自己，不知有人，藐视天下的能人。智爷满脸赔笑说："五弟莫怒，劣兄非是胆大到此，因有王府人泄机，方敢前来。五弟听何人所说此阵？"五爷大笑："小小的八卦，何足道哉？不是小弟说句大话，我们陷空岛七窟四岛，三峰六岭，三窍二十五孔，各处全都是西洋八宝螺丝转弦的法子，全是小弟所造。这个小小的连环堡，玩艺一般。"智爷吃惊不小："五弟，既然你明白，我问问你，这个楼叫什么楼？这个栏杆怎么讲？这两个亭子何用外头的木板？咱们走的道路是什么消息？"

五爷大笑说："智兄你好愚！这个楼他喜叫什么楼就是什么楼。横竖我知道他的用意。三层必是三才，栏杆必是五行好合，外面的木板是八卦，两个圆亭必是阵眼。脚下所走之地，明显卍字势，走当中，两边必是滚板坠落，下去轻者带伤，重者废命。八卦者，走吉卦则吉，走凶卦则凶，不是有人，就是弩箭齐发。"话言未了，智爷连连点头，甘心佩服，名不虚传也。就不必往下再问。焉知晓净说了上头，没说底下铜网阵之事。智爷言道："你我二人，既入宝山，焉肯空返？何不将冲霄楼上王爷的盟单盗来，拿获王爷时作干证[①]。”五爷点头：“待小弟上楼，兄与小弟巡风。”将至楼下，二人说话声音太高，早被看阵人听见。在石象、石犼两旁边地板一起上来二人，形如怪鬼，手持利刃，杀奔前来。

要问二位的生死，且听下回分解。

---

① 干证——与讼案有关的证人。

第 三 回

青脸虎看阵遇害　白玉堂失印追贼

且说二人正奔冲霄楼，石象石狁两边地板一起上来二人。左边宝蓝缎子，八瓣壮帽，绢帕拧头。宝蓝缎子绑身小袄，宝蓝挂裤，薄底靴子，蓝生生的脸面，红眉金眼，一口钢刀，此人乃青脸虎李吉。右边一人穿黑挂皂短衣襟，黑挖挖脸面，一口钢刀，此人乃双枪将祖茂。叱喝声音："好生大胆，敢前来探阵。"冲着五爷摆刀就剁。智爷在后着急，两个人首尾不能相顾（五爷在前，智爷在后）。智爷耳中听见咔咤噗一声，原来是青脸虎李吉早被五老爷一刀杀死，双枪将祖茂头巾被五老爷一刀砍掉。祖茂奔命翻身扎入地板中去了。待智爷赶到，死的死，逃的逃。五爷一阵哈哈狂笑："智兄，想襄阳王府有几个鼠寇毛贼，又有多大本领？半合未定，结果了一个性命，砍去了一个头巾，哈、哈、哈……岂不叫人可发一笑？智兄与小弟巡风，待小弟上楼盗盟单去。"智爷说："且慢，五弟请想，两个逃走一人，岂不前去送信？襄阳王府手下余党，岂在少处？倘若前来，你我若在平坦之地，还不足为虑。你我若在高楼之上，那还了得？以劣兄愚见，暂且出府再计较。"五爷明知智化胆小，又不肯违背智兄的言语，只得转身向前。智爷仍然在后，出正西地山谦小门，仍由兑为泽大门而出。扑奔王府北墙蹿出墙外，寻树林而入，暂歇片刻。

智爷言道："得意不可再往，等欧阳兄、丁二弟，大家奋勇捉拿王爷。"五爷闻说笑答道："小弟在德安府与欧阳兄、丁二爷言道，说你们三位各有专责：他们二位押解金面神栾肖入都，兄台保护金大人上任，各无所失，定准俱在卧虎沟相会。兄台明日起身上卧虎沟，会同欧阳兄、丁二爷一同奔襄阳在上院衙相会。”智爷言：“我走，金大人有事，如何对得起欧阳兄、丁二弟？”五爷言道：“无妨。”智爷说：“我嘱咐你的言语，也要牢牢谨记。”说罢分手。智爷不住回头，心中发惨，总要落泪，焉知晓这一分手想要相会，势比登天还难。

五爷回到上院衙蹿墙进去，回到自己屋内，问张祥儿：“大人可曾呼唤于我？”回道：“大人已睡熟了。”五爷更换衣巾，换了白昼的服色，去到公孙先生的屋内。先生还未安歇，让五老爷坐。五爷就将上王府，与智化进木板连环，欲要盗盟单，杀了一人事，细说了一遍。先生一闻此言，吓了一跳，颜色大变，说：“大人再三拦阻于你，怎么还是走了？”五爷大笑：“先生不知王府纵有几个毛贼，俱是无能之辈，何足挂齿？先生此话，明日千万不可对大人言讲。”先生略略点头，待承五爷吃酒。五爷言道：“夜已深了，请先生安歇。”

五爷告辞回到自己屋内，盘膝而坐，闭目合睛，吸气养神。不时的还要到外头前后巡逻，以防刺客。不料天交五鼓，正遇打更之人，五爷微喝：“从此上院衙内不许打更。”更夫跪言道：“奉头目所差。”五爷道：“有你们坏事。若有刺客将你们捆起，用刀微喝，你们怕死，就说出大人的下落。若无你们更夫，他倒找不着大人的所在。”更夫连连叩头而出，回禀他们上司去了。一夜晚景不提。

次日早间，大人办毕公事，仍与五老爷、公孙先生同桌而食。酒过三巡，先生将昨日晚间五老爷上王府的事说了一遍。大人一闻此言，吃惊非小。五老爷在旁，狠狠瞪了先生两眼，哼了一声。大人叫道：“五弟，劣兄再三不叫你上王府，仍是这般的任性。”五爷道：

“从今小弟再不上王府去了。”大人言道：“去也在你，不去也在你，倘若再上王府，愚兄立刻寻一自尽，吾弟归回，悔之晚矣。”遂将印信交与五老爷，派他护印的专责。五老爷当面谢过差使（大人虽是一番美意，缚住五老爷的身了，不想却要了五老爷的性命）。

早饭吃毕，大人仍然和五老爷在此谈话，直到晚餐仍不放走。天交三鼓，五爷告便，回自己屋内稍歇。外面一阵大乱。五爷叫张祥儿外面看来。祥儿回头言道：“马棚失火。”五爷一惊，就知道是调虎离山计，总怕大人有失。解磨额，脱马褂衣襟，挽袖裤勒刀，并不往外看失火之事，竟往大人屋中观看。行至穿堂，公孙先生言道：“五老爷，大势不好，印所失火。”五老爷点头，蹿房过去，见大人在院内抖衣而战，雨墨搀架。五爷在房上言道：“大人请放宽心，小弟来也。”大人战战兢兢道：“吾……吾……吾弟，大……大……大势不好了，印所失火。”五爷说：“大人放心。”飞身下房，纵身蹿于屋内，至印所荷叶板门。由门缝内瞧，早见火光满地，就知道是夜行人的法子，其名就叫做硫火移光法。一抬腿，铛啷一声，双门粉碎，抖身蹿入屋中，伸手桌案一摸，印信踪迹不见。

若问印被何人盗去，且听下回分解。

第　四　回

颜大人哭劝锦毛鼠　公孙策智骗盗印贼

且说见印信丢失，五爷暗暗的叫苦。回头一看，贼人由后窗棂进来，撒下硫光火，虽是遍地的火光，有烟有火，绝不能烧什么物件，也不烫手，乃夜行人的诡计。五爷返身而出言道："大人，印信丢失，谅他去之不远，待小弟追赶下去，将印信夺回。"大人道："五弟，印信丢失不要了，只要有五弟在，印信丢失不妨。"五爷哪里肯听，早就踊身蹿上房去，一看东西厢房北山墙，有一黑影一晃。五爷用飞蝗石子打去，卜的一声响亮，虽然打在身上，此人未能坠落下去。五爷纵在东房之上，赶上前去就是一刀，只听见哧的一声，原来不是个真人（也是夜行人用计），乃是江鱼皮做成的，有四肢，一个头颅。无用时将他折叠起来，赛一个包袱；若要用时，腿上有个窟窿，用气将他吹鼓，用螺丝将他捻住，不能走气。脑后有皮套一个，挂于墙壁之上，被风一摆，来回的乱晃。其名叫做映身。五爷上当，刀剁皮人。转向扑奔正西。大人连叫："不可追赶。"

五爷哪里肯听。出上院衙往西追赶，见一人在前施展夜行术。细看肩头上，高耸耸背定印匣。五爷赶上前来，一刀正中腿上，哎哟一声，红光崩现，满地乱滚。五爷磕膝盖点住后腰，先拔贼人背后之刀，抛弃远方。解贼人的丝绦，四马倒攒蹄，寒鸭子浮水势，将贼捆好。解胸前麻花扣，将印匣解将下来，双手捧定，在耳边先一摇，只听见咣咣地乱响，就知道印信在里面。五爷暗欢喜。猛然抬头一看，前边还有一个夜行人。五爷意欲追赶那人，自思印已到手，便宜那厮去罢。

后边厢灯火齐明，原是上院衙官人赶到，本是公孙先生至马棚救火，一浸而灭。先生进里边见大人，诉言其事。大人命先生派官人追赶白护卫，故此前来。远远问道："前边什么人？"五老爷答道："是吾追贼人，不上半里之遥，将贼拿获，尔等来得甚巧，将他抬至上院衙，以备大人审讯。"众人答言："五老爷先请。我等随后就到。"

五爷提印匣按原路而归，仍是蹿房越脊，不由大门而入。至大人屋中，见公孙先生在旁解劝。大人呆磕磕发怔。五爷捧定印匣说道："大人印信丢失，小弟追出上院衙，不上半里之遥，将贼捉获，将印信得回，请大人过目。"将印信放于桌案之上。大人欢喜非常，言道："到底是我五弟呀，到底是我五弟。倘若印所门户已坏，就将印匣暂放先生屋内。"先生点头，不肯去收。自忖道："印已到贼人之手，不知印信可在里面？倘若不在，糊里糊涂将印收讫，倘若用印之时，里面无印信，岂不是交接不清，一人之罪么？"故此问五爷说："是怎样将印信得回？"五爷道："行不到半里之遥，一刀将贼砍倒，将印信得回。"先生道："就是这样得回？"五爷说："正是。"先生说："印信已到贼人之手，没有什么差错？"五爷冷笑道："先生若怕有什么舛错，当着大人面前，大家一观，也省了日后有交接不清之患。"大人道："先生收起去。虽然将印信丢失片刻的光景，依然追回，还有什么舛错？"

大人论的是个人，即五爷不会办错事；先生论的是公事。五爷得了印匣之时，晃了两晃，知道印依然在内。他本就是狂傲的性分，哪时也没让过人，先生一问就觉得气哼哼的冷笑。暗道：

"先生，咱在一处当差，念书的人实属厉害。既然这样，更得当着大人面前看明方好。"于是便对公孙策先生说道："先生不肯收印，小弟虽把印信得回，不知里面印信在与不在，在大人面前务必看明方好。"先生无奈，将包袱打开偷看，就知道事情不好，印匣上锁头不在了。说："不必打开看了。"五爷按住印匣一定要看。大人言道："就打开看看何妨？"将印匣盖打开一看，那一颗黄澄澄的角端印踪迹不见，有一块黑脏脏的铅饼子在内。大人看见一急，将包袱望上一搭，吩咐收起去。料着五爷未看见，岂不想夜行人眼快，早已看见，言道："他们盗印的原是二人，小弟捉着一人，走脱一人。印匣既是空的，印信必在那人身上。谅那厮去之不远，待小弟将他捉获回来，自然就有了大人印信。"大人用手一揪，死也不放，叫道："五弟呀，五弟！想你我当初在镇上相会，你也无官，我也无官，事到如今，你身居护卫，我特旨出都。丢了国家印信，不至于死，无非罢职丢官，你我回到原籍，野鹤闲云，浪迹萍踪，游山玩水，乐伴渔樵，清闲自在，无忧无虑，胜似在朝内为官。朝臣待漏①，伴君如伴虎。一点不到，自家性命难保。五弟不至于不明此理。印信丢失不要了。"大人揪住五老爷死也不放，并有那边主管雨墨挡住，也是苦苦地将五爷解劝。五爷干着急不能出去，又不敢和大人动粗鲁，只好坐在那里低着头哼哼地生气。

大人和五老爷说起私话来了，讲论当初三吃鱼的故事。公孙先生一听大人与五老爷说起私话来了，转身出得房外，看见外头有许多人对面站定。公孙先生至前一问，原来是观看盗印之贼。

看此人夜行衣靠，腿上血痕。黄澄澄的脸面，倒捆四肢，是

---

① 待漏——指古时百官事先集于殿庭等待朝见。漏，古代计时器。

个浑人。吩咐官人："搭在我屋里去。"先生跟定至屋中，取止痛散与他敷上。便问："朋友，我看你堂堂一表人才，为何做出这样事来，岂不把自己的性命饶上？若肯改邪归正，我保你在大宋为官。"贼言："我今前来盗印，万死犹轻，焉有做官之理，休来哄我。"先生道："我们开封府，众校尉与护卫等，哪一个不是夜行人？何况你有说词。"贼言："我说什么？"先生道："你们来几个？"回答："两个。"先生说："少时见大人，你说他盗印，你巡风，本要将他拿住以作进见之功，不料他已跑远。"贼人说："此言错矣。我现背定印匣，怎么说是他盗印哩？"先生笑道："你好糊涂，印是他早已拿着报功去了，你的印匣是空的。此人陷害于你，你还不省悟！"贼言："此话当真？""焉能与你撒谎？""哈哈哈哈，好邓车，原来是兴心害我。先生若肯引荐于我，愿与大人牵马随镫，泄王府之机，说印信的来历。"先生道："兄弟，你先把话对我说明，我好在大人面前与你禀报。"贼言："我乃襄阳王府与王爷换帖弟兄，姓申，名虎，匪号人称钻云雁。皆因是昨天大人手下不知是谁，前去至王府探阵，杀府内一人。我们那里有一个镇八方王官雷英出主意，叫王爷差派人来盗印。就是神手大圣邓车叫我与他巡风，命我马棚放火，他去盗印，事毕树林相会，将印匣叫我背定，见王爷报功。我只当是番美意，不想插刀死狗娘养的害得我好苦！"先生问："得印回去放在什么地方？"申虎道："雷英的主意，放在冲霄楼三天，以作打鱼的香饵；第四天抛弃君山后身逆水寒潭。此处水凶猛，鹅毛沉底，就是神仙也不能捞上来。"先生随问，早记在心中。说大人已经睡觉，明天再见。叫官人与申虎解开绦子，上了锁子，交知府衙门收监。

申虎次日方知是诓他的清供，也就无法了。先生交申虎去后，细写清供，入内见大人。大人劝五老爷将今比古，好容易有点回嗔作喜模样。不想先生把口供一递，大人一瞧，恶狠狠瞪了先生一眼。先生也觉无趣，喏喏而退。

大人颇知五爷的性情，他若不知印的下落还好；他若一知下落，破着性命也要去找寻回来。

此时五爷倒不是满脸愁容了，反倒笑嘻嘻地言道：“夜已深了，请大人安歇睡觉吧。”大人泪汪汪地言道：“我安歇倒是一宗小事，只怕吾弟要追印去。”五爷道：“小弟谨遵大人言语，焉敢前往!”大人道：“去也在你，不去也在你。你若要一走，随后我就寻了自尽。纵然将印得回，若想见吾一面，势比登天还难。那时节，只怕你悔之晚矣！天已不早，你也往外面歇息去罢。”五爷告辞，这才是：满怀心腹事，尽在不言中。任凭大人说破舌尖，自己的主意已定，回到屋中，更换衣巾，上王府找印。

若问白玉堂的生死，且听下回分解。

第　五　回

王爷府二贼废命　白义士坠网亡身

且说五老爷与大人分手，回归自己屋内。五鼓，意欲上王府，天已太晚，明日再去。叫张祥儿备酒，再也吞吃不下，如坐针毡，如芒刺背。唤张祥儿取笔来，书写字柬，折叠停妥，交与祥儿，言道："今晚间不归，明日早晨交与先生，叫他一看便知分晓。少刻天亮我就出去。大人和先生若问，你就说你老爷出去时，未曾留话，不知去向。倘若一时之间说将出来，大人将我追回，你也知道你老爷的性情，一刀将你杀死，然后再走。"张祥儿一闻此事，脑袋直出了一股凉气，焉敢回答什么言语，只是吓得浑身乱抖，泪汪汪地道："大人不是不叫你走么?"五爷道："你休管闲事。"

天已大亮，五爷怕大人起来，换了一身崭崭新的衣服，武生相公的打扮。张祥儿说："老爷你可早点回来。"五爷哼了一声，扬长而去。衙门口许多官人问道："老爷为何出门甚早?"他并不理会大众，自己出上院衙。不敢走大街，净走小巷，总怕大人将他追赶回去；以至吃饭吃茶，尽找小铺面的茶馆饭店，也是怕大人将他追赶回去。整游了一天，天已初鼓之后，人家要上门咧，将自己跨马服寄在饭店，如数给了饭钱、酒钱。

天到二鼓，出饭店直奔王府后门而来。未带夜行衣靠，也没有飞抓百练索。掖衣襟，挽袖裤，倒退数十步，往前一纵，蹿上墙去。并不打问路石，飞身而下，看了看，黑夜之间并无人声犬吠。奔木板连环，行至西方，并不周围细看，就从西方而入。自己说过拿此处看作玩艺一样，又来过一次，公然就是轻车熟路一般。亮刀点开双门，用眼一看，乃西方兑为泽，泽水困、泽地萃、泽山咸、水山蹇、地山谦、雷山小过、雷泽归妹。自己想：必须入地山谦方好。里边本是七个小门。逞聪明并不细数，总是艺高人胆大。

五爷一生的性情，凭爷是谁也难相劝。这就是俗言“河里淹死会水的”。智爷来的时节，俱是生发自己；五爷这次来，是克着自己。西方本是一层白虎；本人又穿白缎衣襟，又是白虎；又叫白玉堂，又是一个白，岂不是又一层白虎；犯三层白虎。抖身蹿入小门，本欲进地山谦，不想错入七门中，乃雷泽归妹。五爷一瞧，说：“不好。”按说雷泽归妹可也是吉卦，可看什么事情。若要儿女定婚，乃大吉之卦。有批语就是不利于出征。虽不是出征，也要分个优劣，强存弱死，真在假亡。五爷一瞧，卦爻不吉，抽身欲回，焉得能够？早有两边底板叭嗒一响，上来了两个全都是短衣襟，六瓣帽，薄底靴，手持利刀，怒目横眉，声音叱吼说：“好生大胆，前来探阵。”五爷未能出去，两个人已到，立刻交手。未走半合，就把过度流星灵光、小瘟蝗徐畅两个人杀了。五爷一笑：“哈哈哈，王府的毛贼就是这样无能之辈，就不必反身回去咧！凶卦中的贼人已死，又何必多虑！不如早早上冲霄楼，将大人印信得回，省得大人在衙中提心吊胆。”脚着卍字势当中，尽是如走平地一样，并不格外仔细留神。过日升亭，走月恒亭，奔石象、石犼，看见黑巍巍，高耸耸，位列上中下，才分天地人，好一座冲霄楼！

五爷暗暗欢喜，想大人印信必在头层楼上。细想上楼之法。见石象、石犼上的宝瓶与聚宝盆当中，有两条毛连铁链，当中交搭十字架，上边挂于头层瓦檐之上。五爷想：掐铁链而上。行至中间，将刀反倒插入鞘内，归身一纵，伸双手揪铁链，随掐随上，掐至中间，耳轮中忽听见喀喇喇哗喇喇往下一松，说声："不好！三环套索。"五爷深知那个厉害。上身躲过，腰腿难躲；腰腿躲过，上身难躲。若要稍慢，上中下三路，尽被铁链绕住。五爷在陷空岛拾夺过此物，焉有不认识的道理?！有个躲法，除非是撒手抛身。说时可迟，那时可快。声音响，早就撒手抛身，不敢脚沾于地，怕落于卍字势旁，滚板之上，那还了得。故此拧身踹腿，脚沾于石象的后胯。谁知那石象全都是假作，乃用藤木铁丝箍缚，架子上用布纸糊成。淡淡的蓝色，夜间看与汉白玉一般。腹中却是空的，乃三环套索的消息。底下是木板托定，有铁横条、铁轴子，也是翻板，前后一沾就翻。五爷不知是害，登上此物就翻，这才知晓中计，说"不好"，已经坠落下去。仗自已身体灵便，半空中翻身，脚冲下沾实地，还要纵身上来，焉知晓不行，登在了天宫网上。

此石象、石犼，乃是两个阵眼。上是三环索，下面是天宫网同地宫网。若要有人登上，就是往下一拍、一扇、一动，十八扇全动（五爷同智爷双探铜网阵时，不容智爷说，就自逞奇能，故此前文表过，净说了上头，没说下头。智爷以为五爷全知，就不必往下再说了。看此也是定数①，非人力所为）。

五爷一登，翻身坠落盆底坑中。挺身拉刀，见四面八方，哗喇喇哗喇喇地类若钟表开闸的声音。五爷早被十八扇铜网罩住在当中。

若问十八扇铜网的形势：二指宽铜扁条打成，高够一丈二

---

① 定数——迷信者谓人世祸福都由天定。

尺，上头是尖的，两旁是平的，下有一根横铁条。两边有两个大石轮子，按的是阴阳八卦，共十六扇。连天宫网、地宫网共十八扇。扁铜条造就有胡椒眼的窟窿，上带倒须钩。十八扇网俱在盆底坑上，倒放着单有十八把大辘轳，黄绒绳绕定，挂住钩环，下边并有总弦副弦十八条。小弦绕于消息之上。盆底坑何为？盆底上宽下窄，消息一动，网起一立，往下一拍，石轮走动，由高往下，比箭还疾。顷刻间，就把五爷罩在当中，四面八方，缘丝合缝。铜网罩紧，就类似回回的帽子一样。网一罩齐，下面金钟响亮："咚咚咚咚。"

五爷一瞧把自己罩在铜网的当中，却看铜网的形势，吓了一跳。你道这铜网阵在冲霄楼的底下，怎么会看得这么真切？皆因是冲霄楼头层，搁的是盟单、兵符印信、旗纛①、认标等物。二层是王爷的议事庭，议论军机大事的所在。末层下面有铁方篦子。四角有四个大灯，昼夜不灭，故此五爷在下面看得明白。用手中刀一支铜网，纹风不动。用力一砍，单臂发痛。盆底坑上，四面八方一乱。东西南北，四面有四个更道地沟小门。有四面弓弩手，一面二十五人，每人一个匣弩，一匣十支竹箭，俱有毒药喂成，着身一支，毒气归心，准死。内中有一个头目，如今就是神手大圣邓车，因盗印有功，王爷赏给弓弩手的头目。听金钟一响，由更道而入，手拿梆子，一阵梆响，众人齐出；二回梆响，众人将坑围满；三阵梆子响，乱弩齐发。

五爷在内，刀砍不动铜网，就知不好。横刀自叹，想起大人衙内无人保护，自己亦死如蒿草一般。大人有失，自己死后阴魂也对不起大人。再包相爷待我恩重如山，想不到一旦之间，性命

① 纛（dào）——古代军队里的大旗。

休矣，不能报答恩相提拔之恩。是吾闹东京开封府，寄柬留刀，御花园题诗杀命，奏摺搀夹带，万岁爷不加罪于我，反倒褒封，万岁爷龙天重地之恩，粉身难报。再有陷空岛弟兄五人，惟我年幼。大哥二爷三爷四爷，纵有得罪他们的地方，并不嗔怪于我，可见得哥哥们俱有容人的志量。五爷想从此再要弟兄们重逢，除非是鼓打三更，魂梦之中相会。五爷只顾想起了满腹的牢骚，不提防浑身上下弩箭钉了不少。哪见得？有赞为证：

白五义瞪双睛，落坑中挺身行。单臂起动，刀支铜网毫无楞缝。直觉得膀背疼，直闻得咯嘣嘣。在耳边不好听，似钟表开闸的声。哗咿咿、唰喇喇，隐隐的鸣。金钟响嗡嗡，锦毛鼠，吃一惊。这其间，有牢笼。无片刻，忽寂静。哧哧哧，嘣嘣嘣，飞蝗走，往上钉。似这般百步的威严，好像那无把的流星。纵有刀，怎避锋。着身上，冒鲜红。五义士瞪双睛，可怜他，中雕翎，这一种的暗器，另一番的情形。立彪躯，难转动；不怕死，岂畏疼？任凭你穿皮透肉起幽冥，还有这一腔热血苦尽愚忠！白护卫，二目红。思想起，不加罪，反褒封。身临绝地，难把礼行。报君恩，是这条命。看不得而今虽死，以后留名。难割舍，拜弟兄；如手足，骨肉同。永别了，众宾朋。恨塞满，寰宇中。黄云霄，豪气冲。群贼子，等一等，若要是等他恶贯满盈时，将汝等杀个净，五老爷纵死在黄泉也闭睛。

若问五老爷的生死如何，且听下回分解。

第 六 回

襄阳王率众观义士 白护卫死尸斩张华

且说五爷在铜网之内，被乱弩攒身，横冲竖撞，难以出网。磕哧哧咬碎钢牙，浑身是箭，恨不得把双睛瞪破。横着刀，弩箭毒气心中一攻，就觉着迷迷离离的咧，后背脊早被铜网钩挂住。霎时间，万事攻心，什么万岁、包公、朋友、拜兄弟，也就顾不得遮挡毒箭了。霎时间，射成大刺猬相仿。众弓弩手想：怎么还不死哩！神手大圣邓车，将弓弩手的弓弩接在手中，对着铜网胡椒眼的窟窿，一搬弩弓，一双弩箭对着窟窿射将进去，正中五老爷的面门。五老爷就觉着眼前一黑，渺渺茫茫神归那世去了。

只听更道地沟小门中，一阵大乱，灯火齐明。原来是王爷带领着镇八方王官雷英，通臂猿猴姚锁，赛白猿杜亮，飞天夜叉柴温，插翅彪王禄，一枝花苗天禄，柳叶杨春，神火将军韩奇，神偷皇甫轩，出洞虎王彦桂，小魔王郭进，小诸葛沈中元，金鞭将盛子川，三手将曹德裕，赛玄坛崔平，小灵官周通、张宝、李虎、夏侯雄，金枪将王善，银枪将王保，还有许多的文官围护着王爷，由西边地沟门而入。

王爷言道："银安殿听金钟所响，必是网内拿住人了。"邓车见王爷，言道："网内拿住一人，已被乱弩射死。死尸不倒，王爷请看。"王爷言："怪道！怪道！什么人敢入孤家的铜网。众位卿家可有认识此人的无有？"病太岁张华言道："上回小臣约智化前来投效王爷，据小臣一看，此人大半是智化到此。"王爷一听言道："若是智化，可惜呀，可惜！"命张华去看，若是智化，死后追封。命一百弓弩手放下弓弩。奔大辘轳，将十八扇铜网绞起，惟有五爷挂在铜网之上。绞上盆底坑，弓弩手将辘轳搬住。张华对面细瞧，皆因浑身箭，拿着刀，龇着牙，瞪着眼，令人可畏。张华细看不是智爷，倒要细细瞧瞧。往前一趋，只见五爷的五官乱动，耳轮中只听见磕嚓一声，绒绳崩断，铜网往下一落，五爷的这口刀正中张华胸间。只听见噗哧一声，张华仰面朝天，红光崩现，连五爷带铜网全压在张华身上。那两名弓弩手也教辘轳把打一个跟头。群贼一乱，连王爷都大吃一惊，令人将铜网揭起，将五爷摘拢下来。王爷叹息了一会："可惜孤家的活人叫死人扎死，到底看看果是何人？"众人多不认识，惟有小诸葛沈中元，微微一笑："王驾千岁，也不用小臣过去细看，大略必是此人。"王爷问道："你既知晓，到底是何人？"小诸葛言道："乃是御前带刀四品右护卫白玉堂。"王爷一听，连连赞叹："耳闻他闹过东京，盗过三宝，在龙图阁和过诗。丧在孤铜网阵内，可惜呀，可惜！也罢，孤将他尸首埋在盆底坑，封他个镇楼大将军，与他烧钱挂纸。"

旁边有一人言道："千万使不得，千万使不得。"王爷回头一看，是相面的先生，此人姓魏名昌，人称他赛管辂魏昌。请他与王爷相面，王爷问他："看看孤有九五之尊没有？"魏昌道："王驾千岁，不可胡思乱想，若要胡思乱想，怕不能够落于正寝①。"王爷大怒，命将魏昌推出砍了。魏昌连连喊冤说："人有内五行取贵，有外五行取贵。"五爷说："何以看来？"魏昌言："我看王爷三天吃、喝、拉、撒、睡，可有取贵之处？"果然看了三天，

---

① 正寝——住宅的正屋，指老死家中。

辨别言道："王爷有九五之尊。"王爷道："分明你怕杀，奉承于我。"魏昌道："不然，相书上有云：'口能容拳，目能顾耳，定是君王之相。'"王爷本不懂相书，反倒欢喜说："孤坐殿之后，封你个护国大军师。"魏昌言："谢主隆恩。"由此不让魏昌出府。

此时魏昌一想："我是大宋的子民，今现有白护卫死在此处，若要埋在盆底坑，永世不能翻身，也不能和五太太并骨①，后辈儿孙也不能烧钱挂纸。我既在王府，我明里向着王爷，暗向着白五爷。"言道："王驾千岁，万不可将此人埋在盆底坑中。既是两国的仇敌，他又在二十岁的光景，要将他埋在此处，岂不要终朝作祟，使我君臣终朝不安。"王爷言："依你之见如何？"魏昌言："依臣之见，将他装在铁箱子内用火焚化，尸身装在坛子里，送往君山交与飞叉太保钟雄，平地起坟，立个石碑，镌上他的名字，坟前挖下战壕，必有侠义前来祭墓。来一个拿一个，来两个拿一双。"王爷连连点头说："此计甚妙！"命人将张华、灵光、徐畅尸首搭将出去，次日用棺木成殓，与他们烧钱挂纸。五老爷的尸身用火焚化，装在古瓷坛内，送往君山。君臣等出地道，暂且不表。

且说自从五爷去后，日色将红。大人起来梳洗整衣，请五弟讲话。公孙先生道："五老爷出衙去了。"大人一听，如高楼失脚，大海覆舟。"哎哟！"一声，半晌无言，不觉泫然泪下。言道："吾弟此去，凶多吉少。"先生在旁劝解。不时的着先生出去打听，总无音信。大人立志滴水不下，茶饭不餐，要活活饿死。

日已垂西，大人要叫张祥儿细问。先生出来威吓："张祥，你家主人出去，你不至于不知，必然有话，你不肯说，大人要把

① 并骨——合葬。

你叫将进去，责罚于你。”祥儿又不敢见大人，又不敢现出字来，直是要哭的样子。先生苦苦地追问，这才说出：“我要说出，先生救我之命。”先生说：“全有我一面承当，怎么个缘故罢？”祥儿说：“我家老爷临行，留下一个字柬。我家老爷今天不回，叫我明天献于先生。今日若献，大人将我家老爷追回，先杀了我，日后还走。”先生道：“你把字柬拿来，你家老爷杀你有我哩！”祥儿这才把字柬呈上。大人打开一看，上写着字：“奉大人得知，小弟玉堂今晚到襄阳王府冲霄楼探探印信虚实。有印则回，无印也回。”大人一看，“哎哟”扑倒躺于地上，四肢直挺，浑身冰冷。

不知大人生死如何，且听下回分解。

第　七　回

卧虎沟蒋平定丑女　上院衙猫鼠见钦差

且说大人一见字柬，摔倒在地，众人忙乱，将大人双腿盘上，耳边喊叫：“大人醒来！大人醒来！”大人悠悠气转。哭道：“五弟呀，五弟！狠心的五弟，不管愚兄了。”先生在旁劝解：“五老爷既往王府去过，轻车熟路，此去到王府也无什么妨碍。大人若提名道姓，哭哭啼啼，五老爷反觉肉身不安。”大人哪里肯听，众人搀大人至里间屋内，仍是哭泣。

先生出来，至自己屋内着急：“今上院衙，五爷一走，倘若王府差人前来行刺，我乃是文人，如何抵挡？大人有失，我万死犹轻。上院衙中更夫，又被五爷赶出，只是为难，也是无法。”一连两日无信。大人类若疯迷一般。先生提心吊胆。外面官人报道“蒋护卫到。”先生一闻喜信，连忙迎出。

蒋爷从卧虎沟来，皆因水面救了雷振，丢了艾虎，不知下落。他在卧虎沟见铁背熊沙龙。沙爷礼让至家中，将艾虎之事，如此恁般、恁般地说了一遍。蒋爷这才放心，知艾虎没死。又提欧阳爷的事，沙爷也就将大破黑狼山事细说了一番。蒋爷一听，原来将沙老爷家大姑娘给了艾虎。问到“二姑娘可曾择婿?”沙员外道：“不曾不曾，丑陋不堪，没人要。”蒋爷说：“我给说个人家。”沙爷道：“昏浊粗鲁，膂力胜似男子。”蒋爷说：“何不请来一见。”老员外吩咐婆子请二位小姐。

不多时，听外面喊一声，如巨雷一般。起帘栊进来二位姑娘。蒋爷一瞧，先走的如天仙一样，后走的如夜叉一般。怎见的，有赞为证：

沙员外，叫女儿，快过来，行个礼儿。蒋爷瞧，一咧嘴儿。大姑娘，叫凤仙姐儿，似天仙，生的美儿。二姑娘，叫秋葵儿。蒋爷一瞧，差点没吓掉了魂儿。虽是个女子，气死个男人儿，高九尺，有神威儿。头上发，像金丝儿。罩着块，青绢子儿。并未带，什么花朵儿。漆黑的脸，赛过乌金纸儿。扫帚眉，入鬓根儿。大环眼，更有神儿。高鼻梁，大鼻翅儿。生一张，火盆嘴儿。大板牙，乌牙根儿。耳朵上，虎头坠儿。顶宽的肩膀，顶壮的胳膊根儿。穿一件男子的衣儿，叫箭袖，青缎地儿，不长不短正合身，不瘦又不肥儿。皮挺带系腰内儿，宽了下，够四指儿。夹衬袄，黑色灰儿；绿绸裤，花裤腿儿。蓝带子，扎了个紧儿。小金莲，真有趣儿。横了下，够三寸儿。大红鞋，没花朵儿。扁哈哈，像鲇鱼儿。扑叉扑叉，登山越岭如平地儿。常入山，去打围儿。拿猛兽，如玩艺儿。走向前，施了个礼儿。一个揖作半截，往旁边，一闪身儿。蒋爷一见，把舌头一伸，缩不回儿。

二位姑娘见礼已毕。员外说："回避了！"蒋爷说："我给二侄女说门亲事。"老员外说："四弟何必取笑，什么人要我那丑丫头？"蒋爷说："是我二哥之子，准是门当户对，品貌也相当，膂力也合适。哥哥也不用见人，我告诉你这个外号就知道了。外号人称他霹雳鬼。"老员外一听，反觉大笑。蒋爷取一块玉珮以作定礼。住两日，四爷自觉心神不安，惦念五弟，告辞上襄阳。一路无话。

至上院衙，叫官人回禀。不多时见先生出来。四爷就知五弟不好。他若在，不能叫先生迎我。连忙问先生："我五弟怎样？"先生道："里面再说。"四爷知道更不好了。至里面先生屋中落座。先生就将大人到任、丢印、拿盗印贼以及五爷走的事细说一遍。四爷不禁叹道："哎哟，五弟休矣！"落泪问："大人哩？"先生说："大人滴水不下，非见五老爷不吃饭，要活活饿死。"蒋爷说："我去大人就吃饭了。"先生带领蒋四爷去见大人。叫雨墨回明，蒋护卫到。大人正在哭涕之时，一闻"护卫"二字，只说是五爷到来："快请！"蒋爷见大人道："大人在上，卑职蒋平行礼。"大人只想着五爷，忽道："啊！我细看却是蒋护卫。"不觉泪下，道："蒋护卫，你我的五弟死了！"蒋爷道："大人何出此言？方才卑职遇见五弟，他说大人丢印，他上王府去找。那冲霄楼确实利害，他不敢上去。他想，今日乃是第四天了，王府必定将印抛弃逆水寒潭。他在逆水潭卧牛青石之上等候。掷印之时，掰手夺来，岂不胜似在冲霄楼上涉险？他是个精细人，为什么办那样险事？大人疑他死咧，岂不是多虑？并且卑职还劝他，上院衙没人，你这一走，岂不叫大人提心吊胆？他说：'你见了大人，替我说明。叫大人放心，我在此等印。'我说：'我在此替你等印，你先见见大人为是。'他说：'大人派我护印，将印信丢去，无脸面见大人，非得印不能见大人。'故此卑职准知他的下落。"大人说："既然知道他的下落，烦劳蒋护卫辛苦一遭，将他找来一见。"蒋爷连连点头说："这有何难？卑职替他等印，将他换回来。"

蒋爷意欲要走，故装腹中饥饿。言道："卑职由五鼓起身，至此时茶饭未进，在大人跟前讨顿饭吃，然后再去。"大人说："使得，使得！"吩咐摆饭，叫先生作陪。饭已摆好。蒋爷叫给大人预备座位。大人道："不见我那五弟，立志滴水不进。四老爷不必让了。"四爷道："大人赏饭，大人不用，卑职也就不敢吃了。我是立刻就去，与大人办事，哪怕就是饿死也不要紧。大人立志不吃，是不知道五弟的生死；如今五弟有了下落，大人何必一定不吃？就是这时不吃，片刻间五弟来了，难道大人不吃吗？”大人被蒋爷一套言语说得倒觉难过，便说：“我陪着就是了。”四爷叫给大人斟酒。大人说：“我几日未餐，酒可吞吃不下。”蒋爷说：“预备羹汤、馒头。”蒋爷苦劝，自己端起酒杯，大吃大喝，连说带笑。大人见这个景况，是见着五弟了，如其不然，他不能这样地欢喜，招惹得自己也就吃了点东西。蒋爷暗喜，吃毕道：“谢谢大人赏饭！”大人说：“务必将我五弟早早找来。”蒋爷回答：“今天不到，明天也就来到了。”大人知道蒋爷说话无准，受了他的骗了。

蒋爷告辞，同先生出来。先生也信以为实，说：“你遇见五老爷了？”蒋爷说：“谁遇见咧？不是这样，大人焉肯吃饭？”先生说：“你吃得痛快！好像真遇见了。”蒋爷说：“我吃的都打脊梁骨下去了。今已四天，我去捞印要紧。”先生说：“莫走，你若一走，有刺客前来，什么人保护大人？”蒋爷说：“哎哟！保大人也要紧，捞印也要紧，除非我会分身法才成哩！也罢，先生快写告病的禀帖，向开封府求救。”正要写信，官人报道：“现有开封府展护卫老爷、卢老爷、韩老爷、徐老爷到，外边求见。”

若问几位来意，且听下回分解。

第　八　回

穿山鼠小店摔酒盏　蒋泽长捞印奔寒泉

且说展、卢、韩、徐，在开封府自从拿获了栾肖，水路的吴泽，两个人口供一样，共招作反之事，将他们收监。待拿了王爷对辞，再将他们的口供奏闻万岁天子。皇上降旨着开封府派校护卫上襄阳，帮大人办事。几位爷各带从人，乘跨坐骑赶奔襄阳，晓行夜宿，饥餐渴饮。

那日离襄阳不远，忽然天气不好，前边又不是个镇店。紧紧催马到了一个所在，没有大店，就是一个小店。嘱咐下马进店。徐三爷嚷道："店小子，打脸水，烹茶。"店小二说："不成不成。我们是小店，那些事不管。"徐庆骂道："小子不要脑袋了。"展爷一拦："三哥使不得，此处比不得大店。伙计莫听他的。"店小二说："你们众位老爷们，要吃什么须先拿出钱来，是你们自己做，我们做可做不好。"展爷随即拿银子，连喂马带酒肉一齐预备。饭熟放桌子，端酒茶。徐庆喝道："小子没长着眼睛么？"小二说："怎么了？"三爷说："四位老爷为何三个酒盏子？"小二说："还是现借来的，再多也没有了。"三爷说："没有，将脑袋拧下来。"举起拳头就要打，小二跑了。

不多时，店小二双手捧定一个大酒杯走来，言道："错过老爷们。这是我们掌柜的至爱物件，我借来要是摔了，这命就得跟了它去。"卢大爷说："怎么这么好？"小二说："我们这里的隔房都知道，这玩艺小名叫白玉堂。"卢爷骂道："小辈还要说些什么？”小二说：“我说白玉堂！”展爷拦道：“莫说了，重了老爷的名字了。”小二道：“这个酒盏子是粉锭的地儿，一点别的花样也没有，底儿上有五个蓝字，是‘玉堂金富贵’。故此人称叫白、白、白、白……”三爷一瞪，他就不敢往下说了。三爷接来一看，果有几个字，叫展爷念念。展爷说：“不错，不错。是‘玉堂金富贵’。”三爷说：“人物同名实在少，有我与五爷对近，就使他喝酒。”小二说：“黑爷爷，你可莫给摔了。”大家饮酒，三爷随喝随瞧。忽然一滑，摔了个粉碎。店小二哭嚷道：“毁了白玉堂了。毁了白玉堂了。”三爷抓住要打。展爷解劝方才罢手。小二哭泣。展爷说：“我赔你们就是。”小二说：“一则买不出来，二则掌柜的要……要我的命。”展爷说：“我见你们掌柜的，没有你的事就是了。”回头一看，卢爷一旁落泪，饭也就不吃了。展爷亲身见店东说明。人家也不叫赔钱，言道：“人有生死，物有毁坏。”卢爷更哭起来了。店钱连摔酒杯共给了二十两银子。

天已二鼓，大家睡觉，惟有大爷净是想念老五。直到三鼓，忽觉灯光一暗，五弟从外进来，叫道：“大哥，你们到襄阳，多多拜上大人。小弟回去了，单等拿了王爷回都之时，多多照应你那弟妇侄男，你我弟兄不能长聚了。”卢爷一惊：“你死了不成？你是怎么死的？快些说来。”五爷说：“小弟仇人就是他。”从外进来了一个大马猴，前爪往五爷身上一抓。再看五爷浑身血人一样。卢爷意欲上前，马猴早被徐三爷揪住，探一双手，把马猴的双睛挖将出来，鲜血淋淋。大爷把五爷一抱，哭叫道：“五弟呀，五弟！”焉知晓把展护卫抱住了。展爷说：“大哥，是我。”卢爷这才睁眼一看，却是南柯一梦，放声大哭，把二爷惊醒，言讲梦里之事，大家凄惨。展爷劝说：“大丈夫梦寐之事。何可为论？无非大哥想念五弟而已。”

次日起身，出店上马，奔襄阳而来。到了襄阳入城，上院衙外下马，叫官人进去回禀。卢大爷目不转睛净看着五弟出来。四爷出来行礼，并未看见。四爷叫："大哥。"卢爷低头看见言道："五弟死了吗?"四爷言："丧不丧，好好的人，因何说他死了?"大爷说："为何不出来见我?"四爷说："出差去了，有话里面说去。"

大家入衙至先生屋内，大爷要见大人。蒋爷使眼色，先生说："大人歇了觉了。"展爷就知道不好。四爷叫看酒说："三哥喜大杯饮酒，看大杯。"三爷与大家吃酒，四爷问大家的来历。展爷将奉旨的事细说一遍。三爷大醉，说："我醉了，如何见大人?"四爷说："你先睡觉，回头再见。"三爷点头，真就睡了。

不多时，呼声阵阵。大爷便问："五弟倒是如何?"四爷说："先把三哥灌醉就好说了。"大爷言："快说!"四爷就提大人丢印事，五爷追印未回。大爷哭道："五弟死了。"四爷问："何出此言?"大爷将摔杯梦中事细言一遍。四爷心惨，又把哄大人的话哄了大爷。大爷半信半疑。四爷说："好了，你们来得巧。我要上寒潭，无人保大人。众位一来，有看家的了。二哥同我去，与我巡风。"大爷也要去，四爷道："逆水潭在君山之后，你老人家爱哭，倘若被君山喽兵看见，岂不是祸患不小?"大爷说："我不哭，我可得去。"四爷说："你看家吧，家里头也要紧。"大爷说："不叫去我就寻死。"四爷说："你说话就不吉利。"二爷说："去，就叫大哥去。"三爷怪叫了一声，由梦中起来，说："我也去。"蒋爷说："又醒了一位。三哥要哪里去?"三爷说："该哪里去，我就上哪里去。可是你们上哪里去呢?"蒋爷说："三哥，我告诉你，你可莫着急。大人到任把印丢了，叫襄阳王府的人盗去。"三爷说："我走。"蒋爷说："三哥上哪里去?"三爷说：

"我找襄阳王要印去。"蒋爷说："咳！没在王府，他们撂逆水寒潭了。又不是在山上，水里头是我去，山上才该你去呢！"徐庆说："对。你是翻江鼠，我是穿山鼠。我给巡风去还不行么？"四爷说："大哥，二哥都给我巡风，何用全去？看家要紧。"三爷说："看家有展护卫。"蒋爷说："不行。展爷的本领不如你。"三爷说："怎么？我比展护卫的本领还大？是我比你的本领还大么？"展爷说："大多咧！"蒋爷说："你那个本领有考校啊！就是刺客前来，慢说动手拿贼，就是大喊一声：'穿山鼠徐三老爷在此！'就能够诸神退位。"三爷大笑："那不成了姜太公了吗？既然如此，我就看家。我睡觉可死啊，要是刺客前来，你可叫醒了我。我好嚷诸神退位。"可见得蒋平一辈子不能长肉，自己哥们还阴他呢！

四爷带上水湿衣靠，大爷、二爷各带夜行衣的包袱。四爷嘱咐展爷："保大人全在你一个，别指望我们三个。"说罢三人起身，出上院衙，走襄阳西门。一路无话。

日已垂西，遇一樵夫，打听寒潭所在。樵夫说："过北边一段山梁，过山梁平坦之地，有一村名叫晨起望。东西穿村而过，出东村口有个涧，叫鹰愁涧；有个崖，叫锦绣崖。往东北有个小山口，千万可别进去。小山口通君山后身。如若进山口，叫喽兵看见，立刻就绑押，解见大寨主。问你的来历，虽不至于死，可不吓一大跳？过了小山口往北，路东有个岭，叫蟠龙岭。上有五棵大松树，密密杂杂，枝叶接连，年深日远，其名叫五接松。树下有新坟。由蟠龙岭前往北，有个大三神山；再往北，有小三神山。大三神山有山；小三神山无山，有庙。由庙东山墙往北，地名叫上天梯。先前上不去，如今有钟寨主找石匠镌出一磴一磴的台阶来，其名就叫上天梯。站在上天梯的上头往下一看，在东北有个大水池子，方圆够三里地。此水寒彻透骨，鸭毛沉底，一味的乱转，其名就叫逆水寒潭。听见说是当初禹王治水的一个海眼。公然就是一个大水池子，有什么看头。遇见喽兵就要涉险，我可是多说。”蒋爷赔笑说：“借光，借光！”樵夫担柴扬长而去。

三位爷过山梁，穿晨起望，走鹰愁涧，过锦绣崖。远远看见小山口，往里一瞧！山连山、山套山、也不知道套出多远去。往北奔大三神山，正东蟠龙岭上有五棵大松树，树下新起的一个大坟头儿。前面有石头祭桌。上有石头五供。旁边有石碣一个，上头刻着字。字是“皇宋京都御前带刀四品护卫大将军讳玉堂白公之墓。”卢爷看见哭道：“原来五弟死去，坟墓却在此处。待我向前哭奠他一番便了。”二爷哭道：“正是！”四爷一见说：“不好！坟前一哭被喽兵看见，俱都是杀身祸。”

要知三位的生死如何，且听下回分解。

第九回

逆水潭中不见大人印　山神庙内巧遇恶喽兵

且说卢爷、韩爷二义，要奔坟前痛哭，被蒋四爷揪住言道："二位哥哥，你们看见坟，以为是五弟的，要过去哭，是也不是？"大爷哭哭啼啼地言道："见着五弟的坟墓，焉有不恸之理？"蒋爷说："要真是五弟的坟，哭死也应当。无奈五弟没死，我实对二位哥哥说吧。五弟追印叫王爷拿住了。王爷爱他，劝他降王爷。他焉肯降？因君山钟雄是王爷的一党。他文中过进士，武中过探花，有些个韬略。他出主意把老五幽囚起来，假作坟墓，立上石碣，以作钓鱼的香饵。他知道，五弟交的都是侠义的朋友，知晓坟墓在此，必要前来祭墓，岂不是来一个拿一个？"卢爷问："怎见得？"四爷说："你看，前面那里，明显有埋伏，不是战壑，就是陷坑。"大爷问："怎么看出？"四爷说："你瞧，祭桌前明亮亮一块黄土地，山上哪里有平平的黄土地？必是下面有埋伏。过去被捉，死倒不怕，幽囚起来全归降他们，求生不得，求死不能，那还了得！"卢爷一看，果然山上各处皆是石头，惟有坟前一块土地，可见得是有假，只得半信半疑，被蒋爷拉住。往北走小三神山、山神庙、东山墙，至上天梯，就听见水声大作，类如风吼。再瞧上天梯，一磴一磴的石阶，直上直下，如梯子一样。果然东北有个大水潭。水势乱转，哗喇哗喇的，声如鼎沸①。卢

① 鼎沸——像水在锅里沸腾一样。

爷说："此潭厉害！"四爷道："果然是厉害，我看过天下的水图，真是个水眼，寒彻透骨。"大爷道："不好就别下去。"四爷说："谁叫印信在潭中？就是开水锅我也得下去。"卢爷大哭："下去就没活的了。"四爷说："多么丧气！你别下去了，在此巡风，遇喽兵辨别辨别。你可也别哭，叫人看见全走不了。"卢爷无奈，只得点头，瞧着二爷、四爷下去。

至寒潭，四爷换了水湿衣靠，下潭工夫甚大，不见上来。卢爷知道四爷身体弱，若水又凉，工夫又大，准死，叫道："四爷阴魂在前少等片刻，愚兄在五爷坟上哭他一场，也就不管巡风了。"他转头至山神庙前，在一旁有块卧牛青石上一坐，把夜行衣包袱一丢，就听见庙内呼救说："救人哪，救人！"大爷生来是侠肝义胆，专爱管人间不平之事。他听妇女呼救，就站起来到庙门口。门隔扇半掩，由缝内一看：有一男子喽兵的打扮，面向西北；有一妇女年近三旬，面向东南。虽是乡间妇女，到也素净。眼含痛泪，口中嚷道："救人哪！杀了人了！"正被卢爷看见。那喽兵笑嘻嘻地言道："嫂嫂不用嚷，左右无人，天气已晚。你要喊了，我们伙计来更不好了。不如就是你我二人在此，到也无人知晓。"卢爷连瞧带听，喽兵说了好些不是人行的话，把他肺都气炸了。一抬腿"咔嚓"一声，那隔扇上纂踹折，恰巧往下一拍，正把喽兵压在底下，闹了个嘴扎地。卢爷蹿进来，用足一踢，将隔扇踢开。解喽兵的腰带，将二臂捆起。再看妇人，由那边半开隔扇斜身跑出去了，并未给卢爷道劳。大爷也不嗔怪。

喽兵叫隔扇压了一下，又将二臂捆起，只当是一块的伙伴，说："别开玩笑，有这么着玩的么？"抬头一瞅卢大爷，吓了一跳。只见他头上戴紫缎子六瓣壮帽，绢帕拧头斜拉茨茹叶，紫缎子箭袖袍，鸭黄丝鸾带，墨色灰底衬衫，青缎压云根薄底鹰脑窄腰快靴。肋下佩带一口扎把峭尖雁翎势钢刀，绿沙鱼皮鞘子，金什件，金吞口，紫挽手绒绳，飘泊悬于左肋之下。晃荡荡身高九尺，紫巍巍一张脸面，类如紫玉一般。两道剑眉斜入天仑，一双虎目圆翻，皂白分明。面形丰满，大耳垂轮。五柳长髯，根根见肉。故此未做官人，称为美髯员外。这位爷秉性刚直诚笃，仁人君子之风，排难解纷，济困扶危，有求必应。喜忠正，恼奸佞；爱的孝子贤孙，义夫节妇；恨的赃官污吏，土豪恶棍，到处专管不平之事。可巧遇见他老人家。喽兵吓得真魂出壳，连连往上叩头，说道："爷爷你打哪里来？"卢爷哼了一声，把刀拉出约有三寸有余，言道："你与那妇人方才讲些什么，做此伤天害理之事，当在刀下作鬼。"喽兵说："爷爷慢着。方才那是我盟嫂，嫂子、小叔偶然游戏，我和她闹着玩，她就急了。可巧叫爷爷瞧见。你别生气，叔嫂玩笑，古之常理。"卢爷唾了他一口："呸！呸！什么东西？你叫什么名字，哪里的喽兵？""爷爷要问，我是君山旱八寨头一寨，是巡捕寨的喽兵。姓毛，叫毛嘎嘎。"大爷说："听你这个名，就不是好人。我且问你，前边五接松这坟地是甚么人的？"

毛嘎嘎道："这个人提起来英名贯宇宙。你横竖也听见说过，是金华府人氏，后在陷空岛五人结拜，人称五义，号曰五鼠。有个锦毛鼠白玉堂。身居护卫之职，闹过东京，龙图阁和诗，万岁一喜封官。如今跟随颜按院大人，至襄阳查办事件，不料王爷派人去将按院大人的印盗来。此人一怒，追至王府，进八卦连环堡，上冲霄楼拿印。一旦失脚，由天宫网坠落下去，叫十八扇网罩住。更道地沟内，有一百弓弩手围住铜网，乱弩齐发。"卢大爷说："可射在致命处没有？你…你…你…你…你快些说来！"毛嘎嘎说："岂止射在致命处，射成大刺猬一般。弩箭上全有毒药，毒气归心，可怜老爷子一命呜呼！称得起是为国尽忠。他死后还拉了个垫背的，把个张华拿刀扎死。依王爷埋在盆底坑，封他个镇楼将军，与王爷镇楼。有个魏先生出的主意，送往君山，交与我们寨主爷，平地起坟，前头挖下战壑，招侠义前来祭墓好拿人。我们寨主接着这个古瓷坛，念他是个英雄。常言道：‘好汉爱好汉，惺惺惜惺惺，找了一块风水所在，可着我们君山的人一晚晌的工夫，修得了一块坟地。每天派我们奠祭一次，烧钱挂纸，还得真哭，不哭回去还得挨打。皆因我带着小童，一个叫三多，一个叫九如，担着食盒，可巧我遇见路大嫂子，挤在庙中，二人说笑两句，被爷爷看见，这就是以往从前……”

毛嘎嘎跪在那里，低着头说了半天。一抬脸看卢爷靠着那扇隔扇，按着刀，瞪着眼，一语不发。“呀！爷爷睡着了!”

哪知道，卢爷听到射成大刺猬那句话时，心里一痛就死过去了。耳边听见嘚噜嘚噜的，再不知说些什么？你道为何不倒？有那扇隔扇靠住身子。嘎嘎看大爷不言语，就起身跑出去了。卢爷被阵风一吹，醒过来了，叫：“嘎嘎!”再找不见。出庙随叫随找：“那边有人!”在五接松松树之下，两个小童儿将盒打开，摆上祭礼，烧钱纸叩头大哭：“五老爷呀!”大爷一见，心中一疼，“咕咚”一声，躺于地上，又死过去了。

若问卢大爷的生死，且听下回分解。

第　十　回

卢方自缢蟠龙岭　路彬指告鹅头峰

且说两个小童儿，奉寨主令，跟嘎嘎前来上祭。半路一晃，不知嘎嘎哪里去了。天气不早，只好两人去祭奠，摆祭礼，奠茶酒，烧钱纸，叩头。诸事完毕，将家伙撤下来，搁在食盒之内，抬将起来。由坟后头土山子过去，不等嘎嘎，回寨交令去了。

却说卢爷瞧着小童儿哭得甚恸，自己就把这口气挽住了。冷风一吹，悠悠气转，他抬头一看，童儿等踪迹不见。自思：五弟准是死咧，四弟也活不了。我们当初有言在先，不能同生，情愿同死，到如今我就等不得二弟、三弟了。一瞧对面有棵大树，正对着五爷之坟。他自己奔到树下，将刀解将下来，放在地上，将丝鸾带解将下来。可巧此树正有一个斜曲股杈，一纵身将带子搭好，结了一个死扣。卢爷跪祷神祇，向着京都地面，拜谢万岁爵禄之恩，谢过包相提拔之恩。接着，向着逆水潭叫了两声四弟，向着坟前叫了两声五弟，向着陷空岛又叫了两声夫人，又叫道："娇儿呀，卢方今生今世不能相见了。"用手将带子一分，两泪汪汪地说："苍天哪，苍天哪，我命休矣！"大义士把头颈一套，身子往下一沉，耳内生风，心似油烹，眼一发黑，手足乱动乱踹，渺渺茫茫。忽然，耳内有人呼唤，微睁二眼，看见两个人在面前蹲着。一个是蓝布裤袄，腰系蓝布钞包歕鞋；一个是青布裤袄，青布钞包歕鞋；一个是白脸细条身材；又一个是黑脸面，粗眉大眼。全都未戴头巾，高挽发纂。黑脸面的手中一条木棍，眼前又放着一个包袱。卢爷自思：方才上吊，怎么这时节我坐在这里？必是这两个人将我救了。他连忙问道："二位，方才我在此树上自缢，可是二位将我救下？"二人说："你偌大年纪，又不是穷苦之状，因何行此拙志？"大爷说："哎哟！二位若要救人一命，胜造七级浮图。奈因阳世三间，没有我脚踏之地，是生不如死。"黑脸的说："你瞧，这个不是他吗？"白脸面的说："准是吧！老人家方才山神庙可救了妇人吗？"卢爷道："不错，也是出其不意，听见庙里有人呼救，是吾将毛嘎嘎捆上。那位大嫂跑了，是二位的什么人？"两个人说："这个包袱可是你的吗？"卢爷说："是我的。"卢爷在石头上坐着，进庙救人，追赶毛嘎嘎，见小童儿上祭，然后上吊，哪里还顾包袱？谁知被二位拾来。

你道二位是谁？居住晨起望，打柴为生。一位姓路叫路彬；一位姓鲁，叫鲁英，是姐夫郎舅。皆因鲁氏险些被毛嘎嘎污染，遇卢爷解围逃回家去，正遇路鲁卖柴回家，一闻路鲁氏之言。路彬是个聪明人，伶牙俐齿。舅爷是粗莽庸愚。鲁英提了一条木棍，同路彬至山神庙找寻了一回，并没遇见毛嘎嘎。大石头旁边撂着个包袱，拾将起来正要回家，遇卢爷上吊。鲁英过去将卢爷解将下来，盘腿耳边呼唤，卢爷才悠悠气转。鲁英听姐姐所言，救他之人与卢爷面貌无差，连包袱俱都不错。两人与卢爷行礼，称卢爷为恩公。卢爷问："二位贵姓？"一人说："我叫路彬。"一人说："我叫鲁英。"卢爷问："那位大嫂是你们什么人？"路彬说："是我贱内。"鲁英说："是我的姐姐。"二位问卢爷说："恩公贵姓？"大爷不肯说。路彬明白，言道："恩公有话请说。我们虽与君山甚近，可是大宋的子民，有什么请说，绝无妨碍，到底恩公贵姓？"大爷说："我姓卢，单名一个方字。"路彬说："莫非是陷空岛卢大爷么？"大爷说："正是。"路彬说："到此何事？"

卢爷说："方才你们说是大宋的子民，我方敢告诉你们。皆因按院大人丢失印信，教贼人抛弃逆水潭中，我特来捞印。"鲁英说："甚么，是你捞?"卢爷说："不是，我们来了三个人呢！有我二弟四弟捞印，是我四弟下去。"鲁英说："下去了没有?"大爷说："下去了。"鲁英说："淹死了。"卢爷说："哎哟!"只听吧嗒一声，路彬打了鲁英一掌，说："你胡说!"鲁英说："下去就死。上回六月间，我们十几个人，就是我水性好，拿绳子把我腰系上，他们几个人揪着绳子，我往水里一扎，叫浪头一打，我就喝了两口水，幸亏他们拉得快，不然我就淹死了。"路彬说："四老爷那个水性像你吗? 御河里头捕过蟾，高家堰治过水，拿过吴泽，江海湖河，沟壑池淀溪坑涧，无论多大水也不足为虑，何况此潭? 问卢爷，他从哪方下去的?"卢爷说："从正西。"路彬说："不行。活该凑巧。今天早晨他们将印抛将下去，正是我们在上天梯下打柴，瞧他们在鹅头峰抛下一样东西，恰是日色将出的时候。黄澄澄系着一块红绸子抛将下来。我们只是纳闷。你老人家说出，我才省悟是印。你老人家收拾一路前往，我指告四老爷的方位。"卢爷点头，由树上将带子解下来系在腰中，将刀挎将起来，包袱拿起来，奔小神山一边走着。

路彬、鲁英问卢爷因为何故在此自尽? 卢爷又问他俩说："方才这个坟可是我五弟坟吗?"鲁英刚要答言，路彬怕他说出来，言道："这个坟不是五老爷的坟。我听说五老爷被捉劝降君山，五老爷不降。假作一个坟，暗地里有人；若有人前去祭墓，那是准被他们拿住。五老爷不降，被捉的人降了，那就像五老爷降的一样。这是钟雄用意，你老可莫认真。"

会撒谎人真说得圆全。蒋爷说的话，卢爷还不深信；路彬的谎，卢爷倒信以为真。你道路彬何故撒谎? 是聪明人一见而明，他想卢爷上吊必是为他五弟之事。鲁英在旁发怔，他也不知道他姐夫是什么意思，又不叫他说话。

走到上天梯上，鲁英说："小猴！小猴！"卢爷说："不是小猴，是我们老四。"路彬又打了鲁英一下。路彬叫卢爷嚷："莫下去！"焉知四爷头次下水，自己穿上鱼皮靰，摘去头巾，拿尿胞皮儿罩住脑袋。藤子箍儿上有螺丝，拧上两把牛耳尖刀，把自己的衣服包袱盖好，叫二爷给巡风。四爷扎入水中，被浪头一打，自觉着晕头转向，不能随水乱转，逆着水力往下坐，水寒彻透骨，霎时间力尽筋疲。

前文说过，逆水潭鹅毛沉底。难道说蒋平比这鹅毛还轻么？不然。有个情理：这水是乱转，不是鹅毛到水就沉下去，是转来转去转在当中，往下一旋，即旋入海眼去了，故此鹅毛沉底。蒋爷下水是活人，讲究下水就得知道水性，凭它怎么地转也不顺着它去，若要顺它到当中，也就旋入海眼去了。只是一件寒彻透骨，蒋爷禁受不得。坐了五六气水，在水中看大人印信，影色皆无。大略着再坐二气水，冷就冷死了。往上一翻上岸来，浑身乱抖。叫二哥拉出刀来，砍些柴薪，拿自来火筒挖出火点起柴薪。四爷前后地乱烘，方觉着身体发暖，说道："厉害呀，厉害！"二爷问："可见着印没有？"四爷说："没有，没有，再看这回。"二爷说："不好！莫下去了。"四爷说："不下去，焉能行的了？"听大爷嚷道："莫下去！"四爷说："大哥一来，又该絮絮叨叨的呀！"一跃身扎入水中去了。大爷又嚷："不行了，四爷又入水中去了。"

三人下上天梯至逆水潭涯，叫道："二弟，我与你荐两个朋友。"二爷猛回头，倒吓了一跳，问此二位是谁？卢爷将自己事说了一遍，也把路鲁二位的事说了一回。二爷反倒与路鲁二位道劳。卢爷问二爷四弟捞印之事，二爷也把四弟捞印毫无影色说了一回。等够多时，四爷上来仍去烤火，暖了半天。卢爷与路、鲁见四爷，把鹅头峰抛印之事说了一回。蒋爷一听，说：“这可是天假其便！”要奔鹅头峰捞印。

至于印捞得上来捞不上来，且听下回分解。

第十一回

樵夫巧言哄寨主　大人见印哭宾朋

且说蒋爷一听路、鲁之言：今日早晨看见王府之人把印系着一块红绸，由鹅头峰抛下。四爷听说就要前去下水。路彬一把拉住说："且慢，我有个主意，水性太凉，如何禁得住？叫我们鲁英取些酒来，我再打下点柴薪，四爷外面烤透了，腹中有酒，准保在水中半个时辰不冷。"就叫鲁英去家中取酒。路彬自己借韩二老爷的刀，砍了些柴薪搁在火上，叫蒋爷过来烘烤。

不多时，鲁英到来，拿着个大皮酒葫芦，拔去了塞儿，蒋爷嘟嘟嘟嘟地喝了一气。又喝又烤，顿时间浑身发热，内里发烧。酒也不喝了，火也不烤了，直奔东南。

到鹅头峰下，卢爷嚷："到了。"蒋爷高声嚷道："大哥、二哥听着：多蒙路、鲁二位指告我的所在，托赖天子之福，大人的造化，就能捞将上来；再若见不着印信，我可就不上来了。"大家一闻此言，惊魂失色。卢爷就要大哭，被大家劝住。

单说蒋四爷扎入水中，坐了两三气水，觉着不似先前那般冷法，总是腹中有酒的好处；又坐了几气水，睁眼一看，前边红赤赤的一溜红绸子，唰唰、唰唰地被浪头打得乱摆。蒋爷就知道是印，迎着水力往前一扑，探手一揪，红绸一丝也不动。蒋爷吃一大惊。

你道印信拿不过来是什么缘故？这个印要扔在潭中，不用打算上来。前文说过，此潭水势乱转，鹅毛转在当中，都要沉下海底，何况是印！总有个巧机会，又道是：“不巧不成书。”一者大宋洪福齐天，二则大人造化不小，三来蒋爷的水性无比，四来又是路、鲁二位的指告，活该蒋四爷作脸。这印被山石缝儿夹住，若不是这个石缝儿夹住，也就被水旋入当中海眼去了。

蒋爷尽力往上一提，提出石缝。蒋爷往上一翻，钻出水来。路、鲁、卢、韩四人在鹅头峰下，眼巴巴地看着。听水中呼隆一声，四爷上身露出，手捧金印，举了个过顶。卢爷过去要拉，被二爷揪住说：“失脚下去，性命休矣！”蒋爷上来，路、鲁二位与大众道喜。四爷将印交与大爷，仍奔正西前去烤火。路、鲁二人催道：“天晚了，换衣裳快走罢！不然君山撒下巡山喽兵，可不是当耍的。”蒋爷点头，又喝了些酒，拔了刀子，去了尿胞皮，摘了滕箍，脱了鱼皮靴，换了白昼的服色，包起鱼皮靴。大爷解了印上的红绸子，收了印信。鲁英提携着酒葫芦，路彬紧催道：“不早了，快走，快走。”

大家上上天梯，走到山神庙。卢爷一指道：“我就在这遇见路大嫂。”蒋爷道：“若不遇见路大嫂，你也就早死多时了。”说毕大家反倒笑了一回。

忽然间，听见前边铜锣阵阵，呛啷啷声音乱响，满山遍野，灯笼火把，亮子油松，照彻前来。喽兵嚷道：“拿奸细呀！”呛啷啷叉盘乱响，大喊一声说：“拿奸细。”此人乃是君山巡山大都督，外号人称亚都鬼，名叫闻华。蒋爷一看，此人身高九尺，蓬头勒金额子二龙斗宝，两朵红绒桃顶门上秃秃地乱颤，紫缎子绑身小袄，寸排骨头纽，紫钞包，大红中衣，薄底靴子，虎皮的披肩，虎皮的战裙。黑沉沉的脸面，粗眉大眼，半部钢髯。蒋爷叫：“大爷，把印给我罢！你们迎上去。”路彬低声说：“不可，我二人迎上去，不行你们再出去。”蒋爷点头暗道：“两个人本领不错呢!”蒋爷三人暗暗隐避身去。

路、鲁迎到上面，喽兵嚷道：“什么人?”路彬言道：“是我们两个。”喽兵报道：“前面有晨起望卖柴的路彬、鲁英挡住去路，禀寨主的示下。”闻华道：“列开旗门!”喽兵一字儿排开。路、鲁二人施礼道：“寨主爷意欲何往?”闻华说：“方才喽兵报道，上天梯下逆水潭旁火光大作，怕有奸细，是我看看虚实。”路彬说：“没有。我二人方才在上天梯下边打柴，天气太晚，潭中水寒气逼人，点了些柴薪烤了一烤。刚打下边上来，并无别人。若有陌生之人，我们还不急急地报与寨主知道！寨主若不凭信，就自己去看。”闻华一听此言，说：“火是二人点的，我就不必去看了。”说罢将手中三股叉一摆，众喽兵尾作头、头作尾，别处巡山去了。

蒋四爷暗地听明，说：“好一个路彬！此人大大的有用，乃吾之膀臂也。”待喽兵等去后，与路、鲁会在一处，走小路，穿山道，至路彬门首要告辞。路彬问：“上哪里去?”四爷说：“回上院衙。”路彬说：“走不得，此时巡山人多了，若遇上可不好办了。明日起身，我有万全之计。今日且在我的家中住下，明日再走。”四爷点头。

至路彬家，到里面上房屋中坐下。有路鲁氏过来见卢大爷，叩头行礼。卢爷言：“不敢当!”行礼毕，入后去了。大家用饭。

次日，路彬与大家换了樵夫的衣巾，担着几担柴，连路、鲁二人共五个樵夫。有像的，有不像的。二爷就像；大爷不很像，长髯的樵夫很少；四爷更不像了，痨病①鬼的樵夫哪里有过？南山梁幸而没遇见一名喽兵。到树林内换衣服，仍是本来的面目。

① 痨病——中医指结核病。

大爷拿印施礼作别。四爷说："我们见了大人，必说二位的好处。印是我捞的，可功劳实是二位的。你们从此也不必打柴了。大人正在用人之时，保二位大小总可以有个官职就是了。"路彬连道："不行！我们焉有那样造化？"四爷说："还有用二位之处。"那五担柴改作两担又挑回去了。

再说大爷三位走旧路而回，进襄阳城。四爷叫大爷、二爷揣印，由后门而入，自己由前门而进。到了上院门首，官人见四爷归回，个个垂手侍立。到里边见公孙先生满脸愁容。四爷说："何故如此不高兴么？"先生说："可了不得，你早回来也好。王府人来，一个个如狼似虎一般，衙前乱嚷乱闹，拿着文书，请定了大人的印了。怎么说也不行，好容易天晚了，把他们央及走了。今日虽走了，明日还来呢！要定了用印的日子，我焉敢应承，怎么样办呢？"蒋爷言："你说明天用。"先生道："无印明日拿什么用？"蒋爷笑说："得回来了。"先生说："得回来了？哎哟！万幸，万幸！现在哪里？"四爷说："我大哥拿着呢！"随说随往后走，见着大爷、二爷、展爷讲论印信之事。

四爷问："我三哥呢？"展老爷说："早就吃醉了。"蒋爷说："好趁着他睡觉，咱们先见大人。"卢大爷将印交与蒋平。先生回话，连雨墨也是欢喜。不多时，里面传话说："有请众位。"大家进去。蒋爷见大人行礼道喜。大人泪汪汪地说道："众位见着五弟了么？"蒋爷回禀大人道："未曾见着五弟。将大人的印信由逆水潭中捞出来，岂不是一喜？"四爷将印往上一献。大人不看印倒还罢了，一见印信，见物思人，想起五弟就为此印至今未见，大概早死多时。大人哭道："不见我那苦命的五弟，要此印信何用？我五弟为我无印而死，我若还坦然做官，居心不安。你们大众外面歇息去吧。"含泪道："五弟呀，五弟！"

大众出来。蒋爷说：“可好。自己舍生忘死，费了多大的事，在逆水潭中三次才把印信捞出，指望见着大人，往上一呈，必是欢喜；那知反倒落了个无趣。”蒋爷可也不责怪大人。大人与五弟义气太重，这也难责怪于他。

蒋爷对展南侠道：“我可不敢派你差使，这个护印专责非你不可。”展南侠点头道：“小弟情甘愿意。可有一件，我可一人不当二差。我只管护印，外面什么事我都不管。”蒋爷说：“就是。”只顾交付展爷护印，别的不大要紧。外边一阵大乱，喝喊的音声甚众。

要知什么缘故，且听下回分解。

第十二回

王官仗势催用印　蒋平定计哄贼人

诗曰：

开卷闲将历代评，褒忠贬佞最分明。
稗官也秉春秋笔，野史犹知好恶情。

忠佞各异，褒贬不同。史笔昭然若揭：有褒于一时而即褒于万世者；亦有贬于一时而不贬于万世者。这套书褒忠贬佞，往往引古来证据。西汉时，高帝既定天下，置酒宴群臣于洛阳之南宫。因问群臣说："尔诸侯诸将等，试说我所以得天下者何故？项羽所以失天下者何故？"高起、王陵二人齐对说："陛下使人攻打城池，略取土地；既得地，就封那有功之人，与天下同其利。因此，人人尽力战争，以图功赏，此陛下之所以得天下也。项羽则不然，妒贤嫉能，虽战胜而不录人之功，虽得地而不与人同利。因此人人怨望，不肯替他出力，此项羽所以失天下也。"高帝说："公等但知其一，不知其二。夫运筹策、定计谋于帷幄之中，而决胜于千里之外，这事我不如张良；镇定国家，抚安百姓，供给军饷，不至乏绝，这事我不如萧何；统百万之兵，以战则必胜，以攻则必取，这事我不如韩信。张良、萧何、韩信都是人中的豪杰，我能一一信用他。得此三人之助，此所以取天下者也。项羽只有一个谋臣范增，而每事疑猜，不能信用，是无一人之助矣。此所以终被我擒获也。"群臣闻高帝之说，无不欣悦敬服。夫用人者，恒有余；自用者，恒不足。汉高之在当时，若论勇猛善战，地广兵强，不及项羽远甚，而终能胜之者，但以其能用人故耳。故智者为之谋，勇者尽其力，而天下归功焉。汉高自谓不如其臣，所以能驭驾一时之雄杰也。闲言少叙，书归正传。

且说蒋爷把印交给展爷，展爷实心任事，叫公孙先生装了印匣，包在包袱里。展爷将印所打扫干净，将印放在桌上。展爷在旁一坐，佩定宝剑，目不转睛净看着印匣，似此护印，万无一失。

外面一乱，蒋四爷出去一瞧，原来是两个王官，带定王府兵丁二十余人。这两个王官，全都是六瓣甜瓜巾，青铜的磨额，箭袖袍，丝鸾带，薄底靴，跨马服，肋下佩刀。一个是黄脸面，一个是白银面。全都是粗眉大眼，半部钢髯。其一托着个黄包袱，兵丁给他拉着马匹，直是喊叫要请大人用印。蒋爷到面前与他们道了个辛苦，冲着两个王官一龇牙。两个王官一瞧，蒋爷这长相：戴一顶枣红的六瓣壮帽，枣红的箭袖袍，丝鸾带，薄底靴子，身不满五尺，形同鸡肋，瘦小枯干，软弱弱病夫一般，骨瘦如柴，青白面目。两道眉，远瞧是两道高岗，近瞧稀稀的几根眉毛，尖鼻子，尖峰棱头骨。薄片的嘴，芝麻牙，圆眼睛，单眼皮，黄眼珠，窄脑门，小下巴颏，两腮无肉，瘪太阳，高颧骨，细脖挺，小脚吧鸦。正像是：走着跳着是活的，倒卧像能吃能喝的骷髅骨，紧七慢八，痨病够了月份的了，小名叫："对付着活着。"一阵风来了，迎风而扑，附风而僵。里头没有骨头架子支着，还能往里瘦；外头没有人皮包着，能把人散了。王官如何瞧得起蒋爷这个样儿？对着蒋爷，拿着小架子抱拳笑嘻嘻的。

蒋爷问道："二位老爷贵姓？"王官说："我叫金枪将王善；他是我兄弟，叫银枪将王保，我们奉王驾之旨，特来请印。昨日有位先生告诉我们说：'大人病了，不能用印。'可也倒是的：人吃五谷杂粮，能不生病吗？到底给我们个准信，是几时用印？我们也好回复王爷。”蒋爷说：“明日天二位再辛苦一次。”王官说：“慢说明天，就是下月明天也不要紧。倒是有个准日子，别像昨日那个先生，说定了不能用印就跑了。明天用印你作得了主吗？”四爷说：“我作不了主，是我们大人的吩咐。”王官说：“你贵姓？”四爷说：“我姓蒋。”王官回头，叫带马连兵丁俱回王府去了。

蒋爷入内求见大人，见大人提说王府差官请印的事：“明天正午大人必要亲身升堂用印，使奸王他们就死了心了。”大人无奈点头。蒋爷出来见先生说：“明日王府请印，你把用印差使让与我罢。”先生连连点头说：“使得！使得！”等明日用印，一夜无话。

到第二天巳牌时候，外边一阵喧哗，王府的差官前来请印。蒋爷吩咐，将官人传到，大人正午升堂用印。王府众人纳闷，一个个交头接耳，兵丁暗禀差官说：“上院衙能人甚多，可莫叫他们拿在里头，用上个假印。老爷们用印时，必须要亲身瞧着才好。”王官说：“那是自然的。”

天色正午，大人升堂，传话出来，叫差官报门而入。王善、王保至堂前报名行礼，将文书呈上。先生接过文书，展开放在公案上。大人看了看，是行兵马钱粮的文书。大人咐咐用印。蒋爷打开了包袱，请钥匙开锁，从印匣请出宝印，冲着王府二位差官特意显显，叫他们看得清清楚楚，明明白白。王善、王保二人一看宝印，把舌一伸，浑身是汗。暗说：“怪道啊，怪道！”将印用完，交与王府。二位差官出得衙外，将文书包好，吩咐带马，兵丁过来说：“印文没用上罢？”王官正在气恼之间，喝道：“少说话！”催马回王府去了。再说上院衙大人办理些公事退堂。先生将印信包好收拾起来。仍交与展南侠护印。先生对着蒋爷说："哎哟！这可就没有事了。"蒋爷道："哎哟！这可就有了事了。"先生说："这可有什么事?"蒋爷说："这事更多了。不用印，王爷还不想害人；这一用印，他必是害怕。今日晚间必遣人来行刺。"先生说："遣人前来行刺，还是没我的事，用你们武将拿人。"蒋爷说："虽是我们武夫拿人，还得用先生。什么缘故呢?今日晚间，把大人安置后楼睡觉。你假扮大人坐在前庭，同着主管雨墨等候着刺客前来。"先生说："哎哟，哎哟！我可不能，不能。"蒋爷说："你不能也不行。你愿意把大人杀了吗?"先生说："哎哟，你愿意把我杀了?"蒋爷说："有我啊!"先生说："有你可就没了我了。"四爷说："无妨！要是你有好歹，我们该当何罪?连管家雨墨还得辛苦呢！大人平安，大家全好。"先生道："你同管家说去吧，他点头就行。"

四爷到后面见大人，叫大人晚上在后楼睡觉。大人道："不用。我情愿早早的死了，方遂吾意。"四爷说："卑职等身该何罪?大人天才，还要借主管同先生假扮大人，等候贼人。"大人道："既然这样，雨墨同四老爷去前面。"听差雨墨吓了一身冷汗，说："四老爷，我哪炷香儿没烧到，怎么找在我身上来了。别的可以当，刺客来了准是害人。"四爷笑道："不怕，有我呢!"雨墨说："有你准没我。"四爷说："你要死了，我们剐罪。"童儿无法，出来见先生。先生说："你愿意么?"雨墨说："愿意，也是命该如此。"蒋爷说："不怕，二位放心，先充样充样。"先生说："好。"四爷说："我当刺客，拿着个小棍当刀，先生坐在当中，叫雨墨看茶来。"管家答应。四爷说："我进来一砍，只要跑得快就行了。"二人点头。四爷出去。二人将门对上。雨墨在旁，先生当中。四爷往里一看，二人直勾勾的四只眼睛，直瞪着外面。蒋爷笑道："那如何行得了？你们二位直看着外头，哪里行得了？"雨墨说："闭着眼睛等死？"四爷说："贼看见不下来了。"雨墨说："下来有你什么便宜？"四爷说："下来好拿，不下来难拿。"二人又低头不看，听门一响。雨墨站着，回身跑得快；先生坐着，衣服又长，一下踹住，往前一扑，倒于地上。先生说："我不行，我不行！贼来准死。"四爷说："把衣服撩起，用手一拢，自然下身就利便了。要跑就快了。"蒋爷出去，仍把隔扇带上，往里一瞧。先生受了蒋爷的指教，将衣服撩起，用手一拢，先生把一条腿迈出半步。蒋爷再进来，一蹿两个人早跑在东西屋中去了。蒋爷说："行了，行了！"又演习了几次，大家放心。

可巧，正遇穿山鼠睡醒，打听蒋爷什么事情。蒋爷说："三哥来得甚巧，今日晚间必有刺客前来。"三爷说："你怎么猜着？"蒋爷说："不是我猜着，是我预料着来，安排着叫先生假扮大人。你我大家分前后夜，好好保护着先生。若伤着先生，你我吃罪不起。"徐庆说："是，我可就是爱困。"随手将韩二义、卢爷俱都请到了，谁前夜，谁后夜。卢爷说："不管前后夜，我不和三爷在一处。"四爷说："我同大哥在一处。"大爷点头说："好。"二爷说："必是我同三爷在一处了。"三爷说："二哥，咱们在一处倒好。"二爷百依百随，三爷占了前夜。四爷说："四更天换更，前夜有事，前夜人承当。"三爷说："那是自然。"

吃毕晚饭，掌灯后，韩二爷、徐三爷带着刀在里间屋住。二爷把隔扇戳出梅花孔，搬了一张椅子一坐，一语不发。徐庆是性如烈火的人，声音宏亮，说："少时刺客前来，二哥莫动。我出去嚷：'徐三老爷在此，诸神退位。'"二爷说："你休胡说，那是四弟冤你呢！莫嚷了，等刺客罢。"

天交二鼓，三爷性急，恨不得一时刺客来才好，说："怎么还不来？不来我要困了。"雨墨说："你可莫睡觉。"焉知三爷的性情与众侠义不同，睡觉总脱了大睡。这时还算好，不肯全脱光，把袜子脱了，一歪身躺在床上。不多时，打起呼来了，鼾声如雷。雨墨说："可好！睡觉了一位了。二老爷可莫睡！"二爷说："莫说话咧，要来可是时候了。先生，叫管家吧！"雨墨把隔扇对上，把腿叉开，手扶着桌子；先生把衣裳撩好，叫雨墨看茶来。正打三更，忽然间，吆喇一声，隔扇一开，闯进一人，摆刀就砍。

不知二人生死如何，且听下回分解。

第十三回

神手圣奋勇行刺　沈中元弃暗投明

且说上院衙防备刺客，果不出蒋爷之料。就打用印后，王府的王官回去，王爷等正在银安殿与大家议论：王善、王保是白跑一番。再去一次还不用印，专摺本人都奏闻万岁，就说他半路途中，将国家印信丢失，赃官必要罢职，趁此行兵杀奔东京。

正说间，两个王官归回，将文书呈上。雷英道："大半又是白跑一次。"两个王官说："早已用上了，请王驾千岁一看。"王爷说："你们可看着用印来着？"二人说："大堂上用印，我们是亲眼所见，并且还看的清楚。"王爷说："必是假的。"王官说："据小臣看可不假。"王爷回头问雷英："你可识认真假么？"雷英说："识认。"雷英去不多时，取来三张，往文书上一对，分毫不差。王爷问："这三张是印么？"雷英道："正是！皆因邓勇士盗了印来，我就印了三张，恐怕日后有这件事。如今一对不差，必是当初邓车盗来的是假的。"

邓车一听急了，来到王爷面前说："回禀王驾千岁得知，小臣盗来是真的。雷王官送往君山，抛弃逆水潭时，在半路途中卖与上院衙的人了。"雷英说："分明你盗来是假，怎么讹是我卖了呢？"邓车说："分明你是卖了，如不然哪里又有真印用来？"

两个人口角分争，旁边一人微微地冷笑道："小事不明，焉能办起大事？又道是圣人有云：'不患人之不己知，患不知人也。'"王爷一看，原来是小诸葛沈中元说话。问什么叫"不患人之不己知?"圣手秀士冯渊说："这两句话王爷不懂，就是炕大，睡觉人少，不挤着。"沈中元说："你胡说!"冯渊说："谁要转文，谁是混账东西。"雷英说："沈爷分派分派，到底这印是我卖了，还是他盗来假的?"沈中元说："盗来的是真印，抛于潭中的也是真的，用来的更是真的了。"冯渊说："那不成了三块真印了么?"沈中元说："你知道什么!"雷英说："倒要分析明白。"沈中元说："邓爷盗来，你抛在潭中，就不许人家捞出来吗?"雷英说："他们怎么知道在潭中?"沈爷说："邓兄盗印几个人去的?"雷英说："两个人。"沈爷说："回来了几个?"雷英说："一个。"沈爷说："那一个被捉的又不是哑巴。申虎的性情，杀剐他倒不怕，就怕人家拿住，和他一说，有什么就告诉人家什么。"雷英说："就是告诉人家，逆水潭鹅毛沉底，也是捞不上来。"沈爷道："曾闻兵书有云：'知己知彼，百战百胜。知己不知彼，百战百败。'岂不闻上院衙能人甚多，有个翻江鼠蒋平，治过水，捕过蟾，天子钦封水旱带刀四品护卫，捞印必是此人。"

王爷说："这印出水可不好。赃官一恨，必要专摺本入都，孤大大的不便。"雷英说："无妨！一不作，二不休，今晚派人前去将贼官杀死，以除后患。"王爷说："哪位御弟愿往?"邓车说："上院衙我是轻车熟路，今夜晚小臣前往。"王爷一听大喜。沈中元说："邓大哥一人前去势孤，小弟与大哥巡风。"邓车一听，更觉欢喜说："沈贤弟前往，大事准成!"

焉知沈中元不安好心。皆因为白五爷死在阵中以后，王爷的气色一日不似一日。沈中元与申虎又是个至亲。他拿话套邓车的实话，才知道申虎被邓车哄骗被捉，只惦念与申虎报仇。今日逢着这个机会，自己拿了邓车投在大人那里，求取大宋的功名，胜似在王府早晚势败，玉石俱焚。又与申虎报仇，又是自己一条道路。邓车焉能猜得出他的心思。

用晚饭时，王爷与二位亲身递酒。吃毕，天交二鼓之半，各自更换衣巾。邓车换了夜行衣靠。沈中元就是自己原来的衣服，背着条口袋。邓车问："怎么不换衣服呢？"沈中元说："杀人是你去砍下头来，我好背着。"邓车欢喜，心里说："是我时运来了。聪明人都糊涂了。他背脑袋，人家不追便罢；倘若追来，总是捉拿背脑袋的。"沈中元不换衣服来见大人，准是成心投大人来的；若穿夜行衣，怕大人反想。

别了王爷，二人出府到上院衙，蹿房进去，见里面并无动静。沈爷想："不好，莫是大人无福了，因何连看着大人的都没有？全睡了？我是慎重慎重，若杀了大人，我还是保王爷吧！"邓车上房，听屋中呼声甚大。里面叫雨墨看茶来。邓车想："大人睡觉，可待到几更时候，又是一个文人，不如早早地下手行事。"由窗外一看，大人正坐，主管一旁立，双门未关。他亮刀，往里一跃，举刀就砍。大人往东屋一跑，主管往西屋便去。一刀未砍着。早有一个人出来，手持利刃前来交手。邓车方知不好，一刀先把灯烛台砍落在地上。屋中一黑，二人再交手杀在一处。

先生进屋中叫三爷不醒，打也不醒。先生着急咬了三爷大腿一下，三爷才醒。先生说："有了刺客了。"三爷问："在哪里？"先生说："现在外间屋中动手。"三爷问："我的刀呢？我的刀呢？"寻着了刀，光着脚往外一踊，脚踹在蜡上一滑，险些摔倒，大嚷道："好刺客，哪里走？"

二爷看三爷出来，两人拿贼不费事了。别看三爷粗鲁，武艺甚好。邓车与二爷动手就不行，又来了个穿山鼠，如何行得了！不如卖个破绽，蹿出房外。

三爷嚷："好小子，跑了！"至院内，二爷追出院动手。三爷出来时，邓车蹿上西厢房去了，越脊至后房坡，出上院衙飞跑。二爷随后上房追去。三爷上房，脚心上有蜡油一滑，由房上咕咚一声掉下来了，当啷当啷，舒手丢刀。立起身来，将脚心的蜡油用手抠出，在地上蹭了一蹭，然后蹿上房也就追出随后赶来，看看临近，嚷道："二哥，可别放走了这小子。"二爷回头一看三爷追来，再扭身细看，邓车踪迹全无，吓了一跳。

只见前边有一片蓬蒿乱草，二爷心想："刺客必然在内。"三爷来问："二哥，刺客在哪?"二爷说："追至此间就不见了。你看怪不怪？我看必在乱草之中。"三爷说："我进去找他。"二爷说："且慢，他在暗处，咱们在明处，进去就要吃亏。"三爷说："怎么样?"二爷说："等着天亮就瞧见他了。"三爷说："咱们等着。"就听西面树林内有人说道："邓大哥，邓大哥，破桥底下藏不住你!"二爷一看，西边可有一个破桥。邓车心里说："人家没有瞧见我，你何必嚷?"撒脚就跑。二爷看见追下来了，三爷在后也就追赶。赶来追去，又不见了。西南上有人叫："邓大哥，邓大哥，那个坟后头藏不住你!"二爷一瞧又追。追来追去，又不见了。西南嚷："邓大哥，邓大哥，庙后头藏不住你!"邓车心内说："人家没瞧见我，你替我担什么心？哎哟！是了，怪不得上回他问我申虎之事。想起来了，申虎与他系至亲，这是与申虎报仇。沈中元，沈中元，我若有三寸气在，不杀你誓不为人。"

沈中元巡风，本欲投大人，又怕无福，两相犹豫。有意保大人，又想无有进身之功，只好跟下来，屡屡指告，心中说："邓车也明白了。你怎么害申虎来着，我也怎么害你。这就叫‘临崖勒马收缰晚，船到江心补漏迟。’”又嚷道：“邓大哥，邓大哥，小心人家拿那砖头石子打你。”一句话把二爷指省。自说当局者迷，何用石子，现有袖箭。回手把袖箭一装，只听见“噗哧”一声，“哎哟’、“噗咚”，邓车中箭躺在地上，扔手中刀。二爷过去拔袖箭，搭胳膊拧腿，四马倒攒捆将起来。三爷说：“我拿那个说话的去。”二爷说：“算了吧，没有说话的，咱们还拿不住他呢！”对面沈爷听见他们拿了邓车，必然前来请我。等了半晌并无音信，只得往对面问：“二位拿住刺客了？”二爷说：“拿住了。”沈爷说：“二位贵姓？”二爷说：“姓韩，单名彰字，人称彻地鼠。”沈爷问：“那位呢？”说：“姓徐，我叫徐庆，外号人称穿山鼠，开封府站堂听差铁岭卫带刀六品校尉穿山鼠徐三老爷就是我。”沈中元指望他们回问，连一个说话的也没有。沈爷无奈说：“小可叫中元，匪号人称小诸葛。我乃王爷府之人，特地前来泄机，弃暗投明，改邪归正。”说了半天无人答言，沈爷明白了，自己要是投大人，这个功劳岂不是我的么？这两个人不肯引见，怕我占了他们的功劳。一笑哈哈哈！好个五鼠义，名不虚传。你们拿住刺客报功去吧，咱们后会有期。

三爷同着二爷正说着往回搭刺客之事，沈中元说了好些个话，他们全没听见。正要搭刺客回衙，忽然前边来些灯笼、亮子、油松，照彻前来。

要问来者何意，且听下回分解。

第 十 四 回

树林气走巡风客　当堂哭死忠义人

且说徐韩二位拿住刺客，正要回衙。前面一派灯光，看看临近，原来是蒋四爷同大爷后夜坐更，听里面嚷喝的声音，一同到后面来。至庭房叫人点起灯火，一腿将蜡台也踹扁了。东西两屋内一看，一张桌子底下有一个人：东屋内是先生，西屋内是雨墨。将他们拉出来，仍还是战战兢兢的说："他们追赶刺客去了。"

四爷叫大爷看着先生，自己出得衙外，正遇打更的人，又有下夜的官兵掌灯火追来，远远看见有人，原来是三爷、二爷。问他们的缘故，二爷就将有人泄机，拿住刺客，细述一遍。蒋爷咳了一声说："这个机会哪里去找？那个说话的人哪里去了？"三爷说就在这对面树林子里，蒋爷往树林找了一遍，气哼哼地回来说："方才有我，就不错过这个机会了。"三爷说："不要紧，咱们把邓大哥搭回去。"四爷问："哪个邓大哥？"三爷说："就是这个。"蒋爷低头细细一看说："原来是他！搭回去。"官人过来，抬回衙署。

蒋爷说："抬在我屋内去。"蒋爷跟将进去，叫官人外边伺候。蒋爷把邓车的头往上一搬说："邓寨主，你可识认于我。"邓车说："不识认。"蒋爷说："你是贵人多忘事，可记得在邓家堡，我去拿花蝴蝶时，与你相过面，你可记得？"邓车说："哎！可相过面是个老道。"蒋爷说："我学一声，你就想起来了：'无量佛’。”邓车说：“对对对！你还了俗了。”四爷说：“我不是还俗。我当初为拿花蝴蝶巧扮私行，你不认识我，我姓蒋，名平，字泽长，小的外号翻江鼠。”邓车说：“印是你捞出来的？四老爷，你救我罢！”蒋爷说：“知恩不报，非为君子。当初花蝴蝶杀我，没有你，我早死多时了。我先给你敷点止痛散。”说毕转身取来，给邓车敷在伤处，果然不疼了；又把他的腿撒开，就绑着二臂。说：“你降了我们大人，立点功劳，做官准比我的官大。连我还是护卫呢！”邓车一听，喜欢非常，说：“只怕大人忌恨我前来行刺，我就得死。”蒋爷说：“无妨，有我替你说话。你就说他行刺，你巡风，特意前来泄机。可有一样，大人问你王府事，你可得说。”邓车说：“那是自然。王府之事，我是尽知。”蒋爷说：“我可不给你解绑，等着大人亲解，岂不体面！”邓车点头。蒋爷说：“你先在此等候，我去回禀大人。”

蒋爷出来告诉外面官人，仍是在此看守。

到后面，大人早下楼，在庭房坐定。蒋爷说将拿住刺客话回禀一遍。大人吩咐：“将刺客带来，本院亲自审问。”蒋爷出来，正遇着展爷抱着印匣，也来大人跟前听差。蒋爷回自己屋中带邓车听审，刚走在院内，就遇见徐三爷，也要听大人审事。蒋爷知道叫他听去不好，就说道：“你这个样儿，也不看看成什么体统！大人是钦差官，你这么光着脚，短衣裳，也不带帽子，像什么官事？穿戴去罢。”三爷果然走了。

四爷带着刺客进屋中，叫官人把午门挡住，莫叫三老爷进来。蒋爷把刺客带到桌前跪下。大人说：“下面可是刺客？”刺客说：“罪民是邓车。”大人说：“抬起头来。”邓车说：“有罪不敢抬头。”大人说：“赦你无罪。”邓车抬头一看，叫：“蒋老爷，这不是大人。”四爷说：“怎么？”邓车说：“我方才看见，大人不是这个模样。”四爷说：“你方才瞧的那位大人，就是旁边站的那位。”刺客说：“这是什么缘故?”蒋爷说：“算计你们今天前来，故此安下招刺客人。那位是先生，这位才是大人呢!”大人一看刺客，戴一顶马尾透风巾，绢帕拧头，身穿一身夜行裤袄、靸鞋。面赛油粉，粗眉大眼，半部钢髯，凶恶之甚。

大人问道：“邓车，本院可有什么不到之处?”邓车说：“大人乃大大忠臣，焉有不到之处！罪民久处王府，深知王府的来历。今夜前来，不为伤害大人，情愿弃暗投明，改邪归正。大人恩施格外，小人愿效犬马之劳。”大人问：“王府之事，你可知晓?”四爷在旁说：“问你王府之事，你可说吧。”邓车道：“说，说，说。”大人问道：“白护卫之事，你可知晓?”邓车说：“更知晓了。就皆因追大人印，坠落天宫网，吊在盆底坑，被十八扇铜网罩在当中。一百弓弩手乱弩齐发。”大人站起来扶着桌子问道：“乱弩齐发，五老爷怎样? 你、你、你，你快些说来!”蒋爷暗地与邓车摆手，邓车错会了意。说：“我说，我全说。一阵弩箭，把五老爷射成大刺猬一般。可叹他老人家，那个岁数为国忘身!”底下的话未曾说完，大人“哎哟”一声，咕咚，咕咚、咕咚，一句话躺下了三个。

大人、卢方、韩二爷一闻此言，三个人一齐都死过去了。邓车一怔，蒋爷真急了，说：“你这个人真糊涂，我这里直摆手使眼色，你老不明白。你看，这可好了，死过去了三口。”邓说：“你叫我把王府事说出，问什么，说什么!”蒋爷说：“去罢，先到我屋中等我去罢!”叫官人带邓车送四老爷屋中去。回头将大爷、二爷搀起。大人那里，早有人把他唤醒过来了。大人放声大哭，数数落落地净哭五弟；大爷、二爷大放悲声，也是哭起五弟来了。蒋爷一瞧真热闹，赶紧搀将出去。说：“人死不能复生，咱们应劝解大人才是，怎么咱们哭得比大人还恸？”大爷说：“谁像你是铁打的心肠！”蒋爷说：“净哭，要哭得活五弟，哭死我都愿意，就怕哭不活。”大爷说：“你劝大人去吧。”蒋爷说：“别哭了，咱们大家想主意，与五弟报仇才是正理。”

蒋爷进屋中，口称：“大人，到如今，五弟事也就隐瞒不住了。五弟是早死了。大人可得想开些。你要有舛错，我们大众什么事也就不能办了。若有大人在，我们大众打听铜网阵是什么人摆的？五弟的尸骨在什么地方？去盗五弟的尸骨；拿摆阵的人活活祭灵；捉王爷，大人入都复命，这叫三全齐美，又尽了忠，又全了义。那时节无事时，我与大人说句私语。咱们全与五弟是拜兄弟，磕头时不是说过，不愿同生，情愿同死。完了事咱们全是褡裢①吊。大人请想如何？”大人被蒋爷说了几句话，反觉甚喜，说：“护卫言之有理。我是文官，与五弟报仇，全在你们众人身上。”蒋爷说：“亏了我三哥未来，他若听见，他是非上铜网那里去不可。”

焉知晓三爷穿了箭袖袍，登了靴子，戴了帽子，带子没有系好，也没带刀，往外就跑。到窗外有许多官人挤住。自己就在窗外，撕了个窟窿往里一看，正是邓车说到为国忘身那句话。三爷纳闷说：“五弟死了。他死了，我也不活着了，我向谁打听打听才好？哎哟！他们谁也不肯告诉我。有了，我去问邓大哥去。”

又见官人拥护着邓车上四爷屋内去了。自己也来到四爷屋中，把官人喝将出，到屋中把两个小童儿也喝出去：“你们若在外面听着，把你们脑袋拧下。”把人全都喝退，三爷这才坐在邓车一旁说：“邓大哥，你好啊！”（三爷打算刺客姓邓，名叫大哥。

---

① 褡裢——中间开口，两端可装钱物的长口袋，搭在肩上使用。

他错会了意。邓车打算是称呼他呢！）邓车说：“好。”二人就一问一答地说。三爷说：“你才说是五老爷死了？”邓车道：“是五老爷死了。”三爷说：“邓大哥，你知道是怎么的？”邓车说：“吊在铜网内，乱弩攒身，尚且没死；我按过弩匣，一下儿就死了。”三爷说：“邓大哥，你好本事！”邓车说：“本不错。”三爷说：“五老爷埋在哪里了？”邓车说：“火化尸身，装在古瓷坛子内，送在君山后身，地名五接松、盘龙岭。”三爷说：“很好！”邓车见三爷在满屋中乱转，不知找什么物件。问道：“你找什么哪？”三爷说：“找刀。”邓车说：“何用？”三爷说：“杀你。”邓车以为是取笑。

焉知三老爷真是找刀。可巧四爷屋内没有刀。三爷要上自己屋中拿刀，又怕有人来了不好办事。不由气往上一冲：“有了，把脑袋拧下来罢！”往上一扑，将邓车按倒。一捏脖子，一手就拧。邓车仰面，捆着二臂，躺在炕上不能动转，又不能嚷。瞪着二目看着徐庆。三爷拧了多时，拧不下来。皆因邓车也是一身的功夫，再说脖子又粗，如何拧得动。三爷大怒，嚷道：“你还瞪着我哪！”有了，把眼睛挖出来便了。只听见“砰”的一声，三爷二指尖挑定两个血淋淋的一对眼珠子，蹿下炕来。邓车“哎哟”疼痛难忍，“咕咚”一声，摔于地下，满地乱滚。眼是心之苗，焉有不疼的道理。

若问邓车的生死，且听下回分解。

第十五回

挖双睛邓车几乎死　祭拜弟侠义坠牢笼

且说徐三爷提了邓车的眼珠子，要奔五接松祭墓。正走在厨房门口，自己一想，打屋里找一张油纸将眼珠包上，不然到坟前岂不干了？启帘来至厨房，正有一个厨役王三，在那里喝酒，见三老爷进去，嚷道："老爷喝酒。"三老爷说："不喝。"叫道："王三，你知道不知道五老爷死了啊？"王三问："怎么死的？"三爷说："在王府着人乱弩射死了。"王三听说大哭道："可惜老爷那个岁数，但不知埋在哪里？"三爷说："在五接松，我这就是去祭墓。"王三说："我在厨房与老爷备点祭礼。"三爷说："有了。"王三说："什么祭礼？"三爷道："是脑眼。"王三问："是猪的，羊的？"三爷说："人的。"王三说："哎哟，我的妈呀！哪个人的？"三爷问："你看，是邓大哥的。你拿点油纸来我包上。"王三说："你老自己去取罢，吓得我腿转了筋了，就在那箱子底下呢！"三爷自己去拿，也有绳子，也有油纸。三爷将眼珠包好要走，又怕厨子与四爷送信。不容分说就把个厨子四马攒蹄捆上，拿过一块抹布把嘴塞上，说："暂且屈尊屈尊你。"出门去了。

走在夹道，听屋中有人说笑。到里面见是展爷的两个小童。小童一瞧说："三老爷，请坐！"三爷说："找你们老爷去，我这里等。"那个小童跑去送信。

展爷正与大家劝解大人之时，小童进来回话说："三老爷在咱们屋中，请老爷说话。”展爷说：“我无有工夫。”四爷说：“幸亏我三哥没来。请大弟你就去罢！将他绊住，千万别叫他上来。”展爷点头说：“印可先交给你看着。”四爷说：“是了，你去罢！”

展爷回到自己屋中，见三爷落座。三爷说：“大弟，我们老五死了。”展爷一惊，心中说：“他怎么知道咧？”遂问道：“三哥听谁说的？”三爷说：“邓大哥说的。”展爷说：“你知怎么死的？”三爷说：“乱弩箭射死的。”展爷方知徐三爷知道了，不觉泪下哭道：“五弟呀，五弟！”三爷说：“你别闹这个猫儿哭耗子了。”展爷着急道：“三哥，这时候还说戏言。”三爷说：“本来你是个猫，他是个鼠，岂不是猫哭耗子了呢？”展爷说：“五弟一死，焉能不恸？”三爷说：“你要能恸，到坟上哭一场去。”展爷说：“就是五接松坟上么？”三爷说：“是。”展爷说：“去不得。听四哥捞印回来说，坟上有埋伏。若叫人拿住，大丈夫死倒不怕，就怕囚起来，求生不得，求死不行，可不是玩的。”三爷说：“我知道你不去。你听见他死，你更愿意了。当初在陷空岛将你囚在通天窟，改名叫闭死猫，差点把你的猫尿没闭出来。你听他死了，更趁了你的愿了，会说：‘可死了小短命儿。’是不是啊？”展爷气愤愤地说：“倒是哪个人对你说的？”三爷笑说：“我想着是这样，没有人说，你别着急呀！”展爷听了说：“这就是了。我二人左右护卫，焉有不惨的道理！”三爷说：“同我上坟去，我方信是真交情。”展爷被个浑人说得无法，只好点头，暗想：得便与四爷送信去。四爷若知道，准不叫去了。

展爷道：“我备些祭礼前往。”三爷说：“有了。”展爷说：“什么祭礼？”三爷说：“脑眼。”展爷问：“是猪的、羊的？”三爷说：“人的。”展爷问：“谁的？”三爷道：“邓大哥的。”展爷说：“就是刺客邓车的眼睛？”三爷说：“就是他的。”展爷说：

“三哥，你太粗鲁了。四哥还要问他襄阳的事情，你怎么把他的眼睛挖出来了？他还肯说吗?”三爷说：“我这就要死了，谁管襄阳不襄阳的哪!”展爷问：“你去死去呀，不回来了?”三爷说：“我不回来了。”展爷说：“我哪?”三爷说：“你别不回来呀！你回来好送信。”展爷说：“使得。”展爷用了一个眼色，叫童儿好好地看家。小童儿答言说：“是，老爷放心吧!”三爷说：“你二人看家。”童儿说：“是，我们看家。”三爷说：“先捆起来，口中塞物，不然你们与四老爷去送信。”小童儿说：“不敢送信，三老爷捆我们可忍不得。”三爷说：“便宜你们吧！跟我们前去祭墓。”小童儿只得点头答应。想着：三老爷一个不留神，就暗地与四老爷送信。焉能知晓三老爷素常是个浑人，一点细微地方没有。这天他偏留上神咧!

他叫小童儿、展老爷在前，他在后面跟着。小童儿不敢抽身，直奔马号，叫马号人备上四匹马，大家乘跨坐骑，仍是徐庆在后，直到叫开城门，主仆出城。天气尚早，城门仍然关闭。

三爷放了心了，准知童儿不能回去送信。逢人打听道路，直到晨起望，穿林而过。走锦绣崖、鹰愁涧，到小山口。往北就看见了：正东上蟠龙岭怪石嵯岈，上边有五棵大松树，密密苍苍，枝叶接连。树下有土山子一个，土山子前一个大坟。坟前有石头祭桌，石头五供，有石碣子一个。徐庆不认识字。展爷远远望见石碣上边刻的是：“皇宋京都带刀四品护卫大将军讳玉堂白公之墓”。展爷一见，不觉凄然泪下。徐庆说：“别哭，等到坟前再哭不迟。”

从盘道上山，道路越走越窄。小童说：“请二位老爷下马，马不能前进了。”大家下马，这小童儿拉定在此等候。

二位上山。这蟠龙岭是得绕着弯儿上去。此山就是蟠着一条龙的形象，好个风水所在。行至上边，展爷肝胆欲裂。徐三爷回说："等我摆祭礼。"由怀中取出眼珠儿来，随掏随走。两个人并肩而行，未走到坟前，就觉着足下一软，"哎哟不好"，"呼咙"一声，两个人一齐坠落下去。（你道展南侠听蒋四爷说过，怎么会忘了？皆因是一见玉堂之墓，肝肠恸断，一旦间把埋伏就忘了，故此坠落下。）

从高处往下一沉，二位爷把双睛一闭，只觉得"噗哧"一下，类若陷土坑内一般。睁眼一看："哎哟，不好了！"将二目迷失。原来是钟雄接着古瓷坛，有王爷的话："平地起坟，前头安下埋伏，以作钓鱼香饵。钟寨主爱惜五老爷是名扬天下第一条好汉，故此与他找了一块风水的所在，就是五接松下。正巧前面有个山沟，准知必有人前来祭墓。在山沟下面将石灰用水泼了泼，成矿子灰垫在底下，摔不死人；上面沟席盖好，撒上黄土，行家看得出来。不想展、徐二人坠下去，一抨将矿子灰抨起。迷失二目。幸是矿子灰，若是白石灰，就能把展、徐二位的双睛损坏。

只听见上边呛啷啷一阵锣鸣，来了些挠钩手，把挠钩往下一伸，就将徐庆钩住，一齐用力就把徐三爷搭将上来，立刻将二臂牢缚。坐在地下，闭目合睛，"哇呀，哇呀"地直嚷。回手又把展南侠搭将上来，也是如此。

这一个不能睁眼睛，托天的本事也就完了。人凭的是手眼为活，总得眼泪把矿石灰冲出，方能睁开二眸。待了多时，睁眼一望，展南侠的宝剑早叫人解下去了。展爷暗暗地叫苦。徐庆也就睁开眼了。

面前有二十多喽兵瞅着他们。两个人直笑说："可惜，这么大的英雄被捉了，净哭。"有一个喽兵过来说话道："朋友别哭了，我告诉你一套言语。我家寨主爷是个大仁大义之人，不爱杀人。见了他央及、央及，多磕几个头，就能把你们放了。”徐庆骂道：“放你娘的屁，小子过来，快给我们解开，好多着的呢！如其不然，可晓得你们的罪名。”喽兵说：“你是谁?”三爷说：“你看，那位是常州府武进县玉杰村的人氏，姓展名昭，字是熊飞，号为南侠，万岁爷赐的御号是御猫，乃是御前带刀四品护卫之职；我乃铁岭卫带刀六品校尉之职，姓徐名庆，外号人称穿山鼠。徐三老爷就是我老人家，你们还不撒开吗?”喽兵听言道：“我当你们是无名小辈，原来是有名人焉！伙计们，报与寨主去。”

展爷瞪了徐庆一眼说：“被捉求死就成了，何必道名?”徐庆说：“他们要是惧官，就许把咱们放了。”展爷说：“怎么你又怕死了！”徐庆说：“我倒不怕死，怕幽囚起来。”展爷说：“就不该来！”三爷说：“谁又早知道！”展爷一听他是怕死的言语，跟他饶上真冤。见几个喽兵往前飞跑说：“寨主有令，将他们带到山上，结果他们的性命。”

若问二位生死如何，且听下回分解。

第 十 六 回

山内钟雄谦恭和蔼　寨中徐庆酒后翻桌

且说展、徐二位被捉，喽兵把宝剑解将下来。又有徐庆一说两个人的名字，喽兵听了，拿着宝剑穿边山，走小路，奔飞云关上巡捕寨，见闻寨主、黄寨主、贺寨主、杨寨主报告："禀众位寨主得知，五接松拿住人了。"闻寨主问："拿住的什么人?""拿住了两个祭墓的：一个叫展昭，一个叫徐庆，还有一口宝剑，众位寨主请看。"闻华说："报与大寨主去罢!"

少刻，回来喽兵说："大寨主叫把二人带上山去。"闻华带几名喽兵就去五接松，见众喽兵押解二人，相貌堂堂：一个是宝蓝缎武生公子巾，宝蓝缎箭袖袍，鹅黄丝鸾带，月白色衬衫，青缎压云根，薄底鹰脑窄腰快靴。七尺身躯，面如美玉，顶额阔，两道剑眉，一双长目，面形丰隆，双腮带傲，方海口，大耳垂轮。一个是青缎六瓣壮帽，青箭袖丝鸾带，薄底靴，黑挖挖的脸面，两道浓眉，一双金睛暴露，狮子鼻，翻卷四字口，见棱见角。一部胡须，一寸多长，扎扎蓬蓬糊刷一样。胸宽背厚，臂膀宽堆，垒威风，垒抱煞气。闻华一见，暗暗地夸奖，侠义的英雄名不虚传。抱拳带笑说："不知二位老爷大驾光临，有失远迎，望乞二位贵客恕罪。"展爷说："请了。"徐庆一见闻华"哈哈"地大笑说："好啊，黑小子!"闻华瞪了三爷一眼，"哼"了一声说："我家大寨主有请二位，中军帐待茶。"展爷说："我们被捉，速求一死，何必又见大寨主！”闻华说：“岂敢！二位驾临，三生[①]有幸。请二位至寨，另有别谈。”

喽兵们带路行至飞云关下，往上一走，但见此山赫巍巍、高耸耸，密森森、叠翠翠。上看峰漫漫，下看岭叠叠，一行行杨柳榆槐松，上边有白云片片，下边有绿水涓涓。真有四时不谢之花，八节[②]长春之草。山连山，山套山，不知套出有多远。洞庭水旱八百，可称是一座名山。胜景当中，有一座大牌楼，上书金字，是“飞云关”。

进飞云关，路南有木板房三间。山墙上有一大木牌，高够八尺，宽有丈二。八字横头，横着三个大字，是“招贤榜”。展爷草草地念了念“管理君山洞庭湖水旱二十四寨，招讨大元帅钟，为晓谕天下事：天下隐匿英雄壮士甚多。古云：寒门生贵子，白屋出公卿；盐车困良骥，田野埋麒麟；高山藏虎豹，深泽隐蛟龙。余钟雄一介寒儒，得中文武进士之职。皆因奸臣当道，贪婪无厌，悬秤卖官，非亲不取，非财不用。……”后面许多言语，待等北侠智化双诈降时再表。

展爷被后面人督催，不能往下再念。心中暗暗夸奖。钟雄进士出身，到底心胸不小。来到旱寨头一寨，其名就叫巡捕寨。二百名喽兵一字排开，各持利刃，全都是高一头，大一膀的，俱在二十以上三十以下。衣帽光鲜，军刃顺利，并有三家寨主，一个穿黑，一个着紫，一个是宝蓝的衣巾。展爷早就问了亚都鬼闻华

---

① 三生——即“三世”。本佛教用语。指前生、今生、来生。亦即过去世、现在世、未来世。

② 八节——古以立春、立夏、立秋、立冬、春分、夏至、秋分、冬至为八节。

名姓。闻华又与三家寨主一见，说："这位姓展，这位姓徐。这是我们巡捕寨主：这位寨主叫神刀手黄受，这位叫花刀杨泰，这位叫铁刀大都督贺昆。"说了些谦虚客套。又说："我大寨主有请二位，中军帐待茶。"

二位往上又走，行至二寨，其名叫彻水寨。两边鹅头峰，相隔有九丈，当中是一个山涧，其名叫碧溪涧。上面搭着个木板桥，就是大柏树一解两半，拿大铁箍把它箍将起来。一面有个铁横头儿，上缚黄绒绳两根，缚在那边有两把大花辘轳，绒绳绕于上面，若有不测，将辘轳一绞，尽把这个木板桥绞将起去，要想出入，除胁生双翅。展爷等上木板桥往下一看，只听水声大作。往西南一看，碧盈盈的一带竹城。下木板桥，有二百多喽兵，一家寨主。闻华引见："这是徐、展二位。这是我们彻水寨的寨主，人称金棍将于清。"

又走至箭锐寨，二百喽兵，一家寨主，穿皂袍。先见展爷，后说："这是我们箭锐寨的寨主，外号称赛翼德朱格。"

见毕，至章兴寨。金锤将于畅与展爷见过。又到武定寨。这寨主身高一丈开外，黄袍，面似淡金，浓眉怪眼，猛若瘟神，凶若太岁，臂力过人，天真烂漫，外号人称金铛无敌大将军于赊。也与展爷见过。

又到文华寨，一家寨主，二百喽兵。展爷一见吓了一跳，品貌与白玉堂五弟一般不二，略险些没叫出五弟来！闻华也引见。此人叫金枪将于义，排行也是在五，称为于五将军。

又来到五福寨，一家寨主，二百喽兵。人称八臂勇哪吒王京。丰胜寨，一家寨主，二百喽兵。这家寨主金刀将于艾。丹凤岭寨主赛尉迟祝英。丹凤桥一家寨主，削刀手毛保。寨栅门两家寨主：云里手穆顺，铁棍唐彪。所有众人俱都与徐、展见过。

到了里边，至豹貔庭前，这就是大寨。抱柱上有副对子，上联是：山收珠履三千客；下联是：寨纳貔貅①百万兵。展爷暗道："好大口气！"启帘栊到得屋中，抬头一看，这家寨主方翅乌纱大红圆领，腰束玉带，粉底官靴，七尺身躯，面如白玉，五官清秀，三绺胡须，乍瞧就是一位知府的打扮。展爷暗道："君山八百地，水旱二十四寨，以为这个寨主，总得是红胡子蓝靛脸，说话哇呀哇呀的，才管得住山中的群寇。似这个人文质彬彬，斯文模样，如何管得住山中众人！此人必然大有来历。"

俗言："人不可貌相。"别看钟雄的打扮，文武全才。论文：三坟五典，八索九丘②，无一不知，无一不晓，诸子百家，通古达今。讲武：马上步下，长拳短打，十八般兵刃，件件皆能，上阵全凭一条枪，勇将不走半合，怎么就不走半合呢？使枪为什么又叫个飞叉太保？皆因是若与人动手，穿戴盔铠，背后有八柄小叉，上缚着红绸子，若要交手，二马相凑，枪未到时，飞叉必然先到，准使敌人落马，这就是勇将不走半合。因此人称为飞叉太保。无事时永远文官的打扮。

今见展南侠一到，二人仪表非俗，故此离正位出迎，说："不知二位老爷驾到，未能远迎，望乞恕罪。"展爷说："岂敢！我二人被捉，速求一死，何必寨主这般的谦恭称呼。"徐庆说："好小子，你倒是个乐子。"钟雄"哼"了一声，知徐庆是个浑人，与南侠讲话说："二位大驾光临，草寨生辉。若非相机应巧，用八人大轿请二位也不肯下顾。"展爷笑道："明知山有虎，故作

---

① 貔貅（pí xiū）——古书上说的一种猛兽。多用来比喻勇猛的兵士。
② 三坟五典，八索九丘——三坟、五典、八索、九丘，传说为古书名。

砍樵人。为朋友者生，为朋友者死。寨主何必多言！"钟雄说："小可方才说过，请二位还请不至，焉敢有别意见！"徐庆说："认得我们么？"寨主说："久仰大名，如雷贯耳，皓月当空。二位光临，是小可的万幸。"徐庆说："你别转这个臊文了。既然认得，不给我们解绑？"寨主吩咐与二位解绑，解绑后。三爷说："拿点漱口水来，你这个招儿真损，闹了一嘴石灰。"漱毕说："给我们倒茶来。"落座，钟雄说："看茶。"三爷拿起来就喝。展爷也不漱口，也不喝茶。徐庆叫摆酒，展爷瞪了徐庆一眼。寨主吩咐："摆酒，摆酒！"真乃是侠义的朋友，与众不同，慷慨之甚！展爷说道："咳！我二人区区辈，直是叫寨主嗤笑！"钟雄说："哪里话来。"钟雄与闻华执壶把盏，斟酒落座。钟雄说："请用。"展爷把酒一端，然后放下。徐爷正在饥饿之时，大吃大喝，不时的有喽兵与三爷斟酒。

展爷说："我看寨主堂堂仪表非俗，又是文武全才，为何不归降大宋，争一个封妻荫子，岂不胜似山中一位寨主？"钟雄说："早已有意归降，只怕天子不肯容留。"展爷说："寨主若肯弃暗投明，我破着合家的性命，保寨主一官。寨主若要居官，必在我展昭之肩左。"

徐庆在旁说道："我们展爷这话不虚，他若求求我们包相爷，相爷在万岁跟前说一不二。"钟雄说："当面谢过二位。我有句话不好出唇。"展爷说："有话请讲。"钟雄说："我意与二位结拜为友，不知二位肯否？"展爷一翻眼就明白了，依他意见，想着把子也拜咧，降不降咧，那时怎处？说："寨主先弃高山后结拜。"钟雄说："先结拜然后弃山。"展爷道："我说寨主先别恼，我们大小是个现任职官，若与寨主结拜，京都言官御史知道，奏参我们，担当不起。"

徐庆也喝够了，也吃饱了，嚷道：“展大弟别听他的，他是诓我们呢！不弃山还是山贼。咱们和山贼拜把子，担得住么？钟雄，你拿着桌酒席诓我们拜把子，你以为谁无吃过哪？反了罢，这一桌就是杀身之祸。”

若问二位生死，且听下回分解。

第十七回

二侠义巧会钟寨主　三英雄求见蒋泽长

且说徐庆天然的性气，一冲的性情，永不思前想后，一时不顺，他就变脸，把桌子一翻，哗喇一声，碗盏皆碎。钟雄是泥人，还有个土性情，拿住二人款待吃饱了，却翻桌，气也往上一冲说："你这是怎样了?"三爷说："这是好的哪!"寨主说："不好便当怎样?"三爷说："打你。"话言未了，就是一拳。钟雄就用二指尖，往三爷胁下一点，"哎哟!""噗通"一声，三爷就躺于地下。钟雄说："你这厮好生无礼!"焉知晓钟寨主用的是十二支讲关法，又叫闭血法，俗语就叫点穴。三爷心里明白，不能动转。钟雄拿脚一踢，吩咐绑起来。三爷周身这才活动，又叫人捆上了五花大绑。展南侠自己把二臂往后一背说："你们把我捆上。"众人有些不肯，又不能不捆。钟雄传令，推在丹凤桥枭首。

内有人嚷道："刀下留人!"猛一看，是亚都鬼闻华。他说："寨主爷，这两个人杀不得。外面挂定招贤榜，若要杀了这两个人，外面必说寨主不仁，还有个什么人敢前来投山?"钟雄说："依你之见怎样?"闻华说："不如一个幽囚鬼眼川，一个幽囚竹林坞，慢慢再劝，必然降顺。"钟雄依计而行。

不说二位被困，单说蒋四爷天光大亮，劝大人少歇，不见展爷回来，就把印匣交与大哥，自己出来看看。回到自己屋中，见两个小童儿在那里打转，四爷问："你们在此作甚?不在屋中看着。"小童将三爷要拧脑袋的话说了一遍。蒋爷就吃了一惊，连忙进到屋中，血迹满地，惟有邓车躺在地上。蒋爷将他搀起来，“哎哟”、“哎哟”的连声乱嚷，蒋爷一瞧，眼睛是个大红窟窿。蒋爷问：“邓大哥，这是怎么了?”邓车说：“这又是谁叫我邓大哥呢?稳住了害我。”蒋爷说：“是小弟蒋平，怎么是害你哪?”邓车说：“蒋老爷，你可实在害苦了我了。”就把三爷挖他的眼睛事如此恁般细说一遍。蒋爷一跺脚说：“咳！三哥净做这个事。”叫道：“邓大哥，你瞧我罢!”邓车说：“我也得瞧得见哪!”蒋爷叫小童着官人将邓车解到知府衙门上收入监中。

蒋爷上展爷屋中去，由夹道一过，听厨房里有人哽咽，往里一瞧，王三被捆。蒋爷过去解开，把口中掏布拈出。王三呕吐了半天。蒋爷问：“谁捆你的?”王三说：“除非你们老爷们，谁做得出这个事来。”把三爷捆他的事细说一遍。蒋爷说：“你瞧我吧!”王三也就无法了。

蒋爷出来，到展爷屋中一看，连一个人影儿也无有。蒋爷说：“不好了。”到马号里一问，号军说备四匹马出城去了。蒋爷想：“那三哥浑，使得，怎么展老爷跟他涉险去?走了就得被捉，这还了得!四爷进里面告诉大爷、二爷：“连印和大人交与你们二位，我追他们去。”拿上自己包袱，奔晨起望。走在半路，见四匹马、两个小童呆立。小童哭着，就将三老爷激发展老爷同去祭墓，怎么掉在坑中之事细述一遍。蒋爷一听说：“也难怪展老爷了，都是三哥的不好。”告诉小童回衙见大老爷、二老爷，说明此事，说我上晨起望打听去了，有要紧事到路、鲁家中与我送信。说毕，小童儿上马，拉着两匹马去了。

四爷到晨起望路家门前，家内人出来，蒋爷并不说话，往里面走，见路、鲁迎接行礼，问印的事。四爷叙说了一遍，又把徐、展祭坟的事问二位可知?路彬说：“方才有人提，五老爷墓前有人掉下去了，拿往山中，不知是谁?”四爷说：“死活不知?”鲁英说：“我去打听打听便知。”

去不多时，鲁英回来说：“我见着喽兵没问他，他自己说出来了。我让他喝酒去，他说没工夫，山中点名甚紧，因拿住二人。我问是谁？他说，不是无名之人，一个展南侠，一个徐义士。我问他杀了罢？他说，没杀，要论我们寨主，真是好人。一见二人就爱两个，净说好话与姓展的，姓展的也说好话，惟有姓徐的净开玩笑，开口叫人‘小子’，叫解绑，要茶，要酒，吃完了把桌子推了，打人，被钟雄点穴法一点，三老爷就倒下了，要杀。姓展的自己把双手一背，叫捆，二人同来同死，人家说真是好朋友哇。闻华讲情，把二人幽囚在鬼眼川、竹林坞两个水寨之内。君山这两天甚紧，不时的点名。这就是我打听来的。”

蒋爷一听说：“好办，只要没死就不怕。”问路彬水寨在君山哪一方？路彬说：“由此往东南水面，往东直到竹城，又叫幽皇城。这竹子由石块上长出，半靠着山水，周围一百多里地。地南面有一个水寨门，周围圈起来，十六水寨就在这幽皇城里面，坚固之极。”蒋爷说：“无妨，只要在水里头，我就进得去。”路彬说：“不行，不行，别看逆水潭印倒好捞，这水寨可不容易得很咧！听老人家说，此山由尧舜时就有。尧帝有两个女儿，给了舜帝为妻。一个叫娥皇，一个叫女英。舜死之后，湘君二妃就在此山恸哭舜帝，眼中哭出血来滴于竹上，以后竹子上生出一身的斑痕，后人起名就叫湘妃竹，此事已年深日远了。自从钟雄到于山上，历年间拿铜铁条把竹子穿了，年份已多，连竹子带铜铁全部锈在一处了，如同铜墙铁壁一般。四老爷要从底下进去，铜铁竹子锈在一处，进不去；若打上头进去，竹梢儿太软；若打小门进去，一碰，串铃一响，水寨人尽都知道了；若碰在滚刀之上，准死无疑，如何能进得去?”蒋爷一听路彬之言，直是怔愣愣的，半晌无语，叹了一口气说：“这也就是命该如此了。”

正在为难之际，家人进来说道：“四老爷，外头有人找你老人家哪！我们可没有说你老在这里没在这里，见不见随你。”蒋爷问：“姓什么?”家人说：“一位说姓欧阳，一位姓智，一位姓丁，四老爷是见不见?”蒋爷说：“见，这三位我们请还请不至哪!”四爷同路、鲁二位出迎，见着是北侠、智化、丁二爷。大家见礼，与路、鲁也都见过。路、鲁二位一看，三个人相貌堂堂，气宇轩昂，品貌非俗：一个是军官的打扮，碧目虬髯，紫面目，紫衣巾，类似神判钟馗一般不二，这就是欧阳春；一个是壮士打扮，一身青缎衣巾，肋下佩刀，黄白的面目，就是智化；一位是武生相公的打扮，肋佩湛卢剑，就是丁二爷。让到家中落座献茶。蒋四爷一看这几位来，心想救我三哥和展老爷，不费吹灰之力了。

若问怎么救法，且听下回分解。

第十八回
徐三爷鬼眼川发躁　无鳞鳌在水寨追人

且说北侠、智化、丁兆蕙。智爷双探铜网后，把艾虎打发上茉花村去了。自己上卧虎沟等了几日。北侠、丁二爷解栾肖到开封府内交差之后，辞了开封众人，回奔卧虎沟与智爷见沙龙、孟凯、焦赤。北侠、丁二爷会在一处各言其事，讲论了一天一夜。次日起身，本说同着沙、焦、孟三位一齐上襄阳，可巧沙爷身上不爽，未能前来，只是北侠、智爷、丁爷三位同行。一路无话。

到了襄阳城，奔上院衙。叫官人进去禀报。不多时卢老爷、韩二爷出来迎接。北侠、智化、丁二爷三位与卢爷、韩二爷见礼。礼毕，卢爷眼泪汪汪道："怎么三位贤弟这时才到了？"北侠问："五弟可好？"卢爷说："死了！"北侠三位一听，说："此话当真？"韩二爷说："这事焉能撒谎！"大家都哭起来了，遂走到卢爷屋中，哭得把坐下都忘了。北侠、丁二爷说："早知五弟要死，打德安府跟了五弟来吧。"智爷说："人要有早知道，我们探铜网之时，我还不去呢！五弟倒是怎么死的？"大爷哭哭啼啼、数数落落地就把五弟之事，一五一十地说了一遍。大家这才知道。智爷说："不用说了，大家想着给五弟报仇吧，也不枉弟兄们相好一场。"

话言未了，两个小童儿跑将进来。卢爷说："你们两个从何而至？"小童儿就把展老爷、徐老爷半路遇蒋老爷，连蒋老爷带回来的言语，细说了一遍。智化说："事要急处办，咱们先救活的，后顾死的。还是咱们弟兄三人走上晨起望，打听三哥、展老爷的生死。若要死了，一同报仇；若要活着，想法去救。”北侠说：“正是了。”二爷说：“我们也不见大人了。若见大人，替我们说一声儿吧。”大爷点头说：“你们多辛苦些吧。”说毕出衙。一路无话。

到了晨起望，打听路、鲁的门首。至门前叫门，家人出来。三位通了姓氏，叫家下人进去请蒋老爷出来答话。四爷出来，大家见礼，进屋中落座献茶。蒋爷才问：“你们几位从哪里来？”智爷说：“由上院衙来。”四爷说：“由上院衙来，我们老五的事必然知道。”智爷说：“这二位……”蒋爷说：“这二位不用避讳，所有之事，没有他们不知道的。再说捞印之事，若非二位指教，也不能捞得出来。这是咱们自己人。”智爷说：“五弟之事，我们是知道了，展老爷、三哥事情怎么样？”蒋爷说：“也听见喜信了。”就将鲁爷打听来的言语，述说了一遍。智爷说：“好办。就在今天晚间入水寨救人。”蒋爷说：“路、鲁二位可以与我们雇一只船。”路彬问：“要船何用？”蒋爷说：“上水寨救人。”路彬说：“方才说过不行！”蒋爷说：“方才不行，这时行了。”路彬说：“什么缘故？”四爷说：“有我欧阳哥哥、丁二兄弟的宝刀、宝剑，切金断玉，无论什么样铜铁之物，一挥而断。不怕是金子城，都能砍得开。挖个洞儿，我就进去救人。”路彬说：“这个可真真巧，船只咱们就有现成的，在青石崖下靠着哪！”四爷说：“更好了。晚间二位就辛苦一次吧！”路彬点头：“这有何难！”

用毕晚饭。路、鲁带路，走小道，穿无人的地方，至青石崖下。鲁英解缆，拿竹篙，撑船靠近河沿。大家上船，众人入舱。路彬撑船，鲁英掌舵。

走到二更时分，至幽皇城西面。舟靠竹城，请众人出来。大家出舱，看见水天一色，半靠山水。这座竹城，一眼望不到边，实在的坚固。蒋爷说："是欧阳兄，或是丁二弟，无论刀剑把竹子挖一个方洞儿，我进得去就行了。"丁二爷说："我砍去。"回手把剑拉出，只听得呛呛啷啷的一声响，寒光烁烁，冷气森森。光闪闪遮人面，冷飕飕逼人寒，耀眼争光，夺人二目。好一口宝剑，称得起世间罕有，价值连城。路、鲁二人平生未见，连连夸赞。二爷往前趋身，只听得吭哧、吭哧、吭哧、吭哧地挖了一个四方洞儿。丁二爷叫："四哥，看看小不小？"蒋爷说："行了。"叫道："众位，我若进得竹城，水寨我可不熟，也不认得竹林坞，也不晓得哪是鬼眼川。我若进去没偏没向，碰着谁救谁，但愿救出两个；倘若救出一个，可碰他们的造化，我可没亲没厚。把话说明，我再进去。"北侠说："四弟多此一举！"

智爷暗道：四哥真机灵，里面两个人，一个拜兄弟，一个是旧好。万一救出一个来呢，是展爷还没话，若是徐三哥，他就落了包涵了。先把话说明，以后没有可怨的了。

智爷说："不必交代了，趁早进去吧。"蒋爷说："欧阳哥哥，你的眼神好，往里瞧着点。我们若来了，你在外招着点。"北侠点头："四弟去吧，小心了。"

四爷换了水湿衣靠，头上蒙了尿胞皮儿，用藤子箍儿箍好，将活螺丝拧住。四爷说："我进去了。"将身一跃，钻入方洞去了。

蒋爷往水中一扎，往上一翻身，用踏水法把上身露出。看对面一只只麻阳战船排开，船连船，船靠船，把水寨围在当中，也按的五行八卦的形势，四面八方，十分的威武。桅杆上，晚间挂五色号灯；白昼就换了五色的旗子。看号灯：正南方丙丁火，是红色号灯；正西方庚辛金，是白色的号灯；正北方壬癸水，可不是黑色的号灯，白纸的灯笼，上面有个黑腰爷；正东方甲乙木，是绿灯；中央戊己土，是黄纸糊出来的灯笼。众船接连，上面有喽兵坐更，传着口号。两个人当中，有一个灯笼。

蒋爷看毕，暗说道："好个君山的水寨，这可是大宋的大患。别事倒不足为虑，这个君山，非除不可。听见船上的喽兵讲话，听不见他们说些什么，非身临切近不行。他分波踏浪，横踹几脚水，直奔船来，横着身子，微把脸往上一露。船上有人说："好大鱼！"鱼叉就在船上放着，一回手冲着蒋爷就是一叉，若不是蒋爷那样水性，也就教他们叉住了。四爷瞧见他们拿叉时，横着一踹水，就多远出去了。微把身子往上露，听见他们那里说："好大鱼，可惜没叉着，顶好的酒菜跑了。"那人说："是你先嚷好大鱼，不嚷，得着了。"蒋爷暗道："得着了你们可好，我可就坏了。"

由那边来了一只小船，船头上搁着个灯笼，马扎上坐着个喽兵，卷沿蓝毡帽，青袍套卒褂，前后的白月光，上头描写着"彻水寨"，当中一个"勇"字，青布靴子，黄面目，手拿一支令箭。四爷分水向前，知道这船上没叉，把耳朵眼睛露出来，听他们说道："寨主爷也不知是看上他哪点了？要上竹林坞有多省事！也不用过大关；上鬼眼川请他，还得过大关。寨主喜欢他那个浑，那是爱他骂人哪！"坐着的喽兵说："你如何知道寨主爷的用意性情。姓展的不行，人家有主意，不像他。少时将他请在大寨，拿酒苦劝灌他，他一醉，拿好话一说，他就应了。一拜把兄弟，他算降了。姓展的与他同来，他降，那个不能不降！寨主爷是这个主意，你焉能知晓哪？"二人说话，早让四爷听见。谁说三爷不是那样性情？可好，三爷来了半日，性情让喽兵都猜着了。

来到大关对面，有人嚷道："什么人？要开弓放箭了！"船上人说：“不可，我们奉寨主爷的令过关，上鬼眼川请徐庆去，现有令箭拿去看了。”临近有人接过去，与水军都督看了，回来将令箭交与船上人，分付开关。将大船解缆开关，大船撑出，小船过关。小船将到，大船上人嚷道：“小船好大胆子，船底下私自带过人去，左右拿捞网子捞人。”四爷在底下一听，吓的魂飞海外。若叫人捞上去，准死无疑。

若问四爷的生死，且听下回分解。

第十九回

入水寨几乎废命　到大关受险担惊

且说蒋爷在水中，一手抠定了船底，一手分水，叫小船带着他走，更不费力。他耳朵露出来，船上所说的话，他俱都听见。行至大关，听船上人讨关，也是不教过去。看了令箭，方才开关，可见得君山的令，实在是森严。

你道什么是大关？就是大船排在一处。开关时，将大船的缆解下来，撑出一只去，让小船过去，这就叫开关。他若不开关，别处无有道路可过。好容易盼到开关时候，又被人家看破。自己将要扎下水去，小船上人说道："不用拿捞网子捞人。我们是打中军大寨领来的令箭，彻水寨要的船，众位放心吧！没有奸细。"大船上人说："既然如此，放他们过去吧。"蒋爷暗暗说道："是三哥活该有救。"仍然贴着船底过去了。

你道大关上为什么嚷要拿捞网子捞人？难道他们还看见不成？那眼睛也就太尖了。此乃是君山大关的诈语，是晚间每遇有船之时，大众必要七手八脚乱嚷一回，说有奸细，日子长咧，也就不以为是了。那知道，今天真把个奸细带过来了。

一过大关，蒋爷就不跟小船走了。自己在水中浮着水跟着小船走。小船走了二里多地，相近鬼眼川了。他远远地看见三哥，在那里暴跳如雷地乱嚷呢！这个地方，蒋爷一看，就知道要把三哥急撮坏了。这是在水中生出一个大圆山孤钉来，山上有房子，山上有竹子。拿竹子编出个院墙来，门有一磴磴的台阶，曲曲弯弯的，又有盘道。就见三哥绑着二臂在山上乱跑乱骂。

你道人家展爷在竹林坞也不绑也不捆，单有两个人服侍他。徐三爷本来也是如此，有人服侍，也不捆着。奈因他与人要酒喝，人家与他预备，还是上等的酒饭。他喝醉了。翻桌打人。人家就跑，他在后面就追。山上人哪里有他跑得快，他是穿山鼠嘛！追去河沿，一脚把人踢下河去。再找山上，没人了，只可生会子闷气，躺在屋中睡了。睁眼一瞧，依然二臂牢缚。

那被他踢下水去的喽兵，上了中军大寨，见了大寨主，说了三爷的行为。大寨主吩咐："叫亚都鬼把他捆上，你们就好看着了。"喽兵说："不用，既有大寨主的令，我们等他睡着的时候，就把他捆上了。"钟雄吩咐："去吧。"喽兵回来看他睡熟了，用绳子就把他绑起来了。

喽兵在院子里说话："三老爷，咱家爷两个说明白了，可不是我捆的你老人家，是我们头儿捆的你。你还要追我，我就跳河跑了。你也不能吃，也不能喝，岂不是活活地饿死？你要不要我的命，我好服侍你吃喝。"三爷说："你倒是好小子。我如要你的命，我不是东西。"喽兵半信半疑。后来服侍三爷，果然不要喽兵的命。但喽兵再不敢松绑了。三爷吃完了晚饭，睡了一觉，天已三鼓，出来满山上乱跑，想起自己的事一急，故此就骂起来了。徐三爷远远望见小船上头有个灯亮儿，荡悠悠地前来。他站在山上，往下瞧着小船靠岸。喽兵打着个灯上盘道，向着三爷把手中令箭往上一举说："我家寨主有令，请三老爷中军大寨侍酒。""你家寨主要请我吃酒？"喽兵说："正是。"三爷问："请了展护卫了没有？”喽兵说：“早就请了，先请的展护卫，后才请你老人家来。展老爷在大寨久候多时了。”三老爷说：“他去了我也去，倘他没有去，我可不去。”喽兵说：“去了。”蒋爷暗道：这个喽兵真会，怎么他就把三哥的性情拿准了？就听见三爷说：“松绑！松绑！”喽兵说：“三老爷，我可不能给你松绑。”三老爷说：“你有这么请客的么？绑着手，我怎么端酒盅子？”喽兵说：“我的老爷，你好明白呀，能够捆着喝酒？到那里就给你解开了。”徐庆说：“不行，不解不去！”喽兵说：“我的老爷，你老人家没有不圣明的。我们寨主派人来请你来了，没有吩咐解绑不解绑。我若私自把绑给你老人家解开，我们寨主一有气，说：你什么东西，怎么配与三老爷解绑？我也担了罪名了，于你脸上也不好看。暂受一时之屈，见我们寨主，他下位亲手解缚，可不体面吗？”徐庆说：“有理，有理！”蒋爷暗笑：这小子挖苦了三哥了。

喽兵引路下山，弃岸登舟。三爷也不用谦让，就在马扎之上一坐。船家摇橹，扑奔大关而来。到关口叫开关，仍把令箭递将上去。不多时，喽兵将令箭交回，吩咐开关。大船撑出来，小船将要过关，大船上又是一阵乱嚷：“小船底下带着人哪，看捞网子伺候！”小船人说：“列位不用费事了，刚打鬼眼川来，路上没有什么别的动静，不必费事了。”四爷方知是君山的诈语。

蒋爷跟船底过来，行至一里多地，船要往东。蒋爷由水内往上一蹿，呼啦一声，犹如一个水獭一般，把喽兵吓了一跳。四爷上船，用足一踢，那名喽兵坠在水中去了，摇橹的也踢下去了，掌舵的也踢下去了。三爷也一惊，细看是四兄弟。三爷笑道：“我算计你该来了。”四爷说：“你好妙算哪！我与你解绑吧！”三爷问：“展老爷你救了没救?”蒋爷一想：“喽兵都能冤他，难道我就不会哄他么?”四爷说：“我先救展护卫，后来救你。”三爷说：“可别冤我。”四爷说：“自己哥们，焉有此理!”三爷说：“人家是我把他蛊惑来的，一同坠坑中被捉，先救我出去，对不住人家。”四爷说：“先救的他。”三爷说：“还丢了点东西哪!”四爷问：“什么物件?”三爷说：“脑眼儿。”四爷说：“我还要诓他的实话哪，你把人家的眼睛挖出来了。”三爷说：“我想五弟一死，我不活着了。”四爷说：“你可与五弟报仇，那才是交友的义气哪！完了事，大家全死；不死还不是朋友哪!”三爷说：“先报仇。”四爷说：“对了，先报仇后死，你可先别死哪!”三爷说：“俺们一同的死。可全都是谁来了?”四爷说：“欧阳哥哥、智贤弟、丁二爷全到了。”三爷问：“都在哪里等着呢?”蒋爷说：“在幽皇城外船上等着呢。你看到了。”

蒋爷说：“众位，我们到了。欧阳哥哥招着点。”北侠在外早就看见了，说：“列位瞧着四弟撑着小船来了。不知是哪里的船，会到他手里了?”智爷说：“他那诡计多端，什么招儿全有。”大家笑了。丁二爷问：“欧阳哥哥，你老人家看看，四哥救出几个人来?”北侠说：“船上就是徐三弟一人，并没有展大弟。”丁二爷哈哈哈哈一阵狂笑，说：“我早算着了，必是如此。”智爷一听说：“不得，二爷要挑眼。”蒋四爷在里面嚷道：“接迎着点，我三哥出去了。”徐三爷往外一蹿，嗖的一声，三爷出来，双手扶船脚冲天，仿佛是拿了一个大顶似的。把腰儿一躬，手沾船板，立起身来。对众人讲话：“有劳众位前来救我!”大家说：“岂敢！你多有受惊。”蒋爷说：“众位别说话，我出去了。”大家一闪，蒋爷也就蹿出来了。挺身站起，过来将要与大众说话，不想被丁二爷揪住问道："四哥，你把三哥救出来了，我们舍亲怎样？"蒋爷说："休要提起，误打误撞，碰上我三哥，我真不知道竹林坞在什么地方。"二爷冷笑道："哪是你不能知道展护卫的下落。你不想想，三哥是你什么人哪？谁教我和姓展的是亲戚呢！我少知水性，只可破着我这条命，若不把展护卫救将出来，总死在水寨，尽其意愿。"说罢就要往方洞里头一蹿。北侠用手抱住说："二弟，那可不行，你进去如何行得了？慢慢商议商议。"蒋爷说："二弟，你还是这个脾气。我进去险些没叫人家拿鱼叉把我叉了，可巧有个小船请我三哥去，我跟着小船混过大关，差点没有叫人拿捞网子把我捞了。涉了这些险，才把我三哥救出。二弟你可别恼，你那个水性，进去多少死多少。我就怕你挑眼，先把话说明，没偏没向。你容我救出一个，再救那个。我还能说不管吗？"北侠说："对了，我可不是替四弟说话。人家有言在先，能救一个救一个，能救两个岂不更好呢？他绝不是有私的人。"智爷说："二弟放心，我同欧阳兄明天由旱寨进去救出，你还不放心吗？"徐庆说："展大弟没出来呀，他比我人缘甚厚，准死不了。他若死了，我不抹脖子我是狗娘养的。"说得二爷这才不进去了。路彬说："天不早了，快走吧。咱们船小，不会水的人多，要教人家大船追下来，可是全船的性命。"北侠说："有理，快开船！"那船走不到一里，后面锣声震耳，一只麻阳大战船，数十只小巡船赶下来了。

若问大众的结果如何，且听下回分解。

第二十回

蒋爷一人镌船底　北侠大众盗骨坛

且说蒋爷救了徐庆。路、鲁催着开船，行不到一里之遥，后面锣声乱响，乃是蒋爷救徐庆，把小船上人踢下水去，那使船的没一个不会水的，虽然三个喽兵坠下水，全都扑奔水寨大关去了。惟有那个拿令箭的，他叫于保，虽然坠水，就死也不肯把那支令箭撒手。三个人一到大关，将往上一露身，人家大关上人是手疾眼快，拿捞网子一捞，就把三个人捞上去了，说有奸细。于保说："是我们自己人。"大家一看，有相熟的问道，"是怎么咧?"于保就把前言说了一遍，把身上水往下拧了一拧，就带着他们见二位水军都督，一个叫水底藏身侯建，一个是无鳞鳌蒋熊。于保见二位都督，把前言细说了一遍。侯建传令，命喽兵驾小船四下哨探逃人往哪边去了？不多时，报由正西竹城挖了一个方孔出寨去了。二都督蒋熊说："小弟追赶，传令集队。"蒋熊脱长大衣襟，利落紧衬，提刀飞身出水寨门，跳上船去，嚷喝催军。呛啷啷锣声振振，哗啷啷、哗啷啷拉起水寨门。一只大船，后面十几只小船一齐追来。

麻阳战船走动，似箭如飞。你道如何恁般快法？此船前有两把大橹，就得八个人摇；共十六把桨，一面八把，故此走起来甚快。

小船正走一里之遥，路、鲁二人惊魂失色说："四老爷可了不得了。后面麻阳船出来，片刻就要赶上咱们这小船。二船一碰，咱们这只船就是一河的碎板子。”北侠、智化、徐庆说：“快靠船吧，别叫我们都喂鱼。”路彬说：“不能靠，离岸甚远。”蒋爷说：“别慌，不怕，有我呢！慢说这么几只船，再多也不怕。”原来他预先就防备下了。带着两分鎯头、钻子，趁着没脱水衣，叫路爷摇船，慢慢走着不用忙，待我打发他们回去。哧的一声，蹿入水中去了。

不多时，再看后面船上，火灭灯消。原来是四爷下去，踹了几脚水，上身露出，看见船头立定一人：青缎短衣巾，六瓣壮帽，薄底靴子，面如瓦灰，手持一口鬼头刀，嚷喝催军。蒋爷暗笑，又往水中一沉。无鳞鳌正催水军，忽听见咚咚咚三声，再听突突突突的乱响。蒋熊说：“不好，是漏子漏了。堵漏子！”个个船上都是听见咚咚咚三声，再听突突突突的水响，煞时间全乱成一处。慢说前进，就是一味的净沉。四爷在水内，与他们各船上每只船三钻子。那些船只不能前进，蒋爷就放了心了。复反又由水底下踹水而回，赶上了自己的船只，呼隆往上一冒，把北侠等吓了一跳。蒋爷一扶船帮上来，大众问：“怎么打发他们回去?”蒋爷说：“就是这个玩艺，叫路爷给预备了两份。他们来的船少，若是再多点，这两份也就够用的了。”北侠说：“你真可以称得起有万夫不当之勇。”蒋爷说：“勇在哪里?”北侠说：“一万人坐着船，你把船放漏了，谁能挡你?”蒋爷说：“哥哥，你冤苦了我了。”大众笑了一阵，惟有丁二爷总是不乐。蒋爷把水衣等脱将下来，穿好白昼的服色。

天已快亮，至青石崖下船。鲁英将船上的缆挂好。大众回晨起望，仍是路彬带路。拐山弯，扶山角，走山路，绕松棵，道不平，曲曲折折。只见徐老爷用手一指说：“众位，到了五弟坟了。哎哟！五弟呀，五弟！”三爷就哭起来了。哭的还是很恸。大家也觉伤心。智爷说：“既然如此，咱们都与五弟相好，何不大家到坟上哭他一场？若要四顾无人，没有喽兵看着，咱们就把他的尸骨盗将回去，日后五弟妹也好与他并骨，后辈儿孙也好与他烧钱化纸。”大家点头说：“原当如此。”

仍是路彬在前，行至蟠龙岭上。北侠说：“别往前去，你看那埋伏。”徐庆说：“我们就打这吊下去了。脑眼还在里头。”智爷说：“这儿没有埋伏呢！”丁二爷说：“明明这摆着呢，怎么说没有埋伏呢？”智爷一笑说：“明煌煌露着这一段山沟，钟太保总是个好人。他若不是好人那，就把这段山沟重新再拿席子盖上，撒上黄土，先拿了两个，再等拿别人。这儿他露着山沟，就无意拿人，这不是明摆的理儿，何必多虑！”众人佩服智爷那个心眼真快，故此大家往前绕着那段山沟，奔坟而去。

大家见坟，不由得一阵心酸，俱各放声哭起来了。连路彬、鲁英都远远跪在那里磕了几个头。大家数数落落地哭了一回，先是智爷止泪，劝了这个，再劝那个：人死不能复生，与他报仇倒是正事。北侠与丁二爷也就收泪。

忽听见土山子后有哭泣之声，细声细气，哭的是：“五弟呀！五弟。”智爷一拉蒋四爷说：“别哭了，四弟，你听土山子后细声细气哭的，是五弟呀！五弟，别是大人来了吧！”蒋爷止泪细听，可不是，蒋爷说：“我去看去。”

奔到土山子，一跃身蹿过土山去。果见一人扶定土山子，放声大哭，看不出是谁来。头上戴着一顶草纶巾，身穿着蓝布短袄，蓝布裤，花绷腿，蓝布靴鞋，看不见脸面，着草纶巾遮盖住了。旁边立着一根扁担，裹着一条口袋，拿绳子捆着一把药锄儿。蒋爷纳闷，怎么他哭五弟呢？过来将草纶巾揪住，往上一掀。（你道这草纶巾是什么帽子？就是樵夫戴的草帽圈。）蒋爷将草帽揭下来一看：此人面似银盆，两道浓眉，一双阔目，皂白分明，黑若点漆，白如粉锭，准头丰隆，四方海口，大耳垂轮，相貌堂堂，仪表非俗。蒋爷说："原来是你！"此人乃是凤阳府五柳沟的人氏，姓柳名青，外号人称为白面判官。先本是绿林出身，自己一看绿林中没有庆八十的，自己弃了绿林，在凤阳府柴行中打点了一个经纪头儿，以恕自己前罪，到处里挥金似土，仗义疏财。许多人尊敬他，都称他为柳员外。

此人与白玉堂至厚，后来与五老爷结拜弟兄。这晨起望有他一个表兄，叫蔡和，也是打柴为生。皆因柳员外前来望看他的表兄来了，吃完晚饭，蔡和问他说："你吃的东西行化了无有？"柳爷说："行化多时了。"蔡爷说："告诉你一件事，你可别哭。"柳爷说："我不哭。"蔡和道："你死了一个朋友。"柳爷问："是谁？"蔡爷说："万想不到！"柳爷问："到底是谁？"蔡和道："是你结拜弟白五老爷死了。"柳爷一听忙问道："可是当真？"蔡爷说："这事焉能有假？"就把五老爷如何死的细述了一遍。话还没完，柳爷早死过去了。叫转还阳，柳爷又哭。蔡爷说："不必这里哭。我告诉你，上坟上哭去得不得？"柳爷哭问坟在哪里？蔡爷指告明白。

次日五更后，与柳爷换了一身衣服，樵夫的打扮。又说道："你若要叫君山上人拿去，不可害怕，提与我有亲，他必来打听，我去能把你救出来。"柳爷与表兄要了一根扁担，一条口袋，一把药锄儿，用绳子捆好，打算得便，将尸骨盗回五柳沟去。准备好了，就叫那些拜兄弟背篙赶船。

出蔡和家中，来到五接松，蟠龙岭，至坟地后身。见坟前有个窟窿，不敢由前而入，怕有埋伏，就在土山子后头。一见这个大坟，就摔倒在地。时刻甚大，冷风一吹，这才悠悠地气转。耳轮中听见有人哭喊的声音，站起身来，把着土山子一看，原来他们大众把自己的眼泪招出来了，放声大哭。自觉草纶巾被蒋爷揪下去，这才见是翻江鼠，说道：“病夫呀，病夫！那却不是你把五弟的性命要了?”蒋爷说：“老柳，你不对，怎么是我把五弟的命要了?”柳青说：“你若不在陷空岛将他拿住，他若不出来作官，焉有今日之祸?”蒋爷说：“我叫他出来作官，为的显亲扬名，光前裕后，荫子封妻，争一个紫袍金带，你怎么说我把他害了？你还不知道他那个脾气：眼空四海，目中无人，犯傲无知，酸骄美大自足。若不是他那性分，如何死的了？来吧，老柳，我给你见几个朋友。”说罢，拿着他的草帽圈，拿着他的扁担，与大众见礼。蒋爷说：“这是凤阳府五柳人氏，姓柳名青，人称白面判官，与老五把兄弟。这位辽东人氏，复姓欧阳，单名一个春字，人称北侠，号为紫髯伯。这位黄州府黄安县人氏，姓智单名一个化字，人称黑妖狐。这位茉花村……”丁二爷说：“不必见，柳爷我们认识。”蒋爷又说：“这二位是晨起望人，一位姓路名彬，一位姓鲁名英，打柴为生。那个哭的不用与你们见了，你必认识。”柳爷说：“不用见，我们认识。”

智爷对蒋爷说：“四哥，这个不是个绿林底吗?”蒋爷说：“谁说不是!”智爷说：“听说他有鸡鸣五鼓返魂香，我想咱们何不把他请将出来，拔刀相助。”蒋爷说：“可以，那有何难！交给我咧。”蒋爷说：“老柳，老五是死了，咱们都是连盟把兄弟，你还用我给你下帖去吗？咱们大家商量与老五报仇，大概你也不能不愿意吧!”柳青说：“住了，病夫，实对你说了吧：若有老五在，百依百随；五弟不在，天下别无朋友了。”丁二爷天生的好挑眼，专有小性儿。他一听这句话，说：“列位听了没有？他说除了老五，天下没有朋友了。你我都不是朋友了。”北侠说：“不是。老四给见过，他想不出来费事。”智爷说：“有我呢，我有主意。”叫道：“三哥，还哭哪！”三爷说：“我不哭了。”智爷说：“有人骂你哪，说你不是朋友。”三爷问：“谁骂哪？”智爷说：“就是他。”三爷说：“柳青，好贼根子。”劈胸一把抓住，扬拳就打。

若问两人怎样打法，且听下回分解。

第二十一回

徐庆独自挡山寇　智化二友假投降

且说徐庆听了一气，抓住就打。蒋爷、智爷把徐三爷劝开。智爷说道："三哥何必生这门大气呢？谁是朋友，谁不是朋友，还用人说，我准知道。欧阳哥哥，辽东守备辞官不作了；丁二爷，外任官的少爷；徐三爷，上辈开铁铺，又道是一品官、二品客，本人有官，根底是好的；四哥，上辈是飘洋的客人，本人有官底子，更是好的了；路、鲁二位，没有多大交情，也说不着；我父信阳州的刺史，人所共知。这些人谁是朋友，谁不是朋友？横竖不能上也是贼，下也是贼。上有贼爷、贼母，下有贼子、贼孙，中有贼妻，一窝子尽贼，这还论朋友？这样人同咱们呼兄论弟，怎么配哪？"柳青一听黑狐狸精真坏，骂的柳爷又不好急。大众尽笑。蒋爷说："老柳，你了的了哪位，你说吧！依我说，你应了吧！"

柳爷应了是个跟头，不应又走不了，实在无法，说："病夫，你叫我出来不难，除非应我三件事。"蒋爷说："哪三件事？可应就应，你说吧？"

柳爷本无打算哪三件事，蒋爷苦苦的逼着他说，当时想不起说什么好，顺口说："要我出来，我冲着众位，我可不见大人，是个私情儿行了。"蒋爷说："使得。第二件？"柳爷想，这件不要紧。四爷又催："你说呀，说呀！"柳爷本是正直的人，花言巧语一概不会。只得说："我帮着使得，我可不作官。"四爷说：

"行了。第三件?"柳爷一想更不要紧了。四爷知道柳爷没准主意，紧催他说："三件，三件，说呀，我好点头。"急的柳爷抓脑袋，忽然想起一件难人的事来了，说："病夫，这三件怕你不能应了。"四爷说："你说呀!"柳爷说："我头上有个别发簪子，你若能打我头上盗下来，我就出去；如若不能，你可另请高明。"大众一听，就知是存心难人。四爷说："那有何难！你是不知我受过异人的传授，慢说盗簪，就是呼风唤雨，也不为难。你把簪子拔下来我看看就行了。"柳爷听了好笑说："病夫，不要冤我。"四爷说："不行，你别出来，准拿手在你那里哪!"柳爷拔下簪子来，交与四爷一看，是个水磨竹子的，弯弯的样式，头儿上一面有个燕蝙蝠①儿，一面有元寿字，光溜溜的好看。四爷看了半天，说道："我要盗下来，你不出去当怎样?"柳爷说："盗下来我不出去，是个妇人。"四爷说："我若盗不下来，请你出去，我就脸上搽粉。"柳爷说："咱们一言为定。"蒋爷说："咱们两个人击掌，各无反悔。"两个人真就击了掌。蒋爷说："咱们到底说下个时候。"柳爷说："限你三昼夜的工夫，行不行?"蒋爷说："多了。"柳爷说："两昼夜。"蒋爷说："多了。""那么一天一夜。""多了!""一夜?""多了。""半夜?""多了。"柳爷说："你说吧!"蒋爷说："老柳，我给你一个便宜，要盗下簪子来，不算本领，给你再还上。"柳爷更不信了，说："到底是多大工夫?"蒋爷说："连盗带还一个时辰，多不多?"柳爷说："不多。"蒋爷道："你我说话这么半天，有一个时辰没有?"柳爷说："没有。"蒋爷把手中簪子往上一举说："你看，这不是盗下来了吗?"柳爷说："呸！别不害羞了。"蒋爷将簪子交与柳青，说："咱二人在

---

① 燕蝙蝠——蝙蝠。

你家里见，家中去盗去，这也不是盗簪的所在。”柳爷说：“方才我说你来着，险些没叫别人挑了眼。我天胆也不敢说别位。”蒋爷说：“便宜你不是？四哥此山只要下得去。”智爷说：“叫这位等等走。这位有条口袋，一个药锄。咱们借过来，把坟刨开，把老五的骨殖①起出来，日后也好埋葬。不然叫别人起了去，搁在他们家里，当他们的祖先供着，咱们就该背着篙竿赶船了。”柳青恶恨恨瞪了他一眼，无奈将药锄、口袋交与蒋爷，说：“我可就要走了。”蒋爷说：“你请吧，咱们家里见。”柳爷一肚子的暗气，带了草纶巾，扛了扁担，下蟠龙岭去了。

大众将坟刨开，将古磁坛请出来，装在口袋，拿绳子捆上。三爷说：“我抱着它。老五在生的时候，我们两人对近。我抱着它，我们两个人亲近亲近。”丁二爷说：“三哥，你也不晓得起灵的规矩。”三爷说：“什么规矩？”丁二爷说：“你得叫着他点。你不叫他，纵然把骨殖起去，他魂灵仍在此处。”果然三爷就叫喊起来了，说：“老五，老五，跟着我走！五兄弟，跟着我走！五弟呀，你可跟着我走！”正叫着五弟光景，就听见后面有人说道：“三哥，小弟玉堂来也。”徐三爷连大众吓了一跳，人人扭项，个个回头。众人以为是白玉堂显圣。焉知晓是丁二爷取笑。智爷说：“二弟，哪有这么闹着玩的！”丁二爷说：“我听着三哥叫的这么亲近，老没有人答言。”徐三爷说：“你这一声真吓着了我了。”路彬、鲁英说：“千万可别说话了。天已大亮，还不快走呢！”

下蟠龙岭就听见呛啷啷一阵锣响，原来是巡山大都督亚都鬼闻华，带领着喽兵赶下来了。皆因水寨损坏了船只，幸而好，一

① 骨殖——尸骨。

个人也没死，立时飞报巡捕。一面是神刀手黄受、花刀杨泰、铁刀大都督贺昆飞报大寨主；一面是闻华带领着喽兵，追赶下来。手提三股叉，竟奔小山口而来。锣声阵阵，喊声大作。出小山口，就把大众追上了。

智爷一瞧，黑压压一片往前追赶，口中嚷："拿奸细呀！拿奸细！"智爷对三爷说："我们几个人露不得面，你把坛子交给我，你上去把他们打发回去。"三爷说："我是打君山跑的人，人家见了面骂我几句，可怎么好？"智爷说："你就跟他犯浑，可别杀人。"三爷说："这些人里边必有寨主，这些个喽兵，你不叫我杀人，怎么打发他们回去？"智爷说："我自有道理。"回头叫："欧阳哥哥，把你老人家那把刀借给三哥用。"三爷一听就欢喜了。有了这七宝刀，自然就容易了。北侠将刀交与穿山鼠。

这些喽兵看看临近，三爷就撞上来了，大喝了一声："小子们，哪去？"喽兵禀报大寨：前面有人当路。亚都鬼吩咐列开旗门。喽兵列开一字长蛇阵。闻华提叉向前说道："前面什么人？"徐爷说："是你三老爷！"闻华说："原来是徐三老爷。我家寨主派我追赶于你，请你回山。"徐庆说："放你娘的屁！"把手中刀亮将出来，往前一纵。闻华知道这人不通情理，对准了三爷颈嗓咽喉就是一叉。徐三爷把身子往旁边一闪，用七宝刀往上一迎，"呛啷"一声，当啷啷就把个叉头砍落在地下。闻华这可好了，剩了个叉杆，扛起来就跑。徐三爷一阵撒风，就听见"吔嚓""喀嚓"一阵乱响，"叮叮当当"又是一阵乱响。是何缘故？"吔嚓""喀嚓"是把人家兵刃削折了的声音："叮叮当当"是那半截折兵器坠落在地上的声音。喽兵四散，三爷也并不追赶。拿着刀交与北侠。自己带起大众同回晨起望路上去了。三爷夸奖这七宝刀的好处。

来到路、鲁的家中，日色将红，将古磁坛放于桌案之上，大家又参拜了一回。路彬预备早饭。

饭毕，蒋爷说："昨天把我三哥救得出来，我今天晚间务必再把展护卫救将出来。也不用去多少人，有两个人就行了。"智爷说："且慢！你要今天晚间再去，大大的不妥。按兵书上说：'得意不可再往。'"蒋爷说："今天我不去救展大弟，那可就透出有偏有向来了。我今晚夜入君山，纵然死在那里，清心涂胆，甘心情愿。"智爷说："不行。大丈夫纵然不怕死，也不可尽愚忠愚义。四哥，你请想，那飞叉太保钟雄，文中过进士，武中过探花，文武全才。文的不必说。论武，书读《孙武》十三篇①，广览武侯②《兵书》，善讲攻杀战守，称得起运筹帷幄之中，决胜千里之外。有鬼神莫测之机，济世安民之策，虽不能比成汤的伊尹，渭水的子牙，我耳闻着很够看的。他昨日伤了船只，今日又杀败了个亚都鬼。他今夜晚间，焉有不严禁之理？你若前去，岂不是要受险？"蒋爷说："咱们那里头有个人，难道说还能不救他去么？"智爷道："救是救，咱们总得想个法子。"蒋爷说："我先领教什么法子？"智爷说："我在五接松、蟠龙岭就想出招儿来了。常言一人不过二人智，我说出来，你得删改删改。"蒋爷说："你说吧，哪点不好，咱们大家议论议论。"智爷就把会同着北侠诈降君山的事细述了一遍。

毕竟不知是怎样降法，且听下回分解。

---

① 《孙武》十三篇——是中国最早的兵书。春秋末孙武作，现仅存十三篇。

② 武侯——蜀汉丞相武乡侯诸葛亮。

第二十二回

晨起望群雄设计　洞庭湖二友观山

诗曰：

善处家庭善自全，从来惟有舜为然。

屡遭夺变终无祸，半赖宫中女圣贤。

古来处家庭之变者，莫如舜；善处家庭之变者，亦莫如舜。舜有个异母兄弟，叫象，脾气骄傲无比，屡次要害舜。舜却终无祸患，并且使父子、兄弟终归和睦。舜固是生来的孝友，也是半赖内助之贤，仗着二妃常常指告，才得以实现。

话说昔唐尧在位之时，天下大治。因见其子丹朱为人不肖，不可君临天下，以治万民。因命臣子四处访求贤人，以传大位。访求多时，四岳①乃奏道："臣等细细访求，今得一人，其名曰舜，颇有圣德，可以佐理天下。"尧问道："舜乃何人？汝等何以见他有德？"四岳回答："凡人能治国者，必先能齐家。这舜乃历山农夫，常耕于野。他的父亲叫作瞽叟②，为人最是愚顽；他的母亲又最嚣蠢；他的兄弟叫作象，又最傲慢，一家人皆不知道理。因见舜仁以存心，义以行事，且举动必以礼，言语必以正，故父母皆不喜欢他，惟溺爱于象，家中凡有勤劳之事，皆叫他去，象则听其嬉游。这舜毫不动心，事父母则惟知尽孝，待兄弟

① 四岳——传说为尧舜时的四方部落首领。

② 瞽（gǔ）叟——瞎了眼睛的老人。

则惟知友爱，任父母百般折磨，他只逆来顺受。所以臣等见他有德。”

尧听了，肃然起敬道：“舜能如此，诚为难得。但不知可有妻子没有？”四岳对道：“因父母不爱。尚是有鳏在下。”尧喜道：“如此却好。吾想，人谁不孝，每每孝衰于妻子。他既无妻，朕有二女，朕甚爱之，要她们出类拔萃，作个娥中之皇，女中之英，故长女取名娥皇，次女取名女英。二人德性颇贤，朕不配与凡流。今舜既孝悌如此，朕就将二女同嫁于他，一来使二女得嫁贤人，有所仰望终身；二来就可试他待父母何如？又可看他有了二女，又待父母何如？便可知他的才德了。”四岳道：“圣帝之言，最为有理。”尧说：“既是有理，就可举行。”四岳领命，就使人到历山与舜说知此事。

瞽叟听了，大惊道：“畎亩①匹夫怎敢娶天子宫臺过来中的淑女？”就叫舜去辞。舜因说道：“天子之命，犹天也；钦承犹惧不恭，谁人敢辞？况娶妻及嗣续大事，天子之女不娶，更娶何人？”瞽叟道：“若不辞，娶了家来，她依着天子贵女，将公婆也要管着，却将奈何？”舜道：“圣王淑女，既肯下嫁，焉能骄傲？既知夫妇之礼，必无上凌之事。”遂承命不辞。

四岳报尧帝，尧帝大喜，遂与娥皇女英说知。到临行又再三嘱咐道：“钦哉必敬必戒！”二女领命，遂由河直下降到沩汭，与大舜为配。二女果贤，自归舜之后，上事公姑克尽妇道，全无一毫骄贵之气。夫妻之间，情意和谐，甚是相得。舜虽仍旧耕田，到了此时，贵为天子之婿，却家有仓廪，野有牛羊，室悬琴瑟，壁依干戈，朝夕间幽闲静好。

---

① 畎（quǎn）亩——田间、田地。

象看在眼里，便心怀妒忌。因与父母商量要谋害舜，道：“若能害了兄舜，我只要他的干戈、琴瑟，并叫二娘收拾床铺足矣。其余仓禀、牛羊，尽归父母。”瞽叟道：“若要害他，他又孝顺，怎好明明杀他。只好唤他来饮酒，将他灌醉，便好动手。”象喜，因治下醇酒，传父母之命，叫舜来饮。舜闻命，知其蓄意不善，因告二女。二女道：“父母命饮，安敢不往？妾有药一丸，秘含于口，虽饮千杯，不致沉醉。”舜受药而往。父母命饮，舜饮一朝。父母问醉乎？舜曰不醉。又饮一昼，父母问醉乎？舜曰不醉。又饮一夕，父母问醉乎？舜曰不醉。父母以为奇，因放之还。

复与象算计道：“酒不能醉，后面廪屋最高，上多缺漏，明日叫他上去涂盖，汝在下面撤阶梯，举火焚烧，彼自不能逃死。”象又大喜，又传父母之命，叫他去完廪。舜闻命，知其来意不善，又告二女。二女道：“父母命完廪，安敢不往？”因取一斗笠叫舜戴在头上，以为遮日之具，舜因戴笠而往。升到廪屋顶上，方涂盖将完，忽下面火发，将廪屋烧着。舜急欲下来，而升廪之阶梯已为象移去。正无可奈何，忽闻二女在廪下作歌道：“鸟之飞兮，翼之力。人而不飞，为无羽翼。为无羽翼，何殊乎斗笠。”大舜听见，忽然有悟。因除下斗笠，平抱在怀中，纵身往下一跳。原来斗笠张开，鼓满了风气，便将身子都带住了，竟悠悠扬扬落在地下，毫无损伤。

象看见甚是不悦，忙报知父母道：“舜已将焚，却被二嫂在下面作歌，叫他除下斗笠做翅飞下，故未烧死。”瞽叟听了大怒，因又寻思道：“廪上可以飞下。前面老井最深，明日用绳系他下去淘井。待他下去，你可将绳取去，任二女有计智也救他不出。”象听了大喜，又传父母之命，叫他去淘井。舜闻命，知其来意不善，又告知二女。二女道："父母命淘井，安敢不往?"因取一柄短锤，并数十长钉，叫他藏在腰间，以为浚井之用。舜因藏钉而往，到了井边，用绳系下去。刚系下去，象就收了绳子去报父母矣。二女在上面看见，因抚井作歌道："滑滑深深，虽曰无路；寸铁分层，便可容步。入穴升天，神就之度。"大舜在井中听了，又忽有悟。因腰间取出钉锤，下钉一个立脚，上钉一个攀手，一步步钉了上来。二女接着，忙忙逃了回宫。象收了绳子去报父母道："今日功成矣!"瞽叟道："舜虽在井，却未曾死。"象道："这个不难。"因复到井边，用土将井口填满。

象大喜，遂走入舜宫，要来占他的宫中所有。及走进舜宫，忽看见舜，坐拥着娥皇女英二妃，在那里鼓琴作乐。他吃了一惊，又甚觉无趣，心中十分忸怩，便脚下趑趑趄趄①，进不是，退不是。大舜看见，忙欢欢喜喜迎他坐下，道："贤弟何来?"象此时没法，只得说道："因郁陶思君尔!"舜听见说个"思君"，便大喜不胜道："感吾弟友爱之情，直至如此。"因命二妃出酒食款之，尽欢方送他别去。象归，报知父母，以为舜有神助，便再不敢设谋陷害于他。

尧见舜有许多圣德事迹，又见二女相安，心下大喜，遂与四岳商量，竟将天子之位，让他坐了。

舜知尧帝倦勤是实意，遂受之不辞。既为天子，因立娥皇为后，女英为妃，封象于有痺，尽孝以事瞽叟。舜见天下已为唐尧治得雍熙于变，十分太平，不敢更作聪明，每日只恭己无为，完了朝政，就在宫中披袗衣②鼓琴以为乐。二女裸侍于旁，十分恭

① 趑趑（zī）趄趄（jū）——想前进又不敢前进。

② 袗衣——指华美衣服或单衣。

敬和悦，深得舜心。舜凡有所行，皆谋于二女。二女聪明贞仁，所言所行，皆合礼道，并无偏私妒刻。后舜巡方死于苍梧，二妃不能从，望而痛哭，亦死于湘江之间，世因号为湘君。古今颂贤后妃，尽以二妃为首。闲言少叙，书归正传。

且说智化与蒋爷议论救展南侠之事，水路不能进去，怕人家多有防备；由旱路进去。一者为救展南侠，二则君山是大宋一个大患。智爷的主意是，先把君山破了以后，再定襄阳。就将这个主意与蒋爷一商议，蒋爷说："这个主意固然是好，怎么进去法?"智爷用手一指北侠说："我同他，我们两个人诈降，只要哄信钟太保，岂不就把展老爷救出来了?"蒋爷摇着头说："不容易呀，不容易!"智爷说："易固然是不易，除了这个主意，别无方法。凭着我这一张嘴，凭着欧阳哥哥这一口刀，倘若被人识破机关，打里往外一杀，让丁二弟往里一杀，凭着咱们的宝刀和宝剑，纵然万马千军也拦挡不住。此计如何?"蒋爷说："我们都外头听信，倘有凶信，我们大众一齐都杀将进去。"智爷说："不用。你同三哥将古瓷坛送往上院衙去。你然后上五柳沟，总得要将柳青请来才好呢!"蒋爷说："据我看来，有他也不多，没他也不少。"智爷说："倒不用他人，用他鸡鸣五鼓返魂香要紧。"蒋爷说："不难。这件事全在我的身上。横竖准有这个人就是了。"智爷又对北侠说："欧阳哥哥，方才这些话你可听见没有?"北侠道："我俱已听见了。"智爷说："你老人家可愿意?"北侠说："为朋友万死不辞，焉有不愿意的!"智爷道："既然这样，咱们就一言为定，吉凶祸福，凭命由天。"说毕，蒋四爷同徐三爷送古瓷坛往上院衙去了。

到了上院衙，也不用官人回禀，二人自己进去。见了卢大爷与韩二爷，连忙地将口袋放下，两个人与大爷二爷行礼。大爷问被捉的情形，三爷就将怎么被捉怎么出来的话细说了一遍。大爷一闻此言，原来展南侠还在寨内幽囚着呢！说道：“可别不管人家呀！”蒋爷说：“主意已经定好了。老五的骨殖现在这里。”卢、韩二义士放声大哭。公孙先生出来打听，也就哭了一番，有蒋四爷劝解。然后将骨殖坛请到里面，面见大人。大人一见，恸倒在地，哭得死去活来，连主管也哭了个不了。大众好容易才将大人劝住。大人吩咐将古瓷坛放在大人的卧寝，每遇大人早晚饮茶、吃酒、用饭，必要在古瓷坛前边供献供献；并且早晚间还要烧钱化纸。若论朋友之交，也就是了；就是亲胞兄弟，怕还不能如此。大人见了古瓷坛之后，与先生商议，五老爷虽死，王爷尚未拿获，这个折本先不必入都。先生说，正当如此。蒋爷又把定君山救南侠的事，回禀了大人一回。大人说：“但凭你们诸位办理就是了。”

蒋爷告辞出来，见了三位哥哥说：“我上五柳沟去了，早晚之时，你们可要多加小心才好。”卢爷说：“上院衙的事你不用管，自有我们几个人料理。你们要有用人之处，我们再往那里拨人。”蒋爷说：“你们在此，我走了。”蒋爷出上院衙，奔五柳沟，暂且不表。

且说晨起望众人，惟有智化踌躇了两日，这才把这一个诈降的主意拿好。就将路彬请将过来，问道：“咱们这里可以找一只小船，撑船的可要面生之人，又得咱自己人才行。不然，不好说私话。”路彬说：“有，我有个亲戚，离此四十里，终日在渡口撑船。此人姓王，名叫王顺。他要到了这里，并没人认得。若把他找来，有什么私话皆都可说。”智爷说：“既有此人，就烦路大爷将他请来。”路彬点头。立刻就叫鲁英请王大哥去。鲁爷点头，就此起身。

到了次日早晨方到，路彬带了那人与大家见礼。智爷一看王顺，三十多岁，穿了一身蓝布衣服，白袜青鞋，黑黄脸面，细条身材，很透着机灵。

智爷一看准行。说："王大爷，我教你几句话，你可说得上来？"王顺说："你老人家可别称呼我大爷大爷的呀，我叫王顺。你要教的我什么言语，我全行，还不用你费事，教什么会什么，可就是不能生发。"智爷说："那就行了。"就把设计诈降君山，怎么救展老爷的话说了一遍，又说："你明天撑着船送我们去，我们要是上了山，倘有喽兵下来问你怎么雇的船，你可把我这话记住了。你就说：'我们雇了一年的船。'若问你上哪去？你告诉'没准'。"王顺说："世间哪有那样事情，撒谎可要圆全，小人我可是多说。"智爷笑道："你别管。他若问你的时节，你再说。"王顺说："他要问我雇这一年的船可上哪里去，我怎么回答？"智爷说："他若问你这一年哪，你就说，他们雇这一年的船，为的是游山望景，哪里有好山水就往哪里去。若见名山胜境，也许住一年半载，也许住个把月起程；若要山水不好，转头就走，连舟也不停。净在两湖两广，山陕浙闽，普天盖下的地方，只要那里有山水就去。一年是四百两银子，酒钱在外。给了二百两，下欠二百两。若是把二百两给你，把我们的东西搬下去，你撑船就走，没有你的事了。"王顺连连答应说："是了，是了！"

路彬过来问道："智大爷，还要什么东西？"智爷说："还得和你借几分铺盖被褥。"北侠说："跑到船上睡觉去么？"智爷说："想咱们花四百两银子雇一年的船，连份铺盖没有，这可称得起是个穷乐。"北侠说："没有你想不到的事！"智爷说："咱们哥俩也得商量明白了才好呢！这一进君山，可是见机而作，随机应变，指东而说西，指南而说北，一句真话没有。"北侠说："罢了，我是一辈子不会撒谎。”智爷说：“无妨！看着我眼色行事。设若我指着正东，我说这不是正西么？你就说正是西方庚辛金。我指着正南说是北，你就说不错，正是北方壬癸水。你横竖捧着我说就行了。”北侠说：“我若接不住，那可怎么好？”智爷说：“无妨！我看得出来。你若接不住，我就接着说下去。”北侠说：“我是准不行。若要叫人看出破绽来，可别怨我。”智爷说：“我也不准行。看展爷的造化，看国家洪福就是了。”

待到次日，吃了早饭，将行李搬在船上。二位穿好了衣服，丁二爷说：“二位哥哥多辛苦了！我听信，若有不便我急去。”路爷道：“有我那！我在外面听信，若闻凶信，必然回来报信。”

智爷与北侠出门，有路爷带道。行至地名叫马保峰，路爷一指正北说：“我可不往那边去了，遇见熟人不便。”智爷说：“你往哪里去？”路爷道：“我在飞云关底下，地名叫蚰蜒小路，听信去了。”说毕便走。

智爷来到沿河一看，船只不少。有人嚷道：“在这里，那二位！”智爷二人由跳板上船，跳板拉在船上，开了船。二人舱中一看，外面水天一色，这就看见了君山。只见山上树木森森，满山的花朵，并且山上还有庙宇，远远传来钟声。好一座名山胜境！怎见得，有赞为证：有二人，用目观。瞧山景，真好看。还有一个古庙，却在上边。山水为画，画里深山。未免得引动了二位英雄往四下观。山连水，水连山；山水出，瀑布泉，水影之中照出了一座君山。水秀丽，把山缠；水与山连，山与水连。山中寺，寺依山；山在寺前，寺在山弯，山寺的钟声到耳边。高僧隐，在山洞边。寺内的僧人望景观山，又在水畔，又在山寺前。山花开放，花儿满山。山里花香，花映山崖。花发山岭，山岭花鲜。山花清妙，花长深山。山花叠放，花又似山。花倚山峰，山峰花遍。赏花人，登山看。山中沽酒，沽酒在山。松在山上，山上松连。松和琴韵，流水高山。山儿叠，松林伛。松如云水，山寺之间。花上松枝，重上高山。山松花寺，共与水连。好一个清幽景物天然妙，真能够令人观瞧得十分爽然。

未知后事如何，且听下回分解。

第二十三回

读招贤榜有人偷看　改豹貔庭自显奇能

且说北侠、智化，在船中观看，山景好不巍峨，常言一句说得好："望山跑死马。"自打上船，就看见君山。行了三十余里路，方到飞云关下。船不能前进。此处地名叫独龙口。王顺说："有请二位出舱观山。"北侠同着智化出得船舱，站在船头观看君山前面的形势，就见赫巍巍、高耸耸、密森森、叠翠翠的一带高山阻路。上边有大牌楼，横着一块大匾——筛青的地，大赤金的字，上写着"飞云关"三个字。打飞云关底下往里，可就不知套出多远去了。

北侠低声告诉智爷说："山上有人看着咱们呢！"再瞧智爷，撒起风来了，指手画脚，摇头晃脑，似疯癫一般。北侠说："智贤弟，这是怎么了？"说："我这是夸山哪！"北侠说："你这是怎么夸山呢？设若是到了里头，我这怎么给你捧得住，你这是怎么个意见呢？"智爷说："我这是夸奖怎么山青水秀！"北侠说："你不言语，谁知道？"智爷说："你打算我说给谁听呢？"北侠说："你不拘冲着谁说，也得说出来呀！"智爷说："我冲着山贼说呢！"北侠说："听得见哪？不是白费气力么。"智爷说："我这指手画脚，特意叫山贼瞧见，使他们纳闷疑心，为的是少时入得君山，好办咱们的大事。"北侠说："你打哑谜，我如何猜得着你的心事哪，这又该怎么样了？"智爷说："该下船，进他们的大牌楼看看去吧。"北侠说："使得。"叫船家搭跳板，二位下船，摇摇摆摆，东瞧西看，直奔飞云关来了。

走到大牌楼底下，智爷指着牌楼高声说道：“欧阳兄，你看，这是飞云关。”北侠说：“正是飞云关。”二人说着往前直走。

过了飞云关，离巡捕寨不远。路南有一木板房，山墙上挂着大木牌，牌上有大字，横头横着三个大字，是“招贤榜”。智爷高声朗朗念道：“管理君山洞庭湖水旱二十四寨招讨大元帅钟，为晓谕天下士：天下各省，隐匿英雄壮士甚多。古云：寒门生贵子，白屋出公卿；盐车困良骥，田野埋麒麟；高山藏虎豹，深泽隐蛟龙。余钟雄一介寒儒，得中文武进士之职。皆因奸臣当道，贪婪无厌，悬秤卖官，非亲不取，非财不用。余退归林下，隐于君山，以文武会友，要学当年黄金台之故耳。若有乐毅之能者，余钟雄情愿北面事之。无论士农工商，若有一技一能者，入君山皆有大用。非为反叛朝廷，以待天子招安。急急率宾归降，以争封妻荫子，显耀门庭。为此特示须至榜者。”

智爷念毕招贤榜文，后面还有许多条例，俱按军规、营规的则例，并有十七条禁律，五十四斩。复又高声念道：“特示君山寨主喽兵，谨守毋犯禁令：

其一，闻鼓不进，闻金不止，旗举不起，旗按不伏，此谓悖军。犯者斩之。

其二，呼名不应，点时不到，违期不至，动改师律，此谓慢军。犯者斩之。

其三，夜传刁斗，怠而不报，更筹违慢，声号不明，此谓懈军。犯者斩之。

其四，多出怨言，怒其主将，不听约束，更调难制，此谓构军。犯者斩之。

其五，扬声笑语，蔑视禁约，驰突军门，此谓轻军。犯者斩之。

其六，所用兵器，弓弩绝弦，箭无羽镞，剑戟不利，旗帜凋敝，此谓欺军。犯者斩之。

其七，谣言诡语，捏造鬼神，假托梦寐，大肆邪说，蛊惑军士，此谓淫军。犯者斩之。

其八，奸舌利齿，妄为是非，挑拨军士，令其不和，此谓谤军。犯者斩之。

其九，所到之地，凌虐其民，如有逼淫妇女，此谓奸军。犯者斩之。

其十，窃人财物，以为己利，夺人首级，以为己功，此谓盗军。犯者斩之。

其十一，聚众议事，私进帐下，探听军机，此谓探军。犯者斩之。

其十二，或闻所谋，及闻号令，漏泄于外，使敌知之。此谓背军。犯者斩之。

其十三，调用之际，结舌不应，低眉俯首，面有难色，此谓恨军。犯者斩之。

其十四，出越行伍，搀前越后，言语喧哗，不遵禁训，此谓乱军。犯者斩之。

其十五，托伤诈病，以避征伐，捏伤假死，因而逃避，此谓诈军。犯者斩之。

其十六，主掌钱粮，给赏之时，阿私所亲，使士卒结怨，此谓弊军。犯者斩之。

第十七，观寇不审，探贼不详，到不言到，多则言少，少则言多，此谓误军。犯者斩之。”

智爷又念毕，不觉哈哈大笑道：“可惜呀，可惜！”叫道：

“欧阳兄，可叹这个寨主，把心机用尽，挂这招贤榜，只是有一点不到之处。总是山内缺少能人之过，短一个谋士将他提省。”北侠心内说：他教我捧着他，指东说西，自然是他说话，我就得捧他。问道：“你看他怎么短个谋士，哪点不到?”智爷说：“据小弟看来，此榜得用千里马骨的故事。”北侠说：“何为千里马骨的故事?”智爷说：“你不晓得，当初有一家员外，要买千里马。派人出去，四乡八镇，总未买着。有一人在乡村之内，见人剥了一匹死马，此人抱马恸哭。众人不解其意，问什么缘故？此人说：‘这匹马乃是千里马。’给了数两白金，买了一块马骨而回，献于买马之人。买马人言道：‘我要的千里活马，要这马骨何用?’买马骨人说：‘虽花数两白金买了一块马骨，不久千里马必至。’果然日限不久，千里马到了，还不止一匹。缘故是买马骨之时，就说出要买千里马之人姓氏、住处，借众人口里传出某人要买千里马，若有千里马去可获多金；连一块死马骨还肯买去，要有活千里马至，焉有不予重金之理？后来才有千里马到。这招贤榜必须仿这个而行!”北侠说：“这也花十两银子买块马骨?”智爷说：“咳！不是，我说的是个比喻。”

北侠说：“依你怎么样呢?”智爷说：“依我多用些伶牙俐齿的文人，带上银两，到四乡八镇、村庄店道传扬：这位寨主怎么样的敬贤，怎么样的爱士。常言道：‘英雄生于四野，好汉长在八方。’若是依我这个主意，准能够文人武将，望风归顺君山。欧阳兄请想是也不是?”北侠连连点头称善。

焉知晓，二位在此说话，早被喽兵报去巡捕寨四家寨主，说：“报四家寨主得知：山下来了一只船，船上有两个人，奔到咱们飞云关里头，看招贤榜来了。”亚都鬼摆手说：“去吧。三位在此，待小弟出去看看。”来在巡捕寨外，喽兵正要吆喝。亚都鬼将他们拦住，自己偷看着二位。暗道：真是世间罕有的英雄，堂堂的相貌，凛凛的威风。怎见得，有赞为证：

闻华看，二好汉，他细瞧，真希罕。壮士的样，可是文不浅，天生的气宇轩昂，品貌不凡。那个人，在左边；还有个，右边站。一个是，紫箭袖，可体穿。头上的帽，分六瓣，绢帕拧着一个茨菇叶儿在上边安。皮挺带，系腰间，镶宝石，珍珠嵌，耀眼明，光灿烂。左胁下，宝刀悬，这利刃，世间罕。但要离匣，邪魔外祟，鬼怪精灵，不敢向前。墨色灰，是衬衫。足下靴，是青缎，底儿薄，云根系。真乃是，中道而行，那险路，有不前。生一张，重枣面，五官端正，碧目虬髯①。右边的人，更好看。青缎袍，穿一件。丝鸾带，系腰间，鹅黄色，四指宽。夹衬袄，是天蓝。足下靴，虎头尖，能登高，能涉险。蹿房越脊，如同是平地一般。腰儿细，臂膀宽。足壮壮，精神满。另一番的气象，稳重端然。跨着刀，左胁悬。但离匣，光闪闪。爱管人间抱不平，杀了些恶霸赃官。跨马服，穿一件，天青色，颜色鲜，绣着些花朵，暗隐着爪蝶绵绵。六瓣帽，是青缎。看面目黄白的脸。二眉长，入鬓边。皂白明，一双眼。方海口，土形端，两耳大，要垂肩。这位爷天然的骨格，相貌非凡。这二人，有天大的胆，杀恶霸，斩权奸。忠者的兴，逆者的剪。爱杀人，更慈善。为救展南侠，舍死忘生才到了君山。

未知后事如何，且听下回分解。

① 虬髯（qiú rán）——两腮卷曲的胡子。

第二十四回

飞云关念榜谈故典　彻水寨吊起独木桥

且说亚都鬼闻华看了北侠、智化的相貌，暗地吃惊："看这两个人，仪表非俗，并且那个人是文武全才。难测两个人的来历，我向前问问，可就晓得他们的肺腑了。"听见智爷念招贤榜，说千里马骨的故事，暗暗地佩服。等智爷念毕，连忙说："二位壮士请了，小可有礼。"北侠早就看见他在那边树后偷看，如今过来行礼，北侠也就一躬到地说："寨主请了!"智爷仍然是倒背着手儿，在那里看招贤榜，嘴里咕咕哝哝不知说了些什么。北侠道："人家寨主与咱们行礼哪!"智爷这才回头深施一礼说："我一时的荒疏，未能看见寨主，得罪，得罪!"闻华说："岂敢！未能领教二位贵姓高名，仙乡何处?"智爷说："这是我盟兄，他乃辽东人氏，复姓欧阳，单名春字，人称北侠；我乃云南宁国府人氏，姓智单名一个化字，外号人称黑妖狐。"闻华一听，哈哈大笑说："二位，一位云南宁国府，一位是边北辽东的人，万里相交，还是义兄弟，这可算世间罕有，难得呀，难得!"

北侠心中一想说：这还诈降哪头！一句话就教人问住了。你就说是原籍黄州府就行了，怎么搬到云南去了。这还没见大寨主那！要见了大寨主，更不定怎么样了吧。

智爷说："有寨主爷这一问，我哥哥在辽东，我在云南，普天盖下也找不出这么远交朋友的来。有个缘故，我哥在辽东作官，我是随任。我天伦是辽东的刺史，我因随任，才见着我欧阳哥哥。我们两个人结拜之后，我天伦故在任上，扶灵柩又归原籍。我哥哥不忍兄弟分离了，自己辞了官，跟我回南。是我二人看破功名道路，利锁名缰，倒不如淡泊滋味，长雇了一只小舟，遍游天下名山胜境。闻说此处有座君山，特地前来瞻仰瞻仰。到得此山一看，果然名不虚传。皆因贪看山景多走了，过了飞云关，看见招贤榜，贪看招贤榜的言语，不料被寨主看见，误踏宝山，多有得罪!”闻华说：“这就是了。”北侠心里说：黑狐狸精真会对付。闻华说：“既然二位大驾光降，称得起草寨生辉，请临敝寨待茶。”智爷说：“不敢。我二人又不投山，又不入夥，误踏宝山，就是得罪。焉敢在寨中讨茶!”闻华说：“也不是请二位投山，也不是请二位入夥，请二位吃杯清茶，然后再去不晚。”智爷说：“我们不入夥，可不敢讨寨主的茶吃。”闻华说：“不一定是请二位入夥，才能到寨中；就是不入夥，到寨中吃杯茶，也没什么妨碍。常言道：‘同船过渡，皆是有缘。’二位到寨中吃杯茶，然后再走，日后见面，倒有个茶水之交。”北侠说：“智贤弟，这位寨主苦苦相让，不如咱就到寨中讨杯茶吃，然后再走，也不算晚，别辜负了这寨主的美意。”

北侠是天然生就的忠厚朴实，与智爷的聪明差得多，心内想着是诈降来了，怎么往里让又不进去哪，这是什么缘故？口中不言心里说：可别绷老了，因叫智爷在寨中讨茶。

智爷说：“既然欧阳兄这般言讲，你我就在寨中讨杯茶吃，然后再走。寨主爷，我们可不入夥呀!”闻华说：“没请二位入夥，无非吃杯茶谈谈就是了。”将喽兵叫将过来，附耳低言了几句话，那名喽兵转身去了。

北侠问道：“这位寨主贵姓高名，未曾领教。”闻华说：“小可姓闻名华，外号人称亚都鬼。”智爷说：“久仰，久仰!”走到巡捕寨，见前面二百名喽兵，两边站定，每人一把双手带，又叫拦马。刀尖对刀尖，架定刀门，要入巡捕寨，非从刀下过去不行。智爷明知他们这是个主意。设若钻刀而入，上边刀尖一碰，必是呛啷呛啷地乱响。若要是杀人，必然是变颜变色的，他们就好看出破绽来了。走在刀门以前，智爷就问寨主："是请我们吃茶，是叫我们钻刀涉险哪？"闻华连忙赔笑说："这是我们山中的规矩。"只见他把手往上一扬，众人就把刀撤下了。这三个人才来到巡捕寨前，见早有三个人在那里等候，一字排开，垂手侍立。闻华说："这是我们三位寨主。"用手指定说："这位是神刀手黄受，那位花刀杨泰，那位铁刀大都督贺昆。这二位：这位辽东人，复姓欧阳，人称北侠；这位姓智，人称黑妖狐。"彼此对施一礼。

智爷看这三家寨主，都全是六瓣帽，箭袖袍，丝带挎刀，薄底靴子。一个穿青，一个穿蓝，一个豆青色。二个白脸面，一个黑脸。全都是虎视昂昂的彪形大汉。智爷暗道：怪不得君山帮着王爷要反，哪里挑选来的这些人，真是怪道。

见毕，让到屋中落座。喽兵献上茶来。一边吃着茶，一边神刀手盘问了二位一回。智爷又将前言说了一遍，是一字儿也不差。忽然间进来了个喽兵，曲单膝说报："启禀众位寨主得知，大寨主闻听来了二位游山的壮士，请在中军大寨待茶。"闻华一摆手，那位喽兵退去。智爷站起身来告辞。闻华拦住说："我家大寨主有请二位至中军大寨待茶。"智爷故作惊慌之色说："不敢。我二人在此讨杯茶，就多有骚扰，何敢再去见大寨主！"闻华死也不放，智爷非走不可。北侠说："盟弟，既是这家寨主苦苦相让，咱们就见大寨主何妨！"北侠是真急，恨不得一时就见大寨主才好，只恐怕绷老了。

智爷猜出这个情理来了。若是寨主要见这两个人，他们天大胆量也不敢将两人放走。寨主要问说："我们未见着人那！"他们说，人家要走，何不就叫他们走了呢？这以上制下交派，焉能下得去？就是要了他们的命，他们不敢放走。故此没有绷老了。智爷说："既是欧阳兄这么说，咱们就见大寨主去。哪位前边带路？"闻华说："小可前边带路。"

出了巡捕寨，到了彻水寨，也是二百喽兵，使的是长枪，枪尖对着枪尖。智爷还未及说话，闻华一摆手，两边枪尖撤下。有一家寨主穿大红的衣巾，面如重枣，此人是金棍将于青。智爷与他们见了。智爷、北侠上了木板桥，看两边鹅头峰，相隔着有八九丈，上有木板搭定，往下面一看，水声甚大。西南上有竹城的竹子，一望甚远。智爷想，救徐三爷的时候，由西方进去，今日在这边看见，这有多远。下了桥往上再走，把二位英雄吓了一惊，耳内听见嘎吒嘎吒吒的一阵响。二位回头一看，喽兵把辘轳一绞，就把一座木板桥绞起去了。

北侠暗说：不好，想得倒不错，教人看破，我们打里往外杀，他们打外往里杀。这一起，胁生双翅也过不去了。只有入去的道路，没有出去的地方了，只可看自己的命运如何了。智爷却丝毫不把此事放在心上。

行到三寨，是箭锐寨。有家寨主赛尉迟祝英，穿黑皂褂。闻华也与见过。到四寨，章兴寨，见了寨主金锤将于畅；到武定寨，见了金铛无敌大将于赊；到文华寨，见了二寨主金枪将于义。北侠与智爷一见于义，险些要哭，因为相貌与五老爷一般无二。接着又见了王福寨寨主，人称八臂勇哪吒王京；丰盛寨寨主金刀将于艾；单凤岭寨主赛翼德朱彪；单凤桥寨主削刀手毛保；寨棚门两家寨主：云里手穆顺，铁棍唐彪。各寨皆是二百名喽兵。

大众等见了二人，俱都跟在后面进来。到了大厅的前头，闻华说："二位暂且在此等候，我回禀我家大寨主去。二位在此听请。"闻华进了大厅，智爷、北侠在外等着。就听里面细声细气地说："闻贤弟，你焉能知道两个人的来意？这是为御猫而来。"说罢哈哈大笑。北侠一听，吃惊非小。

若问二人的生死，且听下回分解。

第二十五回

识破机关仗着胡拉混扯　哄信寨主全凭口巧舌能

且说北侠、智化在院落之中听请，不料钟雄看破机关，说为御猫而来，把北侠吓了一跳，暗说："不好!"就要拉刀杀将出去。智爷用肩头一扛，说："欧阳兄，你冤苦了我了。"北侠心内说："我冤苦你咧，你别是冤苦了我了吧。"北侠说："怎么冤苦你了?"智爷说："我不进来，你偏要进来。你瞧，进来有什么好处？遇这不开眼的寨主，把你我看作了小贼，要偷他的玉猫。他说咱们为玉猫而来。小弟家内你是去过的，书房里头有翡翠狮子、玛瑙老虎、白玉马，有多少古董玩器，哪位朋友去，我也没留过神。他把咱们看作小偷儿，咱们还见他作什么。早出去，小心人家丢了东西。"说罢转身就走。北侠心内说：黑狐狸真会打岔。北侠说："对了，他瞧不起咱们，咱们走吧!"焉能走得了?后面许多的寨主，拥拥塞塞，早就有神刀手黄受挡住去路，说："二位，没有我家寨主的令，二位可不能出寨。"

屋内钟雄见闻华进来说，把两个请到。寨主往外一看，早已耳闻，知道有个北侠，大略此人不能投山；智化可不知是谁。现在山中有个南侠，别是为这个人来的。其中有诈。故此戳了他们一句，且看他们两个人的动作。听了智爷一套言语，就去些个疑心，又有亚都鬼在旁说："寨主，这两个人一个是云南，一个辽东，他们焉晓得咱们寨主的御猫，他当做是玉做的猫哪。"钟雄说："既然这样，将二位请回。"闻华说得令，出得庭来说："二位请回，我家大寨主有请。”智爷说：“我们不回去了，叫你们寨主小心着玉猫吧。”闻华说：“我们说我们寨中事情，不与二位相干。”北侠瞧也走不了，不如回去倒好，说道：“贤弟，人家又不是冲着咱们说，咱们还是回去的是，别辜负了寨主的美意。”智爷说：“见见寨主又有何妨！只是一宗，这位寨主外面挂定招贤榜，榜上的言语可倒不错，写的什么要学当年黄金台之故耳，若有一技一能者入君山，也有大用。他只知道写，他可不懂得行。当初燕太子得乐毅，金台拜师，连下七十二城，那才叫敬贤之道。敬贤士如同敬父母的一般，方称得起爱贤礼士。这位寨主，焉能懂得敬贤那！你我二人，可称不起是贤士。他坐在庭中，昂然不动，这还讲究招贤，招点子绿豆蝇来，横竖行了。”北侠心说：你骂人吧，早晚有咱们两个人的命赔着哪！就是那钟雄也古怪，教智爷这么一骂，倒骂出来了。

钟雄出了庭外，下阶台石，一躬到地说：“原来是二位贤士，小可有失远迎，望乞恕罪！”北侠答礼说：“岂敢！”细看钟雄，乌纱圆领大红袍，束玉带，粉官靴，面白如玉，五官清秀，三绺短髯。北侠一看，暗自惊讶。智爷并不还礼，说：“欧阳哥哥，你看上边的这个大匾，是‘豹貔庭’三个字。据小弟想来，这位寨主不至于不明此理。似乎此寨这‘豹貔庭’三个字，断断用不得。”北侠问：“怎么用不得？”智爷说：“这是当初文人弄笔，骂那个不认得字的山王寨主哪。若论这个字意，是大大使不得。常说是：‘三虎出一豹’。其实不是虎不下豹，虎彪配在一处，下出来三个彪，内中有一个豹，其利害无比。漫说是人，就是山中的猛兽，也无不惧怕于它。狮子配了狻猊①，下出来就是貔貅。言

① 狻猊（suānní）——传说中的一种猛兽。

其这两宗物件，全不是正种类。不然怎么说是骂人？别者的山王寨主，他也称孤道寡。他又不是储君、殿下，他又不是守阙的太子，怎么当称孤道寡哪？就骂的是他不是正种类。自己又不认得字，以为是利害，就得意了。这样寨主通古达今，文武全才，外面挂着招贤榜，里头又有豹貔庭，大大的不符。”亚都鬼在旁边告诉寨主，说千里马骨的就是他。

寨主往前趋了一趋说：“这位壮士所说的不差，只是一件；小可到得山中，山中事情实系太多，小可总无闲暇的工夫。故此，因循到如今未改，恳求尊兄与小弟删改删改。”智爷说：“原来是寨主。我只顾与我哥哥说话，一时的荒疏，望寨主爷千万别见责小可。”寨主说：“奉求这位尊兄与小弟删改删改‘豹貔庭’三个字。”智爷说：“不敢！不敢！小可才疏学浅，倘若改将出来，还不似原先，岂不贻笑于大方！”智爷并不理论寨主，转过头来又与欧阳爷讲话，说：“哥哥请看，他这副对也不大合体。”北侠暗道：人家寨主在那里伺候着，他净胡拉混扯，也不知道怎么个意见，只可以捧着他，说：“智贤弟，这副对子怎么不好？”智爷说：“你看这是‘山收珠履三千客，寨纳貔貅百万兵’。”北侠说：“是怎么不好呢？”智爷说：“山大寨小。似这山水旱八百里，这个山上要收三千客固然装得下。‘寨纳貔貅百万兵’，一百万兵，怕寨里头装不下一百万人，岂不是不妥当？”北侠问：“怎样方好？”智爷说：“论我的主意：‘山纳貔貅兵百万，寨收珠履客三千。’寨纵然是小，三千人足行，平仄①准合。”钟雄一听，点头称善。刻下就叫人来将对联摘下，按着智爷所改的改了，找书手写了另挂。

① 平仄（zè）——平声、仄声，泛指由平仄声构成的诗文的韵律。

寨主复又过来求恳改“豹貔庭”，智爷一定说不行，怕有人嗤笑。只见寨主将智爷、北侠往里一让，北侠同智爷上台阶，复又让入庭中。进门来，智爷抬头一看，正北的上面横着一块大匾，匾书黑字，写的是“岂为有心”四个大字。智爷说：“欧阳兄，你可曾看见了?”北侠心中说：我是两只夜眼，有斗大的黑字，我再看不见还得了，说道：“我看见了。”智爷说：“这是‘岂为有心’，你老人家可晓得这个意思?”北侠说：“我不知。”智爷说：“别看寨主管领水旱二十四寨，在众人之上还不足兴，此处无非暂居之所。此人心怀大志，日后得地之时，就得面南背北。故此是‘岂为有心居此地，无非随处乐吾天’。”这句话不要紧，就把钟雄的心打动，缘因这个横匾是钟雄自己的亲笔。自打挂上这个横匾，钟雄自己立愿，可着君山水旱二十四寨，寨主、头目、喽兵等，谁猜破他这个机关，参透他的肺腑，就用谁以为谋士。这是受了襄阳王的聘请，王爷许下的：若是择日行师的时节，封他招讨大元帅前部正印先锋官；若得了江山的时节，与他平分疆土，列土分茅。他早看出襄阳王不能成其大事，故此他的意见：若得了江山时节，把襄阳王推倒，他就面南背北；倘若大事不成，就隐于山中，永不出世。今日智爷一到，把他的肺腑点破，说的种种的情形，就知道智爷才学不小。此人若留在山中作一个谋士，可算自己一个大大的膀臂。他随即请北侠、智爷落座，喽兵献上茶来。

钟雄把亚都鬼叫来，附耳低言了几句。回头便问说：“听闻贤弟之言，你们二位是金兰①之好。”智爷指北侠说：“这是我盟兄。”钟雄说：“二位大驾光临，实在是小可的万幸。”智爷说：

① 金兰——友情契合；深交。通指结拜兄弟。

“岂敢！我们两个误踏宝山，寨主不嫌我等两个，还赏赐茶羹，当面谢过。”钟雄离位，深施一礼说：“还是奉恳阁下与小可删改删改这个‘豹貔庭’。”

北侠遂说：“智贤弟，你若能改，就给人家改一改；若是不能改，就给人家一个痛快话儿。”智爷说：“焉有不能改的道理？改出来又恐怕不好。”钟雄说：“阁下不必太谦了。”智爷无奈说道：“这个‘庭’改个‘殿’字如何？”钟雄说：“好！但不知什么‘殿’？”智爷说：“用个‘承运’二字如何？大哉，尧之为君，惟天为大。”钟雄一听，鼓掌大笑，连连点头夸好，叫人将“豹貔庭”改为“承运殿”。钟雄道：“一事不烦二主。我还有个书斋，是‘英锐堂’，恳为删改。”智爷说：“不好！堂者，明也，亮也。总是用个小小‘轩’字，‘五云轩’如何？”钟雄更觉欢喜，立刻叫人改了，吩咐摆酒。智爷一听摆酒，就知诈降计妥了。总想个主意，教欧阳哥哥显显才能方好。忽然心生一计。

毕竟不知智爷想出什么主意，且听下回分解。

第二十六回

削钢刀毛保甘受苦　论宝剑智化暗骂人

且说智爷一听摆酒，站起身来告辞。寨主伸手拦住说："已经摆下酒了。"智爷说："不能，我们入山讨茶就不敢当得很，焉敢又要讨酒？我们又不投山入夥，焉敢屡领寨主的赏赐？"钟雄说："实对二位说吧，船只已经打发了。"智爷说："寨主不必哄我们，怎么能把船只打发了？"闻华说："我们寨主打发喽兵下去，问明船上人，所欠二百两银子，已经给二位还了，还赏了他二十两银子酒钱。你们二位就有两份行李，别无他物，对不对？"智爷一听，假意着急："怎么把我们船支开了？"钟雄说："我为的留二位在山上多住几日，走的时节再与二位另雇。酒已摆齐，请二位上座。"北侠说："就坐下吧。"

钟雄与闻华亲自把盏斟酒。酒过三巡，漫漫谈话。智爷说："我欧阳哥哥与我就是相反，我是文的上略知一二，我兄长是武的上，可不敢说好，却比我强得多。就说他有一万胜刀，我到今也没学会。"钟雄说："这位尊兄会万胜刀？这趟刀一百二十八手可会得全？"北侠道："也全都记得。"钟雄惊讶道："这趟刀全会的可是少。无论哪趟刀，全由万胜刀摘下来的，奉恳奉恳赏赐我们一观。"北侠说："小可武艺不佳，不敢在寨主爷跟前出丑。"寨主说："兄台不必太谦。赐教，赐教！"智爷说："兄长你就施展施展，又有何妨！"北侠点头，遂将刀摘将下来。

智爷伸手接将过来，胸中忖度：闻名寨主文武全才，我今何不试试他，到底学问怎样。说："寨主，请看我哥哥这把刀怎样?"说罢，将刀递将过去。寨主欲待不接，已经递过来了。一看此刀，绿鲨鱼皮鞘，金什件，金吞口，紫挽手，绒绳飘摆双垂灯笼穗。将刀亮将出来，呛啷啷声音乱响，光闪闪遮人面，冷飕飕逼人寒，霞光灼灼，冷气侵人，一身龟纹。钟雄一看，暗暗惊异，想此刀无价之宝，世间罕有，价值连城；此人若有这口利刃，准是出色的英雄，不然这个刀他佩带不了。每遇宝刀、宝剑，有德者居之，无德者失之。钟太保可称得是懂物之人，看毕哈哈大笑说："好刀哇，好刀!"智爷问："寨主爷连连夸赞此刀，小可领教领教！此刀何名?"钟雄道："此刀名叫'灵宝'，出于魏文帝曹丕所造三口那，一口叫'灵宝'，一口叫'含璋'，一口叫'素质'。"智爷问说："怎么我哥哥说叫'七宝'刀?"钟雄暗道：这个人实在的利害。刚到山上，初逢乍见，他就要探探我的学问深浅，才干如何。他便笑道："若问这个'七宝'名字，是俗呼谓之'七宝'，皆因他有'四绝''三益'之妙：一决胜负，二防贼盗，三诛刺客，四避精邪，谓之四绝；切金、断玉、吹毛发，谓之三益。何为叫一决胜负？每遇出征之时，挎上此刀，伐梆点名，掌号起队，此刀由鞘中自己出来寸许光景，今日出征，必是大获全胜。倘若此刀仍在鞘中不出，那就急急的撤队。倘若一定要出征、非交锋不可，必是伤兵损将，这就是一决胜负。这第二是，有贼人前来偷盗窃取，此物若在墙壁之上或在床头，自己就能坠落于地，难道说还不惊醒？这就是二防贼盗。第三是若有仇人，夜晚之间，藏在黑暗之处或桥梁之下，无论他在什么地方，此刀必在鞘中锋锋作响，难道自己还不留神？这就叫三诛刺客。这第四，无论白昼黑夜，行在哪里，若有邪魔鬼怪，此刀能在鞘中放出一道白光，邪魔远避不能向前，这就是四避精邪，共谓四绝。三益是切金，拿过块金子来，能用刀把它切碎；断玉是将玉断成一片一片的，如同上了砣子的一般，这就谓之断玉；吹毛发是将发拿着一绺，冲着刀刃上一吹，这发俱都齐齐的断了，这就谓之吹毛发，可称为三益。这‘四绝’‘三益’俗呼谓之‘七宝’。”智爷连连称赞说：“罢了！寨主爷名不虚传，称得起是博古通今。”

大家笑了一番，又把刀交与北侠。智爷拿着刀鞘，北侠早就把衣襟吊好，袖袂挽好，把刀接将过来，冲着寨主一躬到地说：“我要在寨主面前出丑了。”钟雄说：“岂敢！尊兄赐教。”北侠回头一看，承运殿外有许多人，把承运殿都围满了。皆因大众没寨主爷的令，不敢私自进殿，只可就在外边把窗户纸通了许多的窟窿，往里观瞧。北侠转回身来，往外又是一躬到地说：“众位寨主可别见笑。倘若我有哪手不到，求寨主指教一二。”

说毕，把刀手一擎，就听见飕、飕、飕、飕、飕、飕，就是金刃劈风的声音。先前看不大很起眼，嗣后来一刀快似一刀，一刀紧似一刀。这口利刃按的是：扇、砍、劈、剁，折、吸、拦、挂，蹿、进、跳、跃、闪、辗、腾、挪。绵软矮速，小腕跨肘。膝、肩、手、眼、身，伐步、心神、意念。足真称得起手似流星眼似电，腰似蛇行腿如钻。蹿高纵矮，脚底下一点声音皆无。北侠这一趟万胜刀，把寨主爷看得乐了个事不有余，又是夸赞，又是连连地叫好，说道：“此人若非幼年的功夫，焉能到得了这个部位！”说毕，又是连连地大笑。

北侠这一趟万胜刀，用了八十余手就收住势了。他把刀一背说：“献丑！献丑！教寨主见笑。”钟雄说：“赐教！赐教！实在高明。”寨主看他气不涌出，面不改色，就知道这人的功夫甚绝。将要谈话时，承运殿上蹿进一人嚷道：“毛保来也。”智爷暗道：

欧阳哥哥这一趟刀练得怪好的，怎么又来了一个“毛包”？

你道毛保因何进殿？此人性情与大众不同，专好抬杠，你说东，他偏要说西；人要说他不行，他偏行定了。皆因在外面众家寨主看北侠施展刀法，人人夸好，个个说强。其实好几位使刀的那，神刀手黄寿、花刀杨泰、铁刀大都督贺昆、金刀将于艾、云里手穆顺全都说好，惟有削刀手毛保不服，说：“你们别长他人的志气，灭自己的威风。据我看着很不要紧。”

大家全知道他的性情，素常合这君山，连喽兵都不欢喜他。大众弄了一个眼色说：“毛寨主，瞧他的刀不好，你有些不服。”毛保说：“我为什么不服？”大众成心要冤他，说：“你服哇！你不能不服，你不服也得服啊！”毛保说：“如此说，我偏不服？”众人说：“你服了吧！”毛保说：“我不服！”众人说：“你不服，可敢进去和人家较量？此刻却没有寨主号令。”毛保说：“我不晓得什么叫令不令！”言还未了，他就蹿入庭中去了。

钟雄一看问道：“毛贤弟，为何无令进庭？”毛保说：“外面大众夸奖这个紫面的本领高强，小弟与他较量较量！”钟雄说：“毛贤弟，你的武艺如何是这位英雄的对手！”毛保一听，哇呀呀的喊叫说：“我这命不要了！我们两个要见个上下高低。”钟雄说：“既然这样，欧阳兄，你就教训教训我这个毛贤弟。”北侠说：“小可不敢！”智爷说：“既有寨主的话，哥哥你就陪着这位寨主走个三合两趟的就是了。”北侠说：“这位寨主爷，咱们无仇无恨，可是点到为是。”毛保说：“格杀勿论！”言语未了，飕的一声刀就到了。北侠一闪，净仗着自己的身法就赢了他了。两个人交手，北侠总不还招。钟雄净笑说道：“尊公不必戏耍我毛贤弟了，还招吧！”智爷说：“哥哥还招吧！”北侠暗道：这可是你们叫我还招，真杀了他倒不要紧，误了我们的大事了。就将刀一碰，呛啷一声，当啷啷毛保刀头坠地。毛保说："不是我的人不行，是我的刀不行。我有好兵器，我去取来，咱们两个总得较量较量。"说毕转身出去。

北侠在大寨主面前请罪说："我一时的不留神，把那位寨主的刀削断。得罪了那位寨主。"钟雄说："是我毛贤弟不知自爱，阁下何罪之有？"又见毛保打外边闯将进来，手中一口明晃晃的宝剑，要与北侠较量。钟雄打毛保手中把剑要将过来，要试试智爷眼力如何，叫道："这位尊兄，看看小可这口宝剑如何？"智爷看了暗惊，这是我展大哥的宝剑。有了，我骂他两句，说："寨主，这可是一口好剑，我猜着了，必是你们祖上的，传在寨主手中。"钟雄一听，颜色更变。

不知到底如何，且听下回分解。

第二十七回

论本领刀削佞性汉　发誓愿结拜假意人

且说毛保怎么会把展老爷的剑拿来？皆因展爷被捉，钟寨主就把宝剑挂于后面五云轩内，单有两个小童看守，凭是谁也不准拿将出来。今有毛保把刀一削，想起展爷的宝剑来了，去到五云轩把宝剑摘将下来，将剑出匣，剑匣抛弃于地，转身就跑。小童就追，见毛保竟蹿入里边去了，进来就要与北侠动手。宝剑叫寨主要将过去，叫智爷观看，智爷这才骂了他一句。明知是展爷的，愣说是他们祖宗的。北侠暗笑黑狐狸多损，这就叫骂人不带脏字。

钟雄一听智爷说是他祖宗的，脸一发赤，说："不是，此剑乃朋友所赠。"智爷连忙告罪说："我可太愣！"寨主说："无碍，不知者不作罪。"智爷说："该打！该打！按此剑可称无价之宝，论出处乃战国时欧冶子所铸，共五口剑，大形三、小形二。大形是湛卢、纯钩、盘郢，共三口。小形二是巨阙、鱼肠两口，前后五口。此剑乃巨阙剑，价值连城，世间罕有。也是切金、断玉、吹毛发。论当初铸剑，以天地之气，有五山之精，方能成此宝物。送与寨主爷宝剑的这个朋友，交情可谓不小。愚下胡批了几句，可也不定是与不是？寨主千万别嗤笑于我。"

钟雄说："是，说得一点不差。"说毕将剑交与毛保，说道："贤弟不必再较量了。"毛保不服，总要找一找脸，复又过来与北侠交手。欧阳爷为难：宝刀遇宝剑，二宝一碰，总有一伤，伤了自己的刀犯不上；伤了展大弟的剑，日后如何对得起兄弟哪！北侠拿了一个主意：与毛保动手，刀不见剑，万不能伤损一物。二人动手，犹大人斗小孩子玩耍的一样。毛保使剑本不行，又对上了北侠一戏耍他，工夫一大，毛保眼花了。不是好几个北侠，就是一个没有。缘故北侠抱自己的刀，或前或后，把自己陆地飞腾之术施展出来。那毛保一看，左边一个，右边又是一个，前后好几个。其实是北侠一人，讲身法如刮风的一般。那样快法，毛保眼睛一花，怎么会不像看着是好几个人的一般呢！不然，北侠老在他的身后，随东随西，身形乱转，总不叫他看见自己的身子。工夫不大，毛保通身是汗。

他打算得好：拿宝剑砍刀，剑要坏了他不心疼，刀要坏了他算赢了。焉知晓老看不见人，一点方法没有。不然，就是好几个，砍哪个哪个空了，就是这样，急也要把他急坏了。钟雄笑道，说："毛贤弟，我把你好有一比，比作个伏鱼入海。欧阳兄不必戏耍我毛贤弟了，还招吧！"

北侠听了寨主的言语，心中暗道：有你话我就给他留一个记号了。把刀往上一递，冷飕飕正在毛保的脖子之上。毛保一歪脑袋，"哎哟"了一声，把眼睛一闭，牙关一咬，觉着冰凉挺硬，贴着左边的脸，一蹭儿鲜血直冒，当啷啷把剑一丢，撒腿就跑。他拿手一摸，短了一个耳朵。原来刀虽临于脖颈，不肯杀他。他手往上一翻，连点脸子带耳朵哧一声，血淋淋的一个耳朵，就坠在了地上。

毛保一跑，北侠仍在大寨主跟前请罪。寨主说："兄台何罪之有？这还是阁下手下留情，不然他岂不早死多时了。"叫人将剑拾起，然后归座。北侠也就将刀带起，重新另换杯盘。有喽兵捡起了耳朵，追毛保去叫他趁着热血粘上。

看剑的小童儿进来诉说毛保抢剑之事，寨主并不往下追究。将剑交与小童儿，仍收在五云轩之内。

三位畅饮，酒至半酣。钟雄说："二位！我有一言，在二位跟前不知当讲不当讲?"智爷说："寨主爷有话请说。"钟雄说："我意欲与二位结为生死的弟兄，不知二位可肯否?"智爷说："我二人区区之辈，焉敢与寨主结为生死弟兄！"钟雄说："若要弃嫌我是个山贼，二位身价甚重，就不必了。"智爷说："我们是不敢高攀，要论我们是求之不得。只是一件，咱们既要结义为友，要学一学古人喝血酒、发洪誓大愿，方觉妥当。"钟雄一听，更觉着愿意了。智爷说："序序齿，谁大谁小，论岁数也就是你们二位，论我小多着呢！"钟雄说："我今年四十岁。"智爷说："我欧阳哥哥也是四十岁。这原看生日是谁大了？我欧阳哥哥是腊月二十五的日子。"北侠暗说：你怎么混给我改起生日岁数来了？你道智爷是为什么缘故，总为的是比钟雄小才好办事。钟雄说："还是欧阳兄弟哪！我是冬至月十五的生日。"险些智爷说腊月二十五这个日子，再往前说几天，还比钟雄大了哪！智爷说："我是三十二岁，三月三的生日。咱们沐浴沐浴才好烧香。"钟雄叫喽兵带着上沐浴房。喽兵带定北侠、智爷上沐浴房中，喽兵远远地等着。

北侠见无人，说："贤弟，你的言多语失，怎么拜把子你还出主意，教喝血酒发愿！咱们本是假事，若起誓我可怕应誓。"智爷说道："我问你不是没成家么！"北侠说："不但没成家，日后我还出家哪！"智爷说："你也没儿子。"北侠说："我没成家，哪里的儿子。"智爷说："艾虎是你的义子，又不姓你这个欧阳的姓儿。少时要起誓的时候，你就说我要有三心二意，教我断子绝孙。你瞧这个誓起的大不大？你横竖应不了。"北侠大笑："你怎么想来着？我这个好办，你哪？”智爷说：“我呀，若是起誓时候，什么誓重我就起什么誓。什么天打呀，雷劈呀，五雷轰顶哪……”北侠说：“要应了誓那可怎么好？”智爷说：“不怕。我嘴里起誓，脚底下画“不”字，起誓的时节是不字当头，是不叫天打雷劈，不叫五雷轰。”北侠说：“你可别怠慢了。”智爷说：“不能。我怠慢了那还了得么！”北侠这才放心。沐浴完了，穿上衣服，叫喽兵带路直奔承运殿而来。

行至承运殿外，香案早已预备妥帖。水旱二十四寨，各寨主俱在殿外伺候。派了四个扶香的：亚都鬼闻华、神刀手黄受、八臂勇哪吒王京、金枪将于义。钟雄沐浴完了，先从后面出来。智爷说：“寨主哥哥，你就烧香吧，不必谦让了。”钟雄点头，亚都鬼将香点上交与钟雄，钟雄往上一举，闻华接将过去，插于香斗之内。钟雄双膝跪倒，叩头已毕，说：“过往神祇在上，弟子钟雄与北侠、智化结义为友，有官同作，有马同乘，祸福共之，始终如一，义同生死。若有三心二意，天厌之！地厌之！”说毕站起身来。香案上有一碗酒，将自己左手中指刺破，将血滴于酒内。

神刀手黄受将香点着递与北侠。北侠接将过来往上一举，仍有黄受接将过去，插在香斗之内。北侠跪倒，叩头已毕，说：“过往神祇在上，弟子欧阳春与钟雄、智化结义为友，有官同作，有马同乘，不能同生，情愿同死。倘有三心二意，叫我断子绝孙。”钟雄说：“哎！太言重了！”北侠暗笑，一点不重。也是刺破中指，滴血酒内。

该智爷了，于义点香，与前皆是一样。惟独他跪在那里，话可就多了。他说：“过往神祇在上，弟子智化与钟雄、欧阳春结义为友，有官同作，有马同乘，义同生死。如有三心二意，天打雷劈，五雷轰顶，不得善终，必丧在乱刃之下。死后入十八层地狱，上刀山，下油锅，碓捣磨研。”嘴里起誓，脚底下不、不、不、不、不、不、不就画开“不”字了。

大家结拜后不知怎样，且听下回分解。

第二十八回

在后寨见侄夸相貌　狮子林老仆暗偷听

且说钟雄与北侠、智化三个人烧香发愿，都与盟兄叩了头，饮了血酒，撤了香案，俱归承运殿内。众家寨主与三家寨主贺喜。钟雄吩咐承运殿摆酒，请众家寨主到承运殿一同吃酒，水旱寨的喽兵俱有赏赐。智爷说：“我嫂夫人现在哪里?”钟雄说：“现在后宅。”智化说：“我们二人拜见嫂夫人，然后再饮酒。”钟雄点头，头前引路来至后宅，吩咐人传报。

不多时，有婆子出来，喽兵告诉明白。智爷暗暗夸道：虽然是山寨主，不失官宦的风俗。里边点声一响，喽兵说：“请!”三人往里就走。穿宅越院，来至夫人院中。早见婆子排班站立。进了屋内，见钟雄之妻姜氏站在屋中。钟雄就指引说：“这是欧阳贤弟，这是智贤弟。这是你嫂嫂。”姜氏道了一个万福：“原来是二位叔叔。”智爷、北侠一看，这姜氏夫人，稳重端然，并无半点轻狂之态，是一团的正气。二人双膝跪地，口称：“嫂嫂，小弟二人有礼!”姜氏说：“二位贤弟请起。”二人站起身来。后寨也没有许多说的，意欲要走。钟雄说：“且慢！见过你的侄男女。”长女叫亚男，有婆子搀出来。智爷一看，不过十四五岁，珠翠满头，鲜色的衣服，艳丽无双，姿颜貌美。她深深道了一个万福。又见婆子拉着公子出来。寨主说：“见过二位叔父。”就见公子头上紫金冠，红缎子袍儿上绣着三蓝色的花朵，青缎小靴子，前发齐眉，后发披肩扇颈，面白如玉，五官清秀，天然的福相。他双膝跪地将要叩头，就被智爷抱将起来说：“我的侄子，不必行礼了，你叫什么名字?”说道：“叔父问我，我叫钟麟。”智爷说：“你多大岁数咧?”说：“我今年十一岁了。”智爷说：“哎哟，好侄子，你爱煞我了!”钟雄说：“你爱把他给你吧!”智爷说：“我有那么大的造化吗？哥哥，日后这孩子必成大用。”钟雄说：“怎么日后还成大用么？看他的造化吧!”说毕将公子放下。大家出来至承运殿吃酒。日已坠西，大家散去。众家寨主各自回寨。

钟雄吩咐，另整杯盘，重新落座。可剩了钟雄、北侠、智爷，兄弟三人倾谈肺腑。钟雄说：“智贤弟，我有心腹话实对你说了吧！若不结义为友，我也不能对你全说。我这里有一点心事，对你说说，看怎样的办法?”智爷说：“哥哥说吧!”钟雄说：“我呀是降了王爷的人了。”智爷故装不知说：“哪位王爷?”钟雄说：“就是襄阳王爷。我上头挂的‘岂为有心’这个匾，就是我的誓愿。这是我的亲笔所写，可着君山，无论寨主、喽兵，谁要猜破我的机关，就用谁为谋士；可恨君山众人，连一个猜着的也没有。不料贤弟今日头天入山，就猜着了我的肺腑。方才不说此话，为什么缘故呢？皆因咱们这君山用度甚大，就由降了王爷以后，君山的钱粮全是王府往这里拨给。王爷可派了听信一个人来，在咱们君山公然的就是王爷的耳目。当着此人不好讲话。不然为什么大家去后，方才倾谈肺腑?!”智爷问道：“此人是谁?”钟雄说：“就是赛尉迟祝英。”智爷说：“这就是了，日后说话总要留神。你还有什么心腹事?”钟雄说：“方才你猜着我‘岂为有心’。我可是保着王爷，可我看王爷无福，讲论文武才干，相貌品行，无一处可取的地方。焉能有九五之尊？明年若得了宋家江山，我也是把他推倒，我就面南背北；如果大宋福大，王爷不能成其大事，我就隐于山中，永不出世了。”智爷说：“主意甚好。倘若是事要不成，不必隐于山中；若隐于山中，草木同凋，一生不能显姓扬名，岂不可惜！事若不成，将王爷拿住，献于大宋。哥哥可不是高官得作，归于正途，梦稳神安！”钟雄说：“那不是反复的小人么？岂你我弟兄所为！”智爷也就不往下深论了，说：“这就是你的心事？”钟雄说：“不然。我还有心事，就是你早晨看的那口剑的剑主儿。此人姓展号为南侠，因祭坟被捉，还有个徐庆。我把两人幽囚起来，叫人家救出一个去了。这口剑就是姓展的东西。我甚喜爱此人，他就是不肯降山。”智爷问：“劝过他无有？”寨主说：“劝过他，他不降。这山中若得此人，何愁大事不成！”智爷说：“不难，凭我三寸舌，准管一说就成。”寨主说：“如能说降此人，贤弟可以记功一次。”智爷说：“大哥，不是小弟说句大话，不管什么大事，哥哥看看小弟行不行！”寨主更觉大乐。天到三鼓，大家各散。

寨主大醉。钟雄早已安排他俩在狮子林安歇。有小童儿在前打着羊角灯，头前引路。北侠、智爷在后跟随。拐山环来到了狮子林，进了院子，全是山石头缝儿里长出来的竹子，编成墙的样子，上有古轮钱的花样。三间南房屋里，糊裱得干净，有名人的字画，桌椅条凳。里间屋子内，满窗的玻璃，有窗户档儿。西边一张床，床上有一小饭桌儿，有茶壶、茶盏、果盒儿、点心，无一不备办齐备的。智爷打发小童儿：“歇着去吧。”小童说：“明天早晨再伺候二位寨主爷来。”北侠说：“去吧！”小童儿跳跳蹦蹦去了。

智爷把屋门关上。北侠把刀摘将下来挂在墙。北侠叹了一口气说：“咳哟！这一天真把我拘泥透了。好个飞叉太保，被你我二人……”智爷一听，吓了一跳。猜着北侠的意见要说，“飞叉太保被你我二人哄信了。”准是这个话语。他也不想想，在人家这个地方说得说不得。倘若说出，就是杀身之祸。刚说到“被你我二人”那个地方，智爷就拿肩头一靠北侠，接着说道：“不错，飞叉太保钟寨主，把你我二人看做亲同骨肉的一般，这才是前世的夙缘，可称得是一见如故哇！”哈哈哈哈的一笑，就听见外面嗖的一声，由玻璃那里往外一看，有一个黑影儿一晃。智爷过来把窗户档儿一拉，将玻璃挡上。然后将灯挪在小饭桌上，拿了一碗茶，叫北侠二人在床上对面坐定。拿手指头蘸着茶水，往桌子上写字叫北侠瞧，写的是：“你要说哄信了对不对？”北侠也就拿着指头蘸着茶，写的是：“谁说不是！”智爷又写：“后边有人跟着，你看见没看见？一句话说出，就是杀身之祸。”北侠又写：“谁能像你机灵！”智爷写：“不机灵能向这边诈降来吗？明天咱们说沙大哥是你的师兄。咱们把他请来，就说是你师哥。”北侠又写：“我去说也行。”智爷说：“你去不如我去好。”北侠说：“就是，就是，睡觉吧！”二人把饭桌挪下去，就在此处抵足而眠。

你道外边黑影儿是谁了？就是君山钟寨主的心腹家人，此人姓谢，叫谢宽。和大家在前面议论了半天，全是机灵人聚在一处：神刀手黄受，花刀杨泰，亚都鬼闻华，金枪将于义，八臂勇哪吒王京，还有他两个儿子谢充、谢勇。大家一议论投降君山这两个人，谢宽说：“北侠这个人我是知道的，万不能降山。”闻华说：“不能降，现在降了呢！”谢宽说：“人心隔肚皮。”于义问说：“老哥哥有什么主意？”谢宽说：“要知心腹事，但听口中言。少时等他们酒散，寨主吩咐叫他们在狮子林睡觉，我暗地跟将下去，听他们说些什么。”众人说：“老哥哥，你上了年岁了，我们这有的是人。”谢充、谢勇他两个儿说：“我们去吧。”谢宽说：

“你们少说话。”说毕，叫喽兵说道：“他们酒散之时，报与我知道。”

不多时候酒散。喽兵报道，大寨主酒已散了。谢宽辞了众人，背插单刀，来到狮子林，正遇见小童拿着灯笼出去。他正听见北侠说：“飞叉钟太保被你我二人，”再听是智爷接过来说：“是不错，飞叉钟太保把你我二人看做亲同骨肉一般，这才是一见如故，真乃是前世夙缘。”谢宽自己纵身而去，嗖的一声跃上房去。伸手把住房檐瓦口，用双足找着阴阳瓦垄，身子往下一探，整在房上等了半夜。可到好，连二句话也没说。白等了半夜，飘身下来，由窗棂纸往里一看，原来二人早已睡熟。谢宽不觉气往上一壮，说：“我白等了半天。这两个人其中有诈降，回去与众人商议，见大寨主荐言，说这两个人来意不正。”

不知众人见大寨主如何说法，且听下回分解。

第二十九回

众人议论舍命救寨主　彼此商量备帖请沙龙

且说老人家谢宽，就听了一句，房上待了半夜，后来一看，两个人睡了。复返回王福寨，大家议论，就把北侠说的话，智爷怎么接续学了一遍。有说要见大寨主的，有说破着命要去说的，有说不可说的。王京说："寨主爷刚拜把子，正是初逢乍见对劲的时候，谁说他们不好，谁落无趣儿。"众人说："依你之见?"王京说："依我意见，只管让寨主爷实心任事地交友，咱们大众也不用对人说。暗地里访察，若察出他的劣迹来，禀与寨主爷知道。"众人说："那可就行了。"大家定好主意，暂且不表。

单提北侠与智爷，早早起来发包巾，正要吃茶，小童儿来说："有请两位新寨主。"说毕，小童头前带路，出了狮子林，奔了中军大寨。面见钟太保，请了安好，然后让座。钟雄吩咐摆酒。智爷说："等等，天气尚早，也得吃得下去!"钟雄说："为的是说话。"摆酒，罗列杯盘，寨主首座，北侠二座，智爷三座。从此就是这样坐法。

酒过三巡，慢慢地谈话。这就论起展南侠的事了。智爷说："我本不饿，我去先望看望看此公去。"钟雄说："你吃完了再去吧。"智爷说："不是敬其事而后其食吗?"钟雄大笑说："真乃吾之膀臂。"叫喽兵头前引路。智爷一听吓了一跳，暗想：这两个喽兵坏事，这要到了那里，见了展大哥，他是必要嚷我。他要一叫我“智贤弟”岂不漏了机关，前功尽弃？又不能不叫喽兵跟着，只可到那见机而作。问道：“寨主哥哥，此人还囚在原先所在？”钟雄说：“不是。先前一个在鬼眼川，一个在竹林坞，教人家救出了一个。此刻幽囚在引列长虹。”智爷说：“小弟去了。”辞别寨主，转身离开了承运殿。走在水面叫喽兵撑过船来。智爷上船至东岸下船。

不多时，到了引列长虹。这个地方是一带小山沟，两边的山石，是一道一道的，分出五色的形相来，犹若天上雨后出的那个长虹一般，故此这地名叫引列长虹。向东往上一走，盘道而上。到得上面，也是由山石缝出来的竹子编成墙的一样，墙头上编出来许多的花活玩艺。直到门前，叫喽兵禀报展爷，就说新寨主拜望展老爷来了。智爷一听，展大哥在里边气哼哼地说话。是怎么个缘故？

皆因是同定徐三爷祭坟，寨主把两个人幽囚起来，把展老爷幽囚在竹林坞。每日有两个喽兵伺候，也不捆着，吃的是上等酒席。忽然间往这边一挪。拿话一问喽兵，喽兵也就把实话对他说了。刚把早饭摆好，请老爷用饭。展爷一气，一伸腿把桌子一翻，哗喇一声全摔了个粉碎。喽兵说：“我老爷，你叫三老爷教下来了，素常你老人家可不是这脾气。”展爷说：“少说！”展爷越想越有气，二人一同被捉，救出去一个，可见是亲者的厚。展爷焉能没气？

正在有气之间，喽兵报道：“我家新寨主拜望你老人家来了！”展爷说：“你家寨主拜望，难道说还叫我迎接他不成？叫他进来。”喽兵出来说：“请。”智爷咳嗽一声，其实早就听见展爷的话了，气哼哼地说话那。智爷暗喜，越是气哼哼地和我说话才好哪！慢慢地往里走，里面展爷听见咳嗽的声音耳熟，回头往外一看，好生惊讶，怎么智兄弟来到此处？方才报是寨主到，他怎么作了寨主？智爷乃宦门公子出身，入了贼的夥里，他断断不能！哎哟，是了，别是为救我前来行诈吧？若要为我前来，我一嚷可就坏了他的事了。我且慎重慎重。设若为我前来，必装不认得我；他若真作了寨主，不但认得我，必劝我降山，进来时便知分晓。

喽兵引路，给两下里一见，说："这是我们新寨主。这是展老爷。"展爷扭着脸不瞅智爷。智爷暗喜说：我的肺腑他准猜着，这个伙计搭着了。智爷道："这位就是展老爷么？"展爷暗道：准是为我来的，不然怎么连我他都不认得了！我可别坏了他的事，我也装不认得他。展爷说道："这位就是新寨主吗？"智爷暗想：这可漏不了咧！说道："展老爷在上，小可有礼。"展爷说："寨主请了。"智爷落座，喽兵献上两盏茶来。展爷问道："这位寨主贵姓高名，仙乡何处？"智爷说："小可乃贵州府人氏。姓智，单名一个化字，外号人称黑妖狐。"展爷说："久仰，久仰！"暗说：我今日趁着他当寨主，骂他两句，他都不能还言。说："我看寨主堂堂仪表非俗，必是文武全才，为什么不思报效朝廷？在山寨之上，以为山王寨主，上也贼，下也贼，似乎你这样人物，随在他们队里，可惜呀，可惜！"

智爷暗道：老展，咱们可顾不着这个。怎么为救你，你倒骂起我来了？智爷说："本欲归降大宋，天子不纳，也是枉然。请问展老爷，在我们山上住了多少日子了？"展爷说："住了好几日了。"智爷说："我们寨主可曾与展老爷预备没有？"展爷说："每日预备的三餐，倒也丰盛。"智爷问吃了没有？展爷说："若要不吃，岂不辜负寨主的美意！"智爷一笑道："听说展老爷来的时节，身体瘦弱，如今身体胖大得很。"展爷问什么缘故？智爷说：

"你吃了我们贼饭，长了一身贼肉。"彼此大笑。

展爷暗道：我绕不过这个黑狐狸精。智爷使了个眼色，将喽兵支将出来。重新拿指蘸着茶在桌子上写字，就将以往都写清楚。展爷也写上在这里来的缘故。智爷又将钟雄派他顺说展老爷的话写完，展爷又写："钟雄再三劝我归降我不降，你一趟就降了，怕的是他生疑心。"智爷写："我再来一两趟再说。"两个把主意论好，连嘴没张。智爷就叫喽兵过来，自己告辞。展爷送出，彼此一躬在地。

喽兵头前引路，下了山坡，穿过夹沟子，至水面上船，正北下船，直奔承运殿。到得屋中见了寨主。寨主就问："贤弟，顺说那人怎样？大略他是不降。"智爷说："降可便降。这次没降，我听出他的言语来了，他的家眷现在京都，他怕降了咱们君山，京都御史将他奏参。再去两次准行。"寨主闻听欢喜非常，立刻摆酒。

智爷说："怎么净喝起酒来了。常言道：'酒要少吃，事要多知。'议论咱们的大事。"寨主问什么事？智爷说："据我看，咱们山中的人少；欲成大事，非得人多不可，益多益善。"寨主说："固是益多益善，哪里请去呢？"智爷说："有的是。刻下就有一位老英雄，人马无敌，称得起是员虎将。刻下在家中纳福，不肯出头。并且不是外人，一请就到。"钟雄说："到底是谁？"智爷说："是我欧阳哥哥的师兄。此人姓沙名龙，外号人称铁臂熊，作过一任辽东的副总镇。皆因那时节奸臣当道，自己退居林下。若把此人请将出来，可以为前部正印先锋爵位。"话言未了，钟雄赞叹，咳了一声："原来这位沙员外是二弟的师兄啊！"北侠说："不错，是我的师兄。"（其实不是他的师兄，是智爷的主意。说是师兄，为的是透着亲近。）北侠说："提起此人，大哥为什么赞叹?”钟雄说:“这个朋友咱们也不能往山上请，大概早晚就有性命之忧。”智爷一听，吓了一跳，问道:“哥哥，是什么缘故?”钟雄说:“这人得罪了王爷。皆因黑狼山有一个金面神栾肖，被这位老朋友也不知是拿去了，也不知是结果了性命。王爷对此人恨如彻骨，险些没派君山人去拿他。咱们要把这位朋友请到君山，王爷若是要他，可是给与不给?若给王爷送去，岂不是断送这位老哥哥的性命;若不送去，不是得罪王爷么!再说咱们君山的钱粮，都是王爷供给。”智爷说:“无妨，全有我那!设若王爷那里要人，我亲自去见王爷。先顾咱们这里，又得一员虎将。”钟雄说:“贤弟，你可准行得了吗?”智爷说:“我若不行，岂不教沙大哥的性命断送了!”钟雄一听欢喜，写信备帖，智爷亲自去请。

这一去不知如何，且听下回分解。

第三十回

一个英雄中计遭凶险　二位姑娘奋勇闹公堂

且说前文论的是智化请沙龙的节目。沙员外在家中果遭凶险。君州的刺史姓魏叫子英，他本是王爷手下之人，只因黑狼山一破，魏刺史就通知了王爷。栾肖本是王爷的拜弟，王爷一闻此信，就立志拿沙龙与栾肖报仇。皆因按院到任，没有工夫。这可得便来谕，着魏子英拿沙龙，用囚车解往襄阳。刺史接着王爷谕后，就要派马快班头前去拿人。他旁边有位先生姓臧的，拦住老爷说："不可。这个沙龙不是好拿的。要把他拿了，他有两个女儿，大的还好，这个次女，实不通情理。再说沙龙老儿一翻脸，去几十号人也拿他不住。"魏老爷问："依你之见?"臧先生说："要依书班愚见，拿老爷的帖把老头子请来吃饭，暗把官人藏于屏风之后，老爷丢金杯为号，使他不防，将他拿上囚车就走。"老爷点头。先生说："要请沙龙，非李洪不可。"赃官说："不行。先生不知，李洪与他是结拜兄弟。上次有媒人去说沙龙的女儿与我儿为妻，媒人教沙龙骂出来了。我要李洪去求亲，他反说公子爷文不成武不就的，说不成媒不要怪他。我一气不要了。今又要叫他去，岂不将沙龙放走!"先生说："老爷无妨一面派人叫李洪，一面将李洪家口收在狱中。老爷与他说明，沙龙不到，不放你的家口。"老爷一听说："此计甚妙。"

一面派人拿李洪家口，一面去叫李洪。李洪进来，见老爷行礼。老爷说："拿我名帖，到卧虎沟将沙龙请来闲谈，提你老爷衙中立等。”李洪拿了赃官名片将才要走，赃官说：“回来，我可是立等。要是请不来人，你的家眷可在狱中，不用打算出来。”李洪点头出衙，正遇上一伙人，拥着自己家眷，连老娘也在其内。有自己的伙计同来告诉，总是早把沙员外请来才好。李洪就知赃官不是好意请客，又不能泄漏，自己的家眷要紧。

自出城至卧虎沟，门上有人回进话去。沙员外请入见礼，问兄弟的来意。李洪就把名片拿出交与员外一看，说：“我们老爷说，请老哥畅谈。”沙员外一笑说：“贤弟不要哄我，吾自知之，又是为你的侄女之事。我去见他不用怕了，女儿都有了人家，受了人家聘礼。你大侄女是智大弟为的媒，给了艾虎了；次女给了韩天锦了，蒋四老爷为的媒。我去见他，叫他另说别人家之女吧。”

原来是魏子英有一个儿子，小名叫狗儿，大名叫送生。这小子仗着他父是地方的现任官，由着他的性儿乱闹，卧柳眠花。他有一个小童儿，是臧先生之子，小名叫马儿，全是马儿出的主意，捧着魏狗乱闹。越闹越大，就要抢人。可巧那天遇见沙凤仙、秋葵二位姑娘入山打鸟。凤仙拿着弹弓子，秋葵拿着棍。魏狗儿见着凤仙，他是二目发直。马儿说：“可别闯出祸来！这姑娘不好惹哇。”狗儿说：“我倒怪爱她的。”马儿出主意教他告诉老爷，找人提亲。真教沙员外骂出来了：“我的女儿，焉能配那狗子！”媒人回去，搬了许多是非，没搬动。

如今李洪一来，员外就知又是为女儿事情来了。这两个女儿全给了人家了，我这还怕他么！换了衣服，带了一名从人，同着李洪出了卧虎沟的东梢门。进了城，到了刺史衙。有执帖门房进内回禀。

不多时，正门大开。有人说：“请老员外。”直到花庭，赃官迎接出来。老员外欲行大礼，赃官拦住，落座献茶。老员外说："不知大人呼唤小民有何见谕？"魏子英说："岂敢！老兄台，我是久有此心，请老兄台到敝衙畅谈。"随就吩咐摆酒，让老员外上座。沙员外推辞了半天，方才落座。

酒过三巡，这才谈话说："老员外，前番拿了黑狼山的山贼，可算帮着我清理地面，你总算有功之人。我令人去要差使，你怎么不给？"沙爷说："非是小民不给，有开封府的蒋四爷，那日与大人的差役口角分争。大人如果不信，请大人问差役便知分晓。"赃官立时诈喊："陡！好一大胆沙龙。你这般光景，目无官长，藐视你的老爷。"别看沙员外可是个武夫，处处总讲"情理"二字，他撩衣双膝点地说："老大人暂息雷霆，小民不敢！"赃官早就把手中金杯当啷啷丢在地上，由屏风后出来马步班卒有三十号人，往上一拥，不容分说把沙员外捆将起来。沙员外破口大骂："你敢是反叛的一党！"魏子英吩咐官人，将沙员外上了囚车，复又吩咐将李洪家眷放出。先生叫官人出去，看沙龙带来多少从人，立时拘拿进来。少时，官人回话："沙龙带来从人，已然跑去了。"先生说："不好了，他这从人跑去，必然家中送信。倘若他的女儿前来，老爷早作准备才好。"赃官一笑："难道还敢反了不成？先生不必多虑。此事多亏先生妙策，这里有的是酒，请来一同相饮。"有人过去将杯拾将起来，重整杯盘饮酒。

不到一个时辰，忽听外边一阵大乱。官人飞跑进来说："老爷，大事不好了，卧虎沟沙员外家两个姑娘杀奔来了。老爷快逃走吧！"赃官吩咐："叫官人好生用心与我拿住。"官人回禀："老爷，谁敢拿？"又有三四个官人跑进来说："快逃吧，不走就有性命之忧。还得打后门逃跑，前门是走不了的。"话言未了，就往后门逃命去了。先生说："吾要走了。"老爷说："等等，你背着我吧！我腿肚子转了筋了。”先生早跑出多远去了。老爷把纱帽一丢，靴子一脱，拆了玉带，扯了红袍，呱唧呱唧就跑（怎么呱唧呱唧的哪？是光着袜底的声音）。到后门正遇见太太披头散发地逃命，他拉着太太，逃在民房中躲避去了。

原来是沙员外被捆上囚车，从人一见，撒腿就跑。到了卧虎沟，正遇见大汉史云，外号又叫愣史，是艾虎的徒弟，渔翁张立和史氏的内侄，皆因大战黑狼山，父女巧相认之后，金大人带张立、史妈妈夫妻上襄阳上任去了，就把史云留在家中，常上卧虎沟来。今日正遇着老员外的从人嚷道：“史大爷，不好了。”史云问什么事？从人说：“老员外叫赃官请去吃饭，把老员外诓去捆上，用囚车解上襄阳去了。我回家送信。”史云说：“快给大姑姑他们送信去吧！”史云正入大门内，可巧正遇着二姑娘秋葵。史云说：“二姑姑，我沙爷爷教赃官解往襄阳去了。”秋葵闻听，急入内告诉姐姐，一同出来。二位姑娘全换了短衣服。凤仙拿了弹弓，挎了双刀；秋葵是一条铁棍；愣史拿一根门闩。外面街坊聚了多人，全是受过沙员外好处的。众人全拿长短兵器，各户都愿意把员外救回。秋葵出村一蹬，将凤仙背在她的身上。不多时，就进了城，到了衙门口。丑姑娘把大姐姐放下，自己一晃铁棍，嚷了一声，如同打了一个劈雷一样。谁想，打进去连一个人也无有了，三班六房全跑远了，故远远望见尘沙荡漾，土雨翻飞。一则惧怕二位姑娘，二则以前都受过老员外的好处，故此全都跑了。

丑姑娘由大堂上打起，稀里哗啦打进去，把大堂上横楣子、公案桌、后屏风、鸣冤鼓，一齐俱都打得粉碎。直打到后面，一层一层的房屋，大大小小的卧室，古铜玩器等一概全完。丑丫头如同疯魔的一样，打了三个来回，连一个人影儿也没有。

忽然间，由西月亮门出来一人冷笑道："哈哈！我猜着了，姑娘你是找你大爷来了。"你道这个人是谁？送生来了。皆因臧马儿陪着大爷练武，他不好念书，愣说他没带学堂来，改了练武了。其实就担个练武的名气。正在西花园里，听见外边一阵大乱，马儿撞出来一瞧，见人东西乱跑，回去告诉魏狗说："大势不好了，眼看卧虎沟的姑娘打了来了，连太太都跑了，咱们逃命吧！"魏狗一听说："不是上回咱们瞧的那姑娘吧！"臧马说就是她，魏狗说："她许是找大爷来了，我得出去见见她去。"马儿说："可拿上兵器。"送生提了一条枪蹿出西院，与二姑娘撞成一处。

若论胜负输赢，且听下回分解。

第三十一回

姑娘扮男装行路　智化讨书信求情

且说二位姑娘，打了个够，也没见着一个人。好容易出来一个人，六尺多高的身躯，鹦哥绿的武生公子巾，墨绿的箭袖袍，鹅黄的丝鸾带，薄底靴子。看面上：黄酱的颜色，一双斗鸡眉，一对母狗眼，尖鼻子，小耳朵，薄片嘴，芝麻牙，高颧骨，瘦腮帮，共弓肩，鸡胸脯，圆脊梁，盖红花子骨，提着一条枪。这人笑着说道："小妞儿找我来了，上回见着一回，必是想你大爷。"这个"爷"字还未说出，咕唧的一声，弹子就打进左眼睛里头去了，闹了个"换虎出洞"。何为"换虎出洞"？眼珠子是圆的，弹子也是圆的，眼眶子里头只许一个圆的，不许两个。弹子进，眼珠儿出来了。

送生眼睛一瞎，焉能动手？将身一倒，正在秋葵的眼前，秋葵就着一棍，正中头上，一声响，打了个万朵桃花，鲜血淋淋，死尸躺在地下。并无别人，就遇见了这么一个。凤仙一弹子，秋葵一棍，结果他的性命。

迎面来了一人，秋葵抡棍就打。凤仙说："使不得。这是李叔父。"李洪说道："二位姑娘快走吧！你们两人打死了送生衙内，其罪不小。少时，若有武营官兵来，你们可就走不了啦。你们顺着大路追你们天伦，打碎囚车，救了出来。此处不可多待，即速回去办事。我在这里与你们讲话，被别人看见，就有杀身之祸。"凤仙点头，说："多蒙叔父的指教。"

二位姑娘、史云连卧虎沟的众人一并回去。出城门，下关乡，走到旷野。这内中有个聪明人，上了点年纪，够五旬多岁，姓邹，说："别忙，点点咱们的人数，若要不是我们卧虎沟的听真：你们若是跟下来，非杀了不可。"先是有好些个瞧热闹的，后来出城就没有了。下了关乡，更没了。焉知道刺史衙内地方跟着那，共是三个人，听见这里说要杀，立时不走了。对着愣史拿顶门闩就往里面一追，地方三人撒脚就跑，依然去远。转回头来，在众人队里一看，并无别的眼生之人。大众回卧虎沟，东门上安上人，要有面生之人，速速地拿住。众人答应。

二位姑娘回到家中，将兵刃放下。思量李洪之言，趁早追赶天伦，因女儿之身大大不便，不如换上男子衣服，走在道路之上，免着人盘查细问。想毕，凤仙将秋葵叫来说："咱们换上男子打扮。"她这有一个表兄，父母双亡，就跟着沙员外。她们在这里早晚教给他本事，想不到练大发，督促得太紧，没到一百天就得病死了。现在他的衣服就锁在箱子之内。要女扮男装，凤仙有现成的衣服，是他死鬼表兄的，穿戴起来就是。秋葵容易，就把沙员外这身穿戴起来就得。事不宜迟，换上衣服。秋葵就把员外六瓣壮帽拿来，勒上网子，戴上帽子，摘了耳朵上虎头坠，穿上箭袖，登上员外的靴子，还有点挤脚呢！凤仙也打扮起来，先把满脸的脂粉洗了又洗，这才洗将下去；头上勒上网子，戴上武生公子巾，穿上衬衫，脚底下把一双靴子拿将过来，衬了棉花，拿布和绸子将脚缠好，穿上靴子。穿上箭袖袍，系上了丝带，佩上了刀，找了一点白蜡，将耳朵眼捻上。自己重新看了又看，连自己也认不出是谁来了。凤仙把包袱打开，将自己所用的衣服，连秋葵的衣服、细软金珠、值钱什物、钗环镯串和自己的弓鞋都包在包袱之内，叫秋葵系在马梢绳之上。秋葵就将自己的棍也咬绞在虾蟆口上。姑娘出来也就顾不得家了，叫婆子看家，外头叫史云照应，托付了邻房。这二位姑娘上马，出西梢门直奔襄阳去了。

且说卧虎沟老员外被捉，姑娘大闹公堂，打死少爷，立刻传言出去，就惊动了双杰村中的孟凯、焦赤。一闻此信，两个人会在一处，直奔卧虎沟而来。到了东梢门，人都满了，过去一问，方才知道。二人一想：老哥哥活不了，二位姑娘有了人家了，这便如何是好！咱们两个人追赶下去，见着姑娘好救姑娘，见着沙大哥好救沙大哥。二人就在沙家带上点盘缠，直奔襄阳的大路。

天气已晚，到了一个镇上，找店住下三间上房，传酒要菜。空把酒菜摆好，吞吃不下，放声哭起老哥哥来了。忽然进来一人，正是黑妖狐智化。

这智爷由君山起身，拿着请帖到了晨起望，见了路彬、鲁英、丁二爷，就把自己诈降的事说了一遍，大家欢喜。他说："我上卧虎沟请沙大哥去，也叫他上君山，人还少哪！若想定君山，还得进去人哪！人少不行。"大家听了，由晨起望起身。

天气不早，智爷也下店，住西厢房，烹茶打脸水，未能传唤酒菜，就听房上有哭"老哥哥"，耳音甚熟。他立刻到上房屋中去看，将到石台阶，听屋中人说："你不用哭了，到了襄阳见了智贤弟就得了。"智爷一听，是孟凯、焦赤的声音。智爷掀起帘栊进上房，问道："二位哥哥因何在此啼哭？请来见礼。"孟凯一见，焦赤也过来一拉，说道："老哥哥有杀身之祸。"智爷说："不要着急，全有我哪！"孟凯说："你管得了么！"智爷说："自然是管得了。"孟凯就把沙员外被解往襄阳王府的话细说了一遍，又说："不料二位侄女赶他父亲去了。我们两人知道，也顺着大路追下来，一路并无见着，天气已晚，住在店中，不料遇见贤弟。你想个主意才好。”智爷说：“无妨！”附耳低言了几句，就把诈降的话说了一番，“老哥哥我倒能救，只是二位姑娘要紧。”孟爷说：“先吃饭。吃完了饭，不用住店，连夜找人。”二位依计而行。

饭毕，打发了酒饭店钱，三人先奔卧虎沟，打听姑娘没有回去。把史云带着奔晨起望，一路并没有见着姑娘和沙龙。到晨起望，路彬、鲁英、丁二爷、孟焦二位、史云等，大家相见。路、鲁、史云等人留在晨起望。智爷自己奔君山，由旱路走飞云关，进旱八寨，至寨栅栏门，进承运殿。钟雄一见说：“怎么这样快就回来了？”智爷说：“寨主哥哥，不好了，应了你老人家话了。沙大哥被王爷府内要去了。”言还未尽，冲着北侠使了个眼色。北侠带智化双膝点地说：“求寨主哥哥救我沙大哥。”寨主爷一皱眉说：“二位贤弟请起，你们的哥哥还不是我的哥。只是一件，我在王爷跟前说一不二。这时王爷既拿了这位哥哥，必定是给栾肖报仇。我要讲情，这时王爷倘若不准，大事就不好办了。”智爷说：“寨主哥哥只管放心。只要有你讲情的一封信去，我亲身自去。见了王爷，全凭我三寸不烂舌、两行伶俐齿，准保能说得王爷信了。”钟雄说：“既然如此，我就写信。”将信封好与智爷。智爷告辞出山，直奔襄阳而来。一路无话。

到了襄阳，直奔王府。到了府门首，望里一看，西边单有一所房屋，门上一块白匾，写着“回事处”三个字。智爷到了门房，见了回事的说道：“我乃是由君山而来，现有寨主的书信，面见王驾千岁投递，奉恳哪位将雷王官请来一见。”有人问道：“你叫什么名字？”说：“小可我叫智化。”众人一听说：“你就是黑妖狐？”智爷说：“不错，外号人称黑妖狐。”众人又说：“你是君山新寨主哇！”（你道王爷府怎么知道哪？前文说过，赛尉迟祝英是王府的耳目，三朝两日不断来信。君山无论大小的事情，全都禀给王爷知道。故此智化是君山的新寨主，王府的人皆都知晓。）立刻让座献茶，一边有人请王官去了。不多时，由里面出来的人说："智贤弟来了吗？怪不得不上我们这里来哪！你惦记着作寨主哪！"智爷看，是圣手秀士冯渊、双枪将祖茂、通臂猿猴姚锁、赛白猿杜亮、飞天夜叉柴温、插翅彪王禄、一枝花苗天禄、柳叶杨春、神火将军韩奇、神偷皇甫轩、出洞虎王彦贵、小魔王郭进，同定雷英，与智爷一见，带到里边面见王爷。

毕竟不知怎样，且听下回分解。

第三十二回

王爷府苦求释老将　山谷中二女坠牢笼

诗曰：

害民蠹国几时休？致使人间日日愁。

哪得常能留侠义，斩他奸党佞臣头。

乱臣贼子，人人得而诛之，使侠义常留，岂肯容他在朝？可惜侠义不在，人无法以制之耳。后来宋朝有段故事，余细细述说一遍。

宋徽宗时，承祖宗累世太平，仓库钱粮充盈满溢。那时奸臣蔡京为相，只要保位固宠，乃倡为丰亨豫大之说，劝徽宗趁此太平，欢娱作乐。一日大宴群臣，将所用的玉琖①、玉卮②示辅臣说："此器似太萃美。"蔡京奏说："陛下贵为天子，当享天下的供奉。区区玉器，何足计较！"徽宗又说："先帝尝造一座小台，言官谏者甚众。"蔡京又奏说："凡事只管自己该做的便是，人言何足畏乎？"徽宗因此志意日侈，不听人言。蔡京又另外设法搜求羡余钱粮，以助供应；广造宫室，以备徽宗游观，起延福宫，凿景龙江，筑艮岳假山，皆穷极壮丽，所费以亿万计。天下百姓，困苦无聊，纷纷思乱。而徽宗不知，恣意游乐，宠任蔡京之心愈固。于是京之威权震于海内矣。那时又有梁师成、李彦，因

① 琖（zhǎn）——同盏。小杯子。
② 卮（zhī）——古代盛酒的器皿。

聚敛货财得宠；朱勔①，因访求花石得宠；王黼②、童贯，因与金人夹攻辽人，开拓边境得宠。这些不好的事，都是蔡京引诱开端。所以天下叫这六个人为六贼，而蔡京实六贼之首。因此，海内穷苦百姓离心。到靖康年间，金人入寇，京师不守，徽宗父子举家被虏北去，实宠任六贼之所致也。自古奸臣要蔽主擅权，必先导其君以逸豫游乐之事，使其心志蛊惑，聪明壅蔽③，然后可以盗窃威福，遂己之私。观徽宗以玉器为萃，是犹有戒奢畏谏之意。一闻蔡京之言，遂恣欲穷侈，酿祸基乱。嗟呼！此孔子所谓一言而丧邦者欤！大抵勉其君恭俭纳谏者，必忠臣也。言虽逆耳，而实利于行。导其君侈靡自是者，必奸臣也。言虽顺意，而其害无穷。人主能察于此，则太平可以长保矣。闲言少叙，书归正传。

且说智爷看见霸王庄这伙贼人，还算自己故友，见面很觉亲热。初会雷英，见他戴一顶蓝缎子六瓣壮帽，赤金的摩额二龙斗宝，两朵红绒桃在顶门乱颤，翠蓝箭袖袍，鹅黄丝鸾带，月白衬衫，薄底靴子；身高八尺，膀阔三停，面如油粉，剑眉、三角目、直鼻、菱角口，胡须不长；肋下佩刀，倒是个英雄的样子。群贼与智爷一见说："这就是我们雷王官。"智爷向前要行大礼，雷英用手搀住说："不敢！当先听见张华张贤弟言过，又听见说兄台为了寨主。今日一见果然不俗，可称得起朝野皆知，远近皆闻，名垂宇宙，贯满乾坤。"智爷说："岂敢！小可久闻你老人家的大名，轰雷贯耳，皓月当空。今日得见尊颜，实为小可的万

① 勔（miǎn）。

② 黼（fǔ）。

③ 壅蔽——堵塞。

幸。再小可归了君山，日后共同辅佐王驾千岁之大事，我们若有不到之处，只求王官老爷，在王驾千岁驾前美言一二。”雷英说：“贤弟不要太谦逊。”往里一让，直奔集贤堂。

少时到阶台之下。王官进去回话，转头说道：“王爷有谕：着智化进见。”智爷来到屋中，鞠躬尽礼，匍匐于地，口称小臣智化，与王驾千岁叩头。愿王驾圣寿无疆，千岁千岁千千岁！王爷久闻此人之名，见此人来到集贤堂，不觉欢喜，在上面说：“智化平身，赐座。”智爷说：“王驾千岁在此，焉有小臣座位！”王爷说：“有话叙谈。”智爷说：“谢座。小臣奉我家大寨主之命，有一封书信献与王驾千岁，请看。”王爷说：“呈上来。”智爷递与雷英，雷英递与王爷。王爷拆开一看。

智爷偷瞧王爷，见他戴一顶五龙盘珠冠，嵌明珠，镶异宝，光华灿烂。穿一件锦簇簇荣耀耀蟒翻身、龙探爪、下绣海水江涯、杏黄颜色、圆领阔袖蟒龙服。腰横玉带，八宝攒成，粉底宫靴。面若银盆，浓眉三角目，直鼻阔口，一部花白的胡须，尺半多长，扇满前胸。智爷看罢奸王，就知道他没有九五的福分。

王爷说道：“智寨主，你家大寨主无论什么事情，孤无有不应之理，惟独此事，孤不能点头。拿了沙龙，所为与栾肖抵命，万不能将他释放。”智爷跪倒说：“小臣冒奏王驾之前：千岁不久就要行师，正是用人之际；虽伤了栾寨主，人死不能复生。也怪不得沙龙，乃是桀犬吠尧，各为其主。沙龙不作大宋之官，尚且报效大宋，平黑狼山、清理地面，总是向着大宋。王爷将他拿住，如今他也知道了身该万死。王爷恩施格外，不要他的性命，他若降了，王驾千岁有罪不加，反倒赏他个官职，岂不是破着死命报效王爷！王驾虽失栾寨主，又得来了一个沙龙。小臣把他二人，好有一比：栾肖比一只犬，沙龙比一只虎，失了一犬得来了一员虎将，岂不是王驾千岁的万幸！”王爷说：“你说得虽然有理，那沙龙作过大宋官，怕他不归降我，也是枉然。”智爷说：“他纵然不降，小臣把他带回君山，我们大众苦劝，无有不降之理。”王爷说：“降也是降你们君山。”智爷说：“就是降我们君山，也是大家辅佐王驾千岁，共成大事。欲要兴师之时，我们在前逢山开路，遇水垒桥，见城得城，见镇得镇。托王驾之福，旗开得胜，马到功成。攻无不取，战无不胜。早早推倒宋朝天子，王驾千岁岂不就登基坐殿？”

王爷听奉承了他几句，不觉大乐说：“怪不得有人夸奖你的本领，今日一见，果然高强。不用走了，就将你留在府中，与孤作一个谋士吧！”

这句话把智爷吓了一跳。暗想：在君山诈降计已成，不久得破君山，救南侠，拿钟太保。我若在王府，什么人办理那边的大事？心生一计，跪倒叩头说：“王驾千岁驾前，有雷王官就是谋士。此人文武全才，运筹帷幄之中，决胜千里之外，有鬼神莫测之机，治国安民之策。他熟读孙武十三篇，广览武侯的兵书，攻杀战守，排兵布阵，斗引埋伏，精于攻战。王驾千岁手下有此人，何必用小臣在此。君山上五日一大操，三日一小操，十日总操。每遇操演，水旱的喽兵，非小臣在旁不行。如今新演了几个阵势，都是小臣的主意。若在府内伺候王驾，岂不误了君山演阵！”王爷这才准奏。又有雷英说：“智寨主所言不差，不如教他回君山的为是。”（雷英也怕有了智爷，显不出他来。）王爷说：“既然这样，你就将沙龙带回君山去吧！”智爷叩头谢恩。王爷要赏赐酒饭，智爷再三叩头不领。

王爷派人带着智化到囚牢中，把沙龙带将出来，打去了肘铐交与智爷。智爷与沙爷道惊。智爷取了点银子，贿赂了官人，同着沙爷到了店中，给他现买的衣服。智爷一边到了金知府衙门里，打听了打听，凤仙、秋葵并没到知府衙门里头来。自己心中纳闷，告辞出来，也不敢对着沙大哥说。这二位姑娘就是老员外的掌上明珠，若对他说，他必要忧心，反为不美。此事不必对他提，遂即回店，同着沙老员外。次日，给了店饭钱，回君山。一路无话。

到了君山，见了大寨主。大寨主与沙龙大哥见礼。老员外当面谢过救命之恩，要行大礼。钟雄再三拦住，让老员外当中坐。沙爷不肯，其实沙爷见到智爷时，智爷一五一十地全说明白了。不然也不用劝就降了山，焉能这么容易！智爷回头一看，展爷也在那里坐着。就知道自己出山的时节，必然是把人情重在钟雄的身上，过来见礼。钟雄出令水旱寨的寨主，俱到承运殿与沙爷、展爷大家见礼，留众位寨主在承运殿大家同饮，与沙员外压惊，初鼓方散。惟有北侠、智化、沙龙、展昭，大家另整杯盘复又再饮，直吃到四更方散。钟太保大醉，早就安置了沙龙、展爷的住处。展爷晚间到他们屋中，商议破君山拿钟雄的计策，暂且不表。

且说二位姑娘，行路天晚。凤仙着急，秋葵不怕。凤仙说："你可别叫我姐姐呀！"秋葵问："叫你什么？"大姑娘说："你叫我相公，我可叫你是沙葵。论说应叫你兄弟，你的相貌与我不同，不像弟兄。屈尊屈尊你吧！"秋葵说："那算什么要紧的！"越走天气越晚。进了山路，忽见前面有灯光射出。凤仙说："这可好了，有了住户人家可就好打听了。"看看临近，见人家院内墙里头有一高竿，竿上挂着个灯笼在墙外。白灰墙上书黑字，凤仙一看是"婆婆店"。暗自欢喜。婆婆店就是妈妈开的，我们是两个女儿之身，实在凑巧。

下马前去打店，只听见咕噜噜一响，原来是把个灯笼系下来了。姑娘叫门，里面婆子答应：“哟！干什么的?”外边答道：“住店的!”婆子说：“我们这里有个规矩，灯笼不下，多少人都住；灯笼一下，没有地方了，别处打店去吧!”秋葵说不行，不开门就要砸了。婆子说：“你砸吧!”就听见当啷一声，婆子说：“哟！反了。小子你们别忙，我去开门看看。你们知道我们这里无人，欺负我们娘们!”把门一开，婆子打着个灯笼一照，瞧秋葵那个样，吓了一跳。说：“愣小子，拿着棍子冲妈妈脑袋打三下子，你算是好的。”秋葵真要打，被凤仙拦住。转身与婆婆行礼说：“是我的一个丑小厮，妈妈不要与他一般见识。我们是没出过门的人，不敢前进，怕遇见歹人。没有房屋，我们在院子里站一夜，也是如数地给钱。”妈妈一见凤仙说话恭敬，人品又端方，说：“我这个人吃顺不吃戗。有了你这个话，哪怕我的屋子让与你，我都愿意。”

进了店门，拿下物件，解下马上的包袱来。婆子带路，过了影壁，三间上房，三间东房，三间西房，可是两间一门，一间一门。他们奔到西边两间的屋中，点灯住下。婆子说：“我有房子，撤灯笼不住人，我是怕错了我的规矩。相公贵姓，府上在哪里?”凤仙说：“我居住卧虎沟，我叫艾虎。”妈妈说：“我给你们预备饭吧!”回答：“很好。”把酒菜端来，二位姑娘吃了三杯，翻身摔倒在地，口漾白沫。

不知生死如何，且听下回分解。

第三十三回

假艾虎受害悲后喜　真蒋平游戏死中活

且说姑娘为什么说他叫艾虎，皆因说出他住卧虎沟，不敢说姓沙，周围三五百里没有不知沙员外无儿的。自己一想，不如提出艾虎哥哥的名字倒好。

两人将饮到三杯酒就晕倒在地。妈妈进来一笑："上了妈妈的道儿，就是该妈妈的钱。"进来冲着秋葵一看，说："好小子，你不哼了！"过去把包袱打开，净是红绿的衣服，钗、环、镯、串，连弓鞋都有。妈妈说："这是我女儿的造化！"正瞧之间，院子里问："妈呀，又作这伤天无理的事哪？"妈妈说："上了我的道，那前辈子该我的钱。你进来瞧吧！"姑娘说："进来瞧什么？"妈妈说："顶好的个相公，教他这个丑小子要了他的命了。"姑娘乳名叫兰娘儿，一身的本事，会高来高去之能，蹿房越脊的功夫，是九头狮子甘茂之女。此处地名叫娃娃谷。

闲言少叙，就说这娃娃谷婆婆店，还有一到二到三到，一回与一回不同。兰娘听了"相公"二字，一看凤仙，不觉地心一动，想自己终身无靠，看此人不俗，终身配了此人，平生情愿。便问："妈呀，看这个相公怪可怜的，你拿水来灌活了他吧！"妈妈不肯。兰姑娘苦求。婆子有气："他要活了，问我因何害他又救他，我说什么？"兰娘说："你就说是亲戚。"婆子问："他问甚么亲戚，我何言答对？"姑娘说："我的妈妈好糊涂。"婆子说："呀，我明白了，怪不得人说：'女大不可留，留来留去反成愁。'

孩子，我灌活了他，他要是娶过亲事，难道说你还给他作个二房不成!”姑娘说：“哪里赶得那么巧呢!”婆子说：“那么姑娘你就取水去吧!”

取了水来，用筷子把凤仙的牙关撬开，把凉水灌将下去。不多时，凤仙苏醒过来，问道：“妈妈，方才我这一阵是怎么了?”妈妈说：“相公，我先问你件事。你订了亲了没有?”凤仙一怔，暗道：我是女儿之身，定什么亲事。凤仙说：“未订下亲事。”妈妈说：“阿弥陀佛。”凤仙说：“我没订亲，你怎么念佛呢?”妈妈说：“你没订下亲事很好，我有件事情和你商量商量。”凤仙说：“妈妈有话请说。”妈妈说：“我有女儿，在那边站着哪！颇不粗陋，情愿许你为妻，大概料无推辞。”

凤仙一瞅那边，站着个姑娘。鹅黄绢帕罩着乌云，玫瑰紫小袄，葱心绿的汗巾，双桃红的中衣，窄窄的金莲，一点红猩相似，就是没有看见桃花粉面。凤仙暗想，他们这是个贼店，给我蒙汗药酒饮，必是被这姑娘瞧见，是姑娘主意将我灌活。丫头，你错瞧了。咱们两个人一个样。怎么好推辞说有了?只得说：“妈妈快些住口。想少爷乃是宦门的公子，岂肯要你这开黑店的女儿，还不快些住口!”妈妈说：“如何?你瞧他有这手没有，他骂咱们娘们那!”姑娘说：“好野男子。妈呀，我将他捆上，交与老娘就是了。”袖子一挽，一跃身躯过来将打。凤仙一见，也就一闪。二人交手。甘妈妈在旁看定，连连喝彩。

不多时，凤仙要败。因何缘故?她白昼打上衙门，又骑了一天的马，又劳乏，又受了蒙汗药，醒过来工夫不大，四肢不随和。又是小脚穿着男子的靴子很不利落，怎么会不输?一失招，就教兰娘儿一脚踢来。咕咚一声，倒于地上。甘妈妈过来拿了绳子，四马攒蹄捆将起来。兰娘一笑：“凭你有多大的本领，也敢同姑娘动手！妈呀，你杀，我杀?”妈妈说：“我杀!”就把凤仙的刀拿起来要杀。兰娘儿道：“妈呀，你杀他可问他，别教他后了悔。”妈妈说：“好丫头你瞧瞧，你这个还了得么?”来在凤仙面前说：“生死路两条，你可要想明白点。”

凤仙自忖：我若一死，轻如蒿草。我们的天伦，什么人去救？再说秋葵也就活不了咧！不如暂且应了此事，连自己的性命也都保住了。我虽是女儿之身，乃提的是艾虎哥哥的名字。我这事应承，只当是与艾虎哥哥定下门亲事。说道：“妈妈不用杀，我这事应承了。”妈妈说：“这不是明白的吧?”兰娘说：“妈呀，可教他留下点东西。”妈妈说：“哟，孩子你去吧，我比你懂得。”遂解开绑。凤仙抽了抽身上的尘土，过来与妈妈见礼。妈妈说：“哟，姑老爷歇着吧！可不是我说哪，咱们这亲事是妥了。你多少得留下点东西。”凤仙点头。随即过来一看，自己包袱已经打开了，算好，没有丢东西。拿出一块碧玉珮，交与妈妈作为定礼。可巧，这宗物是北侠给她的，焉知暗里是定她的定礼，凤仙自己不知。

列位，前文说过，此书与他书不同。他书是凤仙走路时节，假充未过门的女婿。众公想想，她是千金之体，她若知道配了艾虎，岂肯充艾虎的名字？此书乃是北侠与沙龙暗地说明，放定时，就是这块碧玉珮，还是北侠当面给的，作为是初会见面的礼儿。秋葵背地里还不愿意哪，抱怨北侠说：“给姐姐不给我。”如今就将这玉珮又定了兰娘儿。妈妈接了定礼，凤仙问道：“岳母到底是姓什么?”妈妈说：“姑老爷，有你岳父的时节，姓甘，叫甘茂，外号人称九头狮子，有本事着哪！我的女儿就是跟他学的。”凤仙问：“岳母，我这个从人怎样?”妈妈说：“这里有半碗凉水，灌下去就好。姑老爷你灌他，我去备办点好酒饭来你用。”

凤仙说："很好。"妈妈出去。兰娘没走，在院子里哪！说："妈呀，一不作，二不休，把上房屋内那个瘦鬼也救了吧。今日将瘦鬼杀了，血迹漂蓬，大为不利。"妈妈说："我恨他和我玩笑。"兰娘说："得，你行点好吧！"凤仙将秋葵灌活。秋葵一问，怎么个缘故，凤仙就把事情从头细述了一遍。秋葵先有气，后来一听给艾虎哥哥定下亲事，也就罢了。

忽听上房屋中，砰嚓砰嚓的声音，好似擂牛的一样，哎哟哎哟地乱嚷，说："姑爷快过来劝劝吧！"又听到说："哈哈！你四老爷终日打雁，教雁啄了眼！"仍然又打。

你道蒋四爷因何到此？上院衙安放古瓷坛之后，奔晨起望。至晨起望问明大众，智爷诈降君山已成，自己奔五柳沟。天气太晚，误走娃娃谷婆婆店。婆子往里一让："天气不早，别越过住宿。"蒋爷问："有上房吗？"婆子说有。蒋爷到里面进上房落座说："妈妈贵姓？"婆子说："我们姓甘。"蒋爷说："原是甘妈。咳！你是谁的干妈呀！"婆子说："本是姓'甘'，你愿意，叫我甘妈。"蒋爷说："我这个岁数叫你干妈？巧咧，我也姓甘。"婆子说："怎么你也姓甘呢？尊字怎称呼？"蒋爷说："我小名老儿。"婆子说："原来是甘老儿哟！你是谁的甘老儿？"蒋爷说："你愿意叫我丁老儿，你张罗去吧。你们当家的哪？"婆子说："去了世了。"蒋爷说："你守了寡了，我也守了寡了。"婆子说："你是爷们，守什么寡？"蒋爷说："我们内人死了，我守的是男寡，你守的是女寡。何苦这么彼此守寡！不如咱们两个人作一个。"婆子说："瘦鬼，你要老成着些才好，你还要说什么？"蒋爷笑嘻嘻地说："作了亲家，你的岁数比我小，你是个小亲家子。小亲家呀，我也不饮茶，给我摆酒，你陪着我饮。"羞得婆子脸红。她本不能玩笑，蒋爷是专好玩笑。这一玩笑不大要紧，自己几乎有性命之忧。婆子把酒端来，把灯点上。蒋爷让婆子吃酒，婆子连理也没有理就出去了。蒋爷笑道："小亲家子别急呀！"蒋爷端起酒来，细细地察看，怕有缘故。又闻了一闻，酒无异味，亦无异色，方才敢饮。

焉知晓甘茂在生时节，独门的能耐，会配返魂香，自己造熏香盒子，蒙汗药酒。别人的蒙汗药酒发浑，有味气，斟出来乱转，他这个不浑，也无异味，也无异色，也不乱转。蒋爷饮下去，翻身扑倒躺在地上，不省人事。婆子进来说："瘦鬼，不玩笑了吧！"正要结果性命，自己先将大门关上，可巧正是凤仙、秋葵到。这时作了亲戚。兰娘讲情，婆子拿水灌活，反倒教蒋爷踢倒，骑上婆子乱打，婆子嚷叫姑老爷。蒋爷知道，必有余党。凤仙进门一瞧，惊讶道："哟，原来是四叔，侄男有礼。"秋葵说："侄男有礼。"蒋爷一怔，住手起来说："你们怎么到这里来？"婆子"哎哟"了半天说："你认得我们姑老爷吗？"蒋爷说："怎么会不认得呢！他是你什么人？"回答："我们姑爷。"蒋爷说："他怎么是你们姑爷呢？他叫什么？"凤仙使了眼色。婆子说："他叫艾虎啊！不是吗？"蒋爷说："是，对！对！是艾虎。冲着你们亲戚，便宜你吧！你也冲着亲戚，给我们点好酒饮吧。"婆子说："便宜你！"随即去取好酒。

蒋爷问二位侄女是什么缘故这般打扮？二位姑娘就把天伦被捉，打囚车以及闹公堂、追赶天伦、误入婆婆店、受蒙汗酒、招亲，说了一遍。蒋爷说："你天伦不怕。你智叔父如今假降君山，他必知道他。就欠了你们，明日奔金知府那里，找你们干姊妹去。"凤仙点头。

婆子把酒摆上，大家同饮。婆子问："你到底是谁？"蒋爷说出自己的名姓，婆子方知他是蒋平。姑娘问："四叔往哪里去？"

蒋爷说：“上五柳沟请柳青。”婆子问：“就是白面判官吗，你们怎么认识？”蒋爷说：“是我盟弟。”婆子说：“哟！你可是我把侄了。”蒋爷说：“你是我把孙，你可找我玩笑哇！”婆子说：“他是我徒弟，还是小徒弟呢！大徒弟云中鹤魏真，是个老道；二徒弟是我娘家的内侄，小诸葛沈中元；三徒弟是柳青。”蒋爷说：“九头狮子甘茂是你什么人？”妈妈说：“是我去世的亡夫。”蒋爷说：“这就是了。”婆子说：“提起都不是外人，奉恳与我们作个媒人吧！”

外边有人叫门，不知来的是哪个，且听下回分解。

第三十四回

魏昌小店逢义士　蒋平古庙遇龙滔

且说婆子叫蒋爷作个媒人、保人。蒋爷说："净作媒人，不作保人。"婆子说："媒保一样。"蒋爷说："作媒不作保。"（蒋爷作不得保人，她是个姑娘怎么保法呢？日后也对不起柳青；作媒可以，准有个艾虎不算冤她。）婆子亦就点头。

外边有人叫门投宿。婆子说："不住人了。"那人苦苦哀怜。蒋爷要出去，婆子与蒋爷一个灯笼。蒋爷开门一看，那人是文人打扮、南边口音。蒋爷将他让进西房一间独屋内住下。蒋爷问："贵姓？"那人一瞅蒋爷面目说："你是现任的职官。"蒋爷说："怎么看出来了？"那人说："你是五短身材，又是木形的格局。"蒋爷暗惊，好相法。细一瞧他说："你净瞧我，未看自己印堂发暗，当时就有祸。"那人说："我倒遇见敌手了，你到底是谁？"蒋爷说："我叫蒋平，四品护卫，你到底是谁？"那人跪倒央求救命，说："姓魏，叫魏昌，人称赛管辂，因与王爷相面，冲撞王爷。后来是我巧辩，没杀我，留在府中。就打五老爷死后，我看王爷祸不远矣。今夜晚逃跑走在这里，巧遇四老爷，恳求你老救我。"蒋爷搀起道："听说我们老五多亏是你，不然尸骨不能出府。你自管放心，我指你一条明路。"

言还未毕，外边有人叫门说："开门来！"魏昌说："这就是王府的王官，追我来了。"蒋爷说："先生放心，有我哪！将灯吹灭，不可高声。"

蒋爷提着自己灯笼出来，开门一看两个是王官的打扮，骑着两匹马，说："店小儿，你们这里可住下了一个穿蓝袍的没有？这人可拐了王爷府许多陈设，住在这里可要说呀。"蒋爷说："这人是不是姓魏呀？南边的口音，住在这里了。"王官下马进来拿人。蒋爷说："我们开店知道规矩，跑了人有我呢！还用二位老爷去拿。我给二位先备点酒。人已经是睡了，我们把他捆上。你们饮着酒，明日早晨再走，岂不省事！"二人听了欢喜。

蒋爷把马系在马棚，将门关上。把二人让在三间东房，将灯对上。说："我取酒去。"到上房见婆子，就把给凤仙、连给自己剩下的药酒，连菜端来，与两个王官吃。用酒不到四杯，二人便倒于地上。转头约婆子将两个王官拉到后面现成刨出来的大坑，连人带酒菜全都倒于坑内，劝婆子说："从此不必作这个买卖了。你这个女儿给着了这个艾虎，他是智化门人，北侠的义子，外号人称小义士。我见了他的师傅、义父，无论是谁，都可以给你带个三五百银子，就有了姑娘的嫁妆了。我见了你们徒弟，我再说一说，他这时大发财源，他也得算着你，还作这伤天害理的买卖何用？"一边里说话，一边里埋人。

二个王官才真冤哪，糊里糊涂就呜呼哀哉。婆子说："真累着了我了。这可没事了。"蒋爷说："还得累累你哪！"婆子说："病鬼，当着我们新亲，你可别玩笑，叫人家看不起我。"蒋爷说："咱们两个不过背地偷偷摸摸的。"婆子说："你更是胡说了。什么事吧？"蒋爷说："还有两匹马哪，你帮着我赶出去。"开了门，将马赶出，把东屋里灯熄灭。婆子奔上房。

蒋爷上西屋里来，与魏昌谈话。复又将灯点上。外边事情魏昌都听见，与蒋爷道劳，谢过救命之恩。蒋爷一笑，将先生搀起。魏昌问："四老爷指的我这条明路，是投奔哪方？"蒋爷说：

"上院衙正在用人之际，你就投奔上院衙，就是一条道路。"魏昌说："去不得。可着襄阳大小人多有认识我的，被他们看见，王府得信，我就有杀身之祸。"蒋爷说："无妨。我把你妆扮起来，连你自己都不认得自己。"魏昌不信。蒋爷说："临期你就知道了。"

天光大亮，先打发凤仙、秋葵起身，将包袱包好了，捎在马上，蛤蟆口咬上铁棍。告辞出门，妈妈要送，蒋爷拦下。房饭钱不必细表，定然是不给了。蒋爷嘱咐，叫上知府衙。二人点头上马。

蒋爷回来，叫婆子拿槐子熬些水来。妈妈备妥拿来。蒋爷把自己的包袱打开，拿出五个斑毛虫来，先教先生用槐子水洗了脸，后用斑毛虫往面上一擦。取镜子一照，魏先生吓了一惊，面目黄肿得难看，说："怎么好？"蒋爷笑道："见了上院衙的公孙先生能治。"言罢起身。四爷也不教给店钱，送出门外作别。

蒋爷回来，婆子说："我请请你吧！"四爷说："那倒是小事，我见见姑娘。"婆子答应。入内不多时，姑娘出来，见过四叔，道了个万福。蒋爷看了，果然甚好，别看她是开黑店的姑娘，倒也稳重，总是艾虎的造化。四爷问了声好，兰娘回头去了。婆子待饭毕，蒋爷告辞。婆子送出，看着蒋爷去远了方回。

蒋爷奔五柳沟，非只一日，晓行夜宿。那日到了五柳沟，天已二鼓。自己想着，见了柳贤弟，难道还无住处不成吗？故此天晚进了东村口路北头一个黑油漆门，高台阶，双门关闭。自己上前打门，里面人开门，问："哪位？"蒋爷说："是我。"老家人细看说："蒋四老爷么？"蒋爷道："还认得我呀！"老家人说："四老爷，恕老奴眼瞎，老奴有礼了。"四爷问："你们员外在家么？"回道："我家员外上白棚去了。"四爷问："行人情去了？"家人说："不是。在庙中设上五老爷的牌位，与五老爷念经哪！"蒋爷问："在哪庙中？"回道："在玉皇阁。"蒋爷问："庙在哪里？"家人说："由此往东直走，到双岔路口，路北有一棵龙爪槐树，别往正东，走东北的小岔，直到庙门。"蒋爷说："我上庙中找他去。"家人让四老爷在家里等。四爷一定要走，家人进去关门。

四爷出东口往东，不到一里路，看不见龙爪槐。可巧起了一阵大风，风沙迷目，不能睁眼，仍是向前，未能看见槐树。直走了七八里路，也没走到玉皇阁。心中纳闷，别是柳安儿冤我吧？直听见有人嚷："好恶僧人，秃头哪里走？着刀！"四爷顺音而去，一看前边有一庙宇，门儿半开。蒋爷矮身而入，进了山门，西屋里有女人啼哭。蒋爷来到屋中一问，妇人说："家住深山岗，我丈夫叫姚猛，人称飞锤大将军，又叫铁锤将。我娘家姓王，居住王家陀。我由娘家回婆家去，带着兄弟王叩钟，走在庙前，风沙迷眼，不能前进。这个庙叫弥陀寺，里面的恶僧人名叫普陀。他有四个徒弟，叫月接、月长、月截、月短。素常知道不是好人，看见我在庙门前避风，他让至客堂待茶。依我不进来，我兄弟说，里边避避也好。将到客堂，我兄弟教和尚捆出去了，不知生死。普陀过来，要与我行无礼之事。我一喊叫，进来一个大汉，将恶僧人叫出去，两个人在后边动手哪！小妇人怕僧人回来，想行拙志①。不料遇见爷台，这就是前面的情况。"蒋爷听了，就知道他丈夫是个英雄，说："你自管放心，我去帮那大汉捉拿凶僧。我与你找一个地方，暂且隐藏身躯，千万别行拙志。"妇人叩头。

蒋爷带路，直奔头层大殿，开了隔扇，教妇人在殿中躲避。

① 拙志——指寻短见。

一回转头，那边捆定一人，口中塞物。蒋爷过去，解了绳子，拉出口中绢帕，原来就是叩钟。他给蒋爷叩头。蒋爷叫他在这看护他姐姐。蒋爷出去，随带隔扇，到了后面。原来五个和尚围定一人，那人正是大汉龙滔。蒋爷蹿上房的后坡，揭了两块瓦，对准了普陀的秃头，叭嚓的一声，普陀躺倒在地，龙爷在凶僧腿上砍了一刀。蒋爷飞身下来，给了大和尚一棍。一阵乱打，月长、月接、月截、月短死了两个，带伤的两个。把带伤的捆起来。

龙滔过来见礼，问四老爷从何而至？蒋爷把以往从前说了一遍。问龙滔："你打哪来?"龙滔说："我把差使给了冯七。我听说老爷们跟大人在襄阳，我也要上襄阳，求老爷们给我说说，跟大人当当差使。我想，大人正是用人之际，我有一个姨兄，住在深山岗叫姚猛，把他找上。走在庙前，听妇人呼救，进得庙来，见秃驴实在可恶。我把他叫出来，与他较量。我正不是他的对手的时节，你老人家到了，救了我的性命。"蒋爷问："那个妇人你可认识?"龙爷说："没有看明白。"蒋爷说："那就是你的嫂嫂。"带了龙滔到前边，见了王氏，叔嫂相认。蒋爷说："明日把凶僧交给当官，你同你姨兄奔晨起望，打听打柴的路彬、鲁英，在他们的家中相会。"龙爷点头。

直到次日，蒋爷起身。见着人打听玉皇阁在哪里，有人指告。原来昨日乱风的时节，未能看见那棵槐树，多走了六七里地。次日到庙，果然经声佛号，山门关闭。向前打门，有人出来。蒋爷一问，说柳员外回家去了。蒋爷并未进庙，转身又回五柳沟去了。到了家中，有人出来告诉，员外上庙去了。蒋爷复又回庙，庙内人说，又回家去了。走了四趟，整是八个来回。蒋爷一翻眼，明白了。分明是老柳不见我，告诉家人来回地乱支，作就了的活局子，使我找得嫌烦，扬长而走，他这算不出世了。我自有主意。

这回又到家中，家人出来，没容他说话，蒋爷就走进去了。直奔书房，屋中落座，气哼哼地吩咐："给我看茶来。"家人答应，献上茶来。他问柳安："这是你们员外的主意，成心不见我。你知道我找你们员外是什么事情?"家人说不知。蒋爷说："他在五接松说错了话了，人家不让他走。我给他讲的情，说下了盗簪还簪。设若你不定下这还可以，定下又不见我。我远路而来，却净支我。我整跑了八趟！用着我们哥们的时候，百依百随，盗三千叶子黄金，拿到他家里来了。他说粜粮①赈济贫民，谁又瞅见了？这时候用着他了，不是我用他呀！老五死了，大伙与老五报仇，教他沾个名，不怕他不出来。别冤我呀，打早到晚，我还水米没打牙哪！给我看酒。"老家人吩咐摆酒。点上灯烛。四爷饮得大醉，说："老柳，这日子你不用过了!"说罢，拿灯一烧窗户，家人往外跑，嚷道："四老爷放火了!"柳青由垂花门出来，被蒋爷抓住。

欲知如何盗簪，且听下回分解。

① 粜（tiào）粮——卖出粮食。

第三十五回

盗发簪柳员外受哄　舞宝剑钟太保添欢

且说蒋四爷借着点酒，把脸一盖，故意装醉，拿灯烛将窗棂纸点着。老家人没看明白，往里就跑嚷道：“四老爷放火！”有何缘故呢？是乡下最怕失火。柳青出来，蒋爷把他一把揪住。说：“姓柳的，我们哥们帮着你盗金子，绝不含糊；如今我远路而来，你来回地冤我。一百使不得，二百下不去，三百不够朋友。说话不算，你就擦粉。”柳青说：“你真要盗？”四爷说：“我作什么来咧？”柳爷说：“屋里来。”厨役把家伙撤去，蒋爷坐在东边，柳爷坐在西边。柳青说：“盗哇！”蒋爷说：“有言在先，连盗带还一个时辰。你摘下帽子，把簪子拔下来，教我的小搬运童儿瞧一瞧。”柳爷摘了帽子，拔了簪子，递过来说：“什么搬运童儿？”蒋爷瞧簪，仍是那个水磨竹的，一边有个燕蝙蝠，那边一个圆寿字。柳爷说：“搬运童儿可受过异人的传授？”蒋爷说：“还能呼风唤雨，撒豆成兵。”柳爷说：“谁教你的？”蒋爷说：“黎山老母。”柳爷说：“你别胡说了。”蒋爷说：“你把簪子秘好了。叫大家出去，别在这里瞧着。”家内十多人全挤着要看。柳爷将大众喝出，众人在窗外观瞧。

蒋爷说：“我要盗，盗个手明眼亮。你把两只手搁在桌子上，我把两只手搭在桌上，净叫搬运童儿去盗。”柳青半信半疑，就将手放于桌上。蒋爷两只手压住柳青两只手，说：“小搬运童儿，去把他那簪子拔下来。咱们作个脸，慢慢走，上了脚了，上肩膀儿了。”闹得柳爷毛毛咕咕地说：“怎么看不见？”蒋爷说：“三寸高，你是肉眼凡胎，如何看得见？”柳青说：“你哪？”四爷说：“我是慧眼。”柳爷连肩膀带腿和脑袋乱摇乱晃。蒋爷说：“你摔了我童儿的腰哪！”柳爷说：“别瞎说了！”蒋爷说：“瞎说？盗下来了。”柳爷不信。蒋爷抬起一只手来，往上一翻，仍然拿手背压着柳青的手，一舒掌说：“你看簪子。”柳爷一怔，果然盗下来了。蒋爷一合手交与他的左手，柳青接来灯下一看：“呀！病夫，你真有些鬼鬼祟祟的。”蒋爷劈手夺来，仍又拿自己的右手压住他的左手，说：“净盗不算为奇，还要与你还上。”柳爷说：“不还我也不出去。”蒋爷说：“还上你可别矫情了。”柳爷说：“只要还上，就算你赢。”蒋爷说：“连盗带还，没有一个时辰吧？”柳爷说：“这时就还上，可没一个时辰，工夫一大可就过了时刻了。”蒋爷说：“你净矫情，早还上了。”柳爷不信。蒋爷将双手往下一撤说：“你摸去。”柳爷回手一摸，果然还上了，说：“怪道哇，怪道！”蒋爷说：“你说话吧，是出去不出去？”柳青说：“教我出去不难，还得依我一件事情。”蒋爷说：“你不出去就罢，别为难我了，怎么还得依你一件事情呢？”柳爷说：“只要依我这件事，我就出去，怕你不应。”蒋爷说：“你说吧！”柳爷说：“你把这盗簪的法子教给我，就随你出去。”蒋爷道：“不难，等着得便之时再教。”柳爷说：“不成，立刻就教。”蒋爷说：“净持授桃木人得一年。”柳爷说：“我就等一年。”蒋爷说：“你等一年，我可等不了一年。也罢，我现时就把你教会，你便怎样？”柳爷说：“我再不去，我是个畜类。怕这个咒，不能一时就会？”蒋爷说：“行，七字灵文、八字咒，一教就会。”柳爷大乐说：“来吧，老师你教给我吧！”蒋爷说：“你方才看着盗得快不快？”柳爷说：“快！”蒋爷说：“不快，还能快。你看又盗下来了。”柳爷惊疑不止，连说："好快！好快！"四爷说："又还上了。"柳爷一摸，果然还上了。连着五六次，柳爷总未醒悟。这回柳爷摸着还未回手，蒋爷说："又盗下来了。"柳爷一把揪住说："好病夫，你冤苦了我了！"

蒋爷教柳爷抓住说："是两个。"四爷说："可不是两个，我实无别法，想了这个招儿。你出去呢，咱们大家报仇；你不出去，我就死在你的眼前。"说罢，跪下哭道："你怎么样了？"闹得柳爷无法，也就哭了，说："四哥，不是我不出去。"四爷说："你不必说了。我大哥得罪于你，必叫我大哥与你大大地赔一个不是就完了。"柳爷说："也不用。"随戴上头巾，饮酒。

次日起身，蒋爷教多带熏香，直奔晨起望。非只一日，到了路、鲁的门首，直入里面，见大众行礼，连焦、孟、史云全都见过。有人进来说："外面有二人，口称龙滔、姚猛求见。"蒋爷请二位入见。龙、姚二位进来。智爷也从外面进来。大家全见个面，将自己的事细说一遍。蒋爷说："智贤弟出主意吧！"智爷说："里头人少，让他们二位去。"蒋爷说："龙姚二位，你们看可行啊？太粗鲁些。"智爷说："可以，这样更好。我告诉蒋四爷一套话，你慢慢地教他们。丁二爷、柳爷你们二位，算表兄弟。柳爷算送二弟去。你不降，苦劝再降。二爷你别说真名姓，就说叫赵兰弟。"二爷说："为何教我改姓？"智爷说："你不算改姓，本是赵兰的兄弟，故此是赵兰弟。"丁二爷一笑说："你真可以就是了。"智爷安排好了，说："我在君山等去。"说毕起身，回君山去了。

智爷回君山，走旱八寨，回承运殿。可巧这日，就剩钟雄一人在承运殿独坐，正寂寞。忽然智爷进来，问钟寨主："他们都上哪里去了？"钟雄说："他们大众同沙大哥闲游去了。沙大哥总觉心中有些不快，大众陪着沙哥去游山，叫他散散心去。”智爷说：“这个展护卫，我又没在家，是怎么降得?”钟雄说：“并未准降。我那日到引列长虹，他说了许多的好话。什么‘死有余罪的人，身该万死的人，寨主还有这般优待’！我说：‘既然这样，何不请到承运殿一叙?’他虽来，不知归降不归降?”智爷说：“好办，交给我了，只是还有件事。”寨主问：“什么事情？请说。”智爷说：“来这些日了，我把山中众位寨主们连前带后、连喽兵全算上，有贤有愚，有奸有忠。惟独有一个人，我看着奇怪。”寨主说：“是谁呀?”智爷说：“武国南、武国北这两个人可是亲弟兄不是?”钟雄说：“不是。那国南，是我们这老家人武成之子，三十岁了；国北并不亲生的，他捡来这么个孩子，拿蒲包儿包着，还是一身的胎练小毛，衫上写着生辰八字。抱回来现找的奶娘，可着家人谁也不许说是抱的，就说是亲生自养的。他的父亲在我天伦手里出过力，死后还是我发送的。”智爷说：“此人早把他赶下山去，万般要不得。他相貌是兔头蛇眼，鼠耳鹰腮，其意不端，万要不得。”寨主说：“有贤弟这一论，有我在，他不敢怎样！”智爷说：“岂不闻大福不在，必生祸乱！”钟雄说：“诚哉！是言也。”话言未了，大众归回一同吃酒。

次日早饭用毕，喽兵报道：虎头崖下来了两个投山的。钟雄一摆手，喽兵撤身出去。钟雄说：“智贤弟，你出去看看，若看出破绽，不用与我商议，立刻结果性命。”智爷点头出去。

智爷去够多时，进承运殿说：“外边两个投山的，小弟带来，哥哥再过过目。”钟雄点头应许，便叫喽兵传话：“我家寨主有请！”二位掀启帘栊进来。钟雄一瞧，二位堂堂的仪表。一个是银红色武生巾，银红箭袖，鹅黄丝带，薄底快靴，天青色的跨马服，腰悬宝剑，翠蓝挽手飘垂。面似敷粉，细眉朗目，形相端正。唇似涂朱，牙排碎玉，大耳垂轮，好一位面如少女的英才。一个是蓝缎六瓣壮帽，蓝缎箭袖，皂缎靴，杏黄丝鸾带，肋下佩刀，面若银盆，粗眉大眼，虎视昂昂。钟雄看罢，喜之不尽。见二人欲行大礼，钟雄离位搀住说："不敢！未曾领教二位贵姓高名?"二人说："寨主在上，小可姓柳名青，外号人称白面判官。居住凤阳府五柳沟。这是我的表弟，他叫赵兰弟。皆因他父母双亡，有点本事，性情骄傲。我怕他入在匪人的队内，岁数年轻，一步走错，恐怕对不住我去世的姑母。听见寨主这里挂榜招贤，特地将他送来，早早晚晚跟寨主学点本事，不知寨主可肯收纳?"钟雄说："我这里招贤挂榜，聘请还恐不至，焉有不收之理?"柳青说："如此说来，当面谢过。我就要告辞。"钟雄说："不是说你们两位，怎么兄台要走哪?"柳青说："小可家中事烦，又是买卖，又是地亩，全凭小可一人照管，实在不能投山入伙。"连智爷在旁苦劝，这才点头。智爷带他们与大家见过。

钟雄摆酒，顷刻杯盘齐备。酒过三巡，智爷问道："赵兰弟胁佩双锋，必然是好剑法。"二爷说："才学，慢说是好，连会也不敢说。"智爷说："你这是太谦。你们二位投山，咱们都是前世的夙缘，称得起是一见如故。酒席筵前，无以为乐，烦劳施展剑法，我们瞻仰瞻仰。"二爷回答："本领不佳，不敢当着大寨主出丑。"智爷说："不必太谦了，施展施展吧！"柳青说："既是众位说着，你就舞一趟。哪点不到，好跟众位领教。"二爷点头，把剑匣摘将下来，放在桌上，袖裤一挽，衣襟一吊，呛啷一声，宝剑出匣。众人一看，此剑寒光灼灼，夺人耳目，冷气森森。钟雄一瞧，暗暗惊讶。睹物知人，就知道二爷的本领不错。再看二爷将身一跃，手中这口剑上下翻飞，蹿高纵矮，一点声音无有。人人喝彩，个个生欢。"好剑法，好剑法！"收住势子，气不壅出，面不更色。钟雄就知道他平素谙练的功夫纯熟。钟雄亲递三杯酒道劳。智爷说：“可不是我这个人没够，还要奉恳一趟。我们这里还有一位陪着你走一趟。”丁二爷说：“使得，使得！”冲着展爷又是一躬到地说：“展大哥，我是深知你的剑法高明，故此奉恳。”展爷点头。

这双舞剑的节目，且听下回分解。

第三十六回

为诓宝剑丁展双舞剑　设局诈降龙姚假投降

且说智爷说："寨主爷爱双舞剑，山中会剑的甚少。这位赵兰弟与大哥，你们二位可称得是棋逢对手。你们二位要双舞这一趟，那就可观得无比了。借着大哥的光，我们也开开眼。"展爷说："使得。这有何难？可惜没有宝剑。"智爷说："有的是，来呀，去到后边五云轩提大寨主的。"令下，把剑取来。钟雄一听，吓得面貌更色。暗说："不好，智贤弟假聪明。你不想展昭投降未妥，要将宝剑拿出来，他得到手中，若要不降了，可也不好与他要。这就叫纵虎归山。再苦劝降，他要不降还好；他要一翻脸，他那口剑谁能抵挡！智贤弟，你错大发了。"暗暗使了个眼色，使声音咳嗽。智爷总不回头，钟雄干着急，并无方法，又不好与他明说。

不多时，将剑取来，智爷叫把剑给了展爷，他就明白了。暗道："好个黑狐狸精，给我诓剑哪！"连北侠大众等全明白了。智爷皮着脸说："终日大哥爱看双舞剑，今日看罢，准对意味。"钟雄有气，暗说："谁爱瞧双舞剑，是你爱瞧吧！"因此总老不看他们。智爷又道："彼此二位可没有冤仇，无非点到为止，可不许谁伤着谁。我这里有礼了。"随即一躬到地。二人齐说："不敢。"二人一齐捧剑垂首下座。文武本领，全讲"情理"二字。展爷先在山上，丁二爷是新来的，又岁数儿小，又是亲戚礼道的，这是何苦哇！丁二爷说："寨主手下留情。"展爷心中不乐，暗说：

“二舅爷，你可不当这么着，怎么指实了叫起我寨主来了。你可别怨我，我也闹你一句，说：“赵爷手下留情！”二爷瞪了他一眼，委曲着说：“岂敢！”北侠等大众暗笑。他们亲戚礼道的，倒凑合了圆全。

说毕二人动手。好一双英雄，要是看了这次舞剑，再也不必看其他了。二人留出行门、过步，半个过河。二人施展平生的武艺，手眼身法步，心神意念足。蹿、蹦、跳、跃，闪、辗、腾、挪，轻若猫鼠，捷似猿猴。滴溜溜身躯乱转。蹿高纵矮，足下一点声音皆无，类若走马灯儿相仿，全讲的是猫蹿、狗闪、兔滚、鹰拿、燕飞、挂画六巧之能。虽然这般的比试，鼻吸口气的声音皆无，就听见飕飕飕、剖剖剖。飕飕飕是剑刃劈风的声音，剖剖剖是衣襟刮风的声音。忽前就后，忽左就右。这才叫棋逢对手，将遇良才，把大家看得眼都花了。可不只是一样好哇！人的品貌、衣服、器械全好，真算是世间罕有。

钟雄虽然不高兴，究竟是个行家。先前不爱瞧，他是低着头生气，未免得也就偷着瞧一两眼。除非你不瞧，你若一瞧，管保你把别的都忘了。他把两眼一直，比别人看得更入迷了。待两个人收住势子，彼此的对说：“承让！承让！”一转身当着寨主说：“献丑，献丑！”寨主爷说：“实在高明！”眼睛睁睁的，展南侠答理答讪地把宝剑挎起来了。钟雄又烦起来了。智爷摆酒，与二位道劳。这才冲着寨主说：“哥哥，你看看二位剑法实在是好，果然的妙，准保寨主哥哥爱看。”寨主说：“你是准知道我，不然怎么说知性可以同居呢！”随即使了个眼色，把智爷调出，说：“众位告便。”智爷随后也说：“众位我且告便。”也由后边出来，至于院内。一看，钟雄在那里等候。智爷问：“寨主哥哥什么事？将我调出。”钟雄说：“你错做了件事情。言多语失，你知道不知道?”智爷说：“我不知。”钟雄说：“这个姓展的他降意不准。这宝剑到了他手里，岂不是纵虎归山。还不是错?你错大发了。”智爷说：“就是为这个事。这宝剑我成心诓出来给他的。”钟雄说：“贤弟，错过是饮过血酒。你这一句话不要紧哪，我就错疑了。”智爷说：“我公正无私，不怕人疑惑。”钟雄说：“你怎么成心给他?”智爷说：“寨主哥哥，我把这段情由向你说了吧。这个宝剑不能不给他。我假意着说是哥哥爱看，借这么个因由，好教他物归本主。”钟雄说：“你可知道那剑的利害?”智爷说：“我怎么不知?把宝剑给他，露出寨主爷的大仁大义来了。请人家降山，又不给人家宝剑，人家岂不小看于你!”寨主说：“依你之见?”智爷说：“他在这里一坐，咱们该说的也不敢说，该讲的也不敢讲，降不降就在今朝了。”钟雄问：“怎么讲哪?”智爷说：“小弟少时进去，我就说，哥哥叫我出来商量一件事：所有在座的诸位，有拜过一盟的，也有没拜过的。有一得一，今天全续同盟。有不愿意的趁早说明。”钟雄说：“他若不拜?”智爷说：“他若不拜呀，那就是不降。晚晌用酒灌醉，结果了他的性命。宝剑落在哥哥手中。他若结拜就是降了，有什么话也好对他说，就不用避讳了。”钟雄说：“罢了，贤弟比我胜强百倍。”

说毕，二人回席，仍然落座。智爷说：“寨主爷将我叫出去，说咱们在位人续一回盟，拜过的再重复一回。可有一件，哪位不愿意，趁早说明，这也不是强为的事情。”惟有展南侠一怔说：“我本是该死之人，蒙寨主这般错爱，如今又要结盟，焉有不愿意之理。无奈可有一宗，我的家眷现在京都，倘若风声透漏，万岁降旨封门抄家，我担架不住。”智爷说：“无妨，怕你不愿意。倘若愿意，将宝眷接在山上，那还怕他什么!”随说道，“你不用忧虑了。寨主哥哥预备香案。”把个钟雄乐得是手舞足蹈。也是他时运领的，拿着丧门吊客当喜神。大家沐浴更衣，序齿结拜。沙老员外居长，依次钟雄、北侠、展爷、智化、柳青、赵兰弟七人。结拜也没发愿，也没饮血酒。

书不可重叙。水旱寨众寨主大家相见道喜，留在承运殿吃酒，整整乐了一天。日落席散，当日钟太保饮了个大醉。安置柳爷、赵兰弟的住处。又待了三日。

早饭毕。喽兵进殿禀报：山下虎头崖下来了两个投山的，特来报知。钟雄一摆手，喽兵退去。叫智贤弟："还是你去看明来意，如果有诈，结果了他的性命，别着他脱逃去了。"智爷出去。

去了多时转头回来，启帘栊进来说道："有两个人叫在承运殿外，以候寨主的令下。"钟雄说："敬贤之道，下个'请'字，怎么这个你说是'叫'呢?"智爷说："你看什么人，什么人说什么话。"到承运殿外说："我家寨主叫你们进去。"只听见"是"的一声，如同半空中打了一个巨雷一般。进得承运殿，一个是身高八尺，那一个比他还高一尺。全是一身青缎衣襟，六瓣壮帽，绢帕拧头，青缎箭袖袍，丝鸾带，薄底缎靴，闪披着英雄氅。一个肋下佩刀，一个是长把鸭圆大铁锤，腰中系着鼓鼓囊囊的大皮囊。一个白方面，黑髯；一个是面如刃铁，半部胡须。一个是胸膛厚，臂膀宽；一个是肚大腰粗，脯肉翻着，翅子肉横着。一个是堆垒锐锋，叠抱着杀气；一个是威风凛凛，虎视昂昂。全都是皱粗愚鲁，闷愣混浊。

钟雄一见，喜不自禁地问道："贵姓高名，仙乡何处，尊字怎么称呼?"两个投山的冲着智爷："嘿，我说，那个他……"这个也说："嘿，我说，那个他……"这个说："别和我们转文玩笑咧!"智爷说："过来，给寨主叩头。"两个人倒身便拜，咕咚咕咚也不知磕了几个头，起来旁边一站。智爷问叫什么名字？那人说："我叫大汉龙滔。""我叫姚猛，人称铁锤将，又叫飞锤大将军。我们居住深石岗，因在家好管不平之事，故此打死人了。有咱们董二大爷告诉说，君山有个寨主叫飞叉太保钟雄，他那里招贤。我们说没有盘费，二大爷给了一吊钱。我们奔这里来。到了山下，打听明白才进来。你们要我们不要？若是留下，情愿牵马坠镫，可得管饭，我们可吃得多。"

钟太保笑道："智贤弟，你可通六国之语。"智爷说："人有人言，兽有兽语。哥哥看看有诈否？"钟雄道："这样人，焉能有诈？"岂不想傻人专冤机灵鬼！钟雄问："智贤弟，这两个还是结拜，还是怎样？"智爷说："这样结什么拜哪，只要哥哥愿意留下，大小给点差使就得。"钟雄说："把他们拨往那寨哪？"智爷说："这样的人给不得脸，也办不了大事，可准诚实。有了，哥哥睡觉的屋子穿堂，不是有十名健将上夜？我每见他们偷闲躲懒，要拨换他们。这就不用了，把这两个人派为健将的头目。两个人管十个人，准许他们鞭处。似乎这两个人，要教他们睁着眼睛瞪一夜，决不敢少闭。就是这个缺分，他们两个就以为到了天堂了。哥哥请想如何？"寨主说："可有点难为他们。"智爷说："什么人什么待承。"遂把龙、姚叫过来说："寨主赏你们一个健将的头儿。你们爱分前后夜，或爱分一对一天，随你们，带十个人商议。官中有饭，每月一人十两银穿衣服。"二人谢过寨主，由喽兵带着见十名健将去了。钟雄说："贤弟实能见机而作。"大众也就夸奖了一番。当日无事，无非叙了些个闲言。

过了两三日，这日智爷见钟太保欢喜，说道："寨主哥哥，这个巡山的差使，闻寨主当了多少日子了？"寨主说："闻寨主那是投山的头一个拜弟，到寨就作巡山的差使。"智爷说："我看闻寨主昼夜操劳，要把他累大发了。明年行兵之时，人一疲乏如何打仗？不如将此差使换与小弟，替他当个三两个月，然后再换与闻寨主；再要两三个月，再换与小弟，不知寨主意下如何？”寨主说：“贤弟，你帮着我料理白昼之事就很是了，再要操劳夜间之事，使劣兄心中不安！”智爷说：“这是小事。哥哥做了皇上，我还不是一字并肩王么！”钟雄听了欢喜，随即传令将巡山大都督的缺，换与智寨主，闻寨主拨与小飞云崖口镇守，不得违令。闻华一闻此言，吓了个真魂出壳。智爷得了巡山的差使，任其出入，找蒋四爷商量破君山的节目。

欲知后事如何，且听下回分解。

第三十七回

承运殿大醉因贪酒　五云轩梦里受毒香

且说智爷讨了这个巡山差使，亚都鬼闻华约会了黄受、于义、王京、谢宽，俱在小飞云崖口相会。大家议论此事，这巡山大使非寻常可比，寨主派了别人，倘有一点舛错，可使君山玉石皆焚。不若咱们大家破着性命见大寨主荐言，就提这个差使给不得别人。于义说：“不行。你们曾记得‘令出山摇动，严法鬼神惊’。倘若不行，大家死倒不怕，闹一个没面目，又没有拿住他犯疑的大病。”闻华说：“依你主意怎么样？”答道：“咱们大众暗地细访，如查出他的劣迹来时，咱们大众破着死命，一下就把他扳倒。如其不然，因为小事，大寨主又不能论他之罪，这不是往返吗？”大家一听，合乎这个情理，就悄悄地暗地访查。焉能知晓智爷手大遮不过天来，以为把寨主哄信，把大家更哄信了。强中还有强中手，能人背后有能人。自从智爷得了这巡山大都督，这一百巡山的喽兵，俱听智爷调遣。这一个早早晚晚，不分昼夜，没有一点松神的地方。可有一宗，出入方便，上晨起望也不用避讳喽兵了。这时节，就是上院衙也不要紧了，不怕遇见寨主、喽兵问他，他都有说的，就说是访听事情去了。

这天到了晨起望，见了大众、蒋四爷。见礼毕，蒋四爷就问诈降的人怎么了？智爷就把已往从前细说了一遍。大家笑了一回。复又说道：“四哥，我们里头的人也够了，拿钟雄的日子也有了。冬至月十五，赶他生日这天后寨有三千坛酒，让搭出来散于大众，把寨主灌醉，用返魂香把他熏将过去，盗出君山。你们在外头接应着我们。”蒋爷说：“是的。里头事在你，外头事在我。”智爷说：“我们可不走旱八寨。”路彬说：“可别走水寨呀！会水人少，水寨喽兵凶恶，又有水寨出不来，又有大关挡着。”智爷说：“不走水寨。我瞧了小飞云崖口一条道路；过了小飞云崖口，就是荻子坡、龙背陀、前引山、前引洞，就出来了。”路彬说：“对。要打那出来，咱们这船可以在那里等着。那点山是极高的，乃连云峰的下坎儿。是日我们二更就到。”智爷说：“可别忘了。还有件事，到了十五拿钟雄，山中必是一乱。他们又不知钟雄的下落。山中也有高来高去的能人。倘若他们吃疑追至上院衙，上院衙空虚无人，大人有失那还得了！有道是：未思进也思退，君子防未然。”蒋爷连连点头说：“言之甚善！我倒有个主意：先请大人上武昌府，叫我二哥来保护；让我们大哥、三爷全上我们这里来。”智爷说：“更好，不怕他，去也是扑个空。还有一件事，四哥给运三支信火来。是日，我们把钟雄盗出来，到承运殿头支信火腾起，栅栏门是二支信火腾起，上了小飞云崖口是三支信火腾起。你们也就知道了，外边好接应。”蒋爷说：“是日，我们把晨起望的住户约上，见你们信火一起，我们在外头乱嚷助阵。借着山音说天兵天将好几百万人，四面八方共破君山。嚷杀呀，杀呀！里边他们不战自乱，助你们一臂之力。”智爷说：“此计甚善。”

蒋爷说：“贤弟，我还有句话，龙滔身上带着一个药饼儿，他没告诉你吧?”智爷说：“没有，什么药饼儿?”四爷说：“当初我二哥初见花蝴蝶时候，拿了一个串珠花的婆子。她是拐子手，拐了一个巧姐。巧姐是货郎儿庄致和的外甥女。我二哥白日里，在大夫居喝酒，没了钱了，庄致和素不相识，会了酒钱，就提他丢外甥女儿的事情。可巧晚间遇上了，从巧姐头上起下来一个药饼儿。这种东西按在顶门上人事不省，闭上了七窍。若要还省人事，起下药饼，后脊背拍三掌，迎面吹口冷气，立刻就明白了。后来拿住花蝴蝶，用的就是此物。剐完了花蝴蝶，龙滔再三央及我二哥借这东西，不好意思拨他的回，作为暂借的。昨日问龙滔，他尚有此物。要用时节你找他要去。”智爷说：“这是宝贝呀，可大大的有用。”蒋爷说：“你也该走了。”智爷说：“我如今是巡山的，早早晚晚全不怕了。我告诉你的话，你可要办理。”蒋爷说：“外头事交给我了，你不用挂心。”两人将事情商量停妥，随即起身回山。

且说智爷回山等了两日，交到十一月初旬，对钟雄说：“寨主哥寿诞之日，可就到了。今年得大大地热闹热闹！”钟雄屡年的规矩，众寨主在承运殿吃早饭，晚晌，每人一餐酒席。喽兵各自有份，赏他们的酒肉，是年中的旧例。智爷说：“今年不比往年，得大大的热闹一番。我看后寨存放着三千坛酝酒，散于大众，全给他们喝了。寨主传下一道令去，这天无令，也不用传梆、发口号、点名、当差，放他们一天假。叫他们欢呼畅饮，划拳行令，弹唱歌舞，听其自便。这日无有军规，第二日整齐严肃。”钟雄说：“使不得。贤弟难道不知，军中不可一日无令？倘有差池那还了得！”智爷哈哈大笑说：“寨主哥无用多虑，小弟主意没错。难道你就过这一个生日了？”钟雄听了一惊，这是不利的言语，说道：“贤弟我过了这么一个生日，过年就死了不成？”智爷说：“哥哥你又想差了，我说你就这个生日。”钟雄说：“我就过这个生日，再不能过生日，可不就是死了吗？”智爷说：“不是，今年过完了，过年行上军了。在军营里头，枕戈待旦，卧露眠霜。渴饮刀头血，睡卧马鞍心；万马营中度日，刀剑队里为家，知道几年才把江山得在手里？若要是登基之后，前三后四，那就叫办万寿，不叫生日了。这生日可不就是这一个，还想什么生日？”智爷胡拉乱扯，把个钟雄说得立刻传令，着书手写了告示，教喽兵在水旱寨各寨粘贴。全山中一乱，声音甚大，浑人大乐，聪明着急，暗有议论不表。

且说定准十五无令，慢慢地将信火带进寨来，智爷暗中将他们诈降的全派好了谁办什么事情。又要了迷魂药饼儿，自己带定，自己与柳青用香熏寨主，龙滔背人。姚猛跟着北侠，在承运殿外头发头支信火。南侠在寨栅栏门发第二支信火。丁二爷在小飞云崖口发第三支信火。沙员外在后宅门，拦人断后。冬至月十三日，即将后面酒坛搬出，算好每人该有多少。杀猪宰羊，下山置买干鲜水菜，多添厨役，忙了三天。到了十五日早晨，钟雄穿上百福百寿袍，百福百寿巾，挂上老寿星，上了供献。承运殿摆开桌椅。先有后寨婆子，扶着姑娘，抱着公子，至殿下来与寨主叩头拜寿，齐说愿天伦圣寿无疆！钟雄看了一对儿女，十分欢喜。婆子也来拜寿。寨主吩咐，后面领赏。仍扶小姐与公子入内去。

众家寨主都与钟雄拜寿。钟雄先要与沙大哥叩头，让了半天方才对行一礼。然后俱与寨主拜寿，齐说愿寨主圣寿无疆！钟雄傍立打一躬，言道：“劣兄有何德何能？例年间讨礼！”全都叩毕，落座献茶。外面各寨喽兵头目到来，在殿外拜寿，寨主也还了一礼。人人俱都有赏，众人出去。合寨的喽兵，在寨栅栏门外拜寿，寨主迎出，也是还礼：“有劳你们！”可见得寨主何等的恭维，也是俱都有赏。然后进来。

席前单短智化，寨主心中不乐。闻华过来说道：“众家寨主俱已到齐，请寨主吩咐摆酒。”钟雄意见，要等智化。被闻华一催，也只可吩咐摆酒。顷刻摆列杯盘，大众异口同声说道："今天是寨主哥哥的寿诞，我们每人敬献三杯。"钟雄说："不可，你们每人敬我三杯，三四一百二十盅，我不用再喝就醉了。今天又趁着山无令，何不细水长流，慢慢地大家同饮，划拳行令，热闹热闹。"黄寿说："沙寨主最是年长，你就作个领袖吧！你递三杯酒，我们大家行个令。"沙老员外点头，斟了三杯酒递与钟寨主。寨主连饮了三杯。大众一躬到地，寨主也就还了个礼儿。寨主复又敬了大众三杯，大众再三不肯接受，这才拦住，然后归座，各斟上满盅儿。将要饮酒，智爷慌慌张张打外边进来，立刻就双膝点地，跪倒磕头说："我愿寨主哥哥千秋永业，万寿无疆！"钟雄离席，大家站立。钟雄一躬到地说："劣兄有什么好处，敢讨兄弟之礼。你这样分心操劳，实实使我过意不去，我敬你三杯。"智爷说："哪有反礼而行，总是我敬你老人家才是。"说毕，先敬钟雄三杯。寨主也回了三杯。彼此落座，大家端酒。智爷说："等等，就这么饮么？我算出令官，看大杯来！"喽兵答应。智爷又说："今天寨主哥哥寿诞，要大家献个寿词，要一个顶针续芒儿，句句都要吉祥的言语，不然罚酒三巨觥。"这里头许多人说："我们不懂的说不上来。"智爷说："不怕，哪位说不上来先罚这三杯。"沙老员外说道："咱们这里就属我的年长，我倘若接不下去，大家大笑，我也得饮，不如我先受罚。"一连喝了三杯。然后受罚的人多了，你也受罚，我也受罚。君山上的人，有说得上来的，人家不说也情愿受罚。就剩了个南侠、北侠、双侠、智化。智爷说："我是出令官，打我这先说。"众人一乐。借着众人一乐，他便说道："大家一阵欢笑，与寨主爷上寿。"北侠说："寿比南山不老松。"南侠说："松柏之荣有余庆。"双侠说："庆有余年福寿增。"智爷说："增福寿。"北侠说："寿长生。"南侠说："生贵子。"双侠说："子孙荣。"智爷说："荣万代。"北侠说："代君封。"南侠说："封显爵。"双侠说："爵位正。"智爷说："正下了与国同休的一位老寿星。"北侠说："兴家业。"南侠说："业兴隆。"双侠说："隆恩重。"智爷说："重公卿。"北侠说："卿且吉。"南侠说："吉有庆。"双侠说："庆寿人。"智爷说："人贵奉，奉的是，巧比丹青一轴寿容。"北侠说："容富贵。"南侠说："贵尊荣。"双侠说："荣庆寿。"智爷说："寿且永。"北侠说："永平安。"南侠说："安然静。"双侠说："敬寿酒。"智爷说："酒满瓶，凭有寨主爷的大德，寿活八百有余零。"寨主一听，哈哈大笑说："我寨中文武全才，何愁大事不成！"

不知怎样成法，且听下回分解。

第三十八回

庆生辰钟雄被获　闯大寨智化遭擒

诗曰：

二月二日江上行，东风日暖闻吹笙。
花须柳眼俱无赖，紫燕黄蜂各有情；
万里忆归元亮井，三年从事亚夫营。
新滩莫悟游人意，更作风檐夜雨声。

且说钟雄一见作的这寿词，更觉欢喜。寨中人一个个文武全才，何愁大事不成！说："我给众位兄弟挂红。"自己也就端起大杯来。正饮之间，只听外边声如鼎沸，唱的，乐的，嚷的，闹的，划拳的，行令的，猜三的，叫五的，热闹非常。智爷说："哥哥，你看这个欢喜不欢喜？咱们也该划划拳了。"划了一阵拳，日已垂西，众家寨主告辞，各自回寨。钟雄恨不得大家一时出去，与这几个知心朋友一处再饮才好。另整杯盘，点上灯火，点的都是通宵的寿烛。

天到初鼓，智爷说："今日山中虽然无令，我可得出去照料照料。"钟雄说："总是你得多受累。"智爷随即出来，要到旱八寨瞧瞧。将到丰盛寨，众喽兵排班站立。智爷一看，就吓了一跳。他到里边隐在喽兵身后，问了问缘故："你们为什么不吃酒？"喽兵说："我们三寨主有令，不叫吃酒，吃酒者立斩。还叫我们今天防备，预备兵器。"智爷说："你们爱不爱饮酒？"早有酒头答言："我们都馋出涎沫来了！"智爷说："先教五十人别处去喝，再等回来换这五十人去喝。来回更换，大家全喝着了，可别说是我说的。”大家欢喜。智爷去后，先走五十人，喝上不回来了；又走五十人，也不回来了。大家一议论，法不责众，全走了。寨主一瞧全走了，他也喝起来了。

智爷又到一寨，是文华寨。二百人也没喝酒，又教他们一个招儿：一百人告假撒尿，遁入里面喝酒去，喝完再换那一百人。先一百人一去不回，后一百人改了告假拉屎。于义无法，自己到底不曾吃酒。余者的寨主喽兵，尽都东倒西歪。

智爷归回承运殿，一使眼色，大家苦一劝酒，就把钟雄灌醉。小童儿搀到五云轩，把头巾摘下去，大衣服脱了，放在床上，放下半边的帐帘。叫四个童儿警醒着听差。智爷出来看龙、姚二人，在穿堂里坐着，一问十名健将，俱都醉了。智爷说：“你们预备钞包。”二人说：“齐备了。”到承运殿，碗盏俱都撤将下去，灯火熄灭，就留了一双寿烛。教看殿的人，你们吃去吧，我今夜在这里安歇。看殿人欢欢喜喜地去了。智爷叫大家预备。智爷单同柳青奔五云轩。智爷预先就告诉明白了，大家盗钟雄时，但得能不杀人，千万可别杀人。来到五云轩，柳爷先拿了布卷。龙、姚、智三人俱把自己鼻子堵上，把熏香盒子拿出来。这盒子乃红铜做成，类如大清国仙鹤腿的水烟袋一样。仙鹤的脖子，是活螺丝，一节一节的，一拧螺丝，一拉多长。仙鹤腹上有个迸盖，拿指甲一掸，迸盖一起，从半个月牙盒里取出香来。用千里火筒一拍，将香点着，放在仙鹤腹内，捏上迸盖。收起千里火筒。将铜仙鹤戳在窗棂纸窟窿之内，后手一拉仙鹤的尾巴，尾巴有个消息，通着二个翅膀，翅膀一呼扇，腹上有个透眼，往里一透风儿，鹤嘴内就透出像一条线似的烟，先把四个小童熏倒，然后一转冲着那边挂起来的半幅帘子里，又是一拉仙鹤的尾巴，将钟雄熏将过去。收了香盒子，四人进去，先把那半边帘子挂起，拿迷魂药饼儿，先按在钟雄顶门心上。然后将他的膀子勒紧，往起一抽，爬在龙滔身上，拿钞包兜住了他的两臂，来回地绕住，系了个扣儿。转头出去，把堵鼻子的东西扔了。

到承运殿，北侠问道："怎样？"回答说："得了！"一点信火，哧的一声，信火腾空，后面呛啷呛啷锣声乱响。有老家人谢宽，带着谢充、谢勇一百名飞腿短刀手，俱都点酒没闻，信火一起，大家说："不好了！"杀奔前来。正到后宅门，沙老员外横叉，不许进去。说："寨主大醉，今日晚间，凭爷是谁，不许进去。"谢宽说："我奉夫人之命，有要事见寨主回禀。"沙爷说："不行，明日再见。寨主已睡，有话也不能说。"第二支信火起，家人急了，说："老寨主，不教我进去可不行了，误了我的事情，可要得罪寨主了。"沙爷说："你还敢怎样？"一抖手中叉。家人举刀，两个儿说："爹爹躲开。"二人一低头，暗器出来了：一个是低头锤，一个是花装弩。仗着沙爷躲得快，不然中了暗器了。自己随退。大众并不追赶，俱奔五云轩去看寨主。

沙爷出来，众人已到小飞云崖口。听后面赶来，嚷喝："快将寨主留下，好一群狼心狗肺之人。"大家往上一围，锣声乱响。后面人陆续都来了，连武国南、武国北、金枪将于义、铁棍唐彪在内。旱八寨内总有不吃酒的人，也有不甚醉的。飞云口上是闻华镇守。小五寨内人全没喝酒。此山口上石头是直上直下，如镜子面儿一样。山口不宽，横着滚木，两边有绒绳兜住。有四名喽兵，拿着刀，听吩咐。刀剁绒绳，滚木往下一滚，就把人轧得骨肉如泥。北侠是两只夜眼，看得分明。上面闻华听锣声一响，自己就齐队，二百人全是长拘钩。若是头根滚木放下去，用拘钩往前一推，就不能用绒绳兜了，就拿拘钩搭住。要放的时候，一摘拘钩就放下去了。北侠把着刀，往上一跑，跑到七成，还有三成就到了上面了。闻华叫放滚木，刀剁绒绳，当的一声，咕噜咕噜，咕噜咕噜滚下山去。一看北侠已到后面，喽兵用长拘钩一推，北侠就势将宝刀一划，咔嚓咔嚓一阵乱响。拘钩一折，人人往前一扑。北侠不忍杀人，反与闻华交手。

你道北侠怎样上来的哪？他跑到半山腰，看看放滚木，黑糊糊的奔自己而来，并无躲闪之处，一看旁边山石上，可巧有一块石头，鼓出来许多。又有由石缝中出来的一棵小树儿，自己一蹬那块石头，单手一攀那棵小树，容滚木过去，再往当中一蹿，两三个箭步，就到了上头。他拿刀一剁，各众喽兵，往前一爬，随即闻华的叉就到了。北侠一反手，呛啷一声，叉头坠地，也是闻华命中所犯，还剩一根杆儿，撒腿就跑，众喽兵跟着乱蹿。北侠就在山口上大叫："众位，如今已得飞云崖口，咱们的救兵已到，攻破了君山。"南侠双侠保护着龙滔、姚猛往上就跑，随后就是沙老员外，紧跟着就是柳青。柳青到了小飞云崖口上面，听见"哎哟"一声，焉知晓是智爷被捉。

智爷倒是一番好意，瞧见他们得了飞云崖口，自己先挡住大众，容他们上头再得一寨，自己再上去不迟。凭手中这口刀，遮前挡后，工夫不小了，虚砍一刀，往上就跑。众人意欲要追，于义不叫往上追，智爷这才放心。刚一回头，噗哧噗哧，哎哟哎哟，咕噜噜。"噗哧"是中了于义一镖，"哎哟"是嚷了一声，"咕噜噜"是滚下山来。智爷把双眼一闭，净等着刀枪乱扎乱剁。可怜北侠大众，连个影儿也不知，他们自顾往前闯。

只见君山外面，火光冲天，杀声震耳。必是蒋四爷外面助阵。前面喽兵挡路，一齐嚷叫："快把寨主留下！"二百喽兵列开一字长蛇阵。当中有一寨主，姓廖，叫廖方，挡住去路，说："快把寨主留下，牙蹦半个不字，休想活命!”丁二爷蹿上，廖方的双锏往下一劈，剑往上一迎，“呛啷”一声，双锏皆折。“嘣”的一声，头巾坠地。过了荻子坡，就是龙背陀，二百喽兵把守，寨主廖圆手拿燕翅铛，展南侠并不答话，呛啷，镗啷啷。呛啷是把铛削折，镗啷啷是铛头落地。廖圆回头就跑。喽兵四散。到了前引山，又有二百喽兵把守。北侠一露面，寨主回头就跑，喽兵一乱。你道这家寨主是谁？原来是毛保！他见北侠焉有不怕之理？过了前引山，到了前引洞，过不去了。二百喽兵也没有兵器，寨主是赛尉迟祝英。看见前面的山洞极深，非得进洞内，不能开开石门。上面是山，下边是洞；上边拿石头码起一堵墙来。若有人奔洞，二百喽兵拿石头乱打，一人一块，就是二百块，越近，石头越大，故此谁也不能向前。几个人过去，几个人都跑回来了，身上还多少带点伤儿。这回是北侠往前，喽兵不但不打，还乱嚷乱跑。北侠蹿入洞中开门。

你道什么缘故？是蒋四爷办理外头大事，大人上了武昌府，二爷先生保护。带了大爷三爷上了晨起望。十五晚间，约会全村老叟、顽童、中年汉，由旱路而来。卢、徐、蒋、焦、孟、史、路、鲁，大众乘三只船，在连云峰下坎等候。见了两支信火，不见三支，叫大众嚷喝：“天兵天将到了，四面八方攻破君山了!”就在山外放起一把火来，满山遍野烈火飞腾。借着火光，徐庆独自一人，别着一口刀，自爬上山去。常言一句：“不巧不成书”，要没徐庆，这山万万闯不出来。三爷到了上面，看见祝英，抽后就是一刀，幸而祝英一闪躲过，吓得撒腿就跑。徐庆并不追赶，为的是瞧着下面大众。上边问道：“你们可拿了钟雄?”大众告诉：“已然拿获了。山下见吧。”众人出洞，蒋四爷迎住，暂且不表。

单提的是北侠，抢上了飞云崖口。武国北一拉武国南退下，找了个僻静所在，说：“哥哥，大势不在了，咱们疾速让夫人逃难吧。”武国南心想是一番好意，连连点头。到了后面，求见夫人。婆子带将进去，来见夫人。见了夫人，双膝点地说：“夫人，大事不好了，我家寨主教他们盗出君山，天兵天将杀将进来，玉石皆焚。夫人早作准备才好。”姜氏夫人一听，眼含痛泪说：“早知道寨主的祸不远矣！苦劝不听，我活着是君山人，死了是君山鬼。我是万不能出山。”武国南说：“夫人不出君山，可以使得。我们把公子小姐保将出去。若是有祸患，日后有报仇之人。”夫人无奈说：“你们倒是一番美意。”就叫婆子、丫环与公子小姐多穿几件衣服，打点细软金珠，包裹停当。

这一逃难，就有性命之忧，且听下回分解。

第三十九回

逃难遇难亲姐弟　起誓应誓同胞人

诗曰：

养身不亚似生身，寨主何曾负仆人。
姐弟岂知同遇难，家奴反欲逼成亲；
竟迷暗室怀中宝，几丧明珠掌上珍。
若使未能逢智化，终难重聚乐天伦。

且说武国南、武国北虽系兄弟，是两样心肠。武国北瞧寨主势败，失了小飞云崖口，就知道君山不保。自己会同着哥哥到后寨去劝解，着夫人逃难。他们两人全没成过家。这一逃难，教他哥哥就把夫人收了，他把小姐占了。就是为这个主意而来。欲先说出，他怕他哥哥不点头。怪不得智爷与钟太保议论，武国北此人万不可用，如今就应了智爷的言语。见了夫人一说，夫人就把一双儿女交与他们。姑娘哪里肯走，总是大了几岁，说："娘啊！你死在君山，我和你一块死。"姜氏肝胆欲裂，一手拉着钟麟，一手拉着亚男，说："儿哩女儿，难道说为娘就舍得你们，倘若老天垂念，还有相逢之日。这都是你天伦忠言逆言，才害得咱们娘们好苦。你们就跟随你武大哥、武二哥逃难去吧。国南、国北，我就把我这一对儿女交与你们了。"国南说："夫人请放宽心。"说着话双膝点地，对天盟誓："过往神祇在上，保着我家公子小姐逃难，如改变心肠，天诛地灭。"还叫国北起誓："不管夫人怎样，咱们先明明心。"国北说："哥哥你起了就得了，还教我起誓。”武国北无奈，跪在地上说：“过往神祇在上，保着我家公子小姐逃难，如欲改变心肠，我哥哥怎么样我也怎么样。”武国南说：“不像话，你个人单起你的誓。”武国北说：“我若改变心肠，教我死后肝花肠子教狼吃了。”武国南说：“不成，没有那么起誓的，重新另起。”夫人说：“不必了。”外面把红沙马备好，包袱细软之物一切全系在马上。国南劝解：“夫人不必挂心。”武国北搀着小姐，武国南背着钟麟，一出门，犹如送殡的一样，就哭起来了。小姐上马，武国南背着钟麟，武国北拉着红沙马，出了后寨门。把门人俱都醉倒。慢慢过了摩云岭，绕过白云涧，到了蓼花岗，由西往下就是蓼花滩。国北叫：“哥哥，咱们往哪里走？”武国南说：“咱们走蓼花岗，那滩中不好走，净荆条绊人。”走着路，武国北问哥哥：“圣人说，不孝有三，无后为大。你也不想成家了吧，我怎么样呢？”武国南说：“我这岁数还成什么家！你是你了，以后给你说上门亲事，接续香烟。”国北说：“那得多久！”国南说：“到了岳州府，若寨主大势不好，给小姐择婿，必定门当户对。把小姐事情办完，再给你说亲。”国北说：“与其那么着，省件事好不好？也不用给小姐择婿，也不用给我说亲；小姐也出了阁，我也成了家。这目前就是顶好的件事。”国南说：“你也得说着，才能成家哪。”国北说：“把小姐给我。”国南一听说：“好天杀的！你还要说些什么。”国北说：“哥哥，我试探试探你呀！你要顺着我说，我就把你杀了。”国南说：“你说这句话虽系试探我，就损寿二十年。”钟麟说：“武大哥，我害怕。”国南一回头，黑糊糊的万丈深潭，令人可怕，说道：“少主人，闭着点眼睛吧，过了这点窄狭的道路就好了。”话言未了，就听见“嘣”的一声，那武国北一脚踹在国南的腿上，一歪身，“哎哟哟”一声，连国南带公子就坠下深潭去了。姑娘一见国北的光景，也要蹿下潭去，早被恶贼一把扭住，想动不能，拉马扑奔正北而去。暂且不表。

单提的是智化受镖滚下山来，大众枪刀乱扎乱砍，早教金枪将于义一把手拦住，说："把他绑起来，解往承运殿。"正要追赶寨主，火光冲天，杀声贯耳，人家救兵到了。眼瞅着小五寨人陆续败回，连祝英俱到，说："不用赶了，教人接迎到水面船上去了。"一个个面面相觑，意欲打水寨追赶。明知他们会镌船底，慢慢再作计较。于义，祝英等人聚会承运殿，吩咐把智化绑上来。

不多时智化进承运殿，一阵哈哈狂笑，面上并无惧色。大众一瞧，见了罪之魁，恶之首，各个咬牙，人人愤恨，俱找兵器要将智爷乱刀分尸。智爷又是嗤嗤地冷笑。若是净糊涂人，智爷就死了。可巧有明白人，偏要问问。那愚人说："可别让他说话呀！他能花言巧语。"于义说："让他有话说完，难道还把他放了不成！姓智的，你乐什么!?"智爷说："我乐的是，你们大众空有这些人，连一个有能耐的也没有，全是些衣冠禽兽。我们虽把寨主盗出君山，可不是有意杀害寨主。劝寨主改邪归正，作大宋的官，梦稳身安，可得有我的三寸舌在。不料我今被捉，可不是我怕死，我怕死还不敢诈降呢！纵然一死，落个千古声名，就拿姓智的到得君山，准占几个好字，占的是勇、仁、义、礼、智、信。"于义大笑说："你是人面兽心。这几个字你连半个也不能占。"智爷说道："我身无寸铁，你们君山是国家一大患，我定了君山，先占个'忠'字。君山铜墙铁壁一样，万马千军到此，破不了君山，我们八个人把君山破了，可占个'勇'字。自我姓智的到山，无论寨主、喽兵、头目犯罪，我去讲情，大事化小，小事化无，占个'仁'字。用酒将尔等灌醉，俱都杀死，岂不省事，可咱连一名喽兵不伤，我占个‘义’字。难道说，我们不会四下里放火，叫你首尾不能相顾，出去岂不省事？不放火烧山，占‘礼’字。种种的主意，条条的计策，我全把寨主哄信，占个‘智’字。当初结拜说过，有官同作，寨主帮着王府作反，我不忍坐观成败，我劝他归降大宋，我占个‘信’字。我把六个字占全，交友之心大略如此。尔今见大寨主被捉，倒遂了你们的心愿，或者轮流作寨主，或是抓阄儿作寨主。寨主刚一被捉，你们就改变心肠。按说寨主多大，夫人多大，我今被捉就没一个人问问夫人去，是杀是剐，你们就私自作主。我笑的就是这个。”说毕又笑。浑人说：“杀了吧。”于义、谢宽说：“不可，他讲的有理。”就命谢充、谢勇解到后寨见夫人，教杀就杀，教放可别放，仍把他解回承运殿，也是剁了他。

说毕，解智爷至后寨，叫出婆子，言明此事。婆子进去，少时出来说：“夫人要见他哪！你们这等着吧，要教剐，我们也会做活儿。”

将智爷往里一推，拍的拍，拧的拧，骂的骂，推的推。到了里边，面见夫人端然正坐，智爷便双膝跪倒说：“嫂嫂，小弟智化与你老人家叩头。”夫人不看智爷，低着头说：“智五弟，今天你哥哥的生日，不在前庭饮酒，面见为嫂有什么事情？”智爷瞧这个景况，羞得面红过耳，说：“嫂嫂不必明知故问了，小弟惭愧无地。”夫人一抬头，问：“五弟为什么倒绑着二臂？”智爷就将怎样诈降，为救展南侠，弟兄结拜，盗钟寨主出山，一五一十细说一遍。夫人问：“寨主本领比你如何？”智爷说：“我哥哥如天边皓月，我如灯火之光。”夫人问：“君山坚固不坚固？”智爷说：“如铜墙铁壁。”夫人说：“国家伐兵，一时破得了君山破不了？”智爷说：“千军万马一时也不能就破此君山。”夫人说：“却由来你们几个人把君山破了，把寨主拿了，一者是大宋之福，二来你们都是佛使天差，个个不凡。你今被捉，我一句话，你就是碎尸万断。我何苦逆天行事！总怨寨主爷不好，我苦苦相劝，忠言逆耳，总是个定数。来呀，你们把智五爷的绑松了。”婆子丫环说：“智五爷的绑松不得。他是仇人，杀了他给寨主爷报仇。”夫人说：“你们哪知道！松绑。”婆子无奈，才把智爷绑解开。夫人说：“五弟，我放你出山。等着你寨主剐的时节，预备一口薄木棺椁，将你寨主哥哥的骸成殓起来，就算尽了你们结拜的义气了。”智化说：“嫂嫂可别行拙志，三五日必见佳音。”夫人说：“五弟，你出去吧！”智爷说：“哎呀，嫂嫂，我那一对侄男女哪里去了？”夫人说：“国南、国北带着他们逃难去了。”将要说往哪里去，婆子把嘴一按，说：“可别说了，他是要斩草除根。你别损了，留点德行吧。”智爷说：“国北非系好人，我侄女倘有差错，那还了得！”夫人说：“凭他们的造化吧。五弟，快些出山去吧。”

婆子往外一推，智爷无奈出来，不敢往前去，由西越墙而出。他一瘸一点出后寨门，过摩云岭，绕白云涧，走蓼花岗。听见钟麟喊叫智五叔。天色微明，这就到了十六了。智爷往下一看，黑暗暗的深潭。钟麟叫：“智五叔。”智爷答应道：“侄男不必惊慌，你五叔来了。”

你道万丈深潭，钟麟为何没死？皆因是主仆往下一扑，离着三二丈深，由山石缝儿里长出一棵松树，年深日远，上面的松枝盘得顶大，上边又有几棵藤萝，历年间把松枝盘成一个大饼子相仿。主仆坠落在上面。主仆苏醒过来半天了，国南劝解公子不要害怕，骂道：“国北天杀的，真狠！”钟麟说：“不好下去。”国南说：“天亮有打柴的，就把咱们系下去了。”钟麟说：“有我五叔到，就救了咱们了。”国南说：“别叫他，不要他来。”公子偏叫。智爷看见又惊又喜，问了他们的缘故，国南无奈，就把以往从前说了一遍。智爷想了一个主意，复返回到蓼花岗的南头，下蓼花滩走到树下，教国南把刀扔下来，拿着刀，把葛条砍掉无数，接在一处，盘了一盘拉着了，从蓼花岗扔将下来，将钟麟的腰拴上，往下放。公子脚沾实地，叫他解开；复又拉将上来，将国南腰拴好放下。智爷问：“把你们系将下去，你们投奔何方?”国南说：“上岳州府。”智爷叫他们上晨起望，到路、鲁家中去。国南应允。智爷说：“你要不去，你可得起誓。”国南狠着心起誓：“我要不去，教我淹死，上吊死，这还不行吗?”智爷方肯把他放下去，扔了葛条，提刀奔赴正北。不到三里路，看见小松树上捆着小姐，国北提刀威吓，拴着红沙马。智爷蹿入树林，一刀正中国北胸膛，杀死了恶奴，救小姐回晨起望。

欲知后事如何，且听下回分解。

第四十回

甘婆药酒害艾虎 智化苦口劝钟雄

诗曰：

青龙华盖及蓬星，明星地户太阳临。

天岳天门天牢固，阴阳孤宿合天庭。

十二辰宫真有芊，凡事依之验如神。

行兵能知其中妙，一箭天山定太平。

且说国北丧了良心，将哥哥踢下山去，拉马到小树林，拴马，捆小姐，拿刀威逼小姐从他。小姐大骂。智爷一到看见，杀了国北，解开小姐，百般地劝解、安慰，哄着她上马，直奔晨起望来了。他们走后，来了个饿狼，把国北肝花肠肚吃净才走。这就是起誓应誓。慢说是他，连国南还得应誓。

国南到了蓼花滩，解开葛条，背起公子，天已大亮。一想若奔晨起望，活活地送了公子性命。不怕自己应了誓，也是投奔岳州府。走到午饭时候，公子嚷饿，哄着他说："出了山，就有卖吃的了。"冬令的时节，天气甚短，整走了一天，日落方才出山。

走不到半里，一道长河拦路。那边来了一只小船，国南说："船家渡我们到西岸。"船家说："你们要上哪里去？"国南说："要上岳州府。"船家说："我们是岳州府船，索性带你们上岳州府。"问："船价多少？"船家说："无非带脚，你看着给吧。"靠岸上船，将钟麟放在舱内。由后舱出来一大汉，九尺身躯，短裤袄，蹬着双大草鞋，脸生横肉，到前头问公子："叫什么？把帽子给我吧。"抓了帽子，直奔船头。公子一哭，国南说："没有这样逗孩子的。"随即爬出船舱，要奔船头，早受了一锹，扑通一声，打下水去。自己喝了一口水，水势又硬，被浪头打出多远。好容易这才上来，通身是水，也看不见船只，也找不着公子。冬天的景况，冷风一吹，飘飘摇摇雪花飞下来了。

国南一见身逢绝地，前边有一树林，就把带子解将下来，搭在树上，系了个扣儿，泪汪汪叫了两声苍天，把脖子往上一套。眼前一黑，渺渺茫茫。少刻又觉苏醒，依然坐在地上。旁边站定一人，青衣小帽，四十多岁，问道："你为何上吊？"国南又不敢说真话，只可说："我活不得了。"那人问："你上吊，我救下你来。你有何事？说出来，万一能管，我能管管，不能，你再死。"国南说："我带着我家少主人上岳州府，上船后叫水手将我打下水去，失去我家少爷，我焉能活着!?"那人说："是两个水手，一高一矮？"国南说："对了。"那人说："我姓胡，排七，在酸枣坡开酒铺。跟我上铺子，我有主意。"国南听了欢喜，拿了带子，拧了拧衣服的水。胡七问："贵姓？"回说："姓武，排大。"随到了酒铺。有个伙计让至柜房。胡七拿出干衣服，与他穿上，暖了些酒，叫国南吃。

将要上门，进来一人问："可卖酒？"回说："卖酒。"落座要酒。来者是艾虎，在茉花村听见信，冬至月十五日定君山，自己偷跑来的。到此已经十六日了，又下起雪来。要喝酒，入铺内把酒摆上，自己吃用，忽听里面说："得慢慢地办，谁敢得罪他？"艾爷就知必是恶霸，自奔到屋中，问："什么事？要有恶人，你们怕我不怕，我可爱管闲事。”胡七说：“这位行了。”国南要与艾虎叩头，艾虎拦住。武国南将丢公子的事说一遍。艾虎问：“掌柜的，你可知道？”胡七说：“有八成是他们。”艾爷说：“你说吧，不是也无妨。”胡七说：“他们二人一个叫狼讨儿，一个叫车云，是把兄弟。狼讨儿有个妻子，是赵氏，暗与车云私通。二人摆渡为生，忽穷忽阔。武大哥所说就是他们，住在狼窝屯。”艾虎说：“我酒也不喝了。我同武大哥上狼窝屯。”给了酒钱，同武国南出来。胡七同着到了摆渡口，说：“由此往西，他们住村外路北。”胡七回去了。

雪也住了。到了村外，看见墙内屋中灯光射出。艾虎教国南外等，进去不少时刻方才出来，拿着公子的衣服、头巾，与国南看。国南问了缘故，小爷说：“我到里面杀了奸夫淫妇的性命，就是车云、赵氏；狼讨儿背着你家公子上岳州府卖去了，把衣服留下。剩这两个狗男女，议论要害亲夫，教我遇上，杀了男的，问明女人，也就杀了，放了把火。咱们去吧，上岳州找去。”国南拿着衣服，又要叩头，艾爷不许，直奔西南。

走有二里路，国南说：“有了！”艾爷问：“哪里？”国南看这脚印是他，艾爷问：“因何看得准？”国南说：“他穿的是大草靴。”艾爷乐了，顺印儿找下来了。走着国南才问艾虎的姓，艾虎告诉他姓艾。他们找到一个门首，脚印没有了，细看进去了。院里挂着灯笼。艾爷问：“武大哥，这墙上是什么字？”国南说：“婆婆店。”

艾爷上前打店，里面婆子出来，开门进去，问：“二位客官住西房两间如何？”艾爷说：“好。”将到院内，就听东屋内人说：

“我找我武大哥。”国南一听着急，便拉了艾爷一下，说：“艾恩公，听见没有？”艾虎说：“你别管，有我哪！”婆子问：“你们做什么？拉拉扯扯的。”小爷说：“你别管，说我们的话哪。”来到西屋，国南出房外，听东屋的公子说什么。艾爷叫点上灯，问：“妈妈贵姓？”婆子说：“姓甘。”艾爷说：“原来是甘妈。哟，你是谁的干妈？”甘婆说：“你愿意叫我甘妈？”艾爷说：“你那岁数，我叫你干妈不要紧。”婆子说：“那可不敢当，客官贵姓？”艾爷说：“我姓艾，叫艾虎。”婆子说：“你叫什么？”艾爷又说：“我叫艾虎哇，你再问，我本叫艾虎么！”婆子想：其间有同名同姓的。又问：“你在哪里住？”艾虎说：“卧虎沟。”婆子一听，眼都气直，气哼哼地问：“你们一沟有多少艾虎？”艾虎也是气，回答说：“一沟都是艾虎。”婆子明知是买她的便宜，假充他们姑爷。问道：“客官用酒饭吧？”艾虎说：“拿去。”婆子出去，国南进来。国南说：“恩公，那屋里打我们的公子哪。”艾爷一听，钟麟说：“找我武大哥。”只听一人回答：“要找也得明天，哭我就打。”遂将孩子叭叭地乱打，孩子直哭。婆子问：“你打这孩子是谁？”回答：“是我儿子。”婆子又问：“他武大哥哪？”回答：“是我们大小子。”艾虎说：“武大哥，他说你是他大儿子。”国南说：“他是我重孙子。”婆子进来，摆上酒菜，复又出去。说：“你别在这里管孩子，你一打，他一哭，人家还睡什么觉哇？”那人说：“我们走。”婆子说：“正好，我给你们开门去。”国南说：“他们要走。”艾虎说：“走了才好哪！你在这等着，我追他们去。”听着婆子给他们开门，等他们出去，又关上了门，读读念念往后去了。

艾虎出院子，一拧身蹿出墙外，跟下狼讨儿来了。过了一箭之地，前头有道山沟。书不可重絮。他见着狼讨儿，搁下公子，过去一刀就结束了狼讨儿性命，尸首扔在山沟。艾虎背着公子，说："我带着找你武大哥去。"回到店外，蹿过墙去，进了屋中，一看武国南倒于地上，口漾白沫。艾虎将钟麟放下说："你看这不是武大哥?"钟麟说："是我武大哥，睡着了。"艾虎说："你叫什么?"公子说："我叫钟麟。"艾虎说："这是你的使唤人么?"回答："是我们家人武大哥。"艾虎说："你们哪住?"答道："我们在君山，我父亲叫飞叉太保，着人家拿了。我跟着我武大哥逃难哪!"艾虎暗暗欢喜，说："你武大哥受了蒙汗药了。这是贼店。我把他拿了，交在当官。"公子说："我懂，贼店害人。"艾虎说："我拿他们。你可别言语，在这边躲着，小心着他们杀了你。"于是又把国南拉开，为的是地下宽阔好动手。艾虎往当地一蹲，单等人来。妈妈进来，艾虎往当地一爬。妈妈过来一看，说："这你就不叫艾虎了吧!"

这个字没说出来，腿腕子早叫艾虎抓住，往怀中一带，婆子爬伏于地。艾虎起来骑上，扬拳便打，嘣嘣嘣擂牛似的声音一般。婆婆嚷道："姑娘快来。"兰娘进来，艾虎见她短打扮，绢帕罩住乌云，便左手一晃，右手就是一拳。艾虎并没起来，还是骑着婆子，伸手一刁兰娘的腕子，刁住了腕子，一拢肘关节，往怀里一带。兰娘往怀里一夺，被艾虎往外一耸，摔倒在地，鲤鱼打挺，飞起来就是一腿。艾虎单手一扬，就把兰娘腿腕用手钩住，往起一挂，兰娘复又摔倒，爬起往外就跑。婆子苦苦央求，艾虎方才起来。

妈妈说："我们有眼如盲。你要不假充我们的亲戚，我们也不能这样。"艾虎说："你们亲戚是谁?"婆子说："卧虎沟艾虎是我们姑老爷。"艾虎一笑说："怨不得哪！你见过你们姑爷没有"婆子说："怎么没见过哪，长得雪白粉嫩。"艾虎说："冤苦了我了。有媒人没有?"婆子说："有蒋四老爷。"小爷说："啊！我四叔哇，这就好了，你只管打听，卧虎沟艾虎没两个。外号人称小义士。北侠是我义父，智化是我师傅，错了我输脑袋。"婆子听了一怔，暗道：要是真的，比那个还好，结实足壮，本领强多。但这时难论真假，见了蒋四老爷再说。艾爷说："我们这个人如何?"婆子说："容易。"随取了水来灌了国南。小爷叫取些好酒来用，妈妈去取。国南问公子的事，艾虎叫公子过来。公子见了国南一扑大哭，连国南也都哭了。国南收泪与艾虎道劳。婆子拿了酒来一看，惊问："孩子因何在这里?"艾爷告诉了一遍，婆子方才明白，与公子穿了衣服。钟麟就将已往从前说了一遍。大家一同饮酒。

次日起身，婆子饭店钱一概不要，有话见蒋四爷再说。这就到了十七日了。国南说："艾恩公，咱们要分手了。"艾虎说："上哪里去?"国南说："我们上岳州府。"艾虎说："你陪着我多绕两步吧，上晨起望。"国南说："就是不上晨起望。"艾虎说："不去不行，我奉我师傅、义父之命，特意请你们来了。"国南说："你师父、义父是谁?"艾虎说："北侠是我义父，智化是我师傅。"国南一听："哎哟！害苦了我了。"艾虎说："要去，你背着公子；你要不去，我把你杀了，我背着公子。"国南说："这是我们主仆命该如此，跟我们寨主，大家死在一处就是了。"言毕，一同起身。

再说展南侠大众，出君山上船。大家给展爷道惊道喜。蒋爷一点人数，少了个智化，谁也不知。唯独柳青说：“上小飞云崖口听见哎哟一声，大概是被捉了。”展爷要回君山去救智爷，被蒋爷拦住。遂说：“他和我只要嘴能动，就死不了，不必挂心。”晨起望助威的人，由旱路而归，弃船登岸，背钟雄至路、鲁家中。到了次日申牌时候，智爷到。大家迎接进去，道惊道喜。智爷将小姐搀下马来，把马拴在院内，把小姐带着，看看沙龙、南侠、北侠等。智爷问：“她天伦现在哪里？”沙龙说：“现在西屋内，吃醉了酒，在那里睡。”智爷明知，带着姑娘去看看。启帘来到屋中，姑娘一看，天伦躺卧一张床上，眼含着痛泪，叫道：“天伦。”叫了两声不答应，就要放声大哭。智爷劝住说：“你还不知道，你天伦那酒性，喝醉就睡觉，一叫他就打人。等他醒来了再见吧。”叫路爷带姑娘到后边见路鲁氏，让鲁氏劝解劝解，姑娘往后边去，不提。

大众到上房落座，智爷就把自己被捉的一番经过说了一遍。问：“武国南可曾来到？”大众说：“没来。”智爷说：“他不来可不好办。”蒋爷说：“等一日半日不来，我有主意。”

到了十七日晌午时，有人进来说：“外面有个叫艾虎的来找众位爷们呢。”智爷说：“教他进来。”不多一时，艾虎带武国南、公子一齐到屋中。艾虎给大众行礼，徒弟史云给他行礼。武国南把公子放下，与大众行礼。智爷说：“你今天才到，应了誓没有？”国南说：“全应到了，活该死在这里。”智爷随即说：“叫路爷带公子到后边姐弟相见，也叫国南到后边去。”进来众人，将钟雄搭至庭房，起了迷魂药饼，后脊背拍了三掌，迎面吹了一口冷气。钟雄悠悠气转。他睁眼一看，七长八短，高矮不等，有认识的，也有不认识的。仍是问智化："贤弟，这是怎么个缘故?"智爷双膝跪倒，就把已往从前诈降救南侠，结拜弟兄，暗往里诱人，过生日无令，灌醉寨主、喽兵，用熏香盗寨主，自己被捉，夫人释放，误走蓼花岗，救钟麟、武国南，杀武国北救小姐，武国南落水丢公子，国南上吊遇胡七解救，艾虎捉奸，娃娃谷杀狼讨儿，这些事细说了一遍。"哥哥，你在梦中。大宋洪福齐天，王爷如何能成其大事?你是聪明反被聪明误，大势一坏，玉石皆焚。小弟等不忍坐观成败。你若降了大宋，是小弟等的万幸；你若不降，小弟等一头碰死在你这前面，尽了交朋友义气，以后任凭你自为。我们口眼一闭，大事全不管了。"旁边连小姐公子同说："爹爹降了吧。"

欲知钟雄是否投降，且听下回分解。

第四十一回

寨主回山重整军务　英雄听劝骨肉团圆

且说钟雄听智爷滔滔不断的言语，这才知道三天的工夫，连儿带女受了无限的苦处，寨中也是大乱。这时，要是自己一人在山，万不至如此，自己回头一想，如同一场春梦，糊糊涂涂的。难得智贤弟这般诚实，大众全跪下，异口同声劝降。钟雄说："贤弟，你为我可不是容易，心机使碎，昼夜的勤劳，可见你是钟氏门中大大的恩人了。头一件，祖先坟茔保守住了，祖父尸骨不能抛弃于外；二一件，大宋的洪福齐天，君山一破，玉石皆焚；第三件，救了你这一对侄男女。他们本是绝处逢生，多蒙贤弟，保住钟氏门中一条根苗，钟雄铭刻肺腑，永不敢忘。"随说着话，钟雄早已跪下了，说："众位老爷们，也有认识的，也有不认识的。我一介草民，叛君反国，身居大寨，已该万死，万死犹轻。如今众位必是看在我智贤弟的分上，不肯将我凌迟处死，怎么反与我罪人行礼，我如何担当得起！我今降了大宋，倘若口是心非，必死在乱刀之下。"大众异口同声说："言重了！"大家同起，哈哈一笑。蒋四爷说："识时务者为俊杰。"

智爷说："给你们见见，这是蒋四老爷。这是我盟兄。"对施一礼。钟雄说："多蒙大人恩施格外。"蒋爷说："有过能改，就是英雄。"所有没见过者，挨次都给见过一回。武国南过来，给寨主磕头。智爷说："不宜迟，早些回山，省得我嫂嫂提心吊胆。"智爷说："咱们谁送钟大哥回山？"卢爷、徐爷、蒋爷、展爷、智爷、艾虎、北侠、双侠，都愿意送寨主回山。钟雄说：“我已是降了，怎么还叫寨主哥哥呢?”智爷说：“你虽然是降了，君山钱粮浩大，你此时虽降了大宋，大人也不能供山上的用度，总得听旨后，由那里拨粮饷。暂且回山，仍称寨主，千万别叫王府知晓。他若知晓，岂肯再供粮饷?哥哥你若回山，不教喽兵寨主扬言此事，你可压令得住压令不住?”钟雄说：“压令得住。”智爷说：“既然这样，咱们及早回山。”钟雄说：“咱们回山，把你侄男侄女留在此处，然后再接他们来。”智爷说：“哥哥多此一举!你不是那反复无常的小人。你把侄男侄女寄在这里，以作押账，这是何苦?!若是怕你，还不叫你回山哪。教我嫂嫂早见儿女，早欢喜欢喜!”说毕，叫武国南背了公子和小姐一起到后面辞了路鲁氏，仍是上马。不去的送出门来，送寨主的一同前往。

智爷用手一指说：“哥哥，你别叫他赵兰弟了。”钟雄说：“怎么?”智爷说：“此人乃松江府茉花村人，姓丁双名兆蕙。”钟雄说：“是双侠呀!怎么不说真名姓呀?”智爷说：“诚心冤你。南侠、北侠、双侠全投降，你不吃疑么?那时被你看破，就没有今日了。”寨主说：“你真乃高才。”

随说随走，就到了飞云关下。钟雄说道：“喽兵听真，疾速报与众寨主得知，如今被我智贤弟劝说归降大宋……”智爷说：“哥哥有什么话，到里边承运殿再说不迟。”少刻间压山探海，全山各寨主、喽兵，俱都前来迎接，跪了一片，给钟寨主道惊道喜。然后，如众星捧月一般，围护着寨主，走旱八寨进寨栅门，奔承运殿。

寨主走了三天，山中乱了三天。谢充、谢勇在后寨等到红日东升，才见婆子出来。急忙过来一问，才知道夫人早将智爷放走。二人吓了一跳，自己把自己绑上，到承运殿请罪。众人也不肯结果他们的性命，只与他们松绑。一时你言我语，整乱了三天。这天报寨主回山，大家迎接入承运殿。

智爷拉马奔后寨，至后宅门，叫国南放下公子，搀了小姐，拴住马匹。不多一时，里面婆子出来，请智爷、国南带公子、小姐进去。来到阶台石下，早见夫人出来迎接，智爷行礼说："小弟智化与嫂嫂叩头。"夫人说："智五弟免礼。"智爷说："小弟蒙嫂嫂不肯杀害，恩施格外。总算嫂嫂有容人的识量。若不是小弟逃走，我这一对侄男女也是身逢横祸。如今将我寨主哥哥劝说降了大宋，送回君山，我将侄男侄女也交与嫂嫂。我还得同我寨主哥哥，办承运殿中大事哪！"姜氏说："智贤弟，也不枉你寨主哥哥喜爱交友。交遍天下友，知心有几人？你是钟氏门中大大的恩人。请上，应受为嫂一礼才是。"智爷说："不敢，折罪死小弟了！"姜氏叫亚男、钟麟与智爷叩了头。智爷告辞出来。姜氏许持百日之斋，满斗焚香，大谢上苍，暂且不表。

单提智爷来到承运殿，寨主说："正等候智贤弟一同吃酒。"智爷说："别忙，你可对大众说明降宋之事。"钟雄说："被你一拦，我也不敢往下再说了。"智爷说："这可说吧。众位，我替寨主说。寨主如今教我姓智的同众校护卫老爷们，劝说归降大宋，你们大众连喽兵等，若要愿降，一并归降大宋；如不愿降，请为一言，或投亲，或投故，或归原籍，或投王府，给你们预备盘缠，请早离君山。"

言还未毕，见徐庆、艾虎每人扛顶一人，倒捆二臂，进门来摔在地下。三爷说："拿来了两个。"大众一瞅，原来是赛尉迟祝英，还有个是他的从人。你道什么缘故？是钟爷在飞云关，说出归降的言语，智爷就知此话说早了，准知祝英不降，他是王爷的眼目。因走在蚰蜒①小路口，就把三爷、艾虎留下说："要有个黑脸大身躯使鞭的，见着就拿奔承运殿。"果然是祝英。原来祝英一听寨主降宋，带了他的从人，提了鞭，由丹凤桥北蚰蜒小路出山，给王府送信。将进蚰蜒路不到半里，遇一人要他的买路金银。祝英说："好大胆，在这里断道！"就是一鞭，艾虎一闪，祝英早被三爷由石后蹿将出来，一脚踢了个跟头。艾虎过来就捆。从人一跑，也教三爷一脚踢了个跟头，牢缚二臂。每个扛起了一人，直奔承运殿。路上喽兵谁敢拦阻？到承运殿摔于就地。智爷过来解开祝英，说："我家寨主降了大宋，不怕你不降，不该犯偷跑。"祝英说："我受王爷的恩厚，我就知报效，我不知什么叫大宋。忠臣不事二主，烈女岂嫁二夫？如今被捉，速求一死。你们要不杀了我，若是放了我，我就去上王府送信。"智爷微微地冷笑说："原来借你口中言语，教奸王知道。疾速去吧。"把个钟雄吓得二目发直，直愣愣地瞅着智爷，又不敢说话，又猜不着智爷是什么主意。自思祝英上王府一送信，大事全坏。祝英说："这可是你的主意，不杀我呀，我可要走了。"智爷说："请吧。"刚一转脸，智爷瞅着北侠的刀一扭嘴，北侠就领会了他的意思，把刀一亮，嗖的一声，一个箭步赶到祝英身后。咔嚓一声，把祝英劈为两半，咕咚咕咚扑于地上，红光崩现。接着，智爷大吼一声说："哪位不愿意降，快些说来！"大伙异口同声，齐说愿降。又听见噗哧一声，原来是艾虎把那个从人杀了。蒋爷暗道：黑狐狸真"坏"，假手杀人。钟雄说："智贤弟，这是什么意思？既把他放了，怎么又把他杀了？"智爷说："他是个浑人，要是传令丹

① 蚰蜒（yóu yán）——节肢动物，像蜈蚣而略小，黄褐色，生活在阴湿的地方。

凤桥下枭首，他明知活不了，就要破口大骂，咱们也得白白地听着。不如这样打发他回去省事。”钟雄说：“我不及贤弟多矣，将死尸搭将出去。”将尸搭出，用灰土掩埋血迹。然后大排宴筵，喽兵各有赏赐。

酒过三巡，智爷说：“哥哥，君山的花名册写清，好给大人送去。”卢大爷说：“我去送去。我正想二弟哪。”三爷说：“我同哥哥一路前往。”卢爷点头。寨主派书手抄写花名。智爷说：“这可得了，把哥哥你的事办完，我们要破铜网了。”钟雄说：“什么，谁破铜网?”智爷说：“我们大众。”寨主摆着头说：“不易呀！不容易！你知道总弦在哪里？副弦在哪里？就是有宝刀宝剑，也不容易破。你们知道什么人摆的?”蒋爷说：“是雷英。”钟雄说：“不是。”

毕竟不知他说出是谁来，且听下回分解。

第四十二回

蒋泽长八宝巷探路　老雷振在家中泄机

诗曰：

款款衷情仔细陈，愿将一死代天伦；

可怜一段豪雄志，不作男身作女身。

有赵津女娟者，赵河津吏之女，赵简子之夫人也。初，赵简子欲南击楚，道必由津，因下令与津吏，期以某日渡津。至期，简子驾至欲渡，而津吏已醉如死人，不能渡矣。简子大怒，因下令欲杀之。津吏有个女儿叫女娟，听见简子下令欲杀其父，不胜恐惧。因持了渡津之楫，而左右乱走。简子看见，因问道："汝女子而持楫左右走，何为也?"女娟忙再拜以对道："妾乃津吏息女，欲有言上渎，不敢直达，意乱心慌，故左右走耳!"简子道："汝女子而有何言?"女娟道："妾父闻主君欲渡此不测之津，窃恐水神恃势，风波不宁，有惊帆樯；故敬陈酒醴祷辞于九江三淮之神，以祈福庇。祭毕，而风恬浪静，以为神飨，欢饮余沥，是以大醉。闻君以其醉而不能供渡津之役，将欲杀之，彼昏昏不知，妾愿以代父死。"简子道："此非汝女子之罪也。"女娟道："凡杀有罪者，欲其身受痛，而心知罪也。想妾父醉如死人，主君若此时杀之，妾恐其身不知痛，而心不知罪也。不知罪而杀之，是杀不辜也。愿主君待醒而杀之，使其知罪，未晚也。"简子听了道："此言甚善，且缓其诛。"津吏因得不死，既而简子将渡，操楫者少一人。女娟裸臂操楫前请："妾愿代父，以满持楫之数。"简子道："吾此行所从，皆士大夫，且斋戒沐浴以从事，岂可与妇人同舟哉!"女娟道："妾闻昔日汤王伐夏，左骖①牝骊②，右骖牝麋，而遂放桀至于有巢之下；武王代殷，左骖牝骐③，右骖牝麃，而遂克纣至于华山之阳。胜负在德，岂在牝牡哉！主君不欲渡则已，诚欲渡津，与妾同舟，又何伤乎？"简子闻言大悦，遂许其渡。渡至中流，女娟见风恬浪静，水波不兴，因对简子说道："妾有河激之歌，敢为主君歌之。"因朗歌道："升彼阿兮而观清，水扬波兮杳冥冥。祷求福兮醉不醒，诛将加兮妾心惊。罚既释兮渎乃清。"歌罢又歌道："妾持楫兮操其维，蛟龙助兮主将归，呼来棹④兮行勿疑。"简子听了大悦，道："此贤女也，吾昔梦娶一贤妻，将毋即此女乎？"即欲使人祝袚⑤以夫人。女娟乃再拜而辞道："妇人之道，非媒不嫁；家有严亲，不敢闻命。"遂辞而去。简子击楚归，乃纳币于父母，而立为夫人。君子谓女娟通达而有辞。闲言少叙，书归正传。

且说蒋爷问钟雄："我们都知道这铜网阵是雷英摆的，你怎么说不是?"钟雄说："我先前也知道是他。王爷请我上府里住了三天，和王爷谈了两天的话。末天与雷英叙了同盟的兄弟。他来

---

① 骖（cān）——古代指驾在车两旁的马。
② 牝骊（pìn lí）——雌性的纯黑色马。
③ 牝骐（qí）——雌性的青黑色马。
④ 棹（zhào）——这里指船。
⑤ 祝袚（fú）——求告神灵降福除灾。

后又在我们君山住了三天，无非是讲论些个文武的技艺。那人很露着浅薄，就提铜网这节不行，又讲了八卦、五行、三才，问到准消息的地方，他就说不出来了。我说：‘你是藏私，我就不问了。’后来他说：‘你我若非生死之交，我可不能吐露实言。’我说：‘你我辅佐王爷，共成大事，难道说我还能泄露于外不成！’他这才说出实话。他有个义父，此人姓彭，叫彭启。先在大海船上瞧罗盘，遇暴风刮到西洋国去了十二年，遇天朝的船，北风一起又刮回来了。本来人就能干，又学了些西洋的法子，奇巧古怪的消息。雷英认他为义父。铜网阵是他出的主意，雷英称的名。要破此阵，据我想非得着这个人不行。”蒋爷说：“不知此人在哪里居住？”钟雄说：“就在雷英家中居住。听说这个人精于道学，寿已老耄①，面目如童子一般，早晚必成地仙。”蒋爷说：“恰巧，若在雷英家，要见此人不难。”南侠问道：“怎么见此人不难？”蒋爷说：“我在丹江口救过雷英的父亲，名叫雷振。救了他，问了名姓，知道他是反叛，要把他推下水去，一想此人有用，万一办王府之事，可以往他那里打听王府的虚实。我没告诉他真名实姓，我说我叫蒋似水。有这个活命之恩，到了他家，要说见这个彭启，大概容易。”智爷说：“这倒是个很好的机会。雷振他若念活命之恩更好，若是不念活命之恩，用熏香盗也把他盗出来。”蒋爷说：“我是贩药材的客人，咱们仍打扮成贩药材的客人。都是谁去？”智爷说：“我去把柳爷请来！”蒋爷说：“我去拿咱们大众所用的东西去。”言毕起身，上晨起望邀了柳青同到君

① 耄（mào）——泛指老年。

山。寨主将山中的草药用荆筐儿装上。他们的兵器、包袱等件上面堆放了药材，用绳子捆住，先叫喽兵推下山去。蒋、智、展、柳全换上青衣小帽。四位辞了寨主，到了山下，推着车子，路上无话。

直到襄阳进城，到王爷府后身，有个小药王庙。庙里面出来一个小和尚。智爷说："小和尚！"蒋爷说："小师傅，我们是办药材的，今晚在此借宿，等三两日起身，多备香火助敬。"小和尚去不多时，出来说："请众人推车进庙。"西屋内老僧接出来说："众位施主，请屋中坐。"大家入内落座，问师傅贵姓。和尚回答："小僧净林，未领教几位贵姓。"智爷说："那位姓展，那位姓柳，那位姓蒋，弟子姓智。"和尚说："阿弥陀佛。"就在庙中用饭，住在南院西厢房内。小车搭到屋里，一夜不提。

次日早饭毕，蒋爷说："我去了，听我的喜信。"出了庙门，见一老人，问道："哪里叫真珠八宝巷？有个明远堂雷家在哪里？"那人说："路东口内尽东头，路北第一门就是。"蒋爷与人家道了劳驾，自己走到东口内，见路北黑油漆门两旁有两块蓝牌子，金字是"明远堂雷"。蒋爷上前叫门，门内有人出来，开门一看，问蒋爷找谁。回答："找雷员外。"家人问："找老员外呀！"四爷说："正是。"家人问贵姓，四爷说："我叫蒋似水。"那人听了说："你怎么才来？我们员外想你都想疯了。快进来。"蒋爷说："你回禀去。"那人进去不多时，雷振出来说："蒋老恩公，想死我了。"见面就要叩头，蒋爷拦住说："使不得，偌大年纪。"二人手携手往里走。

进了路西，四扇屏风门是油绿色撒金，四块斗方写着"斋庄中正”四个字。路东也是四扇屏门关闭。进了西院，一带南房，路北垂花门。进了门内，四爷一看一怔，好怪，五间上房，两耳房。东西两道长长平墙头，东面两个黑门，无门槛，门上有个八棱铜疙瘩；西边两个黑门，无门槛，门上也有个八棱铜疙瘩，并无别的房屋。好奇怪。上了石台阶，到了屋中，蒋爷暗道：以为雷家哄了王爷些个银子，没见过世面，盖的房子不合样式。焉知晓到了屋中一看，很有大家的排场，糊裱得很干净，名人字画、古铜玩器、桌案几凳，幽雅沉静，很是庭房的式样，颇有大家风度。蒋爷落座，雷振又拜了一回，随即献茶，跟着就摆酒。顷刻摆齐。

蒋爷上座，雷振旁陪，亲斟三杯酒，一饮而干，然后各斟满盅。雷振说：“恩公从何而至？”蒋爷说：“就打你我分手后，上了趟河南，由河南上山东，由山东又上陕西。我今打陕西而来，忽然想起老兄来，特意到此看望看望。”雷振说：“恩公到此，就不必走了。”蒋爷说：“不行，账没算清。回头算清账目再来，我就不走了。有件事情，老哥哥，我问问你。”雷振说：“什么事？”蒋爷说：“怎么这院子内也没有东西厢房，四个小门也没门槛，什么缘故？”雷振说：“咳！无怪你瞅着纳闷，这是你侄子的主意，孝顺我。”蒋爷说：“什么缘故哪？”雷振说：“我有个毛病，吃完饭就困，非睡一觉不可。你侄子怕我把食存在心里头，做了一辆小铁车，是个自行的车子。我坐在上边，两边有两个铁拐子，当中有一个铜别子，别着一个轮子，把这别子往外一抽，自来轮子一转，这车子就走起来了。要往里首转弯，一扳左边的铁拐子，它就往里拐；要往外首转弯，一扳右边的铁拐子，它就往外拐。东边的这两个门，靠着耳房的这个，进去是到东花园子；南边那个黑门，进去从东夹道奔北花园子；西边挨着耳房的那个小黑门，进去是你侄妇的院子；西边南头的那个门进去，由西夹道奔北花园子。我要上了车子，吩咐开哪个门，他们就把八棱铜疙瘩一拧，门就开了，把别子一抽，车子就往里边走，来回转腾几趟，食也消了，也就不困了。这是你侄子的主意。”蒋爷说：“老贤侄还有这个能耐呢！我也求老贤侄给我做一个。”雷振说：“不行，就把这个给你吧！”蒋爷说：“我不要。君子不夺人之所好。”雷振说：“恩公你要我这个命都给你，何况一个玩物！”蒋爷说：“不要。我是一定求他给我做一个。”雷振说：“恩公不知，这不是他做的。”蒋爷问：“是谁做的哪？”雷振说：“若非恩公，我实在不能对你提起，是我们干亲家他的干老儿做的。”蒋爷说：“这人贵姓？是哪里人氏？”雷振说：“这位是南边人，姓彭，叫彭启，字焰光，原在海船上瞧罗盘，就是此人所做。”蒋爷说：“此人现在哪里？”雷振说：“就在咱们家里居住。”蒋爷说：“好极了，请过来咱们一同饮酒。”雷振说：“不行，此人与人不同，凭爷是谁，他也看不起。我儿认他为义父，我们两人见过一次。他不愿意理我，也瞧着我是个粗鲁人，不配与他交谈。我想着咱们儿子跟人家学本事，摆了一桌上等海味官席，他连坐下都没坐下，道了个‘扰’就走了。就是待你侄儿好。瞧不起我，我也瞧不起他。你侄也真孝敬他，每逢回家见完了我，就去见他义父去。我也想得开，任他怎么瞧不起我，我儿子总是亲生自养的，把他请过来也是得罪了恩公。”蒋爷说：“这个人是固执，不随世道。”

蒋爷暗想：只要知道他的地方，夜间就能把他盗出来。忽然间，瞧帘儿一启，打外边进来一个人，蓝六瓣壮帽，蓝箭袖，蓝英雄氅，薄底靴，肋下挎刀，身高八尺，膀阔三停，面赛油粉，粗眉大眼，半部胡须。蒋爷要站起来，雷振拦住说："这就是你侄子。"雷英走过来行礼，说："蒋叔父救了我天伦，要知恩叔居住何处，早就造府道劳去，你老人家恕过！"说罢，又叩了三个头，起来给蒋爷斟了三盅酒。蒋爷也并不推辞，一饮而干。蒋爷说："管家预备杯箸，给你少爷斟酒。"雷英说："侄男少时奉陪叔父。"雷振问："何事回家？"雷英将要低声说，雷振说："不用，蒋恩公不是外人，不用避讳他。"雷英说："王爷见信，君山降了大宋。"这一句话不要紧，把蒋爷吓得真魂出壳。

若问以后说些什么，且听下回分解。

第四十三回

蒋平见铁车套实话　展昭遇黑影暗追贼

诗曰：

挥金买笑逞豪英，自愧当年欠老成。
脂粉两般迷眼药，笙歌一派败家声。
风吹柳絮狂心性，镜里桃花假面情。
识破这条真线索，等闲踢倒戏儿棚。

且说雷英道：“王爷知道君山降了大宋，可不知是真是假。王爷防不测，派我上长沙府郭家营，聘请双锤将郭宗德。”蒋爷暗忖，君山反正①，王爷还是知道了。雷英说：“我到那院里，少时过来。”当时别了蒋爷出去了。

蒋爷明知道雷英是上东院里去了，他答讪着东瞧西看。出了屋子，看见雷英过去，将铜八棱疙瘩一拧，门自开，蹿将进去。蒋爷随后跟来。暗道：“院内必有埋伏，不然自己的院子何用连蹿带蹦？蒋爷看得明白，东院里地脚甚矮，门内用砖砌起高台，门虽无有门槛，与门下面一般高，东西却有五层台阶。他见雷英越身登在三罗砖上，并不从东面台阶下去，直奔正北，纵身脚沾实地。蒋爷想定：他走哪里我跟他走哪里，不错脚印，万无一失。蒋爷也就纵在三罗砖上，往北下去。东西一段长墙，有四扇屏风门，五层台阶，雷英走的一三五，不走正门，把西边屏风推

① 反正——指归顺朝廷。

开，进了里院，蒋爷也照旧跟随进去了。西边屏风里院当中，虽有甬路，雷英却走土地。蒋爷知是花园，并无山石花草，当地一个大玻璃亭子，正北有座房子，是明三暗五，也是五层台阶，就由地下往上一蹿，不走当中的隔扇，把西边的隔扇蹿将进去。蒋爷照样上来，往东一歪身，把窗棂纸用手戳了一个月牙口，往里偷看，有个后虎座，东边放着个单帘，西边落地墨花牙子，雕刻冰片梅的花朵，当中放一张桌子，桌子上摆列着两三套钵鱼净水，黄纸朱笔，一个量天尺，珍珠算盘，一个天地盘摆在当中，有一张梗木罗圈椅，坐定一人，不问而知就是彭启。他穿着一件古铜色的袍服，盘膝而坐，光头绾发别簪，未戴帽，头如雪，鬓如霜，面似少年，得内养，可称得起返老还童，满部的银髯，闭目合睛，吸气养神。蒋爷一瞅就透着有些古怪。

雷英一跪，上边说话是用南方的口音，说："吾儿起去，不在王府干什么来了？"雷英说："王爷派我上长沙府，聘请郭宗德。风闻着君山降了大宋，不知是真是假，请你老人家占算占算。果然是真，好作准备，也就不给他供粮供饷了；如果要假，净是一派讹言，亦未可知。"彭启说："这有何难！"随即拿过宪书来一看，把天地盘一转："哎哟不好！"又把天地盘一转，"哎哟！哎哟！"连说不好。问雷英："你把什么人带进来了？"雷英说："就是孩儿一人进来。"说："不能，外面有人。出去看吧。"把蒋爷吓得毛骨悚然，必有些妖术邪法。跑吧，不好；不走吧，也不好，总是不走为是。

雷英出来，万不信外头有人，这院内没有人敢来。蒋爷过去，要推隔扇。雷英说："恩公打哪里来？"回答说："游花园来。"雷英说："这不是花园，你怎么会走到这里来了呢？"蒋爷说："我拿腿走到这里来的。"雷英说："万幸！万幸！你真是好人。不然，轻者带伤，重者得死。”蒋爷一听，故装浑身乱抖，颜色改变，说：“这还了得！你得救我。”雷英说：“打这头一层台阶，你跳到底下去。”蒋爷说：“我跳不了那么远，我一磴一磴地下吧！”雷英说：“不能。”蒋爷说：“你抱我下去吧！”雷英搀着，一蹿奔到土地，说：“恩公别动，若动，死了我可不管，等我回来再带你出去。”蒋爷就在那里蹲着。雷英回到屋中，蒋爷复又上来，听屋里说些什么。彭启问：“外面有人没有？”雷英说：“是蒋恩公。”又问：“蒋恩公是谁？”雷英说：“丹江口救过我天伦，此人叫似水。”彭启把天地盘一推，说：“唔呀！他是水，我是火，他人旺相，我本人休咎，我受他人克制。我问你，是他近是我近？要是他近，我早早地趋吉避凶；若是我近，把他生辰八字拿来，我自有道理。”雷英一听，连连点头说：“义父，请放宽心，出去即将他生辰八字诓来。”说毕出去。蒋四爷听真，暗自心中忖度：好厉害，如若诓了我的生辰八字，准死无疑。仍又回在土地上蹲着。雷英出来，同着蒋爷扑奔正南，到了屏风门，蒋爷要奔甬路，被雷英一把揪住，说：“走不得。”蒋爷上高台，装着战战兢兢。雷英心中纳闷，这么个不要紧的人，我义父值得要他性命？说：“恩公走这个台阶，要走一三五，二层和四层走不得。”其实蒋爷心中早暗暗记住。蒋爷说：“我来的时节，一磴一磴的走的，哪有那么长腿哪！”雷英说：“恩公记错了，除非这么来不成。”蒋爷说：“我害怕。”雷英说：“还是我搀着你，跟西边小门里走，离门还有三罗砖，就不着走了。由此处得一下蹦出门外。”

老雷振正在那里寻找呢！遇见蒋爷，说：“呀哟！我的恩公，你上哪里来呀？”蒋爷说：“我游花园来。”雷英说：“不好，恩公上东院我义父那里去了。”雷振说：“可了不得，你怎么上那院去？那院可去不得，你怎么进去的？”蒋爷说：“我也不知道我是怎样进去的，糊糊涂涂的就去了。”雷振说：“请来喝酒吧！”蒋爷到屋中落座，雷英说：“恩公自己少待，请我天伦说句话。”蒋爷明知是为生辰八字。他若问我，明是六月内，我也说是腊月内；明是十五，我也说是初一。自己纵身在窗棂里头，窥听他们说些什么。雷英就将他义父的言语告诉他天伦一遍。雷振说：“不用去诓，我记得，连时辰我都知道，是六月二十三正子时。”蒋爷先前很有些害怕：“难道说还说出生日来，他怎么记得？”嗣后来一听，暗笑：“这个老头子交着了，他替我撒谎。”雷英一怔，说：“这不是你老人家生辰八字吗？”雷振说：“可不是我的，要人家的不能。世间上恩将恩报，没有恩将仇报的。只可拿着我的生辰八字，先把我害了，我一死全不管。”雷英说：“我怎么回复我义父呀？”雷振说：“两全其美，此事落个三全其美。”雷英问：“怎么办？”雷振说：“你打这上长沙府，我说王爷派人来追逼走了，不许在家停留。我的也省下了。我多活二年，同恩公明天在家里住都不住，我们就开药铺去了。”雷英依计而行，说：“我也不上里头见恩公去了。”雷振到屋中，仍然落座吃酒。蒋爷就要套他的实话了：“你才说那是个小花园，我才进去，敢情这么险哪？”雷振说：“那么险？看怎么险了。若错过好人，有五个也死了。”蒋爷说：“我到底打听打听，怎么险？”雷振说：“若非你老人家，怎么我也不肯说。”蒋爷说：“你告诉我怕什么呢？”雷振说：“这就是刚才提咱们小子的干老儿，他在那居住，一院子尽埋伏。就拿一进门说，它总共四路方砖，就是台阶，要登着这进门头一块方砖，双门一闭，打门内出来是牛耳尖刀，扑的一下，正扎在人的身上，连划带扎，焉能有命？再登在二路砖，打墙头里出弩箭，正中后脊背。这种箭毒药喂成，中上就死。非登三路砖才是好地。对面就是台阶，可登不得，乃是一个木头做成，有铁轴活穿钉，一登就翻过，底下是大坑，坑中有刀，刀尖冲上。必得要由正北跳在土地上，奔正北屏风门。台阶得走一三五，若要登着四层儿，三层就出来弩箭。若要登二层儿，头层必定出来弩箭，中在腿腕子，都是毒药喂成。钉上就不得了。若奔屏风门走正门，净是透甲锤迎面射来。或走东，或走西，进里面必须要由土道，可别走甬路。走到正北五层台阶，由末层往上一蹿，那三层是翻板，若由当中隔扇进去，尽是方砖满地。头一路砖上面，横着吊下一个大铁梁来；二路砖由东屋帘子里头进来，有一个大钟馗拿宝剑乱砍。东屋里一进帘子，除了钟馗，那个地方全是大坑。后虎座木床上一坐，就叫铁叉子叉住，落地罩上净弩箭。往西屋去，他睡觉的床在北面，西屋里头是方砖满地，当中夹着一溜条砖。往西屋里去，必得由条砖上走。走在床前，又是三路方砖，若登在三路上，从棚上吊下一个大圆铅饼来，把人打得肉饼子一般。若登在二路砖上，床帷里头出来全是长枪，三指宽鸭子嘴的枪头。要到头一路砖，那就尽挨着床了。床面子当中，出来半个车轮相似，上头都有鳝鱼头的刀，刀头正在人头下，滴溜一转，性命休矣！”

蒋爷说：“你别说了，他睡觉不睡觉？”雷振说：“睡觉。”蒋爷说：“睡觉他得上床去，他不受了消息了么？”雷振说：“不能，他未曾进屋的时节，也靠着北边。落地罩底下，有个铜环子。他一拧铜环子，是个消息，就打床上下来一个木台阶，正落在三路头里，这台阶是一层一层的木板，银钉扣咬出来，一层一层台阶，往起一拉，就是一罗板子。他上得床来，拉起板子，放下一个大铜罩子，把他罩在当中。”蒋爷说：“这为什么？”说：“他总怕有人进去，拿他弩箭乱发。有这罩子罩住他，弩箭射不进去。

罩子这个样式，全是拿铜丝拧出来的小灯笼锦，故此弩箭射不进去。”蒋爷说：“就完了吧！”雷振说：“还有哪！倘若人家把罩子撬开，墙上有块铁，他往铁板上一歪，就进墙里头去了。墙是夹壁墙，倒下台阶，复又上来，也是梯子一样。后院有眼大井相似，上有木头盖，打外开不开。”蒋爷说：“干什么要这些东西?”雷振说：“着哇，你我不做亏心事，也不怕，他老怕有人拿他，故此设下这些消息。他老怕死，早晚就吃半茶碗稻米饭，半碗白水，他说不吃这个就成了……我说就死了。”蒋爷听了告辞，先回去算账。晚晌还来。雷振送出。

蒋爷回庙，来到南院见了大众，将前言细说一遍。智爷说：“四哥出主意，怎么办呢?”蒋爷就在展爷耳边说了一套话。展爷收了自己的东西，辞别了和尚，出庙扑奔上院衙而来，直到里边见了大人的从人，问了大人的事情。吃了晚饭，晚间出门小便，见一条黑影一晃，展爷赶下来了。

赶的是谁，且听下回分解。

第四十四回

假害怕哄信雷英　伏熏香捉拿彭启

诗曰：

不知何处问原因，破阵须寻摆阵人。
捉虎先来探虎穴，降龙且去觅龙津。
五行消息深深秘，八卦机缄簇簇新。
终属熏香为奥妙，拿他当作蠢愚身。

且说展爷领了蒋爷的分派，在上院衙吃了晚饭，叫管家到西门叫城上留门，预备太平车一辆，可要心腹人。晚间出来小便，看见一黑影，拉剑追下来了。至于后面，地上躺着一人，展爷上前看，那人倒捆四肢，口中塞物。展爷不顾追人，收了宝剑，解开这人，拉出口中之物，一问，才知这人叫李成，正在后面解手，来了个夜行人把他绑上，问大人的下落。展爷说："你必告诉他了。"李成说："没有，他拿刀蹭我的脑袋，我死也不说。"展爷说："你没说很好，若说了可了不得。"展爷找了半天，并没下落。换上利落的衣服，出了上院衙，扑奔八宝巷来。

在东口早瞧见有几个黑影儿乱晃，就知道是蒋四爷。听见对面击掌的声音，凑在一处，见他们都是夜行衣靠。展爷就把上院衙遇刺没追上说了一遍。蒋爷说："无妨。大人不在上院衙，怕他什么?"智爷说："少时进去，各有专责。"蒋爷说："我带路。"柳爷说："我使熏香。"展爷说："我背。"智爷说："我给你们巡风。"蒋爷说："随我来。"智爷说："把消息记妥当。"蒋爷说："不劳嘱咐。"嗖一声就上了墙头。原来这就是那个东夹道。飘身下去。大家又上了那个墙头，往西一看。蒋爷低声说："省事了，不走西边那个门，少过好几道消息。咱们就奔正北的屏风门进去就是了，大家下来。"柳爷就把塞鼻子布卷给了每人一副。蒋爷在前，鱼贯而行，全是垫双人字步，弓髁膝盖，鹿伏鹤行，瞻前顾后，直奔台阶。回头打着手式一三五。后面点头，上了台阶，奔西边的那扇屏风。下了土道，直奔正北。

蒋爷等暗喜，彭启尚未歇睡。上台阶，由五层蹿到头层之上。四个人分开，全拿指甲戳窗棂纸，戳出小月牙孔，一目眇一目往里窥探，见着彭启仍在那里打坐。智爷暗叹此人，道学的功夫不在小处，就应当隐于高山无人的所在，日久何愁功夫不成？又不为名，又不贪利，这要盗将出去，就是个剐罪。忽然间，听见他"唔呀"了一声，说："好雷英，叫他去问生辰八字也不见回来了。我这一阵心惊肉跳，莫不是祸事临头？待我占算占算。"把天地盘子一转，又"唔呀"了一声。蒋爷深知他的算法实灵，拿胳膊一拐柳青，叫他点香。听屋中又说："你们好大胆，全来了，是似水勾来的。这可说不得了，我不忍行这样损事。常言道：'人无害虎心，虎有伤人意'；可就讲不起，要伤德了。"连南侠带智爷吓了，都是面面相觑，紧催柳爷。柳爷也是浑身乱颤，把香点着，铜仙鹤嘴在窗棂纸上，紧拉仙鹤尾，双翅乱抖，由透眼进风，一股烟直奔彭启。彭启已用朱笔把符画成，将要往灯上一点，他就闻到香气，说："这是什么气味？"往里一吸，翻身便倒，咔嚓的一声，连人带椅子全都倒在地上。智爷哈哈大笑起来。

蒋爷说："你这么大的声音会叫人听见。你当是在你家里头呢！"智爷说："是可笑么！他要一烧那个符，大家自要命的了。

他能算，也没算出点熏香来。”蒋爷说：“那不是神仙了么！这个能耐，就不在小处，他会算出，是似水拿钩子把你们勾来的。”说罢又笑。这才推开当中的隔扇。智爷说：“咱们试试他消息灵不灵？”展爷说：“使得。”随即拿宝剑蹲在门槛上，向着二路砖一戳，只听见咕噜咕噜的一响，从东屋里出来一个假人，和北侠一样，判官巾，紫袍、靴子，全是真真的，傀儡头，藤子胎，当中有消息，底下有轮子。方砖一动，这假人就到。手中是一口真宝剑，冲着展爷嗖就是一剑，展爷把剑往上一迎，正削在假人的胳膊上，当啷一声，连半截胳膊带宝剑坠于地上，剩了那半截胳膊，还咯噔咯噔地剁了半天。智爷又笑说：“可见消息极灵，剩下了半截它还直剁！剁完仍然回去。把头一路砖也给它点了吧，省得咱们进去担心。”展爷又用宝剑一戳，如地裂天崩的声音一般。打上面黑压压一根大铁梁坠落埃尘。“当啷”一声，把大家吓了一跳。容尘土落了一落，大家才进去。

智爷先把迷魂药饼与彭启按在顶上，用网子勒住，然后搭起，爬在展爷脊背，用大钞包兜住臀部，来回十字绊绊住，系了个麻花扣儿。大家出来。

原来智爷把桌子上天地盘、量天尺、书、一切物件包在包袱背将出来。蒋爷说：“这做什么？”智爷说：“我是贼，不空回。”仍然按着旧路出来。蹿下五层台阶，出西边屏风门。下外头的台阶，走一三五级。蒋爷说：“这得了，把塞鼻子的布卷全都不要了，奔东墙。”展爷蹿上墙头，飘身下来，脚沾实地。原来贴墙根出来一人个，拿着长拘钩就搭。展爷一闪身，拘钩搭空了。智爷往东墙一蹿，出墙外去了。那个人一回头，墙上又露出来两个，过来四五把拘钩，也没搭住，也就出那段墙外头去了。惟独蒋爷将要飘身下去，一下就叫拘钩搭住了，往下一拉，噗咚摔倒在地。搭胳膊拧腿，四马攒蹄捆起来了。

你道这些人，也不是看家护院的，全是些个更夫，预先就安排好。万一家里要是闹贼，就叫他们拿着长拘钩，往墙根底下等着。把灯笼点起来，拿半个柳罐片罩着灯笼，用的时节一揭就得。先是智爷大笑，人家就听见了。后来又听见落铁梁的声音，人家就准备好了。全没拿住，单把蒋爷捉住，四马倒攒蹄。拿灯笼一照，大家乱嚷："是恩公。给员外送信去吧！"

少刻雷振到。说："怎么着，是我恩公做贼?"早有人把灯火掌起来，把头一扳，何尝不是哪！问道："恩公，你这是怎么的?"蒋爷说："你先撒开，我有话回头再说。"立刻吩咐解开绳子。蒋爷起来，掸了身上的土，跟着雷振直奔上房来了。落座献茶，雷振又打听，蒋爷说："你屏退左右。"雷振即叫家人俱都出去，说："恩公有话请说吧！"蒋爷说："我不是蒋似水，我姓蒋，名平，字泽长，外号人称翻江鼠。我是来救你们全家性命来了。我白日是来试探你来了。瞧你念当初活命之恩不念？不但你念起活命之恩，并且你格外还有点好处，我这才救你们满门的性命。刻下王爷府铜网阵打死白护卫。大人一者是奉旨拿王爷，二者是与五老爷报仇。不久就要破铜网阵，王爷的祸不远矣。若是拿住摆铜网阵之人，你算算该当什么罪过，就是剁成肉泥，也不消大人心头之恨。明明的是彭启摆的，怎么但愿意叫你儿子应承呢?若要势败，那还了得！白昼我来测道，见你这个人实在诚实，我回去和我众卫护大人说明，方才将彭启盗将出去，罪归一人，以后拿了王爷，也没有你们父子之事。可有一件，你儿子要是回来的时节，可就别叫他再上王爷那里去了，要是仍然助纣为虐，慢说是我，连我们大人都救不了你了。"雷振一听，双膝跪倒："多蒙四老爷的恩施，我这可就明白了。"蒋爷说："我这就要走了。"

雷振说："我这预备下酒饭了。"蒋爷说："改日再扰吧，公事在身，不敢久站。"说罢出了屋子。雷振吩咐开门。蒋爷说："向例我是不爱走门。"蹿房越脊，登时间踪迹不见了。

再说展南侠，背着彭启到了上院衙门口，解开麻花扣，把彭启放下了。那里早有一辆太平车，连车夫带从人在那伺候着呢！展爷就把彭启四马倒攒蹄捆好，装在车上，放下车帘。到里面各人换好了衣服，仍然出来，跨上车辕，离了那里。车夫赶着直奔城门。到了城边，叫开城门，车辆出城，仍然又把城门关闭。到了下关，直奔西南，地名叫杨树林。直等到红日东升的时节，方见小车儿来到。大家会在一处，奔晨起望。

如何着彭启泄机破铜网，且听下回分解。

第四十五回

见大人见刑具魂飞魄散　看油锅看刀山胆战心惊

且说智爷、柳青出来时，听见蒋爷被拿，柳爷要回去救去。智爷说："不用。我教君山拿住，尚且无妨，何况他是人家的恩公！我们两个人，嘴一动转就不怕，咱们回去。"二人回庙，蹿墙下去，开门点灯换衣服。到五鼓，蒋爷回来。智爷说："怎样？我说不怕！"蒋爷换上衣服，就把被捉的事说了一遍。柳青说："咱们歇歇吧。"

次日天明，他们收拾小车，给了庙中香资，搭出小车。和尚送出："阿弥陀佛，再会吧！"奔城门而来。出了城，奔下关，到了杨树林，早见展爷在那里等着，会在一处。展爷打听蒋四爷的事情，蒋爷又学说一回。展爷暗笑，叫上院衙的从人回去，把小车上东西全搬在太平车上。几位爷归晨起望路上而来。每遇早晚，给彭启一点米汤饮，就不至于死。一路无话。

到了晨起望，飞叉太保钟雄也止在那里。大家就把彭启搭将下来。车上的东西，尽都拿下来。把车夫打发回襄阳，赏了些银子。所有的从人见了礼，打听盗彭启的缘故，一五一十的从头到尾学说了一遍。沙员外把他迷魂药饼起下来，问他铜网阵的消息。钟雄说："且慢。逢强智取，遇弱活擒，遇文王说礼义，遇桀纣动干戈。此人若起了迷魂药饼儿，问他一个不说，置死于度外，那时节可就不好办了。总要先把主意拿好。"蒋爷说："诚哉，是言也。就让寨主哥哥你给出个主意吧！"钟雄说："总是四老爷与我智贤弟，你们高见，我如何行得了?”智爷说：“不用太谦了，咱们一人不过二人智，三人一块定好计，谁也不用推辞。”本来智爷与蒋四爷到一处就可以，今又添上个飞叉太保。这三个人，你出一个主意，我说一个道儿，他使一个招儿，这就算铁桶相似。彭启受熏香，本是鸡鸣五鼓还魂，这个魂灵老还不来，是有迷魂药饼儿闭住七窍，也不知道有多少日限。这日忽然气脉通畅，睁开二眸，旁边站着两个青衣人。上面坐着瘦弱枯干的一位老爷，身不满五尺，箭袖袍，丝鸾带，薄底靴子，青铜磨额，其貌不扬。彭启纳闷，什么所在，这是什么人？自己回思在屋中打坐，教雷英诓蒋似水的生日，没见回音信。晚间又一占算，来了许多人，可不知是谁。后来闻见一阵香气，就渺渺茫茫，这也不知是什么所在。对面那人一笑，说：“彭老先生，你认不认得我?”彭启说：“不认识。”那人说：“我就是蒋似水。我可不叫似水，我实对你说吧。我叫蒋平，外号人称翻江鼠。奉按院大人之谕拿你，我就是原办的差官。头次探道，教你算出来了。二次办你，同着众位老爷们，也叫你算出来了，你有托天的本事，可惜，先生你用错了。你既打算修道，当找一个山谷幽密的所在，人烟罕到的地方。似你这个能耐，不至于不懂天道循环，国家的气运兴衰，为什么助纣为虐，帮着襄阳王摆铜网阵打死白护卫?大人要拿摆铜网阵的人，与五爷报仇，我才将你拿到此处。咱两个说句私话，你只要把铜网阵里边的消息说明，我们大家去破了铜网阵，这就算是你的奇功一件。这你要愿意为官，我给你求求大人，奏闻万岁，保你为官，凭你这个能耐，称的起国家栋梁之材。如若不愿为官，找仙山，觅古洞，作一个隐士，虽不能成佛作祖，也修一个寿与天齐。”

彭启听了这套言语，自己暗忖：自己所做之事，焉有不知之理！问道："四老爷，我实在不明怎么会到了这里头，使我昏昏沉沉的，是什么缘故？"蒋爷说："我明人不做暗事，我是用熏香把你熏过去了。我劝你是好意，我照实说吧。你今年九十几了？"彭启说："今年九十二岁了。"心中暗忖：说出来就是剐罪，任凭怎么夹打，三推六问，我死也不肯吐露实言。便说："蒋四老爷，我是老而无能的人。方才怎么说铜网阵是我摆的，但不知大人听何人所说？"蒋爷笑道："我无非是多说，我就管把你办了出来，别的事也不应到我管。我无非看着你那点道学，怪可惜的，一时半时哪里就能炼到？先一见就明了，可别耽误了自己的正事。"

外边有人嚷道："大人升了堂咧，带彭启！"蒋爷说："就到。怎么样？你要一点头可就不用带你见大人去了。"彭启说："我一概不知，一概不晓。"蒋爷说："来呀！把他锁上见大人去。"官人往前一趋，索链往脖颈一带，头上击了一掌，彭启觉得渺渺茫茫，睁开二目一看，已到大堂。

大人升了虎位，居中落座，两边官人伺候。蒋平手中拉定铁链，即回道："禀大人得知，将彭启带到，面见大人叩头，请大人审讯。"大人吩咐，叫挑去铁链。问道："彭启摆铜网阵，害死我五弟，快些招来，免得三推六问。"彭启说："大人冤哉枉哉！什么叫铜网阵，我一概不知，一概不晓。"大人说："哪怕你是铜打铁炼，用上刑你也得吐露实言。"彭启说："实在不知，实在不晓。"大人说："拉下去，重打四十。"官人过来，往下一拉，脱去中衣，把大板往上一扬，彭启吓得浑身乱抖。大人问："快些招将出来，免动刑具。"彭启说："冤枉哉。"大人说："打！"复又问道："我看你偌大年纪，劝你不如招了吧！"彭启说："无招。"大人微微冷笑："四十板你不至于经受不住，看夹棍。"官人答应，将三根无情木哐啷一声放在堂口。将彭启中衣提上，爬伏在地，脊背上骑着个人，头颅上用五尺白布拧住，怕头昏死过去，夹棍套在连接骨上。有两个官人，背着两根皮绳，两下里一拉，听大人吩咐用几分刑、拉到什么地方。已把刑具套上，叫招仍是不招。蒋爷在旁劝解："大人暂息雷霆，彭启寿已老耄，倘若刑下毙命，无有清供，难以破阵。不如卑职把他带将下去，苦苦相劝，他倒可以吐露实言。"大人说："倘若不说，岂不往返无益。"蒋爷说："他倘若不说，拿卑职是问。"大人说："你敢承当此事，若要问不出来，听参。松刑！"官人将刑具撤下，带上铁链，往下带的时节，给他头颅击了一掌，彭启睁开双眼，已然拉到屋门口了。

进了屋子，蒋爷说："彭先生请坐。方才在堂口之上，你可曾听见？我方才若不劝解大人，你这阵也就早死多时了。我这个人心软，我老可怜人，老没人可怜我。你只当可怜可怜我，把铜网阵这个事咱俩袖里来袖里去，我绝不告诉别人。再不行我给你下一跪，磕个头，这还不行吗！"彭启说："要是我摆的，绝不支持到这时候。四老爷一定说是我摆的，什么人说是我摆的，教他质对于人。"蒋爷说："质对你的人，固然是有。若是再挤得我没了路，我可就把质对人带来了。我且问你，方才在堂口，我在大人跟前说下了大话，问不出你的清供，请大人奏参。你可听见了没有？"彭启说："我俱都听见了。"蒋四爷说："你这是好歹全不说。阳世三间咱们两个说不清，到阴曹，我把老五找着作质对。我们当初一拜之时说过同生同死，我这活着，就是多余。为破铜网阵，我才多活几日。你不泄机，铜网阵不能破，我活着无味，咱们阎王殿前辩理。"彭启说："唔呀！我不去。"再瞧蒋爷，已把带子拴在大窗棂磴上，叫彭启："你这里等着。"脖子一套，彭启嚷："不好，四老爷上了吊了。"官人进来，在彭启头上一掌。

再睁眼看，众人围着蒋爷的死尸，说：“活不了啦。”众人走说：“回大人去。”剩两个人看着他。

到三鼓时，二个全睡了。灯光发暗，听见风声响，满地火球乱滚。进来四个鬼，一个吊客，一个地里鬼，一个地方鬼，一个大鬼。说：“吾乃五路都鬼魂是也，奉阎罗天子钧旨，捉拿彭启的阳魂，阎罗天子台前听审。兄弟们!”小鬼答应：“呜!”大鬼喝令：“带了他走!”小鬼答应：“呜!”在他头上击了一掌。彭启自觉一个冷战，再一睁眼，进了鬼门关。见一个大牌楼，看见森罗殿，有刀山，有油锅，吓得他心惊肉跳。

不知怎样对词，且听下回分解。

第四十六回

地君府听审鬼可怕　阎王殿招清供画图

且说彭启被五路都鬼魂带着一走，睁开二目，黑暗暗看不很真。一到了枉死城内，前面有个牌楼，有两盏绿灯，看见上面有块横匾，是地君府，两边有一块匾，是“群灵托命”。还有副对联，上联是：“胎生卵生湿生化生生生不已”，下联是：“佛道仙道人道鬼道道道无穷”。将进牌楼，就看见森罗殿。彭启方知是自己的魂灵出窍，这可就看得明白了。殿里头有二张桌子，前头桌子上摆着供献、香烛、蜡签、五供，点着两盏绿灯；后头桌子上有张椅子，椅子上坐着阎王爷。他头戴冕旒①冠，珍珠倒挂；穿一件杏黄的蟒袍，上绣金龙，张牙舞爪，下绣三蓝色海水翻波；腰横玉带，粉底官靴，面如紫玉，箭眉虎目，垂准头，方海口，大耳垂轮；一部胡须，白多黑少，须满心胸，尺半多长，根根见肉；手执七星圭。左右有二个判官，一个是蓝袍，一个是紫袍，全是判官巾，朝天如意翅，腰束玉带，粉底官靴。一个是面如赤炭，吹去蒙灰；一个是碧目虬髯，紫红脸膛。高堆许多账簿，有黑红砚台，三山笔架，架着黑红笔。而旁边有牛头，有马面，有小鬼，有大鬼，高矮不等，一个个狰狞怪状。在阶台石头两边，左边是个刀山，右边是个油锅。两边有两个大鬼，全都是蓬着头，赤着臂，虎皮的披肩，虎皮的战裙，紫纱袍，大红的中

① 冕旒（miǎn liú）——天子的礼帽和礼帽前后的玉串。

衣，薄底靴子。一个是面如菜色，一个是黑白的面目，是黑地长了一脸的白癣；一个是拿着牛头铛，一个是拄着三股叉。那边是个刀山，全都是牛耳尖刀，刀尖冲上。这边是个油锅，底下架着劈柴，真是烧得锅内油乱滚。两旁边跪着十几个小鬼，全是蓬头垢面，俱是男鬼，没有女鬼。只听风中带砂的声音呼呼乱响，铁链乱抖，悲哀惨切，类若鬼哭神号。

彭启见此景况，身躯乱抖，体似筛糠。再听上边阎王爷说道："湛湛青天不可欺，未曾做事吾先知；善恶到头总有报，只争来早与来迟。来！先将头一案带上来。"就将油锅跪着的小鬼带上来一个，跪在阎罗天子面前。叫注录官看他阳世三间做了些什么事情。就见那红脸的判官，把生死簿打开，查了半天，说："此人在阳世三间作恶多端，不孝父母，不敬天地，咒风骂雨。"阎罗天子问道："当下什么地狱？"判官说："当下油锅地狱。"阎罗天子吩咐叉出去，发往油锅地狱。彭启早就叫他们威喝得在月台前边跪下，正看着要把这个鬼叉往油锅地狱，被地方鬼头上击了一掌："别瞧热闹！"再要睁眼之时，早见那个大鬼把小鬼叉下月台，往油锅里放。就听见滋喇的一声，叉往上一挑，就成了一块红炭相似，往油锅旁边叭嚓一掷。

又叫第二案，又带上去一个小鬼，跪在供桌之前。阎罗天子叫注录官，查看他在阳世三间做了些什么事情。注录官说："此人在阳世三间作恶多端，泼撒净水，作践五谷，平人祖墓，折算人口。"阎罗问："发往什么地狱？"判官说："发往刀山地狱。"阎罗说："来！叉出去。"看刀山的鬼答应一声，就见牛头马面往上一拥，把那个小鬼叉在叉头上，摔在刀山之上。

彭启瞧着，也是怪怕，刀尖全部缩在刀山里边去了。那小鬼一摔，刀尖又全都出来。那个小鬼通身是血。又把第三个案带将上来。书不可重叙，无非是强掳少妇长女，拐骗人口，哄人财帛，引良为盗，一案一案的发判，有碓捣的，磨研的，有睡铁床，拿锯锯的，俱都带将下去，发放完毕。

阎罗天子问彭启阳魂可曾带到？注录官回说：“早已带到，以候钧旨。”阎罗吩咐带上来。五路都鬼魂答应，就将彭启带到供桌之前，双膝点地。阎罗天子喝道：“你好生大胆，在阳世三间作恶多端，摆铜网阵，害死白虎星君，应入十八层地狱。来！叉下去，先将他叉入油锅。”彭启说：“唔呀！有招有招。”阎罗说：“快些招来。”彭启说：“方才阎罗天子所说摆铜网阵害死白虎星君，是一概不知，一概不晓。”阎罗大怒说：“哇！你打算阳世三间准你鬼混，我这冥司无私，现有蒋平缢死之魂，你还敢在此强辩！将他叉出去。”脑后嚓唧一声，彭启回：“且慢，我也知晓，冥司无私。这个铜网阵我招认了，就是可有一件，方才阎罗天子所说白虎星君大概就是白护卫了。”阎王说：“白虎星君奉玉帝敕旨，降世辅佐大宋国朝，阳寿未终，被你设法害死，你难道说还不与他抵命！”彭启说：“我虽设摆铜网阵，不是请他前去的，又不是我将他诱进阵。上院衙能人甚多，怎么单他一人坠网，总是他性傲之过。”阎罗说：“你阳世就是个舌辩之徒，你的魂灵儿仍是个说客。蒋平可是你逼的他自缢身死？”彭启说：“唔呀，那更怨不上我来了。”阎罗大怒说：“来！将蒋平冤魂带到对词。”

不多时，蒋平到。他相貌本就难看，这更难瞧了，七孔血出，有根绳子勒着脖项，来到跪倒说：“请求阎罗作主，叫彭启给我们两个抵命。”一回头，看见彭启，抓住要打，被鬼卒拦住。揪扭着彭启，叫阎罗天子作主。彭启说：“蒋四爷，当着阎罗天子面前，不许矫情，是我把你勒死的，是你自缢死的？”蒋爷说：“虽是我自己死的，你要在阳世招出铜网阵，我何必寻死！”彭启说：“我阳世招出，我也就剐了。这阴曹焉能鬼混得过去？”蒋爷说：“任你怎么说，也得给我们哥们抵命。”阎王说：“我查看查看你们的阳寿，自有道理。注录官，查彭启的阳寿。”查了半天说：“此人根基甚厚，应活二百年，还可修成地仙，就不属咱们管了。”阎王又叫看白虎星君与蒋平的阳寿。注录官回答：“白虎星当活六十岁，二十八岁归天，还有三十二年，蒋平七十二寿终。”

阎王说：“罢了，有仇可解不可结。彭启，我放你们大家还阳。你把铜网阵消息说明，从哪里进去，说得清清楚楚、明明白白的，叫他们好破铜网阵，也是王爷气脉微败，大宋洪福齐天。这也是个定数，你不该逆天行事，早把机关一泄，各人急早回头，别耽误了自己的正事，修一个无声无色，寿与天齐的不坏金身，享清净之福，免得落于沉沦苦海。”

彭启一听，无限的欢喜，暗忖道：我也不用净护庇着我的义子，早知王爷不能成其大事，也是自作聪明，反倒耽误自己的正果。不如说了吧，脱身早觅仙山隐遁的为是。有注录官说：“阎罗天子在上，白虎星君尸骸化成飞灰，不能还阳，再者已然回归仙府，享清净之福去了，不肯临凡。”阎罗说：“既然这样也罢，就将白虎星君三十二年阳寿也归彭启，彭启可曾听见了？”彭启说：“听见了。”蒋爷又说：“我不是还有三十二年的阳寿么！我是活恶心了，我再活十年足够了，把我那二十二年阳寿也给彭启，只求阎罗天子作主，可得把他铜网阵的事情说得清清楚楚。倘若他要藏私说不明白，铜网阵不能破，闹一个半途而废，就得多少条生命饶上。那时节，还得求阎罗天子作主，我可就不上吊了，只有抹脖子了。一死了，他得给我抵命，拿他那个寿数配这个寿数，瞧瞧到底谁合算谁不合算?”彭启说：“我为什么和你一般见识，我正分还有一百一十多年的阳寿。我要不说就不说，我要说必定是清清楚楚，教你们一去就破，可得有宝刀宝剑。”蒋爷说：“宝刀宝剑有的是。你就当着阎罗天子说明吧。”阎王爷说：“对了，你就当着我说明吧。你哪点说得不到，我也听得出来。”原来这位阎罗也是个行伍。彭启说：“这么说可不行！放我们还阳，给我一个净室，屋中一个人不要，画出图样写上字，按着卦爻方位、总弦副弦的所在，那才行得了。在这里一说，也记不清楚，破不了反来怨我。”阎罗瞅了蒋爷一眼，方才点头。彭启暗想：不好，阎王神色不对，别受了他们的冤。有了，我把指头一咬，要是痛，就是假的；若要不痛，就是真的。这一咬指头不大要紧，把个假扮阴曹的机关泄漏怎么得了？

不知下面怎样，且听下回分解。

第四十七回

阵图画全商量破网　大人一丢议论悬梁

且说这个阴曹地府，本是假的，连大人审问动刑，一概全是假的。列公请想，大人现在武昌府，就是在衙中，也不能把彭启又解回襄阳。都是蒋平、智化、钟雄三个人的主意，要冤聪明人，冤出来得像，不然谁肯信？是钟雄说的，开封府不是假扮阴曹审过郭槐！咱们先将他文劝，文劝不行刑劝，刑劝不行死劝。文劝就是蒋爷，刑劝就是飞叉太保扮的大人，山神庙作为公堂，众人扮作兵丁、衙役，只管是要打、要夹，早是安排好了的不打不夹，若要夹打，怕的是假勾他魂时腿一作痛，他就省悟了，焉有魂魄知痛的道理？要拿他时，头上击一掌，就是按上药饼儿了。搭着他上山神庙，到了大家安排好了，才取下药饼，吹一口冷气，他就明白了。每日皆是如此，不抬不搭，回去也是按上药。这里假扮阴曹，是与戏班子里头借来的砌模子。可巧，正是岳州府戏班里新排的一出游地府，可不是如今的八本铡判官，这出戏还没有哪！却是唐王游地狱，刘全进瓜的故事。正是新彩新砌，把山神庙拿席搭成胡同，里面用锅烟子抹了。山神庙的横匾拿纸糊了，写上森罗殿。山神爷拿席子挡了，东边摆上刀山，西边摆上油锅，是真的。真油真劈柴，等他来到席墙外头，有人抖铁链装鬼号，摆上牌楼，拉上布城，把供桌往前一搭，又摆一张桌子，上头摆了椅子。阎王爷是沙龙，判官是孟凯跟北侠，五路都鬼魂是亚都鬼闻华，吊客是史云，地里鬼是艾虎，地方鬼是路彬，看油锅的鬼是焦赤，看刀山的鬼是于赊。所有牛头马面，全是大众套上那个套儿，穿上行头。外面的风中带砂，是扇车子里头装上谷秕子，有人一搅，扇车子就是刮风，谷秕子打在席子上，就是风中带砂的声音。这才把彭启哄信。

你道那彭启不是傻子，有先见之明，怎么这一个假扮阴曹，他就会没算计出来？又道是，欲善其事，必先利其器，若有他的天地盘子，珍珠算盘，早就算出来了。可惜没有此物，可就算不出来了。就是没有此物，他也要算计算计，说是放他还阳画图样。阎王爷不敢作主意，瞅着蒋四爷，彭启心中吃疑，把手指一咬，便见真假。他把手刚往口里一卷，阎王说："转还阳。"往头一击，把药饼按上，大家都笑起来，阎王爷也下来，先有人把彭启搭在路彬家里，蒋四爷说："先去装活的去，你们大家拾掇吧！

这两个看差的是谢充、谢勇，先叫躺在床上，他们把灯拾掇半明半暗，把迷魂药起将下来，脊背拍三掌，迎面吹口冷气，彭启"唔呀"一声睁开了眼睛，自己一看，仍在那里坐着。两个灯儿是半明半暗，两个看差的俱都睡着。忽然打外边进来一人说："呵，你们好大困哪！这老头要是跑了呢！你们担当得住吗？"这两个说："不好意思，我们方才打了个盹。"那个说："大人这就要升堂了，不管他有口供没口供，先着他给四老爷抵偿。"答应说："这就是了。"彭启说："我有了口供了，也不用给四老爷抵偿了。四老爷少时就活过来了。"那人说："你这老头别胡说八道了，人死不能复生。"把烛花一剪，嚷道："不好了，四老爷走了尸了。"彭启说："不是的，还了阳了。我们方才分手，我岂有不知道的？"官人往外就跑，刚到门口，听蒋四爷说："回来！"这官人才回来问道："四老爷你真活了?"蒋爷说："你们去给大人送个喜信去吧。"冲着彭启说："彭先生，方才咱们两个人的事情，你还记得不记得呢?"彭启说："这么一会我就忘了吗?"蒋爷说："怎么样，你要是那里说的这里不算，我就抹脖子。"彭启说："不能不算。君子一言既出，驷马难追。"蒋爷说："好朋友，识时务者呼为俊杰。"彭启答："我单要用这屋子，谁也不许进来。预备一张桌子，一张大纸，笔墨砚台，晚晌的灯烛。辰刻我要半茶碗粳米饭，外撒雪花糖；申刻，半茶碗白开水。除此之外，什么也不要。可有一样拜托四老爷，大人要是怪罪的时节，全仗着四老爷救我。"蒋爷说："全有我一面承当。"说毕天亮，就按着他所说的办理。仍派人在外头看守，也是怕他跑了。

飞叉太保带领大众回山，将行头与戏房送去，赏他们的银两。拆棚等项，诸事完毕，净等着阵图一得，议论请大人去。大众欢欢喜喜，议论是谁去?大爷送花名也早当回来了，怎么还不回来?说书一张嘴，难说两家话。

单说是大人到了武昌府，有武昌府知府池天禄预备公馆。武昌府文武官员投递手本。二义士韩彰晚间坐更，直顶到第二天早晨方去歇觉。一连三五日光景。先生不忍，意欲替韩二义士代劳，说："韩二老爷，你昼夜的不睡，那可不好。要常常如此，日子一多，人一疲乏，也许成疾，也许误事，我们替代替代你如何?"韩彰说："不行，你是文人，没事很好，倘若有王爷差来刺客，知道大人的下落，现叫我就不行了。"先生说："不是那样主意，常听见展老爷说：每遇夜行人，有时候二鼓吃饭，三鼓到四更以后可就不出来了。我同魏先生陪着大人说话，你吃完了晚饭就睡觉了，到了三更天，我们睡去，你坐到五更以后，我们五更以后再来换你。你睡到红日东升时节，大人也起来了，彼此都不至于疲劳。”韩二义士不好不应，应了吧，又怕有险，无可如何，就点了头，打当日起，就是如此，到二更后来换先生，大人在里间屋内睡觉，韩二义士就在里间屋门口搬了张椅，端然正坐。听外面四鼓之后，公孙先生就来了。如此的又是五六天工夫。

这日早晨，太阳已经出来了。韩二义士弄发包巾，启帘去到大人住的屋里一看，吓了一跳，魏先生在那边，公孙先生在这边，两个人伏几而眠。雨墨在北边床上，呼呼地正睡呢。蜡还点着，那蜡花有二寸多长。过来轻轻地拍了先生一把，先生由梦中惊醒说：“我没睡觉，我心里一糊涂。”韩二义士说：“你看蜡花，是才睡着的么？”雨墨也就醒了。魏先生说：“我当你醒着哪！我刚才闭眼睛。”公孙先生说：“我当你醒着，也是刚闭眼睛。”雨墨说：“算了别说了，只要大人没醒就得了。”把着大人屋中门帘一看，见大人帐帘放着，就知道大人没醒。各人洗脸吃茶毕，仍然未醒。二义士有点吃疑，再命主管进去看看。雨墨到了里间，嚷起来了：“大人没在里面，你们快来吧！”众人一听，面如土色。大家进去，把帐帘用金钩吊起，大人踪迹不见。众人又往外跑，前前后后，连中厕都找到，并不见大人踪迹。雨墨“哇”的一声就哭了。大家复又回头到屋中，二义士抬头，看见墙壁上留一首诗，叫先生：“你来！”看见字写得不太好，又歪又斜，断而复连，半真、半草、半行书，颇有风采。诗曰：“审问刺客未能明，中间改路保朝廷；原有素仇相践踏，盗去大人为谁情。”大家念了半天，不知怎样情由，也讲不上来。这时武昌府知府池天禄，要过来与大人请安，先生迎着出去，就将丢了大人之事，细说一遍。池天禄也知道，代天巡狩按院丢在这里，必是灭门之祸。他也到里间屋中看了一看，把脚一跺，叫了两声：“苍天哪苍天！比不得上院衙丢了大人，还有推诿；此处丢了大人，是一人之罪。不如寻一个自尽。”说毕，把刀拉将出来，立刻要自刎。被大家拉住说：“不可，要死，大家死在一处。”池天禄说：“我是上吊。”公孙先生说：“我也是上吊。”魏先生说：“咱们一同自缢。”将要上吊，打外面蹿进两个人来。

若问是谁，且听下回分解。

第四十八回

观诗文参破其中意　定计策分路找大人

且说大家正要悬梁自尽，打外面进来两个人，就是卢方、徐庆，拿了君山的花名，离了君山，跨着两匹坐骑，直奔武昌府而来，进城到了公馆，下了坐骑，到门上叫人往禀。官人告诉说："不好，先生大人都在那里上吊哪！"三爷就急了，往里就跑。大爷也跟进来了。三爷说："有我有我，那个吊就上不成了。"卢爷一见，都是眼泪汪汪。卢爷一问："二弟，怎么一段事情？"二义士说："把大人丢了。"徐庆说："你是管什么的！怪不得寻死。咱们两个一块死。"卢爷把他们拦住，问："倒是怎么丢的？"韩彰就将丢人之事说了一遍。卢爷说："好大胆！还敢留下诗句，待我看看。"卢爷看毕，说："先生可解得开？"先生说："解不开。"卢爷说："不要紧，我有主意，能人全在晨起望哪！咱们教他们解释解释。他们若解得开更好，若解不开，再死未晚。"大家依计而行。公孙先生专会套写人家笔迹，就将诗句抄将下来交与卢爷。徐庆临行，再三嘱咐，千万别行拙志。大家送出，乘跨坐骑回奔晨起望。晓行夜宿，饥餐渴饮，一路无话。

卢爷、徐庆到了晨起望，在路彬、鲁英门口下了坐骑，把马拉将进来，拴在院内树上，直往里奔，来到屋中见了大众。众人过来，都给卢爷行礼。卢爷把蒋四爷一拉说："四弟，可了不得了！"徐庆过来一拉说："四弟，可了不得了！"蒋爷说："你们别拉，再拉我就散了。有什么话，只管慢慢说。"徐庆说："把大人丢了。"

蒋爷说："怎么把大人丢的？"徐庆说："教大哥说你听。"卢爷说："我们到了武昌驿馆，池天禄，公孙先生，魏先生，二弟韩彰，他们上褡裢吊，我们进去才不上了。先前是二弟一个人守着，后来是先生与二弟二、五更换，是先生的美意。赶到第二天，太阳多高，二弟过去，见先生跟主管三个人还没醒哪！现把他们叫醒，到屋中一看，大人已经丢失了，并且还敢留下诗句。公孙先生将字的原体套下，我今带来，你们大家琢磨琢磨。"所有众人，一个个面面相觑，齐声说："此贼好大胆！"卢爷就将字迹拿将出来，放于桌案之上。北侠说："定是襄阳王府的。"大家围住桌子乱念诗句，智爷说："往后！你们又不认得字，也挤着瞧；人家正经认得字，倒瞧不见了。"艾虎、史云诺诺而退。蒋爷念了半天，不解其意。智爷看了，也是解不开。

有一个人，显然易见，往前趋身看了一眼，抽身便走。智爷瞧了他一眼就明白了。就在那诗句上拿指头横着画了一道。又瞧了那人一眼。蒋爷把小圆眼睛一翻，连连点点，说："哦！哦！哦！哦！是了。"你道那人是谁？就是白面判官柳青，与沈中元他们是师兄弟，虽然不在一处，见了笔墨焉有不认得之理？瞧见是他的笔迹，赶着抽身往回就走，早被机灵鬼看出破绽来了。横着一画，瞧了一眼，将爷就明白了。他一把揪住柳青说："好老柳，你们哥们做的好事，你趁早说出来吧。大人现在哪里？"柳青这阵不叫白面判官了，叫紫面判官了，冬令时候，打脸上津津地向外出汗，说："四哥，可没有这么闹着玩的！我可真急了，这个事怎么也血口喷人！"北侠劝解说："这个事可别诬好人。"蒋爷说："怎么诬赖好人呢？必必真真是他知道。"智爷说："不错，是他知道。"柳青气得浑身乱抖。北侠说："你们异口同声，看出哪点来了？"蒋爷说："这诗句，哥哥你多少是懂得点的，诗和诗不同，有古风，西江月，满江红，一段桥，驻云飞，打油歌，贯顶诗，藏头诗，回文锦，都叫诗词。他这首诗叫贯顶诗，横着念，审问刺客未能明，念个‘沈’字；中间改路保朝廷，念个‘中’字；原有素仇相践踏，念个‘元’字；盗去大人为谁情，念个‘盗’字，横念是‘沈中元盗’。沈中元是他师兄弟，焉有不认识的道理，不和他要和谁要？”

北侠是个诚实人，劝四爷把他撒开：“四弟也不用着急，柳贤弟也不用害怕，儿做的儿当，爷做的爷当，慢说是师兄弟，就是亲兄弟也无法。谅此人没有杀害大人之意。”蒋爷说：“他就是为三哥和我二哥得罪了他了。”北侠说：“是什么缘故哪？”蒋爷说：“你还没有来哪，他同邓车行刺，屡次泄机，前来弃暗投明，是我两个哥哥没有理人家，人家哈哈一笑，说：‘我走了，你们报功去吧！咱们后会有期。’等到我赶到的时候就晚了。我还上树林子里叫了他半天，他也总没言语。焉知晓他怀恨在心，这是成心要逗逗我们哥们。谅他没有杀害大人之意，若有杀害之心，可不在衙门中砍了！他必是把大人搭个僻静的所在，央求他去。他不想想，丢失了大人，我们哥们什么罪过？一计害三贤，这叫一计害五贤。”北侠说：“四弟不用着急。柳贤弟，你要知道点影色，你可说将出来。”柳青说：“我们不见面有十五六年了，我焉能知道下落？我知道不说，叫我死无葬身之地，万不得善终。”北侠说：“算了吧，人家起了誓了。”蒋爷说：“算了吧，我的错，你帮着找找，横竖是行了。”柳青说：“那行了，不但帮着找，如要见面，我还能够和他反目。”蒋爷说：“既然这样，咱们大家分头去找。我把路彬请过来。打这上武昌府有几股道路？”路彬说：“两股道。中间有个夹峰山，两山夹一峰，或走夹峰山前，或走夹峰山后，两股全是上武昌府的道路。”一议论谁去，有一得一，这些人全去。蒋爷说："不行，这些人全去，就是逢见他，你们也不认得他，总得有作眼的才行。"北侠说："我认得他，在邓家堡我没认准他，后来到霸王庄，二次宝刀惊群寇时节，有智贤弟指告我，我才认准了他。那人瞅着就是阴。"

南侠说："我不认识，咱们一路走。"二爷说："我也不认得，我也同你一路走。"卢爷说："我放心不下，我还得回去哪！谁同着我走？"三爷说："我同着你回去，还有谁一路走？"龙滔、姚猛说："我同走。"史云过来说："我也走。"柳青说："你们几位不认得，我作眼。"蒋爷说："不可咱们两个一块走。"卢爷说："我们这些人全不认得，谁给我作眼？"蒋爷说："教艾虎去，他认得。"大家遍找艾虎，踪迹不见，连他的刀带包袱全都不见了。智爷就知道偷跑了，自己找沈中元和大人去了，他永远是那种性情。蒋爷说："智贤弟，你同他们去吧！除了你，他们谁也不认得沈中元。"智爷说："四哥，你派的好差使么，你看这些个人，有多明白呀！"蒋爷说："有你就得了吧。"智爷说："咱们商量，谁走夹峰前山，谁走夹峰后山。"北侠说："随你们。"徐庆说："我们走夹峰前山。"北侠说："你们走夹峰前山，我们就走夹峰后山。"蒋爷说："我们上娃娃谷。老柳，你不是想你师母？我带你去找你师母去，我算着沈中元必去找他姑母，必在娃娃谷。"智爷说："你这个算哪真算着了。我猜着也许是有的事，可就是不知艾虎往哪里去了？"焉知晓艾虎听见说明此事，自己偷偷的就把东西拿上，也不辞别大众就溜出来了。

原来是艾虎打婆婆店回来，同着武国南、钟麟回了晨起望，见了蒋四爷，书中可没明说呀！就是暗表。他问了他四叔娃娃谷的事情。蒋四爷对着艾虎说了一遍，凤仙怎么给招的亲事，艾虎先前不愿意，嗔怪是开黑店的女儿。蒋四爷又说："别看开黑店，有名人呢!”他又列举人家徒弟都是谁，谁，谁。艾虎记在心中，如今要上娃娃谷找去。他离了晨起望，走了一天多，看见树林内一宗诧事。

要知什么缘故，且听下回分解。

第四十九回

小义士偷跑寻按院　勇金刚遭打找门人

诗曰：

人欲天从竟不疑，莫言圆盖便无私。

秦中久已乌头白，却是君王未备知。

且说艾虎岁数虽小，却心性高傲，自己总要出乎其类地立功，听见蒋四爷说：沈中元是甘妈的内侄，又是二徒弟。自己一算，他盗了大人，准上娃娃谷，我何不到娃娃谷看看。有定下姻亲一节，白昼不好去，只可等到晚间蹿房越脊的进去。沈中元与大人若要在那里，自己是全都认得，就下去拿沈中元，救大人。那就说不得什么姻亲不姻亲了。主意拿好，可巧路走错了，是岳州府的大道。见着前面树林内有些人，自己也就进去看看。分开人到里边一看，是打把式的。地上放的全是假兵器，竹板刀，山檀木棍，算长家伙。二三十个人，全是二十多岁，都是身量高大，仪表魁梧。有练拳的，有砍刀的，连一个会的都没有。小爷暗忖道：全是跟师妈学的。有意要进去，又想找大人要紧，转头便走。前面有酒铺儿，自己想着喝点去，外有花障儿，进去到里面，坐北向南。入屋内，靠西面是长条儿的桌子，东边有一个柜，柜上有酒坛子。过卖的过来问："要酒哇?"艾虎说："要酒。"过卖说："可是村白酒！（此酒就是如今的烧酒。）论壶。"艾爷说："要十壶。"那人说："一个人喝呀?"艾虎说："对！一个人。你卖酒还怕喝得多吗?"那人说："不怕，越多越好，财神爷么!”说毕，取来四碟子菜，有熟鸡子、豆腐干，两碟咸菜。艾虎问：“还有什么菜?”那人说：“没有。”又问：“有肉腥无有?”回答：“无有。”小爷说：“没肉不想喝了。”又听后面刀勺乱响，自己站起到后门往外一看，不觉大怒，坐下把过卖叫来，说：“我吃完了给钱不给?”那人说：“焉有不给钱的道理!”小爷说：“给钱不卖给我，什么缘故?”过卖说：“没有什么可卖的。”艾爷说：“你再说我要打你了。后面刀勺乱响，我都看见了，你还说鬼话。”那人说：“你说后头那个人呀！那可不敢卖。那是我们掌柜的请客。”艾爷问：“你们掌柜姓什么?”回答：“姓马，叫马龙，有个外号叫双刀将。”艾虎问：“做买卖的又有外号，别是不法吧!”过卖说：“不是。你只管打听打听去，在附近的地方没有不知道的。爱了事，勿论谁家有点事，大事化小，小事化没。上辈做官人，人管他称马大官人。”艾爷又问：“后面做菜请谁?”回答：“与人家道劳。”又问：“道什么劳?”回答：“与人打架来着。”又问：“有人欺压他来着。”回答：“没有。谁敢哪？打闹的不是外人。”又问：“是谁?”过卖说：“你太爱打听事了。”艾虎说：“无非是闲谈。”过卖说：“不如我细细地对你说了吧！南头儿有个张家庄儿，有位张老员外大财主，人称为张百万。他有个儿子，叫张豹，外号人称勇金刚。此人浑浊闷愣，他们是干哥们。老员外临死，把我们掌柜的找了去了，说：‘我要死了，马贤侄，全仗你照应他，不然早晚遇上事，就得给人家偿命。’又把张爷叫过来说：‘我死后，这就是你的父母哥哥一般。他说什么，可就得听他说什么，如同我说你一样，我在地府也瞑目，纵死如生，不听他的话，就是不孝。’说毕，叫张爷又给叩了回头，将拐杖给了我们掌柜的。员外死后，张爷闹了几回事，我们掌拒的出去就完了。惟有前日，他们村中两口子打架，可巧遇上了他，打人家的爷们，那人说：‘我管我的女人呀！二太爷别管。’（他们本庄儿上全都称呼他是二太爷。）他说：‘我不许男打女，好朋友男对男打。’人家说：‘这是我女人。’他说：‘不懂得，就是不准男打女。’我们掌柜的，走到那里看见，一听是他无礼，一威喝他也就完了。这日他变了性情了，他说：‘你别管我，你姓马，我姓张，你休来管我。’我们掌柜的有了气了，打了他一顿，由此绝交。昨天，有许多街坊出来了事，叫他与我们掌柜叩个头就完了。他也省悟过来了，今日见面。我一句没剩下，全说了，省得你刨底了。”艾爷笑了，此人浑得太厉害。

正说之间，外面一乱，过卖说：“来了。”众人说：“二太爷走吧！二太爷走吧！”艾虎往外一看，众人一闪，当中一人身高八尺，膀阔三停，头上高挽发髻，身穿短汗衫，青绸裤子，薄底靴子，肋下夹着青绉绢大氅。面如锅底，黑中透暗，剑眉阔目，狮子鼻，火盆口，大耳垂轮，连鬓络腮胡须，不甚长，烟熏的灶王一样，声音洪亮。大众一嚷说：“走，走，走。”将入屋中，一眼就看见了艾虎，站住不走了，净瞪着艾虎。本来艾虎爷也是个英雄的样儿，摘下头巾，穿着短袄，系着钞包，青裤子靴子，脱了衣服，连刀全放在桌子上，小爷四方身躯，精神十足。

两下对瞅，众人就怕要打起来。往里让着说：“走吧，上楼吧！”张豹有意到小爷桌头儿这里一碰，酒壶倒了几个。艾小爷立起身来问道：“这是怎么了？”张豹答道：“二太爷没瞧见！”艾虎问：“你是谁的二太爷？”张豹听问，本看见艾虎心中就有点不服，成心找事，说：“你问我呀，巧啦！是你的二太爷！”艾虎说：“谁的？”张豹说：“你问就你的二……”那个“太爷”二字没说出来，就听见嘣的一声，脑袋就见了鲜血。

原来艾虎手脚真快，侠义性情是一个样，别的还可，就是不叫骂。他说了一个“二太爷”又问的时候，那酒壶就到了手里头啦。“太爷”没说出来，嘣一下打上了，红光一现。

二太爷就急了，骂道：“好小子，咱们外头说来。”艾小爷说：“使得。”随后就蹿出去了。纵有众人，焉能拉得住？二人交手，张豹力大皮粗肉厚，脑袋破了不知道疼痛。但一交手，本领差得多了。小爷暗笑，转了几个弯，一横身，使了个靠闪，张豹“哎哟，咕咚”一声，倒了半壁山墙相似。爬起来又打，艾虎得便，飞起一腿，分手剁了脚，张爷又“咕咚”倒于地上。起来又打，张爷用了个双风灌耳，艾爷使了个白鹤亮翅，双手一分，又一蹲身，扫堂腿扫上了，张爷又倒。这回不起来了，艾爷站着说：“你起来呀！”张爷说：“我不起来了。”艾爷说：“怎么不起来了？”张豹说：“费事，起来还得躺下，这不是费事吗？”艾爷说：“我不打躺着的。”张爷说：“你不打，我可起去了。”艾爷说：“对，等你起来再打。”张豹说：“不打了。输与你了。”艾爷说：“你什么法子使去！”张爷起来说：“你是好的，在此等等。”艾虎笑道：“我在此等你三年。”张豹跑了众人才过来。

艾爷说：“谁往前来我可打谁，你们全是本乡本土，稳住了我，拉躺下打我。”过来二位老者说：“壮士，有你这一想，人心隔肚皮。你瞧瞧。我们这两个人像打架的不像？我七十八，他八十七。”艾虎说：“怎么样？”老者说：“方才这位姓张，他是个浑人，拿着你这个样，何苦和他一般见识！”艾爷说：“你看看，我们两个是谁招了谁了？”老者说：“你若有事办事吧！不用和他怄气。”艾虎说：“我说我等他么。”有一位老者说：“我们这位二太爷，他要来了你是准赢他，但他必要带了打手来。他的徒弟好几十号人那，哪一个都是年力精壮。可就是有一件，师傅不明弟子浊，连他还不行呢，何况徒弟！再要来了，你把他先扔一个跟斗，骑上他说：谁要向前，要你师傅的命。他们就不敢向前了。你别瞧他那么大身量，就是打他，砍他，拿刀剁他，他全不怕；他就怕一样，就怕拧。你要一拧他，他就没有力气了。”艾虎一听，嗤的一笑，说：“好乡亲，你老人家贵姓?”老者说：“我姓阴。”艾虎说：“教给人拧人，真够阴的了。如此说来，你是阴二大爷。”张豹回到树林叫徒弟。原来艾虎看的那打把式的，就是张豹的徒弟。张豹叫喊：“徒弟们，跟着我去打架去。”众徒弟拿家伙，张豹提了一根木棍，直奔马家酒铺而来。必是一场好打。

怎么个好打，且听下回分解。

第五十回

张家庄三人重结拜　华容县二友问牧童

且说张豹上树林找徒弟。他本来没本事，谁还肯拜他为师哪？皆因有个便宜，拜他为师，跟他说本事，一家无论有多少口人，娶儿嫁妇，红白大事，吃喝穿戴，全是师傅供给。这个徒弟就挤破了门了。可有一样：得他如意才收，他不如意不要。总得像他么浑，他才要哪！拜了师傅，家内就有了饭了。故此他的徒弟，连一个会本事的都没有。如今用着徒弟了，拿了家伙直奔马家酒铺。

原来艾虎受了阴二大爷的指教，少刻来了一人，蓝壮帽，蓝箭袖，薄底靴子，丝带围腰，白脸面，细条身分，来到跟前，众人说："掌柜的来了。"他抱拳带笑说："众位乡亲们，为我们两个点小事，劳累众位，实在使小可居心不安。方才在家中等候听信，家中人回去送信说：是那村夫又不知得罪了哪一位？"众人指道："就是这位壮士。"马掌柜过来与艾虎施一礼，说："刚才那个村夫，是我个把弟。得罪了壮士，小可特来替他赔礼。"艾虎说："岂敢！尊公就是马大官人？"回答："不敢，小可叫马龙。"艾虎说："久仰双刀将的名气。"马爷说："不敢，没有领教这壮士爷的贵姓？"艾虎说："姓艾，叫艾虎，外号人称小义士。"马爷说："这就怪不得了。此处不是讲话之处，请到楼上一叙。"艾虎一笑说："无论你铺中摆的是什么刀枪阵式，姓艾的不敢进去，不算英雄！"马爷说："不必多疑，我大胆也不敢。"艾虎哈哈大笑，公然往里就走，问道：“打哪里上楼？”马爷说：“打这柜后头。”仍然是艾虎当前，马爷在后，劝架的可没上楼，外面等着。马爷叫过卖献上茶来，就说：“方才听家人说，尊公拳脚高明，不知令师是哪一位？”艾虎说：“黄州府黄安县人氏，姓智，单名一个化字，外号人称黑妖狐，那就是我的恩师。辽东人，复姓欧阳，单名一个春字，称北侠，号为紫髯伯，那是我的义父。”马爷一听说：“原是侠义的门人，现今意欲何往？”艾爷说：“我如今跟随按院大人当差，奉差出去，到娃娃谷。”马爷说：“这是由何处而来？”艾爷说：“由晨起望。”马爷说：“要是由晨起望，道路可是走错了，这就是岳州府了。这位老兄，我那拜弟来了，别和他一般见识。我必要带他过来与你老磕头。”

言还未了，只听见说：“打，打，打！他多半跑了吧？”双刀将马爷一拦说：“我好好带上他来与你老赔不是，千万可别下去动手。”双手把楼门一挡，不教艾虎下去。焉知晓艾虎早有主意，就把前面楼的小隔扇一开，往下一纵，正是打手骂得高兴，打半悬空中飞下一人，手中并不拿东西，大伙一害怕，往半壁一闪。艾虎脚踏实地，二太爷用木棍就打，说：“好小子。”艾虎往旁边一闪，跟着打手瞧出便宜来了，嗖的就是一棍。艾虎一翻身，伸手接棍，往怀里一带，把棍刁着说：“你躺下！”那人说：“使得。”艾虎也不肯结果他的性命，复返又和张豹交手。张豹本没多大本事，说：“好小子！”艾虎也并不答言，冲着后脊背，啪嚓就是一棍，张豹往前冲出好几步远去。艾虎往前一奔，一蹲身，扫堂棍，嘣的一声，张豹扑通摔倒在地。艾虎过去用髁[1]膝盖点

① 髁（kē）。

住，众打手往上一趋，艾虎说：“你们谁不怕死，谁就往前来。”大伙嚷道：“撒开我师傅哇，撒开我师傅。”

正此间，双刀将马龙过来说：“大家不许动手！”众打手都不敢动。马爷往旁一望，并不过来劝解，为的是教艾虎打他几下出出气。原来艾虎受了高人的指教，并不打他，就在肋下拧了他几把。再瞧张豹，威风一点也没有了，一味地净嚷：“哎哟，哎哟！使不得，使不得，你真损。哥哥过来劝劝来吧！”这马爷才过来说：“尊兄饶了他吧，看在小可面上。”艾虎这才起来，说：“便宜你这厮！”张豹直哎哟说：“谁教的你这法子，怎么你会知道？哥哥你认得吗？”马爷说：“固然是认识。”张豹说：“认识你不早来劝架。”马爷说：“给你们见见，这是勇金刚张豹，是我的把弟，是个浑人；这是艾壮士爷，人家是侠义的门徒。你就行得了？”艾虎说：“我姓艾，叫艾虎，外号人称小义士，方才得罪得罪。”彼此对施一礼。张豹说：“我说我不行呢，你敢情是侠义的门徒，咱们得交交，不打不相与。”马龙说：“咱们大家还是上楼，走走走！”进铺内上楼。这些个徒弟，慢慢地暗散。了事的人一看，不用了事，没有给见面，自然两个人就和美了，也就慢散了。三个人上楼，马父吩咐将请客的酒席摆将上来，让艾虎上座，马、张陪定。艾虎本来就好饮，这就对他的势了。酒过三巡，张豹这才慢慢打听。艾虎看看这两个也不错，也没隐瞒，低声悄语，就将办理襄阳的事情，丢了大人，各处寻找，细说了一遍。张豹答言说：“我说哥哥咱们哥两个，还用人家给见面吗？咱们爹爹死的时节，不是托付你管着我吗？我是个浑小子，你还不知道！我给你磕几个头，你别生气。”马龙说：“别说了，你我的事教这位艾兄耻笑。”艾虎说：“这个朋友倒是可交，谁有一个亲兄弟，不能如此，也是无法。”张豹说：“呔，你说我可交，你爱我吧？咱们交一交吧！我可是爱你。”马爷说：“住了，你不会讲话。艾兄，你要是不嫌我们哥两个，咱们三人结义为友。”艾虎说：“只要你们哥两个不嫌弃小弟，我是情甘意愿的。”张豹说：“少时咱们家里拜把子去，咱们家里宽绰。”马龙说：“就是。”

书不可重絮。这酒席吃到日暮沾山的时候，方才撤去。艾虎穿了长大的衣服，拿了自己的东西，同着张、马二位，出了马家酒铺，直奔张家庄。

到了那里一看，广亮大门，原来是众徒弟都在那里等候着师傅呢！张爷把他们叫过来，都给艾虎见了，说：“你们要练把式，跟着你艾爷练吧。他是侠义的门徒，会的都是打人的招儿。不像我教的你们，都是挨打的招儿。”艾虎说：“算了吧！哥哥。”往里就走。果然是张百万，家里是阔庭房。落座献茶。吩咐预备香儿，后花园结义为友。弟兄三人一序齿①，马龙岁数大，居长；张爷行二；艾虎行三，烧香结义，立誓愿有官同做，有马同乘，生死共之。烧完了香，挨次着磕头。弟兄们就整整地吃了一夜的酒。

第二天又留住了一日，艾虎惦念着寻找大人，不能久待，要奔娃娃谷。二爷约会马龙，三人一同前往。马龙推辞，又是买卖，又是家务，总得自己照应，不能同他们前去。张爷与艾虎，一同奔娃娃谷。马爷吩咐，千万不可闯祸。就此辞别了马龙。艾虎、张豹带了银两直奔娃娃谷。路过华容县，那是古郡三苗地面，远看山峰叠翠。天气已晚，道路不大分明。看见山坡上来个牧童子，作歌而来。怎见得？有赞为证：

---

① 序齿——按照年纪长幼排次序。

但见那晚烟垂照，更显得山峰叠翠，晚景之中。牧童遥吹短笛，哪有官商无腔调。映着那，新柳林，曲折径，风送声音调儿高。山水清幽成佳趣，百态风云难画描，宛转转，胜玉箫，方显出清中妙。片刻间，那笛声杳，牛背上，唱起山歌呀，好叫人，心动神摇。它说道：名也好，利也好，世人忙，忘却老。奔忙路，人怎逃？苦苦被名缰利锁何时了？多少英雄，难弃难抛！一年一度，离离荒草。古往今来，乱乱蓬蒿。争争战战，血溅荒郊。劳劳碌碌，颜色枯焦。浓浓艳艳，镜里花妖。休贪恋。粉骷髅，早作个计较。急寻个欢乐，百万斤，三千套，隐隐逸逸友渔樵。饮山泉，山歌好。食黄齑，谈中饱，居篱墙，茅屋小。又何须，防贼盗。闷来看，山儿高，月儿小，一阵阵清风香馥绕绕。春游那，柳与桃，横牛背，踏芳草。夏时节，莲舟好。更有耐寒菊，秋霜傲。向红炉，把枝木儿烧。一边唱，手擎鞭儿不肯抽，爱他的牛，空把鞭儿慢摇。二位爷，往前忙施礼，向着那牧子跟前问个根苗。

不知牧子说些什么言语，且听下回分解。

第五十一回

复盛店店东暗用计　绮春园园内看游人

且说艾虎和张豹听着牧童儿唱着山歌，看看临近，艾虎一抱拳说："借光了，我们上娃娃谷，走哪里？"牧牛童儿用手指正东，说："那就是华容县，可别进城，偏着荒奔南关，到南关直奔东南。南大东小，瞧见山口，再打听吧！"艾虎点头，道了个"借光"，二人直奔南关。

天气向晚，商量就在此处打店。路西有一个大店，叫复盛店。店中伙计让道："住了吧！天气不早了，别越过了宿头，我这房屋干净，吃食便宜。"张豹问："有上房么？没上房不住。"伙计说："西跨院上房三间。"艾虎说："二哥，咱们住了吧。瓦房千间，夜眠七尺，又不是自己的房屋。"张爷点头，便着伙计带路，到了西跨院，来到屋中。屋中倒也干净。打洗脸水，点茶。二人净了面，吃茶。伙计问道："二位客官贵姓？""姓艾。"伙计说："那位客官呢？"艾虎说："我家二太爷。"伙计说："我们是买卖生意，怎么玩笑哇！"张豹说："你什么东西，和你玩笑？只管打听打听，岳州府张家庄儿，谁不称我二太爷？"伙计说："你安顿着点！在你们那里，你称二太爷；在我这里，不能称二太爷，我们是买卖生意。"张豹气往上壮，就骂起来了。艾虎劝解。就有本店中少掌柜的，带着五六个人进了跨院，奔到屋中说："二位客官为什么缘故？想来是伙计得罪着你们了，我替伙计前来陪礼。二位气若是不出，今晚晌散他。"

艾虎瞧了这人，黄澄澄脸皮，细条身材，青衣小帽，做买卖的人样儿，说话有点尖酸的气象。艾虎说：“不可，千万可别散他。情实是我二哥的不好，他一点不好也没有。”少掌柜的说：“若非这位客人讲情，我一定不用你了。好好伺候二位客官。我方才听见是哪位姓张?”张豹说：“我姓张。”店东问：“官印是张豹吧?”张豹说：“是，你怎么知道呢?”店东说：“有老员外的时候，是专好行善，离着三五百地，谁不知道他老人家。他老人家归西去了。我们上辈还受过老员外的好处，以后正要报答。但不知道这位客官贵姓?”小爷说：“我姓艾，没领教掌柜的贵姓!”店东说：“我姓贾，我叫贾和，字文辉。”小爷说：“原是贾掌柜的。”彼此对施一礼。店东说：“二位欲何往?”答道：“上娃娃谷。”店东说着话，两眼不住地瞧着张豹、艾虎，遂说：“我晚间可没有工夫，不能奉陪二位。明天早起。暂屈二位尊驾。我有一杯薄酒奉敬，只求二位赏脸，千万不可推辞。”艾虎说：“我这事可是紧要，实在不敢领赏。”张豹说：“人家是个美意，不可辜负于他，吃了酒再走也不算晚。”店东出去，少刻，人家就给预备过酒饭来了。掌上灯火，用毕晚饭，撤将下去，开发饭钱、店钱，人家一概不要，自可明天早起再说。

一夜无话。清晨起来要走，店伙计拦住说：“我们店东有话说，教二位吃了早饭再走。”二位也就无法，只得等着，直等到巳正的时候，艾虎想酒饭，张豹也是觉着饿了。店东方才过来，吩咐一声备酒。顷刻间，摆列杯盘。饮酒之间，无非闲谈，讲论了些个买卖了事情。书中须要简洁，不可重絮。用完了这顿饭，已经晌午了。撤将下去，端上茶来。店东说：“二位，天气不早了，明天再起身了。咱们这里有一个可观的所在，同着二位去消散消散。”张豹问：“叫什么所在?”店东说：“离此不远，叫松萝镇，有人家一个大花园。本家姓窦，叫窦家花园，先前做官，后人穷了花园子也散落了。度日还艰难那，哪有钱收拾花园子。咱们南边有个地名叫新立店，有个财主姓崔，叫崔龙，外号人称镔铁塔。崔龙这个人先前保镖挣得钱，家成业就，又且此人钻干营谋，精明强干。他通知了窦家，把花园子典过来了。各处的点缀焕然一新。各处内用人卖茶、卖酒、卖饭，包办酒席，带卖南北的碗菜。可有一样，进门有一个拦柜，有人先问："你是游园哪，还是吃酒？若要用酒，先给银子，吃完了就走。就起一个名儿叫绮春园。每日游园请客、携妓带娼、弹唱歌舞的男女很多。咱们今日到那里看看，吃些酒去，倒也有趣。"艾小爷不愿意去，张二爷愿往，说毕起身，艾爷将自己银秤了二十两。三人同行，走到绮春园不远。游园人甚多，将到门外，就见横着一块大匾，蓝匾金字："绮春园"三字。也有茶酒的幌子，东边墙上有块竖匾，是包办酒席，带卖南北的碗菜，上等海味官席。三人将要进门，后面追来一人说："掌柜的，有人找来了，正等着回去，少刻再来吧！"掌柜说："二位先生在里面等我，我少刻就来。"依艾虎不进去了，张二爷一定要里面看看去。艾爷无法，店东去了。

张、艾二位进大门，路西屏风门，将进屏风门，路南有个拦柜，柜后有一个大胖子看着，每遇有人进去，就问是游园那是吃酒？艾爷告诉说："我们吃酒。"胖子姓廖，叫廖廷贵，有人管着他叫廖货。

那店东掌柜的为何事情请二位逛园来？有个缘故：此处开花园的这个姓崔的是一个贼，现今不偷了，想做这个买卖。又有这个廖货，他出的主意，先银后酒，天秤是加一秤，若要交的银多，吃了要找回去，银子内中准有一块顶银，出门不换。贾掌柜上回交的银子不够了，苦苦的求他跟一个人去取，廖货再三不行，非留下一件衣服方才叫走回去。要找人出出气。若要说官面上办的熟惯，没姓崔的熟惯。论打，他的人多，这口气只好忍着。可巧遇上张、艾二位，他又知道张豹有本领，还不知道艾虎的能耐。这是个主意，邀来游园，假若张豹一动气，一打就出了气了。因此，早定好了，后面有人跟着他。为的是他不露面，怕连累他，故此假告辞回去了。

张、艾二位将到门内，廖货要钱，艾爷就把秤的二十两银子拿出来。廖廷贵一秤完，说："这是十八两。"艾爷说："二十两。"回答："十八两。"张爷骂道："胖小子，那是二十两。"廖货说："十八……"两字还出口哪，早被张二爷揪住，要把脑袋给拧下来。艾虎说："别动粗鲁，我使了二两，是十八两。"张豹说："别着他讹咱们哪！"艾虎说："为什么叫他讹咱们呢！本是十八两。"张豹说："胖小子，便宜你。"廖廷贵瞅着张豹就害怕，整个脸像烧灶一样，问："二位贵姓？好给你们吆喝下去！"艾虎说："我姓艾。"廖货说："艾爷，那位呀？"张爷说："二太爷。"廖货说："就是你们二位？"艾爷说："对。"二位离了柜台，往北一看，只见人烟稠密，游园的甚多。也有亭馆楼榭，树林丛杂，太湖山石，竹园荼藤①架，月牙河，抱月小桥，蜂腰桥，四方亭，抄手式的游廊，过廊过庭，平台万字亭。二人看了多时，真有四时不谢之花，八节长春之草。画栋雕梁，别有洞天。正是桃柳争春的时候，可惜二位也不懂得诗文，也不认识个字儿，就奔了流风阁来了。只听见管弦乱奏，弹唱歌舞，猜拳行令，乱乱哄哄，热闹非常。他们进了流风阁，就听见那边嚷道："艾爷交银十八两，在流风阁请客。"流风阁的过卖答应："知道了。二位哪位姓

① 荼藤（mí）——落叶小灌木，花白色，有香气。供观赏。

艾?”艾虎说：“我姓艾。”又问：“那位哪?”张豹说：“我叫二太爷。”过卖说：“我不问了。二位用茶用酒?”艾爷说：“要酒。”过卖答应说：“什么酒?”小爷说：“女贞陈绍上等酒席一桌。”过卖吆喝过去，不多一时，摆列上酒席，二位斟酒开怀畅饮。二人还等着贾掌柜来哪!

忽然间，打屏风外蹿进一人，绾着发髻，穿着蓝汗衫，蓝钞包，蓝中衣，薄底靴子，胁下夹着一件蓝大氅，里面裹着一口明亮亮的利刃，看不见脸面，皆因是他向正南。柜上的问：“这位还是游园哪，还是吃酒?”那人说：“我在这里等人行不行?”柜上说：“等人焉有不行之理。”那人一指，扑奔正西。这转脸来，见细眉长目，一脸的杀气。他扑奔赏雪亭，进得屋中，就把大氅往桌上一放。从外边又蹿进来一个，手中提着一个小黄口袋，拿着一口刀，把口袋往柜上一放，直奔廖廷贵。

若问来者何人，且听下回分解。

第五十二回

赏雪亭乔宾奋勇　流风阁张豹助拳

赞曰：

愿为大义捐生，不使名节败坏；

一时玉碎珠沉，留作千秋佳话。

绿珠者，晋石崇之妾也。绿珠姓梁，白州博白县人，生双角山下，容色美而艳。石崇为交趾采访使，闻绿珠美，以珍珠三斛换了回来。置之金谷园中。绿珠能吹笛，又善舞。石崇自制明君歌以教之，宠爱无比。晋赵王伦作乱，奸党孙秀正在骄横之时，访知绿珠为石崇爱妾，竟使人向石崇求之。石崇方宴乐，使者至，述其来意，石崇道："孙将军不过欲得美人耳，何必绿珠？"因尽出姬妾数百人，皆熏兰麝，披罗绮，浓艳异常，听使者选择。使者看了道："美俱美矣，但受命欲得绿珠，此非所欲得也。"石崇听了，因毅然作色道："此辈则可，绿珠吾所爱，不可得也。"使者道："君侯博古通今，察远见迩①，岂不闻明哲保身，何惜一女子，而致家门之祸耶？"石崇道："但知保身，独不为保心计乎！可速去。"使者既去，而又复返道："今日之事，毫厘千里，愿公三思。"石崇竟不许，使者报秀。秀大怒，乃谮崇于伦，伦命族之。崇正与绿珠在楼上作乐，贼兵忽至。崇因顾谓绿珠道："我今为汝获罪矣！子将奈何？"绿珠因大哭道："君既

① 迩（ěr）——近。

为妾获罪，妾敢负罪?！请先效死于君前。”石崇道：“效死固快事，但吾不忍耳!”绿珠道：“忍不过一时耳，快在千古!”遂踊身往楼外一跳，竟坠楼而死。石崇看见，含笑赴东市受诛矣！君子谓：绿珠情近于义。崇死后，不十数日，赵王伦败，将军赵泉斩孙秀于中书。闲言少叙，书归正传。

诗曰：

此去三径远，今来万里携。
西施因网得，秦容被花迷。
所在青鸚鹉，非关碧野鸡。
豹眉怜翠羽，刮目想金篦。

且说瞧见先蹿进来的，是一脸的杀气。后来又蹿进来的这一个猛若瘟神，凶如太岁，喊一声如巨雷一般，手中提着一把刀，拿着小黄布口袋，往柜上一蹲。廖廷贵问：“游园哪，是吃酒?”那人说：“吃酒。”廖廷贵说：“先银后酒。”那人说：“口袋里就是银子。”廖货说：“打开瞧瞧成色。”大汉说：“不懂的。”廖货说：“也得秤一秤。”大汉说：“不懂的。”廖货说：“金银不比别的物件，不叫看，不叫秤，怎么样呢?”大汉说：“不叫看，不叫秤。”廖货说：“到底多少分两?”大汉说：“一百两。”廖货说：“你说一百两，就是一百两吧？难道说瞧瞧还不行吧?”大汉说：“你要瞧瞧，我先给你一刀，然后再瞧。”廖货说：“不瞧了，你老贵姓，我好给你吆喝下去。”大汉说：“祖宗。”廖货说：“别玩笑，到底你姓什么””大汉说：“告诉你了你又问，我是祖宗；若再问，就给你一刀。”廖货说：“祖宗祖宗吧，你找地方饮酒吧!”

艾虎一瞧这大汉，一转脸好生的凶恶，蓝生生一张脸面，两道红眉，一双金眼，狮子鼻，火盆嘴，一嘴的牙七颠八倒，生于唇外，连鬓络腮的胡须，红胡子乱蓬蓬，胸宽背厚，肚大腰圆，说话的声音太大，嚷声如巨雷一般。一转身满园子找人，就听先进来那一位说：“贤弟，在这里呢！”张豹说：“你看这小子，倒有个玩艺。”艾虎说：“叫人听见那还了得，你还看不出来？这是拼命的样式。”张豹说：“不要紧。”口中嚷道说：“小子，你和人家拼命么？”那人站住不动身，瞅着张豹。艾虎就知道不好，是要闯祸。那人说道：“你问谁哪？小子。”张豹说：“我问你哪！蓝大脑袋小子。”那人说：“好说呀，黑大脑袋小子，瞧着我们拼命吧！小子。”张豹说：“打不过人家，二太爷帮着你。”那人说：“祖宗一生不用人助拳。”张豹说：“你这边喝吧，小子！”那人说：“你那边喝吧，小子！”艾虎问：“张爷，你认得人家吗？”张豹说：“我不认得他。”艾虎暗道：“这可是人有人言，兽有兽语，难得二人全不急。”

只见那边柜上吆喝下来：“祖宗交银一百两，是碎铜烂铁。”那人走后，廖货打开一看，是碎铜烂铁，就知道这人是成心找晦气来了，派人急速给东家送信，又派人给各屋送信说：“所有你们在这饮酒的，你们还瞧不出来吧？西屋内那位是找着拼命来了。掌柜的一来，就打起来了，不定是多少人命呢！可有一条，今天是我们掌柜的侍候了，全不要钱，所有柜上存的你们那些银子，明天再来取。”

你道这两个人是谁？先进来的那个就是华容县鱼行里掌秤的经纪头儿，此人姓胡，叫胡小记，外号叫闹海云龙。皆因上次同着卖鱼的上绮春园，吃酒交了十两银子，一秤就是九两，当着些卖鱼的，他们又是粗人，饭量又大。他们这酒饭又贵，吃秃噜了，自己亲身到柜上，见廖货写账，碰了说：“你们常买鱼，我见天在鱼市上掌秤，难道不认得我吗？”廖货说：“不行，掌柜的有话，不论是谁，一概不赊。”叫跟人去取，说：“柜上无人，要留东西。”因为这个打起来了，连卖鱼的全动手，把绮春园人全打跑了。东家掌柜的镔铁塔，带着四个教师，是独爪龙赵盛，没牙虎孙青，赖皮象薛昆，病麒麟李霸，四五十打手。众人一到，一场混打，胡小记等全输了，甘拜下风，各个带伤，并且还着人家留下衣服。

归到自己家中，第二天就没起炕，夹气伤寒，又重劳了，两三日好容易才好了。自己就想着，宁叫名在人不在，心一横，打算找崔龙和廖廷贵拼命。可巧今早来了一个朋友，把臂为交，生死弟兄。此人湘阴县人氏，姓乔，叫乔宾，外号人称叫开路鬼。到这望着胡小记来了，一问哥哥，因为何物这般形容憔悴？胡小记把自己的事说了一遍。乔宾一听，愤愤不平，气得转身就走，被胡小记拦住说：“你上哪里去？”乔宾说：“我找他去，给哥哥报仇。”胡小记说：“不行，人家人多。有意替我报仇，咱们两个人一同前往。你帮着我杀几人，你就走，什么你也别管，我出头打官司。”乔宾说：“打官司我与他抵偿。我死了家里有兄弟，还有上坟烧纸的哪！”胡记说：“我惹的祸，怎么叫你出去偿命？助我一臂之力，就很是尽心了。”乔宾说：“咱们先去吧！”一晃，乔宾就不见了，胡爷拿大氅裹上刀，望绮春园就赶，并未赶上。

原来是乔爷走到街上，遇见一个老头儿，地上摆着些铜片、铁圈、铅饼儿、钉子等物，旁边搁着一个抽口小黄布口袋，乔爷说：“包圆要多少银子？”老头儿看乔爷就害怕，听问得又古怪。说：“你瞧着给！”乔爷就把那些个东西装在口袋里了。老头说：“就是这么包圆么，我一身一口，就指着这点东西，倒本度日。你这么包圆，我就饿死了！”乔爷说：“焉有那样道理。”摸了一锭银子，扔在地上，扬长就走。老头拾起，不知真假，叫换金铺看去了。

乔爷拿着碎铜烂铁到绮春园，硬说百两白金，焉知晓这是成心找事。将奔赏雪亭，瞧见张豹，也打心中爱惜，对骂不急。少时见了胡小记，彼此坐下，将刀“当”的一声插在桌子上，那里吆喝下来：“赏雪亭祖宗，交银一百两。”他是各处单有各处的过卖，谁也不管谁的事情。活该这过卖倒运，姓吴，他叫吴常道。他管这个地方，看见这刀桌子一插，真是魂都吓冒了，听见叫：“滚进来！”就见那个过卖往地下一爬。乔宾说：“这是干什么？”过卖说：“不是叫我滚进来吗？”乔宾：“你什么东西，走进来，四桌上等酒席一块摆。”过卖答应一声，往外就跑，说：“祖宗摆不下呀！”乔爷说：“把四张桌子并在一块。”答应使得，一齐摆上。顷刻之间，摆列杯盘，乔宾让张豹说：“黑小子，这边喝来呀！”张豹说：：“不用让了。喝吧，小子。”再看这园内吃酒喝茶的，连游园的，净往外走，没有人往里走。各屋中一送信，这还不全走吗？全是上这里取乐来的，谁肯跟着趟浑水，故此全走。惟有到张、艾这里一说，张二爷就骂：“我们找着这个热闹还找不着哪！你远着点，不然我们先拿你乐乐手。”过卖一听跑了。

再听外面，一阵大乱，嚷：“打！打！打！”艾爷就知道不好，说：“二哥，咱们走吧。”张二爷说：“不行，我应下人家了的！他不行，我还帮忙哪！”艾小爷说：“咱们又不认得，没交情，管那些闲事；倘若有人命，如何是好？”张爷说：“没交情帮个忙儿，就有了交情。”艾爷说：“插手就有祸，准有人命。依我说，别管的好。”张爷不听，众人就进来了。头一个就是镔铁塔崔龙，赵盛、孙青、薛昆、李霸带着三十多人都是短衣巾、靴子，人人拿着长短兵刃。崔龙问：“在哪里哪？”廖廷贵说：“在赏雪亭哪！”胡、乔二人早听见来了。乔宾一手先把过卖抓来举起，头朝下，叭嚓的一声，头碰柱脑髓迸流。张二爷叫：“好儿！说真的，摔得好！”艾虎说：“死了一个，你老叫好儿，这是何苦?”又见那亭中的二人出来，每人一口刀，往上一撞，乔爷骂道：“好狗男女，今日祖宗要你们的命。”崔龙说：“丑汉有多大的本领，较量较量!”

原来崔龙与赵、孙、薛、李全是贼，养着许多打手，也怕有人搅闹花园。你道什么缘故?连加一秤，带找顶银，又不赊账，东西又贵，也怕有人不答应他，不然怎么衙门中，上下全熟悉，三节两寿，人情分往，永远当先。今日在家中坐定，有人报信说：“不好了，东家掌柜的快上花园子去吧！有人搅闹来了，得多带人哪！人家来的可不善。”那崔龙五个人，连打手全来了。进门一问，人家就摔死了过卖。二人提刀出来交手，五人一围胡乔，又叫“打手上啊!”众打手一齐全上。张二爷骂：“好小子!你们有多少人?”一脚把桌子翻了个，碗盏全碎，拉刀出去，艾爷也出去。

不知如何，且听下回分解。

第五十三回

到花园为朋友舍命　在苇塘表兄弟相逢

且说崔龙五个人，就与胡小记、乔宾动手。本来艾虎与张豹就议论：“你看，与他玩笑的那个是输是赢？”张爷说：“准是他们两个输，他们人少。”艾虎说：“他们几个人是夜行人，故此这二位不行，不是黑门学的功夫。哎哟，更不行了，打手上去了。”张豹说：“可了不得啦，完了我这小子了。疼死人，想死人。”只听哗喇一声，桌子翻过来了。张豹拿刀出去，喊了一声：“小子们闪开，二太爷到了！”嘁嚓喀嚓的乱砍，杀将进去，冲开一条道路。随后大伙仍然又裹上来。刚一围裹，就听见嗖的一声，打半空中飞下一个人来，大伙一楸一怔。身量不甚高，虎头燕颔，手中这口刀上下翻飞。就是崔龙可以敌住艾虎，余者的全不行，也不敢向前。

你道艾虎为何打半空中下来？皆因是张二爷翻桌往外一跑，他就跟出来了。为的是卖弄卖弄这手功夫，叫他们瞧。往上一耸，在大众头上蹿将进去，这手叫旱地拔松，燕子飞云，嗖的一声，脚沾实地，把刀亮将出来，直扑奔向崔龙。

张豹看见老兄弟过来，心中十分欢喜。见人家有一个对一个的，有两个对一个的，是胡小记敌住了赵盛、孙青，乔宾敌住了薛昆，李霸，张豹他与这些打手就交了手了。常言一句俗话说：“矮子里选将军。”就算他的能耐有限，但与这些打手打起来，他的本领却比打手胜强百倍，顷刻间，也有带伤，也有废命的，也有逃跑的，把打手打得不敢向前，直往后退。这场子可就宽绰了，张豹只顾与打手交手，在他的背后嗖地一声，就是一刀。他如何躲闪得及？又不能招架，可见得是傻。好好好，要是错过，心地忠厚，这也就死了。艾虎虽然动着手，明知道二哥的本事有限，自己的心神一半在崔龙身上，一半在二哥身上，看这件事实在不平，心中暗暗地有气。他看着乔宾动着手跑啦！薛昆一转身，对着二哥身后就是一刀，早被艾虎一抬腿，就跺在薛昆肋下，哎哟一声，扑咚躺倒在地，当啷啷舒手扔刀。张豹这才看见，倒觉吓了一跳，摆刀就剁。薛昆使了鲤鱼打挺，闪开这一刀，分开打手，自己逃命去了。二爷要追，早叫李霸截住，二人动手。

原来乔宾不是跑了，杀开了一条道路出去，他看出来了，有艾虎一人，这些群贼哪个也不能逃命，他找仇人来了。

乔宾直奔南边拦柜，柜里头伙计瞧着势头不好，就都跑了，净剩下廖货一个人了。也是造就了的，这小子恶贯满盈。两个眼睛，直直的瞅着东家动手呢！旁边喝彩，他舍不得走，知道柜内有银子，又知掌柜的人多不能够甘拜下风，大肚子往前里一摊，正靠着柜往那边瞧。乔宾到他眼前，他没看见，乔宾用自己的刀顺着柜面，对准了他的肚子，就听见噗嗤一声，正中在肚腹之上，说："我给你放了泡吧！"噗通，死尸躺倒。乔爷一扶柜，就蹿将过去，又剁了他几刀。也是他出主意，用加一秤，使顶银，种种的恶事，这算报应临头。

乔宾给哥哥报了仇，一转脸把天平桌的抽屉拉开，里头许多的银子。看见自己小黄口袋倒在地下扔着，把口袋拿起，把里头的碎铜烂铁俱都倒将出来，把天平桌里头一包一包的银子俱都装在口袋里头，自己把钞包解下来，把口袋嘴儿扎上，裹在钞包之内，重新紧捆好。提了刀蹿出柜外，正遇见打手，往两旁一闪。胡大爷追杀赵盛、孙青，乔二爷挡住，正要截杀。两个人一歪身，嗖地全都蹿上房去。连胡小记带乔二爷，全都不会蹿房越脊，干着急无法。自己转身回来，复又动手。乔宾与张豹两个人，围裹着李霸动手。胡小记帮着艾虎拿崔龙。李霸一瞧势头不好，三十六招，走为上策，虚砍一刀，撒腿就跑。后面追赶，见他一跺脚，贼人已经上房去了。二人对叫，“小子，咱们拿那个去。”二人返回来，崔龙不容二人动手，早就跑了，也就蹿上房去。除非艾虎一人，会高来高去。张豹说：“老兄弟，除非你会上房，别人都不会，你去追吧！”艾虎本不愿意追，想着又不是自己的事，何苦与他们作对！并且又有了几条人命，早走的为是。被张二爷一说，又不能不追，只得蹿上房去，追了不多时，复返归回，蹿下房来，大叫一声：“住手！看你们这些打手，俱是安善良民，雇工人氏，如今恶人一跑，我们也不跟你们一般见识。你们扔下兵器，才算安善良民。哪一个不服。来来来，咱们较量较量。”众人俱都抛了兵器，跪了一片，苦苦的哀求说：“我们俱是雇工人氏，谁敢违背他们的言语？”艾虎说：“既然这样，饶恕尔等，去逃命吧！”打手听见此言，如同见了赦旨一般，大家一哄而散。满地上也有带轻伤的，也有带重伤的，也有死于非命的，横躺竖卧，哼咳不止。胡小记过来说：“我们两个不是他们的对手，看看落于下风，若非二位恩公前来助拳，我们二人就有性命之忧。请问二位贵姓高名，仙乡何处？”意欲跪下磕头，艾虎一把拉住说：“此地不是讲话之处，有话随我来说。”艾虎在前，三人在后，走够多时，只见后边有几个跟下来了。

你道是谁？原来是绮春园的伙计，瞧着事情不好，预先就出了绮春园，远远的望去，见掌柜的出来告诉说："他们若是出来暗地里跟着，看他逃到何处？回头好告诉我。我先上县衙门去告。你们先找地方。"故此艾虎出来，他们就跟下来，又被艾虎看见，说："你们前头走着，我在后面断后。"即把刀亮将出来："呔！你们这些人们，打算不要命了。谁跟着我们，一个不留，全杀你们。"大家回头就跑，还屡次回头看着，见艾虎仍在那里。看到难以跟着看他下落，连地方也不敢跟了。当个小差使，谁肯卖命？艾虎看不见他们，这才前来追赶大众。

天色已晚，前面黑忽忽一片苇塘。艾虎说："瞧瞧这是旱苇呀水苇？"胡小记说："旱苇。"艾虎说："咱们里边讲话倒是个幽密的所在。"众人分苇塘，到了里面，大家用脚踹平一片地方。胡小记过来与艾虎、张豹行礼，乔宾也过来与艾虎行礼，冲着张豹说："小子，方才难为你，爷爷给你行个礼吧！"张豹说："起来吧，小子，不用与爷爷磕头了。方才要不是二太爷，你早就没命了。"艾虎瞪了二爷一眼。胡小记说："未曾领教二位恩公，尊姓大名，仙乡何处？"艾虎说："小可姓艾，单名一虎字，外号人称小义士。这是我盟兄，行二，姓张，名豹，匪号人称勇金刚。"胡小记说："贤弟你原籍莫非杭州？"艾虎说："你怎么知道？我正是杭州霸王庄人氏。"

胡小记说："我说个人，你可认识？"艾虎说："看是谁咧？"胡小记说："卖茶糖的胡老。"艾虎说："那是我舅舅。"胡小记说："那是我天伦。哎哟，表弟呀！"不觉大哭起来了。艾虎说："你就是小记哥哥么？"原来艾虎四岁，父母相继而亡，跟着舅舅度日。那时过继给舅舅家，为是日后不去鱼行秤上做经纪买卖。胡老故去，艾虎年方六岁，又在叔伯舅舅之家长到十三岁，在霸王庄当茶童。知道有小记哥，就是不认识。如今一见，彼此全都伤心，复又与表兄行礼。将要问他们缘由，却见外边灯火齐明，人喊马嘶，只听到有人大嚷："在苇塘里哪!"

这一进苇塘，搜寻几位英雄，毕竟不知怎样，且听下回分解。

第五十四回

众好汉分手岔路　小英雄自奔西东

且说胡小记与艾虎认着表亲，悲喜交加。两个浑人听着发怔。张爷说："人家是亲戚，咱们也算亲戚。"乔爷说："算什么亲戚？"张爷说："你算我的小子。"答道："你算我的小子。"胡艾二位一拦说："使不得了，都不是外人，别开玩笑了。"艾虎问他们与花园子里有什么仇？胡小记将自己的事说了一回，就将乔爷叫将过来，与艾虎张豹见礼，说了名姓住处。艾虎又将张豹叫将过来，也就将名姓住处说了。就听外边一阵大乱，各人俱都抄家伙出来，被艾虎拦住，说等他们进来时节，再动手。就听外边说："准在里头哪！进去找去。"内中有人说："不能。六条人命，十二个带伤的，他们在此处？不定跑出多远去了！"那人说："依我说，进去瞧瞧的为是。"那人说："你们要愿意进去，你们就进去。依我说，咱们往下赶赶吧！"大家竟自去了。

四位又等了半天，外面没有声音，方才说话。艾虎说："你们意欲何往？"胡小记说："我在此处也住不了啦。"乔宾说："上我们湘阴县吧。"张豹说："我呢？"说："你回家，离着不远。可有一件，夜间走，白日住店。这本地面，好几条人命，必要派人四下里拿凶手。白日走，倘若遇上拿回来，就得与他们抵偿。我若知道还好，我若不知道，与他们抵了偿，实在太冤。"张豹点头说："我多加小心。可有一件，我舍不得咱们大家分手，这得何日才能见面呢？"乔宾说："我也是舍不得，不然咱们大家拜回把子，然后分手，日后见面也多亲近。可就是他们又是亲戚，也不好拜。”艾虎说：“这也无妨，就是亲戚再拜回把子，古人也是常有的。”胡小记说：“咱们就拜。”说毕序齿，胡小记是大爷，乔宾行二，张豹行三，艾虎是老兄弟，插了三根苇子当香，冲北磕了头，又大家按着次序磕了头。

胡大爷问：“老兄弟，你意欲何往？”艾虎说：“我上娃娃谷。”大爷说：“什么事？”艾虎就如此这般、这般如此细说了一遍。乔宾说：“要不然咱们一路走，遇不见官人便罢，倘若遇见，就大家拒捕。”艾虎说：“不好办，若是一两位还可，若是三四个人同行，久讲究办案的，他就疑心，单走着留点神就有了，是公门应役的，难道咱们看不出他的打扮来？出了他这个境界，就好办置了。连我上娃娃谷还得绕路那！”乔宾说：“既是单走，我给你们盘缠。”张豹说：“我的银子在复盛店，也不好回去取了。”乔宾说：“我这有的是银子。”就将钞包解开，口袋拿出。张豹说：“那个银子我们不要，净是碎铜烂铁。”艾虎也笑说：“除非是二哥你要，我们不使那个。”乔宾说：“你当还是碎铜烂铁哪，早换了。”打开一瞧，果然一包一包好银。说起来怎么开了廖廷贵的膛，怎么拿的银子。艾虎说：“既是这样，咱们大家带点。”说毕，分手。作别之时，再三嘱咐。乔宾说：“老兄弟，你上娃娃谷，也得绕路，何妨先在一路走呢？”小爷点头。

再说张豹单走，到了第二日天明，找店住下，吃用早饭，饮了个沉醉东风；晚间又用了晚饭，给了店钱，起身就走。晚间走路，都得多加小心。倒好，倒未遇上什么祸患。那日到家，先找的是马龙；见着马爷，就将绮春园的事细说了一番。这马爷一听说：“你看看够多么险！你先在家里，多待几日别出门，小心外边有什么风声。”张爷也就依着他的主愿。焉知晓欲要人不知，除非已莫为。这个风声就到了岳州府了。岳州府的知府，是个贪官，姓沈名叫沈洁。人给他起外号，叫审不清。他有个妻弟，姓怀，叫怀忠，叫白了，却管他叫“坏种”，倚仗着他姐夫是个知府，如同他坐着一样。在外边养许多闲汉，任意胡为，抢掳人家少妇长女，重利盘剥，折算人口，占人家田地，夺人买卖。讲文的打官司，不是他的对手，讲武的打架，没他人多。打一年前，他上张家庄去，就看上了这处宅子。前后瓦房，够五六百间，后花园借进去外头的活水，一言难尽，怎么个好法子。当时就要讹他。手下人告诉他，这家可不好办，银钱势力人情全有，可不是当玩的。这如今有一个坏鬼与他出主意说：“现时华容县绮春园六条命案，四个凶手逃走。内中有两个有姓的，有两个无姓的，一个黑脸，一个蓝脸。明天大爷去拜他去，先和他讲好，借他的房子一住，叫他搬家，这叫明借暗要。他必不肯给，可就说绮春园黑脸的就是他，他必害怕，就算得了。他若不答应，就把他锁来，就说他房子内有贼，这房子可垂手而行。”坏种一听大喜说：“此计甚妙，明天去拜。”

可巧坏种家有个家人姓张，叫张有益，家里不宽裕，两三辈子都受过张百万家里的好处。他听见这件事，赶紧着上张家庄，往张豹家中送信。张豹给了来人二两银子，嘱咐千万秘密。来人走了，派人与马爷送信，立刻把马爷请到，如此这般，和马爷说了一遍。马爷说：“坏种来了，我见他，说翻了，就给这一方除了害，就结果了他的性命。”张爷说：“我见他。”马爷说：“不用你见他，你太粗鲁。”主意定妥，净等次日到来。

第二天晌午的光景，坏种果然带许多人来。有人进来回话，马爷说请，家人出去，不多一时，坏种进来。马爷往外迎接，彼此两人见面，马爷细看此人面目，实为可恼。怎见得，有赞为证：

马大爷，到外边儿，见恶霸，至门前儿，勉强着身，施一礼，长笑颜儿，有失远迎，大爷海涵儿。这奸贼便开言儿，我是特意前来问好请安儿。看品貌讨人嫌儿，带一顶软梁巾儿，是蓝倭缎儿，金线卡，莲花瓣儿，镶美玉，是豆腐块儿；脑袋后，飘绣带儿，真是一团的奸诈更有些个难缠儿。穿一件，大领衫儿，看颜色，是天蓝儿，袖儿宽，皂锦边儿，上边镶，绣牡丹儿，崭崭新，颜色鲜儿，又不长，又不短，正可身躯，别名叫雨过天晴玉色蓝儿。葱心绿，是衬衫儿；系丝绦，在腰间儿，蝴蝶扣，风飘摆儿；足下鞋，是大红缎儿，窄后跟，宽脑盖儿，露着些，白袜脸儿，一寸底，青缎边儿，正在那福字履的旁边有些个串枝莲儿。瞧面上，骨拐脸儿，生就的，黄酱色儿，两道眉，不大点儿，是一对，眯缝眼儿，断山根，鼻子尖儿。见了人，就眨巴眼儿。极薄的嘴，露牙尖儿，天生就，黄牙板儿，一张嘴就犹如放屁一般，臭气烘烘讨人嫌儿。两个耳，像锤把儿，黄胡子，八根半儿，细脖子，小脑袋儿，未曾说话就一龇牙，外带拱拱肩儿。贯害理，贯伤天儿，抢妇女，当是玩儿，什么叫王法，哪又叫官儿，仗势欺人，就爱的是银钱儿。

马爷勉强着身打一躬说：“怀大爷，小可有礼。”坏种说：“罢了。”请到书房落座献茶。坏种问道：“尊公贵姓?”马爷答：“小可正是马龙。”坏种说：“咱们两个素不相识，你把姓张的叫出来。”马龙说：“不敢相瞒，姓张的是我个拜弟，实没在家。”坏种说：“不见我不行，见我倒好办。”马爷说：“有什么话只管留下，回来我对他说。”坏种说：“简直的告诉你说罢，他的事犯了。他要出来见我呀，俺两个相好，我还可以给你拨弄拨弄；要是不出来见我呢，他祸至临头，悔之晚矣！还有一节，他住的这房子是我的。我两个人相好，从前也不好意思说。他已经住了二十多年了。我家里房子窄狭，住不开，该叫他还我房子了。”马爷说：“他这房子，我知道是祖遗。依我相劝，你要打算生事，可把眼睛长住了；你要讹人，须要打听打听，若欺负到我们这里来了，坏种，你不打算出去了。”坏种说：“咱们说不着。”往外就跑，跑到门外叫打手上。马龙将他一把抓住，举起来，头朝下一摔。

若问坏种的生死，且听下回分解。

第五十五回

空有银钱难买命　寻找拜弟救残生

且说坏种一瞧，马龙神色不好，耍了个智儿往外就跑，叫打手上啊。马龙追出，抓住坏种的胸膛，一手抄腿举将起来，头颅冲下，只听坏种杀猪相似，苦苦的求饶。马爷说："要打，等你们一齐上。"打手们俱拿着些短棍铁尺，冲着马爷就打。马爷也会，就举着人迎接他们的兵器，急的坏种说："别打，别打，马大哥你饶了我吧！"众人谁敢向前，一齐说道："你撒开我们的大爷吧！"马爷问："坏种，你还要我们的房子不要？"回答："不要了。"又问："当真不要？绮春园的事你还讹我兄弟不讹？"回答："不讹了。"马爷说："空口无凭，写给我一张字样。"恶贼说："我甘愿写给你们一张字样，永远无事。"马爷说："既然如此，叫家人取纸笔墨砚来，你会写字吗？"回答："会写。"马爷就把坏种砰的一声摔在地上，又砰的一声往他身上一坐，那坏种又兼着朝朝暮暮眠花宿柳，气脉虚弱，马爷往他身上一坐，身子又沉，又用了点气力，这小子如何禁受的住？就呜呼哀哉了。马爷还不知道那！打手看见坏种唇如靛叶，龇着牙，翻着眼，丝儿不动，就知是死了。大众也就溜之乎也了。马爷等着取纸笔墨砚来，叫道："坏种，你可写的清清楚楚的。坏种说话呀！你别是又要反舌吧？"又一叫坏种，这才低头一看，见他四肢直挺，浑身冰冷用手一摸胸膛，一丝柔气皆无，这才知道他是死了。自己心中暗暗忖度：我结果了人家的性命，待二弟出来，准是他不叫我出首；我结果的性命，怎么好叫他偿命？有了，我扛着尸首去报官去。将坏种往肩背上一扛，直奔岳州府而来。

这一路上，幼童老叟全围拥来看。说："可好了，给咱们除了害了。"一个传十个，十个传百个，百个传千个，顿时间，城里关外全嚷遍了。将进城门离衙门不远，就听见后边嚷道："哥哥给我坏种。"马爷听了，不好了。说："张贤弟，你回去罢，不必前来！"张爷并不言语，身临切近，伸手把坏种的腿往下拉，扑通摔倒在地。马爷转头往胁一挟说："这是我坐死的，你抢的什么？"张爷把双腿抱住，往胁下一挟说："这是我坐死的，你抢什么呀？"两人彼此对争论。二位那个膂力真大，对着那坏种也真糟，因他平日间把身子全空透啦，就听见砰的一声，把坏种折为两段，肝花肠肚，全流将出来，马龙张豹也全趴在地下，皆因用力太猛。移时二人爬起来，一人拉着半截就走，满道跟着许多的狗。

你道这是什么缘故？是在生的时候，伤害了天理，死后这是报应循环。旁人替他们赞叹，既然这样是一人出首，怎么二人全来，这不是白白饶上一个吗？

到了衙门口，认得他们二位的甚多。马爷是个外面人，常给人了事，张豹是个大浑财主，故此二位衙门口全熟。这时，就有两个头儿出来说："二位把这个先扔了，请班房内坐。"两个人扔在大堂之前，就进了班房。马爷说："二弟，没你的事，你回去吧！"张豹说："马大哥，没你的事，你回去吧！"有一位先生进来说："原来是张员外，请在我屋里坐下吧！快过来，快过来！"焉知晓是他们的坏处。他们明知道，把官亲要了命了，这两个前来出首，要叫他们走脱一个，老爷焉能干休？还比不得是民间事呢，故此怕的是睡多了梦长，省悟过来就不好办了，才将他们让在屋中，一壁说着话，一壁代书先生就将他们的供底取了去了。

其实，老爷早已知道了，太太也知道了。太太对着老爷哭了半天，我娘家就这一个兄弟。沈老爷说："他真闹的不像了，我在书房内，常常劝他说，你若事情闹大了哇，就有人恨上，合着给你拼命，你就许有杀身之祸，不然就把我这顶纱帽闹丢了。他老是不听话，如今果然是杀身之祸，中了我的话了。"太太说："我娘家就这一个兄弟，纵然有点不是，也不当这样。他们这不是反了吧！王子犯法，还有一律同罪，何况是你的子民？我听见说，是两个人那，求老爷作主，把两个人都给我问成死罪。就是两个人给我兄弟抵偿，他们都不配。"说罢又哭将起来。这位老爷有宗病，一则是耳软，二则是惧内。今天这还算好哪，倒是央求老爷。每回的官事，俱是由内吩咐出来，叫怎么办理就怎么办理，老爷不敢拨回。

有人进来回话，把两个人全看起来了。老爷吩咐升二堂伺候，整上官服，升了二堂，吩咐带了仵作①，验勘尸身。沈知府直不忍观瞧。仵作回话："此人被用力摔于地下，绝气身亡，并无别伤；死后两个人一挣，挣为两段。"沈不清又是惨痛，又是气愤，填了尸格，然后问了一声："两个人可在外边看押？"答应一声："是，已在外面看押。"房里先生把两个人的草供呈在堂上。老爷吩咐："先带马龙来。"来在堂口，双膝点地。老爷说："马龙好大胆子，无故要了怀忠的性命，快些招将上来。"马龙也并不推辞说："要他的命是情真。"就将他怎么讹诈房子，带多少打手，种种不法的情由，以及自己怎么把他摔死的话拆说了一遍："小人情甘认罪。"老爷说："分明是你们两个人打死后，又

---

① 仵作——旧时官府中检验命案死尸的人。

将他尸身扯为两段。我且问你，你愿意两个与他抵偿啊，还是一个人与他抵偿?”马龙说：“小人自愿意我一个人与他抵偿，没有我那个朋友的事，一人作的事一人当。”知府说：“要愿意一人与他抵偿，你就说路遇将他摔死，素来没挟仇，就叫你一个人与他抵偿，放了你的朋友。”马爷暗道：怎么也是死，不如这么应了吧！到底把二弟放出去。就说：“无挟仇，路遇将他摔死，没有我朋友的事，小人情甘愿意与他抵偿。”上头吩咐叫他画供，马爷随即就画了。谁知上了他圈套，立刻钉镣收监，拿收监牌标了名字，叫押牢带下去。又把张豹带将上来。书不可重叙，也是照样问，也是照样招承。叫他认了这个死罪，放了朋友之罪。张豹更浑了，一个字也不认得，怎么说，怎么是，立刻叫他画供。他画了个十字，也是照样钉镣收监，立刻上司申文详报，暂且不表。

且说岳州府那些绅缙①富房，举监生员，大小的买卖住户人家，连庵观寺院，有几位出头的，有几位卖力气的壮汉，搭着二人相识的，及岳州府城里关外，集厂镇店，各处花银子花钱，要与张、马二位打官司。连赌博场，带烟花院，听其自己的心愿，攒凑银钱，除了他们眼中钉，肉中刺，从此没人讹诈，愿给多少就多少。不上三两口的工夫，银钱添了无数，可着岳州府衙门里外花银钱，打点仓印门号厨，连内里头丫鬟、婆子，连监牢狱解记押牢、院长、班长、官察、总领、牢头、狱卒、快壮皂、六房里的先生，俱用银钱买通，然后托人见知府，许白银五千两，买二位不死，赃官有意应承此事，奈夫人不许也是无法，所有管事的人束手无策。可有一样，二位虽收在死囚，是项上一条铁链，

---

① 绅缙——古代称有官职的或做过官的人。

别的都是出水的家伙。一天两顿酒饭，无论什么人，瞧看两位，在狱门上说句话，自然就有人带将进去，指告明白，死囚牢的地方，官人还躲得远远的。（列公就有说的，难道说也不怕他们串供？此时当差的，全都愿意有个明白人进来，串套口供，保住他们的性命。两个人不死，岳州府衙门里头外头，除了太太和老爷不愿意，剩下都皆愿意。）此时早就把怀忠的尸骨装殓起来，请高僧高道超度。这都是太太的主意。可巧张豹有个家族兄弟叫张英，此人性烈，粗莽身矮，有个外号，人称他叫矮脚虎。前来探监，又约会些个朋友想劫牢反狱，被马爷拦住，叫上武昌府，找艾虎送信。此人领了这句话，回到家中，拿了盘缠，直奔武昌府。

至于送信的事情，且听下回分解。

第五十六回

徐良上襄阳献铁　艾虎奔贼店救人

双调西江月：

盖世英雄，山西地面甚有名。行至乌龙岗，误入贼店中，猜破就里情，反把贼哄。李刘唐奚枉把机关弄。若不然，大环宝刀得不成。

且说艾虎同着闹海云龙胡小记、开路鬼乔宾三个人，整走了一夜。第二日早晨，找店住下，吃了饭，整睡了一日。如此的三昼夜，出了岳州府的境界了。艾虎着急说："准误了我的事情了。"与店中人打听，奔娃娃谷打哪里走？店中人说："问娃娃谷，岔着一百多里路那！前边有个乌龙岗，由乌龙岗直奔西北。"再问上湘阴县往哪里走？人家指告的，是直奔正南。打店中吃了早饭，这白昼走也就无妨了。给了店饭钱，起身直奔乌龙岗。

正走间，过了一个村子，出了村口，看见村外一伙人，压山探海瞧着热闹。三位爷也就直奔前来，分开众人，看看什么缘故。见里边有一个妇人，约有三十多岁，穿着蓝布衫，青布裙，头上有一个白纸的箍儿。那妇儿眼含痛泪，在那里跪着。有两个人年近七旬，手中拿着两根破绳儿，两边绳儿上穿着二三百钱。妇人面前地下铺着一张白纸，上面书写黑字，艾虎、乔宾俱不认识，叫大爷念念听听，胡大爷念着："告白四方亲友得知，小妇人张门李氏，因婆母身死，无钱置买衣衾①棺椁②，尸骨暴露，丈夫染病在床，病体深重，命在旦夕，小妇人不顾抛头露脸，恩求过往仁人君子，大众爷台，助资斧。一者置买衣衾棺椁，二则请医调治丈夫之病，永感再生之德，弃世的永感于九泉之下。”念到此处，不由得几位爷心中一动。这几位本来都是生就侠肝义胆，仗义疏财，见人之得，如己之得；见人之失，如己之失。那边一个文生秀才，叫声：“童儿，打包袱取银。”取出两锭白金，交与两位老者。说：“我有白金两锭，助于这位大嫂办事就是了。”二位老者接将过来说：“大奶奶，都是你这一点孝心感动天地，这才遇见这样的好人，冲上磕头吧！请问相公贵姓高名，仙乡何处？”这位相公说：“些许几两银子，不必问了。我乃是无名氏。”老者说：“不解，我们回去，怎好交待这位大奶奶的丈夫。”倒是小童说出：“我们不是此处人氏，我们是信阳州，居住苏家桥。我们相公姓苏，叫苏元庆，上岳州府寻亲，打此经过。我们相公，这是路上，盘缠不多，在家里头，三五百两常常周济人，永远不说出名姓。”（此人在此处说出，到了《续小五义》上，三盗鱼肠剑，瞧破藏珍楼，请刘押司先生画楼图，周济义侠刘士杰的时节再叙说，此是后话。）总论好人，总有好处。艾虎等人暗暗地夸奖。虽是念书的书生，会知道大丈夫的施恩不求报。

此处原来靠着乌龙岗，那里有座黑店。开黑店的外号人称飞毛腿，姓高叫高解，是个大贼，结交着绿林中的五判官：黑面判官姓姚叫姚郝文，花面判官姚郝武，玉面判官周凯，风火判官周

---

① 衾（qīn）——被子。

② 棺椁（guǒ）——指棺材。

龙，病判官周瑞。还有金头活太岁王刚，墨金刚柳飞熊，急三枪陈正，菜花蛇秦叶；南阳府的伏地君王东方亮，紫面天王东方清，汝宁府太岁坊的伏地太岁东方明，陕西朝天岭王继先、王继祖；金弓小二郎王新玉，金龙、金虎，黄面狼朱英，神拳太保赛展雄、王兴祖等，都是八拜为交的弟兄。他在乌龙岗这里开着座黑店，手下踩盘子的山贼有一百号人。大家出去，东西南北分四路往店中勾人。也无论仕宦行台，来往客商，见了人就夸奖这店房屋干净，吃食便宜。进了这店，就不用打算出去。哪个小贼勾了来的，结果了性命，银钱财物有他一成账。寻常的时候，也没工钱月钱，店中饭食现成，吃完了出去勾买卖去。

这天可巧四个人在一处，也是瞧这个张门李氏来着，正遇上苏公子给这妇人银两。苏公子也是没出过门的人，童儿又呆，他把包袱打开，又把银袋子打开，这就算露了白了。并且银袋子也没包上，就说开了话了。内中就有一个小贼，看出便宜来了。那个就调坎儿说："把合抱迷子伸托。"那个小贼，就打书童裆底下要捏银子，早被旁边一人看见，说："你干什么的?"又说："他是个贼，找地方把他锁上。"小贼撒腿就跑，那人就追，被小贼的伙计拦住。老头说："大奶奶，咱们走吧!"拿着银子，笑嘻嘻的去了。旁边有人说："相公把银包起来吧。"胡小记就问艾虎说："他们所说的是什么言语，我们怎么一概不懂?"艾虎说："你自然不知道，那是贼坎儿，你怎么会知道?他说'把合'，是瞧一瞧，'抱迷子'是银子，'伸托'是伸手。"胡小记说："哦，就是了，他们是贼，不好了，相公要吃苦。咱们跟下去吧。"

猛然间，就听见吱哞哞吱哞吱哞河南小车响。一转身，看见一宗岔事。小车上两边有两个箱子，是黑油漆漆的，铜什件，也用黑油漆漆了，铜锁头也用黑油漆漆了。小车连轮子全是用黑油漆漆的。前头有人拉着个纤绳，也是黑的；后头有人推着小车，也是黑的。后头跟个人，身高七尺，青缎壮帽，青绢帕拧头，正当中面门上，映出来一人茨菇叶儿，穿一件皂青缎的箭袖袍，青丝鸾带，墨色灰的衬衫，青缎窄腰，快靴。往脸上看，黑紫的脸膛，两道白眉毛，一双虎目，垂大准头，四字口见棱见角，大片牙，乌牙根，大耳垂轮。未见髭须，正在年少。细腰窄臂，双肩抱拢一团，身上披青缎英雄氅，腰间挎刀，绿鲨鱼皮鞘，金什件，皂色挽手绒绳搭甩，明显着威风，暗隐着煞气。一看此人，好生古怪。

原来此人是山西祁县的人氏，徐庆之子，名叫徐良，字世常，外号人称山西雁，又叫多臂熊，云中鹤魏真的徒弟，天然生就侠肝义胆，好管不平之事，文武全才，十八般兵刃，件件皆能。高来高去，蹿房越脊，夜行术的功夫，来无踪迹，去无影响。会打暗器，双手会打，双手会接，双手会打镖，双手会打袖箭，会打飞蝗石，会打紧臂低头花装弩，百发百中，百无一失，故此人称多臂熊。山西雁的外号，可不是山西的大雁，是当初列国时，跟随晋重耳走国的那些文臣武将，有称为山西雁的，故此他这个山西雁，比的当初古人。

此人虽是徐庆之子，父子的性情，大别天渊。徐三爷憨傻了一辈子，生了这么一个精明强干的后人。徐良性情，出世以来，无论行什么样的事情，务要在心中盘算十几回才办。圣人云："三思而后行。"他够十思而后行。他出世以来，不懂得吃亏，什么叫上当。抬头一个见识，低头一个见识，临机作变，指东而说西，指南而说北，遇见正人，绝无半字虚言。先前徐三爷在家开着一座铁铺，因为打伤人命，逃出在外，如今荫出十座铁铺，得了点断孩儿铁，打了些刀枪的坯子，有徐三爷信到家，三太太叫徐良上襄阳，一者跟随大人当当差，也是出头之日，也见见他的天伦。他活二十多岁，没见过天伦。徐庆走后才生的徐良。他是奉母命离了山西地面，一路上推着刀枪的坯子，所过津关渡口，一句实话也没有。可巧走在此处，被艾虎看见。三个人说："这个人古怪！"胡大爷问艾虎："你瞧，他们又说什么呢？"就听见小贼们说："噇噇刚儿，肘托挑窑。"艾虎说："'噇噇刚儿'，是过去与那个相公说话；'肘托挑窑'是让他们店里住去。此处必有贼店。我出主意，咱们一边戏耍他们，一边保护着这位相公，毁坏了他们这个贼店，也就给这一方除了害了。"胡爷问："怎么戏耍呢？"艾虎说："如此这般，这等这样。"

毕竟不知说出些什么言语，且听下回分解。

第五十七回

小义士戏耍高家店　山西雁药酒灌贼人

且说艾虎他们定好了主意。原来这四个小贼贴上苏相公了，搭讪着对苏相公说："今天宿在哪里？"苏相公说："走路看天气说话。"小贼说："天也不早了，就宿在头里吧！这里有个高家店，房屋干净。吃食便当，你又是个念书的人，走也多走不了几里地，又没脚力。"苏相公说："承你们几位指教，哪是高家店？"小贼说："拐过弯就看见，就是这一座店。"就听那边河南小车吱吱哞哞响，跟车的说话。

单提徐良嚷道："你们两个实为可恼，还慢腾腾走呢！天气不早了，若要是赶不上道路，那还了得？比不得不要紧的东西，这个东西不留神，要有点失闪，什么人担当得住？自然没你们的事，我要卖个家产尽绝，连我的命饶上，也不值人家这箱子东西。打算是闹着玩的，还不快走呢！"可巧又被小贼听见，又调坎儿说："合字招老儿把合，念奚决闷字，'直咳拘迷子。'"说的是："伙计，用眼睛瞧一瞧。'念奚'是山西人，'直咳拘迷子'是值好些个银子。"小贼就顾不得跟着苏相公了，一转身就奔了小车来了，搭讪着对徐良说话："掌柜的，你这是上哪里去的？"徐良说："你瞧我头上戴的，像掌柜的呀？身上穿的像掌柜的？"小贼说："听你说话是山西人，山西爷们做买卖的多，你哪一行发财？"徐良说："小买卖叫你们几位耻笑。我是保镖。"小贼说：

"原来是达官爷。贵姓?"徐良说:"姓揍,叫揍人。"小贼:"玩笑哇,你想揍谁?"徐良说:"戚谢邹俞的邹,仁义礼智的仁,你们几位大哥贵姓?"一个说:"姓李、姓唐的、姓刘的、姓奚的。"徐良说:"原来是李刘唐奚四位大哥,外不流糖溪。"小贼说:"咱们四个人怎么凑合来着?你别这么叫我们了。你保的是什么镖?"回答:"红货。"又问:"什么红货?"回答:"这箱子里头,有映青、映红、珍珠、玛瑙、碧玺、翡翠、猫儿眼、鬃晶、发晶、茶晶、墨晶、水晶、妖精。"小贼说:"你别胡闹了,哪有妖精呢?"徐良说:"真有拳头大的猫儿眼,盆子大的子母绿,两丈多长的珊瑚树。"小贼说:"你别顺嘴开河了,别的都可以,你说是两丈多长的珊瑚树,这箱子共有多长,里头盛得下么?"徐良说:"你不知道,珊瑚子树是两丈多长,人家把他锯成一轱轳一轱轳的装在箱子里头。"小贼说:"你们今住哪个店里?"徐良说:"老西正没主意呢?道又不熟。"小贼说:"前边有个高家店,这个是顶好了,你这里头有要紧的东西,就更稳当。"徐良说:"李刘唐奚四位大哥,你们住哪里?"小贼说:"我们就住那里。"徐良说:"你们几位不弃嫌,咱们都住在一处!"小贼说:"敢情好了。"徐良说:"就是那么办了,咱们到那里拜个把子。"小贼说:"我瞧着你们这位,推车子也推不动了,我来替你搭着吧!"(他们暗地里的议论,说这个人说话可没准。咱们替他搭车,较量较量这个分量。真是好东西,必有分量。故此这才要替他搭车。)

徐良说:"那可不敢劳动。"小贼说:"些许小事,那算什么!更不用推着,我们搭着就得了。"随即接将过来,往起一肩,分量不小这几个小贼喜之不尽,以为是真正的好东西了,搭起来就走。山西雁后边跟随,拐了一个弯儿,就到高家店大门,上头有块横匾，没有字号，就写着高家老店。门内两边板凳上坐着十几个伙计，内中有两三个叫了一个“王”字，姓刘的就一使眼色，山西雁就明白了八九。复又说：“你们几位打哪里来？”小贼说：“我们上岳州府去。”店中伙计问：“这位是谁？”小贼说：“这是达官爷。”伙计问：“达官爷贵姓？”徐良说：“姓揍叫揍人。”伙计说：“别玩笑。”小贼说：“姓邹叫邹仁。是邹达官爷。”伙计说：“有三间东房。”他们就把小车搭到东房门口，徐良把箱子解下来，搭到屋里。是何缘故？徐良是怕他们撬开瞧瞧，说是红货怎成了黑货了？

到了屋内，也不洗脸，也不饮茶，就要吃饭。要一桌酒席，五瓶陈绍酒。席摆齐，李、刘、唐、奚说：“我们可是点酒不闻。”山西雁说：“序齿是李大哥当先饮，第二盅才是我饮。”姓李的说：“我是点酒不闻，实在不能从命。”山西雁说：“你不饮我也不饮，咱们这酒就不用饮了。”姓李的说：“我这酒饮了就躺下。”徐良说：“对劲，我也是如此。”就把酒递过去。姓李的说：“你可饮二盅。”回答：“大哥饮吧！”小贼咬着牙，一饮而干，一歪身躺在炕上。姓刘的说：“我给达官爷斟上。”徐良说：“对了，你斟的你饮，连我女人给我斟酒，我还不饮呢！”强逼着叫这姓刘的饮了，也就躺下了。让唐大哥饮，任凭怎么让也是不饮。山西雁一回手，嗖的一声把刀亮出来，咚的一声，把刀往桌上插，一瞪眼睛说：“老西将酒待人，并无歹意，若不饮，今日有死无活。要是序齿，你比我大，老兄弟，我绝不让他饮。”姓奚说：“哥哥，你饮了吧！”姓唐的一饮而干，也就躺倒了。姓奚的说：“我可不给你斟了。你自斟自饮。”山西雁说：“我自斟自饮。”把酒斟上，一看此酒发浑，酒盅儿里头乱转。明知若是饮将下去，准是人事不省，说："奚大哥，你替我饮了吧！"姓奚的说："杀了我也不饮。"山西雁说："你瞧我饮。"往前凑了一凑，一伸手，把姓奚的腮帮子捏住，拿起酒来往嘴里硬灌，"哽"的一声，还晃摇了一晃，一撒手翻身便倒。他把刀起下来要杀，就听见外面一声咳哟咳哟，徐良朝窗棂纸破损的地方往外一看，见外面来了一个病人，就是胡小记，叫乔宾搀着。

装病全是艾虎的主意。艾虎叫大爷远远等着，他跟着苏相公。见他们进店，伙计问他："就是二位？"回说："不错，可有上房？"伙计乐了，没小贼跟着，他们就可多分一成账。跟到上房打洗脸水，烹茶。少时问了问来历，问要什么酒饭？童儿说："我们相公吃素，我的饭量小，我们吃这饭就是点染而已。"伙计说："是。进我们这店里来的，都是财神爷。相公吃素的也容易，烙炸豆腐面筋。"童儿说："我们一概不要。"伙计说："吃什么呢？"童儿说："有豆腐汤么？"伙计说："不好吃？就是老汤烩豆腐。"童儿说："就是我吃两口就得了，拿馒头，有点好咸菜就行，你可别看我们吃得少，先说明了，两吊钱酒钱。"伙计说："照顾客人，我也不敢怠慢。不饮酒么？"童儿说："不饮，先取馒头出来。"伙计到了灶上嚷道："要碗豆腐汤，咳咳的迷字，先捡两碟馒头。"早被艾虎听见，回去教给了两个人。

胡小记躬着腰，乔宾搀着，哎哟哎哟就进了店里。伙计问做什么？回答说："这是我哥哥，有病才好。见了我一喜欢，要出来走走；走了一里多地，把个病也重劳了。我先同着他到店里歇歇，能走就走，不能走就住下，借你个地方坐坐。"大影壁前头有张桌子，两条板凳，胡小记在东边哼不断声，乔宾在西边看看上房，就问："我们的菜得了没有？"答应："就得。"伙计催着快点做，不多一时，炒勺一响，伙计拿着托盘，把一大碗豆腐汤放在盘内，伙计单手一托，胳膊上搭着块代手，出了厨房。正走到胡大爷跟前，大爷哎哟哎哟一歪身，往地下一倒，绊在过卖伙计腿上，叭嚓哗喇。盘也扔了，碗也碎了。徐良看得明白，说话之间，嗖的一声，打房上蹿下一人。

若问来者何人，且听下回分解。

第五十八回

高家店胡乔装病　乌龙岗徐艾追贼

且说胡小记往下一倒，把店伙计腿一绊，往前一扑，撒手将盘子碗全打碎了。伙计一怔说："这是怎么了？"乔宾过来说："得了，瞧我这位哥哥，净给我惹事，该多少钱？连碗带菜我给。"伙计说："有你给就行了，可误了人家吃饭。"乔宾说："好人谁能够？人家不答应，我去见见去。"伙计瞧着乔宾，就有三分害怕，既然是摔了，也就无法了，说："当是我的时运背就算了。"乔爷把胡爷搀起来说："你怎么会躺下？惹得人家叨叨念念的。"大爷说："哎哟哎哟，我眼前一黑就躺下了。谁叨叨我和他拼命。"乔爷说："算了吧，你上里边去吧，别又碰了人。"乔爷上东边坐着去了，胡爷换在西边。上房问："汤得了没有？"伙计说："得了，叫人家给碰了。"上房说："要没得就不要了。"伙计说："得了，这就得了。"他也是愿意早早地饮了躺下，买卖就妥当了，复又告诉柜上说："照样再做一碗豆腐汤。"豆腐汤好做，搁上老汤和上团粉，撒上蒙汗药，倒在碗内，搁在托盘上。灶上嘱咐小心点。伙计说："病鬼挪在里头去了，难道好人还掉下凳子来么？"出门的时节，两手把着托盘，眼瞅着病人，走过了桌头，仍是单撒手托着盘子。他想着不怕了，哪知道就听见："砰叭嚓、扑通、哗喇、嗷儿"的一声，明是乔宾掉下板凳来。砰叭嚓，是把盘子扔了；扑通，是伙计躺下了；哗喇，是碗摔碎了；嗷儿的一声，是先前摔的那碗豆腐汤，正有个狗在那里吃哪！伙计正趴在它身上，故此嗷儿的一声。伙计起来说：“哈哈，你们这可是存心，瞧见我这身油了没有？病人躺下我倒不恼，好人怎么也掉下板凳来？分明你是给我个踩子脚，不然我也躺不下。”过去抡拳就要打。你看乔宾趴在地下纹丝不动，胡大爷过来赔礼，哼哼不止地说：“你看我吧。”伙计说：“我看你，谁看我呀？”胡大爷说：“我兄弟他有个毛病，本是个浊人，禁不住着急，一急就犯羊角疯，这是为我又犯羊角疯了。”伙计说：“哪有那么巧，这是羊角疯，你别冤我，也别说，我过去瞧瞧去。”胡小记说：“哎哟哎哟，我这个兄弟，病犯上来，不怕前头是眼井，是道河，是火炕，他也就躺下了。”伙计说：“羊角疯我摸得出来，要是羊角疯，和死了的一样，浑身发挺，不过就是不凉。”过去一摸：“这是羊角疯，真是羊角疯！”

什么缘故呢？他这腿扳也扳不回来，拍也拍不动，笔直。伙计信了，其实全是假的，都是艾虎商量着，和他们闹着玩。他听见要碗豆腐汤。咳咳的迷字，就知道是要下蒙汗药。回来告诉他俩：“要下蒙汗药。伙计端过豆腐汤去，大哥在桌子外边就装病躺下，把他豆腐汤碰撒；他要再做呀，二哥就装羊角疯，仍然碰躺下；他要是三回再做，我就进去。”

伙计连拍带扳，一丝不动。乔二爷一按力，他哪扳得动！又一按力，他更拍不动了。其实趴的那个暗笑，老不敢抬脸，伙计信以为实，说：“今天这个买卖真来的邪行！”灶上问：“又摔了？”伙计说：“可不是！再做一个吧。你瞧，这倒真是羊角疯，这不是搀起来了，又坐下了。再看更好了。先前是一个人哼哼，这次是两个人哼哼了。这个哎哟，那个哼咳；这个哼咳，那个哎哟，你们跑到这儿喊号来了。”上房屋里问：“豆腐汤得了没有？”回答：“得了，又教病人碰了，这就得。”上房屋里说：“我们不要了，得了你们喝点吧！我们不喝了，关门睡觉了，”伙计说：“瞧瞧，都是你们两个耽误我们买卖。”

又听见后院有人说：“你们店里有人没有？”走过来一个人。这个伙计抱怨那个伙计：“我们是干什么的，进来人也瞧不见。”门上说：“没有人。”那个又说：“没有人，后院喊叫。”门上说：“没有人，怎么后院喊哪？我进去瞧瞧去。”这个何三拐过影壁来。听后院耳房里头嚷哪？到耳房一看，见一个壮士，岁数不大，穿一身青缎衣巾，壮士打扮，拿着皮酒葫芦蹲着饮酒那。何三问：“你打哪里来？”艾爷说：“打我们那里来。”又辨别：“上哪去？”回答：“没准。”又问：“你怎么进来的？”告诉：“走进来的。”说：“我们怎么没瞅见？”回说：“你们眼神有限。”“饮茶呀？”“不饮。”洗脸哪？”“永远不洗脸。”“吃饭哪！”“前面用过了。”“酒你是不饮呀？”“不饮！我这干什么哪？”“你是做什么来了？”“上你们店内睡觉来了。”“我真没见过你这和气人。”“你是少见多怪。”“那么叫我们干什么？”我这酒无菜，你给我预备点菜。”伙计暗乐，只要你吃东西就行。“你要什么菜数？”“要豆腐汤。”“还要什么？”“我就剩下这个大钱了。”伙计说：“可以。”出去嚷：“豆腐汤，咳咳的迷字。”艾爷叫：“走回来。”伙计回来，问：“什么事？”艾爷说：“要个豆腐汤，咳咳的迷字。”伙计就知道是黑道的人，说：“你是河字？”说：“我是海字。”又问：“什么海字？”回说：“比河大。”“我说你线上的。”回说：“是绳上的。”又问：“什么绳上？”回说：“比线憨。”伙计就知道他不懂，说：“你方才说什么叫咳咳的迷字？”艾爷说：“你讲礼不讲礼？”回答：“怎么会不讲礼？你不讲礼到是有三。”艾爷说：“谁不讲，谁是个畜类。咳咳的迷字，是你说的？是我说的？你说完了我跟着你学的，我还要问问你，什么叫咳咳的迷字？”

伙计一想，对呀，是我说的，倒叫他问住了。说："告诉你吧，迷字就是多撒胡椒面。"艾虎说："巧了，我就是好吃胡椒面。"厨房里勺上一响，说："得了，我给你取去了。"

不多时，拿来交与艾虎。伙计出去，走了五六步，就知道他准得躺下。又听屋里叫，转头回来，看他在那里舔碗哪！伙计满屋找，并无踪迹，以为是灶上忘记搁蒙汗药了。艾爷说："好迷字，好迷字，给我再要一碗，多搁迷字，越辣越好。"伙计抱怨灶上一顿。灶上说："我搁的不少。这回你瞧着他吃，他若不当着你吃，他必是泼了。"伙计也领会了这个主意，就把豆腐汤送来。艾虎说："这回可咳呀。"伙计说："咳咳的狠了。"艾虎故意装着拿起来就吃。伙计在对面站着。艾虎又装着怕烫，问："你干什么呢?"伙计回答："没事，伺候你哪!"艾爷说："你瞧着我吃不下去。"伙计说："是了，我走了。"把帘子一撩，走的没两步，一翻身回来，往里一探头说："哈哈，你真鬼呀。"原来一掀帘，艾虎正往炕洞里倒哪。伙计说："你倒是什么事?"艾虎噗嗤一笑，说："实对你说了吧，是个'河'字，我是好闹着玩。"伙计倒不得主意了。盘问盘问他吧，说真是"河"字。艾虎说："可不是'河'字，'河'字线上的朋友，觅你们瓢把子来了。景子外有号买卖，阻倒粘值，咳拘迷子，留丁留儿势孤，先搬点出，然后兑盘儿。"这是贼坎儿话，只见艾爷继续说："伙计我们是一道上的朋友，寻你们头来了。这号买卖银子多咧，在城外头东南上，我一个人势孤。我喝点酒儿，好见你们头儿。"伙计说："我就知道你是行中人，你算冤苦我了。我给你言语声儿去吧。"艾虎说："不用，我还有句话，你先给我带了去。你们寨主是什么万儿万儿?可就是问姓。"伙计说："你不认得呀?"艾爷说："闻名。"回答："外号人称飞毛腿，叫高解。你要是初会呀，给拉号买卖，我们掌柜的准能做成。那人有多少买卖到手，你给多少是多少，你可想着我们点。你叫我带什么话?”艾虎说：“附耳上来。”这小子把脖子一伸，艾虎的刀就出来，往上一翻手，噗嗤的一声就结果了性命。艾爷又叫：“店里头有人，倒是过来一个呀!”前面又来一人，进门就杀。又叫：“倒是来个人哪!”一连三个全杀了。第四个跑了嚷：“耳房里杀了好几个人了。”艾爷追出西院，一看前头十五六个人，拿着家伙一围上来，徐良也出来了。艾虎一转身，就倒了三四个。众人往后跑，叫：“寨主快出来吧！扎手。”艾虎、徐良跟着追杀。迎面高解带群贼挡住。

至于动手的节目，且听下回分解。

第五十九回

徐良得刀精神倍长　高解丢店丧气垂头

且说艾虎出来一动手，所有的事情，徐良全都看见，就打着主意助拳，倒不管李、刘、唐、奚了。自己蹿出屋外，也就拉刀，帮助艾虎，往后就追。病人也好了，就拉刀往后追。到了后面，飞毛腿高解正在后边，同着小贼们排练哪！前头有人嚷："寨主快快出来吧！"他就提大环刀，把刀鞘放下，说："你们跟着我动手。"往上一撞，看见艾虎、徐良两个壮士打扮的人出来。单看徐良，难看的样子，黑紫脸，两道白眉。他喝道："你们两个人好大胆，敢在太岁头上动土。"二位一瞧，高解七尺多高，高绾发髻，宝蓝小袄，蓝裈裤，青绉钞包，薄底靴，面似瓦灰，两道直眉，一双小三角眼，高鼻梁，紫嘴唇，燕尾髭须，大耳垂轮，细条身材。手中这口刀古怪，轧把峭雁翎式，冷飕飕夺人的耳目，刀后头有一个铜环子，哗啷啷乱响。这口刀，瞅着就大不相同，乃是一口宝物。出于大晋赫连波老丞相所造，三口刀，一口叫大环，一口叫龙壳，一口叫龙鳞，专能切金断玉，无论是金银铜铁一齐削，这样的宝物总得有德者受之，德薄者失之。那日有一位武进士公，骑着一匹马，挎着这口刀，住在高家店。用蒙汗药酒药倒，结果了性命，高解得了这口刀。有个老踩盘子的，姓毛叫毛顺，外号叫百事通，有能耐无运气，老看不起人。他告诉高解刀的出处，怎么的好法。为得这宝刀，高解立了回大会，聘请天下水旱的绿林，山林盗寇，海岛的水贼，定的是四月初八。是日只来了五六十号人，高解很扫兴。凭高解的声气不行，请不动天下绿林。毛二出的主意，教他那省爷台，就把那省大头目名字写上，自己名字列于下首，人家关系两下的情面，不能不来。这个主意定好，抓了个错处，他把毛二辞了，怕的是毛二会外边卖弄宝刀，故此把他辞了。这就是丧尽天良。他这口刀如何保守得住，刀一露面就被徐良看中意了。

前面胡小记、乔宾赶来，艾虎说："好贼人，大概你各处有案，不定害死过多少人了。今天是你恶贯满盈，快些过来受死。"言还未尽，乔宾说道："你还同他叙话哪！"摆刀就砍。高解眼瞅刀到，把大环刀往上一迎，就听见呛啷当啷啷，把刀削为两段，跟着一个顺水推舟的架式，就奔了乔宾的脖颈。乔爷缩颈藏头，一弓腰头躲过了，没躲过帽子。把艾虎吓了一跳，摆刀就剁。高解一翻手，冲着艾虎刀迎来，要削艾虎的利刃。艾虎可不受这手，他遇着好些位使宝刀宝剑的，专能逢避躲闪，总不叫宝刀碰在他的刀上，不求有功，先求无过。自己这口刀上下翻飞，神出鬼入。徐良暗暗夸奖，好俊身法，真受过名人指教，功夫实在到家。把自己紧臂花装弩拾掇好了，净等得便好打。高解吩咐手下人杀，众人往上一裹，胡小记也就蹿将上来，艾虎说："大哥和群贼交手吧。这个交给我了。"

乔宾遇一个小贼，拿着一根大棍，迎面打将下来。乔宾用单臂膀一搪，嘣的一声，虽然打上，乔二爷生来的骨壮筋足，竟不觉着疼痛。往外一挽手，就把根棍夹在肋下，往怀中一带，那个小贼扑通栽倒在地。二爷夺过棍来，冲着小贼脑袋一触，砰嚓一声，脑浆迸裂。他就抡起这根棍来，望着众贼乱打，越打地方越宽。高解始终削不了艾虎的刀，心中一发急躁，眼瞅着他手下这些个人东倒西歪，横躺竖卧，也有带重伤的，也有死于非命的。

瞅着艾虎这一刀砍空，他把刀往上一举，盖着艾虎的刀，往下就踩。只听见“噗嗤”的一声，一支暗器正钉在高解右手上，一疼一撒手，“当啷啷”一声，宝刀坠地。艾虎要过来捡刀，乔宾也看出便宜来了，过来捡刀。哪知道打半悬空中飞下一人来，不偏不歪，正踹在他的脚底下，蜻蜓点水哈腰捡将起来，就追高解。

艾虎纳闷，方才在前院里帮着自己动手，到了后院里就不见了。如今又来了，打头好认，他就是这两道白眉毛，可不知是谁？原来是徐良，看见他这口宝刀，心中就爱上了。他站在高耸耸的一块石头上，把紧臂花装弩拾掇好了，净等打他手背，比了又比，老没打出去，恐怕打了别人。这回对准“叭”的一声，正钉在高解右手背上。自己施展燕子飞云的功夫，类若打半悬空中飞下来相似，高解就跑。

徐良得了宝刀，心内不胜喜欢。艾虎也追下来了。叫：“大哥，你开发了他们这群人吧。”胡小记说：“呔，尔等们听真。方才这位是跟随按院大人办差的委员，我们都是奉大人谕出来拿贼。如今你们的头目，叫委员老爷追下去；你们要知时务，就把手中的兵器扔掉，才是安善的良民。哪一个仍然不服，来、来、来，较量较量。”答道：“我们都是好人。”大家跪下，苦苦一齐哀告，胡小记说：“你们可别走哪！等艾老爷回来，再听他吩咐。”也有暗暗的溜了的，也有假装着受伤的，一瘸一拐出门去了。

单提艾虎、徐良直赶飞毛腿高解。高解手背上钉着大枣核钉子，咬着牙拔将下来，仍然是跑。论腿底下真快，徐艾二人绝赶不上。赶来赶去，瞧着头里有个大土岗子，就是乌龙岗。追得过了这乌龙岗，头里还有一道小土岗，直奔土岗。艾虎在徐良后，徐良说：“这位大哥，咱们不要这么追。这是我追他，你追我，追一天也追不上。你打那边追，我打这边抄；或是你打这边抄，我打那边追，可就追上了。”艾虎一听好个主意！果然艾虎由北边一抄，徐良打这边一跟，绕过这一段小土岗儿，去一碰头，艾虎一瞧是徐良，徐良一瞧是艾虎，高解踪迹不见。二人纳闷，这是什么缘故?”艾虎说：“这位大哥，你追的人哪?”徐良说：“真个是，瓮里走了鳖了！怎么把他追丢了。”又说：“这位大哥，随我来，倒要细细找找。”艾虎跟着，也是目不转睛地四下张望。就见徐良手中拿着刀，往土坡上“噗嗤”一扎，往上一撩，里头是个黑忽忽的大洞，原来是贼洞呀！

各人都有个便道，在乌龙岗的头里。他这个小土岗，是拿砖砌的，留出一个洞门来，横担上一根过木，过木上钉上一领席子，洞门多大席子多大，熬一锅小米粥，倒在席子上，为是趁着粘糊把黄土撒上。这个土岗也是用黄土堆起来的，使人打外边一看，一点痕迹不露。高解自来有他的暗记，两边可是相通的。叫他们追得无法，钻在洞里，反由西边出来，逃窜性命。

徐良看出一点破绽，就是扎席子。他见了这黑洞，说：“这小子钻了狗洞了。”艾虎说：“待我进去捉拿。”徐良一把抓住说：“这位大哥，你好粗鲁。他在暗处，咱们在明处。他要打那边走了还好，倘若就在里边，咱们是甘受其苦。”艾虎点头说：“大哥言之有理。”二人复从西边一看，也是一个大洞，方才知道高解已逃命去了。这才彼此对问。艾虎说：“这位大哥贵姓高名，仙乡何处?”书不可重絮。徐良说了自己的姓名，籍贯，艾虎赶紧过来磕头说：“原来是大哥。”徐良又问艾虎，艾虎把自己的名姓事情说了一回。彼此说起，可不是外人。艾虎问徐良的来意，徐爷也就把推铁找天伦事细说一番，又问了天伦近来的事情，艾虎也就告诉了一遍，二人就回来了。

到了店中，与胡乔彼此都见了，叫开了上房门，见苏相公，把暗地保护他的话说了一遍，苏相公致谢众位。徐良找了刀鞘儿，此时店中小贼全部都跑得干干净净，随即找了个地方，就说他们几个俱是跟大人当差的，奉谕拿贼，所有活着的、死着的都交地方官办理，连李、刘、唐、奚一并交官。几位议论，一路走一路问地方。“由此处奔武昌府，上湘阴县打哪里分手?”回答：“前边有个黄花镇，东南是武昌，正南是湘阴。”艾虎说：“徐大哥，你在黄花镇等我，我到娃娃谷，得信回头找你。倘遇不见那位老人家，咱们一同上武昌。”次日艾虎起身找大人去了。

欲知后事如何，且听下回分解。

第 六 十 回

朋友初逢一见如故 好汉无钱寸步难行

且说艾爷大众把乌龙岗事办完，苏相公与众位道劳，艾虎上娃娃谷，胡、乔、徐推着小车上黄花镇。本地面官审事验尸抬埋，将店抄产入官，暂且不表。

且说未定君山之先，跟大人的众位侠义，俱有书信回家。卢爷的信到陷空岛，丁二爷的信到茉花村。陷空岛卢珍接着天伦的信，回明了母亲。老太太将卢珍叫过去问话，说：“你天伦的信，倒没提你五叔的生死么？怎么家人们都说五叔死了哪？你天伦如今年迈，五叔要是一死，他必然要十分想念。破铜网阵，你天伦要有些差池，那还了得！我意欲差派吾儿速奔襄阳，为娘放心不下。”卢珍说：“差派孩儿上襄阳，娘亲放心不下，我到茉花村找我大叔问问，我大叔去不去？我大叔要去，我们爷俩从此一同前往。娘亲意下如何？”老太太说：“好，我儿急速前去，为娘在家听信。”卢珍随即辞了娘亲，到了茉花村，见了丁大爷，原来丁大爷，也见着二爷的书信，正欲前往。卢珍提了自己的事情，大爷很愿意就叫他回到家中。他对老太太说明，拿着自己应用的东西，辞别了娘亲，到茉花村与大爷一路起身。

爷两个上路走了八里，忽然看见前面有个镇店。进了镇店一看，路北有许多人围着瞧看热闹。这爷两个分着众人，到里边看看。内中有人说：“这可好了，茉花村大爷到了，别打了，了事的人来了。一看，原来是一个饭铺，却是新开张，挂着大红的彩绸，有许多人拿着木棍在那里打人。看这个挨打的是个穷汉，穿着条破裤子，连打带撕，扯成粉碎。瞧这个大汉，站起来足有一丈一二，头发长长，绾起一个疙瘩鬏儿，短得扎扎蓬蓬。他两道浓眉，一双怪眼可是闭着哪！狮子鼻，翻鼻孔，火盆口，栗子腮额，一嘴的歪牙，七颠八倒，生于唇外。通身到下，就和地皮一样黑。卢珍一瞅，就知道是个落难英雄。你道是谁，这就是彻地鼠韩彰的螟蛉义子。姓韩，叫天锦，外号人称霹雳鬼，乃是黄州府黄安县人。皆因是韩二爷书信到家，此人天生的浪漫，忠厚朴实，生就膂力过人，食量太大。他原本是万泉山的人，在打柴的韩老跟前，皆因父母一死，有几亩地，也叫他吃完了。瞧见谁家烟囱一冒烟，进去就吃人家饭去，不怕人家要打他，他吃他的。后来合村人冤他，叫他出去打杠子去，遇见官人把他办住，发边军，有人说合就完了。

这天又出去打杠子，打着公孙先生。先生瞧他是个好汉子，给了他一条明路，教他上白鹤寺。到了白鹤寺，遇见韩彰，蒋平出主意，叫韩彰认为义子。韩彰做了官，打发他回家。到家也无人缘，头一样说话就得罪人，二则饭量太大，又打发他上襄阳，带了许多银子，始终没有找到襄阳府去。忽然想起问路来了，见一人说："站住，小子。"人家一瞧他这个样子，夜叉相似，说："你要拦路打抢！"他说："老子上襄阳，往哪里走？"人家说："往西。"他一撒手，把人摔倒。他也不认得哪是西，走着走着，想起来了又问，见着人抓住："小子，站住！"把那人吓一跳，说："我不欠你的。"他说："老子要上襄阳，往哪里走？"那人说："往北。"一撒手又把那人摔倒，爬起来就跑。照这样问路，走一辈子也到不了襄阳。银子花完了，帽子卖了，靴子换了鞋，衬衫带子全完了，直落得剩下了一条裤子，三四天什么没吃。大丈夫万死敢当，一饿难挨，两眼一发黑，肚子里乱叫，举目无亲，一想还是打杠子去吧！又怕坏了爹爹的名姓。“哎哟，有了，这个顶新门面，我进去吃一顿饭，吃得饱饱的，没有钱他必打我，合着叫他打我一顿。我不说名姓，也坏不了爹爹的名气。”主意已定，进了饭铺。

新开张的买卖，人烟稠密，出入人太多，过卖就轰：“讨要吃也没眼力，你在外头等着去吧！”他就坐在板凳上了。过卖说：“咳，你是干什么的？”他说：“你们这是干什么的？”过卖说：“我们是卖饭的。”韩爷说：“我是吃饭的。”过卖一瞧他这个样儿，哪有钱哪？说：“你吃饭要钱哪？”韩爷说：“钱多着哪！”过卖问：“在哪里？”回说：“咱们爹爹那里有银子。”过卖不敢担这个沉重，过去问了问柜上，柜上说：“只管叫他吃饭，东家有话，每遇没钱的强要写账，打他两三下就好了，这就叫‘敲山镇虎’。”过卖得了这句话回来，问他：“吃什么呀？”回说：“吃饼。”过卖说：“饮酒？”回说：“不饮。”又问：“要什么菜？”回说：“炖肉。”又问：“要多少饼？”回说：“十五斤。”过卖说：“几个人吃？”韩爷说：“一个人，不够再要。”过卖说：“有饿眼没饿心，你几天没吃饭了？”韩爷说：“三天了。”过卖说：“要多少炖肉？”回说：“十五斤。”过卖说：“这炖肉不论斤，论碗。”“我要十五斤么！”“我给你一碗一碗地往上端，哪时够了就算完。”“饼可要十五斤，烙成一个饼。”过卖说：“我们这不行，没那么大饼铛。”又问：“多大一张？”“半斤一张。”说：“那么烙三十张吧！还是十五斤，你怎么算来呀！”“我给你往上端吧。几时饱了，几时算账。”往上一端饼和炖肉，各饭桌上不顾吃饭了，连楼上都下来了，瞧着韩爷吃饭。四张饼一卷，嘴又大，吃四五口剩一块，往里一填，一瞪眼，一龇牙，二斤饼就入了肚了。一大碗炖肉，拿筷子一和弄，也不管肥瘦，一扒拉就完了，净剩汤。虽说吃了没十五斤饼，没十五斤肉，也差不许多的。过卖说："你饱啦！"韩爷说："将就了吧！""给你算算账。"韩爷说："不用算，给你十两银子吧。"过卖暗说：别瞧穷，真开道。"你把银子拿来吧！""这会没有，你看我身上哪有银子？"过卖说："你打算怎么样哪？""告诉过你，我爹爹那里有银子，去取呀！""哪里取去？""上襄阳。""我们不能上那么远去。""你说不能上那么远去，可没法子了，那怎么办哪？"过卖说："你说怎么办，咱就怎么办。横竖你没钱不行。"韩爷说："非跟了去取，再不然你们就打几下吧，你们不是要打吗？"过卖说："你存心卖打来了。"早有掌柜的过来说："买卖冲你不做了，上门上门，打他！"韩爷往外就走，扑通躺在门的外头。伙计说："他没走，躺在外头了。"掌柜的吩咐："打他！"净是木棍，没有铁器，早就吩咐好了的了。净打下身，打的是一语不发，打着叫他央求，叫他叫。瞧热闹的人，如压山探海围上了。掌柜的是要个台阶下来就完了。

这么个时刻，正南上一乱，大官人卢珍打外面进来。卢珍过去瞧韩天锦，问掌柜的来历，韩天锦睁眼一瞧，公子卢珍品貌不凡，粉融融的脸面，一身银红色的衣巾，肋下佩刀，武生相公的样，见他笑嘻嘻问道："这位大哥为什么在此挨打？"韩天锦说："我吃完饭没钱，他们就打我。他们说，打完了就不要钱了。"卢爷说："大哥，你姓什么，哪里住？"韩天锦说："我住在黄州黄安县，姓韩叫猛儿。"卢爷问："我提个人，你认得不认得？姓韩，单名一个彰字，人称彻地鼠。"韩天锦说："哎哟，那是咱爹爹。"卢珍说："我再提个人，你认得不认得？陷空岛卢大爷。"韩爷说："那是我大爷。"卢珍说："原来是大哥，转上受我一拜，你怎么落到这般光景？”韩爷说：“一言难尽。你是谁呀？”卢爷说：“方才提陷空岛姓卢的，是我天伦。你不是韩二叔跟前的大哥吗？”韩爷说：“哎哟，你是兄弟。”卢爷说：“我给你荐个人，茉花村姓丁的，你听见说过没有？”韩爷说：“我的丁大叔，我的丁二叔。”卢爷说：“这就好办了。过来，你见见，这就是茉花村丁大叔。”丁大爷一瞧：“嘿，好样子，怪不得他们说长得凶猛，今日一见，果然是威风。这还没有衣服呢。要有了衣服，更是英雄的气象了。”韩天锦冲着丁大爷磕了几个头。丁大爷反把他搀起来。卢爷说：“这就是我韩二叔跟前的韩大哥。”大官人拿银子来，给了柜上钱。柜上再三不要，就给了伙计们作酒钱了。丁大爷带着韩天锦回家更换衣服，一同上襄阳。

欲知后事如何，且听下回分解。

第六十一回

因打虎巧遇展国栋　为吃肉染病猛烈人

且说韩天锦到了茉花村丁大官人家中，在外面等着给他拿出衣服来换上。虽然不合身体，暂且将就穿上。再叫人出去买办，买了合身体的衣服、头巾，靴子，带子，洗了脸穿戴起来，更是英雄的样子了。带着到里边见了见女眷，择日起身。起身的时节，多带银两。道路之上，为了难了，韩天锦睡觉不起来，叫不醒，怎么打他也不醒，故此就耽延了日期。这日往前正走，忽然间进了山口，到了山里头一看，怪石嵯峨，山连山，山套山，不知套出多远去才算尽。在山里头走路，倒也没什么坑坎，一路平坦。大官人说："此山我看着眼熟，好像百花岭，要是百花岭，咱们这块儿还有一门亲戚呢！"卢珍问道："大叔，什么亲戚？"丁大爷说："就是你展三叔的两个哥，一位叫展辉，一位叫展耀。二位皆做过官，只因奸臣当道，如今退归林下，守着祖茔。他们祖茔就在百花岭，此处可不定是与不是？"

正说话间，忽然一阵风起。这风来得真怪，冷飕飕的透体，并且里头带着些毛腥气。卢珍说："大叔，别是有什么猛兽吧？"丁大爷说："我正要说呢！大家留神，各处仔细瞧看。"韩天锦说："哈，你们瞧，好大猫，大猫，大猫。你们这里瞧来吧，好大猫！"卢珍说："大哥哥，那不是猫，是只老虎。"卢珍、丁大爷都看见在山峰缺处，一只斑斓猛兽，每遇要行走之时，把身子往后一坐，将尾巴乱搅，尾巴一动，自来的就有风起，不然怎么虎行有风呢？久入山的人，或采樵或打猎，都会看风势。不然卢珍、丁大爷见风起得怪，又有毛腥气，就疑有猛兽。真是：

风过处，有声鸣。转山弯，现身形。它若到，百兽惊。拷山王，威名胜。蹿深涧，越山峰。八面威，张巨口。将身纵，吐舌尖，眼如灯。龇钢牙，烈而猛。

真个是：龙从云来，虎从风去。卢珍说：“哥哥会上树不会？”天锦说：“小时打柴，什么树不会上！”卢珍说：“急速找树，不然山王一到，就没处躲避了。”天锦说：“我为什么躲避？还要把它抱住呢！抱回家去叫他们瞧大猫去。”正说话间，就见那只猛兽走动，蹿山跳涧，直奔前来了。大爷、卢珍早就藏于树后，隐避身躯，亮出兵刃，总怕猛兽前来，就顾不得韩天锦了。焉知韩天锦迎着猛兽前来，乍扎着两臂，笑哈哈地嚷道：“这来，大猫。大猫，这来！”头前有段山沟隔住，天锦蹿不过去，只可就在东边等着这只老虎。哪知这虎耸身就蹿过山沟，又蹿起一丈多高，对着韩天锦往下一扑。卢珍就知道，大哥这个祸患不小。焉知韩天锦也算粗中有细，见虎冲着他往前一扑，自己一弓腰，也就冲着它往前一扑。老虎扑空了，老虎的前爪一空，天锦就把老虎的后爪攒住，用平生之力抡起这只老虎来，望山石上一摔。只听见咔嚓一声响亮，那虎呜的一声吼叫。再瞧韩天锦，把虎脑袋上皮毛抓住，一手把尾巴根揪住，连踢带打，那虎是呜呜的乱叫。踢了半天，索性他把虎骑上，一只手抓住了脑门子，一只手打老虎眼，噗嗤的一声打瞎了一只。一换手，又把那只虎眼也打瞎了，那虎就成了一只瞎虎。又打了半天，竟把那只猛兽打得绝气身亡。这虎可也不大，并且已经是带过伤咧！也是天锦的神力，这才将它打死。可把大官人与卢珍瞅了半天，连话也说不出来。暗道：天锦有多大的膂力。霹雳鬼见虎不动，说：“这个大猫不动了，我该抱去叫他们瞧去了。”卢珍说：“不要，谁也不瞧那个。”

正说话间，就见西边山坡上有一个嚷道说：“呔，那是我们的猫。”卢珍说：“我打着就是这，韩大哥管他叫猫哇，还有叫猫的哪！”瞧这个人身量不甚高，头上高绾发髻，身穿青缎短袄，腰系钞包，青缎短裤，薄底靴子。黑挖挖的脸面，四方身躯，粗眉大眼，声音宏亮。他说是他的大猫，随即跑下山来，走山路如踏平地一般。看看走到这段山沟，喊道：“那个大小子还我猫！”卢珍说：“哥哥给他吧！”韩天锦说：“便宜他，黑小子过来取。”那人说：“大小子，你给扔过来。”天锦就把那只虎抓起来。卢珍说：“哥哥扔不过去，山沟太宽，叫他过来取吧！”韩爷偏不听，一定要扔将过去，卢珍怕的是扔不过去，掉在山沟里头，不好去捡，又叫他人耻笑。韩爷哪里肯听，离山沟不远，提着这只虎悠了几悠，往前一跑，“嗖”的一声，竟自扔过去了。卢珍与大官人更觉着吃惊。那人说：“呔，我那是个活猫，这是个死猫，我不要，要我的活猫。”天锦说：“就是死猫，没有活猫。”那个说：“我要定活的了。”天锦说：“要活的你扔过来。”那人说：“使得。”“叭嚓”一声，照样又扔过来了。天锦提起来说：“就是这个，爱要不要?”“嗖”的一声，又扔过去。那人复又扔过来说：“没有活猫，你别走了。”韩天锦说：“可以，你过来，黑小子!”那人说：“使得，你那里等着吧！小子。”就见他顺着山沟，往南就跑。

不多一时，就在沟的东边，由南跑来。丁大爷看见两个人撞在一处，伸手要打。就见西北上有人嚷道：“少大爷又和人打架哪，员外爷来了!”那人说：“别打了，别打了，咱们员外来了。”一伙人看看临近，内中有一个员外的打扮，高声嚷道：“原来是丁大弟到了。”大官人告诉卢珍说：“这是百花岭，我们亲戚来了。”看看来到山沟，说：“大弟从何而至？你在那边略等，等我过去。”往南原有一个搭石桥儿，不多一时，来到面前。大官人过去行礼，早被展员外搀住，说：“怎么过门不入，什么缘故?”丁大爷说：“我连一个人没遇见，我看着像百花岭，正同我侄子这里说哪！给大哥见见。这就是卢大哥之子，他叫卢珍。这是你二叔。”卢珍说：“二叔爷在上，侄男有礼。”展员外说：“贤侄请起，怪不得说将门之后，名不虚传。”大官人说：“呔，你也过来见见。”天锦说：“见谁呀?”大官人说：“这是你二伯爷。这是韩二哥的义子，他叫韩天锦。”韩爷就跪下磕头，展二爷说：’这真是英雄的气象。我空有儿子，直不好给见，国栋过来见见，这是你丁大舅，过去磕头。”国栋给丁大爷磕头。展爷又说：“再给你卢大哥、韩大哥见见。”彼此对施一礼。展二爷往家中一让，大家一同前往，拐了一个山弯，就到了一所庄院。

进了大门二门，到厅房，落座献茶。员外问：“你们爷几个意欲何往?”大官人就把始末根由细说一遍。又问卢珍文才武技，皆都是应答如流。展二爷叹息了一声：“大弟，你看人家儿子什么气象，看你那个外甥，方才你也见过，连一句人话都不会说。”大官人更觉叹息说：“我倒想要那么一个，还没有哪！哥哥别不知足了，有子万事足。”员外吩咐摆酒。虽在山中居住，倒也是便当。把酒摆好，吩咐请韩公子。谁知韩天锦不见了。哪里去了？家人说同着少大爷在西花园里吃烤虎肉哪！展员外说：“快把韩公子请来，人家比不得咱们家里大爷，吃那个东西，克化不动，请他这里饮酒来。”去不多时，回来说：“韩公子和少大爷，吃烤虎肉，吃得对劲，商量着要拜把子哪！我们一定要请，要把我们的脑袋拧下来。”大官人说：“既然那样，也就不叫他来了。

他们二人对劲，倒很好。”然后大家用酒，直吃到二鼓方散。安排他们在西书房安歇，预备的衾枕，整整齐齐。霹雳鬼与打虎将，他们是一见如故。原来回来的时候，他们就岔了路了，把虎扛回来，吃开了烤虎肉。天锦本没吃过，起先吃着不得滋味，嗣后越吃越香，吃了个十成饱，人家与他预备茶，他都不喝，非饮凉水不可，把凉水喝了无数。大官人叫本家家人，把他找到书房，进门就睡。展员外也陪着在书房安歇。天到三鼓后，大家才安歇。天到五鼓，霹雳鬼大吼一声，众人惊醒一看，谁知天锦把眼睛一翻，四肢直挺。

若问什么缘故，且听下回分解。

第六十二回

打虎将有心结拜　卢公子无意联姻

且说人看起来怎么坚壮，都架不住生病。天锦天然生就了的皮糙肉厚，天然神力。虽生贫苦人家，究竟日后造化不小，烤虎肉就凉水，焉有不病之理？睡梦中就觉着内里头着火一般，大吼了一声，眼前一发黑，头颅一晕，复反躺于床上，把大家惊醒。灯烛未息，大家一看，见天锦眼睛往上一翻，四肢直挺，呼唤了半天，一语不发。众人一怔，展二老爷叫家人赶紧去请大夫。

不多时请来，进书房与天锦诊脉。大夫说，就是停食，开了个方儿。大夫去后，天已光亮。抓了药来煎好，叫他吃将下去，拿被窝一盖，出了身透汗，立刻痊愈。就是一件，好得快，重发得快，什么缘故？病将一好，还是大吃大喝，别人拦挡不住。一顿就重发，又请大夫，又是一剂药就好。一连重发了六七次，可急坏了打虎将了，每天进来瞧看。卢珍也是着急，惦念着襄阳天伦的事情，心中烦闷。天锦哥病势老不能愈，又不能将他扔下走了。可巧国栋进来说："我大哥还没好哪？"卢珍说："没有呢！"国栋说："好容易交了个朋友，又要死；卢哥哥你会本事不会？"卢珍说："不会。"国栋说："你怎么不叫我丁大舅教教你？"卢珍说："我笨啊！"国栋说："你要爱学，我教教你。"卢珍说："可以，等着，有工夫的时候跟你学学。"国栋说："咱们这就走，上花园子，我教教你去。"卢珍虽不愿意，也是无法，叫国栋揪着就去，无奈何，跟着到了花园子。

卢珍一想，也是闲暇无事，一半拿着他开开心。那个国栋本是个傻人，就把两根木棍拿来，说："我先教给你泼风十八打。"卢珍接过棍来，说："我可不会，咱们混抡一回，谁打着谁，可不许急。"国栋说："那是我净打你。"卢爷说："你打死我都白打。你要打着我，我倒跟你学；你打不着我，我才不跟你学。"国栋说："那就打。"卢珍拿起棍来，见他也不懂得什么叫行门过步，劈山棍打将下来。卢珍用棍一支，国栋换手一点，卢珍斜行几步，往外一磕，撒左手，反右臂，使了一个凤凰单展翅，又叫反臂倒劈丝。听见"叭"的一声，正中在国栋的后脊背上。"叭叭叭"溜出去好几步去，几乎没栽倒。国栋说："唔呀，你别是会的吧？"卢珍说："我不会，先就说明了，我不会。"国栋说："再来。"卢珍说："咱们就再来。"又是照样，两三个弯，仍然照样，受了一个扫荡腿，扑通一声，摔倒在地。卢珍微微地一笑说："兄弟起来。"国栋说："我不用起来了，我给你磕头，你教教我吧！"卢珍说："不会，我教给你什么？"国栋跪下不动窝，非教不行。他闹得卢珍无法，说："是了，等着有工夫我教你。"国栋说："咱们两个人拜把子，你愿意不愿意？"卢珍本不愿意，又一思想，倘若闹到展二叔耳朵里去，凭人家这个待承，要不与人结义为友，也对不住人家。再说国栋也是个好人，这个把子也可以拜的，随即点头。国栋说："就在这里拜。"折了三支树枝插在地上，两个人冲北磕头。卢珍大，就跪在太湖石前，说："过往神祇在上，弟子卢珍与展国栋结义为友，从此往后，有官同做，有马同乘，祸福共之，始终如一。倘有三心二意，地厌之，天厌之！"磕了头。国栋跪下说："过往神祇在上，弟子展国栋与卢珍结义为友，有官同做，有马同乘。这才是有打同挨呢!”卢珍说：“不对，没有个有打同挨，该当是祸福共之。”国栋说：“这才是有打同挨呢!”卢珍说：“没有这么句话。”国栋磕了几个头，转过来又与卢珍磕头。国栋说：“咱们这可就是把兄弟了。就是你做官，我也做官；你骑马，我也骑马；你吃好的，穿好的，我也吃好的，穿好的。”卢珍说：“对了，就是这么个讲儿。”国栋说：“倘若是有人见面就打我骂我，你当怎么样哪?”卢珍说：“你我生死之交，我的命不要了，必然要与你出气。”国栋说：“此话当真吗?”卢珍说：“要是假的，你别叫我哥哥了。果有这样人欺负你，我不与你出气，我是畜生。什么人欺负你，说吧。”国栋说：“这个人就在咱们院里住。”卢珍说：“必是恶霸。你带我找去，要死的要活的，就听你一句话。若要将他要了命，还是我出去偿命，与你无干。倒是姓什么呀?”国栋说：“就是我姐姐。”卢爷一听说：“呸!你胡说，我当是谁，原来是你姐姐，亏了你是与我说，要与别人说，叫人家把牙都笑掉了，你邀人打你姐姐，你还算人么?趁早别往下说了。你再住下说，我就不认得你了，你我断义绝交。”国栋说：“你打算我这个姐姐像别人家的姐姐哪?她与别人不同，力气大，棍法精，拳脚快，刀法熟。我们动起手来，我总得跑；不跑，就得受她的打；并且不放走，给她跪着，叫姐姐，亲姐姐，饶了我吧，再也不敢了，这才叫走哪!见头打头，见尾打尾，我实无法了。各处找人帮我打她，总没有能人。我看着我天锦哥可以，他又病了。想不到哥哥你准能打她。有言在先，有人欺负我，你管，这你又不管我了。也罢，你爱管不管罢。你不管，我一辈子也逃不出来了，不如我死了，倒比那活着强。”

卢珍知道他是浑人，倘若真行了短见识，更不对了。无奈劝劝他吧，说："兄弟，你想姐姐是外姓人，在家还能有多少日子，你再忍几年就得了。"国栋说："你别管我了，我这就碰死，你去你的吧！"说毕又哭起来了。卢珍为难，心中想：有了，我冤他一回倒行了。我应着帮打，叫他把她诓来，我在山石后面蹲着。他叫我不出去，等他姐姐走了，我再见他，我说："我睡着了。"自要哄他过了一日半日，我们一走就完了。想妥了这个主意，说："兄弟，别哭了，我应了，帮着你打，还不行吗？"国栋听说道："你管了？"卢公子说："我管了。"国栋说："我也不哭了，你真是我的好朋友。我去诓她去。你在山石后面等着，我将她诓到此处之时，我叫'救兵何在'你在山石后面出来说：'好大胆！欺负我的拜弟，我打你这个东西！'你打她，叫她叫，不叫，还打。我也叫她叫，不叫再打，就给我出了气了。"卢珍说："你快去呀！"国栋说："你可得言要应典哪！不然我走了，你跑了，我救兵不在，那可害苦了我了。那可是她打的，明天去她还打哪！我可得死给她瞧。你要走了，我是个王八，我可不敢骂你。"卢珍无法，只有等着。

国栋的姐姐，乳名叫小霞，本是展辉之女。展耀就有一子，是国栋。大太太先死的，大员外后死的，病到十分，叫姑娘过来与叔父婶母叩头说："从今后不许叫叔父婶母，就叫爹爹娘亲。你们夫妻可要另眼看待这苦命的孩儿。"二员外夫妻说："哥哥放心，我们待她，要与国栋两样心肠，我们不得善终。大爷，姑娘给什么人家？"大员外说："一要世代簪缨之后，二要人家善静，三要文有文才，四要武有武功夫，五要品貌端方，六要本人有官职。"二员外一听，就知道太难了，说："大哥，若有一件不全，给不给？"大员外"嗷"的一声，咽了气了。大家恸哭发丧。办事将完，二太太又死了，也把事办完。姑娘带着两个小丫环，学习针黹①，描鸾刺绣，早晚的舞剑，打袖箭，全是展家家传。国栋可不会，每遇姐弟俩交手的时候，国栋必败。姑娘比他强的多多，力气可没他大，用的巧妙，国栋输了，姑娘叫他求饶。每遇动手，回回如此。国栋忌上了小姐，本要邀天锦，天锦又病了。如今见卢珍又强多了，定好了计，自己到姑娘的院内叫阵。姑娘出来，短衣襟，手拿木棍，说："你这几日没受打之过吧，又来了。"国栋说："我拜了老师了。你不行了，快给我磕个头吧！我就饶了你。"姑娘大怒，二人交手不到十个回合，小爷就跑奔西花园子而来。姑娘在后，进了花园，与卢珍见面。

欲知后事如何，且听下回分解。

① 针黹（zhǐ）——针线的意思。

第六十三回

小爷败走西花园内　公子助拳太湖石前

诗曰：

城头叠鼓声，城下暮江清。

欲向渔阳掺，时无祢正平。

且说展国栋去到姑娘香闺绣户，以比棍为名，把小姐诓将出来，先比试了几下，败走西花园内。进月亮门，直奔太湖山石。姑娘在后面追赶。他冲着太湖石嚷喝说："呔，救兵何在？救兵何在？"姑娘一听，不敢前去。心中暗道：这孩子不是外边勾了人来。倘若外边勾进人来，自己抛头露面，没穿长衣服，就是这样打扮，慢说是男子，连妇女们都不好意思见。倘若叫叔叔知道，数说自己几句，那时怎了？国栋本是一个浑孩子，他真许外头勾进人来，不如早早回避为是。国栋连叫救兵，回头又叫姐姐："你怕了我了。是好的回来，我这有救兵，你敢来么？从此你就永不用和我夸嘴了。"姑娘听他这一套话，不觉的气往上一冲，又见国栋冲着太湖石叫了半天，并没有答应。自己忖度：别叫这个傻子诓我一句话，就把我吓跑了。国栋是个傻人，他在外面一嘲笑，我岂不被外人耻笑？

这些姑娘，都是骄傲的性情，何况她是一身的功夫，那性情未免更显着骄傲了。自己一反身，又追下国栋来了，说："你这孩子，这个打今天是没挨够哪！你叫什么救兵？若不叫救兵？我倒饶了你。今天冲着你这个救兵，连你带这个救兵给我跪下，我都不饶。”随说随追，国栋就跑，冲着太湖石又嚷：“救兵何在？救兵快些出来，不然我要不好了。哎哟！救兵跑了，你可害苦了我了。”姑娘听着喊救兵喊得紧，又收住了步了。姑娘看太湖山石后，并无一人，又追，追到身临切近，国栋真急了，说：“救兵再不出来，我可要胡骂你了。”姑娘说：“今天你倒不要紧，我倒看看你这救兵，是项长三头，肩生六臂？”国栋又说：“你不出来，连我姐姐都要骂你啦！”卢珍实忍不住了，本是装瞌睡，一听要骂，可就忍不住了；再听姑娘说话又太大了点，连国栋带救兵给她跪着，她都不饶。本来无心与姑娘交手，被这两句话一挤对，把卢公子的火，挤对得就发躁起来了。单手提那根齐眉棍，往上一抬身躯，朝对面一看，原来是一个十七八岁的姑娘，追赶国栋。她短打扮，头上乌云，有一块鹅黄绢帕罩住，并没戴定花朵，也没有钗环镯钏。穿一件玫瑰紫的小袄，葱心绿的汗巾，系腰双桃红的中衣。三寸窄小的金莲，一点红猩相似，粉面桃腮，十分的俊丽。手中提一根齐眉棍。卢公子故意断喝一声说：“呔，什么人？大胆敢欺负我的拜弟。来，来，来，与公子爷较量三合！”姑娘猛然间，见太湖石后显露一人，小姐立住脚步。但见这位相公，头戴银红色武生巾，银红色箭袖，香色的丝带，靴子、衬衫俱被太湖石挡住。往脸面上看，粉融融一张脸，两道细眉，一双长目，皂白分明。鼻如悬胆，口赛涂朱，牙排碎玉，大耳垂轮，细腰窄臂，双肩抱拢。姑娘一照，羞了个面红过耳，拉棍回头就走。国栋在旁边说：“救兵，打！打！打！别叫她跑了，快追打。姐姐，你可栽了跟斗了，就会欺负我，今天可叫人家追跑了，明日再别和我说嘴了。”姑娘出花园，回到自己的香闺绣户。国栋仍是后面追来，说：“你敢上后花园里去吗？”姑娘回头叫：“兄弟到我屋里来，我与你讲话。”国栋不敢进去，就在院里站着，拿根棍子，说："我就在这里等着你，你几时也给我跪下，我才饶你。"早有丫头接了棍，进去问小姐："怎么，今天大爷得了胜了？"姑娘说："你少说话，请大爷进屋里来。你告他，只管进来，不是诓着打他，有话和他说。"国栋方敢进来，说："姐姐，你不是诓到屋里打我去。"姑娘说："你只管进来，我有话和你说。"国栋到了里面说："姐姐，什么事？"姑娘说："兄弟那边坐下。"国栋说："什么事？姐姐你说吧！"姑娘说："你我姐弟有什么仇恨，你为什么叫了外人打姐姐来。"国栋说："就为你屡次三番打得我实在难受，我老不能赢你，故此我才找了一个助拳的。他也不是外人，他是我的盟兄。"姑娘说："你我姐弟是亲姐们，你打了我也不要紧，我打你也不要紧。难道你竟把姐姐恨上了。好兄弟，你真不错，我真疼着了你了。我就是告诉爹爹去。我问问爹爹，你是哪里约来的人，我就是叫爹爹打你，我也打不了你。"说罢就哭，把国栋吓了个胆裂魂飞，就与姑娘跪下说："好姐姐，千万可别叫爹爹知道，我再也不敢了。"他也明知，要叫他天伦知道，必把他打个死去活来，故此苦苦央求姐姐。其实姑娘是怕他告诉，故此拿厉害话把他威吓住，就省得爹爹知道了。倘若员外知道，数说自己一顿，是死是活，叔叔比不得婶母，婶母数说一顿不要紧。想着把傻小子安置住了就得了。不想外头，还有人泄漏。那卢珍虽然见着姑娘，见姑娘脸一发赤，回头就跑，国栋就追。卢珍哪里肯追，见他们姐弟跑了，把棍子一扔，奔东院来了。

回到屋中，看韩天锦的病势，已好到八九成。重发了好几次，都由食上之故。这也知道喝点粥了，看看痊愈，正对着大官人和二员外在里头讲话。少刻，大官人出来，进了书房。卢珍站起身来说："大叔哪里去来？"大官人说："上里边和你展二叔谈了会子话，看了会子闲书，要和我着棋，我哪里有闲心与他对弈？不然你上里边去，与你展二叔着两盘棋，到也罢了。”卢珍说：“叔父即无心着棋，难道说，侄男就有那样闲心？侄男恨不得这时就到襄阳，见着我天伦才好。”丁大爷这也就不便去了。丁大爷又过来看了看天锦，就见卢珍在那里坐着，忽然嗤的一声笑了。大官人问卢珍说：“你方才笑什么来着？”卢珍回答：“侄男并没笑。”丁大爷说：“莫非你有什么心事吗？怎么连笑你都不知道哪？”卢珍说：“侄男情实的没笑，必是叔父听错了。”大官人随即也就说：“大概是我听错了。”慢慢地察言观色，净看着卢珍，仍是如有所思的样子，待了半天，又嗤的一声笑了。大官人说：“这你可就不必隐瞒了，有什么心事，快讲上来。”卢珍情知隐瞒不住了，就将拜把子，见着人家姑娘，一字不曾隐瞒地细述一遍。丁大爷一听一笑，问：“你看见这个姑娘品貌如何？”就把卢珍羞得是双颊带赤，一语不发，只是低着头害羞。大官人忽然心想，顶好的一门亲事，我何不与他们两下里做个媒人。想罢复又到里边，面见展二员外，仍是落座献茶。大官人说：“我自从到了家中这些日子，未曾见着姑娘，倒是把外甥女请过来见见。”二员外点头，立刻把姑娘请到。启帘而入，一看姑娘，怎见得，有赞为证：

丁大爷，观对面。但只见，一启帘，进来了一位姑娘，貌似天仙。艳丽无双多俊俏，闺阁的女子，稳重端然。透出了，正色颜。绿鬓垂，珠翠鲜，麻姑髻，乌云挽，插着个，碧玉簪。趁着那，珠儿又圆圆，翠儿又鲜鲜，花朵儿颤颤。穿一件，对领衫，衬衫上，绣牡丹，百褶裙，遮盖严。准定那，裙儿之下是对秀美的小小金莲。梨花貌，芙蓉面；桃蕊的腮，似把笑含。土形正，如悬胆，配着那，耳上环。樱桃口，真是一点，不点胭脂，红里透鲜。两道眉，似春山；皂白分，星眸显。见了那丁大爷道了一个万福，欲前不前。

丁大爷看见了外甥女小霞，方与展二员外说道："姑娘几载不见，长成人了。"二员外道："姑娘，你也不认得你大舅了吗!"姑娘回答："不认识了。"深深道了一个万福，归后去了。大官人复又问："姑娘可曾许配人家?"展二员外说："我哥的遗言，六件事全，方才许配，差一件事不给，故此耽误。"丁大爷问："哪六件事?"回答："一要世代簪缨之后，二要人家善静，三要文才，四要武技，五要品貌端方，六要本人有官。"丁大爷说："我做个媒人，就是卢珍，可称世代簪缨，家里就是三口人；文才武技，你是问过的；品貌，你是瞧见了；这一到襄阳，跟着大人，拿王爷回来，何愁无有官做!"展二老爷一听，喜之不尽，说："大弟，我见面就有意，可不知定过姻亲没有？今天大弟一提，焉有不愿意之理！就此定妥。"丁大爷对卢珍说明，就把卢珍带将进来，与二员外行了礼，就以岳爷呼之。合家人皆知此事，都与员外爷道喜。

万事皆是个定数，非人所为。此事若非天锦染病，断断也成不了此事。亲事定妥，韩天锦的病体痊愈，告辞起身，直奔襄阳去了。

全珍馆闯祸，俱在下回分解。

第六十四回

黄花镇小五义聚首　全珍馆众英雄相逢

且说卢珍定了亲事，韩天锦病体痊愈，爷三个起身，直赴奔襄阳暂且不表。

且说的是山西雁徐良，同着闹海云龙胡小记、开路鬼乔宾，与艾虎分手，定下在黄花镇相会。徐良叫人推着小车，直奔黄花镇而来。一路之上，晓行夜宿，饥餐渴饮。这日，到了黄花镇，进了东镇口，道："这里有座饭铺，字号就是全珍馆。门口有长条桌子，长条板凳。"开路鬼叫道："哥哥兄弟，咱们在此吃会子酒吧，肚内觉着饿了。"徐良点头，就将小车放在门外，叫他们就在这桌子上要吃食物件。迎着门摆着三角架子，上头搭着块木板，木板上搭着个帘子，帘子上摆着馒头、面、粽儿、包子、花卷。为的是：卖力气的苦人，担挑推车的到了，有现成吃食物件。并且，那边靠着门旁有一个绿瓷缸子，上头搭着块木板，板上有几个粗碗，缸内是茶。里面人吃饭、饮茶，走了把茶叶倒在缸内，兑上许多开水，其名叫总茶。每有苦人在外头吃东西，就饮缸里的总茶，白饮不用给钱。

三人进了全珍馆，直往后走。到最后面。后堂迎面一张桌子。三位谦让了半天，胡小记迎面坐了。过卖①过来，问要什么酒菜。要了一盆子醋。然后胡小记、乔宾要酒，要上等的酒席一

① 过卖——指旧时的店员。

桌。不多时，罗列杯盘，酒已摆齐。三位畅饮。

正在吃酒之间，忽然有一骑马的来到。见那人下了坐骑，有铺中人将马匹拉将过去。此人下马，直奔里边来。问铺中人："可有雅座?"掌柜的说："没有雅座。"又问："可有后堂?"回答："有后堂，叫人家占了。"说："可能够叫他们腾一腾?"铺中人说："那可不行，全都有个先来后到。"又问："就是一个后堂吧?"回道："有个腰门。"那人说："待我看看。"隔着一层栏杆，那人说："这倒也可以。"出去打马上取出一个绿布口袋来，叫他们涮了一把茶壶，抓上把茶叶，把开水倒上，拿了四个小茶缸儿，就在腰门靠着西边那张八仙桌上，叫过卖净了桌面，西面放了一张椅子。

不多一时，听外面一阵大乱，一个个撇镫离鞍。有铺中人把马匹接过去，就在铺面前来回地遛马。有一位相公，许多从人相伴，直是众星捧月的一般。但见这位相公，戴一顶白缎子一字卧云武生公子巾，走金边，卡金线，绣的是串枝莲。两颗珍珠，穿着鹅黄灯笼穗，在两肩头上乱摆。白缎箭袖袍，绣的三蓝色的大朵团花。五彩丝鸾带束腰，套玉环，佩玉珮，葱心绿衬衫，青缎靴子。肋下佩刀，金什件，金吞口，轧把峭尖雁翅势，钢刀悬于左肋。细条身材，面如美玉，白中透亮，亮中透润，仿然是出水的桃花一般。两道细眉，一双长目，皂白分明，鼻如悬胆，口赛涂朱，牙排碎玉，大耳垂轮。细腰窄臂，双肩抱拢，暗隐着一团威风杀气。众从人拥护着来到后边，问道："在哪里烹茶?"那先进来的从人说："茶已烹好，现在此处。"那位武相公也往后看了看，就在西边八仙桌上落座。吩咐："快些拿茶来，好生燥渴!"那人赶紧地答言："是!"就斟出四半缸儿茶来，由靴筒儿里掏出一把扇子来，就把这茶用扇乱扇，把茶扇得可口，说："请相公爷吃茶。”

徐良与胡小记说：“大概此人家中不俗，这是行路，还有这么大的款式呢!”胡小记说；“看着这样，定然不俗。”将把茶要往上一端，听着外边大吼了一声，进来一人。这一声喊，半悬空中打了雷相似，好诧异！进来一人，身高一丈开外，一身皂青缎的衣服，面似地皮，进门来扑奔后面，说：“我渴哪！渴哪!”冲着山西雁而来。徐良告诉过卖说：“你先张罗这一个料半的身量去!”过卖迎出去说：“你是干什么的?”你道此人是谁，原来就是霹雳鬼韩天锦，同着大官人、卢珍，正走到黄花镇东镇口外，说：“我渴了!”卢珍说：“这是个镇，店里面必有卖茶的。咱们到里面去找茶铺。”韩天锦一人先就进来。公子就怕他闯祸，谁想还是闯祸。将进镇店，他就看见全珍馆了，直往里走，嚷渴。过卖迎住问他。他说：“渴了，我要饮水。”过卖说：“门外头有现成儿的，你要事忙，拿起来就饮，也不用给钱。”韩天锦听见，一扭头，他就看见那个武生相公人家那里的茶了。他只当那个茶，拿起来就饮。那过卖说是门口儿那个缸里的茶，是天锦听错，也是过卖没说明白。事从两来，莫怪一人。韩天锦拿起人家的茶来就饮，一连四碗，人家焉能答应。

毕竟不知怎样闹法，且听下回分解。

第六十五回

愣汉子吃茶夸好　莽男儿喝汤喷人

诗曰：

真人塞其内，夫子入于机。

未肯投竿起，惟欢负米归。

云中东郭履，堂上老莱衣。

读遍夫贺倚，如君弟者稀。

且说韩天锦问过卖，他说："外头有现成的茶，拿起就饮。"天锦一看北边是里头，隔着一段栏杆，这必是外头了。他一看四个小茶缸，四半碗茶，从人才把它扇凉了。他过去伸着大手就要端茶，从人一拦，说："你好生无礼！"这句话未曾说完，就被武生相公拦住，打算着来人把茶饮完，道个致谢，也就完了。只见来人嘴又大，碗又小，茶又少，端起来"噶"的一声，几碗茶就没了。一吧嗒嘴，就咽下去。来人说："好啊！"又端起来一碗，一连就是四碗。饮完了，又说："好啊！"转脸要走，被武生伸手拉住，说："呔，你这厮好生无礼！"天锦问："怎么无礼！"武生说"你方才饮这个茶好不好？"天锦说："我直说好啊！"武生说："好便怎样？"天锦说："好了给柜上传名。"武生说："是我的茶，怎么好了给柜上传名？"来人说："好小子！"武生回答："你骂哪？"来人说："我没骂你，我骂这个小子哪！他说外头有现成的，拿起来就喝，叫人家损我一顿。我就是打他个狗养的！"过卖吓得是浑身乱抖，说："大太爷等等，咱们可不许矫情。我说外头，是门外头，西边有个绿瓷缸，瓷缸上有块板，板上头有个黄砂碗，拿起就喝，也不用给钱。谁叫你拿起人家的茶来喝，人家岂有不说的道理！”天锦说：“到底是你没说明白！”言还未尽，抓起过卖要打。武生说：“大个，我看你有点不讲礼，不用欺负他！来来来，咱们较量较量！”

正说话间，卢珍打外边闯将过来，随后大官人也到。原来是他们见韩天锦到黄花镇，踪迹不见，直找到西头，又打西头找回，方才找到全珍馆。卢珍高声嚷道：“哥哥要和人打架，千万可别动手！”连大官人也到，一问怎么个缘故？过卖就将所有的情由述了一遍。卢珍拿好话安慰了过卖几句，说你看我吧！转头又问了问天锦。天锦说：“他说得不明！他说外头，也没说哪个外头，叫人家损了我一顿！”卢珍说：“到处里就是哥哥你闯祸！坐着吧，我过去给人赔礼去。”便对武生道：“这位大哥在上，小弟有礼。方才是我无知的哥哥得罪了兄台，看在小弟分上。他把尊公的茶全都喝了，我们也不敢说是赔了，我再给阁下斟出几碗来晾着就是了。”武生连连陪笑说：“岂敢！岂敢！我倒透着小气了。”彼此对施一礼。卢珍告退，归到东边靠着武生相公那张桌子落座，数说了天锦几句，然后过卖过来，倒给天锦赔了了个礼。然后要茶。天锦说：“什么也敌不住人家的茶好饮！”卢珍一笑：“哥哥还会品茶哪！”天锦说：“什么话！那真好饮呀！”山西雁徐良说：“你看这个人，那么大个，他会没喝过茶?”乔宾说：“看他有多时开过眼?”胡小记说：“别看他料半的身量，我一低脑袋，他就得躺下。那个武生相公倒是个朋友，说话也真通情理，可就不知道姓字名谁?”再听那边说的话，更奇怪了。就说这茶，天锦直夸这茶好。卢珍说：“怎么个好法?”天锦说：“饮得嘴里呀，那么香喷喷的，苦因因的，沉都噜的，甜深深的。”

卢珍说："你是净饮过凉水，没有饮过好茶。过卖过来，把你们里头那顶高的雨前茶，照着那边的样子，烹一壶来！"不多一时，烹了一壶来。卢珍把三碗斟上，过去又让了让那边武生相公。头碗递给大官人，二碗递给天锦，然后自己端起一碗，说："哥哥尝尝这个茶怎么样？"天锦把茶端起来，"噶"的一声，一叭咂嘴，又一咧嘴说："差多，差多！"卢珍问："怎么差多呢？"天锦说："饮得嘴里不那么香喷喷的，不那么苦因因的。"卢珍说："别说了，叫人家听见耻笑！"大官人说："这茶就很好。"不多一时，来了一个人提着一壶茶，放在桌案之上，说道："我家主人听着这位爷夸奖我们这个茶好，原本是打我家乡带来的茶叶，果然此处卖的茶叶敌不住我们带来的茶叶好，这是我家主人孝敬爷们的，些许小事，望乞笑纳。"卢珍说："素不相识，这如何使得！净是韩大哥夸好，叫那位尊兄送过来，这怎么答人家的情哪！回去见你家主人替我们道谢。"说毕，复又冲着相公桌上一谢。大官人也就谢了谢。韩天锦就先把茶斟起来，一饮，说："大叔，兄弟，尝尝这茶，到底是真好！"卢珍也就点头。大官人也说："好！怪不得他夸奖。"

少刻，那边武生相公过来说："饭已要齐，请诸位在那边一同吃一杯酒吧！"大官人、卢珍都说："不陪！不陪！少时我们饭也就要来了。大家两便吧，尊兄先请。"

不多一时，叫过卖来，也要了一桌上等酒席，摆列杯盘。卢珍与大官人俱到武生相公面前让了一让，复返落座，大家吃酒。卢珍虽是这边吃酒，不住地净看着那边武生相公。但见那相公端起酒来，长叹一声，复又放下，心中如有所思，从人们劝解说："相公总得吃饭，怎么连酒也不饮了？"勉强着要了两碟馒头，让相公吃。刚吃了半个，也就放下。又给要汤，相公言不要了，从人一定叫过卖强要了一碗汤，是木樨汤。不多时汤到，相公叫看茶来漱口。

忽然由外面进来一人，背着包袱，一身墨绿的衣服，壮帽，胁下悬刀，面如熟蟹盖一般，粗眉大眼，直往里跑。进门来就嚷："饿了，饿了，我饿了！"正是过卖张罗着卢珍那边摆齐，又到后堂张罗着胡小记的酒饭。徐良说："你看，打外头来了个饿的。方才来了个渴的，这又来了个饿的，瞧他们去吧！"过卖迎将出来，那人已经到了后堂，说："饿了，饿了，瞧有什么吃的，快些拿来！"过卖说："要现成的这里没有。外头有现有的，拿起来就吃，有忙事吃了就走。"可巧过卖又没说明，始终又没提门口的外头，又遇见了个浑人。那人一想，那个栏杆里头是里头，栏杆外间是外头。转身又看见武生相公那桌酒席，直奔前来，到桌案之前，他也不管好歹，就把方才端来的那碗热汤，端起来就要喝。又是碗清汤，也没有油，也不冒热气，这个端起来就喝。头一口咕噜一声咽将下去，烫得心腹生疼。似乎这二口汤就不用喝了。嘴急，又把二口汤喝在嘴里，烫得噗哧一声，一口汤喷出，正喷在武生相公脸上，头巾衣服等处，无一不有。人家是新开剪，头次上身，崭崭新的衣服全给油了。武生气往上一壮，用手一指，说："那丑汉这是怎样了？"那人哎哟半天说："你说怎样？"武生相公说："你赔我！"那人说："你还得赔我。"武生相公说："我赔你什么？"那人说："赔我舌头！"武生相公说："我的汤，谁叫你端起就喝？"那人说："那小子他叫我喝的！"过卖早就吓得抖衣而战，过来分证这个礼说："我叫你在门口外头，有个三角架子，上头有个木板，木板上有馒头、面、粽儿，拿起来就吃。谁叫你喝人家这个来！"那人一听，羞恼便成怒，抓起过卖就要打。里面三位英雄不服了。开路鬼乔宾就要出来，被胡小记拦住。山西雁说："该这位相公倒运。饮茶，犯小人；吃饭又犯小人。"韩天锦也有了气了："怎么人家的东西他拿起来就是吃。"卢珍说："哥哥，你别说了！只许你拿起来就饮，不许人家拿起来就吃吗？"那武生相公就是泥人，也有土性儿，喝道："那个小辈不用和过卖发横，你就是赔我的衣服！"那人说："你就赔我的舌头！衣服有价，舌头没价！索性我也不冲着过卖说了，赔舌头吧！"小子随说着，上头一晃，就是一拳。武生相公一伸手接住，腕子底下一腿，那人便倒，复又起来。里外众人哈哈一笑，那人恼羞成怒，亮出刀来。

不知两个人怎样较量，且听下回分解。

第六十六回

卢珍假充小义士　张英被哄错磕头

且说那人羞愧难当，摔了个跟斗。大家一笑，不由气往上一冲，把刀亮将出来，往前一趋，对着那位武生相公就剁将下来。武生相公往旁边一闪，正要拉刀，那人早扑通躺在地上。原来是卢珍赶奔前来，抽后把腕子接住，底下一脚，那人便倒。卢珍将他搀将起来，说："朋友，你在这边坐。"那人说："什么事！你把我趟个跟斗，给我刀来！"那刀早被卢珍拿将过去，递与大官人了。卢珍说："朋友，你别着急。人将礼义为先，树将枝叶为圆。咱们都是素不相识，你们两造里我俱不认的。天下人管天下人的事，世间人管世间人的事。哪有袖手旁观，瞧你们动刀的道理？故此将你让到这边。论错是哥哥你错了，也搭着过卖没说明白。你也该想一想，你也该看一看。就有现成的，哪有成桌的酒席给你预备着？你也当问问再吃再喝才是。知错认错是好朋友。哥哥，是你错了不是？"那人说："我皆因有火烧心的事。我两个哥哥在监牢狱中，看看待死，上武昌府找人，去慢了，我两个哥哥有性命之忧。故此听那小子说外边有现成的东西，我拿起来就吃。那个人既是他的东西，他就应当挡我才是，为何等我喝到口中，他方说是他的？还叫我赔他的衣服！他就得赔我的舌头！"卢珍说："你就是不论怎么急，吃东西总是慢慢的，不然，吃下去也不受用。别管怎么，看在小弟的分上，你过去给他赔个不是。"那人说："你不用管了！他与我赔不是，我还不能答应呢！"卢珍说："事情无论闹在哪里，总有个了局。你方才说有要紧的事情，此事不了，你也不能走。依我相劝，你先过去与他赔个不是，别误了你的大事。”那人说：“你住口吧，趁早别说了！我这人是个浑人，任凭什么人劝解，我也不听！此时除非有一人到了，他说叫我怎么办，我就怎么办。”卢珍问：“是谁？”那人说：“除非是我艾虎哥哥到了，别者之人，免开尊口！”卢珍暗笑，自思：冤他一冤，此人既认得艾虎，必不是外人，复又问道：“你怎么认得艾虎？”那人说：“我不认得，我哥哥认得。”卢珍更得了主意了，说：“你不认得艾虎，你贵姓？”那人说：“我姓张，我叫张英。上武昌府找艾虎哥哥与我托情。”卢珍说：“你不用去了。这才恰巧哪！我就是艾虎，匪号人称小义士，正打武昌府往这儿来。你要上武昌府，还要扑空了哪！”那人一听，赶紧双膝跪地说：“哎哟！艾虎哥哥，可了不得了，咱们家祸从天降！”卢珍说：“咱们无论有什么事情，全有小弟一面承当。你先把这件事完了，再办咱们的家务。”张英说：“此事怎么办法？我可不能给他赔不是！”卢珍说：“论近是咱们近，你要栽了跟斗了，如同我抢了脸的一般。”张英说：“若非是艾虎哥哥你派着我，别人谁也不行。你叫我磕一百个头我还磕哪！”卢珍说：“好朋友，你这少待。”原来大官人劝解那武生相公，人家是百依百随，连身上喷的那些油汤，尽都擦去，又打来脸水，把脸上洗净。卢珍过去说：“看在小可分上，我将他说了几句，带将过来与尊公赔礼。”武生说：“屡屡净叫兄台分心，不必叫他过来了。”卢珍随即将他带将过去，张英说：“若非我哥哥叫我给你磕头，不然，你给我磕头，我还不答应呢！”赌气跪在地下磕了几个头。人家武生相公更通情理，也就屈膝把张英搀将起来，说：“朋友，不可计较于我。”卢珍也就给武生相公作了个揖，拉着张英往他们这座位来了。大官人也就给武生相公施了礼，就奔自己的座位了。

卢珍听见后面有人说：“此事办得好！”有个山西人说：“好

可是好，就是有点假充字号。”卢珍瞅了他们一眼，暗道：“这几个人莫非是认得艾虎？”自己重新又与张英说话：“你先坐坐，咱们有现成的东西，你先吃点。”张英说：“艾虎哥哥，我吞食不下。”卢珍说：“你不可叫我艾虎哥哥，我不姓艾，我与艾虎是盟兄弟。我带着你去找他去。我有地方找他。”张英一听，大吼了一声，劈胸一把揪住卢珍说：“你冤苦了我了！你就是赔我的舌头，赔我舌头！”卢珍说：“你这厮好不达时务！”用手把他腕子刁住一翻，张英扑通就跪在地下，被卢公子拧住他的胳膊问他：“怎么这么不通情理？”忽听见后面山西人说：“不用打了！真正的艾虎来了。”大官人说：“好，卢珍，撒开他吧，艾虎来了！”就见艾虎慌慌张张往里就走，说：“我看见小车，我就知道你们在这里哪！”一回头看见了大官人、卢珍，艾虎一怔说：“大叔从何而至？”大官人说：“我们的事，少时再告诉你。你先见见你这个朋友。”艾虎过来与卢珍行礼。卢珍说：“你不认得这是谁吧？”艾虎说：“不认识。”卢珍说：“这是韩二叔跟前的韩大哥。”艾虎说：“不是天锦大哥？”卢珍说：“是！”艾虎说：“只听说过，没见过。”随即过来磕头，说：“小弟艾虎与哥哥磕头。”天锦说：“起来吧，小子！”艾虎说：“怎么哥们见面就玩笑？”卢珍说：“韩大哥不可！这是欧阳叔叔的义子，智叔叔的徒弟。”韩天锦说：“艾兄弟，别恼我呀！这是我的口头语。”艾虎暗说：“好口头语！”复又问：“卢大哥，里边那位白眉毛的，你不认识？那是徐三叔跟前的，名叫徐良，外号人称多臂熊，又叫山西雁。”回头把里头几位叫过来，与大众见见。先给徐良见：“这是茉花村的丁大叔。”徐良过来磕头。大官人问了，才知是徐三哥之子。又与韩天锦、卢珍相见。又把胡小记、乔宾与丁大爷见了。复又与卢珍、韩天锦见了。徐良问艾虎娃娃谷的事。艾虎说：“全搬了家了，白跑了一趟。”艾虎又问卢珍：“怎么同韩大哥走到一块了?”卢珍就把奉母命，会同了大叔，半路遇天锦打虎、养病以及方才抢人家茶喝的事情细说了一遍。艾虎一听净笑。

大官人说：“我们这到襄阳，也就晚了吧?艾虎你必然知道。”艾虎说：“什么事?”大官人说：“你五叔到底是死了是没死?”艾虎说：“你老人家还不知道哪！死了没有半年，也有几个月了，并且死得苦，尸骨无存！”这句话还未说完，卢珍就哎哟我的五叔哇，把气挽住了。大官人放声大哭说：“我的五弟呀，五弟呀！想不到你一旦间身归那世去了！”徐良在旁边也是落泪。艾虎也是凄惨。就见那边武生相公，哎哟扑通一声，摔倒在地。众家忙成一处，呼唤了半天，武生相公方才悠悠气转。大家这才把他搀将起来，坐在椅子上，哭得死去活来好几次。你道他是谁?这是白玉堂的侄儿，白金堂之子，名叫芸生，外号人称玉面小专诸。因为他事母至孝，玉堂的那身功夫是金堂所传，芸生这身功夫是玉堂所传。马上步下，长拳短打，十八般兵刃件件皆能。高来高去，蹿房越脊，来无踪迹，去无影响。别创一格的能耐，会打暗器，就是飞蝗石，百发百中，百无一失。就是一桩，五爷会摆的西洋八宝螺丝，转弦的法子，奇巧古怪的消息，没教过芸生。芸生要学，五爷说：“惟独这个艺业，我已经是会了，就算无法了。古人会什么，就死在什么底下的甚多，故此不教。”何尝不是会消息就死在消息的底下！芸生奉母命上襄阳，带着些从人到了此处，听艾虎说，方知叔叔的凶信。不然，怎么死过去了?揩了眼泪，过来见大官人说：“原来是丁叔父。”跪倒磕头，自通了名姓。大官人一听，说：“这可不是外人。”大家见了一回礼。艾虎问：“这位是谁?”张英说了自己的事情。艾虎就要辞别大众，上岳州府救两个哥哥。

艾虎救哥这段节目，且听下回分解。